www.ingramcontent.com/pod-product-compliance
Lightning Source LLC
Chambersburg PA
CBHW080814250626
47159CB00010B/3380

9781939123237

جم

سرباز، مجتبی عبدالهی

جَم

نوشته مجتبی عبدالهی (سرباز)

السّلام علی رأس الحسَین

پیش گفتار(درباره اختاپوس صهیونیزم)

پیشواعلی (ع): شکست خورده کسی است که با زشتی پیروز گردد.

به نام خدای علی و سلام. قیام هیتلر و جنبش نازی مهم ترین و گسترده ترین نبرد و طریقتی بود که در برابر نظم نوین دنیوی و حکومت جهانی بدکاره ها و بانکداران صهیونیزم بین المللی و اختاپوس ماسونری او به پا خاست و به پرچمداری شرف و پاکدامنی و خانواده و اصالت و قداست و هویت و حقانیت نسل های آینده ایستادگی نمود. واجب بود در روزگاری که جهل پرده بر دل ها افکنده این کتاب نوشته شود تا دست کم یک ندای ضعیف در گیتی! واقعیت توطئه ترور و مرگ فوهرر آلمان که مساوی با کشتار مردم و چپاول داشته های این سرزمین و بسیاری از کشورهای جهان از جمله ایران به دست متفقین دیرین بر نوکری به صهیونیزم؛ کمپانی تجاری لندن(بریتانیا) و اتحادیه نظامی واشنگتن(ایالات متحده) گردید را بازگو نماید. هرچند این دو در ذات یکی هستند و برای تذکر کافی است پرچم کمپانی هند شرقی که با کمترین تغییر پرچم امروزی اتحادیه واشنگتن می باشد و از بادبان کشتی های وایکینگ ها که مسخ تلمودیان شده بودند الگوبرداری عینی شده است و نه آن نخستین پرچم اتحادیه واشنگتن که تک چشم شیطان بی واسطه در آن حضور داشت را از نظر بگذرانید.
از آنجا که تمامی نظریات و فرضیات موجود "صهیون پسندتر" و هالیوودی تر از آن هستند که واقعیت داشته باشند و تنها حول این محور دور می زنند که شخص هیتلر و معدود سران حزب و ژنرال های وفادار به او را دیوانه و تشنه به خون و مسئول نابودی کامل آلمان و سوختن مردم رایش(در اثر بمباران مکرر شیمیایی فسفر سفید و آتش زای ناپالم در برلین و شهرهای دیگر، توسط واشنگتن) جلوه دهند نیاز به پژوهشی حقیقت محور مشاهده می شد.
من دیگر جایز نمی دانم در انتشار واقعیتی که ده ها سال است توسط یهودیان بین المللی این اربابان جنگ و تاجرین جان و ناموس وارونه جلوه داده شده صبر کنم هرچند مورد استقبال قرار نگیرد و همانطور که از ایادی جان بر کف و پرستندگان ثروت یهود و پیروان ماسون انتظار می رود، تمسخر شود. واقعیتی که در این کتاب خواهید خواند مظلوم نامه کشته شدن رایش سوم آدولف هیتلر و جانشین برگزیده او به پیشوایی آلمان کلنل اشتافنبرگ به دست ژنرال ها و مسئولین رده بالای خائن قوای مختلف آلمان نازی است(اغلب این سران مذکور که چهره هایی معمولی با مسئولیت های غیرنظامی و پیش پاافتاده چون تبلیغات و دفترداری بودند پس از کشتن رایش خودشان به خودشان ارتقاء رتبه تا آخرین حد ممکن را دادند و به رکن حکومت نازی و مسئول رده بالا تبدیل شدند) که در یک طرح بسیار دقیق و هماهنگ با متفقین به دستور مستقیم مرکزیت ماسونری یهود و سران کلونی اسرائیل صورت گرفت.

از جمله نخستین اقدامات هیتلر، درست مانند ناپلئون، صدور فرمان تخریب دفاتر و لژهای رسمی فراماسونری و دستگیری یا اخراج از کشور برخی عوامل مشهور آن ها بود که البته و متاسفانه این مراکز تربیت خائن و سگ دست آموز برای "قوم خدای زایون"(خدایی جنی و فضایی که به نقل عینی تورات تحریفی با پیام آوران خود نشست و برخاست می کرد و کشتی می گرفت و یعقوب نبی پشتش را به خاک رسانید و به سبب عصبانیت از این تحقیر از فن خطا استفاده کرد! تمامی یهودیان به حرمت مصدومیت ران یعقوب که در اثر این حرکت ناجوانمردانه خدایشان رخ داد ماهیچه عِرق النِساء یا عصب سیاتیک جانورانی که حلال گوشت می پندارند را نمی خورند! خدایی که به یکی از واسطه هایش دستور شکنجه خود و خوردن نانی که از پهن درست شده باشد را می دهد تا راضی به بخشش قوم شود و یکی دیگر از پیام آوران او بهشتی که رودخانه های شیر و عسل در آن جاریست را همان مصر وصف می کند! او نه وعده شراب طهور بلکه شراب انگور و تاکستان می دهد و در کتاب هزاران صفحه ایش حتی یک اشاره ناچیز به برپایی قیامت و رستاخیز وجود ندارد) از صدها سال پیش تر مشغول به ریشه دواندن در جان و روان اکثریت ثروتمندان، تاجران، اشراف زادگان و خانواده های مهم ژرمن بودند. شباهت های هیتلر و ناپلئون به همینجا ختم نمی شود و یکی از عمده دلایل خیانت گسترده به رایش نیز تمایل شدید وی به اسلام بوده است. علاوه بر هیتلر، هیملر نابغه که از سرداران وفادار و یاران خلل ناپذیر پیشوای آلمان بود هم طبق اسناد مورد تایید همگان گرایش شدیدی به اسلام داشت و یک واحد مسلمانان به نام هَندشار در وافن اس اس(لشگرهای قفقاز، بوسنی و چند لژیون دیگر) به وجود آورد. همانطور که ناپلئون نام خود را علی گذارد و مسلمان شد و همواره قرآن می خواند، بر مبنای مدارک و گزارشی محتمل هیتلر نیز در دو سال پایانی زندگیش نماز و قرآن می خواند و سال ها پیش تر در دیدار با امین الحسینی مسلمان شده و نام اسلامی خود را مهدی انتخاب نموده بود. کار تا جایی بالا گرفت و اظهار نظرهای رایش در دفاع از اسلام و حمله به طرح تشکیل اسرائیل و آواره کردن فلسطینیان تا اندازه ای صریح و روشن و عاری از سیاست بازی بود که برخی از چهره های دینی ایران وی را ناجی مسلمانان نام دادند و شجره نامه ای از او منتشر گردید که تکذیب هم نشد. با وجود گسترش بی سابقه این خبر هیتلر نیز مانند ناپلئون هرگز حتی به واسطه یک اشاره تلویحی رد نکرد که مسلمان است. دلیل اصلی آشکارتر نکردن ایمان کامل به اسلام در مورد هر دو فرمانده(هیتلر و ناپلئون) واضح است زیرا مسیحیان و مسیحی زادگان حکومت یک رهبر و پیشوای مسلمان بر اروپا را حتی نمی توانستند تصور کنند و با اینکه اکثر توده جاهل این دو را بدون ایمان به باوری خاص می پنداشتند تسلط یک کافر را بر خود به یک به قول خودشان بربر ترجیح می دادند.

چنانچه این اطلاعات را سراپا دروغ بدانیم و فقط گرایش هیتلر به اسلام، که مورد تایید تاریخ نگاران وابسته به ارتش های فاتح جنگ جهانی دوم است را باور کنیم خود نفس این گرایش که همواره از دید ماسون ها خطرناک ترین امکان و ایده تلقی می شود(به معنی آنکه رهبری بزرگ در یک کشور ابرقدرت بین المللی، مانند ناپلئون به اسلام با گرایشات فاطمی، اسلام سرخ دشمن شناس توقف ناپذیر و حق مطلق بگرود) دلیل حذف به هر قیمت او از صحنه تاثیرگذاری جهانی در چهل و یکمین اقدام برای ترور وی!!! که نود درصد این ترورها نیز توسط عوامل نزدیک به رایش صورت گرفت یا سازماندهی شد، می تواند باشد.

هیتلر هم درست به سرنوشت ناپلئون و درست به همان علل دچار شد و جالب تر اینکه مرگ او نیز با شباهت عجیبی مانند ناپلئون مظلومانه و غریبانه و پس از یک کودتا و سیل خیانت های مکرر ژنرال ها و درجه داران رده بالا رقم خورد. آری، ناپلئون نیز در طی آخرین خیزش خود در فرانسه تیر خورد و مرد و نه در بستر و تبعید. یادمان نرود که بریتانیا(سرزمین های در تصرف کمپانی تجاری لندن) از هزار سال پیش تاکنون همواره مساوی با ماسونری یهود بوده و هست و ضدیت هیتلر و ناپلئون با این نام دشمنی با مردم یک مستعمره یا یک ملت به شمار نمی آمد بلکه مقابله ای با مرکزیت نظام فراماسونری و استثماری یهودیان صهیونی بود. متاسفانه امروزه گزارش دادن بسیاری از سران و مقامات نازی به ماسون های سنتی انگلیسی و خیانت هایی از این دست که در ارتش برتر ناپلئون و هیتلر به یک شکل و رویه مشابه روی می داد، مبرهن شده است. هرچند که چندین تن از ژنرال های ارتش آلمان پیش تر چنین کاری کرده بودند اما بیش از همه منظور من از این جمله متوجه اشخاصی چون رودولف هِس می باشد که در حین جنگ شخصا به اسکاتلند، نخستین پایگاه فراماسونری کهن و تنها مقر پایبند به سنت های تمپلرهای اصیل رفت و با صدایی لرزان تعجب خود را از آنکه چرا متفقین نمی توانند نظام هیتلر را آنطور که به او از کودکی و دوران زندگیش در "مصر شراینرها" تلقین کرده بودند با یک اشاره متوقف کنند به اربابانش ابراز داشت! و شگفت اینکه وی را به دلیل بحران های سیاسی و جو بی اعتمادی به وجود آمده میان ابرقدرت ها زندانی کردند و سال ها بعد در زندان کشتند و مجبور شدند این مهره بی ارزش را فدا کنند. با اینکه هِس محبوب ترین نازی غربیون بود! تنها برای نمایش قدرت قبر او را تخریب کرده و استخوان هایش را بیرون آورده، سوزاندند و خاکسرش را نیز به دریا ریختند! به راستی چرا هِس کمال پیروزی را با عمق خواری مبادله کرد؟... توجیه کنندگان بالاجبار وی را بیمار روانی و یا واخورده معرفی می کنند! در قالبی دیگر، بطور نمونه همانگونه که یکی از افسران ارتش با غرق کردن کشتی های تحت اختیار خود اجازه نداد سه هزار نیروی تازه نفس و تجهیزات و غذا به سربازان دلیر

ولی گرسنه و بدون مهمات و سوخت نازی در استالینگراد برسد و درست به همین ترتیب! یکی از افسران ناپلئون در جریان عقب نشینی از مسکو تنها مسیر رهایی نیروهای آزادی بخش که یک پل کوچک بود را در حین عبور سربازان تحت امر خودش منفجر کرد!!! و باعث شد نیمی از ارتش سلحشور ولی خسته، گرفتار انواع بیماری های عفونی و گرسنه بناپارت در اثر این دوپارگی از دست برود(ناپلئون تنها هنگامی که دید مزدوران تزار شهر و مردم خودشان را به آتش کشیده اند دستور عقب نشینی داد و استالین نیز با شهرهای خود که احتمال سقوط داشتند چنین می کرد و آلمان ها حتی یک روستا را در روسیه نسوزاندند). در دوران پیش از ظهور ناپلئون فئودالیسم کار را به جایی رسانده بود که با رعایا و طبقات پایین دست جامعه در سراسر جهان بی پرده مثل سگ رفتار می شد و حتی در فرانسه شیوه افتخاری غذا خوردن نوکران و کارگزاران به این ترتیب بود که می بایست چهاردست و پا در کنار میز اربابان خود به روی زمین می نشستند و منتظر می شدند که آن ها پس مانده غذای خود را برایشان پرت کنند و اگر نبود انقلاب متهورانه و گیوتین روبسپیر، علی بناپارت(ناپلئون) و ارتش او ما هنوز باور به همان سیستم داشتیم. پدربزرگ من همیشه برایم تعریف می کرد که به چشم خود بارها دیده است چطور در دوران قاجار رعیت ها به خاک می افتادند تا یک خان پایش را روی آن ها بگذارد و سوار اسبش شود و یقین عمومی داشتند که این خواست خداست! موج انقلاب ناپلئون سراسر جهان را در لحظه درنوردید و متحول ساخت. نیای نخست ما عبدالهی ها(عبدالله خان) که خودش خان بود تحت تاثیر همین اندیشه های حق در اواسط دوران قاجار(درست پس از آنکه افسران وفادار ناپلئون اندیشه او را به ایران آوردند، هرچند که این نظام باورها همان دستورات قرآن و سیره اهل بیت بود) امتیاز و در واقع منصب خان و ارباب بودن را انکار کرد و این پیشوند را از نام فرزندان و نواده های خویش حذف نمود و به فرزندانش دستور داد از هیچ خانی تبعیت نکنند. با همه این احوال چنان شستشو و تلقین فکری قدرتمندی در جریان بوده که حتی پدربزرگ من که به نفرت و شگفتی او از اعمال غالب خان ها اشاره گردید نیز با وجود اینکه یک عبدالهی بود درصدی از درآمد باغاتش را تا همین چند سال پیش که مرحوم شد به یکی از نوادگان خان های قجری پیشکش می کرد و بخشی از قزوین را دارایی شخصی این فرد می دانست!

باری، همانگونه که ناپلئون با خیانت فاحش چند تن از ژنرال هایش در واترلو شکست خورد هیتلر نیز اسیر خیانت هایی مشابه گردید و نبرد استالینگراد که واترلوی او بود را مغلوبه یافت. پس از درنگی کوتاه، پیکر هیتلر در ماجرای کودتای ژنرال ها و طی یک توطئه و ترور ناجوانمردانه(هرکجا "ناجوانمردی" را دریافتید به یاد راهکارهای خدای آن قوم بیفتید) کاملا سوخت و تکه تکه شد و همین جسد را چند ماه بعد به متفقین تسلیم کردند و

وفادارترین و محبوب ترین سرباز رایش، کلنل اشتافنبرگ هم به انجام همین ترور و خیانت به کشور متهم و پس از اعدام جسد او نیز در حضور آشنایانش سوزانده و به باد داده شد! جالب است که صهیونیزم و عواملش با هزار شیوه اجازه ندادند حتی یک مقبره، نماد معتبر محبوب و مصداق عینی از هیچ کدام از نازی های نامدار چه خائن و چه وفادار باقی بماند.

غربیون هرگز هیچ گروه سیاسی و جریانی را بطور کامل حذف نمی کنند و این سیاست دائمی آن هاست و تنها در مورد نازی ها این قانون و رکن اساسی خود را زیر پا نهادند.

سندسازی نیروهای اطلاعاتی نازی و گشتاپو برای وارونه جلوه دادن وقایع، پس از مرگ رایش سوم، تا اندازه ای کودکانه و بی تدبیر صورت گرفته که من در شگفتم چرا تا امروز حتی یک عاقل متوجه واقعیت امر نشده و آن را بیان نکرده است! البته می توان یقین داشت که سودی در این افشاگری برای هیچ یک از "مافیاهای جهانی تبلیغات" محتمل نبوده است. سازمان هایی که به راستی تبلیغاتچی، از ریشه تبلچی هستند. تبلچی ها کسانی بودند که با وجود وظایف روزانه خود مانند فریب و ارعاب شهروندان در اصل در نیروهای نظامی عضویت داشتند و به خصوص در میدان نبرد وظیفه ترساندن دشمن و فراری دادن او بدون کمترین هزینه بر عهده ایشان بود! این شغل کثیف بر تبل توخالی کوبیدن یادگار آن هاست.

خیانت در ارتش و حزب نازی و دیگر نهادهای رهبری آلمان تا حدی پیشرفت کرده بود و تکرار می شد که هیتلر را مجبور به انجام و مدیریت همه امور، و به تنهایی، نمود و حتی گزارش های هواشناسی ارسال شده از اقیانوس که زیردریایی ها مخابره می کردند را خود رایش شخصا دریافت می کرد! او مجبور شد از طرحی به نام "قفس طلایی" برای قرنطینه کردن ژنرال هایش پیش از عملیات های سرنوشت ساز و حفاظت اطلاعات مهم استفاده کند.

جالب اینکه در آخرین حمله دریایی متفقین به سواحل آلمان نازی که با هشتصد ناو، یعنی تمامی نیروهای موجود در ناوگان سلطنتی لندن و اتحادیه واشنگتن صورت پذیرفت بیش از صد زیردریایی فوق مدرن الکتریکی در محدوده فوق آماده عملیات برعلیه ایشان بودند که حتی یکی از آن ها از جایش تکان داده نشد! و همه این ناوگان زیردریایی های نوین توسط نیروهای شوروی کاملا سالم و نو به غنیمت گرفته شدند و تبدیل به یگان زیردریایی آن اتحادیه گردیدند! هیتلر برای انجام فرآیند هواشناسی غالبا تنها چند زیردریایی در اختیار داشت و بدون تردید آمار دقیق زیردریایی های آماده به خدمت از او پنهان می شده است.

باری، این خائنین که همگی پیش از قیام هیتلر(و در طی آن) و غالبا از نوجوانی در لژهای ماسونی عضویت داشتند با کثیف ترین و رذیلانه ترین روش ها پس از مرگ مظلومانه فرمانده پاکباخته ای که با سرنوشتی همانند بیسمارک در چنگالشان اسیر بود و به آن ها اعتماد نموده بود تمامی مسئولین و ژنرال های وفادار به او و آرمان های والای نازی را

کشتند و یک شبه بیشتر دارایی های مردم آلمان را به بهانه نیفتادن به دست دشمن با بمب گذاری و به آتش کشیدن نابود کردند و تمامی تقصیرها را متوجه نیروهای اس اس نمودند. اینان که گروه وحشت نامیده می شدند، صدها هزار نفر از سربازان وفادار نازی را در عملیات هایی بی هدف(البته در زمان حیات هیتلر نیز در نبردهایی چون استالینگراد که حتی نیروهای آلمانی از داشتن جوراب و پوتین زمستانی و غذا و سوخت و فشنگ هم محروم بودند و یا نرمادی که رومل را از محافظت دیوار دفاعی به برلین فراخواندند و بسیاری از پدافندها را درست در روز حمله متفقین از حالت آماده باش خارج کردند و یا جنگ لندن که با داستان سازی و فریب گورینگ معدود فرودگاه های انگلستان را نجات دادند همین اکثریت خائن به خصوص به واسطه دستکاری اطلاعات، جاسوسی و کارشکنی و وارونه جلوه دادن واقعیت ها به اقدامات مشابهی دست زده بودند) به کام مرگ فرستادند. همین ها بودند که در نه ماه آخر جنگ قدرت را در دست داشتند و تیشه به ریشه همه دست آوردهای بی مانند و پیشرفت های امنیت و استقلال آفرین نازی ها زدند و از هیچ اقدامی برای تضعیف روحیه و توان نیروها به ویژه دلیرمردان وفادار اس اس فروگذار نکردند و به همه گونه توهین به ایشان و سندسازی علیه به خصوص پانزرها و فرماندهانشان، جامه عمل پوشاندند. خبر کمرشکن خودکشی ساختگی هیتلر در روزهای پایانی جنگ و دفاع از برلین دائما از رادیو و بلندگوهای نازی پخش می شد تا آن مقاومت بی نظیر در تاریخ مردم آلمان هم درهم بشکند و از تلفات دشمن کاسته شود! چرا در این محدوده زمانی اس اس باید تنها واحدی می بود که در برابر اشغال آلمان مقاومت کرده و در کنار مردم باقی ماند!؟ چطور ممکن است ملتی که از پیرمرد گرفته تا نوجوان و کهنه سرباز و پلیس داوطلبانه در برابر هجوم همه جانبه به برلین در بستری از دود و آتش تحت فرماندهی بی نقص اس اس مقاومت نمودند و تا آخرین لحظه باور محض به پیروزی کامل بر همه جهان تحت سلطه "ماسونیزم صهیونیزم" را از دست نداده بودند شیطانی، خونخوار و سلطه گر بوده باشند؟ چگونه امکان دارد کسانی که خونشان کوچه به کوچه پایتخت قیام را رنگین کرد و همه چیزشان در زیر سیل مزدوران رُزولتی و استالینی لگدمال شد ولی از اصالت پاکدامنی کوتاه نیامدند دنیاطلب بوده باشند؟ چطور ممکن است نازی هایی که هرگز از سلاح های کشتار جمعی به خصوص در زمانی که قدرت و پیروز مطلق بودند، استفاده نکرده و ترور دشمنانشان را کسر منزلت و زیر سئوال بردن جوانمردیشان می دانستند(مثلا در هنگامه ای کوتاه از جنگ حتی چرچیل بزدل و دائم الخمر که غالبا از کانادا خارج نمی شد در امنیت کامل و با خیال راحت به سبب شناختی که از مرام نازی یافته بود در آپارتمانی مشترک با سایر ساکنین قبلی آن در لندن زندگی می کرد که حتی یک نفر مامور امنیتی و نگهبان هم

نداشت و اکثرا دیده می شد در حالی که از حمام خارج شده و حوله ای را به خود پیچیده، نیمه برهنه و نیمه مست در راهروهای باریک آپارتمان تردد می کند و زنان را می رنجاند! در حالی که به گواه توام با افتخار خود غربیون بیش از چهل بار اقدام به ترور شخص هیتلر صورت داده شد) دیوانه و به هر معنا ناحق و ظالم بوده باشند؟ آیا نازی ها اولین کسانی نبودند که پیش از آغاز جنگ جهانی موفق به شکافت هسته اتم گشتند و هنگامی که متوجه شدند تا چه اندازه این کشف می تواند خطرناک باشد و به ابرسلاحی کشتار جمعی تبدیل گردد پروژه اتمی را کاملا متوقف نکردند(در حالی که به امکان ساخت بمب هسته ای بر طبق اسناد قطعی آگاه بودند... به گواه همین اسناد و گزارشات دانشمندان نازی در چند مقطع و به خصوص در ۱۹۳۹ از هیتلر برای ساخت سلاح هسته ای کسب اجازه نموده بودند و وی شخصا و با درک کامل موضوع عنوان کرده بود که حتی از فکر اینکه زمین به ستاره ای سوزان تبدیل شود و این دانش به دست یهودیان بین المللی بیفتد واهمه دارد و دچار کابوس شبانه می شود)؟ غربیون معترف اند که فرمول ساخت بمب هسته ای تا به امروز کمترین تغییر و بهبودی نسبت به آنچه که دو دانشمند ژرمن در ۱۹۳۰ کشف کردند نیافته است و یکی از همین کاشفین با فرار به واشنگتن در اواخر جنگ همان فرمول خاص و دستور ساخت را در اختیار یهود قرار داد. آیا این سران یهود بین المللی نبودند که بارها و تا به امروز! از اینکه چرا نتوانسته اند آلمان را بمباران هسته ای کنند ابراز تاسف کرده اند و ملت آن را دسر در رفته خطاب نمودند!؟ آیا دلیل این کینه موشی لجام گسیخته چیزی جز تبلیغات دروغ و چندش آور یهودی آزاری ساخته و پرداخته خودشان بوده و هست؟ و آیا اینان از ترحم بیش از اندازه و ژست دفاعی و نرم دلی هیتلر، او که می توانست به سادگی و تنها با پرتاب چند بمب هسته ای ده سال پیش از آغاز جنگ حاکمیت مطلق زمین را در دست بگیرد تا آنجا که می شد سوء استفاده نکردند و با تحریم همه جانبه اقتصادی و سیاسی و فرهنگی در ۱۹۳۳ رسما و طی اعلامیه هایی واضح به نژاد آریایی اعلام جنگ ننمودند؟ و حتی نام آن را "چهارمین جنگ مقدس یهودا" ننهادند و آغازش را در همان سال جشن نگرفتند؟ در ضمن اینان به چه چیز بمب هسته ای می نازند؟ به تکنولوژی آریاییش؟ به توان نهفته اش که توسط آلمان ها و به دلیل رحم، ملاطفت، ضعیف نوازی و صلح طلبی افراطی نازی ها آزاد نشد؟ یا به بی وجدانی خودشان زیرا تنها کسانی هستند که از آن برای حذف نژادها و شهروندان استفاده کرده اند؟ "جم" به تشریح پاسخ این پرسش ها و واقعیات پنهان نگاه داشته شده تاریخی می پردازد و علاوه بر ارائه دلایل منطقی که همگی از اسناد معتبر شناخته شده و ارائه شده توسط فاتحین برداشت گردیده اند به شرح انگیزه خائنین، منش نازی، آثار شکست رایش و ارائه طریق نیز خواهد پرداخت و بخشی از این معما که

"چطور موش کثیف صهیون به اختاپوس صورتی ماسون تبدیل شد!؟" را حل خواهد نمود. در خصوص فراماسونری ذکر توضیح فوق ضروری است که ریشه این فرقه که در اصل فراتر از شیطان پرستی؛ جن پرستی و عام تر از پرستش معدودی از دیوان فضایی، بیگانه پرستی به معنای واقعی کلمه می باشد را باید در جنگ های صلیبی و عملکرد شوالیه های معبد(تمپلرها) این شهسواران مسیح! و نخستین نیروی لیبراتور غرب جستجو نمود! این شوالیه ها با یافتن و در اختیار گرفتن ابزارهای بیگانه و گنج های تکنولوژیکی معابد قوم زایون و از همه مهم تر کتاب های کابالا و جادوی سیاه که به گواه قرآن در زمان پادشاهی کهکشانی حضرت سلیمان و به تعلیم جنیان و شیاطین و حتی بسیار دیرین تر به تعلیم دو فرشته مامور شده از سوی خدا برای بسته شدن نطفه دیویسنا در بابل نوشته شده بودند به گمراهی دور از ذهنی دچار شدند... تا جایی که توسط استخدام کنندگان خود، شرکت های تجاری اروپایی(بانک های قرون وسطایی) و کلیسا و دربار مخصوصا شاهنشاهی فرانسه، تحت تعقیب قرار گرفته و قلع و قمع گردیدند. اینان همان فرانک هایی بودند که به گواه تاریخ غرب کودکان مسلمان را به سیخ کشیده و کباب کرده و خورده بودند و مسلمانان بالغ و مخصوصا زنان را پخته و خورده بودند! پس، مناسب ترین زمینه ممکن را برای خدمت به شیاطین داشتند. آدمی از حکمت خدا شگفت زده می شود وقتی می بیند چطور کسانی که به بهانه تسخیر سرزمین های مقدس و سرای خدا انجام هر جنایتی را جایز می دانند در آخر به بندگی مطلق شیطان گردن می نهند و برای ورود مجدد فیزیکی او و فرزندانش به زمین تمام عمر خود را نثار می کنند! و از همان آغاز امر به بازیچه ای لایعقل در چنگ تلمودیان و بنی اسرائیل تبدیل می شوند. البته که دروغ های پاپ سبب مساعد گردیدن چنین زمینه ای برای بروز شیطان پرستی نوین گردید زیرا این مزدوران باور داشتند که در اورشلیم(بیت المقدس) خدا و مسیح را به عینه خواهند دید و به بهشت وارد و دوباره چون نوزادی پاک خواهند شد(لغت به لغت چنین باوری داشتند و این تفسیر من نیست). سرخوردگی حاصل از مواجهه با واقعیت حتی از جنایاتی که مرتکب شده بودند تاثیر بیشتری بر روان و باور آنان نهاد و به دشمنان قسم خورده نه کلیسا و پاپ بلکه خدا و دین و پاکی و پاکدامنی تبدیلشان نمود و افسوس برای معصومیت از دست رفته به نفرت از معصومیت و تقوا مبدل شد. سیستم استخدام آن ها به این صورت بود که برای آمرزیده شدن هر گناه از سوی نهاد کلیسا که خود را مساوی با خدا می دانست باید تعداد سال خاصی را به پاپ و در ارتش صلیبی خدمت می کردند، مثلا اگر کسی زنا کرده بود با دو سال خدمت می توانست پاک شود! بازماندگان شوالیه های معبد در انتهای مسیر فرار خود توانستند به شاه اسکاتلند پناه ببرند، جایی که دست اربابان پیشینشان به آن ها نمی رسید و تنها نقطه ای در اروپا که در برابر

نظام کهن حاکم بر آن قاره مقاومت می نمود و تحت تسلط کلیساهای کاتولیک و پاپ نبود. مردم اسکاتلند، اشراف زادگان، جنگجویان، پناهندگان و مسیحیان متفاوت آن سرزمین پس از واقعه قیام ویلیام والاس و کشته شدن مظلومانه او، دچار نوعی سرخوردگی خشم آلود و عقده حقارت فروخورده و احساس شرم و گناه شده بودند و بلافاصله شوالیه های معبد که مزدورانی خونخوار و یا بهتر بگویم آدمخوار و به تمام معنا بی رحم بودند و البته در هنر جنگ تخصص قابل توجهی داشتند را پذیرفتند و نیز تئوریسین ها و مشاورین صهیونیست آنان را. این رسته تئوریسین ها یا همان صهیون ها پس از تشکیل اسرائیل و بیرون راندن ارتش ماسون های سنتی(بریتانیا) از آن اعلام وجود و استقلال فکری و تشکیلاتی کردند و شماری هم در اتحادیه واشنگتن ماندند و به مدیریت طیف مسیحی صهیونیست ادامه دادند. فراموش نکنید که صهیون ها جریانی متفاوت از بنی اسرائیلی های اصیل هستند و از لحاظ نژادی هیچگونه نزدیکی با آن قوم ندارند و فقط یکی از انبرک های زایون واقعی می باشند. یادآوری این نکته ضروری است که تنها برخی خانواده های منشعب از دو خاندان سرشاخه اصیل باقی مانده توانسته اند اصول تلمود را رعایت و ژنتیک اولیه خودشان را حفظ نمایند. باید پذیرفت که تنها گذاشتن والاس توسط اسکاتلندی ها، به گونه ای که حتی یک نفر در کنارش نماند، عذاب الهی را برای ایشان به همراه داشت و آن شوالیه های معبد بود که نه تنها این سرزمین را عکس وعده های ابتدائیشان به استقلال نرساندند بلکه یوغ های بردگی را سنگین تر و ناگسستنی تر نمودند... اینان توانستند در برابر انگلستان آن دوران قد علم کنند و کار تا به آنجا رسید که با مرگ ملکه وقت انگلیس(الیزابت اول) پادشاه اسکاتلند رسما اعلام سلطه بر سرزمین هایی که بریتانیا نام گرفته اند را نمود و شوالیه های معبد توانستند بالاخره(به ویژه تحت حمایت سیاسی صدراعظم اسکاتلند که از ابتدا یاور و همراه ایشان بود) به قدرتی که می خواستند برسند و از آن پس زره و شمشیر را کنار گذاردند و مانند هدایت کنندگان مطلق و دایه های خود، یهودیان تلمودی(صهیون ها) به سیاست بازی و جادوگری روی آوردند. اینگونه بود که ماهیت بین المللی تشکیلات ماسیون یهود از همان ابتدا شکل گرفت زیرا شوالیه های معبد از تبارها و قومیت های متفاوتی بودند و در واقع همه بازماندگان نیروهای طرح حمله به سرزمین های اسلامی را شامل می شدند که در چند معبد و دژ خاص و نفوذناپذیر تا سال ها تحت محاصره مسلمین قرار داشتند و حتی از سوی مردم خودشان فراموش شده بودند و آنگونه که تبلیغ می شود نبوده است که مثلا یک قوم از ژرمن ها و یا یک یا چند خانواده غیریهودی پایه گذار ماسونری بوده باشد. از سوی دیگر علاوه بر برنامه ریزی، تامین مالی فرقه از همان ابتدا توسط یهودیان اصیل صورت گرفت و به همین دلیل ایشان توانستند رفته رفته به مغز دست نیافتنی تشکیلات دجال تبدیل شوند.

بنی اسرائیلی هایی تا این اندازه تندرو که حتی سایر یهودیان تلمودی بجز خودشان و چند خانواده معین را نجس و فرزندان تاریکی و شیطان می نامند! و به متن اصلی تورات و سایر متون مقدس دسترسی داشته و با علم و آگاهی کامل اهریمن را انتخاب نموده اند و واقعیت تلمود را(به سبب آنکه خود آن را بافته اند) می دانند. باری، در این مقطع حساس فراماسونری توسط این سه بنیان نهاده شد و از آن پس به پشتوانه تشکیل بریتانیا به تعریف امروزی و کمک های قوم یهود ماسون ها توانستند سرمایه های مخفی(که بنی اسرائیل از دو هزار سال پیش اقدام به پنهان کردن و یا انباشت آن ها نموده بودند!!! بسیاری از این سرمایه ها به شکل گنج های طلا توسط آنوسیان بی شمار سراسر دنیا انباشته و در آستانه مرگشان دفن می شدند و وردهایی از کابالا را به عنوان محافظ بر آن ها می نهادند... در ایران خودمان شمار این دفینه های آنوسی ها بسیار زیاد است و مردم آن ها را نظرکرده به حساب می آورند زیرا ماهیت واقعی دفن کننده به سبب تعالیم آنوسی همواره پنهان می ماند و هیچ کس به فکرش نمی رسید در رویارویی با این گنج ها با کابالای عربی شده طرف است و نه دعاهای اسلامی... نقشه های عجیبی که اکنون در دست درویشان و سایر فرقه های جن پرست می باشد چیزی نیستند جز پیام های رمزی نوشته شده از سوی یک آنوسی خطاب به آنوسی دیگری در زمان حال یا بهتر بگویم آخرالزمان که چگونگی استخراج دفینه و محل دقیق قرار داشتن آن را شرح می دهد! فردوسی بزرگ در شاهنامه و در چندین داستان از جمله مواجهه اسکندر با جنازه تکیه زده بر تخت طلا و شرح دوران پادشاهی بهرام ساسانی به پاره ای از این موارد اشاره می کند ولی هیچ توضیحی نمی دهد و یا نمی تواند بدهد که چرا نمی شده اجسام قیمتی بر فراز تپه را از آن جنازه جدا کرد و یا اینکه چرا بهرام گور آنقدر از مال اندوزی و گنج پنهان کردن یک یهودی به خشم آمده بود!؟ در حالی که گرد آوردن ثروت و گنج های زرین در زرتشتیت تحریفی فضیلت به شمار می آید - دلیل خشم بهرام اطلاع او از اصل ماجرا بوده - و کریستی که نام خانوادگی او معنایی جز مسیحی واقعی ندارد و از آخرین پرچمداران مقاومت مسیحیت در برابر برده و بازیچه یهودیان شدن بود نیز در چندین اثر خود به تبعیت از "تاجر ونیزی" کمپین شکسپیر! و خط فکری نویسندگان مستقل انگلیسی زبان به همین "پروژه تاریخی جمع کردن سرمایه" و "جنون خساست و زراندوزی تنفرآلود" بطور مفصل می پردازد... وقتی به تعداد این گنج های طلسم شده آنوسی مدفون می اندیشیم که در هر دهکوره ای می توان چندین مورد از آن ها را سراغ یافت باید از اینکه چه تعداد دشمن سوگندخورده بشر و شیطان پرست در طول تاریخ در میانمان پنهان بوده اند بترسیم و به فکر حالا باشیم) و نخبگان بی شماری را جذب خود نمایند و سلطه شان را از اروپا گسترده تر نموده و در کل جهان پایگاه ها و لژهایی

ایجاد کنند که تقریبا تمامی تصمیمات مهم هر کشور، اتحادیه و سازمانی را بتوانند رقم بزنند و در هر محفل و مکانی "تک چشم جاسوسا"ی آنان حضور داشته باشد و تاثیری بگذارد...

در محدوده دوره زمانی یادشده شش گروه برای تشکیل یک نظام جهانی واحد(فراماسونری در تعریف عام تر و به معنی انجمن های برادری و فرقه های مخفی یکپارچه) رفته رفته به یکدیگر پیوستند: یک ـ شوالیه های معبد و دیگر اقوام آدمخوار اروپایی تحت رهبری آنان که ماسونری را بنیان نهادند و امروزه به سه گروه اصلی ماسون های سنتی اسکاتلندی در زیر پرچم کمپانی تجاری لندن و ماسون های مدرن سکولار تحت بیرق اتحادیه نظامی واشنگتن و ماسون های "لژیونر" که بیشتر در کشورهای کمونیستی قدرت داشته و دارند تقسیم شده اند و هر کدام از این طیف ها نیز در درون خود به صدها لژ و جریان ناهمگون تقسیم می شود. شاید بتوان یک نوع دسته بندی دیگر را نیز ارائه داد: ماسون های شرقی و ماسون های غربی. بطور طبیعی، لژهای واخورده در غرب و تشکیلات دو ابرقدرت آن(واشنگتن و لندن) رفته رفته به سمت شرق و دو ابرقدرت برآمده از کمونیسم متمایل شده اند و البته بسیاری از این گروه ها در ابتدا تنها برای انجام ماموریت هایی خاص و محدود اعزام شده بودند که بعدها خود را ماندگار کردند و سپس اعلام موجودیت نمودند. شعار همیشگی فراماسونری از ابتدا این بوده که یک ماسون نباید هیچگونه اعتقاد مذهبی و قومی و فامیلی و ... را به لژ بیاورد ولی هر کسی می داند که این شعار تنها در حد حرف باقی ماند و لژها دستخوش فامیل بازی و ذهنیت و قومیت گرایی و حتی تمایل به مذاهب ملل تحت لوای خود شدند و اکنون پس از گذشت دهه ها کار به جایی رسیده که ماهیت و هویت هر کدام آن ها منحصر به فرد و دارای تضادهایی با سایر شاخه ها گردیده است. بطور مثال ماسون هایی که برای نفوذ در تشکیلات روسیه و چین ماموریت یافته بودند رفته رفته این دو سرزمین را مرکز مستقل خود اعلام نمودند و نه فقط با ماسون های غربی اختلاف نظر اساسی یافته اند بلکه میان دو جریان چینی و روسی هم اتفاق نظر چندانی وجود ندارد. هیچ کدام لژها نمی خواهند خود را فدای دیگران کنند و می خواهند قدرتشان را حفظ نمایند و امروزه "ماسون های سرخی" که سبب سقوط جماهیر شوروی نهاد قدرت خودشان به دست خودشان! و فروپاشی آن از درون شدند مکتوب ابراز پشیمانی می کنند. دو ـ شیطان پرستان قرون وسطایی دربارهای سنتی اروپا که سلطه ماسون ها را با آغوش باز پذیرفته و سرعت بخشیدند، به ویژه در دربارهای انگلیس و فرانسه و همینطور در کلیساهای مرکزی. اینان نیز امروزه به دو طیف غالب شیطان پرستان سنتی معتقد به شخص شیطان و شیطان پرستان مدرن تابع افکار شیطانی تقسیم شده اند. این دو طیف نیز در درون خود شاخه شاخه گشته اند و هر یک از شاخه ها نگرش متفاوتی نسبت به شیطان، آخرالزمان و دجال دارند.

این ها و به ویژه رسته مدرن سیتنیست ها که در تمامی جنبه های هنر و از همه مهم تر در صنعت ساخت میوزیک ویدئوهایی که به منظور نشر افکار سکولار و ضدمسیح تهیه می شوند قدرتمند می باشند تمایل بیشتری به سمت دمُکرات های اتحادیه واشنگتن دارند و در تقابل فرهنگی با تثلیثیان افراطی متمایل به جمهوری خواهان توسط آن حزب علم شده اند.

همزمان با اینکه هواداران قانون آزادی فروش سلاح که عمده پیروان جمهوری خواهی و از زمره همین تثلیثیون رادیکال هستند به وسیله ابزار تبلیغات سیتنی و انعکاس بی سابقه فجایع روی داده به دست افراد مسلح طی سال های اخیر تحت فشار بین المللی بی سابقه ای قرار گرفته اند حمله به مواضع لژهای عقیدتی ماسون از هزاران جبهه دیگر در حال انجام است. شیطان پرستان مدرن، ماسون های مدرن و تمامی لائیک هایی که به اعتقاد نداشتن اعتقاد دارند! در حال حاضر نیرومندترین اتحاد جهانی درون ساختار ماسونری را تشکیل داده اند. دو دلیل سبب شده که نگرش انسان گرایانه اعضاء این اتحاد که روز به روز در حال فاصله گرفتن از جن پرستی و نزدیک شدن به انسان خدایی هستند موفقیت بیشتری را نسبت به سایر طیف های بینش ماسونی کسب نماید؛ نخست اینکه این ها پیشرفت خود را به مسائل اعتقادی و اجازت خاخام های یهود و پیشگویی ها گره نزده اند و بطور کلی ماهیتشان را از حالت عقیدتی حداقل در ظاهر خارج نموده اند تا ایدئولوژی جلوی دست و پایشان را نگیرد. دیگر اینکه دمکرات ها تحت تاثیر دلیل نخست و بین المللی و فرانژادی تر بودن در سراسر دنیا و میان ملل گوناگون هواداران و پیروان بیشتری را توانسته اند مجذوب خویش سازند و بدون صرف هزینه ای سپاهی از معتقدین فراری از ادیان تحریف و وارونه شده و خشونت های مذهبی را در پشت سر خود دارند(همین ها هستند که جنگ های مذهبی را به راه می اندازند زیرا درگیری های ادیان و فرقه ها به مشروعیت، لزوم حضور و تابعینشان خواهد افزود و همین ها هستند که دائما شایعاتی چون پایان جهان در تاریخی خاص، مثلا سال ۲۰۱۲ را بر سر زبان ها انداخته و تبلیغ می کنند چون با فرا رسیدن موعد ۲۱ دسامبر و عبور بشر از آن در واقع ضربه بسیار مهلکی به سایر طیف های فکری ماسون که ماهیت خود را به چنین مسائلی گره زده اند وارد خواهد آمد و از این رو با ساخت فیزیکی معبد هیکل و یا هر چیزی که با به واقعیت پیوستن پیشگویی ها ارتباط بیابد مقابله خواهند نمود). اما جمهوری خواهان که مشروعیت و نهاد خود را به "ملی گرایی آمریکایی" و شعارهایی که تنها در چهارچوب اتحادیه واشنگتن و چند ملت خاص معنا می یابند و جنگ های صلیبی و دشمن تراشی افراطی یا بهتر بگویم اهریمن تراشی! و نگرش آخرالزمانی برآمده از متون مسیحی صهیونی و خرافات قرون وسطایی دجالیستی گره زده اند از رقیب عقب افتاده اند.

سه - یهودیان تلمودی نوادگان قوم یاجوج و ماجوج(سلسله خزرها - نژاد سفید قفقازی) که

اصالتا از بنی اسرائیل و مردم خدا! نبودند و دین یهودیت را برگزیده بودند(یعنی حدود نود و یک درصد از کسانی که امروزه یهودی دانسته می شوند!) بعلاوه شماری چند از دیگر نژادهای خونخوار مانند وایکینگ ها که به همین ترتیب یهودی شدند و پس از جنگ جهانی اول به صهیونیست شهرت یافتند(یادآور می شوم که استفاده از این نام برای خطاب هرکسی که پیرو تلمود و یا تورات تحریفی کنونی باشد درست است). صهیون ها را می توان نخود داغ تر از آش لقب داد زیرا هیچگونه قرابتی با یهودی زادگان واقعی ندارند و می دانید که به اعتقاد بنی اسرائیل دین یهودیت تنها مختصّ یک نژاد و قوم خاص می باشد و به همین دلیل است که یهودی مذهب خود را برای سایر اقوام تبلیغ و با غیریهودی ازدواج نمی کند. به عبارت صحیح تر بنی اسرائیل اعتقاد دارند که یهودیت ایشان را برگزیده و نه به عکس. اینان به ویژه پس از برپایی کلونی اسرائیل به گروه هایی حتی متخاصم تقسیم شدند و از آن زمره می توان به سه گروه تندروهای مذهبی و تندروهای سیاسی و میانه روها اشاره نمود. چهار - مسیحی یهودی ها که بیشتر معروف به مسیحی صهیونیست هستند و از نظر قومی و نژادی مخلوطی اند از نوادگان و تابعین شوالیه های معبد و ماسون های سنتی واخورده مهاجرت کرده به واشنگتن و دیگر مهاجرین(عمدتا کاتولیک) به اتحادیه که در طی صد و بیست سال اخیر غسل تعمید به منظور تولد دوباره به جای آورده اند. این ها از نو تثلیثی یعنی مسیحی صهیونیست شده و دین "پرستش مردم خدا" و پاسداری از یهود را بنیان نهاده اند، کلیساهای تلویزیونی را جایگزین واتیکان و حضور فیزیکی در کلیسا کرده اند و عملا از دیدگاه تثلیثیت سنتی واتیکانی کافر محسوب می شوند. این جنبش راست مسیحی هم اکنون یک سوم مردم ایالات متحده را شامل می شود اما در سایر نقاط جهان با اقبال مواجه نشده است و در اتحادیه نیز رو به افول می رود و هواداران خود که اغلب به دلیل استفاده از امکانات و مزایای با کلیسای مسیحی صهیونیست بودن، از جمله دریافت کپن غذای مجانی، به آن پیوسته اند را با توجه به مشکلات اقتصادی پیش روی دولت واشنگتن و محدودیت منابع به سرعت از دست می دهد و به همین دلیل دمُکرات ها در حال حاضر سعی می کنند از آن فاصله بگیرند گرچه بخشی از آن بوده اند و هستند. این ها تنها در ایالات متحده و در سایه پرچم واشنگتن توانسته اند موفقیت هایی کسب کنند که به دو گروه غالب دمُکرات میانه روتر متمایل به ماسون های مدرن و شیطان پرستان(تمامی کلیساهای شیطان در دوره ریاست جمهوری دمکرات ها پایه گذاری و حمایت مالی و سیاسی دولتی شده اند) و لائیک ها(فمنیست ها، همجنس بازها، آنارشیست ها و ... - برای تذکر یکی بودن همگی این ها کافی است به جایزه هنری افتخاری نهاد کندی و نماد این موسسه که همان پرچم همجنس بازهاست نگاهی بیندازید)، و جمهوری خواه تندروتر متمایل به ماسون

های سنتی و صهیونیست ها و مسیحیان رادیکال غیرصهیونیست تفکیک شده اند. اینان هستند حزب دمکرات و حزب جمهوری خواه. هر کدام از این دو از گروهک های رقیب و مخوفی تشکیل شده اند که در دمکرات ها به بیلدربرگز کلینتون و در جمهوری خواهان به جمجمه و استخوان بوش اشاره می کنم. دمُکرات ها گستاخی به سنن ماسونری اسکاتلندی را از حد گذرانده اند و زنان و رنگین پوستان را نه تنها به لژها راه می دهند بلکه در رتبه های بالای درخت سیاه ماسونی خود(مثلا در گروه بیلدربرگز) می پذیرند. اما یادمان نرود؛ این ماسون ها بودند و هستند که باور میمون بودن را به سیاه پوستان آمریکا قبولانده اند و با هزاران اهرم آن را در ذهن این ملت مظلوم جا انداخته اند بطوری که یک سیاه اهل اتحادیه مانند یک میمون در هنگام حرف زدن و یا راه رفتن دستانش را تکان می دهد و در تمامی رفتارهای دیگرش اثر نهادینه شدن اعتقاد به این باور ملموس است در حالی که یک سیاه آفریقایی اصیل که هنوز در قبیله زندگی می کند چنین رفتارهایی را از خود نشان نمی دهد. در مورد بانوان هم همین تذکر وجود دارد زیرا این ابررسانه های ماسونری بوده اند که در طی یک پروسه چند ده ساله ماهیت زنان را به عنوان ابزار شهوترانی و ذاتا گناه آلود به خود ایشان تلقین کرده اند و امروزه یک زن غربی تصور می کند که برای خوش گذراندن ضروری است که بی بند و بار، یعنی فاحشه باشد و حتی کتک زدن زنان را جا انداخته اند. این فشار ابررسانه ای و تلقینات همه جانبه در مورد مفاهیمی بسیار بنیادی تر چون رجعت جاویدانه های ما و دوباره زنده شدن شهیدان در سیل آثار زامبی و امثال آن روی می نماید و قدرت و تاثیر مستقیم آن تا اندازه ای زیاد است که علاقه به کشیدن سیگار و باور به لذت نهفته در مواد اعتیادآور و امور جنسی لجام گسیخته از فیلم های هالیوودی منتقل شده است. مسئله این است که در نهاد جمهوری خواهان مثلا در گروه جمجمه و استخوان محال است چنین پیمان شکنی بزرگی(در مورد زنان و سیاهان) حتی به عنوان ظاهرسازی رخ بدهد. حال ممکن است این پرسش پیش بیاید که پس چه تفاوتی میان ماسون های مدرن و دو حزب واشنگتن و مسیحی صهیونیست ها و حتی شیطان پرستان وجود دارد؟ پاسخ این است که تفاوتی از لحاظ کلیت عقیده و عمل میان این ها وجود ندارد و مسئله فقط جنگ قدرت است.

همه کفر و دیوسیرتی در یک جبهه جمع شده اند اما مشکل بر سر فرماندهی این سپاه و تقسیم غنائم و ثروت هاست. شاید کسی به تقسیم بندی شش گانه من ایراد بگیرد و بگوید که چرا احزاب واشنگتن را در آن قرار نداده ای؟! من شش جریانی که استقلال نسبی هویتی و ماهیتی از دیگر جریان ها دارند را به حساب آورده ام(و نه زیرمجموعه ها و اتحادها را) زیرا تمامی احزاب و فِرق غرب از ائتلاف همین شش طیف و یا تعدادی از آن ها سر برآورده اند و احزاب ممکن است هر لحظه تغییر ماهیت و استراتژی دهند اما اینان ریشه

در عمق تاریخ و ایدئولوژی دیویسنا کشیده اند و بالاخره ظهور خواهند یافت. از سوی دیگر بررسی ریشه های قومی و نژادی به ما کمک می کند تا دلیل زنده بودن خودمان که نتیجه چیزی جز تضادها و درگیری های داخلی نظام ماسون نیست را درک کنیم. بطور نمونه هنگامی که مهاجرین اروپایی به آمریکا گام نهادند بلافاصله به دلیل اختلافات کهن اروپایی خود به گروه ها و ائتلاف هایی تقسیم شدند. مهاجرین آلمانی و روس و انگلیسی و ایرلندی و فرانسوی و اسپانیایی و ... بودند و هر ملتی با ملت و یا ملل همگون با خود متحد گردید. در نهایت این اتحادهای کوچک تر به اتحادهای همگون تر با خودشان پیوستند و دو اتحاد بزرگ دمکرات و جمهوری خواه تشکیل گردید که ناهمگونی محض نژادی و ملیتی بودند. اگرچه همواره ماسون ها قلب و بنی اسرائیل مغز تمامی تقسیم بندی های یادشده هستند اما برای نمونه مسیحی صهیون ها حکم افسران پیاده و "سربازان ذخیره"، اهرم جنگ طلبی و تجاوز نظامی را برای آنان دارند و این جهان بینی برآمده از خدعه ماسونری نیز در گذر زمان دارای نهادهای مستقل قدرتمندی گردیده و تابع مطلق ماسیون یهود به شمار نمی رود. مسیحی صهیونیست ها در بسیاری موارد در سیره چگونگی مراقبت از قوم یهود و تفسیر عهدین با خود یهودیان موافق نیستند و نه تنها تورات و تلمود را مقدس تر از انجیل به شمار می آورند!!! در تفسیر این متون نیز افراطی تر از خاخام ها عمل می نمایند(مثلا عقیده به نابودی کامل زمین و فرار یهودیان و خودشان از آن به وسیله سفینه مسیح دارند) و بسیاری از صهیونیست ها و یهودیان اصیل را موانع خدمت به یهود که باید نابودشان کرد می دانند! به زبان ساده من در این تقسیمات شش گانه طیف ها و جریاناتی را گنجانده ام که دیگر قابل حذف و یا نادیده گرفته شدن نیستند و بنی اسرائیل باید برای کنترل و یا راضی نگاه داشتن آنان به خود زحمت بدهند زیرا تعریف و ساختاری مستقل از او و دیگر انبرک ها یافته اند. بعلاوه حتی اشاره به نام تمامی شاخه ها و دسته بندی هایی که زیرمجموعه این شش جریان غالب هستند برای جم امکان پذیر نمی باشد و همانگونه که بارها گفته ام اهریمن شناسی رشته ای دانشگاهی را می طلبد که بتواند شناسایی و بررسی تمامی فرقه ها و لژهای موجود و گروه بندی های درون همین لژها را پوشش دهد. به عنوان مثال حتی در ساختار سنتی فراماسونری اسکاتلندی بریتانیا از چه کشور، منطقه و شهر و دین و ... به لژ آمدن لحاظ می شود و لندن زاده ها حاضرین برآمده از دیگر مناطق را پایین تر نگاه می دارند.

پنج - آنوسیانی چون وهابیون و غالب رهبران و قدرتمندان کشورهای مذهبی که در فرهنگ های میزبان خود به تمام معنا حل شده اند و هویت خود را گره خورده به ملتی تازه و تداوم قدرت و ثروتشان را وابسته به بقای کشور تحت سلطه و هنجارها و معیارهای منحصر به فرد آن می بینند. عجیب اینکه عملکرد شیطانی قوم مورد بحث و به ویژه آنوسیان در طی

تاریخ دو هزار ساله موجودیتشان تا اندازه ای پررنگ و خائنانه بود که نه فقط باعث گردید صفت موش بودن مترادف با نام آن ها شود بلکه خود واژه "موش" از موشی که تلفظ عبری موسی است ماخوذ گردیده است! به این معنی که در اروپای قرون وسطی هر دینی را به نام پیامبرش می شناختند(کریستین، محمدان، زرتشتین و ...) و یهود را موشه خطاب می کردند و تا آن اندازه خرابکاری و کارشکنی از درون ملل و جوامع، توسط صهیونیست ها تکرار می شد و واضح بود که اروپائیان موش خانگی که عملکردی درست مانند صهیون داشت و پایه های هر خانه استواری را می جوید، دشمن بهداشت بود، به سرعت مانند بیماری تکثیر می شد و از دست زدن به هر اقدام کثیفی برای رسیدن به مقصودش خودداری نمی کرد را "ماوس" نامیدند. این شعبه بیشتر تمایل به ماسون های سنتی دارند با توجه به اینکه همگی به دست کمپانی لندن به سلطه رسیده اند و در اتحادیه واشنگتن نیز غالبا به سمت ماسون های مترادف با خود می روند. دلیل مهم تر این تمایل و تداوم وفاداری آنوسیان به لندن را باید در صفحات تاریخ جستجو نمود. آنوسیان در چندین دوره تاریخی خاص توسط یهودیان کابالیست قلع و قمع شدند و حتی در ابتدا هدف آن ها از پنهان شدن در میان سایر اقوام و مذاهب چیزی جز فرار از تیغ و مکر و نفوذ کشنده دشمنان قسم خورده خود(کابالیست ها) نبود! این ها همواره از بنی اسرائیلیان تعقیب کننده شان و اقوامی که بعدها یهودی شده و رسما سلطه بنی اسرائیل را بر خود پذیرفتند و نیز تایید نموده بودند نجس و پست تر از آن شعبه اصیل قوم هستند(یعنی صهیونیست ها و یهودیان مهاجر به اسرائیل) متنفر بوده اند و مقابلین نیز ایشان را به دلیل ترک آیین ها، قوانین و برگزاری مناسک یهود نجس می دانند. مثلا، وهابیون همواره از روزی که پدیدار شدند با شراینرها یکی بودند و در پی غصب اسلام و تشکیل مملکت واحد ناصری عربی در برابر زایون صهیون ها بوده اند و بدیهی است که این طیف به سبب کینه و عدم اعتماد تاریخی یادشده و دلبستگی ایدئولوژیک به لندن و نه اسلام و اعراب با صهیون های نارو زده به کمپانی اصطحکاک خواهند داشت.
بسیاری از این آنوسیان با زیر پا گذاشتن علنی مقدس ترین قانون قوم یهود(عدم ازدواج با کفار نجس - یعنی هر کسی غیر از یهود) در اثر ازدواج با نژادهای میزبان خود مبدل به نژادهای تازه و ایدئولوژی های نوظهوری شده اند که هر یک سودای رهبری بر قاره ای را در سر می پرورد! باری، آنوسی ها در گذار صدها سال به فرقه ها و پوشش هایی که برای مقاصد کوتاه مدت ساخته بودند محبت و وابستگی پیدا کردند و در آن ها حل شدند!
بطور مثال آنوسیانی که دراویش و یا بهائیت و حجتیه را بنیان نهاده و مدیریت می کنند رفته رفته به جایی رسیده اند که نمی خواهند و یا نمی توانند این پوسته ها را ترک و منحل نمایند و زندگی انگلی خود را به تعاریفی تازه انتقال دهند(مثلا به اصل خویش بازگردند).

گذشته از این فرقه هایی که آنان صدها سال سرمایه و عمر خویش را برای به وجود آمدن و پایداریشان صرف نموده اند اکنون تبدیل به نهادهای قدرتی قابل اتکا چون سلفی ها شده اند و نیز در دوره خطیر کنونی که رقابت میان فرقه های نظام جهانی سلطه تا این اندازه شدت گرفته است ترک نمودن چنین لاک های امنیت آفرین ایدئولوژیکی مساوی با خودکشی است.

تذکر این نکته ضروری است که آنوسی ها هم در واشنگتن نفوذ فراوانی دارند و بطور نمونه به لابی های تحت تاثیر وهابیون که تقریبا صد برابر صهیون برای انتخابات ریاست جمهوری واشنگتن پول خرج می کنند و یا این واقعیت که بهائیت پیش از مطرح شدن در ایران، حتی پیش از آنکه بهاء ادعایی را مطرح سازد در چندین ایالت اتحادیه دارای لژ و سازمان بود اشاره می کنم. پس تصور نکنید که رقابت و کینه انبرک ها و چنگال های دجال با یکدیگر مانند دشمنی میان خیر و شر و یا حق و باطل است بلکه همواره با همکاری ها و اتحادهایی همراه می باشد و همگی جبهه ای واحد در برابر اتفاقات درست هستند. بعلاوه در بدنه تشکیلاتی و قوای تحت اختیار یکدیگر نیز نفوذ، حضور و تاثیرگذاری به سزایی دارند.

مثلا ماسون های سنتی درست هنگامی که از طرح سکولاریزه کردن جهان ماسون های مدرن اطلاع یافتند، چهل سال پیش از جنگ جهانی دوم، شروع به ساختن و پرورش دادن وهابیون(و در درون آن جمعیت اخوان و در داخل جمعیت اخوان سلفی ها) و امثالهم کردند و برای آنکه روزگاری قافیه را بطور کامل در برابر رقبای تازه به دوران رسیده خود نبازند اقدام به پاشیدن بذرهای فرقه گری و به قدرت رساندن خشک مذهبان آنوسی نمودند. بدیهی است که یک تندروی مذهبی هرگز نمی تواند با سکولاریزم آمریکایی بطور مطلق کنار بیاید چون در آن صورت دیگر دلیلی برای حضور خود او در صحنه وجود ندارد و مشروعیتش را از دست می دهد پس بهترین گزینه کمپانی برای مقابله با تسلط کامل اتحادیه رادیکالیزه کردن ادیان بود و این کار را به بهترین شکل ممکن انجام داد. واشنگتنی ها همواره سوپرویپون و سلاح های مخفی و بزرگ نظامی را دلیل پیروزی می پنداشتند در حالی که لندنی ها چنین سلاح هایی را در ذهن مردم خاورمیانه آماده به خدمت داشتند(مانند باور یکصد ساله به اینکه امیر وهابی و امثالهم صاحب و متولی اسلام هستند و از سوی خدا انتخاب شده و حتی قابل کشتن و سرنگون کردن نمی باشند!) و به وسیله آن ها توانستند انقلابات معاصر بسیاری را از چنگ گاوچران های بی سیاست و ساده لوح بربایند. اما نکته اینجاست که این نطفه های انگلیس با اتحادیه نیز تعاملات فراوانی داشته و دارند و هرگز اینگونه نبوده و نیست که حتی مهره هایی تا این اندازه عقیدتی و دست نشانده و نفتی تنها به ارباب خودشان خدمت کنند و مثلا مانند صدام به دست ماسون های لژیونر مسلح نشوند.

شش - گروه های مخفی باستانی قوم بنی اسرائیل که قِبّالای فرعونیان را زنده نگه داشته

بودند(البته امروزه دیگر برای همه شناخته شده اند و نام این خانواده ها و شجره نامه های ایشان حتی موجود می باشد) و تجربه هزاران سال زندگی نامرئی و ویران کردن دولت ها از درون و آواره نمودن و کشتار ملت ها به دست نیروهای مورد اعتماد و برادران خودشان! و تشکیل دولت سایه و تسخیر سیاسیون و پادشاهانی چون خشایارشاه را در کارنامه داشتند و علاوه بر ثروت مخفی خود که نتیجه بیش از دو هزار سال مال اندوزی دیوانه وار بود(پیش و پس از بروز انشعاب در بدنه قوم و بطور مثال فرار آنوسیان و یا تفکیکش به خانواده های متخاصم) از برنامه ریزی و سازماندهی دقیقی سود می برده اند. دارایی اصلی ایشان کتب مقدسی است که از ادیان گوناگون و دوره باستان در اختیار دارند.

ضروری است که واژه "تسخیر سیاسیون" را کمی شرح بدهم و برای این کار ساده ترین روش توضیح چگونگی به وجود آمدن شاهنشاهی به تعریفی که اکنون از شنیدن آن به ذهن خطور می کند در ایران است. رژیم پهلوی همواره کوروش بزرگ را موسس سلطنت در ایران زمین تلقین می نمود در حالی که کوروش و داریوش چون پیشینیان خود که طی یازده هزار سال بر سر کار آمده بودند تنها مدیر عاملان یک سازمان ملل قدرتمند و عادل جهانی به نام هخامنشیان(بخشی از کیان) و در اصل پهلوان و سرباز بودند و نه شاه و فرمانروا.

حتی یک سند معتبر تاریخی مبنی بر اینکه کوروش بزرگ تاجگذاری و یا کاری شبیه به آن در بابل و یا تخت جمشید و یا هر جای دیگر! کرده باشد و یا جشن هایی سلطنتی و حکومتی و پرخرج را برگزار نموده باشد وجود ندارد و تمامی سخنان و قصه های پریانی موجود ساخته و پرداخته ذهن تحریف کنندگان صهیونیست تاریخ و تلاشی برای ترور شخصیت و کاستن از مقام معنوی وی و شخصی جلوه دادن جنبش ضدبرده داری ایرانیان باستان هستند.

این خشایارشاه(خشایارشا) بود که برای نخستین بار و تحت تاثیر وزرای یهودی خود جشن های شاهانه برگزار نمود و تاج سنگین اشرافی بر سر نهاد و دربار تشکیل داد و به مصداق تعریفی که دربار محمدرضا پهلوی از شاهی ارائه می داد بر تخت سیمین و زرین تکیه زد و خود را بخشی از خدا و صاحب جان و ناموس مردمان نامید و شراب مست کننده نوشید.

نماد شیر که تا پایان دوره پهلوی جزئی جدایی ناپذیر از پرچم ایران دانسته می شد در واقع شاخص ترین و مهم ترین نشان یهود است و در زمان خشایار برای اولین بار جهت معرفی دولت هایی که تحت سیطره پنهان تلمودیان بودند استفاده شد(به عنوان مجسمه و سرستون و درفش) و در اصل مارک یهود در دوران پیش از ۵۷ بر پیشانی هر ایرانی نقش بسته بود. شیر و خورشید کیانیان باستانی به گواه شاهنامه اصلا به این شکل(پرچم پهلوی) نبوده است.

این جایگاه قدسی و سایه یزدان بودن که خشایارشاه به سلطنت بخشید در حکومت ساسانیان به ویژه توسط کسری انوشیروان بازتولید شد و افراطی تر به اجرا درآمد تا جایی که او

انجام هر عملی از سوی شاه و درباریان را الهی تفسیر کرد و بطور مثال تمامی مزدکیان را به عنوان مهمان به دربار دعوت و همه را از مرد و زن و کودک و پیر و جوان به بدترین شکلی که می دانست و می توانست شکنجه نمود و کشت و به سادگی خط بطلان بر مرام جوانمردی و پهلوانی دیرین ایرانیان کشید. شاید عده ای کوته بین اینطور تفسیر کنند که خشایار و کسری قدرتمندترین پادشاهان دوران خود بوده اند در حالی که این دو تمامی توان، آبرو و دارایی های سلسله های خویش را خرج بر قدرت ماندن و خودنمایی های اشراف نمودند و عملا عامل اصلی سقوط شاهنشاهی هخامنشی و ساسانی به شمار می آیند. این دو حتی ملی نبودند و وزرایی چون هامان و بزرگمهر را به دلیل زرتشتی واقعی و مزدکی بودن از خود راندند و پس از شکنجه بسیار و سرنوشتی که بطور عجیبی مشابه است کشتند و بیگانگان شهوت پرست و خادمین زایون دیویسنا را بر ایرانیان مسلط ساختند. خشایارشاه پس از یازده هزار سال سروری به پادشاهی سربازها پایان داد و اشراف تاجر را جایگزین پهلوانان کرد و خانواده سلطنتی را وارد بازی های سیاسی و نهاد قدرت نمود. پیش از او ملکه نمی توانست حکمی صادر و مانند آستر مستقلا هزاران نفر را نسل کشی کند(حتی امروز هم در کشورهای اصطلاحا دمُکراتیک خانواده رئیس جمهور همراه با او به قدرت می رسند و مثلا همسر رئیس جمهور اتحادیه واشنگتن می شود بانوی اول آمریکا! و به همراه شوهر و فرزندان خود وارد کاخ سفید که یک نهاد کاملا سیاسی است می شود. با فرض اینکه رئیس جمهوری در آن اتحادیه با رای مستقیم توده مردم گزیده شود آیا همسر و خانواده او هم با همین رای انتخاب شده و حق حکومت کردن و ایجاد تغییر می یابند؟ آیا همبستری با محمدرضا پهلوی به ملکه او این جواز را می داد که در کنار شوهر خویش و یا حتی بدون او از ارتش ایران سان ببیند؟) و نه تنها خانواده شاه به تعریف کیانی کلمه در امنیت کامل سیاسی و قضایی قرار نداشتند بلکه خود او نیز بسیار محتمل بود که توسط پهلوانان و پیران و نمایندگان مردم از قدرت عزل گردد چه رسد به اینکه بتواند ولیعهدی تعیین نماید و در اکثر موارد مانند مورد کوروش و داریوش فرزند شاه پیشین شاه بعدی کیانی نمی شد. اینجاست که برتری و کمال شخصیتی و حکومتی ناپلئون و هیتلر در سایه شباهت بی مانند ایشان دوباره روی می نماید زیرا این دو از تنها کسانی در تاریخ هستند که هرگز به سبب برتری خود خانواده خویش را بر مردم و زیردستانشان برتری ندادند و حتی برادران ناپلئون که به او خدمت می کردند تا پایان امپراطوری وی در حد یک کارگزار ساده و فدایی باقی ماندند و با اینکه بناپارت به تربیت پسرش برای جانشینی می پرداخت هرگز او را حاکم آینده معرفی و برتر از دیگران تبلیغ نکرد و کار را به لیاقت خود او و نظر و اقبال مردم و نخبگان واگذار نمود تا آنجا که هرگز حتی دشمنان وی اعتقاد نداشتند(و

با وجود اینکه بسیار از این نوع تبلیغ سود می بردند بیان هم نکردند) که او ولیعهد داشته و در صدد موروثی کردن امپراطوری بوده است. ترس رایش سوم از موروثی شدن پیشوایی آلمان در خانواده هیتلر تا اندازه ای بود که همواره از صاحب فرزند شدن و یا اعلام رسمی ازدواجش می هراسید تا مبادا همسرش به سبب محبوبیت فوهرر ژست و مقام قانونی بیابد. البته انوشیروان و خشایار شباهت های بی شمار و شگفت انگیز دیگری نیز دارند از جمله اینکه خشایارشاه اولین کسی بود که به عنوان شاه ایران در میادین جنگ حضور نمی یافت و اگر هم گاها سرکشی می نمود بر تخت می نشست و نه بر اسب و انوشیروان نیز این شیوه را به حد کمال رسانید. بعلاوه بخش عمده ای از باوری که امروز نسبت به این دو و شکوه و جلالشان وجود دارد دروغ و تحریف تاریخی آشکار است و هر دوی اینان با قلم تحریف کنندگان یهودی و موبدان خائن به دین زرتشت تا پایگاه خدایی!!! ستوده شده اند.

بخشی از این ستایش های مکتوب به قلم خیل افراد ظاهربینی نگاشته شده است که تنها ریخت و پاش و زرق و برق دربار سلطنت را جلوه گاه قدرت ارباب آن می دانسته اند. بخش دیگری از این تحریف ها نیز توسط تاریخ نگاران و حکمایی مانند فردوسی بزرگ به نسل های بعدی منتقل شده اند که تمام تلاششان انتقال منابع معدود تاریخی به نسل های آینده و حفظ تاریخ ایران زمین بوده، و موقعیت تحلیل و انتخاب منبع در اختیارشان نبوده است. یهودیان دربار هخامنشی خشایار را تا حد "زیباترین موجودی که خداوند آفریده" بالا بردند و ارتش او را هزار برابر ثبت نمودند و واژه شاه را به نام وی پیوند زدند(در حالی که حتی کوروش و داریوش با این پسوند یاد نمی شوند) و بخشی از نام وی تلقین کردند به این معنا که او ذات شاهی و بزرگی است. شماری دیگر از یهودیان و موبدان نیز همین شیوه را در مورد کسری به کار بستند و او را حتی انوشیروان به معنای نوشین روان و کسی که از همین حالا قطعا از روان های بهشتی است نام دادند و عدالت عجیب و غریبی را به وی منسوب نمودند که داستان های آن مورد تایید هیچ یک از تاریخ پژوهان معتبر نمی باشد... خلاصه کنم، تمامی فرآیند یادشده در طی جریان و رویکرد تسخیر سیاسیون صهیونیان و با مکر و برنامه ریزی آنان روی داد و پادشاهان فوق جز بازیچه ای در دست آنان نبوده اند. ادیان یهودیت و مسیحیت به دست همین ها به تلمودیت و تثلیثیت تغییر ماهیت داده شده اند. باری، ماسون های سنتی بریتانیایی توانستند اتحادیه نظامی واشنگتن را علم کنند ولی در نهایت دست خودشان از آن کوتاه شد و محدوده رشد و فعالیت برای ایشان تعیین گردید و این بنی اسرائیلی های اصیل بودند که برتر از ماسونری سنتی لندنی و مدرن واشنگتنی و حتی صهیونیزم نظم نوین دنیوی خود را با دست زدن به هزار بازی سیاسی عظیم و عجیب چون ظهور اتحاد کمونیسم و فروپاشی آن از درون(به دست یهودیان) برای زایش زایون

مستقر و انبرک های خود را مدیریت نمودند(یکی از مهم ترین دلایل حذف اتحادیه کمون رشد ناگهانی و غیرمنتظره آن بود که یک شبه دو سوم جهان را به تسخیر خود کشید و در حال بلعیدن تمامی دیگر نهادهای سیستم بود و از هر لحاظ غیرقابل کنترل و مدیریت می نمود و ماهیتش شهوت و بانک محور نبود... هیتلر در ابتدا برای مهار این هیولا توسط قدرت های پشت پرده آزاد گذارده و حمایت ضمنی شد اما در ادامه تصور نمی شد که آلمان بتواند چنان که شد، بر مارکسیسم غلبه کند! یک سخن؛ قرار بود نازی به کت قهوه ای های ضدسرخ اس آ خلاصه شود و نه اینکه اِس اِس قدرتمند از درون آن برآید و شانس پیروزی و برتری بر همه را به هیتلر و آلمان ببخشد). در این بین خدمات ارزنده خانواده هایی چون "مدیچی" به پدیداری سیستم ماسونی امروز جهان را نباید فراموش کرد که تحت تعالیم یاران تلمودی خویش هنرمندان بزرگی چون داوینچی، رافائلو، آنجلو و ... را کمیسیون و زرخرید می کردند و به نام هنر رنسانس و زنده کردن دوباره تفکر پاگانی یونان باستان و به دلیل جنگی که با واتیکان داشتند(چون واتیکان آنقدر به آن ها بدهکار بود که نمی توانست بدهیش را پرداخت نماید و در صدد برآمده بود تا به جای دادن پول ایشان را نسل کشی کند!) اندیشه هایی به مراتب جن پرستانه تر از دیویسنای اصیل را به مردم غرب تزریق می نمودند. این خانواده ها نخستین مافیاهای جرم و جنایت سازمان یافته و دولتی و اولین بانکداران به تعریف امروزی جهان هستند و پیشروی همه کسانی بودند که زراندوزی بانکی را با تولید شهوت و سرگرمی های جنسی و ضدخدا برای توده و مافیاگری و آدمکشی یگانه یافتند و از جادوی هنر هنرمندان خائن و کابالائیست و دانش جم پارسی برای مسخ و سلطه بر مردمان سود بردند(به همین دلیل در پوسترهای نازی مافیا هم جزئی از بدن فراماسونری و نظام امپریالیستی غرب دانسته شده است). اینان جز ابزارهایی در دست بنی اسرائیلیون نبودند که هر چند مدتی عوض می شدند و ابزار کاراتر جایشان را می گرفت و تا به امروز و حتی امروز! پدرخوانده های هنر و بینش و نوگرایی دانسته می شوند و به کمک تجربه کهن و شگردهای یهود همواره در سایه دروغ بوده اند. اگر ماسونری را مساوی با تمامی سیستم سلطه یهودیان بین المللی بر جهان بدانیم که شامل بسیاری از فرقه ها، گروه ها و جریانات غیرماسون هم هست تفاوت میان این برادران عمدتا متخاصم را در مسئولیت هایی که به آنان سپرده شده می یابیم؛ مثلا شیطان پرستان مسئول ترویج آلت پرستی محض هستند و آنوسیان مسئول تخریب چهره ادیان از درون، اما پیکر این اختاپوس و این هزاردستان بی سر و ته! اینقدر بزرگ شده و وسعت یافته که ناخواسته و بطور روزافزون از زیر عبای نامرئی خاخام ها بیشتر بیرون می ماند! از این رو تنها در روزگار ما که چهره و چنگال مهیب شیطان آشکارا جلوه می کند حقانیت جنبش و ایدئولوژی ضدماسون نازی(و نه احزاب

نئونازی کنونی) در حال درک شدن است و من که از سال ۱۳۷۳ تاکنون نویسندگی را هرگز رها نکرده ام هیچ هنگام چنین موقعیت مناسبی را برای حق گویی در یاد ندارم. این کتاب را نمی توان به احد دیگری مگر سرباز به تمام معنا آدولف هیتلر بزرگ و کنت اشتافنبرگ و ژنرال رومل و همه یاران و سربازان وفادار مظلوم ایشان پیشکش نمود که همواره در کمال بی عدالتی و فسق به عوض اهریمنانی چون ماسون ها و یهودیان صهیون مسئول خون های ریخته شده و فجایع عظیم به بار آمده معرفی شده اند. درود بر روان های پاک مظلومینی که افتخار و منزلت و ایمان نژاد آریایی را دوچندان کردند. در پایان باید از برادرم سپاسگزاری کنم که با ایمان مقدس ستودنی خود چشم و دل و هوش مرا به واقعیت جنگ جهانی دوم خیره نمود و یک دم از حمایت این سرباز دست نکشید. یافاطمه و یاعلی.

با آرزوی بهروزی و پیروزی، سرباز مجتبی عبدالهی.

پیش از آغاز مباحث لازم است به تقسیمات و واحدهای سازمان ضدجاسوسی ضدتروریستی گشتاپو اشاره کنم(دو نکته مهم در این مطلب وجود دارد؛ اینکه تا چه اندازه مسئله مبارزه با فراماسونری صهیونیزم برای هیتلر و نازی ها جدی بوده است و تاکید من بر این موضوع طی گفتارهای آینده بی دلیل و برداشت شخصی نمی باشد. نیز البته که هیملر و گورینگ مانند تمامی مسئولین نظام نازی در گشتاپو عضویت داشته اند و تا رویداد ترور چهل و یکم اصلی ترین ارکانش، با وجود ناکارآمدی آن به شمار می آمدند و حتی هیملر نخستین رئیس و مدیر آن بود اما منظور من در گفتارهای پیش رو از گشتاپو و نیروی اطلاعاتی آلمان گشتاپویی است که پس از کشته شدن هیتلر به دست کودتاچیان گروه وحشت اداره می شد و این دو چهره و اِس اِس را به رسمیت نمی شناخت و رسما دشمن خود می دانست. یک سازمان خائن و ضدآلمان که از اشخاصی چون گِسلر، دونیتس، گوبلز و بورمان که هیچ سابقه مسئولیتی و رتبه قانونی در آن نداشتند دستور می گرفت و به همه چیز بی اعتنا بود و تنها به سرکوب داخلی و اعدام های گسترده وفاداران واقعی به رایش می پرداخت. این سازمان منحرف شده تمام تلاش خود را به کار بست تا از نازیسم کابوس بسازد و کاری کند که جاسوسان متفقین آزادانه دست به خرابکاری و سرقت اطلاعات و فن آوری بزنند. اشغال برلین در سال ۱۹۱۸ توسط متجاوزین واشنگتنی و اقدامات بی شرمانه اتحادیه در خاک آلمان سبب ظهور ایده تشکیل گشتاپو و تقویت آن شد اما همین سازمان و نهاد قدرتمند در انتهای امر و پس از مرگ هیتلر به یکی از بازوهای فراماسونری در رایش تبدیل گردید):

دشمنان (A)

(A1) کمونیست ها و مارکسیست ها

(A2) ضدخرابکاری

(A3) واپسگرایان و لیبرال ها

(A4) ضدتروریست

فرقه ها و شاخه های مذهبی (B)

(B1) کاتولیک ها

(B2) پروتستان ها

(B3) فراماسون ها

(B4) یهودیان

مدیریت و امور حزبی (C)

سرزمین های به تصرف درآمده (D)

(D1) مخالفان حکومت

(D2) کلیساها و فرقه ها(فراماسونری در اولویت)

(D3) اسناد و امور حزبی

(D4) سرزمین های غربی

(D5) ضدجاسوسی

(D6) بیگانگان

ضدجاسوسی (E)

(E1) در رایش

(E2) سیاست گذاری

(E3) در غرب

(E4) در اسکاندیناوی

(E5) در شرق

(E6) در جنوب

پلیس مرزی (F)

سران و رده های بالای گشتاپو(به استثنای سال آخر جنگ):

کلاوس باربی

رودولف دیلس

آدولف آیشمن

گرهارد فلش

هانس برند گیسِیوس
هربرت کاپلر
هاینریش هیملر
هنری الیور رینان
والتر شِلنبرگ
کارل ابرهارد شونگارت
فرانتز اشتانگل
ماکس ویلن
هرمان گورینگ
...

گفتار یک: اهریمن، خدای قوم زایون

پیش از هر چیز بهتر است اشاره ای به نمادها و نام های نازی داشته باشم تا بسیاری از کج اندیشی ها و دروغ هایی که رسانه های "آن قوم" در ذهن من و شما کاشته اند رنگ ببازند.

امواج تبلیغات ماسون تا اندازه ای قدرتمند است که یک جوان آلمانی مسلمان شده به جنگل پناه برده را تروریست و دزد منازل روستائیان(هزاردستان آن قوم حرفه ای جز تهمت زدن ندارد و چه تهمت هایی که هر شنونده ای را بی اختیار از فرد موضوع خبر بیزار می کند، مثلا چه کسی پست تر از دزد خانه های حقیر روستائیان فقیر زحمتکش می تواند باشد؟!) معرفی می کند(وحدت نژاد آریایی و اسلام و به خصوص مقدس و آگاهانه شدن این پیمان همواره بزرگ ترین کابوس ماسیون بوده است) و در یک کارتون ویژه کودکان زیر ده سال به نام "پاورپاف گِرلز" وقتی شخصیت منفی داستان "موجو" ناپلئون را فرماندهی بزرگ، پیروزمند، پرافتخار و باشکوه معرفی می نماید فقط به دلیل ابراز این عقیده کتک سختی از سه ابرقهرمان خردسال خشمگین نوش جان می کند و آن ها کارنامه ناپلئون را از خواستگاه ماسون ها دوباره تعریف کرده و او را هیولا، دیوانه، خونخوار و غارتگر تحریف می کنند! قدرت تبلیغات ابررسانه های آن قوم تا اندازه ای است که نئونازی های آلمانی و اروپایی که خود را پیروان هیتلر می پندارند بیش از همه به شیطان پرستان دشمن او شباهت دارند و تصور می کنند برای نازی بودن باید چنین باشند! از مدهای لباس و مو و سبک موسیقی و نقاشی و حرف زدنی استفاده می کنند که با اندیشه های رایش سوم دقیقا در تناقض آشکار است و وی این قبیل افراد را کولی(که در آن زمان بیشتر یهودی معنی می داد) می نامید!

این سه مثال را من امروز با مرور چند شبکه تلویزیونی ظرف فقط چند دقیقه مشاهده کردم! سیل هایی از این تلقینات هر لحظه و از کودکی به ذهن من و شما سرازیر می شوند و قدرت هرگونه مخالفتی را از ما ستانده اند. ابررسانه ها حتی تعاریف و چهارچوب ها و مرام های خاصی را برای مخالفت با خودشان و یا اجتماع و قانون تلقین می کنند، به گونه ای که چیزی جز آنچه آن ها می خواهند اتفاق نیفتد و اصلا به سبب آنکه ایده و رویای آن که تنها به دست هنر و رسانه می تواند پدیدار گردد وجود ندارد به ذهن کسی خطور نکند.

باری، یکی دیگر از تشابهات عجیب ناپلئون(علی بناپارت) و هیتلر(مهدی هیتلر) که از اندیشه های ویلهلم دوم یا همان محمد! قیصر مسلمان شده آلمان و پادشاه پروس(در جنگ جهانی اول) در وظیفه دانستن حمایت کامل از مسلمین تبعیت می کرد علاوه بر گرایش ملموس به اسلام و آن هم از نوع فاطمی(فقط کافی است به دو نام علی و مهدی و پیامی که در گزینش آن ها هست توجه داشته باشید) علاقه شدید مشابهی است که دو فرمانده به نمادها و رفتار ایرانیان باستان داشته اند. به یاد بیاوریم که ویلهلم دوم نخستین کسی بود که ایده اتحاد مسلمین و قیام یکدست جهان اسلام برعلیه استعمار غرب و شرق را تحت عنوان جبهه پان اسلامیسم مطرح نمود و با حضور بر مزار صلاح الدین ایوبی و ایراد سخنانی که از سیاست بازی عاری بودند چون؛ "پیروان محمد بدانند که در تمام زمان ها قیصر آلمان(یعنی نه فقط خود ویلهلم بلکه هر کس دیگری قیصر و رایش آن سرزمین باشد) دوشادوش آن ها خواهد بود" و "شکست سلطه بریتانیای دروغگو، نفرین شده، بی وجدان و غارتگر به دست مسلمانان رقم می خورد" حسن نیت خود را اثبات نموده بود و البته که وی با رهبران شیعه نیز نامه نگاری و دیدارهایی داشت. دومین یادآوری اینکه حتی بخش فارسی زبان رادیو برلین به آیات قرآن بیشتر استناد می نمود تا سخنان شخص رایش و یا مبانی نظری نازیسم. اما در میان نمادها، از همه روشن تر حرکتی است که امروزه به عنوان سلام نازی شناخته می شود که در اصل نام درست و اصیل این دعای پارسی سلام یا درود آریایی می باشد. این دست را به جلو و متمایل به بالا و راست کشیدن ابتدا در انقلاب کبیر فرانسه و توسط ناپلئون و همراهانش دوباره مطرح شد و مورد استفاده قرار گرفت و هرچند ماسون ها برای نادیده گرفته شدن این حرکت معین تلاش کنند در نقاشی های غیرقابل دستکاری برجای مانده از آن دوران مشهود است و شخص ناپلئون این ژست را بسیار می پسندید. یحتمل، انقلابیون فرانسوی درود آریایی را از رومیان که آن ها نیز بی شک این حرکت را از پارت ها آموخته بودند تقلید می کردند(پیروزی شگفت انگیز سپاه سورنا بر رومی که شکست ناپذیر تصور می شد تا اندازه ای ژرفای فرهنگی یافته که متفقین گروهک های عملیاتی ویژه جنگ های نامنظم برعلیه ارتش نازی را پارتیسان نام نهادند که متشکل از دو

واژه پارتی و سان و جنگ پارتیسانی به معنی نبرد کردن همانند پارت ها بود هرچند که این پارتیسان ها یک ابزار تبلیغاتی بیش نبودند) و البته این احتمال هم وجود دارد که مستقیما از فرهنگ ایران زمین درست به مانند نازی ها دست به استخراج ثروت های بی مانند تکرار نشدنی زده باشند(همگی رهبران آن جنبش روشنفکرانی نواندیش و تحصیل کرده بودند و از سال ها پیش از قیام متون تمامی فرهنگ ها و کتاب های مهم جهان را در جستجوی مسائل اینچنینی، یافتن منطق ایده آل ها، پاسخ سئوالات و شکشان به همه چیز مطالعه کرده بودند). معنای باستانی این حرکت دست مخصوص آریاییان ساکن ایران بطور دقیق واژه "درود بر پیروزی" است و این پیروزی در منش آریایی حتی در باخت، ذاتا موجود است و به دست می آید و تنها معنی شکست آن است که با زیر پا گذاشتن اخلاق و جوانمردی در نبرد پیروز شوی! به همین دلیل ایدئولوژیکی بود که نازی ها به ترور و استفاده از سلاح های شیمیایی دست نمی زدند. پارسیان که در بیشتر طول روز سوار بر اسب بوده و از فواصل طولانی در زندگی عادی و کاری(به دلیل گستردگی مراتع) و به ویژه میادین کارزار به یکدیگر درود می فرستاده اند از این شیوه استفاده می کردند که حتی تا به امروز هم در فرهنگ ایرانیان وجود عینی دارد و در تعارفات مرسوم مردم کوچه و بازار بارها دیده می شود که دست را به همان شیوه باستانی و اصطلاحا سلام نازی ندانسته به احترام یکدیگر و از فاصله دور بالا می آورند و به همان ترتیب در هوا نگاه می دارند(غافل از اینکه اگر همین حرکت را در اروپا و آمریکا در انظار عمومی انجام دهند حداقل شش ماه باید طعم زندان را بچشند)! این کار درست مثل کلاه تکان دادن در هوای کابوی های عمدتا سیاهپوست آمریکایی بود که برای سلام به یکدیگر از راه دور و در حین سوارکاری در چراگاه های گسترده غرب وحشی مناسب می نمود. حتی به عینه مشاهده می شود که مرام و مشخصات شوالیه های اروپا هم مانند کابوی ها از پهلوانان ایران باستان و پس از مطالعه دقیق متون آریاییان ماخوذ و شبیه سازی گردیده است، البته نه شوالیه ها و کابوی های خونخوار و بی رحم و لاقید واقعی بلکه آن تصویر تبلیغاتی که از دیرباز و کتب قدیم اروپا تا ابررسانه های آمریکایی قصد تلقین آن وجود داشته و دارد. شمشیر بلند و پهن و باشکوه و نیزه و زره پهلوانان، کمنداندازی و سوارکاری چابک پهلوانان، تکروی و وارستگی و یک تنه به میدان آمدن و بی ذره ای واهمه قد در برابر همه ظالمان جهان علم کردن پهلوانان، عدم توقعات و تمایلات مادی داشتن و مرام بی تزلزل و ثابت پهلوانان، وابستگی به اسب و نیز دلبستگی تنها به یک محبوبه دست نیافتنی و عاشقانه های پهلوانان(اروپاییان رومنس را از این بستر تقلید کردند) و بی شماری دیگر از ما سرقت ادبی و تاریخی شده اند و با فشار ثروت و به خواه سیاست "آن قوم" بزغاله پرست هر یک به شوالیه و کابوی و ... نسبت داده می شوند.

درود آریایی، پس از طی سیر تکاملی خود از مه آبادیان و پیشدادیان و کیان به هخامنشیان، به سرعت پا را از میادین نبرد فراتر نهاد و در دربار هخامنشی که نخستین دربار ایران بود(پادشاهان پیش تر خودشان یکی از پهلوانان بودند و خود را برتر نمی پنداشتند اما از دوران خشایارشاه و به واسطه وزرای یهودی که در کتاب آستر به آن ها اشاره شده است سلطنت و بارگاه شاه، ملکه، خانواده های سلطنتی شکل تجملاتی و تشریفاتی به خود گرفت) به سلام رسمی و نشان افتخار کهنه سربازی و ژست پهلوانی تبدیل شد. درک نمی کنم که چرا کسی تاکنون این واقعیت ها را درنیافته و ننگاشته است! درود آریایی در تخت جمشید چون خورشید می درخشد و فقط کافی است به حرکت دست اکثر سنگ نگاره ها خصوصا نگاره کوروش ذوالقرنین نگاهی بیندازید. این حرکت دست مخصوص پادشاهان هخامنشی که در تصویر فرَوَهر هم قابل مشاهده است همان درود آریایی است که توسط نازی ها مورد استفاده قرار گرفت. حتی احترام نظامی همه نیروهای انتظامی و نظامی جهان که به نوعی بالا آوردن دست در کنار کلاه دانسته می شود همان حرکت باستانی آریایی می باشد و سند این حرف بر بقایای تخت جمشید استوار ایستاده است. عجیب تر از همه، حرکت دست ما شیعیان در هنگام قنوت نماز هم ماخوذ از درود آریایی است و نه تنها به معنی دعا بلکه در اصل به آن معناست که در هنگام نماز به خدا، فرشتگان و صالحان، از همه مهم تر والاترین فروهر(انسان کامل، پیشوا، صاحب تمام معنای روح؛ مولاعلی) درود می فرستیم.
درود بر فروهر در نگرش آریا همان درود بر پیروزی است زیرا تنها با پیروی مخلصانه از وی می توان به برتری اهورایی دست یافت و به سربازان جاویدان او پیوست و گذشته از این اساسا ولایت فروهر خود پیروزی و نفس مبارزه با اهریمن و افعال اهریمنی است.
هنگامی که من با این شیوه به نفس انسان کامل و پیشوای حقیقی، امیرالعالمین علی، درود می فرستم برخی می گویند که چرا شیعه و نازی را با یکدیگر قاطی کرده ای؟! ای همه کسانی که نمی دانید، بدانید که این شیوه سلام و درود از آن ما ایرانی هاست و دارایی ماست و ژرمن ها تنها به عنوان قوم کوچکی که از ایران به اروپا مهاجرت کرده و نیز گوشه هایی از فرهنگ سیزده هزار ساله ما را با خود بردند قابل اعتنا هستند و نه بیشتر.
برخی می گویند این کار تازی پرستی است! آیا بنی هاشم و بطور کلی قریش عرب بودند؟ گذشته از این چطور ممکن است علی علی گفتن یا تکبیر من همنوایی با اکثریت اعراب و عمریان نوکر آل سعود باشد که دروغ بستن به پیشوا را از واجبات نماز به شمار می آورند؟ و هنوز هم یزید، هارون الرشید و حاکمان ضدشیعه و ایرانی کش را با افتخار امیرالمومنین و معنای اسلام خطاب می کنند؟ آیا تبعیت از خطاب همان پیروی از محمد نبی است؟ باری، این جستجوی پیشوا و انسان کامل که در ذات و ضمیر ناخودآگاه همه آریاییان جهان جریان

دارد از باستانی ترین و غنی ترین فرهنگ غیرجنی و تمدن بشری و ژرف ترین نقطه روان و فطرت بهشتی ما می جوشد. ایرانیان همواره در جستجوی فروهر خویش بودند تا هنگامی که پس از هزاران سال رشد و به محض مشاهده شاه دُلدُل سوار به آن آگاهی یافتند. پیشواعلی و شیعه سرخ او یک شبه و یا به واسطه زور و فشار نظامی در ایران محبوب و جایگزین نشد(اگر اینگونه بود ما باید امروز تابع فرقه های اسلام و نه اصل آن بودیم که همواره توسط ارتش های میلیونی خلفاء عرب و سلاطین عثمانی تحمیل می شدند و شیعه سرخ ضدنژادپرستی عربی را به بهای هزاران چالدران پاسداری نمی کردیم) بلکه دلیل این موفقیت که حتی سبب شد دیلمانی که در طول تاریخ سر در برابر هیچ دینی حتی زرتشتی فرود نیاورده بودند شیعه شوند آن بود که در پازل روان ما ایرانیان از گاه پیدایش، یک جای خالی بزرگ و خلاء بنیادی وجود داشت و پیشواعلی تا اندازه ای والا و بی عیب و نقص بود که توانست آن خانه را پر کند و ایدئولوژی و نظام باورهای ما را تکمیل نماید.
ساده بگویم؛ از آنجا که باور فاطمه و علی درست به اندازه جای خالی ایدئولوژیکی روان ما بود و به قدر مویی تفاوت و ناسازگاری با فرهنگ ایران زمین نداشت، تمامی خصوصیاتی که باید می داشت را داشت و همه چیزش کاملا از جنس نظم باوری و هویت باستانی ما بود مانند یک گمشده و نه یک بیگانه مورد استقبال ایرانیان قرار گرفت و بی معطلی و مقاومت در جای خود قرار داده شد تا آنجا که فردوسی بزرگ این میهن پرست ترین فرد خود را در شاهنامه، در روزگار حکومت عرب پرست و شیعه کش غزنوی خاک پای حیدر می سراید.
در ضمن یادمان باشد که ما به هرکه بخواهیم می توانیم سلام بدهیم و از ابتدا شیوه ما برای سلام گرم مخلصانه و "درود سربازی"(زیباترین نام جایگزین سلام نازی) این بوده و هست.
از این رو وقتی تاریخ را زیر و رو کرده و از علی برتر نیافته ام و حتی کسی را نیافته ام که مقامی نزدیک به او داشته باشد چرا نباید به وی درود ناب بفرستم، چرا نباید خودم باشم؟ آیا باید فقط به شیوه اعراب به او درود فرستاد در حالی که لیاقت پیشوای ما چیزی جز این نیست که درود آریایی را منحصرا به خودش اختصاص دهد؟ پس، درود بر علی. باری، علاوه بر سلام معروف نازی ها دیگر نمادهای این منش نیز ماخوذ از فرهنگ ایران باستان و سرزمین مادری آریاییان جهان بوده اند. نشان عقاب که از نمادهای باستانی ایرانیان است(در واقع این نماد، دو بال گشوده است که گاهی عقاب و گاهی شاهین و ... تلقی شده) آن هم در حالتی که فروهر را تداعی می کند و نیز چلیپا یا گردونه مهر که به اشتباه و بهتر بگوییم به عمد از سوی ماسون ها صلیب شکسته و توهینی به مسیحیت تبلیغ شد و می شود هر دو از دارایی های ما هستند که در انقلاب فرانسه نیز توسط ناپلئون و یارانش مورد استفاده قرار می گرفتند. رسانه های غربی با ساخت مستندهایی پر از دروغ و نیرنگ سعی

می کنند چلیپای ما را به هندوان و متون سانسکریت نسبت دهند در حالی که فرهنگ ها و اسناد باستانی هند تنها گوشه ای ناچیز از جَم، تمدن برتر آریاییان اصیل را انعکاس داده اند. این مجموعه های تلویزیونی سعی می کنند علاوه بر آنکه نام ایران و ایرانی را در چنین موضوعاتی ابدا به میان نیاورند برتری هوشی و روانی آریاییان را تحریف و کتمان نمایند و تاریخ و واقعیت های خود و نظام ماسون را به نازی ها نسبت دهند، مثلا اینطور تلقین کنند که ژرمن ها از شیاطین و موجوداتی بیگانه دستور و دانش می گرفتند و پیشرفت آنان نتیجه چیزی جز جادوگری نبوده است(یعنی دقیقا هرچه در مورد قوم صهیون صادق است)!

باید به پیروان صهیونیزم گفت؛ بر فرض اینکه بشقاب پرنده ای که نازی ها در ۱۹۴۵ ساختند و یا پروژه ناقوس تکنولوژی فرازمینی داشت یا موجودات بیگانه در شکافت هسته اتم به دانشمندان آریایی یاری رساندند!!! تفنگ ها، ابرتانک ها، زیردریایی ها و ابرناوها، قطارهای زرهی، هواپیماهای عمودپرواز، هواپیماها و موشک های قاره پیما، هیلی کوپترها(مثلا یک نوع هیلی کوپتر کوچک که تنها با قدرت باد کار می کرد و هنوز هم چگونگی عملکرد آن برای دانشمندان غربی روشن نیست)، موشک های هوشمند، سازه های عظیم ضدبمب و هزاران نوآوری برتر دیگر مانند کامپیوتر اولیه و کنترل از راه دور که تمامی دانشمندان معاصر معترفند دانش مدرن بر پایه همین اختراعات استوار است چطور(تا جایی که بسیاری از روشنفکران صراحتا مکتوب کرده اند: جهان مدرن را هیتلر آفرید)؟! نظام آموزشی بهداشتی کامل و بی عیب و نقص آلمان نازی چطور، آن هم از فضا آمده بود؟ آیا امروزه تمامی کشورهای پیشرفته جهان و حتی کلونی اسرائیل(چون این رژیم یک کشور یا نماینده یک سرزمین نیست) دقیقا از همان نظام جامع امنیتی و مدیریتی استفاده نمی کنند؟ آیا کشاورزی مدرن و سازماندهی درست را هم نازی ها از اربابانی فضایی آموخته بودند؟! بدیهی است که هیتلر با سوآستیکا یکی از پنج ابرسازمان کیهانی ائتلاف نموده بود ولی مگر ممکن است شما بر یک شهر در یک کشور واحد حکومت کنید و به شهرهای دیگر کاری نداشته باشید؟! همه عوالمی که خداوند آفریده است به یکدیگر مرتبط اند و کوچک ترین تحولات و رویدادهای هر کدام از آن ها بر روی نظم و آینده تمامی کهکشان تاثیر می گذارد. تریشولا، تایتان ها، المپ ها، اوم(پلنگی پوش ها)، سوآستیکا، تین(مارها - حتی در قرآن اشاره شده که این سازمان با نام اسلامی شیاطین از اعضای جنی و انسی مرتبط با هم تشکیل شده است)، ایزدان و اهوراها، دیوها و اهریمن و بسیاری دیگر از این ارتش های سیاره ای و نژادهای جنی، الوهیم ها، اوریون ها، اوک ها، سازمان های دائمی(مانند تین یا همان اهریمن و نگهبانان آسمان) و ائتلاف های مقطعی(از همه این ائتلافات مهم تر المپ و اوم بوده اند) که با نام های مختلفی در متون باستانی تمامی تمدن ها

و به ویژه احادیث شیعه و نبردهای پیشواعلی با شیاطین گزارش شده اند(گاه یک گروه واحد کیهانی به دلیل صفت سازی های مکرر بشر برای آن چند گروه متخاصم با هم برداشت شده است! شاید همین چند نام نژاد، سیاره و گروهی که من به آن ها اشاره کردم نیز برخی با برخی یکی باشند و نماد و شناسه یک تشکیلات واحد یا بخشی از یک سازمان یکپارچه بزرگ تر بوده باشند) همواره بر زمین و زندگی آدمی تاثیر گذارده اند. گاه مانند زئوس و پوسایدُن و هادس(هیدیس) با یکدیگر متحد بوده و سطح و دریاها و زیر زمین را میان هم تقسیم کرده و قسمتی از زمین را مُلک خود دانسته اند و سپس کارشان به اختلاف انجامیده و گاه در تقسیم سیارات و سلطه یا نفوذ بر کهکشان ها دست به نبردهایی زده اند(یک نمونه از اشارات واضح قرآن به زمین های دیگر در سوره طلاق آیه دوازدهم ثبت است. چگونگی بسته شدن کرم چاله های انرژی و مانع شدن خداوند از ورود فیزیکی شیاطین به زمین را هم می توانید در سوره فصلت آیه دوازدهم و جن آیات هشتم و نهم و بسیاری آیات دیگر ملاحظه نمایید). این بیگانگان گوناگون در جستجوی زمین نو گاه با استفاده از میدان های ژئومغناطیسی و "شبکه جهانی" انتقال انرژی به فضا و سازه های عظیم مگالیتی و هرمی به فکر بازگشت نهایی بوده اند و گاه تنها به خوشگذرانی پرداخته اند. عالم هستی درست مانند مثال شهر است و هر کس در هر کجای آن به قدرت تاثیرگذاری و ایجاد تغییر دست یابد به نوعی به همه دیگر مناطق کهکشان ها مربوط می شود همانند اینکه تغییر حاکم نظام سیاسی حتی در یک کشور کوچک به همه دولت های زمین ربط می یابد(خداوند همواره در قرآن خود را "رب العالمین" و "رب السماوات" به معنای پروردگار و حاکم تمامی جهان ها و کهکشان ها و یا بهتر بگوییم؛ کرات دارای زندگی و ابعاد فضا معرفی می نماید و بطور یکنواخت یکپارچگی همه عوالم مادی را گوشزد می نماید. باید توجه داشت که منظور از عالم کره و زمین مسکونی است و این به آن معنا هم نیست که کرات غیرمسکون را خدا نیافریده است! بلکه خداوند شاهکار آفرینش خود که خلقت آسمان ها و زندگی هوشمند در هر یک از آن ها می باشد و از خلقت انسان باعظمت تر خطاب می کند را به ویژه به جنیان گوشزد و خاطرنشان می سازد). بی شک شما برای یک قیام جهانی نیاز به کسانی دارید که در آسمان های دیگر حامیان جنی دشمنانتان را متوقف یا کند کنند و از تاثیراتی که دیوان بر روان ما می گذارند بکاهند. البته که هیچ کدام اینان مجاز به برقراری روابط تام با بشر و یا دادن تکنولوژی به زمینیان نیستند و این ائتلاف تا زمان موعود، قیام مهدی فاطمه، تنها نوعی دیپلماسی کیهانی است و نمی تواند بیشتر از این باشد(زیرا علاوه بر محدودیت هایی که خداوند بر سر راه این انتقال دانش قرار داده، نیز، نفرت یا ترس عمده دیوان از انسان، تمام ابرسازمان ها بر علیه پیمان شکن متحد خواهند شد! نتیجه نهایی این جنگ بدون

معجزه خدا نابودی مطلق جهان هاست). توجه داشته باشید که دو ابرقدرت زمینی شوروی و اتحادیه نظامی واشنگتن در دوران جنگ سرد به تکنولوژی ساخت سوپربمبی(معروف به بمب آخرالزمان) که می توانست به تنهایی کل حیات زمین را نابود سازد دسترسی پیدا کردند، تصور کنید تمدن های میلیارد ساله چه سلاح هایی می توانند در اختیار داشته باشند! نابود کردن زمین و یا دادن تکنولوژی به انسان ذاتا جاه طلب در هر صورت یک خودکشی کیهانی محسوب می شود! نظم سلسله ای کهکشان ها با نابودی زمین گسسته شده و هیچ سیاره و قمری از نیستی بی بهره نمی ماند. باری، در واقع نازی ها تنها کاری که کردند این بود که اکثر چیزها را سر جای اصلی خودشان قرار دادند و به دانش آنطور که شایسته است توجه نمودند و همانند ناپلئون که دانشمندان را حتی در جنگ ها یک لحظه از خود دور نمی کرد اندیشیدند و با وجود همه کارشکنی هایی که در ساخت فناوری های بی رقیب در ساختار نظام آن ها صورت گرفت به خصوص در زمینه تولید انبوه ابرتانک ها و جت ها(مثلا نخستین جت جنگی نازی ها در موزه قرار داده شد!!! و چقدر اتفاقی همان موزه از سوی متفقین بمباران شد و حتی یک سند از تکنولوژی آن باقی نماند!!!) غالب انرژی آفرینش خود را متمرکز کرده و هدر ندادند. گذشته از این اگر هوش و توان آفرینش آریاییان یک توهم بیش نیست چرا پس از مرگ دانشمندان نازی از آلمان شکست خورده به آمریکا آورده شده، حتی یک دانشمند دیگر نتوانست خلاء آن ها را پر کند؟ نازی ها همواره معتقد بودند که انسان از مکانی دیگر به زمین آمده است و این باور کاملا درست و الهی که به معنی هبوط انسان از بهشت به زمین و تعلق نداشتن وی به زندگی حیوانی است از سوی ماسون ها ایمان به موجودات بیگانه و تبعیت از آنان تلقی می گردد و پیروان صهیونیزم در کمال خونسردی بنیادی ترین باور خود را به آریاییان نسبت می دهند. برگردان واژه پیشوای مطلق به آلمانی "فوهرر" یا "فوهر" می باشد و جالب است بدانید این نام ژرمنی همان فرَوَهر خود ماست که باید همه آریاییان از او اطاعت کنند، و از این رو من فروهر حقیقی را کسی جز پیشواعلی نمی دانم و خطاب نخواهم کرد. پیشوایی که از نظر نژادی نیز در بهترین حالت ممکن زاده شد و همه پدران و مادرانش(که از نوادگان ابراهیم و کشتی نجات نشینان و شیعیان نوح پیامبر آتلانتیس بودند... و متاسفانه امروزه ماسون ها موفق شده اند بنی هاشم و قریش را که هیچ نسبتی با تازیان نداشتند عرب بقبولانند) از انسان های بهشتی و پاک از ناخالصی های خونی نسناس ها بوده اند. قوم زایون طی سده ها تلاش و آزمون و خطا توانست نهاد کلیسا را مساوی با دین مسیحیت و خداپرستی در مغرب زمین قرار دهد و علاوه بر فرقه ها و شاخه های ضاله متعددی که در ایدئولوژی و جهان بینی ما محمدیان به وجود آورد، اسلام، این دومین دین زمین(از نظر تعداد مومنین) که به همراه مسیحیت مهم

ترین اهداف حملات صهیون به شمار می آیند را نیز با شگرد عربیزه کردن و تحریف ترجمه و تفسیر قرآن و احادیث دستخوش تغییر کند. با وجود همه این اقدامات به سبب اینکه اسلام خاتم دینی ذاتا و هویتا ضد جن پرستی است(به ذکرهای اسلام دقت کنید، در تمامی آن ها اشاره به این وجود دارد که هیچ جنی خدا نیست و صفات جنیان در خدا وجود ندارد؛ از جمله اشتباه و ضعف. در آیات قرآن نیز همواره جن پرستی اصلی ترین جهان بینی شیطانی دشمن کیش خدا و همان شرک است) و ساختار و کارکرد آن بر این منظور استوار می باشد همواره به کمترین میزان انحراف در مبانی دچار گردیده است. در عوض ماسونری با به قدرت رساندن پیروان خطاب و مساوی اسلام واقعی و بنیادگرایی اسلامی قرار دادن آن ها این نقصان را جبران می کند! باری، در روند تاریخ خدمت و رابطه ژرمن و آریایی یک جانبه نبود و بیشترین اسناد گردآوری شده مکتب مزدیسنا و صفحات اوستا(ایرانیان هر کتاب ارزشمند آریایی را اوستا می نامیدند) و سایر آثار تاریخی آریایی در ایران نیز توسط نازی ها و در همان دوران بسیار کوتاه حکومتشان گردآوری گردید. علاوه بر این، متون ارزشمند بسیاری در زمینه تاریخ ایران باستان و میهن پرستی و نژاد آریایی به قلم ایشان برای مطالعه و آگاهی ایرانیان نگاشته شد، هرچند که هیتلر در "نبرد من" با بی تفاوتی اشاره ای روشن به ماخوذات و کپی برداری نازی از این یافته های مرجع نمی کند. البته ژرمن ها پیش تر از ظهور نازی در زمان قاجار نیز به ایران آمده و در جهت خدمت به مهد و سرزمین مادری آریاییان کتاب هایی با هدف گسترش میهن پرستی و شناساندن تاریخ این مرز و بوم به مردم ناآگاه آن زمان ایران تالیف نموده و حتی کلاس هایی آموزشی در این زمینه ها برای ایلات، قبایل و اقوام برگزار کرده بودند!!! و همین فعالیت ها سبب بیداری عمومی و جلوگیری از تجزیه کامل ایران که با نیرنگ انگلیس در حال اجرا بود گردید. علاوه بر موارد یادشده آنچه که ما امروز به نام "مدیریت برتر نژاد آریایی" به عنوان باوری بنیادین از منش نازی می شناسیم در واقع دقیقا همان شیوه حکومت داری هخامنشیان و کیانیان بوده است. حکومت ناسیونال سوسیال راسیست بسیاری از داشته های خود را از قیام مزدک ماخوذ نموده بود و اصولی را نیز از اسلام. شباهت انکارناپذیری که میان نازی، مزدکی و شیعه وجود دارد از این اصل واحد سرچشمه می گیرد که این جنبش ها عملی و نه نظری بوده اند و عالمان آن ها نه فلسفه بافانی قاعد و حرّاف بلکه فرماندهانی نظامی و بی باک بودند که تا برقراری برابری و عدالت هرگونه سکون را حرام و تن دادن به صلح و مدارا با شیاطین را عین خیانت و شکست می دانستند. برهم نخوردن مرزهای نژادی(قانونی که در هنگام حکومت جمشید یا هفتصد سال دوران طلایی آریاییان وحی شد) و سایر اصول اساسی تفکر نازی نیز همگی به همین ترتیب از اوستا، دساتیر و تعالیم

برجای مانده از این دو کتاب آسمانی واو به واو تعلیم گرفته شده اند. تاریخدانان به خوبی می دانند که ژرمن ها در پیشینه تاریخ اختصاصی خود، دوران پس از مهاجرت از ایران به اروپا تا اوایل قرن هجدهم، هیچگونه عقیده و باوری به قوانین نژادی نداشته اند و همواره یکی از عادات مرسوم قبایل ژرمن در دوران امپراطوری روم ربودن زن های رومیان و قبایل متحد با روم در انتقامجویی از اقدام مشابه رومیان و متحدانشان بود!!! و در هیچ سندی گزارشی مبنی بر این وجود ندارد که در مورد نزدیکی با این زنان ربوده شده کراهتی نشان داده باشند. بنیتو موسلینی وقتی برای اولین بار از ماهیت حزب نازی با مطالعه خبری در یک روزنامه اطلاع یافت هیتلر را احمق خطاب نمود و به سبب همین مسابقه زن ربایی میان ژرمن ها و رومیان(که موسلینی خود را احیاکننده امپراطوری آنان می پنداشت و از عملکرد درخشان آنان به ویژه در ربودن سریع زن ها کاملا آگاه بود!) گفت: "چگونه ممکن است هنوز نژادهای اصیل وجود داشته باشند؟!" ژرمن ها به محض برقراری ارتباطات جهانی و مطالعه فرهنگ و تمدن آریایی ایران باستان و نه به پشتوانه باورها و سوابق تاریخی قومیشان به راسیست جمشیدی به عنوان یک ناجی گمشده ایمان آوردند. آنان پیش تر از این "آشنایی مجدد" باور مشابه ناقصی که از جنبش "لوتِر" برجای مانده بود را مقدس می شمردند اما از رسالت و اصالت نژاد خود آگاهی نداشتند. تفاوت خودشان با دیگر نژادها را احساس کرده بودند(عکس آنچه که در فیلم های خائنانه و هدفمند هالیوودی ترسیم می شود ژرمن ها وحشی هایی پوستین پوش نبودند بلکه همواره پیشرفته ترین صنایع و فن آوری های زمان تنها در تخصص و توانایی آنان بود مثلا شیشه گری در دوران تسلط وایکینگ ها بر اروپا) و نیز دچار نوعی عقده تشکیل کشور واحد ژرمن شده بودند که نتیجه سال ها تلاش همه قدرت های اروپایی برای تحریم، استعمار، تجزیه و تضعیف آلمان بود. این رویکرد دیگر کشورهای اروپایی که محصولی جز چندین نیمچه جنگ جهانی و صدها مورد یورش چند ملیتی طی یک هزاره کامل بر علیه ژرمن ها نداشت خود به یکی از ستون های اتکای منش نازیستی تبدیل شد، تا جایی که سروده فلورین گیر که به عقیده من زیباترین اثر موسیقیایی نازی هاست و حدودا پانصد سال پیش و در میان خاک و خون میدان نبرد شوالیه ای آفریده شده بود به سرود مقدس و مارش نیروهای وافن اس اس تبدیل گردید. بهتر است بگوییم ابتدا دشمنان آلمان خیلی زود متوجه شدند که با چه نژادی رو به رو هستند و از هوش، توانایی عجیب بدنی، خلاقیت و مبارزطلبی ایشان ترسیدند و این ترس در طول تاریخ آلمان به شکل صدها جنگ نمود یافت ولی همین ترس دشمن بود که رفته رفته به ژرمن نوعی اعتماد به نفس و خودباوری و لجبازی را آموخت و چیزی به نام یک ملت واحد را، ملت ژرمن را، به وجود آورد. انگلیسی ها هزار سال تلاش

کردند تا این موهبت ملت بودن را تحت لوای بریتانیا ایجاد کنند ولی به کمترین میزان موفق نشدند و آشکار شد که رایان گیگز ولزی دست پرورده خودشان هم از زمزمه کردن سرود ملی کشور جعلی بریتانیا تنفر دارد و حتی او خود را تنها عضو ملت ولز احساس می کند.
مهم تر از همه اینکه دشمنی کهن آریاییان و خصوصا ژرمن ها با فراماسونری نیز ریشه در باور اوستایی و تاریخ ایران دارد زیرا جَم، دوره زرین "ابرکشور آریایی یا جمشید" به دست بابل و آشور خاموشی گرفت و میهن افسانه ای این نژاد به نیرنگ مردمانی به دو نیم تقسیم گردید(در شاهنامه به نصف کردن شخص جمشید یکی از پیشدادیان به وسیله اره تشبیه شده است) که خدایان مورد پرستش جنیشان در عصر ما و به همان نام های باستانی خود توسط فراماسونرها پرستیده می شوند(ماسون دستگاه و عامل اجرایی صهیون است)! حتی این نبرد تا جایی عمق می یابد که پیروان عمر ابن خطاب هلال ماه و ستاره پنج پری را نماد تعبیرشان از اسلام قرار می دهند که از خاص ترین نشان های دیوخدایان بابلی و آشوری(به ویژه خدایان سه گانه و تثلیثی که به مسیحیان تثلیثی، پدر پسر روح القدس تلقین شدند و امروزه توسط تمامی مسیحیان جهان به همان شیوه بابلی و بسیار بهتر از آن پرستیده می شوند) و پرچم بت های مورد پرستش اعراب در دوران جاهلیت بود و بر تارک خدایان هندو از جمله خونخوارترین آن ها کالی(اپوش دوران یا یوگای کالی) الهه سیاه و شیطان آخرالزمان نیز نقش بسته است. شراینرها، ماسون های عرب نژادی که سعی در زنده کردن ادیان باستانی شیطان پرستی اعراب دارند همین ماه و ستاره نقش بسته بر شمشیر کالی که با تلاشی هزار ساله درفش و علائم مساوی با اسلام تلقین گردید را نماد لژ خود می دانند.
ستاره پنج پر اصلی ترین نقش و نشان پرستش شیاطین است و اصرار به استفاده از این نماد در غرب نیازی به توضیح ندارد هرچند که ماسون ها همین ستاره پنج پر را در شرق کمونیسم هم وارد نمودند و تبدیل به مسلم ترین نماد این جنبش کردند و حتی در آرم مشهور کمونیسم یا پرچم شوروی نیز هلال داس نقش همان هلال ماه را بازی می کند و طرح اصلی را در کنار ستاره کامل می سازد. در شیطان پرستی این هلال به شکل دو یا چند هلال به هم چسبیده که تشکیل یک دایره شکسته داده و ستاره پنج پر را در میان می گیرند به کار برده می شود. هلال ماه در مذهب دیوپرستی هندو نیز یکی از پنج نماد اصلی است(مهم ترین نمادها نیزه سه شاخ و تبل تبلیغات است) و همواره بر پیشانی یا بر سر شیوآ به مانند گل سر وجود دارد و موی بافته وی که نماد عضو تناسلی او و پدیدآورنده آفرینش زمین است را پاس می دارد!!! جالب تر اینکه شیعیان پیشواعلی که با این نشان شیطانی و پیروان آن سر دشمنی داشتند به ایرانیان از دیرباز با ارتش هایی که دقیقا همین نشان هلال ماه و ستاره پنج پر خدایان بابلی و عربی دیروز و ماسونی امروز بر پرچم هایشان نقش

بسته بود ستیزیده و هرگز سر تسلیم فرود نیاورده، پناه آوردند و این نبرد کهن باستانی و آرماگدون ابدی میان دیویسنای بابل و آشور(توران) و مزدیسنای سرزمین آریایی(ایران) دوباره با چهره ای تازه و شگفت و در سایه همان درفش های باستانی و کیهانی تکرار شد. این نبرد تقدیر الهی است و دیویسنای زنده نگاه داشته شده به دست آن قوم(بنی اسرائیل) با گذشته تاریخ و آنچه که کاوی ها و کرپان ها در دوران زرتشت تبلیغ می کردند به قدر مویی تفاوت ندارد و مزدیسنای ما هم گرچه علاوه بر قدیسان دیروزش چهره ها و نمادهای تازه تری چون مادر اصالت و پدر قداست(فاطمه و علی) یافته است همان است که از هبوط آدم بهشتی بود. قرآن هم اسلام را همانکه به آدم، نوح و دیگر پیامبران وحی شد می شمارد.

نشان "چلیپای علی" که برخی به اشتباه ساخته ذهن من تصور می کنند از همان ابتدای پذیرش شیعه توسط ایرانیان و چندی پس از خلافت پیشوا به وجود آمد و آریاییان گردونه مهر خویش را که بی شک نمادی از انسان کامل است(که هر چهار عنصر منتهی به اویند) با نام علی درآمیختند و نشانه ای آفریدند که گرچه همان چلیپای جنبش آریایی بود، دیگر با ایزدان و شرک ساسانی ارتباطی نمی توانست داشته باشد و علاوه بر قد برافراشتن مجدد مقابل ماه و ستاره خدایان بابلی و ضحاکی پرچم برترین مرام یکتاپرستی همه عالمیان شد. کلاوزه ویتز تاثیراتی از متون لوتری داشت اما تنها ترجمه ناقص گوشه ای از جریان شش هزار ساله مذکور بود. خلیفه دوم فقط به بهای دادن آزادی عمل کامل به اعراب به ویژه در استفاده از قدیمی ترین نماد بت هایشان(هلال ماه و ستاره پنج پر) توانست چنان نیروی عظیمی را گردآوری کند و آنچه که امروز به عنوان حمله مسلمانان به ایران تبلیغ می شود چیزی جز یورش اقوامی که به گواه تاریخ اکثرا نماز نمی خواندند و قرآن را نمی شناختند نمی تواند نام بگیرد. در واقع پیشواعلی در قالب یک جریان فکری ریشه دار دوباره در برابر بت ها و درفش باستانی آن ها که چندی پیش بر دوش رسول ایستاده و سرنگونشان کرده بود ایستاد. اکنون برای بار آخر تمام کفر یهود ماسون و آیین های ضحاکی و عصبیت و جهل عربی و ارتش فاحشه های غربی در برابر تمام ایمان و نژاد یگانه پرست آریایی و ایران و پاکدامنی و خانواده و در یک کلام سربازان فاطمه و علی با همه توان ایستاده است. امروز نبرد میان یکتاپرستی(مزدیسنا) و خودپرستی مشرک(دیویسنا) به ظهور رسیده است. مشکل اساسی ما دو چیز بیشتر نیست؛ نخست آنکه خیلی دیر متوجه می شویم چه گنج هایی را از ما ربوده اند، چه داشته ها و چه کسانی از آن ما و دارایی ما هستند و اکنون در جایی که باید باشند نیستند و کی این فرها و نصرت های بی مانند تکرارنشدنی به سرقت رفته اند. علاوه بر مواردی که از انواع سرقت های ادبی و تاریخی و فرهنگی، از دارایی ما صورت گرفته و به نام غرب ثبت شده است باید به سرقت علمی، چپاول اسناد و آثار نیز اشاره کنم.

نه تنها کتاب های ناپدید شده ابوریحان بیرونی(بیش از صد کتاب!) و بی شماری کتب و رسالات علمی مفقود شده دانشمندان عصر اسلام دیگر ما اکنون موجود هستند(به گواه اظهارات و اعتراف واضح دانشمندان اروپایی عضو ماسون به ویژه در قرون هجده و نوزده میلادی مبنی بر مطالعه یا مشاهده و نیز تبلور شنیده های ما از دانش و کشفیات آثار ربوده شده و خط فکری و نظری مختص نویسندگان آن متون در آثار آن ها) و بطور کامل و بی کم و کاست و اضافات در کتابخانه های سرّی فراماسونرها نگهداری می شوند بلکه "نامه های باستان" و "رازدبیری نامه هایی" که وجودشان در تخیل کمتر کسی می گنجد مانند دساتیر بطور کامل، اوستای وحی شده بدون تحریف، الواح باستانی آریا که(مجموعه اوستاهای غیرآسمانی مذکور به گواه معماری و مصالح و هندسه ناشناخته آثار برجای مانده از تخت جمشید این یادگار دوران طلایی آریاییان که محصول گوشه ای از دانش موجود در آن ها بود) حاوی دانش هایی برتر از علم کنونی بشر هستند، کتاب مزدک و بسیاری از این دست نیز در این فراموشخانه های مخفی یهودیان تشکیل دهنده ماسونری واقعا وجود دارند.

کار تا این اندازه جدی است که در هنگام حمله اسکندر به ایران و ورود او به تخت جمشید به عکس آنچه که تاریخ نگاران یهودی می قبولانند حتی یک لوح و برگ باستانی جمی سوزانده نشد و یهودیان دربار کیانی که قرار بود خدمتگزار آریاییان باشند کتابخانه بر پوست آهوی هخامنشیان را در عوض خدمات خود به مقدونیان از آن ها طلب و دریافت نمودند، البته سرداران ارتش فاتح نیز هر یک شماری از این اسناد علمی را ربودند و در آینده به واسطه دانش های جم(دوره هفتصد ساله باستانی و طلایی فراتر از تصور دانش آریا) به سرقت برده موفق به ساخت "ابرسازه ها و ابرکشتی های دنیای باستان" شدند. می بایست از خودتان بپرسید که تاریخ تمدن و تحول ملل به قلم چه کسانی نگاشته شده است؟ آیا جز آثار تاریخ نگاران ماسون آکسفورد و دانشگاه های بریتانیا کتابی مرجع دانسته می شود؟

باری، اسکندر به ارزش این صفحات آگاه بود و در یکی از سخنرانی هایش پیش از حمله به ایران هدف اصلی خود را از این یورش به دست آوردن دانش های مذکور بیان می کند.

مغولان کاملا وحشی نیز به واسطه مشورت مشاوران چینی خود از ارزش آثار اندک باقی مانده از دانش های برتر باستانی آریاییان آگاه بودند و بسیاری را گردآوری کردند و من امروز به جد شک دارم که اعراب در طی حمله خود به ایران کرور کرور از این متون را سوزانده باشند!!! آنان هم به کمک همان مقدار کمی که از دانش های باستانی آریایی تا آن دوران و پس از بارها چپاول باقی مانده بود توانستند با جهشی آنی و خیره کننده در تمامی علوم و فنون زمان به بالاترین درجه علمی جهان دست یابند و تا صدها سال بر آن بایستند.

مباحثی که ابن هیثم در ریاضیات مطرح می کند، شهادت بر آن می دهد که او گوشه و

برگی از کتب باستانی جمشیدی را مطالعه کرده بوده است و سایر دانشمندان عرب دوران مورد ذکر هم به همین ترتیب(اثری مستقل از دانش باستانی آریایی ایرانیان ندارند). محال ممکن است اعراب متونی که باعث قدرت گرفتن آن ها در آینده گردیدند را سوزانده باشند! زیرا قدرت همان دانش است و حتی مغولان در دانش های نظامی روز سرآمد دوران بودند.
هیچ عاقلی می تواند ادعا کند جهش علمی اعراب(مثلا سبک معماری اسلامی) تحت تاثیر چیزی جز کتب و دانشمندان ایرانی حاصل شد؟ حتی ادبیات و شعر و موسیقی عرب(در دربار بنی عباس و کوچه و بازار بغدادِ آن ها ترانه ای که به فارسی خوانده نمی شد ترانه به شمار نمی آمد) و داستان هایی که از ایران چون هزار و یک شب به سرقت رفته و به نام هویت عربی شد، حاصل دسترنج ایرانیان هستند. چگونه می توان باور کرد کتاب های آریایی سوخته باشند و آنگاه داستان های تاریخی(چون سفرهای سنباد هخامنشی) و دانش موجود در آن ها واو به واو توسط اعراب تالیف و تصرف شود. فرضیه "کتاب سوزی" تنها بهانه و نیرنگی است برای آنکه مال باخته ای چون ما از جستجوی ثروتش ناامید گردد.
در این میان به دلیل آنکه با واسطه و بی واسطه کتب تاریخی موجود را "آن قوم" اِله زایون نگاشته و سیلی از تحریف را داخل در واقعیات نموده اند(مثلا مراسم مجلل تاجگذاری کوروش و یا جشن های عظیم در تخت جمشید در زمان پادشاهی او همگی دروغ هستند و مجموعه پاسارگاد در آن دوران اصلا کامل نبوده و مکانی برای برپایی جشن نداشته است و وی آنگونه که نیرنگ پنهان این تحریف می خواهد بقبولاند تجمل پرست و فرعون صفت نبوده و هرگز جز برای برپایی حق و عدل وقت و هزینه صرف نمی کرده است. هدف نهایی و کارکرد این تحریف آن است که ما باور کنیم کوروش همان ذوالقرنین نبی نیست) همواره اصراری عجیب در صفحات تاریخ مورد تاییدات بین المللی!!! آنان مشاهده می شود که ما بپذیریم همه چیز خود را از دست داده ایم در صورتی که برای اثبات وقوع هیچ کدام از مواردی که من از سه کتاب سوزی مورد ادعا اشاره کردم یک سند معتبر وجود ندارد.
ما دقیقا در تناقض آنچه که صهیونیان می خواهند باور کنیم و بگوییم، علاوه بر آنکه دانش، این باارزش ترین میراث ربوده شده خود را پس خواهیم ستاند با تمام وجود ایمان داریم و فریاد می زنیم که تمامی پیشرفت های بشر در همه دوران ها حاصل دسترنج آریاییان به خصوص ایرانیان دوران جم بوده است. شک نکنید، ما کتاب های خود را باز می گردانیم.
حتی نازی ها نیز با بازخوانی مجدد برخی متون جم توانستند دانش مدرن را بازآفرینی کنند.
در طول تاریخ همواره فراماسون ها به واسطه همین کتابخانه های سرّی خود که در طی هزاران سال و در دوره های گوناگون تکمیل گردیده و تقریبا تمامی آثار نایاب را در خود گنجانده اند(بجز یهودیان صهیون خالقین ماسون بقیه اقوام پس از مدتی از نبرد استخراج و

توقیف متون آریایی دست می کشیدند ولی ماسون ها از همین بی تفاوت شدن آن ها استفاده کرده و بدون توقف همه آثار حتی آن معدودی که در دست دیگر ربایندگان غیریهود بود را گردآوری نمودند)، صفحاتی که مهم ترین شناسه و عامل تولید قدرت برای ایشان بوده و هست و به سبب استفاده از دانش های سیزده هزار ساله آریایی در معماری و ساخت بناهای عظیم، پزشکی و ... نفوذ خود را تحمیل کرده و موفق به جذب دانشمندان اروپایی شدند.
اکثر افراد وقتی نام تمامی دانشمندان و مهندسین به نام اروپا چون داوینچی(که در تابلوی شام آخر به جای پا برای حضرت عیسی چیزی شبیه به سم کشید و راهبان صومعه سانتا ماریا مجبور شدند به بهانه ساخت یک در تازه قسمت پاهای مسیح را ویران کنند!!! و جالب اینکه او یهودا را پیرمردی ساده و مظلوم تصویر کرد ولی در اثر مرور زمان و ترمیم های ضمنی چهره یهودا جوان و زشت گردید. هیتلر که خود یک نقاش حرفه ای بود - ناپلئون هم یک هنرمند نیمه حرفه ای بود و در نویسندگی رمان و داستان کوتاه تبهر داشت - و از جمله زیباترین نقاشی هایش تصویر حضرت مسیح نوزاد در آغوش حضرت مریم است در ظهور این اعجاز نقش داشت زیرا تالاری که نقاشی مذکور در آن بود به سبب اصابت بمب ژرمن ها ویران شد و قسمت عمده نقاشی اصلی فرو ریخت و نقاشانی دیگر آن را دوباره کشیدند و به این ترتیب بخشی از ماهیت اثر عوض شد و از شیطانی به الهی تغییر یافت! دیگر آنکه با دقت به این نقاشی متوجه خواهید شد که حواریون با عصبانیت در ژست حمله به مسیح و تهدید او و مریم مجدلیهِ شرمسار هستند و آنگونه که نقاش پلید تلقین می کند در این صحنه مسئله باردار شدن نامشروع مطرح شده است. این توطئه کثیف ماسون ها که از کینه دیرینه "آن قوم" نسبت به مسیح عزیز ما خداپرستان می جوشد تنها به این دلیل شامل حال مریم مجدلیه مطهره هم شد که انجیل ارائه شده توسط او عاری از تحریف بوده است) را در لیست عضویت ماسون ها می بینند به خصوص از رونق بازار شیطان وحشت می کنند در حالی که دانشمندان زمان تنها به وسوسه رسیدن به این کتابخانه های سرّی که دانش جم را در خود پنهان داشتند با "ماسیون" همکاری می نمودند. نقاشی دیواری شام آخر گویاترین اثبات یگانگی صهیونیزم، شیطان پرستی، آوانگارد تحریفی هنر برای هنر(تعریف ماسونی آوانگارد و خط شکنی هنری و نه مفهوم واقعی آن و نواندیشی)، کابالا و ماسونری است.
داوینچی به واسطه مطالعه کتب دانش باستان ما حتی یک بار ادعا کرد که ساختمان عظیمی را می تواند با قدرت فن آوری ناشناخته ای بدون اهرم، بطور کامل و سالم از زمین بلند کند(این همان تکنولوژی مورد استفاده جهت جابجایی بلوک های عظیم پاسارگاد بوده است) و درست در شب روزی که قرار بود این اتفاق بیفتد و وعده عملی شود او را بی هیچ اتهامی به زندان انداختند و مدتی زندانی بود تا رازهای مگو را فاش نسازد و سر عقل بیاید!

گذشته از این حتی ادعا می شود "برج گردان" و "قیچی" هم از اختراعات وی بوده اند!!! در حالی که همه می دانند این دو متعلق به ایران باستان هستند. وقاحت را تا جایی رسانده اند که بنای تاج محل را با وجود نام و اسلوب و سبک معماری طراحی و همه چیز ایرانیش و همه اسناد معتبر ساخت و تکمیل و تزیین آن به دست استادان ایرانی به معمارانی ونیزی نسبت می دهند! و اگر تاریخ ها کمترین تطابقی داشت آن را هم شاهکار خود داوینچی تبلیغ می کردند. به دستور شاه جهان بر پای این بنا لوحی نصب شده است که سازنده و طراح تاج محل، احمد لاهوری را والاتر از آن دانسته که از اهالی زمین باشد و به یقین این تحیر جهان در اثر چیزی جز مشاهده ذره ای از اعجاز دانش جم نبوده است. لئونادرو داوینچی تنها از روی طرح های کتب آریایی کپی هایی عینی و ساده و کوچک شده را می ساخت و بس. بطور نمونه به جای طرح های هندسی الهی جمی ستاره شش پر تلمودیان را جایگزین نمود و در تابلوی مونالیزا با استفاده از معجزات هندسی ابداع شده توسط آریاییان روح اثر قرار داد. امروزه در جهت بت ساختن برای مردمانی که هیچ چهره معتبر و مستقلی ندارند حتی ادعا می شود او با یک دست می نوشته و با دست دیگرش همزمان نقاشی می کشیده! آیا بدون دانش، این ارث ما ایرانیان می توانست چنان به اصطلاح اختراعاتی را انجام دهد؟ آیا سبک نقاشی بر روی دیوار دوران داوینچی همان سبکی نبود که در تصویرگری عظیم دیوارهای همه بناهای تخت جمشید(و حتی طاق کسری و کاخ های ساسانی) مورد استفاده قرار گرفته بود و نیاز به دانش و مهارت گمشده بسیار پیچیده ای از جمله در ترکیب دقیق ساخت و به کار بردن رنگ ها برای ماندگاری و خشک شدن مناسب اثر داشت که ناگهان از جایی نامعلوم به دست اروپاییان رسید؟ بسیاری سعی کردند این دانش نقاشی را بدون دسترسی به دستورالعمل های جمشیدی تقلید و کشف کنند، از جمله دانشمندان سلوکیان، که همگی با شکست مواجه شدند و حتی نتوانستند یک اثر دیواری ماندگار مشابه خلق نمایند.

جالب اینکه به این سبک و دانش نقاشی در شاهنامه هم اشاره شده است و رستم پس از ورود به کاخ شخصی سیاوش در مسیر کینخواهی او مشاهده می کند که دیوارهای آن بنا همه منقوش به نقاشی های دیواری عظیم هستند که به دست کی سیاوش تصویر شده بودند.

آیا ماشین های داوینچی هزاران سال پیش تر و توسط آریاییان تنها برای نمایش دادن و تفریح اختراع نشده بودند(در حدود پنج هزار سال پیش تر از او!!!) و حتی بسیار کامل تر؟ آیا اگر درستی جملات من را بپذیرید دیگر می توانید داوینچی، نیوتن و امثالشان را آنگونه که ابررسانه ها می قبولانند نابغه مبتکر و بشریت را مدیون کابالیست ها به حساب بیاورید؟ بعلاوه، چه در زمینه دانش و چه در هنر، کارگاه های تولید دانش و هنر به عنوان چهره ها و بت هایی واحد و بی نقص به ما معرفی شده اند! مثلا ادیسون در علم نوین و رامبراند در

نقاشی کلاسیک نام یک کارگاه و یک گروه بسیار بزرگ از دانشمندان و هنرمندان بوده اند و نه یک فرد. شخص ادیسون و رامبراند تنها مدیر این کارگاه ها و گروه های روشنفکری بوده اند، یعنی به هیچ وجه نمی توان اطمینان داشت که الکتریسیته را چه کسی اختراع و در واقع بازآفرینی نمود و یا تابلوهای امضاء شده به نام رامبراند را چه کسی کشیده است.

آنچه مسلم است این می باشد که حداقل نود درصد اختراعات نسبت داده شده به شخص ادیسون و نقاشی های منسوب به رامبراند در واقع باید به نام دانشمندان و هنرمندانی مظلوم و گمنام ثبت شوند. و از سوی دیگر، همانگونه که بت هایی از دانشمندان و هنرمندانی خیالی ساختند و علاوه بر حذف از تاریخ دانشمندان دوران پیش از اسلام ما دانشمندان و هنرمندان واقعی و غیرقابل نادیده گرفته شدن پس از اسلام ما را ترور شخصیت می کنند و ما هم برایشان کف می زنیم! خیام و حافظ، این دو دانشمند و توامان هنرمند و مرجع دینی برجسته که در راه آفرینش های علمی و هنری و هدایت و آسودگی و آگاهی مردم خواب و آرام نداشته اند را شرابخوار و همیشه مست و زن باره معرفی می کنند(به سبب عرفان خاصی که در ابراز احساسات خود به واسطه ایجاد تناقض میان واژگان و مفهوم داشته اند) و آغاز شهوت پرستی و مادی گرایی را به نام آن ها ثبت می نمایند، انجمن های شهوت پرستی به نام آن ها تشکیل می دهند و ما هم به "نمی دانم کجا"ی این فریب افتخار می کنیم!

بطور همزمان، دشمنی هدفمند برگزیدگان ماسون با ایرانیان و جعل تاریخ ایران زمین و مشاهیر ما توسط این بت های علمی و هنری پوشالی مورد تایید غرب(مانند نقاشی هایی که از مرگ تخیلی کوروش و قرار داشتن سر او داخل یک تاس خون و اعدام هامان کشیده اند) که پرورده داستان هایی دروغین، کودکانه و پوپولیستی چون افتادن یک سیب و کشف جاذبه هستند!!! و نیز دشمنیشان با اسلام از آدم تا خاتم و دین واقعی و همه پیامبران الهی و تلاش ایشان برای مخدوش کردن چهره نبوت، زیر سئوال بردن قیامت و میمون نبودن انسان و نفس وجود خدا قابل درک است زیرا ایران از ابتدا مساوی با یکتاپرستی و مزدیسنا و به تمام معنا اسلام و دین بوده است و اولین و آخرین سنگر مبارزه با جن پرستی خواهد بود.

باید پرسید، اینشتین که در سال های آخر عمر خود شیعه شد با وجود خدمات بی نظیرش به دانش بشری و حتی آمریکا(پنجاه کشوری که توسط اتحادیه واشنگتن غصب شدند) چرا از لیست "آن هایی که باید تبلیغ شوند" حذف گردید و تا جایی که بتوانند نامی از او نمی برند؟

هرچند هنوز هم تمام تلاش خود را به کار می بندند که مثلا با جعل نامه ای چند خطی، موسوم به نامه خدا، و تبلیغ جهانی آن تلقین کنند که اینشتین کافر بوده و با چنین متنی که حتی از سوی هیچ کدام از مراکز معتبر علمی غرب اصالتش تایید نشده و نمی تواند بشود - چون اگر مکاتبه ای در کار بود از نویسنده مورد خطاب هم باید عکس العملی در تاریخ

گزارش می شد - واقعیت شیعه بودن وی را نقض کنند اما چطور می توانند کنار گذاشته شدن و مرگ غیرطبیعی و چرایی ماهیت سخنرانی ها و مکاتبات واقعی او را توجیح کنند.

باری، این چهره ها در واقع افرادی بوده اند که توسط ماسونری انتخاب می شدند و تنها توانایی منحصر به فردشان این بود که می توانستند برخی اطلاعات درون متون آریایی را بفهمند. مفهوم فضا(نقشه کامل چگونگی قرار گرفتن زمین و دیگر سیارات... تنها هنر گالیله این بود که نقشه کهکشان ما که توسط جمشیدیان کشیده شده بود را دید!)، نقشه کامل کره زمین با ذکر دقیق پراکندگی جانوری و گیاهی، مکانیک، هندسه و جبر و ریاضیات، نقاشی، مجسمه سازی و هرچه دانش نام دارد و از جمله تکنولوژی های فوق مدرن چون پودر ضدجاذبه، شناورسازی صوتی، لیزر از متون ما به دست این سارقان استخراج شدند. شایسته است آن ها را دزد بنامیم چون نه تنها این سرقت آشکار را انکار نمودند بلکه تمامی تلاش خود را به کار بستند تا با تحقیر مداوم ملت ایران صاحبان اصلی را از میدان به در کنند. آیا اکنون زمان آن نرسیده که ما از خود بپرسیم وهابیون یا بهتر بگویم عمریان(پیروان عقاید خطاب پدر عمر؛ به نقل از دکتر شریعتی پیشواعلی خود سنی ترین فرد بود، استفاده از واژه سنی برای نامیدن این فرقه درست مثل آن است که بگوییم شیعیان پیرو سنن رسول نیستند و سنت نبوی متناقض با تبعیت از امامان شیعه است!) نشان هلال ماه و ستاره که بر کلاه جادوگران اروپایی شیطان پرست تصویر می شود را چرا باید نماد دین اسلام بقبولانند؟ چرا کشیشان در هنگام تثلیث دو انگشت خود را به شکلی در می آورند که دقیقا همانند یکی از اصلی ترین حرکات دست شیطان پرستان و خدایان هندو باشد؟ لباس هایی که در واتیکان توسط روحانیون رده بالا مورد استفاده قرار می گیرد از پوشش مسیح الگوبرداری شده اند؟ و یا از جامه های ایزدان کهن؟ اتفاقی می تواند باشد که رسوم و نمادهای کلیسا بدون استثناء از خدایان خورشیدی بابلی و اقوام جن پرست و الهگان باستانی فراعنه ماخوذ شده است!؟ چرا تمامی ادیان جهان، بجز شیعه، با نمادهایی شناخته می شوند که همگی علامات الهگان جنی پلید هندو بوده اند؟ آیا پنج گروه و سازمان اصلی جنی که بر جهان ما نظاره دارند و فراماسون ها خود را متولی این نظارت می دانند و هرکدام به یکی از اینان علاقمندترند پس از هزاران سال برنامه ریزی و تبلیغات در زمین همه چیز را به آدمی واگذار خواهند کرد؟ چرا ستاره شش پر یهود که به دروغ نشان پرچم داوود نبی تبلیغ می شود باید نمادی الهی دانسته شود و چرا در تمامی نقاشی هایی که از حضرت مسیح ارائه می شود دست راست فرد به تصویر کشیده شده، مسیحای جعل شده توسط ماسون، همیشه یکی از حالات دست خدایان اهریمنی را به نمایش می گذارد؟ چرا مجسمه مسیح به صلیب کشیده شده باید دقیقا مشابه بت شیوای درون حلقه آتش(دروازه انتقال) بوده و ژست هر دو نماد کاملا یکی باشد؟

جای توضیح ندارد که ماهیت این نشان ها فقط به فرهنگ باستانی هندوان و ویماناها ختم نمی شود و در تمامی آیین های جن پرستی سراسر جهان بطور مشابه مورد استفاده قرار گرفته اند زیرا انسان زمینی این "اسامی کیهانی کمپانی های جنی" را ابداع نکرده است، بلکه علاوه بر برداشت بومی شده از نمادها و نام ها چاپلوسی را با آن ها ادغام نموده است. انسان هم وقتی قمری کوچک را به فراسوی مرزهای فضا ارسال کرد تنها در آن لوحی که حاوی نقاشی ها و طرح های ساده ای از زمین بود را قرار داد و مسلم است که در برخورد میان سیاره ای از نقاشی و نماد به جای خط و زبان باید برای برقراری ارتباط استفاده شود. ادیان الهی به سرعت توسط پیروان شیاطین و پرستندگان ایزدان باستانی غصب شده اند و منش ناب اسلام از آدم تا خاتم خمیرمایه آن ها که در هیچ نمادی نمی گنجد کاملا وارونه شد اما خبر خوب این است که هیچ جنگی بین ادیان الهی وجود نداشته و ندارد! هیچ نبردی در طول تاریخ بشر میان پیروان دو یا چند دین قدسی رخ نداده است! بطور مطلق تمامی ادیان الهی حتی اسلام به استثناء شیعه در اختیار کامل شیطان و جن پرستان قرار دارند و کمترین نشانه ای از قداست و خداباوری در آن ها مشاهده نمی شود، یعنی شیعه در یک سو ایستاده است که تنها دین خداپرستی جهان می باشد و در مقابل او هرچه که هست کفر محض است. آیا قبول ندارید هر فرد پیرو عمر که در برابر بت ماه و ستاره و به خدایی که نمادش هلال ماه و ستاره است سجده می کند در اصل به دیوان سجده کرده و آنان را عبادت نموده است؟ آیا بی دلیل است که وهابیون به خود حق می دهند در بین مردم عادی بمب گذاری کنند و یا سر کودکان و زنان دشمنانشان را به همین راحتی ببرند؟ ذره ای نشان از خداباوری دارند؟ آیا بی دلیل است که این عرب پرستان(وهابیون و نوکرانشان) با زنان چنین رفتاری دارند؟ این به شمار نیاوردن و کلا حبس کردن زن در کجای سنت احمد واقعی دارای مستند است؟ آیا این آیین کسی جز ضحاک ضد ایرانی است و دستور مافوقی جز شیاطین می تواند باشد؟ در طول تاریخ پیش از ظهور شیعه نیز همواره تنها یک دین، حق و خداپرستانه بوده است. بطور مثال مسیحیان در نبرد همزمان با رومیان و یهودیان در یک برهه کوتاه همینطور در دوران کنستانتین پیش از آنکه او پسر خودش را با تهمتی یوسف و سیاوش گونه بکشد حق بودند که متاسفانه به سرعت همان ادیان اصیل مقطعی هم به صف دشمنان خود پیوسته اند! اما شیعه سرخ، اسلام واقعی، با تکیه بر پشتوانه هزاران سال ستیزیدن ایرانیان با دیوان تحلیل نرفته و مسیر واحد پیدایش نظری خود را از خلقت آدم تا به امروز طی نموده است. اسلام آتشین حق مطلق شیعه زمانی با یوشع و دیرگاهی با کوروش نبی و چندی با مزدک دگردیسی یافته و در جم تبلور عالم گیر خود را به نمایش گذارده است. از پهلوانانی چون کیومرث و هوشنگ و طهمورث و به ویژه جمشید و گرشاسب و کی کاوس و کاوه و رستم

و زرتشت و وهرز و بابک و ابومسلم و مختار هزار نکته آموخته و در التزام رکاب این قله های بشریت به درک پیشوای خود، امیرالعالمین علی ابن ابیطالب و قرآن دست یازیده است.
باری، در این سو ما ایستاده ایم و در برابر ما همه دیو هستند و دیوپرست، چه غافل و آگاه!
ما اینجا، در ایران چون سیزده هزار سال تاریخ خود برابر همه جهان دیویسنایی ایستاده ایم.
بله، تمامی دانش های مدرن امروز هزاران سال پیش تر وجود داشته اند و بشر تنها در حال بازآفرینی آن هاست(به گواه شهرسوخته و بسیاری از شهرهای فوق باستانی کشف شده) اما نکته اینجاست که ایران جم تنها نقطه ای در جهان بوده که در آن به جای پرستش جنیان و خدا خطاب کردن آن ها، اغلب آنان را اهریمن، دیو و پلید به شمار می آورده اند و دانش را از این موجودات بیگانه و دیرین و فوق العاده مسلط به فن آوری با ابزار ایمان به غنیمت می گرفته اند(چون آصف، حضرت سلیمان و پیامبران الهی) و مستقلا به کار می بسته اند.
این به غنیمت گرفتن "معجزهِ حق بودن، اخلاص کامل و ایمان راستین" بود. به همین دلیل اهریمن که ابرسازمان و ائتلافی متشکل از سازمان های متعدد کیهانی جنی همیشه رقیب بود همواره و چون امروز سعی می کرد نسل ایرانی را نابود کند و یا چون دیگر ملت ها، ادیان تنها در ابتدا اصیل و قدسی تحریف شده را به او بقبولاند و نمادی ننگین بر وی بنهد.
مسئله فقط بر سر این موضوع نیست که تابعین عمر و خطاب(پدر عمر) راست می گویند و یا پیروان علی(پیشوا) و ابوطالب، بزرگ ترین هراس ماسونری این است که مبادا ماهیت واقعی ادیان الهی به هر ترتیب فاش گردد. برای نمونه کلینتون در دوران ریاست جمهوری خود کلیساها و معابد شیطان و جن پرستی بی شماری را افتتاح نمود و حال آنکه با گروه دیویدیان خشن ترین رفتار ممکن را صورت داد زیرا دیوید کوروش موفق شده بود از میان متون گنگ انجیل و تورات(این گنگ بودن در اثر تحریف و ادغام دیویسنا در مزدیسنا به وجود آمده است، این حالت برای شیعه به دو دلیل به وجود نیامد و ماسون هرگز نتوانست آن چهره متحجری که می پسندید را از شیعیان بسازد: نخست اینکه به دلیل اسلام کامل و واقعی بودن شیعه این دین از سخنان همه پیامبران و اولیاء الهی و نیز فرزندان فاطمه و علی، امامان، بهره برد و خود را از هیچ یک از سربازان جاویدان محروم ننمود و دوم، دیرینه و تاریخ زرین باستانی ایران زمین نیز دوشادوش مورد اول سبب شد شیعیان عمدتا ایرانی مفاهیم قرآن را درست و منظم دریافت کنند و به سبب کینه و شناخت کهنی که از دیو داشتند گمراه نشوند) به درک هفت نشانه و منظور واقعی مسیحیت و ادیان الهی دست یابد.
نظام کلینتون به دیویدیان تهمت تجاوز به کودکان خودشان را زد در حالی که رئیس جمهور همین دولت خود در چند مورد به نوجوانان تجاوز کرده بود و داستان هایش نقل محافل بود!
چقدر ماسون ها فاسق و قبیح اند! چقدر آگاهند به پستی خودشان که همیشهِ تاریخ صفات و

اعمال خود را برای نابود و خرد کردن، به پاکان و مشتاقان یافتن راه نجات نسبت می دهند. سپس با دستور مستقیم واتیکان دیویدیان و کودکانشان و کلیسایشان و کتاب هایشان همه و همه در آتش سوزانده شدند تا مبادا واقعیت دین آشکار شود. باری، نخست از همه ما باید به این حق مطلق بودن خودمان ایمان بیاوریم و از پیروان "خطاب" همواره باید برائت بجوییم. تمامی این سازمان های کیهانی از دیرباز در بین انسان های زمینی پیروان و گماشتگانی داشته اند که در روزگار فعلی همین تابعین به بالاترین درجه قدرت و وحدت دست یافته اند، مثلا دقیقا دو هفته قبل از اشغال افغانستان توسط اتحادیه واشنگتن احمدشاه مسعود تنها فرد سیاسی مورد اعتماد افغان ها و آخرین منجی آن ها در برابر طالبان به دست نیروهای طالب که قرار بود چند روز بعد سقوط کنند کشته می شود! چرا؟ او که حتی همیشه اعلام می کرد با تهاجم نیروهای خارجی، چه شرقی و چه غربی، در هر شرایطی مقابله خواهد کرد و زنده بودنش در آن مقطع حداقل در ظاهر به نفع طالبان بود!؟ چون با اشغال این کشور و باز شدن فضای سیاسی احمدشاه مسعود بطور قطع به سبب محبوبیتش یک شبه ره صد ساله را طی می کرد و حکومت افغان ها به دست شیعیانی واقعی و برحق چون خود او می افتاد. بازوهای ماسیون در عین رقابت و حسادت آنجا که با نیروهای خدا و پیروان حقیقی قدیسین رودررو می شوند تا این اندازه با یکدیگر هماهنگ، متحد و بی ترحم و خطا عمل می کنند. در ظاهر طالبان شکست می خورد ولی در واقع ارتش ایالات متحده پولی که برای مبارزه با تروریسم از مردم نه فقط کشور خود بلکه خزانه های ملی تمامی کشورهای جهان به زور می ستاند را علنا به خود این سازمان رشوه می دهد تا به نیروهای ناتو حمله نکند! البته بدیهی است که باید حملاتی در ظاهر انتحاری به مردم بی دفاع صورت گیرد تا جهانیان قانع شوند، هرچه آمریکا می گوید درست است و اوست که باید بکشد، ببلعد و همه جا باشد! اما نتیجه چیست؟ برای درک سیاست فقط جریان پول را دنبال کنید. طالبان حتی از زحمت کسب درآمد هم خلاص می شود و آزادانه و در امنیت کامل می تواند در کشورهای دیگر منطقه، سوریه و پاکستان و خصوصا آفریقا وارد عملیات نظامی گردد و نیرو تربیت کند و اتحادیه نیز به واسطه بمب گذاری های تکان دهنده این سازمان(که روسای آن در بریتانیا و ایالات متحده تحت پوشش مصونیت سیاسی تردد می کنند) می تواند تا ابد در افغانستان و جم بماند و از سوی کشورهای تحت اشغال مورد التماس قرار بگیرد که آنجا را ترک نکند! شاید تعدادی از نیروهای ناتو بطور نمادین از خاورمیانه خارج شوند ولی پایگاه های نظامی عظیم و از همه مهم تر فرودگاه های همیشه آماده برای جنگ، باقی خواهند ماند و فقط به جای مزدورانی غربی از مزدور افغان و کرد و عرب و پاکستانی و هندی استفاده می کنند. طالبان توان صادر کردن منظم مواد مخدر به غرب را نداشت و لازم بود که این نظام یا

همان القاعده، تمرکز خود را متوجه منطقه و ایران و پیشبرد اهداف فراماسونری سازد. حالا اتحادیه واشنگتن می تواند هزارباره سلاح بفروشد و اقتصاد بیمار رومی خود را به واسطه تجارت موفق اسلحه و انسان و مواد مخدر با همکاری کمپانی لندن و قطع کمک های مالی به دست نشانده های سنتی بسیار پر توقعش(چون مبارک) از سقوط نجات دهد. باری، دانشمندان نازی نیز علاوه بر هوش و روان آریایی هدایت و تربیت شده خویش به واسطه آثار کامل پیشینه باستانی ایران زمین(به زبان های مختلف سانسکریت، اوستایی و ... زیرا تمامی زبان ها به گواه اوستا از جم پای به هستی نهادند) و ابوریحان که ما تنها چیزهایی در موردشان شنیده بودیم توانستند به شکافت مولکول و هسته اتم که یکی از نظریات مورد اختلاف بیرونی و ابن سینا بود! و بهایی نیز نظریاتی درباره آن داشت جامه عمل بپوشانند. همینطور چگونگی عملکرد موتور جت و کنترل از راه دور که سبب ساخت نخستین هواپیمای بدون سرنشین گردید و ساخت زره های مدرن تانک و تمامی اصول فن آوری بشر(الکترونیک سیلیکونی) از صفحات جم در دوره کوتاه نازی آموخته یا الهام گرفته شد. باری، می بینید که ما تقریبا دو سه هزار سالی خواب بوده ایم! اصلی ترین دارایی ما پس از قرآن، کتاب های باستانی دانشمندان آریایی را "آن قوم" با زکاوت خاصی در زمانه هایی چون دوره قاجار که ما هیچ نمی دانستیم از کشورمان خارج کردند. بارها در تاریخ ذکر شد که آن قوم حتی برای به دست آوردن یک سند تاریخی و یا کتاب باستانی حاضر به پرداخت مبالغ گزاف و برافروختن آتش جنگ میان ملت ها گردیده است و ارزش دانش ما تا اندازه ای بوده که در بسیاری از موارد پیش آمده یک ماسون تمام زندگی خود را در راه به دست آوردن و یا ترجمه و استخراج تنها نیمچه برگی از متون جمشیدی وقف شیطان نموده باشد! ما که خداپرستیم چقدر انرژی برای خدمت به خدا داریم؟ جنیان همواره در طول تاریخ آفرینش بشر سعی کرده اند ثابت کنند که اشرف مخلوقات ایشان هستند و حتی این تلاش به برگزاری مسابقاتی ورزشی و رزمی میان جن و انس انجامیده است! مانند همان مثال کشتی گرفتن حضرت یعقوب با یکی از جنیان و یا سیامک پسر کیومرث با تنی دیگر که در هر دو مورد با شباهتی شگفت با ناجوانمردی طرف جنی کار به پایان رسید و البته همیشه چنین نبود و در تمامی مواردی که نیرنگ و پیمان شکنی دیو کارگر نیفتاد آدمیان یکتاپرست در این رقابت ها پیروزمند بوده اند. زایون ها خود را وقف اثبات برتری جن بر انس کرده اند. "تولید دانش" پروسه ای است که فقط به دست خداپرستان و انسان های "پاک و پاک نژاد" ممکن می گردد و از خون و مغز مثبت اندیش هدفمند یک متدین می تواند بجوشد. این تولید واقعی و سودمند(نه چیزی که غربیون گمراه پیشرفت می دانند، مثلا حامله کردن مردان و دستکاری ژنتیکی حیوانات و درست کردن گربه ها و سگ هایی

که با زحمت و زجر زنده هستند؛ نمی توانند درست راه بروند یا مو ندارند یا بیش از اندازه موهایشان بلند است و یا ساختن لوازم آرایش از چشم میمون!) هیچگونه محدودیتی ندارد و می تواند یک شبه ره هزاران ساله را چون دوره جم طی کند. دیگران، حتی اینشتین، تنها می توانند برای استفاده از دانش های تولید شده توسط ما زمینه تازه بیابند یا چون چهره های اشاره شده آن ها را بربایند و به نام خود کنند همانگونه که یکی از صفات شیاطین به اشارت قرآن همین ربودن دانش و وحی و ناتوانی در تولید چیزهای مفید است. در اوستا نیز دیو و خبیث مترادف با "خالق چیزهای بیهوده و بی فایده" دانسته می شود. بطور مثال "آقا حسابی"(پروفسور حسابی) وقتی اولین نظریه فیزکش، بی نهایت بودن ذرات را ارائه کرد و اینشتین آن را یک ماه مطالعه نمود به آقا حسابی گفت: "من به عنوان کسی که در فیزیک تجربه ای دارم(باید از اینشتین تجلیل کرد چون او از تنها کسانی است که با چنین تواضعی به ناچیز بودن دانش و دستاوردهای بدیع و حرکت بی نهایت کند غرب در پیشرفت سودمند در برابر آنچه که باید صورت می گرفت بارها اعتراف می کند) می توانم به جرات بگویم نظریه شما در آینده ای نه چندان دور علم فیزیک را متحول خواهد کرد!" امکان آفرینش و ایجاد تحول اساسی و شناخت ابعاد تازه دانش تنها در خون پاک و روان سالم ما قرار داده شده است، یعنی آن کتب آریایی چون نرم افزار و خود ما سخت افزار پیشرفت دهنده واقعی بشریت هستیم و آثار چپاول شده اگر در دست صاحبانشان(ایرانیان) نباشند قابلیت واقعی خود را نمی توانند آشکار کنند، مثلا هنوز هم برج های سر به فلک کشیده نیویورک در برابر تخت جمشید یک سازه ابتدایی و بی نهایت ساده به شمار می آیند و همین موضوع دلیل آن است که ده درصد دانشمندان ناسا ایرانی می باشند و سردانشمندان موثرتر این ابرنهاد از میان ایرانی ها، ژرمن ها و هندی ها و بطور کل آریایی ها انتخاب می شوند.

آری، کارل مارکس(یهودی الاصل) با مطالعه "کتاب مزدک" که یکی از گمشده های بزرگ ماست و ربودن بخشی از اندیشه مزدکی خود را به عنوان یک ایده پرداز جهانی و مبتکر سوسیال معرفی کرد ولی نازی ها به سبب آشنایی با واقعیت امر هرگز چنین ادعایی را نپذیرفتند و اگر دیگر ملت ها نیز چنین آگاهی و سوادی داشتند مارکسیسم شکل نمی گرفت.

امروزه ما تمامی شنیدهِ های خود از کتاب مزدک را در آثار مارکس می توانیم بیابیم با این تفاوت که با خدعه ها و دروغ های کثیف ماسون در هم آمیخته شده اند و باید تمییزشان داد.

گذشته از متون آریایی آثار بسیاری از مکتب شیعه ما نیز ربوده شده اند مثلا پیشواعلی در چندین زمینه شاگرد داشت از جمله ستاره شناسی و شیمی و ... که از تمام رسالات و کتب نوشته شده به دست ایشان برای تعلیم شاگردان حتی یک مورد در دست خود شیعیان نیست و یهودیان در همان دوران نادانی و سستی ما و خلافت امویان و عباسیان همه آثار مربوط

به پیشوا را خریداری و گردآوری کردند. امیرالعالمین در احادیث خود اشاره می کند که اوستا و متون مهم آریایی را مطالعه کرده و به عکس آنچه که می خواهند به ما بقبولانند ایشان دانش خود را به واسطه علم غیب یا وحی ویژه پیامبران کسب نکرده بود و در نهج البلاغه و دیگر احادیث هم چنین ادعایی را بارها رد می کند(امام رضا نیز در مباحثشان با صاحبان دانش و مکاتب مختلف بارها اشاره می کند که کتب آن ها را خوانده است و از خود همان آثار برای مدعیانشان سند می آورد). پیشوا علی در سخنرانی های خود که متن اکثر آن ها در نهج البلاغه موجود است حتی به کالبدشناسی خفاش و جفت گیری پرندگان اشاره می کند و گوشه ای از مشاهدات و کشفیات علمی خود را نیز بیان می فرماید و بارها به ملامت کسانی که در پی دانش نیستند و بی پژوهش و مطالعه نظر می دهند می پردازد. اوج این کشفیات و مباحث به نظر من در آنجاست که امام صادق با دلایل علمی تفاوت های بنیادین انسان و میمون را شرح می دهد و نظریه تکامل انسان از میمون را رد می کند. با وجود قرار داشتن این گنجینه کتاب های آریایی اسلامی(هرچند که معنای واقعی این هر دو واژه یکی است و آریاییان از پیدایش تاکنون همواره دست اسلام یا همان مزدیسنا بوده اند) متعلق به ما در چنگ ماسون ها و ساخت بناهایی عظیم چون کلیساهای گوتیک بر پایه دانش آن آثار، هنوز ژرفا و اسرار پنهان مانده در آن ها بی شمارند. وسعت دانش آریایی پنهان گشته و ربوده شده تا اندازه ای است که "چی" این ابزار نیمه مادی مشهور چینی ها تنها قطره ای از دریای آن بود که توسط "تامو" به چین انتقال یافته و سبک مبارزه برتر پهلوانان ایرانی، "گم پو"(به معنی تعادل و قدرت پنهان) را با نام معرب شده امروزی کونگ فو(هنوز هم در برخی نواحی چین گِمپو گفته می شود) به نام چشم بادامی ها نمود! بسیاری از متون جم برجای مانده در دوران کوتاه حکومت نازی ها با سرعت و پشتکار هرچه تمام تر توسط آنان گردآوری و ترجمه شدند و سبب جهش علمی ایشان نیز گردیدند. این دانش ها نه تنها در زمینه فن آوری و هندسه، اقتصاد و کشاورزی، مدیریت و سیاست، قانون گذاری و فلسفه، ارتقاء اجتماع و اخلاق اجتماعی و مدنیت، جشن و انواع ورزش ها، ادبیات و هنر بالنده، تاریخ و داستان سرایی، دین و دموکراسی، کشورداری و سیستم اداری، اخلاق دینی(چیزی به نام اخلاق مستقل از دین و باور به خدا وجود ندارد)، نظم و معنای واقعی قرار گرفتن هر چیز در جای درست(حفظ مرزهای نژادی که از باورهای هیتلر بود از همین مفهوم استخراج گردیده است. امروزه شاهد هستید که ابررسانه های ماسون در راه مقابله و تمسخر این نظم الهی دست به هر کاری که بتوانند می زنند به ویژه در کارتون ها می توانید به وضوح مشاهده کنید که در اکثر کاراکترها سعی می شود هیچ چیز سر جای خودش نباشد! مثلا در انیمه "دنیای شگفت انگیز گامبول" شخصیت اصلی داستان یک گربه

است که از یک خرگوش و گربه به دنیا آمده و برادرش یک شیرینی است و معشوقه دبیرستانیش یک نارگیل! در این کارتون و همه آثار طیف جدید انیمه ماسونی سعی می شود حتی جای دست و پاها و اندام های بدن عوض شود و مخلوقاتی ناهمگون و زشت در سیل آثاری چون "ماجراهای فلاب جک"، "چاودر"، "زمان ماجراجویی - ادونچرتایم" به عنوان موجوداتی طبیعی معرفی شوند و کمال و نظم آفرینش مسخره گردد) ژرمن ها را متحول ساختند بلکه در دیگر کشورها نیز بدون ذکر منبع مورد استفاده و تقلید نصفه و نیمه قرار گرفتند. وسعت سرقتی که از ما صورت گرفته تا حدی است که علاوه بر چهره های تاریخی و اسناد تاریخی و وقایع تاریخی!!! داستان ها و رسوم و آداب اجتماعی، ورزش ها و ایده ها به خصوص ایده برگزاری مسابقات و جشن های ملی و بی اندازه موارد دیگر را شامل می شود که تهیه لیست از موارد مسروقه مستلزم سال ها تحقیق و نگارش است.

همانگونه که اشاره شد شیعه سرخ پیشواعلی نه فقط به دلیل عملکرد خود ایشان بلکه به واسطه کارنامه منحصر به فرد درخشان دیگر فرماندهان و علمداران این مکتب چون امام حسین و کل مفهومی به نام شیعه، از ابتدا به یگانگی بی مانندی با فرهنگ و تمدن آریایی دست یافت و حتی رفته رفته این برادری به وحدت و یکپارچگی تبدیل گردید و دلیل چیزی نبود جز یکی بودن خواست و نبرد هر دو(شیعه و آریایی) و امروز هم اگر ما دانش را به عنوان یک وظیفه و میراث ملی به حساب بیاوریم و نه یک پند و مستحب دینی موفق به آزاد کردن قدرت باستانی نژاد خود خواهیم شد. باید دانست حتی متاسفانه داستان سرایان ژرمن ها که سرآمد اروپا و نخستین داستان سرایان قصه های پریان دانسته می شوند تمامی این داستان ها را از ادبیات و تاریخ ما ربوده اند و داستان و سخن زیبایی در عالم نیست مگر اینکه ایرانی باشد(شما برای ایستادن مقابل حق تنها دو ترفند موقتی در اختیار دارید! یکی قصه سازی و داستان سرایی که برای همین منظور کافران در طی تاریخ از داستان های اسطوره ای تحریف شده ایران زمین استفاده ابزاری کرده اند که در قرآن تحت عنوان "اساطیرالاولین" و آلت دست کفار برای جلب اذهان از آن یاد می شود و دو، علم کردن ملی گرایی در برابر خداپرستی؛ پیامبری ظهور نکرد که این دو در برابرش قرار نگیرند و حتی خود زرتشت. سران کافر همواره مردم را با این عنوان که رسولان برای تسخیر سرزمین پدری و تضعیف قدرت ملی قومی ما نقشه در سر دارند بر علیه آن ها تهییج می کرده اند. چقدر جالب که امروز در ایران و جهان تلاشی عظیم صورت گرفته و می گیرد که کیان و هخامنشیان را در برابر کعبه قرار دهند در حالی که علاوه بر اسناد پارسی متعدد حتی در متون و اشعار عربی بارها به این واقعیت اشاره صریح صورت گرفته که شاهان دوران کهن ایران به عنوان یک فریضه مهم به حج می رفته اند و همواره توسط شخص حضرت

ابراهیم و نوادگان ایشان که متولی خانه خدا بوده اند مورد استقبال گرم قرار می گرفته اند تا جایی که محمدرضا پهلوی دومین شاه سلسله پهلوی نیز که همواره سعی می نمود خود را ادامه دهنده راه و مرام هخامنشی جلوه دهد با چنین باوری به حج رفت! حتی اسکندر ملعون نیز که می کوشید خود را به سلسله هخایان مرتبط کند با رعایت تمامی شئونات و خاضعانه و با هدف فریفتن ایرانی و نه عرب، بیت العتیق را بطور نمادین زیارت نمود). بجز ایشان دیگر افسانه های مشهور اروپائیان نیز مو به مو از ادبیات ما کپی برداری بدون ذکر منبع و در واقع ربوده شده اند و هر چیز زیبایی که در کتب داستانی قرون وسطای اروپا تا سه گانه ارباب حلقه های تولکین و تالیفات معاصر وجود دارد، عشق، عرفان، حماسه، خرد، فداکاری و پهلوانی، میهن پرستی و ایمان، تماما ایرانی است. اینکه امروز انگلیسی ها خود را پرچمدار ادبیات جهان و "صاحب قلم" به شمار می آورند و تا زبان ما را مرده خطاب می کنند، کسانی که قبل از ربودن زبان پارسی ما و تغییر حروف آن حتی یک زبان نوشتاری ساده نداشتند، کسانی که از شنیدن صدای ساز پا به فرار می گذاردند و آلات موسیقی که همگی ابداع ما بودند را ربودند و به نام خود ثبت کردند، کسانی که اجداد آدمخوارشان همسران و فرزندان خود را به نیش می کشیدند، برای من به عنوان نویسنده شدیدترین شکنجه است و توهینی نابخشودنی به حساب می آید. این داستان ها و سخنان هویتی ریشه دوانده در تاریخ واقعی ایران زمین و باورها و ایده های جم به سرقت رفته ما حتی از آن دانش شگفت باستانی ارزشمندتر هستند. غربیون در اصل هیچ حرفی برای گفتن ندارند و در آثار هالیوودی شاهد پوچ بودن تفکرات و قصه های ابداعی خود آنان هستید، گرچه با دارایی های ما تزئین شده اند، زیرا زیبایی و کمال یک سخن و یا داستان از فلسفه کامل و ژرف و گسترده ای می جوشد که به وسعت همه کارهای درست در هستی است. بطور مثال زن در تفکر کهن آریایی را با زن در اندیشه دیگر اقوام و باورها مقایسه کنید.

در اندیشه های غیرآریایی ساخته دست بشر(و مبتنی بر اصول غیرالهی) یعنی همان دیویسنا، همواره زن به عنوان مادرسالار به همه مردان قبیله و قوم تعلق داشت و حتی به آن ها دستور می داد و تا خورده شدن به دست همان مردها(که نتیجه سوء مدیریت موجود و گرسنگی قبیله بود) و یا پیری به دلیل اصالت شهوت در آن طرز تفکر در حالی که همواره حامله بود رئیس به شمار می آمد و در کانون توجهات جنسی قرار می گرفت. طبق تحقیقات اروپائیان در مورد اجداد خودشان! در این قبایل زنان پیشه ای جز روسپی گری نداشتند و مردان هم جز شکار کاری نمی کردند. هر مردی که غذای زنان را تامین می کرد در ارضای شهوت خود موفق بود و تنها عمل جنسی هدف همیشگی زندگی این جانوران را تشکیل می داد. بدیهی است که زنان جنسی تر و شهوت برانگیزتر رئیس تر از بقیه بودند!

و مشخص است که با مریضان و چاق ها و کودکان و پیرهای مونث چه رفتاری صورت می گرفت. به دلیل حاکم نبودن چنین سیستمی بر آریاییان و تاکید این نژاد بر حفظ عفت و پاکدامنی زن و مرد ایشان را همواره در تاریخ مردسالار و مردپرست قبولانده اند. آریاییان زن را ابزاری جنسی نمی پنداشتند و برای راضی کردنش به هرگونه تن فروشی پستی، که هر زنی از چنین اموری ذاتا بیزار است، حاضر نبودند او را مساوی با قانون قرار دهند.
هم اکنون این رویارویی باستانی از همیشه عیان تر است و زنان روسپی و مردان شکارچی غربی(در تعریف مدرن و امروزی: مادینگان هنرفروش و سوپرمدل ها - نران مزدور آدمکش و "قاضی جاسوس ها!") تحت لوای دیویسنایی یکپارچه تر از همیشه تاریخ بشر در برابر زن و مرد پاکدامن و پاک نژاد و پاک دین ایرانی قد علم کرده اند. غربیون امروزی چون اجداد آدمخوارشان و دیوپرستانی که دیروز هم سطح زمین پوشیده از ایشان بود زن را وسیله ای برای فخرفروشی و ارائه به دیگران تصور می کنند، مثلا یکی از وظایف هر زن شوهردار(و نه متاهل!) در فرهنگ و جامعه مدرن آمریکایی بطور ناخودآگاه آن است که آنقدر شهوت برانگیز در برابر مردان(غیر از شوهرش که برای او باید همیشه ژولیده و خسته باشد!) ظاهر شود که شوهر او از رشک جنسی آن نرها لذت ببرد و ارضاء گردد.
این جوامع مدرن در واقع همان قبایل آدمخواران باستانی هستند که تنها به واسطه دانش ربوده شده از ما و استثمار مداوم تمامی داشته های مادی و معنوی ما و دیگر ملل جهان به ویژه سیاهان آفریقا با ابزار شعار و شهوت و تفرقه، سوار بر ماشین جنگی مخوف غرب رفاه نسبی دارند. اما در اندیشه آریا زن هویتی مستقل دارد و بدون مرد هم تعریف می شود.
پرستش آلت جنسی مردانه و توهین به پاکی زن در نزدیکی کردن به سبک غربی مشهود است و از دیرباز دین و باور این قبایل بوده و اکنون آریاییان مردسالار باید خطاب شوند! آنان زن را بخشی از شیطان و ذات گناه می دانند(ریشه این باور در آنجاست که تلمودیان و تثلیثیان به ایشان قبولانده اند حوآ آدم را فریب داد و نخستین عامل اهریمن گردید و سبب شد تا بشریت از بهشت و پاکی الهی مطرود گردد) و حرف زدن او را آزاردهنده و زیاده گویی و به همین دلیل از دیرباز از طریق دهان جنس مونث با او نزدیکی می کرده اند و می کنند. حتی در بسیاری از متون قرون وسطایی دهان زن بی پرده نجس و خانه شیطان خطاب شده و همین نگرش دیویسنایی آلت پرستانه در نوع سکس نران غربی با زنان نمود یافته است.
غربیون هرگز این واقعیت ساده را درک نکرده اند که شهوت جنسی هم درست به مانند غذا خوردن، اگر افزون بر سیری انجام شود عامل بیماری و جنون و سخت ترین اعتیاد خواهد بود. قبایل و ایلات و اقوام غیرآریایی، حتی اروپائیان کاملا وحشی، با مشاهده سبک زندگی آریاییان تاثیرات و درس هایی در دوران باستان گرفتند که سبب شد صاحب چیزی شبیه به

تمدن و فرهنگ شوند و پیشرفت کنند و از ارضاء صرف شهوت بالاتر بیندیشند که البته نوادگان مدرن آنان بعد از چندهزاره آموزه های مثبت خویش را به دست فراموشی سپرده اند، و جنگ حتمی است. نازی ها به این نقطه از خودشناسی و جهان بینی واقع بینانه دست یافته و لزوم قیام را علیه سیستمی که پاکدامنی زنانشان را طلب می کرد، درک کرده بودند.

هیولایی که به نام آزادی محض آینده و حق انتخاب آیندگان را می سوزاند زیرا آنان در چنگال او در رحم زایندگان شهوت پرستشان شهوت پرست و ضدخدا و پاکی خواهند شد.

هزاردستانی کهن سال که زنان فاحشه مردم غرب، این موثرترین سلاح و خونخوارترین مزدوران خود را با اهرم کاپیتالیسم و جمله معروف "این مشکل من نیست" که از زبان و عمل دولت های سرمایه داری و به ویژه بزرگ ترین دموکراسی جهان! آنقدر تکرار گردید تا تبدیل به باور خلق شد وادار می کند برهنه و به نام هوشمندی و پیشرفت و دانش و آزادی و حق طبیعی! آنقدر در برابر دیدگان ملت ساده و پاک تو رژه بروند و آنقدر فشار سیاسی و اقتصادی وارد می کند و فرقه های متعدد تندروی بچه کش در دین تو پدید می آورد و آنقدر تحریف می کند و شیپور می زند و دروغ می پراکند تا بالاخره گام ها بلغزد و آدمیان مات بپذیرند فقط میمون هایی تکامل یافته هستند. در منش باستانی آریایی مهم ترین وظیفه زن و مرد که تخلف از آن بزرگ ترین گناه و نابخشودنی تلقی می شود آن است که با حفظ پاکدامنی و حتی یک عمر سالم زیستن و تغذیه مناسب و ورزش کردن(که وظایف دینی یک آریایی و یا به ترجمه امروزی باورمند به شیعه سرخ هم هستند) صاحب فرزندانی شوند که از پدر و مادر خویش کمترین آسیب و ظلمی پیش از تولد و در جزئی ترین سطح ژنتیک ندیده باشند. دانش خود غربیون امروز ثابت کرده که فرزند یک زاینده(و نه مادر) سیگاری فاحشه ضدورزش از زمانی که در رحم آن موجود قرار دارد و به واسطه ژن و خونی که از آن تغذیه می کند به سیگار و فحشاء معتاد شده و تمایل به ورزش کردن را از دست می دهد. تاثیرات منفی سیگار کشیدن حتی یک پدر سیگاری تا ده نسل بعد از خودش قابل مشاهده است. امروزه این احساس وظیفه ایرانیان نسبت به آیندگان و محروم نکردن آنان از دارایی هایی چون پاکی و سلامتی ذهن و جسم و خرد و دین و آزادگی و شجاعت(که نبود و خلاء این ثروت ها می شود آنچه که صفات یک فرد مدرن غربی دانسته می شود) تعصب تبلیغ می گردد! در حالی که بیشترین تعداد قتل های ناموسی در جهان طبق آمار خود غربیون در دو کشور جعلی بریتانیا و آمریکا روی می دهد و نه آنگونه که قبولانده اند در ایران آریایی. حتی مباحث نافرمانی مدنی هم از فرهنگ ما ربوده شده و پیچیده ترین و پیشرفته ترین نافرمانی مدنی تاریخ در آیین روز طبیعت سیزدهم فروردین یا "سیزده به در" که در مخالفت با دربار یهودی خشایارشاه و اعتراض به نسل کشی آریاییان ضدصهیون

شکل گرفت هنوز متجلی است. دومین مشکل و معزلی که ما ایرانی ها در چنین جنگی با آن روبرو هستیم و از درون ما می جوشد دوست و دشمن شناسی ضعیف ماست. لازم است در این موضوع دوباره به ذکر شباهت های دو فرمانده، ناپلئون و هیتلر بپردازم. عوام آن دو را کافر خطاب می کنند در صورتی که برای رسیدن به ایمان در حالی که دینی تحریف شده و ماسونی چون مسیحیت سه خدایی بر تو مسلط است کار درست جز این نیست که ابتدا کافر شوی و به همه چیز شک کنی و پس از جستجو و کاوش به دین حق و منش درست تازه انتخاب خودت مومن گردی. یعنی در موقعیتی که دین تو از کفر بدتر است و شرکی هدفمند و ضدخداست راه درست و حتی دستور خداوند و پیامبران کافر شدن(به معنی قطع کردن همه وابستگی های فکری و دلبستگی های احساسی به باورهای غلتی که روان تو را آزار می دهند) و پاکسازی هر نوع باور مذهبی از ذهن سپس جایگزین نمودن مکتب و یقین تازه است. اینکه ناپلئون و هیتلر به مسیحیت مشرک کلیسای غرق در طلای پر از نمادهای فراماسونری و شیطان پرستی کافر بودند نشان افتخاری است بر سینه آن ها(در مراسم عشاء ربانی بطور نمادین خون و گوشت مسیح توسط پیروانش خورده می شود! علاوه بر این مراسم برگرفته از مصر باستان حتی خود صلیب هم ترکیبی از دو شی مقدس معروف مصریان با نام های آنخ و توت است که برای ارتباط با خدایان مورد استفاده بوده اند و صلیب های شکنجه و اعدام رومیان اصلا این شکلی نبوده اند! تثلیث هم هیچ ارتباطی به مسیح ندارد و اشاره به سه خدای اصلی ماه و خورشیدی بابلیان دارد که بر هلال ماه اسلام وهابی نشسته اند و هزاران سال پیش از ظهور عیسی بابلیان تثلیثی بوده اند). چرا ما باید همه تلقینات ماسون و ابررسانه های یهود را باور کنیم؟ آیا ارتش روسیه تا پشت دروازه تهران نرسیده بود و تفنگ ها و توپ ها و مهماتی که ناپلئون برای ما ارسال کرده بود در دست مردان باشرف آریایی قرار نگرفت و امپراطوری روس را تا مرزها عقب نراند؟ ناپلئون حتی افسران و سرهنگ های استراتژیست و مهندسین، این بزرگ ترین گنج های ارتش خود را به ایران فرستاد تا کارخانه تولید توپ و تفنگ و مهمات برای ما بر پا کنند. آیا ما به جای آنکه مجسمه او را به عنوان نماد شرف و مقاومت بسازیم و در اصلی ترین میدان تبریز نصب کنیم باید بدون ملاک قرار دادن کارنامه وی به دروغ ها توجه کنیم؟ آیا این هیتلر نبود که در اواخر سلطنت قاجار که ما فقط چند صد تفنگچی قزاق به عنوان ارتش ایران داشتیم!!! درست به مانند ناپلئون برای ما ارتش تشکیل داد و همه گونه پیشرفته ترین سلاح ها و سرآمدترین دانشمندان دوران را به یاری ما فرستاد(از جمله انواع هواپیماهای جنگی مخصوص چتربازی و تفنگ برنو و مسلسل های اِم پی و اِم جی)؟ آیا این دو فرمانده نبودند که سبب جلوگیری از تجزیه ایران در این دو مقطع شدند و علاوه بر یاری(بی نظیر

در تاریخ) نظامی، مستشاران بسیاری را برای آبادانی و آموزش مردم ما گسیل نداشتند؟ گذشته از همه شباهت های میان این دو فرمانده، اعتقاد نداشتن آن ها به دموکراسی غربی مهم ترین مسئله است(دموکراسی به آن مفهوم که مردم ما تصور می کنند نیست، در روم باستان هر یک از خانواده های اشراف و ثروت اندوزان نماینده و یا نمایندگانی را برای خود معرفی می نمود و این نماینده ها در محلی به نام سنا جمع می شدند و از منافع گروه و خانواده خود دفاع می کردند و حتی هر هنگام که لازم بود دیکتاتوری نظامی و خشن را بر سر کرسی قدرت مطلق می نشاندند. و این است تعریف دموکراسی! در دوران معاصر هم دموکراسی غربی چیزی جز این نیست و همان الکتورال های رومی تصمیم گیرنده هستند و منافع خانواده های اشراف یا همان سرمایه داران کلان ملاک تمییز حق و باطل و سیاست گذاری می باشد و فرد آزاده ای که به اربابان احزاب وابسته نباشد حتی نمی تواند کاندید هیچ انتخاباتی شود). تنها راستی و "درستی" و انجام دادن بهترین کار مرام این دو بود یعنی درستی به جای دموکراسی و یا بهتر بگویم دموکراسی ایرانی و هخایی به جای دموکراسی رومی و کاپیتالیسم. اینکه اکثریت هرچه بگویند حق و "قانون" و لازم الاجراست، گرچه در کشورهای مدعی هم چنین شعاری فقط یک فریب است، مساوی با نابودی خیر و عدالت و مدنیت خواهد بود. در منش آریا نیروهای برحق حتی اگر در اقلیت ناچیز باشند باید برای برپایی عدالت و حکومت قوانین ثابت و تغییرناپذیر خداوندی قیام کنند و هرگز چون همین دو فرمانده ما از پا ننشینند. اکثریت تا زمانی که دلیران قیام نکنند و آنان را نیز به خروش واندارند به ثروت و شهوت آن قوم الفاسقین و شکنجه اقلیت آگاه و خودشان رای می دهند!

گفتار دو: وصیت نامه دروغین

ابتدا بهتر است نگاهی به متن کامل وصیت نامه منصوب به آدولف هیتلر بیندازیم:

"از زمانی که داوطلبانه و در کمال فروتنی در جنگ اول جهانی که به کشور رایش تحمیل شد خدمت کردم سی سال گذشته است. در این سه دهه تنها راهنمای من در تمام افکار و اعمال و زندگیم، عشق و وفاداری نسبت به این مردم بوده است. این عشق به من قدرت می داد تا بتوانم پیرامون دشوارترین مسائلی که تاکنون در برابر یک موجود فانی قرار گرفته، تصمیم بگیرم. در این سه دهه، تمام سلامت و نیرویم را مصروف داشته ام. اینکه من و یا هر کس دیگر در آلمان، در سال ۱۹۳۹ خواستار جنگ بوده ایم به هیچ وجه واقعیت ندارد. این جنگ به خصوص خواسته و هدف دولتمردانی بود که یا خود یهودی بودند و یا در راه منافع یهودیان فعالیت می کردند و همان ها به جنگ دامن زدند. من پیشنهادات بسیاری برای کنترل و محدود کردن تسلیحات نظامی ارائه کرده ام که آیندگان تمام دوران ها نتوانند از

مسئولیت پذیری و حذرم برای آغاز جنگ چشم پوشی کنند. پیش از این من هرگز تصور نمی کردم که پس از جنگ جهانی مرگبار اول، دومی بر علیه انگلیس و یا حتی ایالات متحده رخ دهد. قرن ها خواهد گذشت و خارج از ویرانه های شهرهای ما و آثار نفرت از آن ها که مسئول هستند و ما مجبوریم بابت همه چیز از آن ها سپاسگزاری کنیم، یهودیان بین المللی و یارانشان رشد خواهند کرد. سه روز قبل از آغاز جنگ بین آلمان و لهستان من برای چندمین بار پیشنهاد خود را برای حل مشکل میان آلمان و لهستان که شبیه مورد منطقه سآر (راینلند) بود به سفیر بریتانیا در برلین اعلام نمودم که باید منطقه مورد نظر (منطقه آلمانی نشین در خاک لهستان) تحت نظارت بین المللی قرار بگیرد. این پیشنهاد من را کسی نمی تواند انکار کند. این پیشنهاد تنها به این دلیل رد شد که انجمن های پیشرو در سیاست انگلیس جنگ می خواستند زیرا هم امیدوار بودند به مسئله تجارت و پر شدن حساب هایشان و هم اینکه شدیدا تحت تاثیر تبلیغات گسترده بین المللی یهودیان بودند. من آن را خیلی ساده می کنم؛ اگر ملل اروپایی دوباره مانند سهام بین این توطئه گران بین المللی پول و امور مالی خرید و فروش شوند پس تنها نژاد یهود مسئول تحمیل کردن و بروز این مبارزات و جنگ های مرگبار است. من (با این صراحت در واقع) بیشتر از این هیچ کس را در شک و تردید نمی گذارم، آن هم در این زمانه سخت که ممکن است میلیون ها کودک آریایی از مردم اروپا از گرسنگی بمیرند و میلیون ها مرد بزرگسال بطور دردناکی کشته شوند و صدها هزار زن و کودک در شهرها بمباران شوند و جنازه سوخته آن ها پراکنده شود بدون آنکه جنایتکار و عامل واقعی به خاطر گناهانش مجازات شود، حتی اگر به وسیله انسانیت بیشتر (و با اقدامی غیر از جنگ) چنین شود... پس از شش سال جنگی که علیرغم تمام موانع و مشکلات، روزگاری از آن به عنوان باشکوه ترین و قهرمانانه ترین جلوه مبارزات یک کشور به منظور بقای ملتش یاد خواهد شد،

(از این سکته، لحن و موضوع و ادبیات وصیت نامه منصوب به هیتلر عوض می شود. از این پس تنها جملاتی که من برجسته کرده ام ادامه متن بالا هستند که در اصل یک یادداشت معمولی روزانه در دفتر خاطرات شخصی یا متن یک سخنرانی متداول و بهتر بگویم "آخرین سخنرانی پیشوای آلمان" بوده و البته توسط شخص رایش چندی پیش از کشته شدن نوشته شده است و بقیه به قلم افراد دیگر، نه یک فرد و شیوه نگارش واحد افزوده شده اند:)

من نمی توانم از شهری که پایتخت این کشور است دست بردارم و بروم. از آنجا که نیرویمان ناچیزتر از آنی است که بتوانیم بیش از این در مقابل حمله دشمن مقاومت کنیم و بعلاوه مقاومت ما نیز به تدریج به وسیله مردانی کوردل و بی اراده تحلیل خواهد رفت آرزو می کنم در سرنوشت میلیون ها انسان دیگری که تصمیم گرفته اند در این شهر باقی بمانند شریک باشم. گذشته از این موضوع هرگز در دست دشمنانی که خواستار نمایشی تازه جهت توده های دیوانه خود هستند نخواهم افتاد (این دقیقا ادبیات گوبلز است). بنابراین تصمیم گرفته ام در برلین بمانم و در لحظه ای که مطمئن شدم وضعیت رایش و حکومت در معرض سقوط حتمی قرار گرفته، مرگ را داوطلبانه بپذیرم. **با رضایت کامل و آگاهی از**

یک یکدلی بی مانند در تاریخ از فداکاری ها و دستاوردهای سربازانمان در جبهه جنگ، زنانمان در خانه، دهقانان و کارگران و جوانانمان تشکر و تجلیل می کنم. آرزو و خواست من این است که ملت آلمان هرگز و تحت هیچ شرایطی و در هیچ مبارزه ای تسلیم نشوند و با تمام توان خود و با وفاداری نسبت به مبانی و اصول کلاوزه ویتز علیه دشمنان سرزمین مادری خود بجنگند(خطابی است به آیندگان). از وفاداری سربازان آلمان و نیز همسنگری و همدلی من با آن ها در مرگ(منظور نبرد تا آخرین نفس است) بذری در زمین پاشیده شد که روزی در تاریخ آلمان رشد خواهد کرد و یک ملت ایده آل یکدل و یکپارچه به تمام معنا(منظور مدینه فاضله سوسیالیسم است) را تحقق خواهد بخشید...
بسیاری از مردان و زنان شجاع تصمیم گرفتند که زندگی خود را به زندگی من گره بزنند تا در واپسین لحظات خود از آن ها التماس کنم و به آنان دستور دهم تا این کار را انجام ندهند، که در نبردهای ملی بیشتری شرکت داشته باشند. من از سران ارتش، نیروی هوایی، نیروی دریایی تمنا دارم که با هر وسیله ممکن خود را تقویت کنند. با حس ناسیونال سوسیالیستی می توانند روحیه سربازان را تقویت نمایند با اشاره داشتن به این موضوع که من خودم به عنوان بنیانگذار قیام مرگ را به تضعیف نفس و یا حتی تسلیم شدن ترجیح دادم! ممکن است این کار در برخی زمان های پیش رو به بخشی از افتخار افسران آلمانی تبدیل گردد، مانند همین موردی که در نیروی دریایی ما پیش آمده، حس افتخاری که مانند یک راز و جادو تسلیم شدن و به تصرف دشمن درآمدن یک ناحیه یا یک شهر را غیرممکن می سازد! مهم تر از همه رهبران ما در این مقطع باید مانند الگویی درخشان صادقانه تا سرحد مرگ و لحظه کشته شدن به وظیفه خود عمل کنند.

(ماهیت و مضمون جملات و شیوه نگارش بارها تغییر کرده و در بهترین حالت متن به سه پاره اصلی تقسیم می شود و این هم پاره سوم:)

پیش از مرگم، رایش مارشال هرمان گورینگ را از حزب بیرون می اندازم! و تمامی حقوقی که به موجب حکم روز بیست و نه ژوئن ۱۹۴۱ و نیز سخنرانی در رایشتاگ در یکم سپتامبر ۱۹۳۹ به وی تفویض کرده ام را از او سلب می کنم. پیش از مرگم رایش فوهرر اس اس و وزیر کشور هاینریش هیملر را از حزب و از تمام دفاتر وزارت کشور اخراج و به جای او کارل هانکه را به عنوان رایش فوهرر اس اس و رئیس پلیس آلمان و پال گسلر را به عنوان وزیر کشور رایش منصوب می نمایم. گورینگ و هیملر به غیر از عدم وفاداری به من با مذاکرات محرمانه با دشمن که بدون آگاهی و برخلاف میل من انجام گرفت و نیز اقدام و دست زدن به اعمال غیرقانونی برای کنترل کشور شرمندگی جبران ناپذیری برای آلمان به بار آوردند! به منظور تقدیم دولتی که از مردان باشرف تشکیل شده و قادر است وظیفه ادامه جنگ را با تمام توان انجام دهد افراد زیر را به عنوان کابینه جدید منصوب می کنم: رئیس جمهور: دونیتس، صدراعظم: دکتر گوبلز، وزیر حزب: بورمان، وزیر امور خارجه: اینکوارت. هرچند که تعدادی از این افراد مانند دکتر گوبلز، مارتین بورمان و غیره به همراه همسرانشان و به اصرار خود تصمیم گرفتند همراه با من باشند(و

خودکشی کنند) و تحت هیچ شرایطی حاضر به ترک پایتخت رایش نبودند اما اگرچه آن ها مایل بودند به همراه من در اینجا نابود شوند، من هرگز از ایشان نخواستم که این کار را انجام دهند و در این مورد باید منافع ملت را به احساسات شخصی ترجیح می دادند(یعنی فرار آن ها دستور پیشوایشان بوده!!! و مهم تر از آن یعنی گوبلز و بورمان و همینطور خانواده هایشان در هنگام نگارش این متن به دست هیتلر فرضی، از برلین گریخته بودند و شایعه مشهور خودکشی آنان و کودکانشان به همراه رایش به استناد همین جمله منتفی است). با این اقدام و با وفاداریشان به عنوان دوست پس از مرگم تنها اینان به من نزدیک خواهند بود و امیدوارم که روح من در میان ایشان قرار گیرد و برای همیشه با آن ها حرکت کند! اجازه دهید آن ها سخت باشند اما هرگز بی عدالت نباشند و از همه مهم تر اینکه به آنان اجازه دهید که نگذارند ترس بر روی اعمالشان تاثیر بگذارد که افتخار یک ملت بالاتر از هر چیزی در دنیاست. **سرانجام، بگذارید که آنان(آیندگان) از حقیقت وظیفه و خدمت ما آگاهی یابند که از ساختن یک دولت ناسیونال سوسیالیستی، فراهم ساختن کار برای مردم قرن های آینده و تلاش برای رسیدن به نقطه ای که در آن هر شخص خود را تنها تابع یک تعهد می بیند و آن خدمت به منافع مشترک جامعه و گذشتن از نفس خود برای نیل به این منظور می باشد(یعنی مدینه فاضله سوسیالیسم) تشکیل گردیده بود(این بند تنها در صورتی معنی دارد که در ادامه جمله برجسته قبلی نوشته شده و آمده باشد و "آنان" ابتدای سخن در غیر اینصورت بی معنی و گنگ و به معنی اعضاء دولت گوبلز است!).**

من از تمامی آلمان ها، همه ناسیونال سوسیالیست ها، از تمامی مردان و زنان و تمام نیروهای مسلح می خواهم تا سرحد مرگ به دولت و رئیس جمهور جدید وفادار بمانند. مهم تر از تمام موارد بالا، **من در صدر رهبران ملت ها و کسانی که از آنان پیروی می کنند تا با وسواس و دقت و پشتکار خاصی با قوانین نژادی مخالفت کنند که تنها نتیجه اش مسموم شدن ذهن و روان تمام مردم جهان است، یهودیان بین المللی را متهم می کنم.**

امیدوارم که کابینه جدید نسبت به وظیفه خود که برقراری نظام ناسیونال سوسیالیستی در کشور است آگاه باشد و شرایطی را به وجود آورد که هر آلمانی خدمت در راه منافع عموم را به منافع شخص خود ترجیح دهد. از ملت آلمان، مردان و زنان نازی(ناسیونال سوسیالیست) و تمام ارتش می خواهم که تا دم مرگ نسبت به دولت و رئیس جمهور جدید وفادار باشند و از اوامرشان اطاعت کنند! مهم تر از همه اینکه، **من به دولت و ملت آلمان(همه دولت هایی که تا ابد در این کشور بر سر کار بیایند و ملت آلمان در هر دوران) دستور می دهم همواره قوانین مقدس نژادی را مورد مراقبت و ملاحظه قرار دهند."**

۲۹ آوریل ۱۹۴۵ - آدولف هیتلر

حتما متوجه ناهمگونی و ناسازگاری محدوده های برجسته شده با سایر جملات دو بخش آخر، از آنجا که ادامه متن اصلی هستند و برای پوشش جعل در میان آن ها گنجانده شده اند، گردیده اید. اگر این واپسین نطق رایش و "نصیحت نامه" را با حذف همه اضافات خائنین بخوانید(یعنی پس از بخش اول تنها بندهای برجسته شده را در ادامه آن از نظر بگذرانید)

متوجه خواهید شد که این مقاله(تنها در صورت حذف اضافات و جملات جعلی) یک روح واحد دارد و تلاش می کند مفهومی متعارف، خاص و بی نقص را به خصوص به آیندگان انتقال دهد. گذشته از آنکه خبر خودکشی هیتلر از دو روز قبل از تاریخ قید شده در این وصیت نامه توسط بلندگوهای ارتش و حزب نازی پی در پی اعلام می شد، آیا اینکه گوبلز و اعضاء گروه وحشت متنی را به نشانه تایید امضاء کنند(و تنها کسانی باشند که این کار را کرده اند!) که گوبلز(به قول این متن دکتر گوبلز!!!) در آن به صدراعظمی رسیده و همه کاره شده آیا خود مهری بر بطلان اصالت این سند نیست؟ آیا در همین متن اشاره به این نشده که گوبلز و بورمان به دستور هیتلر از پایتخت فرار کردند؟ پس چگونه در ۲۹ آوریل وصیت نامه را تایید و امضاء کرده اند؟ بعلاوه چطور ممکن است هیتلر چنین مسئولیتی که طبق جملات وصیت نامه خود نمی توانست به انجام برساند را به گوبلز مسئول تبلیغات بسپارد؟! گوبلز اصلا چنین توانایی و قابلیتی را نداشت و هیتلر به این واقعیت همواره آگاه بود و از دادن مسئولیت های اجرایی مهم و نظامی به او خودداری می کرد. او هر مسئولیتی را طبق اصول اولیه مدیریت به متخصص و کارشناس خاص خودش و فرد لایق انجام آن می سپرد. از سوی دیگر اینکه هیتلر در لحظات و روزهای آخر شکست آلمان جانشین و رئیس دولت تعیین کرده باشد بسیار احمقانه است چون او با آگاهی و اطلاعات و نظارت کاملی که داشت حتما می دانست تشکیل چنین دولتی اصلا معنا ندارد و حداقل یک تیم مسئول مذاکره برای تسلیم آبرومندانه تر بعد از مرگش، تعیین می کرد و نه یک نیمچه پیشوای تازه! و آن هم گوبلز! مشخص است که گوبلز به دنبال این بود که حاکم آلمان شناخته شده و در هنگام تسلیم امتیازات خاصی را برای خود و گروه کودتا از فاتحین مطالبه کند که البته موفق هم شد و توانست با یاری متفقین، به واسطه شایعه خودکشی چون دیگر کودتاچیان از مخمصه برهد. جالب اینکه از جنازه هیملر و فرماندهانی که واقعا خودکشی کردند یا کشته شدند عکس و اسناد متعددی وجود دارد به غیر از گواهی شاهدان عینی بی شمار ولی از جنازه هیچ کدام از اعضاء کودتاچی گروه وحشت حتی یک عکس و گزارش یک شاهد هم در دست نیست! لازم به یادآوری است که هیتلر در طی نه ماه آخر جنگ و پس از واقعه آخرین ترورش دیگر هرگز سخنرانی حضوری نکرد(که با توجه به شناختی که از وی داریم، این خود گواهی است بر مرگ هیتلر پیش از تاریخ اعلام شده) و در میان مردم یا افسران ظاهر نشد و فقط از طریق رادیو سخنرانی هایی ضبط شده از او پخش می شد. پس از ترور موفقیت آمیز هیتلر، آلمان توسط گشتاپو اداره می شد و کاملا دشمنی و کینه دیرینه میان گشتاپو و نیروهای اس اس در این نامه قابل مشاهده است. گشتاپو سعی داشت تمام تقصیر ها را به گردن هیملری بیندازد که نزدیک ترین و مورد اعتمادترین یار قدیمی هیتلر بود. گشتاپو سعی داشت همه تقصیر ها، از جمله تقصیر شکست را به گردن اس اسی بیندازد که تنها نیروی واقعا وفادار به رایش سوم بود. از سوی دیگر جملات احمقانه بسیاری در این وصیت نامه مشاهده می شود که با شخصیت و رفتار و گفتار پیشوای آلمان تناقض دارد و توهین مستقیم به اوست. چطور ممکن است گورینگ و هیملر به اعمال غیرقانونی برای کنترل کشور دست زده باشند آن هم در صورتی که پیشوایی چون

هیتلر داشته اند؟ اصلا اس اس چه ربطی دارد به کنترل کشور از داخل و مگر این وظیفه همزمان گشتاپو، دیگر نیروهای اطلاعاتی، پلیس و نیروهای ذخیره و مقاومت مردمی نبود؟ چطور هیتلر که همه چیز را مثل عقاب زیر نظر داشت اعمال غیرقانونی آن ها را، آن هم در سطح کشوری، مشاهده و متوقف نکرده است؟؟؟ این اعمال غیرقانونی همگی در واقع اعمال خود گشتاپو بوده اند از جمله اعدام های بسیار گسترده درجه داران نظامی و نیز کشتن ژنرال های وفادار به هیتلر در ماه های آخر. به هر جهت گروهی از نیروهای اطلاعاتی آلمان با این وصیت نامه کمدی که پر است از تعریف و تمجید از گوبلز و دار و دسته اش، می خواستند از زیر بار فجایعی که پس از ترور هیتلر(به دست خودشان) و حکومت کردنشان به نام او آفریدند شانه خالی کنند. بعلاوه جملات اضافه شده به نامه اصلی هم بسیار ضعیف هستند، کاملا مشهود است که جعل کنندگان در حین دستکاری متن ناگهان به خاطر می آورده اند که یکی از مقاصدشان را مطرح نکرده اند و یا اشتباهی در شبیه سازی صورت داده اند و متن قابل باور نیست و به همین منظور بطور متواتر از واژه "مهم تر از قبل اینکه" یا "مهم تر از همه اینکه" استفاده کرده اند که با ادبیات هیتلر تناقض دارد.
بزرگ ترین اشتباه هیتلر همین به کار گرفتن موجوداتی مثل گوبلز بود که با شیوه های مضحک تبلیغاتیشان آبروی آلمان نازی را بردند و شعور، شرافت و وفاداری سربازان رایش را نوعی اطاعت کورکورانه و غیرقابل درک و وابسته به جنگ افزار جلوه دادند.
حتی تا به امروز هم هرکس می خواهد به ضد آلمان نازی و هیتلر حرفی بزند یکی از جملات گهربار!!! گوبلز را در ابتدا می خواند و سند قرار می دهد. آلمان نازی چه نیازی داشت که به قول گوبلز دروغ های بسیار بزرگی بگوید تا قابل باور باشند؟ با مقایسه این متن و هر کدام از سخنرانی های مهم هیتلر هر کسی می تواند دریابد و گواهی دهد که این وصیت نامه اگر به شکل کلی، واحد در نظر گرفته شود، قلمی بسیار متفاوت و ضعیف تر دارد و پراکنده گویی و از شاخه ای به شاخه ای دیگر پریدن است. برای روشن شدن موضوع من به واسطه هجده سال فعالیت ادبی خود این متن را برای شما به زبانی گویاتر برگردان می کنم و منظور در پس جملات گنگ و اضافه شده را بی پرده بیان می نمایم: از ابتدای متن از قدرت نگارش و ادبیات خاص جعل نشدنی مشخص است که نامه متعلق به شخص هیتلر بوده و تنها در چند مورد جزئی مثل قید کردن تعداد سال ها تحریف شده است. پیداست که این قسمت متن بعلاوه جملاتی در دو بخش بعدی در همان محدوده زمانی آخرین ترور که منجر به مرگ او شد یعنی اوایل سال آخر جنگ(و پس از دو شکست بزرگ نرماندی و استالینگراد) توسط آدولف هیتلر نوشته شده است، موقعیت زمانی حساسی که شکست آلمان هر روز محتمل تر می شد و برلین در آستانه بمبارانی گسترده قرار داشت. کاملا از مفهوم جملات چنین برمی آید که هنوز کار از کار نگذشته بوده است و اینطور برداشت نمی شود که چنین متنی بر ویرانه های برلین گواهی دهد به ویژه آنجا که می گوید:
"آن هم در این زمانه سخت که ممکن است میلیون ها کودک آریایی از مردم اروپا از گرسنگی بمیرند و میلیون ها مرد بزرگسال بطور دردناکی کشته شوند و صدها هزار زن و کودک در شهرها بمباران شوند و جنازه سوخته آن ها پراکنده شود ..." به واژه ممکن است

دقت کنید. واضح است که این واژه از نظر گوبلز نادان پنهان مانده، واژه ای که کلید حل معماست. چطور هیتلر در چند روز آخر جنگ در حالی که برلین خاکسر شده، کودکان آریایی از گرسنگی می مردند، مردم شهرهای آلمان بمباران شده و می سوختند، تازه می نویسد ممکن است!؟ چطور می شود که او در صورت زنده بودن از این حوادث بی اطلاع مانده باشد؟ یعنی در پناهگاه زیرزمینیش حداقل لرزش اصابت بمب ها را احساس نمی کرد؟ چطور ممکن است که آلمان زیر پوتین سربازان هار شوروی به خاک و خون کشیده شده باشد و هیتلر بنویسد ممکن است؟! چگونه امکان دارد خبر نابودی کامل همه چیز آلمان به هیتلر برسد(آلمانی که وجب به وجب آن را شخصا با خون و عرق و صرف همه عمر خود و یارانش ساخته بود)، خبر تجاوز به زنان و دختربچه ها تا سرحد مرگ، خبر استفاده متفقین از انواع سلاح های شیمیایی و نامتعارف و جزغاله شدن مردم برلین با فسفر سفید و آن وقت متن وصیت نامه او اینقدر ملایم و بی روح و عاری از هیجان و تنفر باشد؟ بله این قسمت متن، بخشی از یادداشت روزانه و یا متن یکی از سخنرانی های هیتلر بوده است که در ماه ها پیش تر از آنکه چنین رویدادهایی واقعا رخ دهند و پیشوای آلمان نسبت به آن ها احساسی عینی داشته باشد(و تنها به عنوان یک احتمال قوی مطرح بوده اند) و به یقین به قلم خود او و با واژگان خاص او نوشته شده بود. نکته اینجاست که در این متن به دلیل اینکه تناسبی با زمان ارائه خود نداشت نوعی بی خیالی و بی تفاوتی شدید احساس می شود که سبب گردید بسیاری از مردم آلمان از اندیشه های هیتلر دل ببرند و این گستاخی گوبلز در ساختن یک وصیت نامه کمدی و احمقانه برای رایش سوم خود بزرگ ترین خیانت وی شد.

از میانه یک جمله یعنی از "من نمی توانم از شهری که ..." تا "... به وظیفه خود عمل کنند." کیفیت ادبی و مفهومی متن ناگهان هبوط می کند! در این بخش متن بیشترین توهین به شخصیت هیتلر صورت گرفته است و از زبان او همه مردم و سربازان تشویق به خودکشی و جنگ کورکورانه بی منطق تا مرگ حتمی و سقوط کامل شده اند. این چهره غلتی که در نامه فوق از هیتلر ارائه می شود دقیقا همان چیزی است که یهودیان و متفقین می خواستند. هیتلر فرضی در جایی می گوید "من با قلبی خشنود ..." و از همه در حالی که می سوختند تشکر می کند! چرا باید قلب هیتلر در شرایطی که همه چیز در حال سوختن بود به هر دلیل خشنود و راضی باشد و با بی تفاوتی هرچه تمام تر بابت اینکه همه چیز از دست رفته، تشکر کند؟! آیا اخلاق هیتلر اینگونه بود؟ آنگاه در جملات بعدی از ملت آلمان می خواهد که در هیچ کدام از مبارزات و نبردهای باقی مانده تسلیم نشوند و تا مرگ خود و خانوادشان بجنگند! عجب درخواست مضحکی! چطور ممکن است پیشوا و فرماندهی که خود تا لحظه آخر نمی جنگد(البته منظور من اشاره به چهره ای از هیتلر است که این متن می خواهد تلقین کند) و از دستگیر شدن می هراسد و شخصا اسلحه به دست نمی گیرد چنین درخواستی از مردم داشته باشد؟ وقتی همه سربازان وفادار آلمان به همراه خانواده هایشان بمیرند چه زمین و بذری و اصلا چه کسی باقی می ماند تا یک ملت متحد واقعی را شکل دهد؟ آیا ترسوها و ترسوزاده ها قرار است این کار را بکنند و ملتی بهتر از ملتی که

شجاعان تشکیل دادند را بنا کنند؟! آیا هیتلر چنین نوشته که ملت جان بر کف آلمان یک ملت دروغین و غیرمتحد و ابتدایی بوده اند و یعنی در این راه کم کاری کرده اند؟ آیا هیتلر می توانست با نوشتن چنین جمله ای وفاداری و شعور و اخلاص آلمانی ها را زیر سئوال برده باشد؟ خیر، منظور واقعی رایش از نوشتن این جمله در متن اصلی آماده کردن اذهان عمومی برای پذیرش صلح و یا چیزی شبیه به آن بود و تصمیم داشت با زمینه چینی و کلا با این نصیحت نامه به مردم آلمان دلداری داده و آن ها را متوجه نسل های بعد و پیروزی های بزرگ تری که با صبر و صلح و زنده ماندن به دست خواهند آمد سازد و به تشکیل مدینه فاضله ای بی نقص در آینده مژده دهد. در این جمله؛ "بسیاری از مردان و زنان شجاع تصمیم گرفتند..." جعل کننده سعی می کند زمینه را برای پرورش دروغی مضحک در چند بند بعد فراهم کند. "من از سران ارتش، نیروی هوایی، نیروی دریایی تمنا دارم که با هر وسیله ممکن خود را تقویت کنند." ؛ چگونه خود را تقویت کنند وقتی حتی سوخت و مهمات وجود نداشته و فقط در برلین و در چند محله مقاومتی مردمی در برابر سیل نیروهای شوروی وجود خارجی داشت؟ آیا هیتلر کسی بود که به جای ارائه راهکار و برنامه و ایده تازه(حال در هر شرایطی که باشد) تمنایی پوچ کند؟ پذیرش اعتبار این نامه دقیقا مانند این است که بگوییم هیتلر، هیتلر نبوده است! "با حس ناسیونال سوسیالیستی می توانند روحیه سربازان را تقویت کنند با اشاره داشتن به این موضوع که من خودم به عنوان بنیانگذار قیام مرگ را به تضعیف نفس و یا حتی تسلیم شدن ترجیح دادم!" ؛ منظور از این جمله تلویحا این است که به همه سربازان بگویید مانند من با زدن به دل دشمن خودکشی کنند. آخر چگونه ممکن است با ابلاغ خبر خودکشی هیتلر روحیه سربازان تقویت شود؟ کدام بی خردی چنین توجیح و ادعایی را می تواند باور کند؟ جالب تر اینکه در جمله بعدی؛ "مهم تر از همه رهبران و فرماندهان ما در این مقطع باید ..." به درجه داران نیز دستور داده می شود حتما خودکشی کنند! این خائنین پست با جعل چنین نامه ای سبب شدند تا تمامی نیروهای نظامی باقی مانده آلمان نازی و بسیاری از بهترین فرزندان رایش با انجام عملیات های خودسرانه بی منطق خودکشی کنند، تا مزدوران "آن قوم" بی هیچ دردسری بر جنازه های سوخته آریایی بایستند. با این ترفند یهودیان(بین المللی) توانستند به دست کودتاچیان درون ارتش و حزب نازی تمام نسل طلایی انقلابی و نازی آلمان را به همراه زنان و کودکانشان نسل کشی کنند و بعلاوه از عواقبی که ممکن بود در پایان دامن گیر متفقین گردد مانند استفاده محتمل ارتش آلمان از سلاح های شیمیایی و یا موشک های بالستیک بسیار جلوتر از دانش آن ها و یا دست زدن ایشان به هر نقشه عاقلانه ای که سبب طولانی شدن جنگ و اضافه شدن هزینه ها می شد، جلوگیری نمایند. بخش سوم وصیت نامه خیلی جالب تر از سایر قسمت هاست و صرفا تعریف و تمجید از دکتر گوبلز!!! صدراعظم و پیشوای تازه آلمان را در خود گنجانده است. در این بخش ابتدا گورینگ و هیملر عزل می شوند و چه جالب که حتی جعل کنندگان نتوانسته بودند احکام حکومتی هیتلر را جعل کنند و تنها در متن وصیت نامه منصوب به او با گنجاندن چند سطر سعی داشتند رهبریت آلمان نازی را در دست بگیرند! هیتلر کسی بود که به جای صدور حکم عزل(و از راه درست و قانونی) و

یا حداقل نوشتن ابلاغیه و یا نامه توبیخی تنها با چند جمله در وصیت نامه اش چنین عزل و نصب های مهمی را انجام دهد؟ کی چنین رفتاری حتی برای یک مرتبه از او دیده شد؟ آیا نظام حکومتی و اداری آلمان نازی که تا اندازه ای قدرتمند بود که جعل کنندگان رده بالای این متن نتوانسته بودند آن را تحت تاثیر خود قرار داده و حتی یک حکم و سند حکومتی رسمی و مورد تایید را از جانب هیتلر در طی نه ماه(در هر زمینه ای) صادر نمایند چنین رویه ای را می پذیرفت؟ گذشته از این در نظام نازی هیچ عزل و نصبی در رده های بالا بدون آنکه رایش شخصا آن را در یک سخنرانی ابلاغ نمی کرد رسمیت نداشت. در ادامه جملات هم همانگونه که قبلا اشاره شد تمام تقصیرهای شکست و سرکوب های بی رحمانه داخلی و قلع و قمع درجه داران عاقل واقعا وفادار به رایش و مردم آلمان، به گردن نیروهای اس اس انداخته می شود و گورینگ و هیملر با بی عدالتی منحصر به فردی عامل همه بدبختی ها معرفی می شوند. چطور ممکن است هیتلر وظیفه ادامه جنگ را از مردان جنگی گرفته و به گروهی کمدین و شیپورچی سپرده باشد؟ گذشته از این کدام ادامه جنگ؟ یک هفته مانده بود به پایان جنگ دوم جهانی و تسلیم بی قید و شرط آلمان آن وقت هیتلر به مانند یک دیوانه وظیفه ادامه جنگ را از کسی گرفته و به دیگری می سپارد؟! این تصویری است که چنین متن ها و سندهای شبیه سازی شده ای اصرار دارند ما از هیتلر و نازی های واقعی باور کنیم و به خاطر بسپاریم. جالب اینکه این سند گذشته از همه لطماتی که وارد آورد سود هم دارد و آن این دو موضوع است؛ اول ما را به یقین می رساند که علاوه بر صحت مرگ هیتلر در واقعه آخرین ترورش این عمل توسط خودی هایی که این متن را نگاشته اند صورت گرفته است و دوم، نام شش سردمدار خیانت و کودتا را تا همیشه تاریخ در خود جاودانه ساخته است: هانکه، گسلر، دونیتس، اینکوارت و از همه این اشخاص مهم تر گوبلز و بورمان. در ماه های آخر جنگ و پس از وقوع ترور مورد ذکر هرگاه کسی از مقامات می پرسید پیشوا کجاست به او پاسخ داده می شد با گوبلز و بورمان است و چه جالب که جز این دو هیچ کس پیشوا را نمی دید و با او ملاقات نداشت. به این جمله مضحک دقت کنید: "هرچند که تعدادی از این افراد مانند دکتر گوبلز، مارتین بورمان و غیره به همراه همسرانشان و به اصرار خود تصمیم گرفتند همراه با من باشند(و خودکشی کنند)..." این و غیره چه کسانی بوده اند؟ آیا نامی نداشته اند؟ پس از این جمله تعریفاتی از زبان هیتلر از این دو موجود صورت گرفته که هم شخصیت رایش را زیر سئوال می برد و هم آن ها را تا جایگاه رهبری مطلق ارتقاء می بخشد! این نامه با جمله؛ "اجازه دهید آن ها سخت باشند اما هرگز بی عدالت نباشند" در واقع دستور اعدام همه مخالفان این دو را صادر می کند! از "من از تمامی آلمان ها، همه ناسیونال سوسیالیست ها، از تمامی مردان و زنان ..." تا به انتهای متن نیز یک خط در میان با اصراری غیرقابل درک و کودکانه اطاعت محض از دولت جدید توصیه و التماس می شود در حالی که همه کسانی که هیتلر را اندکی شناخته اند می دانند او دستور می داد و متن هر دستور و امر را تنها یک بار و بطور روشن بیان می نمود و بس. چه نیازی به اصرار هست؟ یا کسی تو را رهبر و مراد خود می داند و اوامرت را بر دیده می نهد و یا نه که اگر نه، هزار بار التماس هم تاثیری نخواهد

داشت. او خود باید با تو همراه شود و جمله ات را هرچند کوتاه از هوا برباید(همانگونه که سخنرانی های گاها چند خطی هیتلر حتی مورد استقبال و درک بهتری قرار گرفتند). روشن است که گوبلز و بورمان با وجود یک عمر در کنار هیتلر زیستن به سبب آنکه به قول خودمان ایمان قلبی به او نداشتند هرگز چیزی از وی نیاموختند و با ساخت چنین متن بی سر و ته و ضعیفی به نام هیتلر که از ادبیات و باورهای بطور کلی نازیستی و آریایی فاصله چشمگیری دارد این واقعیت را اثبات کردند. اینان با تزلزل خاصی سعی کرده اند بندهای نوشته اصلی را در میان جملات اضافه شده خودشان بگنجانند تا شاید کمی متن قابل باورتر جلوه کند اما نتیجه چیزی جز سخنانی پراکنده و بی ارتباط موضوعی با یکدیگر نبوده است. آیا معنا و احساس جملات شما را قانع می کنند که طبق ادعای موجود در حالی که قرارگاه هیتلر تحت محاصره کامل سیل نیروهای هار شوروی بوده، نوشته شده باشند؟ آیا درخواست خودکشی از سربازان و فرماندهان در فرهنگ عقل محور آریایی که بر پایه دستورات الهی بنا شده است سابقه و معنایی دارد؟ نه اصول منش آریایی قابل تغییرند و نه رایش، بدون آن ها رایش است.

گفتار سه: چه کسی جانشین رایش سوم بود؟

من همواره یک ایراد را به رایش سوم و مدیریت سیاسی او وارد می دانستم(و همان، بزرگ ترین ایرادی بود که به ذهن هر عاقلی درباره سیستم رایشتاگ خطور می کرد) و آن این بود که چرا وی برای جانشینی خود فکری نکرد و راهکاری نیندیشید؟ ولی من اشتباه می کردم و هیتلر کامل تر از این حرف ها بود. او بهترین و سالم ترین فرد را یافت و به جانشینی خود انتخاب نمود، یعنی کلنل اشتافنبرگ را. اشتافنبرگ محبوب ترین سرباز نزد پیشوای آلمان بود و بیشترین ملاقات ها را با رایش او انجام می داد و با آنکه درجه نظامی و سوابق مدیریتی نازل تری از سایرین داشت و همان درجه را هم به سبب جانبازیش(از دست دادن دست راست، دو انگشت دست چپ و یک چشمش) کسب کرده بود به فرماندهی نیروهای وُلکاری منصوب گردید. هیتلر برای جانشینی خود علاوه بر انتخاب مردی درستکار و پاک و بی نهایت باهوش مکانیزمی را طراحی نمود که طی آن پس از مرگش بطور خودکار کلنل اشتافنبرگ تمامی امور رایش را با ابداعی خیره کننده در دست می گرفت و حتی همه ژنرال ها و هالدرهای خائن ورماخت و ستاد مشترک و بالارتبه ترین نیروهای حزب نیز تحت سلطه او قرار می گرفتند و ساختار پوسیده و پر از فساد و خیانتی که پیشوای آلمان را در خود محصور نموده بود یک شبه خنثی و در عمل هیچ کاره می شد. متاسفانه خائنین در اکثریت خطری را که تا بیخ گوششان آمده بود دریافتند و پیش دستی نمودند. آن ها در یک ترور رذیلانه پیشوای خود را قطعه قطعه کردند و سپس در ضمن اعلام اینکه تروری صورت داده و ناموفق بوده(چون نمی توانستند بی نام هیتلر حکومت کنند و قوانینی که رایش سوم وضع کرد دست و پایشان را بسته بود) جانشین و فرمانده کل

قوای تازه را به انجام آن متهم کرده و به همراه همه کسانی که او را می شناختند تیرباران نمودند! اسنادی که خائنین برای اثبات دست زدن اشتافنبرگ به ترور مورد اشاره ساخته اند به غایت دشمن شادکن، مضحک، کودکانه و بی منطق هستند و تنها توسط آن قوم که از این سناریو سود می بَرد جدی گرفته شدند و به همین دلیل است که امروز به دست ما رسیده اند. این اسناد را در گفتار بعدی به همراه مرور تاریخ ها بررسی خواهیم نمود اما مهم تر از این موضوع آیا پاسخ به این پرسش نیست که چرا اشتافنبرگ باید به چنین عملی دست زده باشد؟ او که جانشین رایش شده بود و در هر صورت به زودی رایش چهارم و یا چیزی مشابه آن می شد؟ پس چرا باید دقیقا کاری به ضرر جانشینی اش انجام می داد؟ طبق ادعای خود این خائنین هیتلر باید خیلی پیش تر از سال آخر جنگ به همه درجه داران رده بالای نظام نازی از آنچه که در سر داشت توضیحی ارائه و خط مشی خود را در صورت وقوع هر یک از احتمالات موجود شرح داده باشد و حتما در این جلسات تشریح سیاست و عکس العمل های آینده یا در جلسات خصوصی باید اشاره ای به خودکشی خود در شرایط بحرانی نیز کرده باشد، در این صورت چطور ممکن است اشتافنبرگی که به هر حال از خودکشی محتمل هیتلر خبردار بود و اصلا محبوب ترین همدم رایش سوم بود و از همه برنامه های حتی شخصی او و نظام نازی اطلاع داشت چند ماه تا رسیدن به قدرت صبر نکرده باشد؟ اینکه بگوییم هیتلر از ماهیت واقعی وُلکاری طراحی خودش اطلاع نداشت یا آن را جدی نمی گرفت و سرسری امضایش کرد بازهم مانند آن است که بگوییم رایش سوم رایش نبود! که البته بود. آیا هیتلر مسئله به این مهمی، یعنی جانشینی رایش و فرماندهی کل بعد از خود را محاسبه نکرده بود؟ او نه تنها چنین کاری را به بهترین نحو انجام داده بود بلکه با طرح نقشه ای زیرکانه سعی داشت تا پس از خود با سر کار آمدن یک نازی ایده آل همه خائنین را نابود و از قدرت قطع ید نماید، همانگونه که چنین هم شد و اشتافنبرگ بلافاصله با شنیدن خبر ترور و مرگ وی اقدام به دستگیر کردن همه عوامل خائن شناخته شده نمود و در این راه کشته شد. بسیار بسیار محتمل است که حتی هیتلر خود شخصا لیستی از خائنینی که پس از او باید نابود و یا دستگیر می شدند را به اشتافنبرگ ابلاغ نموده باشد چون تقریبا نود درصد ترورها و سوءقصدهای جدی به وی توسط خود مقامات نازی صورت گرفته بود و همه مردم آلمان به این واقعیت آگاه بودند! یقینا هیتلر هم می دانست که در میان قاتلین خود زندگی می کند(و از دیدارهای مکرر سران خائن حزب و ارتش با جاسوسان و مقامات بریتانیایی و روس و گزارش دادن آن ها به دشمن حتما اطلاع داشت) وانگهی سعی داشت تا آخرین نفس و به بهای قربانی شدن خود با همان سیستم کندوی خائنان و بدون پرداخت هزینه و تحمیل شرایط بحرانی به نظام و مردم و سربازان(که ضربه روحی جبران ناپذیری به روان وفاداران وارد می ساخت و سبب تضعیف چشمگیر روحیه همگان می شد) تا می تواند کارهای مفید بیشتری انجام دهد و تا روزی که کمترین امیدی به پیروزی هست از همه توان، نفرات و داشته ها تا سرحد امکان استفاده کند. دقیقا همین شرایط گویای آن است که چرا من مرگ و زندگی رایش سوم را مظلومانه توصیف می کنم. او در یک تله مرگبار آن هم در خانه خودش گیر افتاده بود! از یک سو مجبور بود خائنین را تا زنده است و امید به

پیروزی وجود دارد تحمل کند زیرا نظام توان توامان پیروزی در جنگ و پرداخت غرامت حذف خائنین را نداشت، از سوی دیگر همین امید به پیروزی مساوی با زنده بودن خود او بود و خائنین این امید را تهدید به خاموشی می کردند. از سوی سوم علنی شدن هرگونه تزلزل و کشمکشی در داخل بدنه رهبری حزب در شرایط دشوار جنگ های سه سال آخر درست مساوی با نشان دادن چراغ سبز یورش و پیروزی به دشمن بود و این تصفیه خائنین حتی در صورتی که کاملا موفقیت آمیز انجام می شد علاوه بر انرژی و زمان فراوانی که از نظام و شخص هیتلر به هدر می داد عملا نتیجه ای را در بر نداشت چون سبب پیشروی حتمی دشمن خارجی می گردید و خائنین(حتی با مرگشان) به هدف نهایی خود می رسیدند. و از سوی چهارم(از هر چهارطرف رایش سوم تحت فشار بود و راهی برای گریز نداشت) تنها کشته شدن شخص او به دست خائنین بود که می توانست امکان تصفیه آن ها را فراهم آورد و چنین قدرت، انرژی و انگیزه ای را در نظام نازی تولید کند، البته اگر این پاکسازی با اتفاقی به بزرگی کشته شدن پیشوای آلمان به دست آن ها اجتناب ناپذیر می شد. پس هیتلر مجبور بود ترور شود و بمیرد تا بتواند برای روزهای آخر در ازای نثار خون خود یک شانس دیگر برای بقا به نظام و ملت آلمان به واسطه طرح نجات وُلکاری اشتافنبرگ بدهد.
بعلاوه این قیام تازه و پاکسازی تمامی خائنین رده بالا الزاما باید از خارج سیستم اصلی مدیریت رایش یعنی دقیقا از همانجایی که اشتافنبرگ حضور داشت و با همکاری پلیس و نیروهای مردمی و ذخیره که وابستگی و امربری و حس وفاداری آلمانی نسبت به خائنین صاحب منصب نداشتند صورت می گرفت و نه از داخل خود نیروهای تحت فرماندهی آنان. همینطور بایست کسی که به این ایده جامه عمل می پوشانید از چهره های ورماخت و مورد تایید ارتشیان و کهنه سربازان، و نماد فداکاری و جانبازی ایده آل نهادهای نازیستی می بود. این نقشه و تمام حساب و کتاب هایش درست از آب درآمدند و آن نازی ایده آل گرای تمام عیار و مخلص برای چند روز در پایتخت(فقط برلین نقطه ای بود که امکان عملی شدن این طرح هیتلر در آن وجود داشت، اشتافنبرگ تنها کسی بود که از حضور در جلسات فرمانده کل معاف بود، از پایتخت خارج نمی شد و در واقع رایش برلین و آینده را به او سپرده بود) به قدرت رسید و در همان زمان کوتاه بسیاری از خائنین را تنها با اتکاء به نیروهای ذخیره ارتش و پلیس و حتی نیروهای دفتری!!! دستگیر نمود. اما متاسفانه شیپور تبلیغاتی گوبلز که در محاسبات هیتلر و اشتافنبرگ جایی را به خود اختصاص نداده بود فقط با نابود کردن موقتی فرستنده های رادیویی و چند اقدام ساده خاموش نشد و سبب شکست این طرح گردید. مشکل دوم این بود که اشتافنبرگ آنگونه که باید به مرگ هیتلر یقین نیافت و خائنین دستگیر شده را سریعا تیرباران نکرد زیرا تنها یک تلگراف مبهم از "لانه گرگ" مخابره شده بود.
البته باید پذیرفت بیماری واگیردار خیانت تا اندازه ای در سطوح بالای سیستم آلمان نازی گسترش یافته بود که حتی بسیاری از یاران هم قسم اشتافنبرگ و مهره های جنبش پاکسازی نیز به او خیانت نمودند و در آخرین لحظات جز منشی شخصی خود کسی را در خدمت قیام نمی دید. هیتلر درست به مانند "آرمینیوس(هِرمان)" پدر هوشمند ناسیونالیسم ژرمن که حتی حاضر شد خفت خدمت به رومیان را بپذیرد تا روزی بزرگ ترین شکست را به آنان تحمیل

ساخته و ملت خود را متحد کند و به سروری برساند، در بزنگاهی که خورشید پیروزی به آلمان لبخند می زد تنها به سبب خیانت خائنینی که یک پول سیاه را به گنجینه های بی پایان ترجیح دادند متحمل شکست و سپس کشته شد. خیانت یگانه عاملی است که می تواند باعث شکست آریاییان گردد و صدافسوس که در روان سران ژرمن ریشه های صدها ساله داشت. به هر حال واقعیت این است که مهره های وابسته و بهتر بگویم دلبسته به نظام ماسونی پس از سال ها تلاش و کارشکنی هیتلر را کشتند و همانطور که می دانید بعد از این واقعه ترور اعلام شد که رایش نامرئی خود شخصا همه عملیات ها را مدیریت خواهد کرد و دستور هر حمله یا عقب نشینی و هر عکس العمل اقتصادی، سیاسی، نظامی را صادر خواهد نمود!

حتما در یاد دارید که تمامی شکست های ساده آلمان نازی و آنچه که به عنوان اشتباهات متحدین(اکسیز) یا رایش سوم در تاریخ شناخته می شود در همین دوره زمانی روی داده اند. باید دوباره تاکید کنم که کنت کلاوس فن اشتافنبرگ، رئیس ستاد مشترک ارتش های داخلی آلمان نازی طبق تایید همه مورخین خصوصا غربیون فاتح محبوب ترین مرد و سرباز نزد پیشوای آلمان بود و به سبب جانبازیش و هم اینکه نزد رومل ژنرال مورد احترام و برگزیده هیتلر خدمت کرده و همسنگر با او جنگیده بود طبق باور رایش یک نازی واقعی می نمود.

دومین برهانی که مورد تایید همه مورخین و تحلیل گران تاریخ می باشد و در کتاب های آنان انعکاس یافته است را می توان در جمله ای از خود آن ها بیان کرد: "ولکاری نام عملیاتی بود که به دستور خود هیتلر برای جانشینی او در صورت مرگش برنامه ریزی شده بود." این مطلب را هم می بایست شرح دهم، گرچه به واقع برای بسیاری قابل درک نیست؛ دلیل رشد خائنین در نهاد نازی بطور ساده و شفاف کمک مالی گرفتن هیتلر(در جهت نیل به اهداف) از هر کسی بود که تمایل به سرمایه گذاری بر روی حزب را از خود نشان می داد.

بازهم ساده تر بگویم این خائنین در واقع کسانی بودند که بیست سال مانند یک مادر به کودکی به نام نظام نازی، با اجازه رایش سوم، شیره جان داده و بزرگش کرده بودند و دیگر حذف آن ها مثل آن بود که بخش عمده ای از مغز یک فرد را بخواهید تخلیه کنید و او زنده هم بماند! و یا مادر کسی را به خیانت متهم سازید و از همان فرزند بخواهید تیربارانش کند! بله در همان دوران رشد نازی ناگهان سیلی از سرمایه به سوی هیتلر سرازیر شد که خود او در کتاب نبرد من(در شرح قضیه توقیف اموال) آن ها را لیست نموده است، ولی این سئوال پیش می آید هیتلر و نازی هایی که کل سرمایه شان به قول خود رایش چند پول سیاه بود و وضعیت اقتصادی مردم هم در آن دوران به گونه ای نبود که باور کنیم ایشان از کمک های مردمی بهره برده باشند چگونه یک شبه آنقدر ثروتمند و قدرتمند شدند که توانستند ماشین تبلیغاتی مارکسیست ها را خاموش کنند و آنهمه دارایی داشته باشند؟ این درست است، هیتلر تصمیم گرفته بود از هر کسی که می شد پول و سرمایه را تامین کند. وقتی شما از کسی حتی برای انجام کاری بر ضد خود او پول می گیرید در واقع ناخواسته وی را شریک خود کرده اید و با او بیعت نموده اید. این سرمایه گذاران و در بیشتر موارد نمایندگانشان همان خائنینی بودند که بعدها هیتلر را محصور نمودند و شگفت اینکه امروزه روشن گردیده است مغز اصلی بسیاری از این جریانات یهودیانی بین المللی بوده اند!!!

پرسش دیگری که باید دوباره به پاسخ آن اشاره کنم این است که چرا اکثریت خائن و مسلط بر همه امور اجازه دادند خبر آخرین ترور پیشوای آلمان منتشر گردد؟ حذف اشتافنبرگ برای ایشان الزامی بود و بعلاوه نیاز به دلیلی مردم فریب و بزرگ داشت. سلب اختیار انتقام و تشکیل دولت تازه از اشتافنبرگ تنها در یک حالت ممکن می شد و آن هم این بود که هیتلر به دست خود جانشین رایش کشته شده باشد! کافی است به معنی ولکاری دقت کنید تا منظور هیتلر را از تشکیل آن دریابید: "ولکاری ها در اساطیر اسکاندیناوی زنان زیباروی جنگاوری بودند که زره بر تن می کردند(همان نیروی ذخیره و مردمی اشتافنبرگ که در خود نبردها شرکت نداشتند) و سوار بر اسب در میدان جنگ به دنبال قهرمانان و فرماندهان کشته شده می گشتند! روان آن ها را به نزد اودین خدای خدایان(در باور مردم اسکاندیناوی) می بردند تا اودین برای جنگِ بزرگ و نبرد اصلی سپاهی از سربازان شجاع و نیرومند داشته باشد(اودین یا حکومت ایده آل نازی بر روی کار آمده به واسطه خون بر زمین ریخته شده آن رهبر ستوده، قدرت و انرژی از دست رفته انتقام و پیروزی را دوباره کسب کند)." به راستی ما چرا به جای رجوع به اسنادی چنین روشن و از آن روشن تر متن نامه های نوشته شده به قلم این دو فرمانده، ناپلئون و هیتلر، تحلیل های تحمیلی و شایعاتی را درباره ایشان باور می کنیم که به دست دشمنانشان ساخته شده اند؟ به متن نامه بی نقص ناپلئون(علی) بناپارت که خطاب به فتحعلی قاجار نوشته شده بود دقت کنید: "من همه جا ماموررانی دارم تا آنچه را که برای آگاهی من لازم است اطلاع دهند. به وسیله آنان می دانم در کدام محل و چه موقعیتی می توانم به پادشاهان و مللی که مورد علاقه من هستند نصایح دوستانه بفرستم و آنان را با نفوذ و قدرت خود مساعدت کنم. شهرت و افتخار، شخصیت و کارهای مرا به تو شناسانده است. تو می دانی من چگونه ملت فرانسه را مافوق دیگر ملل قرار داده ام و با چه صراحتی توجه و محبت خود را نسبت به مسلمین مشرق زمین اظهار کردم و چه عللی باعث شد، از نقشه هایی که برای افتخار و خوشبختی آنان داشتم منصرف شوم. من مایلم از آنچه که تاکنون انجام داده ای و آنچه تصمیم داری برای تامین عظمت و بقای شاهنشاهی خود بکنی اطلاع حاصل کنم. ایران سرزمینی است که طبیعت به آن نعمت های بسیاری بخشیده است، سکنه اش مردمی باهوش و بی باک هستند که لیاقت حکومتی شایسته را دارند. معلوم می شود از یک قرن پیش به بعد عده زیادی از اسلاف تو لیاقت فرمانروایی بر این کشور را نداشته اند زیرا آنان ملت ایران را به حال خود رها کردند تا زجر ببینند و در جنگ های خانگی از پای در آیند!!! نادرشاه جنگجوی نام آوری بود که موفق شد قدرت زیادی به دست آورد، وی در مقابل مفسده جویان و فتنه گران سهمگین و در برابر همسایگان خود مهیب بود. بر دشمنان خود غالب شد و با افتخار حکومت کرد لیکن این فرزانگی و درایت را نداشت که هم در اندیشه حال و هم به فکر آینده باشد، اخلاف وی جای او را نگرفتند(این دو جمله ثابت می کند ناپلئون به فکر آینده امپراطوری خود نیز بود و کشته شدن او در راه آخرین قیام وی که برای به حکومت رسیدن پسرش صورت داد در اینجا تایید می شود. نکته بسیار مهم دیگر اینکه بناپارت در پشت این جملات جمله دیگری را پنهان کرده: ای فتحعلی شاه مانند نادر با ولیعهدت که مساوی آینده است رفتار نکن و به

وی آزادی عمل بده). به نظرم تنها محمدشاه هم مانند یک سلطان فکر کرده و زندگی نموده است. او قسمت اعظم ایران را تحت فرمان خود درآورد و سپس قدرت سلطنتی را که از طریق فتوحات خود حاصل کرده بود به تو تفویض نمود. تو از وی پیروی می کنی و از سرحداتی که به تو داده است جلوتر خواهی رفت! تو نیز مانند وی خود را از وسوسه ملت دکانداری که در هندوستان به سر می برد(انگلیس) و تاج و تخت سلاطین را معامله می کند برکنار خواهی داشت! تو ارزش دولت خود را در مقابل دولت روسیه که غالبا به قسمتی از امپراطوری هایی که مجاور خاک اوست تجاوز و دست اندازی می کند حفظ خواهی داشت! یکی از خدمتگزاران بسیار صدیق خود را که نزد من وظیفه مهمی بر عهده دارد پیش تو می فرستم. به وی ماموریت دادم که احساسات مرا برای تو بیان کند و آنچه به او اظهار داشتی مستقیما به من گزارش نماید... تمام ملل محتاج به یکدیگرند، مردم مشرق زمین ذکاوت و جسارت دارند ولی عدم اطلاع از بعضی صنایع و بی اهمیت شمردن برخی قوانین انضباطی که قدرت و فعالیت سپاه را چند برابر می کند به ایشان ضررهای جبران ناپذیری هنگام جنگ با شمالی ها و مغرب زمینی ها وارد می آورد. امپراطوری نیرومند چین سه بار فتح شد و امروز نیز یک ملت شمالی بر آن حکومت می کند. تو به چشم خود می بینی انگلیسیان، یک ملت غربی که در میان ما از لحاظ شماره و تعداد نفرات از همه اندک ترند و وسعت کشورشان از دیگران کمتر است چگونه تمامی کشور هندوستان را به لرزه در آورده اند و ویران کرده اند. تو آنچه را مایل هستی به من اطلاع خواهی داد و ما روابط سیاسی و تجاری، که سابقا میانمان برقرار بود را تجدید خواهیم کرد! از تو خواهش می کنم از خدمتگزار(من مانده ام چه کنم! بنویسم خدمتگذار که درست است و مسخره شود؟ یا ننویسم؟ این مگر همان گذاردن نیست؟! ای کاش از اساس حروف عربی از الفبای پارسی کنار گذارده شوند) با وفای من که پیش تو می فرستم به خوبی پذیرایی کنی. من برای تو عنایت خداوند، برای یک حکومت طولانی پرافتخار، و یک عاقبت سعادتمند آرزو می کنم." به متن کوتاه تبریک نوروزی آدولف هیتلر خطاب به پهلوی اول و ملت ایران که به فارسی املاء و ارسال شده بود!!! دقت کنید: "از آن اعلیحضرت خواهشمندم به مناسبت نوروز صمیمانه ترین تبریکات و ادعیه ام(دعاهایم!!!) را برای مزید ترقی و تعالی کشور ایران(و نه دربار و سلطنت و شخص شاه یا نظام پهلوی!!!) قبول فرمایند." شگفت انگیز اینکه وقتی متن نامه های این دو سردار آزادی بخش، ناپلئون و هیتلر را مطالعه می کنید این حس به شما دست می دهد که انگار نویسنده آن ها یک فرد واحد بوده است. اوج این حالت در جایی تعالی می پذیرد که ناپلئون هم ملت بریتانیای جعلی را دکانداری که تاج حکومت کشورها یعنی سرنوشت ملت ها را مبادله می نماید خطاب می کند و آدمی به یاد جمله ای که به یقین از رایش سوم می باشد و گویا در تکمیل جمله ناپلئون گفته شده می افتد: "اگر ملل اروپایی دوباره مانند سهام بین این توطئه گران بین المللی پول و امور مالی خرید و فروش شوند پس تنها نژاد یهود مسئول تحمیل کردن و بروز این مبارزات و جنگ های مرگبار است." به راستی که هر دوی این فرماندهان مسیر واحد حق را می پیمودند و هدف والایی داشته اند. این مقصود واحد چیزی جز نابودی "دجال تک چشم"(نظام فراماسونری کاپیتالی) نمی باشد.

در ۲۰ ژوئیه ۱۹۴۴ تروری که بعدها به کلنل اشتافنبرگ و دیگر مسئولین پروژه ولکاری منصوب شد رخ داد. در این واقعه که در مقر فرماندهی اصلی نیروهای نازی(لانه گرگ) حادث شد سوله فرماندهی هیتلر به وسیله بمب های ضدتانک(و نه به ادعای یاران گوبلز تنها با یک بمب) با خاک یکسان گردید ولی بعدها اعلام شد که پیشوای آلمان تنها چند خراش برداشته است! کودتاچیان حتی به خلاص شدن از انتقام اشتافنبرگ و یارانش به واسطه کشتن همگی آن ها بسنده ننمودند و تمامی ژنرال ها و درجه داران رده بالای وفادار به آرمان نازی را نیز از بین بردند. تا آنجا که مارشال اروین رومل، آن جان بر کف ترین سربازان که از معدود وفاداران به اهداف جنبش نازی بود و البته در آن محدوده زمانی پس از نرماندی از خانه بیرون نمی آمد و دچار افسردگی شده بود(درک نمی کرد که چرا غلت ترین تصمیمات ممکن گرفته می شود) و کاری به کسی نداشت! و تنها ژنرال رده بالایی که به شهادت اسناد جاسوسان متفقین در جلسات ژنرال ها و ارتشیان صاحب نام بارها با کشتن هیتلر و یا هرگونه کودتایی مخالفت صریح کرده بود را نیز وادار به خودکشی نمودند. اینان چند روز قبل از این خودکشی به زور اسلحه و برای نجات اعضاء خانواده از شکنجه و آوارگی و مرگ، گل های مراسم خاکسپاری او را به برلین ارسال کرده بودند! هیتلر در مراسم تدفین محبوب ترین ژنرالش حتی برای یک دقیقه حضور پیدا نکرد، چون زنده نبود، و این اسطوره نظامی مقدس نازی و نماد ارتش آلمان که باید جریان نبردهای او را در آفریقا مطالعه کنید تا بدانید روباه صحرا که بود در کمال مظلومیت از میان برداشته شد.
گروه وحشت(انجمن خائنین با محوریت گشتاپو) در طی نه ماه پس از این ماجرا و خلاص شدن از قانون جانشینی اشتافنبرگ و وُلکاری تا پایان رسمی جنگ دوم جهانی حکومت را در اختیار گرفته و به نام رایش سوم دست به هر خیانت و جنایتی که می توانستند بزنند به منظور از میان بردن کامل همه دست آوردهای نازی و نابودی نسل طلایی آلمان زدند. باید به این مسئله هم اشاره کنم که هیتلر و یاران وفادارش تا زمانی که زنده بودند اجازه ندادند به اندازه سر سوزنی اعضاء حزب نازی در نهاد اقتصاد دخالت و اعمال نفوذ کنند و یکی از دلایل مهم کودتای گروه وحشت که در این کتاب به آن اشاره چندانی نخواهد شد همین در اختیار گرفتن کامل اقتصاد پویای آلمان نازی و چپاول پشتوانه اقتصادی و ذخیره ارزی مردم آلمان بود، البته نظام دقیق سوسیال هیتلر بطور ذاتی مانع دست اندازی های آنان بود. این ساختار سیاسی منفک از اقتصاد و چرخه تولید اصلی ترین دلیل پیشرفت ناگهانی و برتری عملی ژرمن ها بود. بی پرده، تولید واقعی تنها چیزی است که ما به آن نیاز داریم.
باری، اشتافنبرگ از نگاه هیتلر یک آریایی به تمام معنا اصیل(علاوه بر اینکه وی کنت و از خانواده ای باستانی و اصیل ترین ژرمن ها بود به قامت و حالت چهره او دقت کنید که در واقع تصویر عینیت یافته آنچه که از شنیدن نام آریایی در اذهان تداعی می شود بوده است) و همینطور یک نازی ایده آل گرای از بزرگ ترین امتحانات سربلند و روسفید بیرون

آمده بود ولی همین اصیل زادگی و آریایی بودن نخست از همه دستاویز گوبلز و گروهش به عنوان یک جرم قرار گرفت!!! دومین جرم او هم جز خدمت صادقانه و جانبازی در کنار رومل نبود! در روزشمارهای غربی در برابر تاریخ بیست و یکم ژوئیه ۱۹۴۴ چنین آمده است: "بیست و یکم ژوئیه ۱۹۴۴ دولت وقت آلمان جزئیات توطئه قتل هیتلر را ۲۸ ساعت پس از وقوع آن اعلام داشت و یک امیرزاده(کنت) آلمانی به نام سرهنگ کلاوس گراف فن اشتافنبرگ را به عنوان طراح اصلی نقشه توطئه و با هدف پادشاهی کردن مجدد آلمان معرفی کرد! هیتلر بیستم ژوئیه و اندکی پس از انفجار بمب! سلامت بودن خود را بدون ذکر جزئیات(عاقل می داند این واژهِ بدون ذکر جزئیات به معنی مشخص نبودن تاریخ ضبط پیام می باشد) از رادیو اعلام نموده بود که روز بعد جزئیات آن فاش شد! قاضی رونالد فرایسلر هشت افسر و غیرنظامی آلمانی! از جمله سرهنگ فن اشتافنبرگ را به جرم دست داشتن در این توطئه محکوم به مرگ کرد که هشتم اوت(۱۸ روز پس از وقوع ترور) اعدام شدند." از همین ابلاغیه ساده چنین بر می آید که قیام اشتافنبرگ حداقل تا بیست روز و حتی پس از دستگیریش ادامه و جریان داشته است(چون اگر غیر از این بود او را بلافاصله اعدام می کردند) و همینطور نیتی که برای این ترور بیان شده نیز خود خط بطلانی است بر همه سندسازی ها: برپایی پادشاهی!!! و جالب تر اینکه پادشاه منظور این ادعا کسی جز خود اشتافنبرگ نبوده است!!! این گروه وحشت که از ابتدا در دل یقین داشتند آلمان شانسی برای پیروزی ندارد به ویژه پس از ورود واشنگتن در جنگ(با اعلان جنگ هیتلر)، اتحادیه ای که مرکزیت و محوریت ماسونری یهود پس از هزار سال تحت لوای بریتانیای کبیر قرار داشتن به آن انتقال یافته بود، مو به مو دستورات اربابان خویش را اجرا می کردند. متاسفانه علاوه بر تهمت وقیحانه ای که با عنوان خیانت به کلنل اشتافنبرگ همواره وارد دانسته اند حتی نماد یادبود او که توهمی از وی را در حالتی کاملا برهنه و بسیار بی هنرانه پیکرتراشی کرده اند بسیار توهین آمیز و تمسخر برانگیز و پست ساخته شده است. اما به راستی چرا هیتلر جزئیات را خودش اعلام نکرد؟ این سخنرانی پخش شده تنها یک قطعه کوتاه ضبط شده دوپهلو بود که رادیو برلین مسئولیت داشت در صورت دریافت دستور آن را پخش کند. گذشته از این هیتلر چطور از لانه گرگ و آن فاصله بعید آن هم بلافاصله بعد از چنین تروری خود را به ایستگاه رادیویی رسانده که با وجود طی این مسیر با هواپیما، باید حداقل شش تا ده ساعت به طول انجامیده باشد؟! مگر اینکه یک هیتلر هم در ایستگاه رادیویی از قبل بوده باشد! در آن زمان بیشتر از چند ایستگاه رادیویی انگشت شمار در کل آلمان وجود نداشت و لانه گرگ و کشوری که لانه گرگ در آن قرار داشت هم از داشتن چنین واحدی بی بهره بودند. رایش چنان مسافتی را درست پس از تروری به آن سهمگینی طی می کند تا به نزدیک ترین ایستگاه رادیویی برسد و آن وقت بدون اشاره به تاریخ و یا مسئله ای که ثابت کند زمان مورد ادعا صادق است فقط می گوید "من کاملا سالم هستم" و دوباره سوار هواپیما می شود و بدون اینکه حتی یک نفر او را ببیند، و البته از همان لحظه ترور دیگر هیچ کس او را ندید! به لانه گرگ بازگردد؟ چند ماه بعد هم در زمانی نامعلوم و بدون آنکه دیده شود به برلین برود و در جایی که هیچ کسی از آن اطلاع ندارد، البته جز

دکتر گوبلز!!! پنهان شود و وصیت نامه بنویسد؟! ارتش سرخ چگونه می خواستند این رایش نامرئی را دستگیر کنند و به اسارت ببرند؟! تاکید می کنم، حتی اگر هیتلر به سمت اولین و نزدیک ترین ایستگاه رادیویی بلافاصله پس از انفجار حرکت کرده باشد باشد نمی توانسته در زمان مورد ادعا به آنجا رسیده و توسط حتی یک شاهد دیده نشده باشد. دومین دلیلی که سبب شد خائنین در ساختار نازی رشد کنند دوراهی دو سر باختی بود که در برابر هیتلر پیش از در دست گرفتن قدرت و رایش و پیشوای آلمان شدن، به عنوان رئیس حزب نازی، صدراعظم، فرمانده نیروهای جامه قهوه ای "اِس آ" و گارد آهنین انقلاب حزب ناسیونال سوسیال قرار داده شد. اینطور به ما تلقین کرده اند که: "رایش سوم در این مورد تصمیم اشتباهی گرفت و نیروهای تندروی اِس آ که ارتش مردمی و سپاه دانش و سازندگی آلمان بودند را به اصرار ارتش از میان برد. ارتش آلمان تنها شرط اطاعت خود از هیتلر را مرگ به ویژه ۵۰۰ نفر از سران سپاه توفان(فرماندهان رادیکال اِس آ) اعلام نمود و هیتلر هم پذیرفت و اکثر این افراد به اشارت او تیرباران شدند! این بزرگ ترین اشتباهی بود که هیتلر می توانست مرتکب شود زیرا با وجود رادیکال بودن آن عناصر، خطاها، زیاده روی ها و قانون شکنی هایی که مرتکب شده بودند با ایمان کامل در هنگام تیرباران شدن به دستور خود پیشوایشان، فریاد هایل هیتلر سر می دادند! آیا مناسبات عقلی با چنین ایمانی برهم نمی خورد؟! اینان باید به هر شکل بخشیده و مدیریت می شدند از آن جهت که حتی فکر خیانت را به سر نمی توانستند راه دهند، حتی به قیمت سر باز زدن ارتش از اطاعت. اینان کسانی بودند که از نشست پیدایش و شکست های اولیه و ضعف نخست، که کمترین امید عقلی به پیروزی و به قدرت رسیدن وجود نداشت یاران جنبش باقی مانده بودند و به مانند خائنینی که حتی در هنگام پیروزی کامل آلمان بر ماشین نظامی غرب وفادار نماندند، نبودند. همین پانصد فرمانده می توانستند جایگزین خائنین باشند و درست است که هیتلر به واسطه نابودی و فدا شدن آنان که حتی کاملا راضی بودند جانشان اینگونه فدا شود!!! و پیشوایشان به قدرت برسد تبدیل به رایش محبوب ارتش و یگانه چهره درخشان حزب نازی شد ولی مومن ترین مومنان به جنبش که مساوی با روح واقعی نازیسم و ریشه های آن بودند را از دست داد!" واقعا باید به حال کسانی که این چرندیات را به عنوان تاریخ پذیرفته اند تاسف خورد. آری، همین سرکوبی کودتا که امری الزامی بود و تا آخرین لحظه هیتلر از انجام آن سر باز می زد و تلاش می نمود علاوه بر تکمیل مدارک راهکار دیگری به جای آن بیابد و نه گزینش! سبب شد خائنین دفترنشین ریاکار و منافق و پرادعا و جارچی و ترسو که در جریان جنبش خیابانی اولیه به کمترین مقدار حضور و نقش نداشتند و حتی یک گلوله در راه دفاع از میهن به سوی دشمنی شلیک و به کمترین میزان خطر نکرده بودند، به علت واهمه هیتلر از تاخیر در قیام و از دست رفتن موقعیت زمانی ایده آل، جدا شدن ارتش و نهادها از کانون رایشتاگ(رایشستاگ) اجبارا به کار گرفته شوند و رایش را محاصره کنند. هرگز نمی توان گفت؛ ای کاش در ژوئن ۱۹۳۴ "ارنست روهم" و دیگر سران سپاه توفان کشته نمی شدند و شب دشنه های بلندی اصلا رخ نمی داد و حتی گورینگ که به نظر من حداقل خائن نبود ولی در ماجرای مورد ذکر نقش اساسی ایفا نمود و در عدم فتح لندن نیز به

هر شکل مقصر بود تنها پس از یک سال عضویت در حزب نازی به مجلس راه نمی یافت! آدولف هیتلر به تمام معنا بسیار بزرگ تر و فهمیده تر از این حدود که تصور می شود بود. نیروهای جامه قهوه ای سپاه انقلاب و سازندگی بودند و با فرا رسیدن موسم جنگ جهانی و نیاز آلمان به کادرهای حرفه ای و نه صرفا داوطلب و انقلابی و به پایان رسیدن برنامه تعیین شده سازندگی، بطور کامل، زمزمه هایی مبنی بر انحلال و یا تغییر ماهیت این نیروها از درون رهبری حزب نازی به گوش می رسید و از سوی دیگر رهبر آنان(روهم) بی پرده در سخنرانی هایش از انقلاب دوم(حذف رایش) و خائن بودن شخص هیتلر و کودتا بر علیه وی سخن می راند. او خودسرانه سوگندنامه اس آ را تغییر داد بطوری که سربازان به نام او سوگند وفاداری یاد کنند! نهایتا کار به جایی رسید که اکثریت سران اس آ به رهبری ارنست روهم تصمیم خود برای کودتا را جدی تر دنبال نمودند(زیرا این سازمان یک تشکیلات موقت بود و وقتی انقلاب به نتیجه رسید چرا باید به همان شکل گذشته حضور می داشت؟ به همین علت روهم در پی انقلاب دوم بود زیرا علت وجودی و هویت خود او و ارتش میلیونی قهوه ای رنگی که بنا نهاده بود چیزی جز انقلاب و انقلاب نبود). اینان علاوه بر بسیج نیروها گروهک های تروری را نیز سازماندهی نمودند که تروریست های تربیت شده به دست آنان پس از عقیم ماندن کودتا بیش از ۱۵۰ تن از درجه داران اس اس را در ترورهایی خیابانی کشتند. باری، هیتلر خودش شخصا اسلحه به دست گرفت و به اقامتگاه کودتاچیان با همراهی تنها چند نفر یورش برد و روهم و سران کودتا را تنها چند روز یا حتی چند ساعت پیش از عملی شدن کودتا دستگیر نمود. کودتاچیان گمان می کردند که رایش تا حداقل یک هفته دیگر در ایتالیا و نزد موسلینی بماند(چون به آن کشور سفری تاریخی و بسیار مهم نموده بود)، ولی هیتلر پس از مطلع شدن از خبر شوم این دسیسه و رسیدن به یقین کامل از نیات خائنین سفر حساس سیاسی خود را نیمه کاره گذارد و با عجله و بدون اطلاع مقامات نازی به آلمان بازگشت و عملیات مرغ مگس خوار را شخصا خود او به انجام رسانید و نه گورینگ! در حین این عملیات و در همان حمله اول به هتل محل اقامت کودتاچیان، به رهبری رایش، خود او در کمال تعجب ملاحظه نمود که شایعات مبنی بر همجنس بازی رهبران اس آ که وی همواره در مورد آن گزارشات خود را ملزم به انجام تحقیقات بیشتر و رسیدن به یقین می دانست صحت دارد و همین کشف واقعیت فساد اخلاقی سران کودتا تصمیم گیری را برایش آسان نمود. او همجنس بازها را می کشت و این گناه را بدتر و نابخشودنی تر از حتی خیانت به خودش می دانست و به محض آنکه دو مرد نظامی را در یک بستر و برهنه دید، فریاد زد: "ای خوک های کثیف(ای پست ترین موجودات)!" حالا به تاریخ ها باز می گردیم؛ ۲۹ آوریل ۱۹۴۵ تاریخی است که برای نگارش وصیت نامه هیتلر ارائه شده و ۸ می ۱۹۴۵ هم تاریخ پایان جنگ در اروپاست یعنی از زمانی که حکومت نازی در چنگال گروه وحشت قرار گرفت تا پایان جنگ جهانی دوم دقیقا ۹ ماه و ۲۴ روز زمان وجود داشته است(با توجه به ۳۱ روزه بودن بسیاری از ماه های میلادی) و از نوشته شدن وصیت نامه دروغین تا پایان کامل کار جنگ تنها ۹ روز! این تقریبا ده ماه زمان بسیار مناسبی برای نابود کردن همه چیز و از آن مهم تر باور مردم آلمان به مرام

نازی و هیتلر با برقراری یک حکومت وحشت و سرکوب دیوانه وار و خائنانه داخلی بود. بهتر است نگاهی بیندازیم به اسناد و مدارکی که برای متهم کردن اشتافنبرگ به انجام ترور چهل و یکم و نیز زنده و کاملا سالم ماندن رایش از این انفجار، از سوی دار و دسته گوبلز و بورمان(رئسای کودتا که پیش از آن یک شیپورچی و دفتردار بیشتر نبودند) ارائه شدند:

۱- عکس و سخنرانی هیتلر در رادیو، عکس های ملاقات و عیادت هیتلر از آسیب دیدگان حادثه و همینطور دیدار او با موسلینی و بازبینی محل ترور به همراه او. لازم می دانم توضیح دهم که خواستگاه و گرایش من از ابتدا فلسفه و منطق بوده و هست و هنر شما به عنوان یک فیلسوف این است که چون سقراط باورهای فرد متخاصم را ملاک قرار داده و از درون یقین او تناقضات غیرقابل انکار را آشکار سازید، مانند مباحثه سقراط با گرگیاس. بعلاوه من هیچ کدام از متون ترجمه شده یا نشده و عکس ها را از رسانه های نئونازی یا گروه های مشابه آنان اخذ نکرده ام و تمامی منابع مطالب مورد استناد در این کتاب بدون استثناء مواردی هستند که مورد تایید مورخین متفقین می باشند و توسط آن ها ارائه شده اند. من یک سندشناس نیستم و نمی خواهم باشم! من فقط یک آدم عاقل هستم که با منطق اثبات می کنم بسیاری از واقعیت های مقدسی که به خورد ما داده اند از کثیف ترین دروغ های تاریخ هستند. این وظیفه خواننده کتاب است که به سراغ منابع و مواخذ برود و آن ها را که وسعتی به میزان تاریخ بشری دارند از دیدگاه تازه تحلیل نماید. لیست درست کردن و استتار عقیده از وظایف من نیست! این کتاب یک دید تازه به شما می بخشد تا با آن به همه جهان پیرامون خود بدون چشم بند بنگرید. من نمی توانم باور کنم رومل و اشتافنبرگ جان بر کف و پاک باخته، این سربازان وفادار و مخلص خائن و ترسو بوده باشند و گوبلز و بورمان دروغگو و ویلانشین که حتی از صدای شلیک گلوله هم می هراسیده اند وفادار و شجاع! حتی اگر همه تریبون های عالم اینطور فریاد بزنند من گواهی عقل سلیم را خواهم پذیرفت. نمی توانم باور کنم که رومل با در دست داشتن اختیار تام همه نیروهای رایش در آفریقا وفادارانه و اساطیری جنگیده باشد و سپس در خانه و در حالی که حتی یک نفر نیرو هم در اختیار نداشت به فکر خیانت به پیشوای خود و وطن فروشی افتاده باشد. به سه استراتژی دیرینه "آن قوم" برای پیروزی بر دشمن که اکنون توسط غرب به اجرا در می آیند دقت کنید: تقدیم و پیشکش کردن دختران و زنانشان و نیز تقدیم داوطلبانه و در ظاهر مشتاقانه پول و سرمایه به او(برای مورد اول بهترین مثال آستر و پیشکش کردن او به خشایارشاه است و البته این کار شگرد همیشگی و بسیار مورد استفاده صهیون بوده است و برای مورد دوم سرمایه ای که یک شبه به حساب حزب نازی سرازیر شد نمونه می باشد). این منش زایونی "تن فروشی برای خدمت به جامعه صهیون" توسط هالیوود و با ابراز افتخار و غرور در سریال ها، انیمه ها و فیلم های متعددی چون فرشتگان چارلی تبلیغ هم می شود. سومین راهکار تاریخی آن قوم که به قول خودمانی ردخور ندارد و همیشه جواب داده! دمیدن در شیپور تبلیغات به بی شرمانه ترین شکل و بافتن تهمت و دروغ های یکپارچه عظیم است. قاعده کلی این است: دروغ را باید با دروغ پوشاند و آن دروغ پوشش دهنده را هم با دروغی دیگر و الی الابد!!! باید برای تایید یک داستان ساختگی چندین داستان ساخت!

اکنون غربیون تحت تاثیر فرهنگ آن قوم تمام دنیا را با برهنه ارائه کردن زنان خودشان(و حربه سکس) و تبلیغات تحت سلطه درآورده اند و شیفته و رام خواسته های خود نموده اند.
هالیوود و هزار رسانه قدرتمند دیگر وظیفه دارند با پیشکش کردن ناموس مردمان غرب برای آن ها سلطه و نفوذ و در نتیجه قدرت و پول، جبهه و ژست برتر تبلیغاتی کسب کنند.
به خواه خدا، زنجیره دروغ ها در جایی و به دست کسی پاره می شود و عکس های مدعیان زنده بودن هیتلر در روز پس از ترور به بزرگ ترین سند بر ضد سندساز تبدیل می گردند.
در یکی از عکس ها که اتفاقا این یک عکس واقعی است(از لحاظ زمان و توضیح ارائه شده برای آن) و از سوله ای که هیتلر در آن قطعه قطعه شد برداشته شده به عینه مشخص می باشد؛ سقف بنای بتنی و فولادی مذکور به زمین چسبیده و کل ساختمان منهدم شده است.
در عکس های ارائه شده دیگر هیتلر در حالی که دقیقا در فردای روز ترور(که به گفته خود ارائه کنندگان عکس ها یک بمب ضدتانک در کنار پایش منفجر شده بود!!!) کاملا سالم و سرحال است و به همراه سران نظام نازی قدم می زند دست خود را گرفته، ماساژ می دهد.
همه می دانند مشکل دست راست هیتلر نتیجه کار و نوشتن بیش از اندازه بود(بعلاوه که او نقاشی هم می کرد) و از دردی همیشگی به همین علت رنج می برد. برخلاف آنچه که ارائه کنندگان این عکس می خواستند تلقین کنند درد دست هیتلر به بمبی که در کنار پایش منفجر شده بود ربطی نداشت! آیا منشی های هیتلر که تعدادشان هم کم نبود و بسیاری از آن ها تا همین اواخر زنده بودند همواره از درد دست رایش سوم یا به قول نیروهای دفتری خاص او؛ رئیس، در اثر نوشتن و کار بیش از اندازه خبر نداده اند؟ بعلاوه نباید فراموش کرد که هیتلر در جنگ اول شیمیایی شده و از چند ناحیه از جمله دست راست، مجروح شده بود.
این ژست رایش(یعنی ماساژ دست راست) در بسیاری از فیلم ها و عکس های دیگر نیز ثبت گردید ولی به سبب آنکه سیاست مسئولین تبلیغات پروپاگاندای نظام نازی این بود که هرگز ضعفی در چهره و بدن پیشوای آلمان مشاهده نشود سانسور و از ارائه منع می شد.
"لِنی ریفن اشتاهل" معروف ترین فیلمسازی که در خدمت هیتلر بود به موضوع مورد اشاره من اعتراف نموده است. یکی از مسئولیت های او این بود که هر نمود ضعف(مانند خمیازه کشیدن یا خاراندن صورت و خستگی و درد) هیتلر را از اثر نهایی حذف نماید. چند عکس دیگر هم ارائه شدند که رایش را در حال عیادت از مجروحین حادثه فوق نشان می دادند! نگهبانانی که صورت هایشان زخمی و بدن هایشان مجروح بود و حال آنکه این افراد طبق داستان گوبلز و گروهش نمی توانسته اند در آن جلسه مورد ادعا حضور داشته باشند و در بیرون اتاق بوده اند(این سخن مورد تایید مورخین متفقین است) و جالب تر اینکه هیتلر سالم است و حتی صورت و بدنش یک خراش هم برنداشته و آن بیچاره ها یک جای سالم ندارند! چقدر احمقانه و عجولانه تحلیل های تازه ای برای عکس های قدیمی هیتلر ارائه داده اند در حالی که هر کس او را بشناسد تشخیص می دهد چهره رایش در این عکس ها در مقایسه با سایر عکس های وی که واقعا در اواخر عمرش گرفته شده اند بسیار سرحال تر و جوان تر است. به گفته شاهدان و شهادت عکس ها و فیلم ها هیتلر در نیمه دوم جنگ(از سال سوم تا پنجم چون در پنج ششم از سال ششم زنده نبود!) شادابی خود را از دست داده و دچار نوعی

افسردگی، افتادگی و لاغری مشهود چهره شده بود. هر عاقلی تشخیص می دهد که هیتلر در عکس های ارائه شده بسیار سرحال تر و جوان تر و حتی چاق تر از آنی است که باید باشد. تا اندازه ای این اسناد زنده بودن هیتلر مسخره به نظر می رسیدند و با سناریوی ارائه شده خائنین تناقض داشتند، و طرحی که ساخته بودند یعنی "فناناپذیر بودن رایش تا سقوط کامل" نیز با عقل و دیگر مستندات موجود ناهمگون بود، که در آخر مجبور شدند ادعا کنند رایش سوم در اثر این انفجار مهیب تقریبا کر و شل شده است و لنگ می زند(البته دلیل اصلی این ادعا آن بود که سخنرانی نکردن و عدم حضور فیزیکی هیتلر را برای خواص توجیه کنند)! در فیلمی که از استقبال هیتلر از موسلینی دقیقا در فردای روز ترور ارائه شد نه اثری از لنگ زدن و کر بودن در پیشوای آلمان دیده می شود و نه هرگونه مشکل بدنی دیگر و نه حتی یک خراش کوچک در دست ها و صورت. واقعیت این است که این فیلم متعلق به ماه ها و شاید سال ها پیش بود، در آن برهه موسلینی در جمهوری سالن خودش آنچنان گرفتار جنگ داخلی با چند جناح به خصوص کمونیست های ایتالیا بود که نمی توانسته با قطار به آلمان رسیده باشد(اصلا راه آهنی برای این منظور وجود نداشت و خطوط با بمباران های مکرر متفقین کاملا از بین رفته بودند). حتی در آخرین موردی هم که موسلینی به آلمان و نزد هیتلر رفت این کار با پیشرفته ترین هواپیمای آن زمان و به صورت کماندویی صورت گرفت. خائنین از یاد برده بودند که جنگ در چه مرحله ای قرار دارد و موسلینی در محاصره نمی توانست با هیتلر خوش و بش کرده باشد! عکس دیگری هم از هیتلر و موسلینی ارائه شد که به داخل اتاقی(که ارائه کنندگان عکس قصد داشته اند تلقین کنند همان محل ترور بوده) نگاه می کنند و موسلینی با تعجب نظاره گر اوضاع است؛ پیش از همه باید گفت به گواه عکسی که قبل از همه به آن اشاره نمودم سقف بنای مذکور کلا با زمین یکسان شده بود و واحدی که این دو رهبر به داخل آن نگاه می کنند با توجه به گزارشی که از سوله محل ترور در دست است به هیچ روی با مکان واقعی سوءقصد فوق تطابق و سازگاری ندارد. این واحد بسیار کوچک تر از آن چیزی است که در گزارشات آمده و با دقت در دو عکس دیگری که از این واحد در همان زمان از سوی خائنین ارائه شد می توان به روشنی فهمید که مکانی مسکونی است و نه سوله ای نظامی. تا اندازه ای این سه عکس ارائه شده از داخل مکان ترور با توجه به توضیح ساخته شده برای آن ها مضحک هستند که آدمی از بلاهت کسانی که داستان گوبلز را باور کرده اند شگفت زده می شود. مثل روز روشن است که این مکان نه تنها یک سوله و یا اتاقی نظامی نبوده بلکه یک منزل مسکونی کاملا عادی است با پنجره های بسیار بزرگ!!! و پرده های گل گلی رنگی!!! که حتی امروز هم در آشپزخانه ها مورد استفاده قرار می گیرند. آیا این ها می توانند مشخصات یک پناهگاه ضدبمباران باشند!؟ آن پنجره های بزرگ و پرده ها و در و دیوار بسیار نازکی که در تصویر مشخص است و از همه مهم تر کاملا چوبی بودن همه قسمت های داخلی بنا که تنها در اثر یک بمب کوچک(به قول خائنین) به این روز افتاده اند آیا تصویری از همان بنای ذکر شده در گزارشات که بطور یک تکه از فولاد و بتن ساخته شده بود را در ذهن تداعی می کنند؟ چرا هیچ اثری از این بنای سالم و سرپا که در این عکس ها می بینیم کشف

نشده و محققان غربی در محل مورد ادعای آن تنها یک ساختمان فولادی و بتنی منهدم شده و با خاک یکسان شده را یافته اند؟ بله درست است خائنین این بار شانس شکست عملیات ترور پیشوایشان را به صفر رسانده بودند و پس از موفقیت نیز دستور تخریب به تمام معنا و محو کردن آن به اصطلاح اتاق گفتگوی واقعی و محل گردهمایی مورد ادعا را صادر کردند. شکی نیست که هیتلر در هنگام مرگ تنها بوده و هیچ یک از سران حزب و ارتش نازی با وی کشته نشده اند و این خود سندی دیگر است بر مظلومیت او زیرا به هر حال همه سران یادشده یا جزئی از خائنین بودند و یا ساکتین و بوبُردگان! به راستی نمی توان باور کرد هیملر و گورینگ هم از تحولات پیش و پس از ترور کاملا بی اطلاع بوده باشند. به ویژه در مورد هیملر من تهمت خیانت را هرگز وارد نمی دانم ولی باید پذیرفت که حتی او به سبب آنکه از دولتمردان نظام و مسئول جان رایش بود در کشته شدن وی مقصر است. البته بسیار محتمل است که چند منشی و یا نگهبان عادی نیز با او قربانی شده باشند ولی این موضوع تغییری در واقعیت، آنکه همه مقامات قابل اعتنای نازی و آلمان دانسته در کنار وی نبوده اند و یا توسط خائنین برای در کنار پیشوای آلمان تکه تکه شدن انتخاب نشده اند و یا چون رومل کودتاچیان پس از ترور احساس خطر چندانی از آن ها نکردند ایجاد نمی کند. بعلاوه که هیچ یک از ایشان بجز اشتافنبرگ و یارانش این واقعیت تلخ(مرگ مظلومانه هیتلر) را فاش نساختند و اقدامی عملی بر ضد خائنین صورت ندادند و تنها از اقداماتی که خائنین بر ضد آنان عملی کرده اند می توان فهمید که این افراد(مانند هیملر و گورینگ) از عاملین کودتا و حتی در صورت همراهی با هدف در نظر گرفتن مصلحت آلمان البته پس از مرگ هیتلر با جریان غالب، با آن یکدل و هماهنگ نبوده اند. در عکس مضحک ارائه شده دیگری نیز رایش سوم در حالی که از رادیو به مردم آلمان پیام می دهد و فرضا از خواست خداوند برای نجات خود می گوید مشاهده می شود و جالب اینکه این پیام رادیویی نه در روز بلکه در شب و به گفته خائنین بطور زنده ارسال شد و این عکس در روز گرفته شده و لامپ های خاموش(به لوستر دقت کنید) و نور خورشیدی که از پنجره ها به درون اتاق تابیده است قابل تشخیص اند! و آیا در حال ابلاغ چنان پیام مهمی حاضرین در جلسه اینطور خموده و بی تفاوت به سخنانی تا به این میزان عجیب و اینقدر کوتاه گوش می دادند؟ واقعیت این است که این عکسی است از یکی از سخنرانی های رادیویی طولانی هیتلر. گرچه عجیب نیست که در شبِ به تعریف گوبلز خورشید مانند ظهرهنگام بتابد! این اسناد و مدارک احمقانه و پیش پا افتاده ساختگی اکنون خود تبدیل به اسنادی برای اثبات خیانت گروه وحشت شده اند. اگرچه در همین هنگام نیز تمامی درجه داران رده بالا و صاحب منصبان نازی و یا کشور آلمان از واقعیت امر اطلاع داشتند و کودتاچیان تنها به واسطه مشت آهنین خود و اعدام های گسترده نظامیان و غیرنظامیان و نه ارائه چنین اراجیفی توانستند قدرت را اخذ کرده و نگاه دارند. در همان متن خبر حکم دادگاه اشتافنبرگ اشاره مستقیم به اعدام نظامی غیرنظامیان!!! وجود داشت و دیگر نمی توان آن را تحریف نمود.

۲- کلاه و طی الارض اشتافنبرگ. این گروه خائنین بزرگ ترین سندی که برای نسبت دادن ترور به کلنل اشتافنبرگ ارائه دادند کلاه بر جای مانده وی در اتاق گفتگو، محل وقوع

آخرین ترور بود!!! این سند تا اندازه ای مسخره است که نمی دانم در وصفش چه بنویسم. در پایگاه "لانه گرگ" که حتی یک پشه هم نمی توانست بدون ثبت اسم و مدارک کاملش! وارد آن و یا از آن به هر ترتیب خارج گردد چه نیاز و الزامی بود که اشتافنبرگ کلاهش را جا بگذارد تا خیانتش اثبات شود؟ واقعیت این است که اشتافنبرگ در زمان وقوع ترور در برلین بود و در هیچ کدام از دفاتر ایست بازرسی های متعدد لانه گرگ ورود یا خروج او به هر نحو ثبت نشده بود و کودتاچیان برای آنکه بتوانند حضور او را در محل قابل قبول اثبات کنند و با توجه به اینکه شاهد معتبر و رده بالایی برای اثبات ادعایشان نداشتند مجبور بودند چنین سناریوی بسازند. مثل این است که کسی بگوید اشتافنبرگ مسئول ترور بوده و فردی در مقابلش بگوید که چطور چنین چیزی ممکن است وقتی نه شاهد و نه مدرکی از حضور او وجود دارد و فرد اول جواب دهد؛ پس چرا کلاهش اینجاست! پس حتما با همه نگهبانان برای ورود و خروج هماهنگ بوده، چون کلاهش اینجاست! به همین بهانه(ثبت نشدن نام اشتافنبرگ در دفاتر) چند نفر از سرهنگ های وفادار به هیتلر که در پست های حساسی در لانه گرگ قرار داشتند(مانند سرپرستی مخابرات قرارگاه) را نیز اعدام نمودند. کسی که حتی اندکی سیستم نازی را بشناسد و درباره ساختار لانه گرگ اطلاعاتی داشته باشد می داند که چنین ادعایی تا چه اندازه مغرضانه و ظالمانه است. زدن چنین تهمتی به نگهبانان وفادار و پاکباز نازی که تنها با دو سه ساعت خواب در روز و جیره غذای یک بچه! صبح و شب در خدمت فرماندهان بودند و هرگز خیانتی از سوی آنان گزارش نشد عملی بسیار وقیحانه است. سیستم نظارتی نازی تا اندازه ای پیچیده بود و درست کار می کرد که حتی شخص هیتلر هم نمی توانست کاری را که ادعا می شود اشتافنبرگ، یک سرهنگ عادی، انجام داده است را انجام دهد و ناگهان از همه دفاتر و گزارشات غیب شود. از سوی دیگر چطور ممکن است اشتافنبرگ هم در برلین بوده باشد و هم در کشوری دیگر و در لانه گرگ؟ خائنین برای توجیح این طی الارض آنی نیز توجیهات جالبی ارائه دادند. اینطور گفته شد که وی به همراه منشی خود پس از قرار دادن بمب در کنار پای پیشوای آلمان سوار بر ماشین شده و چون پا را روی پدال گاز ماشین بسیار فشار داده اند!!! توانسته اند به سرعت از پایگاه اصلی خارج شده و در مراتع اطراف سوار بر یک هواپیمای نظامی اختصاصی نامرئی(زیرا اگر مرئی بود حتما توسط پدافند هوایی لانه گرگ شکار و یا حداقل دیده می شد)!!! که منتظرشان بوده شوند و در یک چشم برهم زدن به برلین برسند. باید پرسید که چگونه اشتافنبرگ از چنان جلسه ای توانسته خارج شود چون همانطور که علاقمندان به تاریخ می دانند در سیستم نازی امکان ورود و خروج از این جلسات به هیچ وجه وجود نداشت و فقط شخص پیشوا حق داشت به پیروانش اجازه و اذن خروج بدهد و در واقع به آن ها دستور خارج شدن از جلسه و حرکت برای انجام دستورات و اوامرش را ابلاغ نماید و فرماندهان حتی در صورت غش کردن از جلسه بیرون آورده نمی شدند. گذشته از این یادمان نرود اشتافنبرگ مسئول ولکاری بود و نمی توانست از برلین خارج شود چون سازمان تحت مدیریت او مثل واحد حوادث غیرمترقبه باید همیشه گوش به زنگ و در حالت آماده باش می بود تا در صورت ترور مسئولین مهم بلافاصله وارد عمل شود.

در ادامه این سناریو از آنجا که اشتافنبرگ پس از رسیدنش به برلین(طبق ادعای خائنین) یعنی در واقع رفتن سر کارش که در همان حال چند ساعت از ترور گذشته بود، دست به هیچ اقدامی نزده بود(اگر اشتافنبرگ از وقوع ترور خبر داشت بلافاصله اقدامی مقدماتی صورت می داد و منتظر تلگراف و ابلاغ رسمی نمی شد) و پس از رسیدن یک تلگراف رسمی از لانه گرگ عملیات وُلکاری(والکیری یا والکوره نیز تلفظ های دیگری از همین واژه اند) را آغاز نمود اعلام شد که اشتافنبرگ علاوه بر خریدن همه مسئولین واحدهای نگهبانی واحد مخابرات لانه گرگ را نیز زرخرید نموده و به وسوسه دادن جایگاه و مقامی مناسب به سران آن در حکومت پادشاهی آینده خود! آن ها را وادار به ارسال چنین پیامی و نیز قطع کلیه ارتباطات تا چندین ساعت بعد از وقوع ترور کرده است. چطور ممکن است واحد مخابرات لانه گرگ تا سه ساعت ارتباط را قطع کرده باشد و تروریست های قدرت را در دست گرفته حاضر در همان محل نفهمیده و یا نتوانسته باشند آن را دوباره وصل کنند؟ درست است که اشتافنبرگ مسئول تشکیل دولت بعد از هیتلر و ستاندن انتقام او و پاکسازی خائنین بود ولی چنین دامنه اختیاراتی که خائنین سعی کرده اند برای یک کلنل تصویر کنند حتی در صورت اینکه تصور کنیم چند ژنرال وی را پشتیبانی کرده باشند قابل باور نیست. فوهرر(فروهر خودمان) یا به ترجمه از آلمانی پیشوا تنها کسی است که در اندیشه آریایی از قوانین و انضباط سخت و تغییرناپذیر نظم جَم بالاتر است و اختیارات او و قابل تفویض نیست. پس، در نظام ناسیونال سوسیالیستی هیچ پیرویی یا حتی گروهی این توان را ندارد که چنین آزادی عملی بیابد(و اصلا هدف این ایدئولوژی همین کنترل بر پایه نظم است) و حتی گوبلز و بورمان و گروهشان در حالی که پس از کشتن هیتلر در اکثریت و مسلط بر اوضاع بودند و بی رقیب، نتوانستند از سیستم نازی حتی یک سوء استفاده اینچنینی بکنند و مغموم ماندند. تحلیل درست بر پایه واقعیت ها و آنچه که روی داده و واقعا وجود داشته یا به اجرا درآمده است باید صورت گیرد، مثلا در خصوص ادعای مبنی بر نژادپرستی نازی ها در واقعیت حتی در همان مقطع جنگ جهانی دوم مشخص شد که چه کسی نژادپرست است و آمریکایی ها نه تنها پس از بمباران ژاپن به وسیله بمب های نامتعارف آتش زا(ناپالم) و سپس اتمی جشن و پایکوبی ملی برگزار نموده و تا به امروز این عمل را افتخار تاریخی برای خود به شمار می آورند بلکه حتی ایده غالب مردمان ایالات متحده در خصوص عدم قبح این عمل بطور واضح از زبان بسیاری از سران کاپیتالیسم مطرح شد که: "مگر چه می شود آن ها فقط ژاپنی بودند!" همین جمله در خصوص ویتنامی ها و بسیاری ملل و نژادهای دیگر نیز از زبان سران متفقین، پس از جنگ جهانی دوم بارها شنیده شد؛ آن ها فقط ویتنامی بودند، آن ها فقط تروریست(اگر تاکنون فهمیده باشید منظورشان از تروریست مسلمان است) بودند. حتی پس از آنکه معلوم شد در کشورهای فقیر آمریکای جنوبی و به خصوص آفریقا عوامل بیماری زا و ویروس های مهلک را جهت ساخت سلاح های میکروبی و نیز پادتن برای مردم خودشان بر روی انسان های قرنطینه شده و زندانیان آزمایش می کنند گفته شد؛ آن ها فقط آفریقایی(سیاهپوست) بودند! این فقط یک اشتباه و ناهماهنگی بود! این اقدامی خودسرانه بود! و جالب اینکه مردم غرب نیز چون از این آزمایشات(که همگی توسط ارتش آمریکا به

اجرا در می آید)، به سبب ساخت داروهای تازه و پادتن ها و قدرت حاصله از وجود سلاح های میکروبی سود می برند به جای دفاع از چنین انسان هایی که موش آزمایشگاهی آن ها بوده اند ترجیح می دهند بلافاصله سکوت کنند و با چند فحش به سیاستمداران همه گناه ها را گردن کثیف بودن ذات سیاست و خامی چند سیاستمدار بیندازند، با وجدان آسوده بخوابند! مردم غرب گناهکارتر از سیاسیون خود هستند و هیچ چیز مطلقا برایشان اهمیت ندارد و تنها در جایی که فشار اقتصادی تفریحاتشان را محدود سازد ضدکاپیتال ضدجنگ می شوند.
چنین آزمایشاتی قبل از استفاده از بمب های هسته ای نیز صورت گرفته بود و این جنایتکاران جنگی از همه آنچه که پس از انفجار هسته ای روی می داد به روشنی آگاه بوده اند(به اعتراف پدر بمب اتم در دادگاهش). قدرت انهدام و عوارضی که بعدها در هیروشیما و ناکازاکی رخ داد آنچنان مسلم بود که اینشتین و بسیاری دیگر حتی در آن دوره حساس خود را از پروژه ساخت این سلاح کنار کشیدند و مجبور به خانه نشینی شدند. سوم اینکه هَری ترومن و اربابانش(البته من رُزولت را عامل اصلی چنین دستوری می دانم چون برنامه بمباران هسته ای ژاپن از مدت ها پیش در دستور کار او بود و مرگ مهلتش نداد تا فقط دکمه را فشار دهد!!!) پس از مشاهده قدرت و عوارض مورد اشاره و وقوع دو فاجعه هیروشیما و ناکازاکی چنان خوشحال و سرمست شدند که امپراطور را تهدید کردند تا تسلیم بی قید و شرط ژاپن بی شمار از این سوپربمب ها بر سر مردم این کشور خواهند انداخت. آمریکایی ها در جنگ کره چند میلیون تن بمب بر روی لائوس که بی طرفی خود را اعلام نموده و تسلیم غرب شده بود ریختند و به کودکانشان می آموزند که آن جنگی بود برای آزادی بشر! آزادکنندگان اتحادیه نظامی واشنگتن همواره با بمباران مردم بی دفاع می خواهند آن ها را آزاد کنند... باید توجه داشت که تنها مطالعه این تاریخ ها و تحلیل درست آن ها ماهیت و ضرورت مبارزه با اتحادیه واشنگتن را آشکار می سازد، به ویژه که هیچ رنگی از پشیمانی در این اهریمن فاسق ریاکار دروغگوی جنگ سالار مست دیده نمی شود.
۳- دست نوشته ها و یادداشت های شخصی اشتافنبرگ و همفکرانش. تمامی این یادداشت ها و پیام های مورد ادعا تایپ شده هستند و حتی یک پیغام دست نویس در میان آن ها نیست! خائنین گروه وحشت با توجه به محدودیت زمانی پیچیده ای که پیش رو داشتند زمان زیادی را صرف سندسازی و جعل دست خط نکردند و فقط چند صفحه متون تایپ شده مبنی بر خیانت اشتافنبرگ و چندی دیگر از درجه داران را به عنوان سند محکمه پسند ارائه نمودند.
یکی از دلایل پیچیدگی شرایط آنان این بود که گرچه نظام نازی در رده های بالای خود دچار فساد و خیانتی همه گیر گردیده بود اما در رتبه های پایین و میان سربازان و نیروهای دفتری و عملیاتی هنوز هیتلر حق مطلق دانسته می شد و حتی امکان داشت مثلا منشی یا نگهبان دفتر کار گوبلز از این خیانت اطلاع حاصل کند و به سبب وفاداری آرییاییش به فوهرر خویش شخصا گوبلز را مجازات کرده و بکشد. به راستی که چنین هم بود و حتی معاون اصلی و منشی های او همگی کشته و اعدام شده یا خودکشی کردند و تنها خود گوبلز و سران کودتاچی گروه وحشت ناگهان ناپدید گردیدند. مرگ در این مورد به معنای وفاداری و زنده ماندن عین خیانت و ریا باید تعبیر شود. از این رو حتی خائنین هم چون وفاداران در

مخمصه ای قرار گرفته بودند که نمی توانستند کارهای مدنظرشان را بی پرده انجام دهند و مجبور بودند پشت سپری که از نام هیتلر و مصلحت آلمان نازی ساخته بودند حرکت نمایند. به همین دلیل ارائه چنین مدارکی که تنها می توانست همان رده های پایین را بفریبد الزامی می نمود و این امکان وجود نداشت که آنان بتوانند چون شخص رایش بی واسطه عمل کنند. حتی در این مدارک مورد ادعا به نام هیچ کدام از شخصیت های متهم به خیانت اشاره نشده است زیرا اسامی رمز کاربرد بیشتری برای خائنین داشتند! آن ها موفق شدند به واسطه همین اسامی رمز نیروهای دیگر رده بالای نظام را تهدید به اعدام کرده و به اطاعت خود وادارند زیرا هرگاه که نیاز بود می توانستند یک اسم رمز را به هر شکلی که فقط خودشان می دانستند ترجمه کنند و مثلا نام هیملر یا هرکس دیگر از نامه های خیانت بیرون می آمد. و البته چنین هم کردند و در فاصله حدود ده ماه قدرت داشتن گروه وحشت این نامه ها و یادداشت های کذایی به هزار شکل هر چند هفته ای یکبار(و در آخرین روزها هر روز چندبار!)، تفسیر گشتند و صدها تن به بهانه آنکه نامشان در اسناد اشتافنبرگ به صورت رمز آورده شده و یا به خیانتکار بودن آنان به نوعی اشاره شده است اعدام شدند تا جایی که حداقل ده هزار نفر(و نه هشت نفر) در این محدوده زمانی به جرم خیانت و به واسطه همین ورق پاره ها در سراسر آلمان نازی اعدام گردیده و نام "گروه وحشت" در چنین مقطعی و به دلیل دار زدن های دسته جمعی مذکور بر نیروهای خائن با محوریت گشتاپو نهاده شد.

۴- اظهارات فرزندان اشتافنبرگ در دوره فعلی. ابتدا بهتر است به پرسشی که چند برگ پیش در ذهن شما شکل گرفت پاسخ دهم و آن این است که اگر(طبق اسناد غیرقابل انکار موجود) نازی ها به هر ترتیب با واسطه یا بی واسطه از یهودیان، چند خانواده و نهاد مشهور یهود، کمک مالی دریافت کرده و یا به هر شکل از سوی آنان پشتیبانی مالی شده باشند پس ارزش جنبش و قیام آنان و شخص هیتلر چه بود؟ آیا چنین ادعایی نفس عمل قیام ایشان را زیر سئوال نبرده، کم ارزش نمی نماید؟ پاسخ این است که دنیای واقعی همواره با جهان ایده آلی که در تخیل برخی وجود دارد متفاوت است. آیا می دانید ستارخان از چه کسی پول گرفت تا بتواند قوای خود را تجهیز و به پایتخت حمله کند؟ از خود پرسیده اید که مردم آلمان با آن اوضاع اقتصادی صفر مطلق و نیروهای ارتشی برجای مانده از جنگ اول که همگی به سخن خود هیتلر در "نبرد من" به نان شبشان هم محتاج بودند چگونه پایه های چنین انقلاب بزرگی آن هم در زمانی با آن محدودیت شدند؟ حتی فقط نان، از کجا آوردند تا بخورند و سر کار نروند و انقلاب کنند؟ بله درست است، نیروهای اِس آ یا ارتش توفان سازندگی معجزه کردند ولی قبل از اینکه چنین رویدادی رخ دهد نازی ها چگونه حتی برای برپایی دوباره کارخانه های تعطیل شده سرمایه تامین کردند و یا قبل تر از آن چطور از زیرزمین یک آبجوفروشی در همان ابتدای کار و فقط ظرف مدت شش ماه چند شهر را به تصرف خود درآوردند؟ چه کسی جلوی نیروهای فرانسوی و انگلیسی را گرفت تا در ابتدای امر جنبش نازی را نابود نکنند(این نیروها چند استان آلمان را در تصرف داشتند)؟ ابرسرمایه داران کنونی غرب(یهودیان ماسونی) درست قبل از به قدرت رسیدن و یا حتی ظهور چیزی به اسم نازی وال استریت را دچار ورشکستگی کردند تا بتوانند به آن وسیله

خرده سرمایه داران را کنار زده، حاکم مطلق بورس گردند. این امر به خودی خود سبب شد تا هیتلر و یارانش نفسی بکشند و مجال قیام و رشد و تبلیغ بیابند. از سوی دیگر این انقلاب عظیم مالی(که در خوشه های خشم به گوشه ای از آن و قربانی شدن خرده مالکان آمریکا اشاره شده) که روز به روز دامنه گسترده تری می یافت و با هدف تصاحب تمام زمینه های سرمایه ای آمریکا صورت می گرفت نیاز به ایجاد ناامنی در اروپا داشت تا بتواند علاوه بر جذب سیل آسای سرمایه ها از آن ناحیه حتی روشنفکران، مغزهای متفکر و دانشمندان پولساز را نیز به اتحادیه و به منطقه سیطره کامل خویش سرازیر سازد. برای این منظور نه فقط نازی بلکه همه جنبش هایی که بوی قیام یا مطلق گرایی از آن ها به مشام می رسید نه تنها آزاد گذاشته شدند بلکه به وسیله رسانه های غربی وابسته به یهودیان تبلیغ هم گشتند و بزرگنمایی شدند. در انگلیس یک شبکه رادیویی(رادیو در آن زمان مهم ترین رسانه بود) متعلق به دولت بریتانیا از صبح تا شب هیتلر را تبلیغ می کرد و حتی این کار را در طی جنگ ادامه داد! المپیک ۱۹۳۶ به نازی ها سپرده شد و در برلین، قلب آلمان نازی و با حضور پررنگ هیتلر برگزار گردید تا بهترین بزرگنمایی برای رایش دشمن قسم خورده غرب باشد! آمریکا و متحدانش با تحریم این المپیک به شدت مخالفت و دیگر کشورها را راضی به شرکت در آن نمودند!!! هیتلر به مدت یازده ماه و هفت روز مثلا زندانی بود و در این دوران می توانست به سادگی حذف گردد اما نه تنها چنین نشد بلکه وی در تبعیدگاه خود چند منشی داشت و با سراسر آلمان نامه نگاری و رایزنی می نمود و حتی به صورت تلفنی!!! با دوستان خود در ارتباط بود و علاوه بر کسب محبوبیت و شهرت ملی به واسطه همین زندانی شدن توانست ایدئولوژی نازی را با مشورت دیگران پایه ریزی و به سیاسیون صاحب سرمایه و نفوذ ارائه نماید. روزی نبود که در روزنامه های غربی راجع به هیتلر، موسلینی، فرانکو و ... مقاله ای به چاپ نرسد و اقتدار، ملی گرایی، قدرت اسطوره ای و محبوبیت ایشان تجلیل نگردد. نقشه یهودیان بین المللی کاملا دقیق و حساب شده بود و مو به مو پیش رفت و در نهایت سبب شد تمامی ثروت های خفته در دربارهای کهن و خزانه های اشراف زادگان و سرمایه داران بی تناسب با نظم نوین ماسونی به دست دیکتاتورها بیرون کشیده شده به حساب آن قوم واریز گردد اما یک ایراد بسیار بزرگ پیش آمد: شخص هیتلر. تمامی سیستم هایی که یهودیان به نوعی در برپا کردنشان نقش داشتند از کمونیسم گرفته تا فاشیسم نظام هایی کاملا پوشالی بودند که با یک فوت یهود نقش بر آب می شدند و این ادعا با نابودی برق آسای موسلینی یا فروپاشی یک شبه شوروی اثبات شد. رهبرانی پوشالی، خودشیفته و خودمحور، دروغگو و کم هوش که نظام هایی ناقص، خشن و تک منظوره را مدیریت می نمودند قرار بود کاری کنند تا یهودیان با یک جنگ حداکثر یک ساله آنطور که اکنون هستند و حتی بیشتر و سریعتر از این بر حکومت ها و ثروت های جهان مسلط گردند اما ظهور یک چهره به نام آدولف هیتلر تمامی محاسبات آن ها را برهم زد. درست است که حتی هیتلر هم در انتها به سبب سرمایه هایی که از هر جا که توانسته بود و می شد، جذب کرده بود در تارعنکبوت صهیون و خائنینی دست نشانده گرفتار آمد و طرح های هوشمندانه او برای پاکسازی آنان نیز همانند ولکاری با موفقیت روبرو نشد اما اصلا قرار بر این نبود

که آلمان شانسی برای پیروزی در جنگ داشته باشد و تا این اندازه پیشروی کرده و به پیروزی نزدیک گردد. بعلاوه در تمام تاریخ تنها این تک چهره ها بودند که با یاران وفادار انگشت شماری برای برپایی حق قیام کرده اند و همواره علاوه بر استفاده از توان و سرمایه نالایقان مجبور به بکارگیری مشروط خود آنان نیز بوده اند چون کس دیگری وجود نداشت! پیشواعلی چند فرماندار مورد اعتماد داشت؟ آیا اینگونه نیست که حتی در هنگام خلافت مجموع شیعیان واقعی و به تمام معنای ایشان تنها نه نفر بوده اند(و این نه تن هنوز هم از سوی پیروان عمر لعن می شوند)؟ خیلی ها از کابینه مصدق ایراد می گیرند، من می گویم کابینه دکتر مصدق سراپا ایراد بود ولی چند روشنفکر و نیروی توانمند غیروابسته که جیره خور انگلیس یا دربار به شمار نمی آمد در آن مقطع وجود داشت؟ مگر او چقدر حق انتخاب داشت؟ یا باید قید ملی شدن صنعت نفت را می زد و آن بزنگاه منحصر به فرد را خالی می گذارد و با این کار خود به نسل های بعد خیانت می کرد(همین حقی که نسل های آینده بر گردن روشنفکران و توانمندان ایجاد تغییر دارند یگانه عامل منطقی حرکت آنان می تواند باشد)؟ از این گذشته حتی امیرالعالمین علی با وجود مقام امامت و آگاهی از بسیاری مسائل و رخدادهای آینده وظیفه خود می دانست که به مدعیان خدمت و ایجاد تغییر فرصت بروز و پس دادن امتحان و دگردیسی بدهد. آنجا که می گویم ظهور یک چهره منظورم این نیست که یهودیان بین المللی مسلط بر جهان ورود هیتلر به عرصه سیاست و رشد او را رصد نکرده باشند بلکه آنان درباره برآوردی که از شخصیت هیتلر کرده بودند دچار اشتباه فاحشی شدند. به موقع به او پر و بال و شهرت یک شبه جهانی دادند و در برابر همه اقداماتش تا آنجایی که قرار بود سکوت را بشکنند دقیقا طبق نقشه سکوت کردند و به متفقین جنگ اول دستور دادند از هر اقدامی که منجر به سد شدن راه جنبش نازی و درگیری با آن که هنوز نوزادی بیش نبود می شد پرهیز کنند، ولی آنان هیتلر را(همانگونه که در گزارشات پیش از جنگ یهودیان به یکدیگر قید شده است) فردی زیاده گو، ترسناک، بی دانش و تدبیر، فاقد صبر و توان رشد، دهاتی، فاقد قابلیت ایثار و مستبدی که در پی اثبات جنون خود است و بهترین مهره ای که می توانست نقش "عامل ترسناک" را در سناریوی مورد علاقه آن ها بازی کند و پس از چند نبرد کوچک هم شکست بخورد و به وسیله مردم گرسنه و تحقیرشده کشور خودش کنار زده شود پنداشته بودند. آن ها تصور می کردند هیتلر خودشیفته ای است که چون سایر رهبران عمدتا دیوانه آن دوران بدون هدف و آرمانی غایی و عملی و برنامه ای واقعیت محور نظام فکری خاصی نداشته و به دستاوردهای شخصی(چون سایر دیکتاتورها) راضی می شود(همانگونه که وقتی استالین قصر تزار روس را خانه خود اعلام کرد یعنی تجملی ترین قصر جهان را دیگر از جنگ و حتی آرمان های کمونیستی کناره گرفت و به ارضای شخصی رسید ولی هیتلر تا به آخر عوض نشد و به گونه ای که در تاریخ انگشت شمار است ساده زیستی آریایی را همچنان ناپلئون پیشه خود ساخت و از حرکت در جهت شعارهایی که در ابتدا داده بود باز نایستاد). به همین دلیل بود که رایش سوم باید به هر شکلی که بود از بازی حذف می شد حتی شده با قطاری از ترورها! زیرا او قوانین بازی یهود را زیر پا نهاده بود! صهیونیان از آن رو در مورد هیتلر اشتباه کردند که پیش تر از

وی کسی را چون او ندیده بودند و نمی شناختند و شباهتی هم میان وی و ناپلئون نمی دیدند. هیتلر در ادامه جنگ سعی بسیاری به خرج داد تا سرمایه داران یهود را کنار بزند و نظام نازی را پالایش نماید اما چنین چیزی میسر نشد و عوامل آنان که دیگر هر کدامشان یکی از پایه های دولت بودند و در صورت نابودی سبب سقوط کل می شدند قابل حذف نبودند. او توانست مهره های خارجی را حذف کند اما در جنگ داخلی در یک بازی باخت باخت گیر کرده بود. وی به یقین از ابتدا می دانست که روزی در چنین شرایطی قرار خواهد گرفت ولی به سبب ضرورتی که برای تغییر احساس می کرد هر سرمایه ای را در ابتدای امر پذیرفت زیرا مردم آلمان توان عبور از آن برهه حساس و تحمل یک روز صبر بیشتر او را نداشتند. منطق و مدیریت کم نظیر او، هوش و توانایی و وفاداری بی نظیر آرياييان مولفه های دیگری بودند که یهود را از نظر دور داشته بود. هیتلر(همانگونه که در نبرد من ذکر شده) با ذکاوت خاصی تامین نیرو نمود و نیروها را تعلیم داد و یهودیان تا روز آخر علنی شدن نقشه نهایی رایش تصور می کردند همه شعارهای بزرگ او نیز چون سایر رهبران فاقد پشتوانه عقلی است. غافلگیری ناگهانی ابرسرمایه داران از قدرت نظامی آلمان نازی(که بخش عمده آن با سرمایه اولیه خودشان بنا گشته بود!) سبب گردید تا ایشان که اختیار کامل ایالات متحده را در دست داشتند تا آنجا که کار یکسره و نتیجه نهایی جنگ معلوم شد به این کشور(اتحادیه) اجازه ورود و مداخله در جنگ را ندهند. اینان به شیوه همه تاجران، سرمایه اصلی را در جایی امن نگهداری می کردند تا امکان شکست و غافلگیری دوباره را در برابر "دشمنی غیرقابل پیش بینی با ماشین جنگی خوفناک" به صفر برسانند. حتی نمی توان تصور کرد که کسی بتواند جنبشی جهانی را شکل دهد بدون آنکه از سرمایه یهودیان استفاده نماید و یا آن را از ایشان برباید چون همه سرمایه ها و بنگاه های تولید ثروت این جهان، همه کالاها و منابع و معادن به نوعی از آن این ابرسرمایه داران هستند. چطور ممکن است کسی در دریایی که از برای "آن قوم" است شنا کند و سپس بگوید؛ نه! من در جای دیگری خیس شده ام! این واقعیت است و تنها راه شرافتمندانه یا فریب دادن یهودیان ماسونی و اخذ سرمایه از آنان برای نابودی خودشان است که البته این طرح در نهایت هرگز به نتیجه ای که باید نرسیده و یا باید با یک جنبش بسیار کندتر و حرکتی لاک پشتی رفته رفته و طی حداقل چند دهه چنگ بر گوشه ای از سرمایه های آن قوم افکند، گرچه روند کسب سرمایه و جریان رشد بسیار کند خواهد بود و رهبران جنبش توسط ایادی دشمن به دلیل فرصت تفکری که دارد به یقین سانسور و مانند مالکوم ایکس و بی شماری دیگر ترور خواهند شد و کل جریان حرکت سیاسی در نهایت به انحراف کشیده می شود. عناصری که به قیام های ضدکاپیتال می پیوندند باید گهگاه توسط رهبران دستچین شوند و حتی گاهی لازم است نود درصد نیروها کنار گذاشته شوند. اصول و اهداف چنین جریاناتی باید مکتوب، مستدل، کاملا روشن و غیرقابل تغییر باشند و رهبر اصلی باید کتاب هایی قوی و روشن بنگارد زیرا همواره با حذف مغزهای متفکر، جریانات فاقد این فاکتور ابتر خواهند ماند و به عکس هدف اولیه خود به جناح ماسونری کشیده می شوند، مانند جنبش مِتال در آمریکا. نباید هیچ قول صد در صدی به پیروان داده شود(نازی ها به مردم آلمان

تعهد داده بودند که برلین هرگز بمباران نخواهد شد و با روی دادن این اتفاق صداقت و قداست پیش را نزد باورمندان به خود از دست دادند هرچند که این عهدشکنی پس از کشته شدن هیتلر به دست گروه وحشت و کارشکنی های آنان در دفاع از آسمان پایتخت رخ داد) زیرا چنین عملی آبروی خود را مساوی با روی ندادن یک رویداد محتمل قرار دادن است.

هیتلر علاوه بر اینکه چون لوکومتیوی سیستم نوپا و پر از ایراد نازی را به دنبال خویش می کشید همین نقش را در مورد متحدین آلمان نیز ایفا می نمود و متاسفانه تمام سنگینی و وزن این جنبش ضدیهودیان بین المللی یکپارچه عالم گیر که چندین ملت در آن برای خروج از تار آن قوم می کوشیدند همانند اکثریت قیام های تاریخ تنها بر دوش یک نفر قرار داشت. فاشیسم در ایتالیا اصلا قرار نبود تا آن اندازه موفق و تاثیرگذار باشد و همینطور میکادوئیسم امپراطوری ژاپن. تدبیر و ذکاوت شخصی هیتلر سبب شد تا متحدین آلمان، که تنها مهره هایی دو روزه در بازی یهود بودند، به مبارزینی سرسخت و شجاع و قدرتمند تبدیل شوند.

هرکجا که این متحدین با آلمان نازی همراهی نمودند موفق و پیروز شدند و هرکجا تک روی کرده و از فرامین و برنامه رایش فاصله گرفتند(چون نبردهای خودسرانه موسلینی) شکست هایی مفتضحانه را متحمل گردیدند. نادرست نیست که بگوییم همین تک روی ها و اشتباهات کودکانه متحدین آلمان نازی بود که سبب گردید سنگین ترین هزینه بر ملت رایش تحمیل گردد، یعنی ژرمن ها برای سر پا نگه داشتن متحدین خود و یا دوباره بازگرداندن آنان به میدان هزینه های گزافی پرداختند که در نهایت عامل شکست کامل آلمان و در طی نبرد باعث بروز بحران غذایی، کمبود مواد اولیه و هدر رفتن توان تولید در این کشور شد. تکنولوژی برتر نظامی و عمرانی، برنامه های اقتصادی و سیاسی دقیق، تعالیم کشورداری و مدیریتی آریایی و شعور میهن پرستی و دیگر دستاوردهای شگفت انگیز نازی ها بود که مانند یک معجزه آسمانی در ژاپن و ایتالیا پرستیده و باعث پیشرفت و پیروزی می شدند.

هر افسر ژاپنی که در آلمان دوره دیده بود، تو گویی در سیاره ای دیگر و نزد موجوداتی برتر آموزش دیده باشد(و به راستی که هیچ موجودی برتر از انسان بهشتی نیست)، حتی از سرهنگ های مافوقش ارزش بیشتر و جایگاه والاتری می یافت! اما رهبری و مدیریت همه ساختار و نیروهای متحدین بر روی دوش یک نفر بود و دیگران(در فرماندهی رده بالا) به قدر مویی از این بار نکاستند و بر آن افزودند. این کشورها و جنبش های ضدسرمایه داری همانگونه که صهیون می پسندید طراحی شده و قابلیتی بیش از آن نداشتند و تنها با مدیریت یک فرد متحول و موفق شده بودند. عاقل از اینکه نگاهی به تاریخ می اندازد و گهگاه در آن می بیند با وجود کثرت جمعیت بشر چگونه افرادی ظهور می کنند که یک تنه جهان را متحول می سازند، دچار حیرت می گردد. بازگردیم به بحث اظهارات فرزندان اشتافنبرگ در دوره فعلی؛ پسر او می گفت هیچگاه از پدرش سخنی درباره کاری که می خواست انجام بدهد نشنیده بود و اصلا پدرش در خانه حرفی از موضوعات مربوط با ارتش یا نظام نازی به میان نمی آورد. کلنل اشتافنبرگ نیز چون دیگر نازی ها به رسم دیرین آریایی کارش را با خود به خانه نمی برد و بعلاوه به حکم قانون نانوشته حفاظت اطلاعات عمل می نمود. حال آنکه همین پسر او(که اکنون پیرمردی است) بدون یک برگ مدرک مدعی است که

پدرش خائن بوده! و خود را متولی این خیانت می داند مشکل شخصی وی با پدرش است. هرچند حتی خود این فرد هم قبول دارد و معترف است که شاهد چیزی نبوده و هیچ دست نوشته یا مدرکی از پدرش به عنوان سند و دارایی خانوادگی مبنی بر بروز یا احتمال بروز چنین خیانتی از او در دست ندارد که بتواند ادعای خویش را به واسطه آن به اثبات برساند. سیل تبلیغاتی یهود توانسته حتی پسر اشتافنبرگ را قانع کند که پدرش خائن و وطن فروش بوده است و گوبلز و بورمان وفادار و غیرتمند(و البته زندانی شدن و انتقال دائم زندان به زندان همه خانواده اشتافنبرگ به دست گروه وحشت نیز در تقویت این توهم بر پایه کینه موثر بوده است تا آنجا که آخرین فرزند اشتافنبرگ در ظلمات همین زندان ها به دنیا آمد)! اما چرا؟ زیرا تمایل و اراده تبلیغات یهود بر آن است که اثبات کند هیتلر تنها در میان سران رده بالای حزب و ارتش معتقدینی داشت(حتی در آثار هالیوودی اینطور عنوان می شود که همه سران نازی وفادار به هیتلر بوده اند و تنها معتقدین به آرمان وی را تشکیل می دادند) و این گروه متشکل از او و یارانش بودند که چون اسیری ملت و سربازان آلمانی را به یوغ کشیده و وادار به جنگ می کردند! این اصرار برای باور به اعتقاد سران نازی به هیتلر برای آن است که در نقطه مقابل عدم محبوبیت او در میان سربازان و مردم عادی اثبات شود زیرا در صورتی که هر دو پایه قدرت، مردم و مسئولین آلمان از هیتلر متنفر بوده باشند کل وقوع جنگ جهانی زیر سئوال می رود و داستان های دیگر متفقین نیز قابل باور نخواهد بود و تحمیلی و غیرمردمی بودن نظام نازی قابلیت تلقین شدن را از دست می داد. از سوی دیگر باعث می شد ملت آلمان ایدئولوژی نازی را مختص به چند دیوانه صاحب منصب و غیرقابل درک بپندارند که در یک دوره زمانی کوتاه ظهور و افول کرده اند(در حالی که جهان بینی نازی ریشه در فرهنگ سیزده هزار ساله آریاییان دارد و از این گذشته کتاب هایی در تایید آن چند صد سال پیش از تولد هیتلر به قلم ژرمن ها نوشته شده بود و رایش سوم با مطالعه آن آثار هویت و برنامه های حکومت نازی را معین نمود و بنا نهاد، گرچه جنبش های فلوریان گیر و لوتِر را می توان پایه تفکر راسیستی ژرمن برداشت کرد). یهودیان که قصد به کار گرفتن دوباره آلمان ها و استفاده مجدد از ثروت های غیرقابل انتقال و توانایی شگفت انگیز ایشان را داشتند مجبور بودند کاریکاتوری از سیستم نازی بسازند.

بعلاوه باید پس از پیروزی تا می توانستند فرماندهان نازی را خدایانی جهنمی و تزلزل ناپذیر و متحد معرفی می کردند تا ارزش پیروزی و فتح با معلوم شدن این حقیقت که هیتلر به تنهایی در برابر تمام دنیا ایستاده بود زیر سئوال نرود. این وارونه جلوه دادن واقعیت به آن معنا که سربازان از هیتلر متنفر و فرماندهان رده بالا عاشق وی بودند و چون شلاق به دستان فراعنه بردگان را کنترل و وادار به سازندگی و پیشرفت و اقتدار اجباری می کردند برای قوم صهیون فواید بسیاری را به همراه داشت و علاوه بر آنکه مردم آلمان را تشویق به پذیرش بندگی و خدمت بی مزد به ایشان و پرداخت غرامت هایی بی حساب و کتاب و سنگین و ابدی نمود خوراک ماشین تبلیغاتی قدرتمند یهود را نیز تا به امروز تامین ساخت.

امروزه اسناد بسیاری به دست ما رسیده اند، از جمله دست نوشته ای آلمانی متعلق به سال ۱۴۵۹ میلادی که اعداد و هندسه فارسی را به جای عددهای ناکارآمد رومی آموزش می داد

که اثبات می کنند پیشرفت علمی و تحول همه جانبه ژرمن بسیار ریشه دار بوده است. ۵- شهادت سازنده بمب ترور چهل و یکم که خدای قوم زایون از مرگ نجاتش داده بود!!! بلافاصله پس از پایان وظیفه کودتا مرحله تازه ای توسط ابررسانه ها کلید خورد و آن ترور شخصیت هیتلر و خراب کردن نظام نازی در اذهان مردم آلمان و سپس جهانیان بود. به یکی از خبرنماهای بی بی سی این دروغگوترین بنگاه خبرسازی و دروغ پراکنی غرب دقت کنید: "اردیبهشت ۱۳۸۷؛ آخرین بازمانده نقشه ترور هیتلر درگذشت. فن بوسلاگر، افسر ارتش آلمان که در دوران تسلط نازی ها مخالف دیکتاتوری آن زمان بود و بطور پنهانی با گروهی از افسران مخالف دیگر همفکری و همکاری داشت در سن ۹۰ سالگی در شهر آلتنار واقع در نزدیکی بُن درگذشت. فیلیپ فن بوسلاگر، آخرین نفر از گروه افسران ارتش آلمان که در ترور نافرجام هیتلر شرکت داشت در سن ۹۰ سالگی در آلمان درگذشت. **به گزارش بی بی سی، وزیر دفاع و رهبران احزاب سیاسی شرکت این افسر را در نقشه قتل هیتلر سرمشق آزاداندیشی و دفاع از انسانیت نامیدند.** یکی از اقدامات متهورانه این افسر دوران دیکتاتوری ناسیونال سوسیالیست ها در آلمان و نیز در اثنای جنگ دوم جهانی، مشارکت در نقشه قتل پیشوا بود. فن بوسلاگر همراه با گروهی از افسران مقاومت به سرپرستی فن اشتافنبرگ، نقشه قتل هیتلر را طرح کردند و با اینکه این نقشه در روز ۲۰ ژوئیه ۱۹۴۴ با انفجار بمبی در یک نشست نظامی برای بررسی اوضاع جنگ، که هیتلر در آن حضور داشت به مرحله عمل رسید ولی وی از آن جان سالم به در برد. تیرباران افسران شرکت کننده در سوءقصد؛ اشتافنبرگ، افسری که بمب را در کیف خود جای داده و **هنگام شرکت در جلسه آن را نزدیک هیتلر قرار داده بود** به دنبال نافرجام ماندن ترور بازداشت و همراه با گروهی از افسران دیگر تیرباران شد. **افسرانی که به اتهام شرکت در توطئه قتل پیشوا بازداشت، شکنجه و تیرباران شدند در جریان بازجوئی ها حاضر به افشای نام کسی که بمب را تهیه کرده بود نشدند** و در نتیجه بوسلاگر، که تهیه کننده بمب بود به چنگ **ماموران اس اس** نیفتاد و **پس از پایان جنگ و شکست نظام نازی ها توانست با برخورداری از احترام به کار و زندگی خود ادامه دهد.** آقای بوسلاگر تا پایان عمر خود با سفر به نقاط مختلف آلمان به **سخنرانی درباره جنایات نازی ها و شرکت در امور نیکوکاری** اشتغال داشت. **طبق گفته او افسرانی که تصمیم به از میان بردن هیتلر گرفته بودند از برنامه قتل عام یهودیان و طرح هلوکاست اطلاع یافتند و تحت تاثیر وجدان آگاه خود راه مقاومت و نابودی هیتلر را انتخاب کردند.** یکی از زمینه های فعالیت این آخرین افسر بازمانده از افسران تدارک ترور نافرجام، **سخنرانی در مدارس به منظور افشای محتوای غیرانسانی و ویرانگرایانه رژیم هیتلر** بود. فرانس یوزف یونگ، وزیر دفاع آلمان گفت آقای بوسلاگر به عنوان افسری با شهامت علیه یک **نظام ناحق و ضد آزادی** قیام کرد! ۲۰ ژوئیه ۱۹۴۴ در تاریخ آلمان؛ همان روز ترور نافرجام هیتلر است و **در تاریخ بعد از جنگ دوم جهانی نقش مهمی دارد.** همه ساله در روز ۲۰ ژوئیه **مراسم بزرگی به این مناسبت در آلمان برگزار می شود** و مقام های سیاسی نظامی و احزاب آن کشور از این روز به عنوان نمونه روشنی از مخالفت بسیاری از نظامیان علیه **اعمال فاشیستی نظام**

ناسیونال سوسیالیست ها و تنفر از شخص هیتلر یاد می کنند. **همه روزنامه ها و رسانه های آلمان** با استفاده از این مناسبت و به ویژه با یادآوری شخصیت و مبارزات اشتافنبرگ که اجرای ترور را در سالنی که هیتلر حضور داشت برعهده گرفت، **مقالات مفصلی درباره جنایات دوران هیتلر و مسائل جنگ دوم جهانی انتشار می دهند."** نمی دانم آیا نیازی هست چیزی اضافه کنم؟ این متن خودش بزرگ ترین گواه حقانیت و لزوم کار بر روی "مرگ مظلومانه هیتلر" است. وقتی این مقاله مثلا خبری را می خوانید تازه متوجه می شوید که مسئله ترور چهل و یکم تا چه اندازه برای متفقین مهم و کلیدی است و تا چه میزان نیاز به روشن شدن دارد. به قسمت های برجسته شده در متن دقت کنید که چطور به شیوه بی بی سی سعی می کنند یک باور را به ما تلقین نمایند. چگونه ممکن است به تایید همین مطلب بمبی ضدتانک و ضدزره!!! در نزدیکی هیتلر قرار داده و منفجر شود و به دست و صورت او حتی یک خراش هم نیندازد؟ چطور ممکن است اصلی ترین عامل ترور که همواره سازنده بمب دانسته می شود دستگیر نشده باشد و همه گروه اشتافنبرگ فرضی تا آخرین نفر دستگیر و اعدام شده ولی نام مهم ترین فرد را زیر شکنجه حتی به بهای زندگی خانواده خود فاش نساخته باشند؟ دقت کنید که خبرساز چطور دارد ایده را به ما می قبولاند! "پس از پایان ... با برخورداری از احترام به کار و زندگی خود ادامه دهد" یعنی اصالت احترام فقط از آن پرستندگان "آن قوم" است و مردم آلمان نیز به سبب خیانتش به او احترام می گذارده اند! به جملات برجسته بعدی دقت کنید که چگونه با حالتی حق به جانب به سمت قلب دشمنان فراماسونری شلیک می شوند. آیا نیازی هست که من سعی کنم جعلی بودن هویت این فرد مورد ادعا که پس از مرگش مسائل و تفسیراتی به او نسبت داده می شود یا ماهیت نظام خائن حکومت کنونی آلمان را اثبات کنم؟ آیا واقعا رسانه های آلمانی غیروابسته به ابررسانه های یهود حتی یک مقاله در تایید خیانت به آلمان نوشته اند؟ هرگز. حتی بی بی سی طی این متن بدون ارائه یک مدرک با اعتماد به نفس کامل!!! فرد مورد ادعا را علاوه بر تهیه کننده بمب به رتبه طراح نقشه ترور ارتقاء می بخشد و اشتافنبرگ را تا یک افسر عادی تقلیل درجه می دهد! با زیرکی سعی می کند حرمت و قداست نیروهای اِس اِس را در نظر مخاطبان خرد کند در حالی که بازجویی از عوامل ترور چه ربطی می توانست به اس اس ها داشته باشد؟ بی شک نیروهای اس اس به سبب دلاوری و پایداریشان هنوز هم در سراسر جهان هواداران بسیار و محبوبیت خاصی دارند و فعل شکنجه کردن که از زمره پلیدترین اعمال ابداعی ماسون هاست باید در دامان آن ها گذارده شود. نظاره کنید با چه زکاوتی "سخنرانی درباره جنایات نازی ها و شرکت در امور نیکوکاری" یکی دانسته شده اند و دو جزء اصلی یک مرام واحد تلقین می گردند. آیا وقت آن نرسیده که با چند جمله ساده نتوانند فریبمان دهند؟ اگر تروری به نفع غرب بود می شود "سرمشق آزاداندیشی و دفاع از انسانیت"!!! و هرکجا نبود می شود "کثیف ترین عمل غیرقابل توجیه بشر"؟ آیا درباره "لانگ جامپ" تفکر کرده اید؟ متفقین برای آنکه حرمت مرام نازی ها که هرگز در طول تمام جنگ جهانی دست به ترور نزده بودند را بشکنند و اندیشه پست و مرام عاری از شرم و پرهیز خود را توجیه کنند ادعا کردند که هیتلر شخصا دستور عملیاتی به نام لانگ

جامپ را صادر کرده بود تا سه رهبر آنان در تهران ترور شوند. این قصه جالب تر هم می شود! آنجا که نقشه مورد ادعا توسط یکی از جاسوسان شوروی در دل نازی ها به واسطه خوراندن مشروبات الکلی به یک افسر جوان آلمانی و در بآر کشف و خنثی گردید!!! تا هم ژرمن ها احمق جلوه داده شوند و هم کمونیست ها عقل کاملی که دشمن را به بازی می گیرند! جالب تر از همه اینکه به جاسوس تخیلی بعد از جنگ جایزه ای هم تعلق گرفت و به سینه یکی از زایونی های شوروی(نوکران اصالتا تلمودی نظام کمونیستی) چسبانده شد.

گفتار پنج: متفقین آزادی بخش! شیاطینی باستانی

مثل اینکه خیلی ها در دنیای توهمات خود زندگی می کنند و یا با وجود سلامت ظاهری، کر و کور هستند! واقع گرایی و دشمن شناسی چه به ما می گوید؟ وقتی ایالات متحده بمب های اتمی را بر سر ملت ژاپن انداخت مردم شهرهای بزرگ کشور جعلی اتحادیه؛ آمریکا، تا صبح نخوابیدند و جشن گرفتند و کارناوال برگزار کردند و هنوز هم به آن افتخار می کنند. رئیس جمهور آمریکا با وجدان راحت اعلام نمود که اگر این کار را نمی کرد عده بیشتری سرباز آمریکایی کشته می شدند! این شیاطین وقتی تشخیص دهند که زنده بودن حتی زنان و کودکان ممکن است هزینه بیشتری برایشان داشته باشد دست به هر نوع قتل عامی می زنند. با چنین منطقی تو حق داری قبل از شروع جنگ با استفاده از بمب اتم و سلاح های کشتار جمعی دیگر، یا طراحی ابزارهایی چون طالبان و القاعده که در ظاهر دشمن تو هم به شمار بیایند و علاوه بر آنکه مسئولیتی در قبال آن ها نخواهی داشت بزرگ ترین دشمن خودت در باور اکثریت را می توانی مدیریت کنی و بمب گذاری مثلا پایتخت کشور متخاصم را نابود کرده و غیب گویی کنی که اگر جنگ می شد عده بیشتری از اینکه من کشتم کشته می شدند! این یک فرض نیست و آمریکایی ها از این قبیل به قول خودشان پیش دستی ها(جنگ های پیشگیرانه از جنگ) و پروژه های امنیت ملی فرامرزی!!! بی شمار ترتیب داده و می دهند. جالب اینکه عملیات جهانی اتحادیه واشنگتن برای سرنگونی دولت های غیروابسته مستقل از ایران خود ما و در کودتای ۲۸ مرداد، با پروژه ای به نام آژاکس کلید خورد و آغاز شد. ما با موجوداتی طرف هستیم که بویی از انسانیت و ترحم و اخلاق نبرده اند و بالاخره برای هر جنایتی که انجام دهند توجیهی دهان پُر کن، حتی به دست همین طوطیان خوش چهره و شیرین سخن فارسی زبانشان در رسانه های فارسی زبان غربی، خواهند تراشید(یعنی اگر مردم ایران با بمب های هسته ای تبدیل به بخار شوند بازهم همین گویندگان خبر بی بی سی فارسی، من و تو، و ... کاری می کنند که خاکسرهای مظلومین مقصر و علت امر شناخته شوند و در هر وضعیتی به بهترین شکلی که بتوانند برای اربابان شهوت دم تکان می دهند). زنازادگانی که از همان لحظه تولد به سبب زنازادگی از درک عطوفت انسانی بی بهره اند. حال برخی ساده لوحان عکس های فاجعه هیروشیما و ناکازاکی را به ما نشان می دهند و می گویند ببینید بمب اتم چقدر چیز بدی است و ما نباید چنین چیز بدی را داشته باشیم! چه

جالب که ابررسانه ها توانسته اند حتی از اسناد جنایات صاحبان خود برگی برنده بسازند.
اگر ما سلاح هسته ای یعنی اهرم بازدارنده یعنی امنیت نداشته باشیم مساوی خواهیم بود با مردم ژاپن در هفتاد سال پیش! در دنیای واقعی بدون داشتن رآکت هسته ای چگونه می توان امنیت و ثبات یک ملت را تضمین کرد و اگر غیر از این است چرا آمریکا، چین، روسیه و انگلیس به اندازه نابودی کل کهکشان راه شیری سلاح های اتمی انبار کرده اند؟ بی شک به پشتوانه همین ضرابخانه های هسته ای است که در جهان نفوذ سیاسی، حتی فرهنگی دارند. اتفاقا این عکس ها و اسناد بزرگ ترین مدرکی هستند که ثابت می کنند باید سلاح هسته ای بسازیم و از خودمان، زنان و کودکان ایرانی در برابر موجوداتی که هر وقت دلشان بخواهد و تشخیص دهند ما نمی توانیم حمله ای اینچنینی را جبران کنیم(ضرر اقتصادی چشمگیری نمی توانیم وارد سازیم) و پاسخ نظامی در حد عمل آن ها، بدهیم از چنین سلاحی به حتم استفاده می کنند محافظت نماییم. علاوه بر واشنگتن حتی اسرائیل هم طی دو سه سال اخیر همواره ایران را تهدید به حمله نظامی و به ویژه هسته ای کرده است و این به معنای آن است که یا باید تسلیم بی قید و شرط و کاپیتولاسیون را بپذیریم و یا سلاح بازدارنده بسازیم.
توجه داشته باشید که الان زمانه، زمانه شاهان پهلوی نیست و اگر چشمی به منطقه ما بیندازید متوجه خواهید شد که اتحادیه حتی به ایادی قسم خورده خود چون مبارک و قذافی نیز رحم نمی کند و طرح های ماسون های به غایت دیوانه را با جنگ افروزی و به تمام معنا خون به پا کردن در خاورمیانه پیش می برد. بعلاوه هرکسی می داند که سیاست غرب اکنون عوض شده و استثماری تر گردیده است و با ظهور بحران اقتصادی همه داشته های کشورها را مطالبه می کند و نه فقط بخشی از آن ها را. واضح است که تنها گروه های متخاصم تازه بر سر کار آمده و متزلزل چنین خواسته ای را برآورده خواهند ساخت و دولت های مقتدر مرکزی باید به حکومت هایی ملوک الطوایفی و بی نهایت ضعیف تبدیل شوند، که می شوند! بسیاری از نوکران دلباخته غرب با همین اسناد و عکس ها می خواهند ثابت کنند که ما نباید سلاح هسته ای داشته باشیم و این دستور مهم و خواسته اربابانشان در جهت به واقع بی خطر ماندن ما را به راستی بی نقص اطاعت می کنند و عملی می سازند.
باید از این ها پرسید آیا شنیده اند یادی از ۱۵۰ هزار نفری که جدای از کشته شدگان به وسیله بمب های هسته ای به واسطه بمباران ژاپن با بمب های آتش زا(ناپالم) سوختند و زغال شدند در جایی بشود؟ رسانه در دست شیاطین است و چه رسانه هایی که دمی نفس نمی گیرند! و با تکرار اجازه نمی دهند خبرهای واقعی به نسبت روزنه ای درز پیدا کنند.
باید از این ها پرسید آیا کشور ما که اکنون فاقد سلاح های اتمی است در شرایط واقعی و مناسبات زمانه در واقع خلع سلاح و بی دفاع به شمار نمی آید؟ آیا پاکستان و هند تنها به واسطه داشتن همین یک فاکتور(سلاح اتمی) نتوانسته اند در مناسبات منطقه ای و جهانی پیشرفت کرده به یکی از متحدین قابل اعتنای ابرقدرت ها تبدیل شوند و حتی مورد احترام خود کشورهای غربی باشند؟ وای بر ما اگر غفلت کنیم و چشم به دستان شیطان بدوزیم که به ما و فرزندانمان رحم نماید! وای بر ما اگر دل به موجوداتی ببندیم(و آنان را دلسوز خود بپنداریم) که جز منافع خود و چپاول محض دیگران چیزی را درک نمی کنند. عاقل می داند

باید به سلاح زمان مسلح شد. به خدا قسم درستش این است که نگوییم سلاح اتمی و باید فقط گفت سلاح. سلاح زمانه ما این است، کسی دیگر به تفنگ نمی گوید سلاح گرم! یا باروتی! بلکه فقط گفته می شود سلاح. ما سلاح نداریم. ما هفتاد سال از جنگ افزارهای واقعی زمانه فاصله داریم ولی هنوز برای رسیدن دیر نیست. درود بر امنیت. وقتی نشان آزادی!!! و صلح را به پرز نخست وزیر اسرائیل اعطاء می کردند(با آن کارنامه درخشان در آزادی و صلح!) دلم به حال مردمی سوخت که چندی پیش چشم به تصمیم و کمک اوباما دوخته بودند و نامش را در خیابان فریاد می زدند. ناغافل دلم به حال آن ایرانیانی که او را فرشته نجات خود و حتی جهان فرض می کردند سوخت. یک ماسون پست که حتی ماسون های دیگر مانند جورج بوش او را دروغگوترین فرد، در سخنرانی هایشان خطاب می کنند و خود را در مقایسه با او پاک و منزه و راستگو می شمارند! فراماسون هایی که قدرت های غربی را رهبری می کنند هیچ نمی دانند و نمی فهمند مگر منافع خودشان را. حتی مردم کشورهایشان را اگر بر سر راه ابرشرکت های به اصطلاح چندملیتی قرار بگیرند مثل آب خوردن فدا می کنند. در همین جلسه کذایی اعطای نشان انسانیت و مدال افتخار هم هیچ صحبتی از حق و عدالت واقعی به میان نمی آمد و صراحتا صلح و رابطه دوستانه میان تنها دو کشور اسرائیل و آمریکا(که در اصل یک اتحادیه است و نه کشور) مطرح گردید. نکته اینجاست که آیا با چشم دوختن به دست یک ماسون می توان به چیزی دست یافت(مثلا در لیبی که اوباما فریاد کمک خواهی مردم را لبیک گفت فقط در طی دو روز همه سدها و سازه های ملی به دردبخور آن کشور توسط بمب افکن های ناتو با خاک یکسان گردیدند! و آن وقت اوباما و اتحادیه اروپا باید جایزه صلح نوبل بگیرند؟ آیا جایزه نوبل اساسا می تواند به نهادها و چهره های سیاسی تعلق بگیرد؟ بر قباحت غرب روز به روز افزوده می شود)؟ اگر تو واقعا خود را مبارزی برحق و قیام کننده ای مظلوم می دانی چه نیازی به کمک خواستن از پست ترین موجودات شیطان پرست و ضدبشر داری؟ مسئله مقایسه وضعیت رفاه مردم در ایران و آمریکا اینجا مطرح نیست که کسی بگوید اگر این ها ماسون اند چرا اقتصاد قوی تر و قدرت بیشتری دارند؟! زیرا، تمام این قدرت به شیوه روم باستان از چپاول منابع و ثروت های متعلق به من و تو به دست آمده و شیره جان جهان است که در یکجا متمرکز گردیده و نیز هیچ عاقلانه نیست برای آباد کردن خانه خودت از ویرانگری کمک بخواهی که تنها خانه خود را خانه می داند و طبق اندیشه باستانی ماسون، حتی مردمانش را یک ابزار برای به قدرت رسیدن و استعمار بهتر دیگر ملت ها، می پندارد. بله، باید همه کمبودهایی را که در کشور داریم از سر راه برداریم ولی خودمان باید این کار را بکنیم و از بیگانه چه انتظاری می توان داشت؟ برای مرتب کردن خانه ات از زلزله کمک نخواه! برای شکار یک کوسه کوچک به بزرگ ترین کوسه نزدیک نشو! همیشه بهتر است عاقل تر از آن باشی که انتظار می رود! پس از حملات اخیر مردمی به مزدوران اتحادیه واشنگتن و کشته شدن چندین نظامی غربی در افغانستان یک گروه ویژه از آدمکشان آمریکایی ماموریت می یابند تا به سبک همیشگی ارتش آمریکا از مردم کشور اشغال شده زهرچشم بگیرند، چطور ممکن است یک سرباز(که به حق شایسته است بگوییم مزدور و نه

سرباز) به تنهایی ۱۶ نفر را کشته و به اتاق دیگری منتقل کرده و سپس سوزانده باشد آن هم در آن زمان محدود؟ در بین این کشته شدگان ۹ کودک و نوجوان وجود دارند. هیچ چیز اتفاقی نیست... چند بار اتفاق آن هم درست در زمانی تعیین شده و مشخص؟ وقتی نیروهای واشنگتن ژاپن را تصرف نمودند به آن ها اجازه و اصلا دستور داده شد که به زن ها تجاوز کنند و هر چند سالی هم که ژاپنی ها ادعاهایی مبنی بر خروج ارتش اتحادیه از خاک خود را مطرح می کنند دوباره چند سرباز به یک کودک یا زن ژاپنی به وحشیانه ترین شکل ممکن تجاوز می کنند و جالب اینکه قضیه سریعا و به وسیله خود آن ها رسانه ای هم می شود(چون به آن افتخار می کنند و بخشی از وظیفه میهن پرستی خود تصور می کنند و اساسا دستور دارند تک تک این مراحل را طبق برنامه انجام دهند تا جنجال به پا شود) مانند فاجعه ای که چند سال پیش رخ داد و ۱۴ سرباز آمریکایی به یک دختربچه ۱۲ ساله ژاپنی تجاوز کردند. حتما اتفاق بود، نه؟ چطور ممکن است که آن ها خودسرانه توانسته باشند چنین کاری بکنند آن هم با قوانین بسیار سختگیرانه و کنترل شدیدی که ارتش اتحادیه دارد؟ آن سربازها چگونه مجازات شدند و الان کجا هستند؟؟؟ آن مزدور آمریکایی که به یک دختربچه عراقی تجاوز کرد و برادر ۸ ساله اش را هم به مانند خود آن بچه کشت الان کجاست؟ این همان شیوه قدیمی صلیبیون است که در جنگ صلیبی حال حاضر(به قول بوش؛ جنگ سوم صلیبی) نیز از آن به همان سبک قدیمی خود، استفاده می کنند. در چند شهر از شهرهای مسلمانان وقتی صلیبیون در دو جنگ اول و دوم موفق به تصرف شدند همه مردم را کشتند و خوردند!!! کودکان را به سیخ کشیدند و کباب کردند و خوردند و بزرگ ترها را پختند و خوردند و تاریخ خود اروپاییان این ماجرا را کاملا تصدیق می کند. چرا؟ به این خاطر که مسلمانان بفهمند با چه کسانی طرف هستند. در حال حاضر گاهی این شیوه را به وسیله هواپیماهای بدون سرنشین انجام می دهند و خانه های روستاییان یا یک اردوگاه نظامیان پاکستانی یا افغان را مورد حمله قرار می دهند و به راحتی هم از کنارش می گذرند. چطور ممکن است با چنین امکاناتی که ارتش اتحادیه در اختیار دارد ارتش پاکستان را با نیروهای طالبان اشتباه بگیرد؟ خشم من وقتی بیشتر شد که دیدم این هواپیماها چگونه کنترل می شوند! تصویری از اتاق کنترلشان را دیدم که کلا افکارم را تغییر داد؛ یک زن چاق در برابر مانیتوری نشسته بود و با یک دسته کنترل شبیه به آتاری در حالی که پنکه ای هم کنارش بود از تگزاس داشت در پاکستان عملیات انجام می داد(تنها هدف من از طرح این مثال ها تذکر اهمیت نقش دشمن شناسی در دنیای واقعی است)! آری، به همین راحتی مردم پاکستان می شوند اهداف بازی آتاری آمریکایی ها؟! مرگ بر آمریکا اما نه فقط در شعار. باید در عمل از ارتش ماسون پیشی بگیریم و قوی تر باشیم. وقتی ما قوی ترین کشور جهان بشویم مطمئن باشید همه مردم زمین ما را در هر صورت و با هر حکومتی مهد دموکراسی و تمدن تصور خواهند نمود(به ایالات متحده نگاه کنید که مهد استبداد دو حزبی و جنایت است و آن وقت درست به عکس واقعیت شناخته می شود) گرچه هدف والای ما هیچگونه وابستگی به برداشت ایشان ندارد. ما می خواهیم از هر عیب و نقصی مبرا باشیم و پاک شویم. من از سال ۱۳۷۳ که آتش مبارزه با هزاردستان ماسون

در خرمن جانم افتاد تا حال یک لحظه آرام و قرار نداشته ام و به یقین بدانید از همه مشتاق ترم به نابودی همه طاغوت های عالم و خروش و جنبش و برقراری حق و عدل مطلق ولی باید در نظر داشت که نخست از هر چیز و در شرایط و مرحله گذار کنونی مرگ بر آمریکا یعنی مرگ بر گرانی و مشکلات اقتصادی مردم ایران، یعنی مرگ بر جهل و غفلت نسبت به ثروت های معنوی(به خصوص تاریخ یکتا و حقیقی ایران زمین و شیعه سرخ) و مادی خویش، یعنی دستیابی به "دانش کامل هسته ای"، یعنی سازندگی و پیشرفت خیره کننده علمی و اقتصادی و استقلال کامل صنایع مادر، و این به معنای بی تفاوتی و نشان ندادن واکنش به فجایع رو به رشد تصاعدی منطقه نیست. آیا واقعا وقتش نیست که از خود بپرسیم عاملین کشتار حدیثه الان کجا هستند؟ همگی بدون گذراندن حتی یک روز حبس آزاد شدند. در مورد به رگبار بستن این هفده غیرنظامی افغان هم روند دادخواهی حداقل چند سال طول می کشد و آخرش هم مثل سایر فجایع و جنایات مشابه آمریکایی ها، اعلام می شود که به دلیل نبود اسناد و مدارک کافی همان یک متهم نمایشی دستگیر شده را هم آزاد خواهند کرد. آیا وقتش نرسیده که بفهمیم واشنگتنی ها به کمترین میزانی برای جان و آبرو و نظرات ما ارزش قائل نیستند؟ زمانش نرسیده که این بازی را درک کنیم؟ ۴۰۰ شیعه فقط در سه کشور افغانستان، پاکستان و عراق در عاشورای امسال(۱۳۹۰) تنها در یک روز سلاخی شدند(حال بماند آمار معدوم جنایات مشابه در عربستان و بحرین و حکومت های ضحاکی). ۴۰۰ شهید، آیا رقم کوچکی است؟ اینهمه زن و کودک و افراد غیرنظامی چرا باید تکه تکه شوند؟ آیا خون حسین ابن علی خشک شده و ماجرای عاشورا تبدیل به یک داستان تاریخی گشته که فقط شیعیان بزرگش می کنند؟ پس این واهمه از حتی عزاداری برای او و تکرار نام او و برافراشته شدن نمادین پرچم سرخ او چه دلیلی می تواند داشته باشد؟ آیا این جنایات برنامه ریزی شده و زنجیره ای و کاملا هدفمند تنها از سوی چند گروهک شبه نظامی و تروریست خرده پا می تواند صورت بگیرد؟ آیا القاعده ساخته دست آمریکا و دست به سینه ترین نوکران ناتو نیست؟ آیا احمق ترین احمق هم باور می کند جسد بن لادن بدون آنکه حتی یک عکس(غیرفتوشاپی) از آن گرفته و ارائه شود در اقیانوس انداخته شده باشد(آدمی ناخودآگاه به یاد اجساد ناپدید شده گوبلز و بورمان و کودتاچیان گروه وحشت می افتد)؟؟؟ مگر ممکن است که دولت های به خصوص ترکیه، عربستان و پاکستان از این قتل عام ها حمایت مستقیم و غیرمستقیم نکنند و آن وقت تروریست ها اینهمه مواد منفجره را بی کمترین مزاحمتی تهیه و به هرکجا که دلشان بخواهد منتقل نمایند؟ چه پاسخی بود این عمل شیاطین به یاوه گویانی که خونخواهی حسین (ع) را یک استعاره شاعرانه و بیهوده می پنداشتند. نمی بینند که قاتلین حسین ابن علی هنوز در حال کشتار مظلومان و حق طلبانند؟ نمی بینند که لشگرگاه یزیدیان هنوز تمام و کمال و هزار برابر فعال تر از گذشته تاریخ بر پاست؟ نمی بینند که کار از کشتن ۱۴۵ تن(که شمار درست شهدای کربلاست) گذشته و علاوه بر آن در تمام طول سال تداوم یافته است؟ به خدا قسم که در چند سال اخیر(هرچند که در گذشته هم با شدت و ضعف هایی همواره چنین بوده است، نسل کشی شیعیان در زمان به قدرت رسیدن وهابیون در شرق عربستان یا در هنگام بی حرمتی ایشان به مزار حضرت

ابوطالب و حمله به حرم امام حسین و غارت آن و نجف اشرف، نسل کشی شدید شیعیان در حکومت صدام حسین با همدستی مجاهدین خلق خصوصا پس از جنگ تحمیلی بطوری که تنها در یک گور دسته جمعی ۶۰۰۰ شیعه را مدفون کردند، نسل کشی شیعیان در لبنان به گونه ای که تنها با دخالت نظامی سوریه برنامه قلع و قمع کامل همه شیعیان آن منطقه متوقف گردید و بی شمار مورد دیگر را به یاد بیاورید) هر روز شیعیان در هر کجای سرزمین های اسلامی!!! به عینه عاشوراست و هر کجا باشند کربلایی است برای آن ها و زنان و کودکانشان. تنها تفاوت اینجاست که در کربلا دشمن روبرو ایستاده بود و علاوه بر آن حداقل حسینیان می دانستند کی به شهادت می رسند و یا مورد تاخت و تاز واقع می شوند اما امروزه شیعیان نمی دانند کی و کجا یک بمب مثلا دست ساز ولی در اصل کاملا حرفه ای و ساخته شده از بهترین مواد منفجره نظامی، کودکشان را قطعه قطعه می کند یا بدتر از آن برای یک عمر زمین گیرش می سازد، چون آمار مجروحین خیلی بیشتر از شهداست و بلایی که سر آن ها آورده اند به مراتب شدیدتر از چیزی است که بر سر جان باختگان آمده. آیا "جنگ بزرگ" در راه نیست؟ آیا این "دوران آزمایش" نیست و "دوران دادرسی" را نوید نمی دهد؟ آیا نباید خود را برای آن آماده کنیم؟ آیا فرقه های ضاله ساخته و پرورده واشنگتن و لندن می توانند اسلام اصیل(شیعه) را تحمل کنند؟ آیا کسانی که حضرت فاطمه، صاحب سوره کوثر را، غاصب فدک می دانند و حیدر کرار، صاحب نهج البلاغه و قرآن ناطق و ولی و انسان کامل خلیفة الله را فاقد دانش و بصیرت! می توانند قرآن را درک کنند؟ آیا رهبران القاعده کسانی جز شاهزادگان سعودی اند که آزادانه و مفتخرانه تردد می کنند؟! زمان آن نرسیده که از خودفریبی دست بکشیم و رودرواسی را کنار بگذاریم؟ عمل ملاک است یا شیرین زبانی و شعار برادری مسلیمن دادن؟ آیا ما باید دوباره فریب ظاهرچینی ها را بخوریم؟ زمان خونخواهی حقیقی حسین ابن علی و قلع و قمع کردن همه کسانی که در سالروز شهادت آن مظهر حق مطلق روزه شکر می گیرند و جشن و پایکوبی می کنند و بی گناهان و پیروانش را قربانی، بسیار نزدیک است. آیا وعده نصرت الهی پایمال شدنی است؟ آیا شما سوار این قطار پیروزی خدا که به یقین، با شما و بی شما، به مقصد خواهد رسید نمی شوید و کامروایی و شادی هر دو دنیا را بر نمی گزینید؟ آیا نژاد آریایی و شیعیان علی جز خدمت به انسانیت و اصول انسانی هدف دیگری دارند و این انتقام امری شخصی است؟ از وقتی که گلوی علی اصغر دریده شد تا به امروز که علی اصغرهای بی شماری در خون خود غلتیده و می غلتند، بر همه اثبات شد و می شود و خواهد شد، شیعه سرخ چه می گوید. از همان گاه که سیامک و ایرج مظلوم پاک را به پای هلال ماه و ستاره اهریمن سر بریدند تا آن هنگام که سیاوش مظلوم پاک را در زیر درفش هلال ماه و ستاره بتان آشور(توران) به دستور افراسیاب(آستیاک) سر بریدند تا به هنگامه ای که حسین مظلوم پاک را در سایه عَلم هلال ماه و ستاره شیطان به امر یزید سر بریدند این یقین در ما ایرانیان ریشه دواند و بار داد که سر سوزنی سازش با ظلم در مرام "باشرف عاقل یکتاپرست" نمی تواند باشد. وای بر ناامیدان. این بغض تاریخی شیعه که در سراسر پیکره تاریخ بشری ادامه داشته و تشدید شده بهتر بگویم این بغض باستانی نژاد آریایی است که طاغوت ها از آن می هراسند.

آن ها می خواهند ظلم هایشان فراموش شود و همینطور هم می شد اگر شیعه نبود. به خدا قسم که شیعه نه تنها حق خود و مردم بی نظیر ایران که حق همه مظلومین جهان را از سرخپوست های آمریکایی که در غل و زنجیر غاصبان سرزمین هایشان هستند گرفته تا سیاهپوستان آفریقایی که از همه شیرینی های انسانیت محرومشان کرده اند، باز خواهد ستاند و انتقامشان را از تابعین "آن قوم" که هرگز چنگ از خرخره ایشان نگشوده خواهد گرفت. بشریت از این بیشتر هم می تواند در همه عرصه ها، لجن مال شود و محتاج قیام باشد؟ چه چیزی ترسناک تر از این وجود دارد که کودکی از گرسنگی و بیماری بطور فرسایشی و شکنجه گونه بمیرد؟ آیا بالاتر از این سیاهی هم رنگی هست؟ آیا نباید همه عواملی که آفریقا را در گرسنگی و فقر فکری و جنگ نگاه داشته اند تا مبادا انرژی مهارنشدنی سیاهان آزاد شود و یا اینکه مبادا روزی منابع ارزشمند این قاره را از دست بدهند را از دم تیغ گذراند؟ چرا اتحادیه ارتش مخصوص آفریقا دارد، ارتشی مستقل از ارتش اصلی خودش؟ و چرا از این پوست و استخوان ها می هراسد؟ چه چیزی واقعا بیش از این ارزش مبارزه و ایثار دارد که ما نژاد برتر و متقین اسلام فاطمه و علی با سازماندهی و رهبری مستضعفین جهان به ویژه سیاه پوستان آن ها را از فقر اقتصادی و فکری و استعمار غرب برهانیم؟ چه هدفی والاتر از قیام در راه نجات کودک گرسنه ای است از چنگال مرگ و زجر پایان ناپذیر؟ کودکی که حق ندارد حتی انسان باشد و مزه انسانیت را بچشد. نژاد آریایی تنها نژادی است که اسیر نژادپرستی نگردیده و همواره در تکاپوی حفظ و گسترش انسانیت به محدوده همه نژادهای دیگر بشر قربانی تقدیم کرده و خون داده و زمین خورده و برخاسته. وظیفه دیگر نژادهاست که به عنوان "مغز متفکر توانمند و صالح و مدیر" خود از این نژاد پیروی کنند. "یا لثارات الحسین" نوش دارویی است که سیر و سیرابشان می کند و می پوشاندشان و آنان را بر ستمگران و نژادپرستان و ماسون ها مسلط خواهد ساخت. خدا از ما چه می خواهد؟ ما در قبال این گرسنگان سیاه رنگ پریده غارت شده چه وظیفه ای داریم؟ اگر جوابتان چیزی جز قیام است، قیامی به سبک آدولف هیتلر، به انسان بودن یا عقل خودتان شک کنید. متفقین جنگ جهانی دوم چهره واقعی خود را بلافاصله بعد از اتمام جنگ نمایان نمودند و به چپاول همه داشته های مناطق مختلف تحت سلطه خویش، غارتی به گستره زمین، پرداختند.

جنگ جهانی تنها بهانه ای بود که می توانست حضور پررنگ آنان را در گوشه گوشه جهان توجیه کند و افزون بر این آنان نیز به عنوان حافظین امنیت و صلح می توانستند هرگونه سلاح کشتار جمعی را که بخواهند بسازند و استفاده کنند و نیز هر غرامتی را که بخواهند بابت حفاظت از کشورها از چنگ و دندان خودشان!!! از ایشان مطالبه نمایند و دقیقا به همین دلیل در جهان پس از جنگ به گروه های تروریستی چون القاعده نیاز داشتند. این شیاطین بزک کرده باستانی بعد از تسلط مطلق بر اوضاع چهره کریه خود را آشکار ساختند و بر همگان مشخص شد که هیچ چیز تازه ای رخ نداده و تکرار سناریوهای جنون آمیز آشنای صهیون بوده است که تحت لوای جنگ افروزی همیشگی این نژاد راه را برای آینده ای سیاه تر می گشود. تکاپوی هیتلر برای تغییر دادن پایان تلخ این سناریوی تکراری گرچه شکست خورد اما نتایجی چون آگاهی ملت ها از آنچه که واقعا در حال رخ دادن است

و مهم تر ایمان به اینکه ماسون یهود هم قابلیت شکست خوردن دارد را نیز به همراه داشت.
آیا همانگونه که فاتحان جنگ دوم جهانی می گویند آن نبرد بی نظیر عالم گیر تنها نتیجه دیوانگی یک یا دو رهبر دمدمی مزاج و تندخو بوده است؟ چنان نفرت لجام گسیخته ای از سیستم استعماری اتحادیه نظامی و کمپانی تجاری(واشنگتن و لندن) یک شبه به وجود آمد؟ اتحاد متحدین خیلی گسترده تر از این حرف ها بود و دلایل آغاز این جنگ از سوی آن ها هم بسیار منطقی و قطعی هستند گرچه در تمامی نبردهای مهم رخ داده درگیری نظامی به ایشان تحمیل شد. در میان همه کسانی که با هیتلر هم پیمان شدند هفت ژنرال و فرمانده از سایرین شاخص ترند: هیروهیتو امپراطور ژاپن که پس از جنگ مسئولیت آن را به گردن ژنرال هایش انداخت و ژاپن را دوباره از خاکسر ساخت. بنیتو موسلینی رهبر ایتالیا؛ در هنگامی که جمهوری سالنش را راه انداخته بود به دست کمونیست ها ترور شد. استالین دبیر کل حزب کمونیست که نخستین هم پیمان هیتلر بود و در جریان حمله به رومانی به آلمان خیانت نمود و پا را از حدود تعیین شده نازی ها که مورد تایید و تاکید خودش قرار گرفته بود فراتر نهاد و سودای تصرف کل جهان را در سر می پرورانید، او مانند ژنرال فرانکو به پیمان اکسیز خیانت نمود و از جمع و پروتکل متحدین خارج شد. ژنرال فرانکو نایب السلطنه اسپانیا! که از سیل نیروهای ایتالیایی برای سرکوب جدایی طلبان کاتالان و حفظ تمامیت کشورش استفاده نمود. آنته پاولیچ رهبر کروات های یوگسلاوی بزرگ، او توانست یوگسلاوی را از صحنه نبرد خارج و به درگیری های داخلی مشغول سازد ولی بیش از این خدمتی به نهاد اکسیز ننمود. رضا پهلوی شاه ایران که بیشتر از چند ساعت نتوانست متفقین را متوقف کند. علاوه بر این شخصیت ها بیست و چند فرمانده و رهبر دیگر نیز با جنبش متحدین هم پیمان نظامی بودند. برخی هم چون "سباش چاندرا بوسه" رئیس حزب کنگره و موسس ارتش ملی هند برای مبارزه با استعمار بریتانیا، که جنبش استقلال هند را رهبری می نمود و امروز به دروغ اعلام می شود که گاندی این کار را می کرد!!! با متحدین همکاری های گسترده ای داشتند. جالب اینکه حتی گاندی(در ۱۹۴۶ و هنگامی که نتیجه نهایی جنگ روشن گردیده بود!) این شاه مهره لندن که وظیفه ای جز سد کردن راه دیگر انقلابیون هند و ظهور مجدد چهره هایی چون هیتلر در عالم مبارزه با یهودیان بین المللی نداشت در مورد آن قوم به لوئیس فیشر حسب حال نویس گفت: "یهودیان خودشان، خودشان را به چاقوی قصاب سپرده اند، آن ها باید خود را از فراز صخره ها به دریا پرتاب کنند!" و روشنگری رایش را فهمیده بود. هر یک از رهبران متحدین از دامان حزب، ایدئولوژی و بینش انقلابی یا مذهبی خاصی بیرون آمده بودند و نتیجه تطور چند صد ساله مردم و روشنفکران سرزمین خویش بودند: هیتلر- نازیسم(ناسیونال سوسیال راسیسم). هیروهیتو- میکادوییسم(منزه بودن و پرستش امپراطور در قانون اساسی و دین نظم، عقده تاریخی برتری بر چین با آمیخته ای از مکتب سامورایی که گهگاه با جسارت به این مرام والا به یاکوزا و کامیکازی تبدیل می گردید ولی متاسفانه در هر حال سامورایی خوانده می شد). بنیتو- فاشیسم(نیروی برآمده از گروه و کار گروهی، سودای کهن برپایی مجدد امپراطوری روم، سرخوردگی از ماحصل جنگ جهانی اول برای ایتالیا و غصب پیروزی توسط دیگر

متفقین). استالین- کمونیسم(میوه بولشویک، مارکسیسم، جریانات روشنفکری که از دوران کاترین اول سعی در ایجاد برابری داشتند). ژنرال فرانکو- فالانژیسم(آمیخته با کاتالیسم و ایمان به حق حاکمیت الهی شاه). آنته پاولیچ- اوستاشیسم(برپایی عدالت و حکومت برای کروات ها؛ آرزویی دیرین). رضا پهلوی- ناسیونال میلیتاریسم(برآمده از احزاب نخستین نیمه جمهوری خواه و ملی گرای لائیک، در این جریان حزب تجدد به ایران نو و سپس ترقی که سازمانی به تقلید از حزب جمهوری خواه آتاترک و فاشیسم موسلینی بود مبدل و پس از چندی به دستور پرورده خود منحل شد). من در مورد تک تک این جهان بینی ها پژوهش هایی انجام داده ام و می توانم با قاطعیت بگویم که تعریف کنونی غرب از این تعابیر با بار معنایی واقعی این اصطلاحات زمین تا آسمان تفاوت دارد! ابررسانه ها تفسیر هماهنگ شده خود را به عنوان واقعیت می قبولانند. مثلا فاشیسم را همواره در رسانه های غربی مساوی دیکتاتوری می دانند در صورتی که آن طرز تفکر به معنی حاکمیت نیروئی است که در گروه و کار گروهی برای سازندگی و آباد کردن و دفاع وجود دارد و هنوز در ایتالیا به عنوان "جنبشی عمرانی" که سبب یکپارچگی و اساسا تشکیل چیزی به اسم کشور ایتالیا گردید شناخته می شود. مردم آلمان حداقل سیصد سال پیش از به وجود آمدن جنبش نازی شبه راسیست بوده اند، ژاپنی ها از هزار سال پیش میکادو را به عنوان قانون اساسی و دین خویش برگزیده بودند. ایتالیایی ها صدها سال بود که به دنبال بازگرداندن شکوه امپراطوری های باستانی و غرور و وحدت ملی خویش بودند و در اینباره کتاب می نوشتند. در روسیه از زمان کاترین اول جنبش های روشنفکری کاملا جدی با رایحه ای از کمونیسم به چشم می خورد و حتی کاترین کبیر(دوم) تحت تاثیر این عقاید قرار داشت تا آنکه کار بالا گرفت و دهقانان بسیاری از مناطق با همان اصول اولیه مزدکی که بعدها کمونیستی خوانده شد بر او شوریدند! گستاخی و تکامل این نظام باور سرخ تا آنجا پیش رفت که یک دهقان ژولیده ساده خود را امپراطور نامید. ژنرال فرانکو و پاولیچ هم که نتیجه سال ها برنامه ریزی حزبی و کینه های حاصل از درگیری های قومی ریشه دار مادریدی ها و کروات ها با قومیت های متخاصم رقیبشان بودند. ریشه پیدایش و باور به تفکرات رضا پهلوی نیز از همان دوران آغازین قاجار در مردم رفته رفته شکل گرفته و در مشروطه تقویت شده بود، مردم کوچه و بازار فقط آرزوی حاکمی نظامی و هرچند زورگو را داشتند که امنیت را برقرار سازد و حکومت های ملوک الطوایفی دوران قجر و مشروطه که شاید از چند ده هزار هم بیش تر می شدند(زیرا در هر روستایی خانی ادعای حکومت مطلقه و کاملا مستقل داشت) را به هر قیمتی از میان بردارد و به جامعه "نظم استبدادی" ببخشد. مردم ما در طی حکومت قاجار به ظهور یک دیکتاتور مطلق گرا ایمان یافته بودند. خلاصه اینکه تفکراتی ریشه دار و عمیق این هفت رهبر و دیگر سران و یاران متحدین را به قدرت رساند و با هم متحد نمود و نقاط ضعف همین تفکرات هم آن ها را طی برنامه ای که یهود صهیون طراحی نموده بود و بیشتر اهداف اقتصادی داشت، از پا انداخت. هرچند که نباید تاریخ مورد تایید نظام فراماسونری را ملاک قضاوت درباره این اندیشه های برآمده از چرخه باورها و احساسات چند صد ساله و آمیخته با مذاهب قرار داد ولی گرچه این اندیشه

ها بسیار ریشه دار می نمایند، نظام ها و سیستم های اجرایی و عملی آن ها همگی ساخته و پرداخته و وابسته یهودیان بین المللی و به غایت پوچ و تک منظوره و ساده بودند. برای شناخت متفقین، این شیاطین باستانی و بی اثر شدن شستشوهای مغزی آنان با استفاده از طرح هایی چون "تلقین همه جانبه و کنترل ذهن" بهترین راهکار اندیشیدن دوباره و بی جانبداری به این نبرد با عنوان بزرگ ترین جنگ تاریخ بشر است زیرا گستردگی عرصه(جنگ دوم جهانی) و گستره جغرافیایی و سیاسی بی نهایت وسیع آن سبب گردید یهود بین المللی دچار اشتباهات فاحشی گردد، بارها بی پرده و توجیه عمل نماید، بهانه تراشی و فریبکاری صرفا زبانی مخصوص خود را کنار بگذارد، تسلط و تدبیر خود را از دست داده به برخی از مهره های خویش اختیاراتی را تفویض کند که بعدها موجب گرفتار شدن خود او گردد، یهودیان اصیل رده بالای سیستم ماسون به سبب دشواری تصمیمات و تداخل منافع برای اولین بار با یکدیگر دچار اختلاف نظر شوند و چهره واقعی خویش و نیات قلبیشان را آشکار سازند. دلیل آنکه هیتلر تاکید به جهانی کردن و گستردن جنگ داشت(نه محصور شدن در یک منطقه خاص یا صرفا نبرد لفظی) امید به بروز همین اشتباهات و ناهماهنگی ها بود.

گفتار شش: سوسیال هیتلر، سوسیال مارکس

برای درک بهتر برنامه اقتصادی سوسیال(جامعه گرایی متناقض با سرمایه گرایی) منظور نظر آدولف هیتلر پیشوای آلمان، توسط خواننده هژیر، لازم دیدم در هر زمینه مثالی بیاورم و چه چیزی قابل درک تر و ملموس تر از ورزش برای عموم(البته در چند مورد هم علاوه بر آن مثال هایی از صنعت سینما خواهم آورد)؟ سوسیالیسم چیست؟ چه کسی بنیانگذار آن بوده؟ باید دانست که همه پیامبران و اولیاء الهی و پیروانشان در زمینه اقتصاد پیرو اصول اساسی این مکتب بوده اند ولی نمی توان از این تذکر گذشت که مزدک، آن دانشمند والا و پیرو راستین کیش زرتشت در دوران پادشاهی کسری، سوسیالیسم را با بزرگنمایی تمامی راهکارهای متفاوتش با نظام سرمایه داری اشراف و ثروتمندان همه دوران ها(یا همان کاپیتالیسم) به جهان عرضه نمود. پیش تر از او هخامنشیان نسبتی از سوسیال مذبور را توانسته بودند ایجاد کنند به خصوص کوروش بزرگ تا آنجا که می شد در این راه کوشیده و موفقیت کسب کرده بود ولی هرگز توده مردم، تا خیزش مزدک، موفق به درک یا تشخیص این نظام با تعریفی خاص نشده بودند و اساسا جهت دستورات آن را در صورتی که از سوی یکی از خود طبقه اشراف به اجرا در نمی آمد مخالف با خواست خدا و نظم الهی حکومت می پنداشتند. در دولت پیشوا(امیرالعالمین علی ابن ابیطالب) برای نخستین بار نظام اقتصادی مدنظر خدا یا همان سوسیال ناب و بدون کمونیستی بازی های معاصر و تحریفاتی که یهودیان هیات رئیسه حزب کمونیست شوروی و دیگر یهودیانی چون خود مارکس به آن افزودند(که شعارهای اولیه همه آنان از قیام مزدک و قرآن بطور کاملا مشخص ماخوذ

گردیده بود... بزرگ ترین سلاح صهیونیان در طی تاریخ همواره تحریف بوده است و ایشان هیچگاه مطلب مهم بدیعی ننگاشته اند بلکه استاد تحریف سفسطه آمیز سخنان و اندیشه های ناب اند و امروز هم با در دست گرفتن تمامی رسانه های بزرگ جهان از این مهارت تاریخی خود نهایت استفاده را در قلب واقعیات می برند) نه تنها تعریف شد بلکه شاید برای اولین و آخرین بار تا امروز، با کیفیت و در کمیتی که باید و شاید اجرا نیز گردید. پس از آن بود که افکار مزدکیان سرخ و مسلمانان به خصوص شیعیان سبز پیشوا که از زبان مردم و دانشمندان ایرانی نقل و در رفتار آنان مشاهده می شد به اروپا و روسیه انتقال یافت. این میهمان به محض ورود در کشورهای میزبان خود(هرچند که پیش تر اندیشه های مزدک پا از ایران فراتر نهاده بود) نظام ارباب و رعیتی را به چالش کشید و سبب ظهور انقلاب های متعددی ضد سلطه محض سرمایه داران و اشراف سنتی گردید. بطور مثال، همانگونه که یاد شد، دهقانان بخش عظیمی از جنوب روسیه دهقانی ساده و ژنده پوش را به عنوان شاه خود برگزیدند و کاترین کبیر را تا سال ها به دردسر انداختند. علاوه بر این انتقال و تاثیرات فرهنگی از نظر نژادی نیز آریایی های مهاجرت کرده از ایران(عمدتا ژرمن ها و اکراینی ها) این ایدئولوژی را به قلب اروپا بردند و چهارصد و چهل سال پیش از قیام نازی فلوریان گیر پرچمدار آن گردید. سپس نظامیان روشنفکر فرانسوی به ویژه در مصر زیر سایه بینش فلاسفه و متکلمین ایرانی با این فلسفه در اصل ساده آشنا شدند و تحت تاثیر افکار "شیعیان فاطمی علوی" از اطاعت دربار سر باز زدند. سپس، روبسپیر، رهبر انقلاب فرانسه و سایر رهبران آن جنبش با تقید به کتبی که برداشت هایی(گاها هم نادرست و شخصی و خلاف اصل مطلب مورد ترجمه) از دستورات قرآن بودند و باور به حقانیت راهکارهای آن ها و ضدیتشان با نظام سرمایه داری یا همان برده داری دست به چنان اقدام متهورانه ای زدند(حتی روبسپیر در یکی از آخرین اقداماتش با شجاعتی فراموش نشدنی اعلام کرد که فقط "خدای یگانه نادیدنی آسمانی" را می پرستد و نه خداهای سه گانه مسیحیان را و در گسترش این باور نیز کوشید). ناپلئون هم آنقدر تحت تاثیر قرآن و اندیشه های علوی قرار گرفت که نام خود را به علی تغییر داد و بنا به گواهی تاریخ منش ساده زیستی پیشوا را حتی در لباس پوشیدن تا آخر عمر خود پیروی می نمود. او در زمانی که امپراطور و در اوج قدرت بود فقط از همان یک عدد کت ژنرالی رنگ و رو رفته، کهنه و ساده پیشین خود استفاده می کرد که رفوهای بسیاری در آن به چشم می خورد و خیاطان دربار با حالتی از اعتراض و نکوهش همواره خود امپراطور را بدلباس ترین فرد امپراطوری می خواندند! هیتلر نیز در پوشش و در رفتار چنین بود و در طی تمام دوران صدراعظمی و رهبریش بر نیمی از جهان حتی برای یک مرتبه حقوق ماهیانه خود را دریافت ننمود و هیچ چیزی برای شخص خودش نخرید. مانند یک سرباز و به اندازه جیره یک سرباز صفر می خورد و درست به میزان یک سرباز در جبهه نبرد می خوابید و حتی کلکسیون تابلوهایی که جمع نموده بود را متعلق به ملت آلمان می دانست. در خاطرات تاج الملوک همسر رضا پهلوی در خصوص ملاقات وی و هیات ایرانی با رایش سوم چنین آمده است: "ما برای هیتلر، چند هدیه برده بودیم که عبارت بود از دو قطعه قالی نفیس ایرانی و

مقداری پسته رفسنجان. حاج محتشم السلطنه اسفندیاری، قالی ها را جلوی پای هیتلر باز کرد و شروع به توضیح کرد. هیتلر خیلی از نقش قالی ها و بافت و رنگ آن ها خوشش آمد. روی یک قالی که در تبریز بافته شده بود عکس خود هیتلر بود. روی قالی دیگر هم علامت آلمان را که عبارت از صلیب شکسته بود نقش کرده بودند. از مطالب هیتلر، دستگیرمان شد که باورش نمی شود این تصاویر ظریف را با دست بافته باشند. هیتلر هم متقابلا سه عکس خود را امضاء کرد و به من و دخترانم داد. دیلماج سفارت گفت: آقای هیتلر می گویند متاسفانه، پیشوای آلمان، مانند شاه ایران ثروتمند نیست و نمی تواند متقابلا هدیه گران قیمت به ما بدهد و از این بابت معذرت می خواهند!" درود بر شرف هیتلر! اینجاست که تفاوت فاحش یک حاکم ایده آل با حاکمانی که سریعا برای خود به همان شیوه ای که آن را روزگاری مسخره می کردند دربار ساختند و به آرمان های ابتدائیشان علنا خیانت نمودند(مانند رضا پهلوی و بی شماری دیگر) تا همیشه تاریخ مشخص می شود.
باری، سوسیال در امپراطوری ناپلئون توانست مجال محک، رشد و توسعه و برای نخستین بار نمودی بین المللی ولی ناقص بیابد. چیزی که در یادآوری های تاریخی هیچ هنگام بیان نمی شود این است که ناپلئون با بی بند و باری و تولید و تکثیر کتاب ها و نقاشی های مستهجن(که پیش قراولان تجارت جنسی و لشگر آثار و به ویژه فیلم های مبتذل امروز غرب بوده اند... جالب اینکه سررشته این کار هم از ابتدا در دست "آن قوم" بوده است) و مسائل اینچنینی که علاوه بر مباحث اعتقادی موانعی بر راه رشد پایدار و تعادل اقتصادی محسوب می شوند با تمام قوا مبارزه می نمود. اقتصاد سوسیال دقیقا برعکس سرمایه داری با هرگونه مبتلا و سرگرم نمودن عموم جامعه به اعمال پوچ و مضر(به هر میزانی که باشد) و استفاده از ابزارهای پایین آوردن کیفیت فکری و توان فعالیت سیاسی و فرهنگی ایشان، مثل قمار و شرب خمر و اعتیاد به مواد مخدر و حتی سیگار، که با هدف کنترل جریانات و جنبش های اجتماعی صورت می گیرند تناقض ذاتی دارد. شاید در ابتدا کازینوهای لاس وگاس سودآور به نظر آیند ولی حتی اقتصاددانان خود ایالات متحده نیز معترف اند که همین تشکیلات سبب پایین آمدن کیفیت نیروی کار و اصلا میزان تمایل به کار و نیز سرمایه گذاری در زمینه های تولیدی آن اتحادیه و در نتیجه اتکای مطلق آمریکا بر عملکرد نظامیش، استعمار آفریقا و خاورمیانه و ستاندن وام های جبری(تا روزی دو بیلیون دلار) از متحدین جنگ جهانی دوم گردیده است. این حکومت رومی تنها در طی سه سال اول ریاست جمهوری اوباما شش تریلیون دلار از آلمان، ژاپن و ... وام جبری گرفت! اقتصاددانان واشنگتنی اعلام نمودند پس دادن این مبلغ یا حتی بخشی از آن کلا محال عقلی است(این بدهی را با بدهی های قبلی اتحادیه جمع بزنید)!!! با این ساختار سرمایه ای که باید در بخش صنعت و کشاورزی به مصرف برسد رفته رفته به کازینوها انتقال می یابد و در تجارتی صد در صد مبتنی بر مصرف و انباشت کالاهای لوکس بی حاصل که چون سدی در برابر چرخه تولید و مصرف ایستاده اند هدر می رود. به همین دلیل نیاز واشنگتن به استعمار و نظامی گری و "وارد کردن سرمایه خارجی به هر قیمت" روز به روز افزایش یافته و خواهد یافت و همین نیاز سبب درگیریش با دیگر متفقین به خصوص بریتانیا مثلا بر

سر جزایر فالکلند گردیده است(این درگیری زیر پوست استعمار و میان قوی ترین لژهای ماسونری در جریان است و به مشاجرات مستقیم منتهی نمی گردد. مثلا اتحادیه در مورد همین جزایر مساوی با مستعمره اش آرژانتین است یا در ماجرای آسانژ و وی کلیکز هیچ کس دقت نکرد که هدف واقعی داستان ضربه زدن به کمپانی تجاری لندن بود و نه اتحادیه نظامی واشنگتن، آسانژ بطور زبانی به واشنگتن توهین می کند ولی هدف پروژه ای که او نیز یکی از مهره های آن بود و مهره دیگرش کینه ای بود که بر سر تصاحب جزایر مذکور توسط بریتانیا در قاره آمریکا تشدید گردید تشکیل اتحادیه ضدبریتانیا در آمریکای جنوبی بود. آیا زمان آن نرسیده که ما وقتی اکوادور در برابر بریتانیا و ایالات متحده می ایستد و آن ها را تهدید به حتی پاسخ نظامی می کند و سیاسیون آمریکایی جا می زنند!!! و ابررسانه های غرب مسئولین اکوادوری را چون حق ظهورکرده تبلیغ می کنند متوجه چیزی شویم؟). مانند این است که کسی تمام زندگیش را صرف خرید کالایی گران قیمت کند و سپس آن را بسوزاند، مثلا وقتی دستگیره های در و یا قاشق و چنگال ها از طلا و الماس کاری شده باشند این پشتوانه های ارزی از چرخه تولید یا پشتیبانی تولید خارج شده و تنها در خانه های اشرافی خاک می خورند. این تزریق سرمایه خارجی به اقتصاد که نیاز قطعی همه نظام های مبتنی بر سرمایه داری می باشد علاوه بر آنکه مساوی با تقویت جریان انباشت سرمایه و قدرت ماسونی طبقه اشراف غالبا تاجر و دلال و بانکدار، فقیرتر و محدودتر شدن فقیران و ثروتمندتر و تجملاتی تر شدن اشراف است مانند سوخت محدود و موقت اتومبیلی عمل می کند که نمی تواند عامل حرکتی خود را تولید نماید و باز هم برای حرکت نیاز به ثروتی دارد که باید از چلاندن مناطق عقب نگه داشته شده شرق و آفریقا و اخذ تحمیلی وام های روزانه بدون بازپس دهی میلیارد دلاری تامین و بهتر بگویم بطور دائم چپاول گردد.
اما در نظام سوسیال دولت باید در برابر تجارت هایی که ایجاد زیان و اختلال اقتصادی و اجتماعی یا سیاسی و فرهنگی می کنند بایستد و ناپلئون بزرگ دقیقا در نقطه مقابل تصویر موهومی که مارکس از او ارائه می دهد، چنین اندیشه ای را عملی نمود. در ادامه راه اینبار هیتلر وارد میدان شد. به عقیده من هیچ کس چون هیتلر بزرگ در صد سال اخیر نتوانسته سوسیالیسم را به درستی درک کند ولی درگیری ناخواسته آلمان در جنگ های متواتر مانع اجرایی شدن افکار او با کیفیت و کمیتی که باید و شاید گردید. به راستی هیتلر چه می گفت؟ می خواست نظام امپریالیستی را با چه نظامی جایگزین کند؟ آیا والاترین اندیشه رایش سوم اجرایی شدن سوسیال در سراسر جهان و تعالی اقتصاد سوسیالیستی بین المللی نبود؟ همه انقلابات و خیزش ها و حتی شورش های مهم تاریخ، بدون استثناء، چه آن ها که از سوی پیامبران و اولیاء الهی صورت گرفتند و چه هر انقلاب و جنبش دیگری و با هر نتیجه ای که در پی داشتند قیام هایی اقتصادی بوده اند و حدودا نود درصد ماهیت همگی خیزش های عالم اقتصادی و تنها ده درصد باقی مانده فارغ از پیامدها و یا آسیب هایی که سبب شدند ایدئولوژیکی و فرهنگی بوده است که حتی در شکل گیری همین ده درصد نیز انگیزه های اقتصادی عامل درگیری و تنش های اولیه می گردید. از این رو پیشوا(امیرالعالمین علی) پس از پنج سال حکومت و در آخرین ارائه گزارش کاری دولت و نتیجه برنامه تحول و قیام

اقتصادی خود حتی کلمه ای از معنویات به میان نمی آورد و تمام افتخار خویش را نه در گسترش اعمال دینی و پیروزی های مکرر نظامی بلکه در رسیدن گندم و آب پاکیزه به همه مردم و بی خانمان نبودن حتی یک شهروند و وجود نداشتن یک فقیر در گستره حکومتش، اعلام می کند. جالب اینکه خود واژه دین در اسلام، در درست ترین ترجمه به معنی نظام کامل مالی و فکری است یا همان سوسیال!!! دین به رفتار و اخلاق پسندیده اقتصادی و رعایت ادب و وفاداری به پیمان در بین تاجران مکه که همگی از خاندان قریش بوده اند اطلاق می گردیده است و تا ابد هم عاقلانه می نماید کسی که در برابر پول هنگفت از مسیر انسانیت و اخلاق خارج نشود را دیندار خطاب نمود و دستور الهی هم جز این نیست(در پارسی دین به معنی وجدان بوده، می دانیم که وجدان جز در برابر پول محک نمی خورد). باید به دشمنی نازی ها با یهودیان سرمایه داری که اقتصاد آلمان را فلج نموده بودند با دید درست نگریست همانگونه که به کار گرفتن نژاد آریایی نیز به عنوان کارآمدترین نیروها و یک وسیله، نه هدف، به منظور استقرار سوسیالیسم بر جهان از سوی ایشان صورت گرفت. هیتلر هم طبق نظر خودش در فراتر از مرزهای رایش خود را پیشوای نه مذهبی و معنوی بلکه پیشوای اقتصادی جهان می دانست و به این معنا و نه مفهومی که ما از این کلمه والا برداشت می کنیم پیشوا بود(تصاویر بسیاری وجود دارد که هیتلر مانند یک سرباز در حال هایل گفتن و سلام نازی فرستادن است، در این موارد او به فروهر انسان کامل و پیشوای مطلق و نه خودش درود می فرستد). وی در راه استقرار سوسیال بر جهان با جان مردم و همه داشته ها و تمامیت کشور محبوبش پس از آنکه تمام آلمان بزرگ را بازپس ستاند، قمار کرد و این ریسک نشان می دهد کدام یک برای او مهم تر بود: نجات آلمان یا کل جهان. او به درستی دریافته بود که اگر موفق شود با برهم زدن ساختار تجاری اقتصاد نظام یهود بطور همزمان نظام اقتصادی تازه ای را بر جهان و یا بخشی از آن مسلط سازد کار دشمن خود به خود تمام شده، همه بافته ها و داشته های آن قوم بطور خودکار برابر هیچ می شود. تمام غرب و شرق چرا تنها و تنها برای حذف "آلمان سوسیالیستی" به پا خاستند و تا آخرین سنگر آن را ویران کردند و در این راه پرداخت هر هزینه ای را پذیرفتند؟ چرا تمامی لژهای ماسونری جهان به صورتی که تاکنون در تاریخ مشاهده نشده با یکدیگر متحد شدند؟ چون از ابتدای پیدایش اقتصاد و تا زمانی که حتی یک جامعه بشری وجود خارجی داشته باشد دو فلسفه متناقض و غیرقابل حذف اقتصادی در برابر هم ایستاده اند و خواهند ایستاد. این تناقض مانند آن است که سنگی را در برابر جریان یک رودخانه شبکه ای قرار دهید و اقتصاد تمثیلی هرکجای ساختار متناقض خود هم که باشد تمام آن را دچار فروپاشی می کند. یک لامپ یا روشن است و یا خاموش، یک اقتصاد یا سوسیال است و یا سرمایه داری و کاپیتال. یا سرمایه داران و ثروتمندان هر کاری بخواهند می کنند و دولت می شود دستگاه قانون بافی و پلیس ضدشورش حفاظت از آن ها و سرمایه هایشان(در این سیستم هر مشکلی با پول قابل حل است و نه تنها سرمایه داران در قبال انجام هر جنایت و خیانتی هم که مرتکب گردند مجازات نمی شوند زیرا اگر مجازات شوند بخشی از اقتصاد ملی آسیب جدی خواهد دید، بلکه خودشان قانونگذار و قاضی و مجری قانون هستند. هر سیستم و دولتی که

اینگونه باشد دیگر مهم نیست خود را چه بنامد و کاپیتالی باید دانسته شود) یا اینکه دولت با اِعمال محدودیت ها و قانونگذاری باید سعی در یکی کردن سطح جامعه و حمایت از توده محروم و ضعیف کند و روند رشد آن ها را تسریع بخشد نه اینکه فقط اشراف و نخبگان را به همه چیز برساند بلکه باید از آن ها تا آنجا که می شود در همه حوزه ها به سود جامعه استفاده نماید(مانند آنچه که ناپلئون کرد). نخبگان در دولت سوسیالیستی هدف نیستند بلکه وسیله اند و تنها در آن تعریف که جزئی از جامعه می باشند مستعد پیشرفت اجتماعی خواهند بود نه اینکه به سبب هوش و استعداد و داشته هایشان طبقه برتر و شهروند درجه یک تصور شوند. کمونیست ها این قانون سوسیال را به اشتباه اینگونه برداشت کرده بودند که افراد نخبه و کسانی که بیشتر زحمت می کشند در هر صورت باید مانند بقیه سود برداشت کنند و یا در چهارچوب یک برنامه کاری واحد ملی دقیقا شرایط و امکانات کار و پیشرفتی برابر با دیگران داشته باشند که غیرقابل بهبود و تغییر هم باشد! این برداشت غلط بود زیرا در تفکر مزدکی جامعه هرگز به فرد تعظیم نمی کند ولی او را به تعظیم به خود نیز نباید وادار کند بلکه بایست، با در نظر گرفتن پاداش هایی زمینه حرکت را برای یکایک اعضای خویش فراهم سازد و تا می تواند از نظارت مستقیم و اعمال فشار بر آن ها بکاهد.

نکته جالبی که باید به آن در مورد نظام کمونیستی اشاره کنم این است که این ساختار تا اندازه ای ضعیف و پوشالی بود که طبق خواسته آن قوم بعد از انجام وظیفه اش در نابودی آلمان و خدمت به استقرار نظم نوین جهانی آمریکا سریعا و تنها پس از گذشت دو یا سه سال از جنگ جهانی به حتم سقوط می نمود و به گفته همه کارشناسان تنها عاملی که مانع این فروپاشی سریع شد دانشمندان آلمانی آریایی نژادی بودند که تکنولوژی برتر بالستیکی نازی را البته بالاجبار به شوروی منتقل ساخته و حتی شخصا موشک های اتمی و قاره پیما و فضاپیماها را طراحی و تولید و آزمایش نمودند(و روسیه تا به امروز تنها توانسته همان تکنولوژی اولیه آن ها را بسط دهد و به هیچ زمینه تازه ای دست نیافته است). باید پذیرفت که ابداع اولیه تمامی دستاوردهای تکنولوژیکی بشر به نام آریاییان ثبت شده است خصوصا در جم، دوره طلایی ایران باستان(که البته تا دوران زندیه با شدت و ضعف هایی روند این ابداعات ادامه داشت) و سپس دوران آلمان نازی(البته کامپیوتر و اینترنت و بسیاری از دیگر فن آوری ها نیز به دست ژرمن ها و در طول تاریخ به جهان ارائه شدند که عمدتا چون هنر داستان نویسی غرب توسط بریتانیا غصب و به نام آن کشور بی ملت ثبت گردید). نژادهای دیگر به حق در طول تاریخ کاری جز این نداشته اند که به دست آریاییان نگاه کنند و هر چه آموختند و توانستند به زور از آنان بستانند را پرورش دهند و از آفرینش بدیع و اختراع و اکتشاف مسیرها و دانش های تازه(پایه های اصلی فن آوری) به کل ناتوان هستند.

در یک کلام شوروی از خودش هیچ نداشت و حتی کمونیست ها کلاشینکف(کالاشنیکف مشهور)، این افتخار طراحی خود را از تفنگ رایفل "ام پی ۴۴(اس تی جی ۴۴)" نازی ها به عینه کپی کرده بودند!!! آیا تاکنون از خود پرسیده اید که چرا روس ها تا به امروز نتوانسته اند به تکنولوژی تولید هواپیماهای مسافربری آنگونه که باید دست یابند و تنها در ساخت جت های جنگنده رقیب اتحادیه هستند؟ فن آوری موتور جت و دانش و منطق ساخت

کامل هواپیمای مناسب آن(که اصولی ثابت دارد) در دوران حکومت نازی ها و به دست دانشمندان آریایی کشف و تولید گردید و بخشی از آن که شامل بُعد نظامی می شد به شوروی و بخش اعظم آن به آمریکا انتقال یافت. ایالات متحده هم وضعیت مشابهی داشت، وقتی آلمان به دو پاره قسمت شد کارخانه ها و دانشمندان بخش شرقی به شوروی انتقال یافتند و بخش اصلی(غربی) به واشنگتن! آمریکایی ها نیز تمامی پیشرفت های خود را به آلمان نازی بدهکار هستند. دانشمندان آریایی برای آمریکایی ها موشک و ایستگاه فضایی، موتور جت و هواپیمای کامل آن، موشک های بالستیک، کشتی و زیردریایی نوین، تانک نوین، جلیقه ضدگلوله و مسلسل های دستی نوین و ... ساختند(متفقین در همه این فن آوری ها به غایت عقب افتاده و ابتدایی بودند و تبلیغات موجود سراپا دروغ است. نیروهای متفق تنها از کثرت نیروهایشان به عنوان یک برتری استفاده می کردند و حتی تکنولوژی هایی چون اژدر، طراحی بدنه هواپیماها و خودروهای نظامی نوین و بسیاری دیگر را از غنایم جنگی آلمان ها و یا جنگ افزارهای سرقت شده توسط جاسوسان کپی برداری می کردند. سربازان بریتانیایی هنوز با شلوارک و کلاه دون کیشوتی به جنگ فرستاده می شدند و در ساعت های خاصی حتی درست در وسط میدان جنگ به نوشیدن سنتی قهوه می پرداختند).

تمام اسامی و ایسم های دیگر در قالب همین دو نام و تعاریف آن ها(سوسیال و کاپیتال) قرار دارند. از سوی دیگر این دو نظام همانگونه که اشاره کردم متناقض اند، یعنی محال ممکن است حتی یک کشور کوچک واقعا سوسیالیستی باشد(هرچند به میزان محدود) و نظام اقتصادی سرمایه داری کل جهان را برهم نزند و برعکس. سوسیال چیزی متفاوت از تفسیر مارکس از آن است زیرا کارل مارکس تنها با هدف فریب ملت ها و خدمت به برنامه های ماسونی سیستمی پوشالی و با عمر بسیار کوتاه درست به میزان یک انقلاب طراحی نمود ولی هیتلر نظام واقعی سوسیالیته را به اجرا درآورد و به گواه دستاوردهایی که به عنوان مثال ذکر گردید موفق به اثبات حقانیت این باور و شخص مزدک شد. تا ابد سود شخصی و سود کل اجتماع در برابر هم خواهند ایستاد، هرچند فکر کردن به سود شخصی در تقابل با منفعت کل از نظر افراد خود جوامع کاپیتالی حداقل در تعاریف زبانی عین خیانت و پستی محض است!!! حرکت برای رسیدن به سود اجتماعی نباید به میل و نظر شخصی و حزبی بسته باشد، دولت نباید به شایدها و امیال احساسی دفعی تاجران امید ببندند. دولتِ حکیم باید زمینه پیشرفت زحمت کشان را فراهم آورد ولی از سوی دیگر نیز باید این پیشرفت را هدایت نماید و به قول سعدی با آزادی عمل بیش از حد، "از فرشته دیو نسازد." گذشته از این فرزند یک کارگر تنبل چه گناهی دارد؟ دولت سوسیالیستی نباید اجازه دهد(با زور و جبر و بکارگیری هر قدرتی که در اختیار دارد) "وضعیت اقتصادی و فرهنگی" هیچ خانواده ای و یا حتی هیچ فرد اندک فعالی بدتر از تعریف نرمال آن گردد و مانند نظام امپریالیستی تحت تسلط او نیز بی خانمان بودن حتی یک خانواده، معنادار باشد. در جامعه سوسیالیستی خط فقر(ملاک مشهور جوامع کاپیتال) قابل تعریف نیست بلکه تنها معیار و خط "درآمد قابل قبول" معنا دارد و خطوط درآمدی بالاتر از آن. اگر مردم جامعه شرایط نرمال اقتصادی را دارا نباشند دولت سوسیال حق دارد به میزانی که نیاز طبقه پایین دست را

برطرف سازد از ثروت سرمایه داران با رعایت عدالت و تناسب و طبق اصولی منطقی برداشت کند و این یک نوع قرض گرفتن نیست و یا در شکل بهتر می تواند تمامی سرمایه موجود کشور تحت مدیریتش را در بانک مرکزی قدرتمند خود جمع و از نو آن را تقسیم کرده و تخصیص دهد. پس از این مقدمه، با مثال هایی عمدتا در زمینه ورزش تمام مفاهیم و تعاریفی که شاید گنگ نموده باشند را تفهیم خواهم نمود. تیم های فوتبال چگونه باید اداره شوند؟ خصوصی؟ دولتی؟ نیمه دولتی؟ آیا همانگونه که غرب می گوید در ورزش حرفه ای نیز چون سینما و سایر زمینه های بیش از هر چیز(حتی پدیده فرهنگی و اجتماعی بودن) اقتصادی، باید دست سرمایه داران را باز گذاشت و به دلالان و تاجران آزادی عمل تام داد؟ آیا این توجیه برای عقب نگه داشتن مناطق محروم کشور درست و منطقی است که مثلا مردم کردستان باید خودشان تیم تشکیل دهند و جذب سرمایه کنند و به لیگ برتر برسند و کاملا بسته به لیاقت و شوق و استعداد خودشان است؟! آیا اینکه هیچ کارخانه مهمی آنجا نیست تا اسپانسر مالی تیمی باشد تقصیر آن هاست؟ آیا نزدیکی قزوین به پایتخت که سبب مهاجرت همه ورزشکاران بی شمار نامی آن به تهران می گردد ارتباطی به مردمش دارد؟ آیا مردم شهرهای ثروتمند که همه امکانات کشور هایشان را در خود محصور کرده اند، همگی لایق و علاقمند و عاشق فوتبال و ورزش اند؟ آیا اینکه پایتخت به مانند تمامی دیگر پایتخت های جهان اینهمه تیم دارد به چیزی جز انباشت سرمایه در آن بستگی داشته است؟ ادعا می شود که استقلال و پرسپولیس با عشق هوادارانشان ساخته شده اند و حقشان است بیشتر از بقیه تیم ها پول به آن ها تزریق شود!!! این با عدالت و اصول اولیه ورزش در مسابقه دادن برابر جور در می آید؟ آیا همین استقلال نبود که به دست دولت سلطنتی با نام تاج ساخته شد و پرسپولیس هم به دست سیاسیون مجلسی؟ و از بودجه ورزش کل کشور!؟ آیا هواداری یک قزوینی که ادعا می کند استقلالی یا پرسپولیسی دوآتشه است از این تیم ها پوچ و بی معنی نیست؟ اگر همین مرکزنشین های استقلالی و پرسپولیسی صاحب فوتبال!!! اجازه می دادند در قزوین تیمی قدرتمند و باثبات وجود داشته باشد و وارد لیگ برتر شود و موفقیت کسب کند هیچ قزوینی عاقلی علاقمند و هوادار این دو تیم می شد؟ این تیم ها(و همه کسانی که از فلسفه وجودی آن ها به عنوان تنها دو قطب ورزشی قاعدتا تهرانی محبوب کشور با دلایل سیاسی و اقتصادی دفاع می کنند) ما را به نوعی استعمار دچار کرده اند و ما هم عاشق این استعمار و حرف زور شده ایم. دلباخته و شیدای غول هایی که در سراسر دنیا و همه جای نظام سرمایه داری جهانی توسط دولت ها و در ایران توسط دولت سلطنتی شاهان پهلوی، علم شده اند تا مانند یک روکش طلا بدنه زنگ زده ورزش های همگانی و محلاتی به حال خود رها شده را بپوشانند گشته ایم(مثال را به تمامی زمینه ها تعمیم دهید). من قزوینی چرا باید هوادار یک تیم تهرانی باشم که سود و ضررش هیچ دخلی به من ندارد و وجود من هم برای عاملین آن هیچ اهمیتی(در عمل و نه در زبان بازی های مرسوم)؟! چرا باید عامل نابودی ورزش قزوین را تشویق کنم؟ چرا باید برای قهرمانی استقلال تهران یا پیروزی تهران من قزوینی شاد شوم؟ ورزش استان قزوین روز به روز به سوی نیستی کامل پیش می رود و من برای گل خوردن یک تیم تهرانی ناراحت شوم و حرص بخورم؟

دنیای واقعی اطرافم که دائما در تعامل با آن هستم را رها کنم و به برداشتی ذهنی و توهمی از کسانی که برای من و منافع من هیچ ارزشی قائل نیستند و نمی توانند باشند دل ببندم؟ استقلالی بودن با پرسپولیسی بودن، برای من، چه فرقی دارد؟ و اساسا چه فرقی دارد؟؟؟ چه تفاوتی می کند که تو قرمز بپوشی و یا آبی وقتی که این هر دو در واقع یکی هستند؟ نبرد بین تیم ها زمانی معنا دارد که از شرایطی کاملا برابر سر برآورده و تنها به سبب حمایت و آراء هوادارانشان در انتخاب مدیرعامل و مربی و بازیکنان و تخصیص بودجه قوی تر و ضعیف تر از یکدیگر باشند. بازی کردن استقلال با شهرداری یاسوج حتی در صورتی که یاسوج برنده این مسابقه می شد، چه معنایی دارد؟ مولتی میلیونرهایی که در برابر بازیکنانی که برای گذران زندگیشان هم مشکل دارند ایستاده اند! اگر دست و پای یاسوجی ها را می بستیم و به زمین می فرستادیم بهتر بود! و حتما هواداران عاشق!!! استقلال راضی تر بودند. این چه مسابقه ای است که یکی در آن سوار بوگاتی است و دیگری سوار بر پیکانی آن هم بدون بنزین؟! و حتی برد و باخت درون آن هم تغییری در جهان واقعی ایجاد نکرده و بوگاتی سوار همچنان و در صورت به دست آمدن هر نتیجه ای بر سوپرماشین و برتری خود سواره خواهد ماند و جوایز همه را نصیب خود خواهد نمود؟ این سیستم درصدی شانس و امکانات برای رشد واقعی ضعیف ترها باقی نگذاشته است(با توجه به این مثال ها می توانید درک کنید که آدولف هیتلر چه می گفت و چه می خواست). مثلا فوتبال یاسوج چگونه قرار است پیشرفت کند و کی به تیم های تهرانی خواهد رسید؟ از کجا دو میلیارد بیاورد که به بازیکنان متوسط بدهد و آن ها را به خدمت بگیرد؟ از سوی کدام دسته و جناح قدرتمند چون تهرانی ها حمایت می شود؟ در نظم سرمایه سالار کنونی کدام دلال و سرمایه داری پول و امکاناتش را بر روی شهرداری یاسوج متمرکز می کند؟ یاسوج چگونه می تواند مانند تیم های تهرانی به بودجه تربیت بدنی کل کشور نزدیک باشد؟ ما می خواهیم شرایط مساوی را برای همه ایجاد کنیم نه اینکه فقط بطور مثال یک بازیکن بااستعداد و خوش شانس را از شهرداری یاسوج آن هم با قانون رابطه گزینش نماییم تا وضعیت مالی بهتری را تجربه کند و به طبقه اشراف بپیوندد! مگر بقیه چه گناهی کرده اند که نباید امکانات و اهمیت داشته باشند یا اینکه باید پشت سد گزینش های سلیقه ای بمانند؟ یک نوجوان قزوینی چه گناهی مرتکب شده که شهرش نباید تیم معتبری داشته باشد تا استعداد او نیز کشف و متجلی گردد(توجه داشته باشید که این ها فقط مثال هستند و خودتان اصل حرف را به همه زمینه ها، سیاست، اقتصاد، مسائل اجتماعی و فرهنگی تعمیم دهید). دولت باید در تمامی شهرها یک یا چند تیم معتبر را حمایت و نظارت کند. تمامی تیم های کشور که در یک سطح واحد مانند لیگ برتر توپ می زنند باید بودجه ای یکسان و مشابه داشته باشند ولی همین بودجه ثابت و استاندارد تعریف شده آن ها می بایست با هنر دولت از بخش خصوصی تامین گردد. یعنی شما که به عنوان یک سرمایه گذار خصوصی صاحب تیمی هستید باید برای هر فصل مانند سایر صاحبان خصوصی مثلا سی میلیارد تومان هزینه کنید(نه بیشتر و نه کمتر) و پاسخگوی تمام مسائل و مسئولیت های مالی باشید. محل صرف این هزینه ها را هواداران رسمی به واسطه رای دادن خود تعیین می کنند و این

یعنی دموکراسی واقعی(حتی کمک های مالی هواداران نیز باید در همان فصل خرج شود زیرا هرگونه سرمایه گذاری و تجارت کردن اهالی ورزش چیزی جز تناقض و ناهمگونی و ورود فساد، باندبازی، زد و بند، مصلحت اندیشی و کالا انگاشتن انسان به ورزش نیست). مثلا از این سی میلیارد بجز مبلغ ثابتی که در همه تیم ها باید برای مخارج کنار گذاشته شود و حتی این را هم دولت بایست به واسطه سازمان لیگ تعیین کند(علاوه بر این به تیم هایی که بطور مثال به سبب شرایط منطقه ای مثل برودت هوا و دورافتادگی از مرکز کشور مخارج بیشتری دارند کمبود دخل یا مازاد خرج را دقیقا کارشناسی کرده و تا سقف خاصی بپردازد) چه مقدار برای خرید مربی و چه میزان برای خرید بازیکنان باید صرف شود؟ کدام بازیکنان و مربیان خریداری شوند و سیاست باشگاه چگونه باشد؟ قوانین انضباطی و مدیریتی و تشویقی داخل باشگاه باید چگونه باشد؟ مدیر عامل و هیات مدیره باشگاه چه کسانی باشند(البته دولت باید آن ها را تایید کند)؟ وانگهی ساخت ورزشگاه و موارد اینچنینی همگی از وظایف دولت هستند و می توانند به بخش خصوصی یعنی باشگاه ها واگذار شوند. باشگاه ها هیچ قرضی نباید تولید کنند که پرداخت آن به سال های آینده موکول شود و تنها باید از بودجه ای که در اختیار دارند خرج کنند، این در حالی است که مسئولین آن ها حق ندارند به مبلغی که برای رفع احتیاجات و الزامات کنار گذاشته شده بجز برای همین امور دست اندازی کنند یعنی خرج مسافرت تیم به استان های دیگر با پولی که مدیران می توانند بر روی آن مانور دهند یکی نیست. با این روش فلسفه هر تیم و باشگاه دقیقا می شود آن چیز متفاوتی که فقط مساوی شخصیت و انتخاب همان مردم و هواداران خاص خواهد بود. باز هم سرمایه داران می گویند؛ اینگونه که همه کارها می شود دولتی! پس عشق به فوتبال و نقش هواداران چه می شود(معلوم نیست این حرف ها را از کجا می آورند)!؟ آیا رئال مادرید که خودش را محصول عشق مردم مادرید می داند توسط خانواده سلطنتی و نایب السلطنه(ژنرال فرانکو) ساخته نشد و از پول بیت المال و مالیات و ثروت های ملی اسپانیا؟ و امروز هم نماد این باشگاه همان نشان سلطنتی ماسونی است که بر پرچم اسپانیا نقش بسته و هنوز مورد حمایت دولت مرکزی و خانواده سلطنتی قرار دارد. آیا زورگویی رئال مادرید و بارسلونا به دیگر تیم ها که دیگر به زورگیری تبدیل شده، مانند اینکه بیش از نیمی از درآمد پخش تلویزیونی در اسپانیا فقط به این دو می رسد و یا حمایت آشکار داوران از بازیکنانشان و یا حمایت سازمان لیگ اسپانیا از همه کسانی که با این دو تیم در ارتباط باشند(مثلا به عکس بقیه مربیان، مربیان این دو می توانند هرچه دلشان می خواهد بگویند) عادلانه است؟ آیا این دو تیم باعث رشد ورزش یا رونق اقتصادی در اسپانیا شده اند و یا به عکس سرمایه را از این کشور خارج می کنند؟ چه اهمیتی دارد که به قول تبلیغاتچی های غرب یک تیم شگفتی ساز شود؟ این واژه کثیف شگفتی ساز را ساخته اند که بقبولانند نتیجه نگرفتن سایر تیم ها در برابر غول های ورزش کشورها تقصیر خودشان است. تمام تیم های بزرگی که ادعا می کنند با اشک و آه و عشق مردم ساخته شده اند و ادامه راه داده اند بدون استثناء توسط دولت ها و سیاسیون رده بالا و از ناحیه اموال و درآمدهای عمومی و ملی کشورها ساخته و حمایت شده اند. آیا تیم بارسلون را دولت فدرالی کاتالان نساخت برای

مقابله سیاسی با رئال مادرید ژنرال فرانکو؟ آیا منچستریونایتد و لیورپول توسط نمایندگان مجلس انگلیس و دیگر سیاسیون شهرهایشان و از ناحیه اموال ملی ساخته و تغذیه نشدند؟ آیا ملی گراهای آلمانی بایرن مونیخ را دوباره بر پا نکردند و از بودجه ورزش ملی آلمان صرف آن ننمودند؟ چرا باید پولی که حق همه مردم آلمان بوده حتی آن هایی که اصلا به فوتبال علاقه ندارند و آن هایی که هنوز به دنیا نیامده اند به دست فدراسیون و عناصر سیاسی در این باشگاه خصوصی سرمایه گذاری می شد(تصور کنید که اگر آدولف هیتلر زنده بود با دیدن چنین کارهایی در آلمان چه می گفت)؟ تمام تیم های بزرگ اروپایی دست در جیب سیاسیون و خزانه ملی کشورهایشان داشته اند و دارند. هر ساله به آن ها مبالغ سرسام آوری وام و مزایا و کمک هزینه، از ناحیه ثروت های ملی، پرداخت می شود. پس، دولت سوسیال علاوه بر تعیین هزینه سرانه ورزش هر فرد و "اختصاص دادن آن پول بطور دقیق و قطعی به خود او با ابزار دموکراسی" باید با برگزاری رفراندوم ها زمینه سرمایه گذاری بودجه های استانی و شهری در همه بسترها مثلا ورزش را تعیین کند و تنها در اینصورت حقی از اکثریت مردم شهرهایی که به فوتبال علاقه ندارند ضایع نخواهد شد. کلان شهرها برای تخصیص چنین بودجه هایی باید منطقه بندی شوند و بودجه ورزش همگانی و پایه نیز می بایست از زمینه ورزش های حرفه ای و سرگرم کننده تفکیک شود. این شیوه حکومتی بیگانه نیست و سبک اداره کشوری است که پیشواعلی به کار می بست. گذشته از این ها ورود سیاسیون به عرصه ورزش(تاکید می کنم که ورزش یک مثال است و خودتان عناوین زمینه های دیگر بجز خود سیاست را جایگزین این واژه کنید، هیچ تفاوتی در نگاه عام میان وظایف دولت ها و مولفه های اجتماعات بشری وجود ندارد) به بهانه سرمایه گذاری آزاد سبب بروز مشکلات بسیاری برای اقتصاد می شود. تیم ها دیگر فقط به سوددهی فکر نمی کنند زیرا بطور مثال رئال مادرید و بارسلونا دیگر برد و باختشان شده یک موضوع عقیدتی و ملی و جنگ میان جدایی طلبی و انحصار! و پیروزی به هر قیمتی حتی نابودی اقتصاد اسپانیا که خودشان نیز به آن گره خورده اند، هدف روشن هر دو جناح سیاسی و قطب اقتصادی!!! و نه دو تیم و دو رقیب گردیده تا جایی که به اپوزیسیون یکدیگر تبدیل شده اند! آیا سایه همین اتفاق شوم را بر سر ورزش کشور خودمان احساس نمی کنید؟ آیا نمی بینید که بطور مثال تیم های تبریزی و اصفهانی خود را در برابر بقیه ملت ایران احساس می کنند؟ به نظر شما چرا درست نیست به سرمایه داران اجازه دهیم پولشان را در هر کجا که می خواهند و به هر مقدار که می خواهند هزینه کنند؟ چرا کار غلتی است که اجازه دهیم دروازه بان تیم ملی با وجود همه توانایی هایش سه میلیارد درآمد داشته باشد؟ چرا باید محدودیتی در حقوق بازیکنان اعمال شود و با سختگیری(نه مثل حالا با شوخی) اجرا هم گردد؟ آیا نظارت صحیح دولتی، در صورتی که ناظران ذینفع نباشند محال است؟ از دیدگاه علم اقتصاد آیا دادن کوهی پول به یک فرد بطور ناگهانی دقیقا مساوی به دریا ریختن همه آن مبلغ نیست؟ این پول ها تماما صرف خرید کالاهای تجملی شده و از چرخه تولید و نظام مولد خارج می شوند. می شوند لوستر و قاشق طلا، می شوند بنز آخرین سیستم! چه درآمدزایی، کارآفرینی و تولیدی با آن ها صورت می گیرد؟؟؟ و اصلا چه

انتظاری از چنین افرادی که یک شبه به این حجم پول می رسند می توان داشت؟ این پول به ویلاها و کاخ هایی تبدیل می شود که هیچگونه بازدهی و تولید سرمایه ای نخواهند کرد و در اکثر سال هم بلااستفاده هستند و صاحبانشان حتی از آن ها اطلاعی ندارند. تبدیل به کلکسیون ماشین های لوکسی می شود که غالبا در هیچ خیابان و اتوبان و جاده ای نمی توان سوارشان شد(اضافه بر منع قانونی این سوپرماشین ها برای پیست طراحی شده اند)!!! و علاوه بر خارج کردن ارز از کشور در گوشه پارکینگ ها خاک می خورند و بازگشت سرمایه ای را از وجودشان نمی توان تصور کرد، و یا در بانکی خارجی تلنبار می گردد! چرا اسپانیا که ادعا می شود صاحب صنعت فوتبال و لیگ حرفه ای بسیار درآمدزاست جزء اقتصادهای ورشکسته اروپا و بدهکارترین آن هاست و علاوه بر آن بالاترین آمار بیکاری اروپا را دارد؟ چرا منچستریونایتد و سایر دیگر تیم های بزرگ جزیره سال ها پیش ورشکسته و واگذار شدند و تنها با تزریق سرمایه سرمایه گذاران سیاسی روسی و آمریکایی و به ویژه اعراب فاقد شعور اقتصادی و ورزشی سر پا مانده اند؟ مگر تبلیغات که توسط بازیکنان گران قیمت می تواند تقویت شود چقدر تولید و میزان خرید را بالا می برد؟ صنعت فوتبال و صنعت سینما مولد نیستند بلکه می توانند مردم را به پول خرج کردن تشویق کنند، یعنی اگر کنترل نشوند مردم فقیری را به وجود می آورند که به محض به دست آوردن پول آن را خرج می کنند و شعور و اختیار پیشرفت و انتخاب را در اثر سیل تبلیغات مبتنی بر کنترل ذهن از دست داده اند. بله درست است، هالیوود با فروش تحمیلی آثار خود در سراسر دنیا(از آن جهت تحمیلی که خریداران قدرت انتخابی ندارند و سیاسیون و حتی ارتش واشنگتن به شدت با هر شخص یا ملتی که بخواهد به فروش سینمای آن اتحاد ضربه بزند برخورد می کنند) کسب درآمد می کند ولی باید همواره حالت استعماری خود را حفظ نماید، به همین دلیل یعنی ساخت فیلم های سفارشی دلخواه پنتاگن و لژهای ماسونی ناخواسته به فروش و چهره خود لطمه می زند. منظور من از مولد آن صنایعی هستند که در صورت تحریم خارجی یا تغییر سلیقه مردم تحت تاثیرات منفی و دگرگونی قرار نگیرند. آیا کشاورزی یا صنعت ذوب تحت هر شرایط بد سیاسی، اقتصادی و اجتماعی درصدی بی ارزش می شوند؟ آیا اگر همه دنیا هم بر ضد ایران متحد شوند و میهن ما صنایع مادر و کشاورزیش فعال باشد به اندازه سر سوزنی می توانند از سوددهی آن ها کم کنند(برتری ایران نسبت به آلمان همین است که ما در کشور خود به تمام معنا همه چیز داریم! علاوه بر همه خوراکی های مهم تمامی معادن، نفت و گازی که آلمان از آن ها بی بهره بود و ناتوانی در جذب مَتریال سبب رکود کارخانه هایش در اواخر جنگ گردید را در خاک خود داریم)؟ یکی از اهداف یهودیان بین المللی از برپایی جنگ دوم جهانی که متاسفانه محقق هم گردید آن بود که اکثریت کولی و آواره و فقیر قوم یهود را به واسطه چنین رویدادی به قافله یک درصد ثروتمندان جهان و مریدان معتمد اصلی خودشان ملحق نمایند و کاری کنند، قریب به اتفاق یهودیانی که حمام رفتن را عار می دانستند(و هیتلر هم در نبرد من به این قائله اشاره می کند) به زمره "اربابان یأهوی جهان" بپیوندند و شاید روزی این کلونی یا انجمن ثروتمند ابرکشور زایون را تشکیل داده همه ملت ها و نژادهای دیگر و به خیالی واهی حتی جنیان و

دیوان و خدایان خود را چنان که تلمود به ایشان دستور می دهد برده بی بهانه خویش سازند.
سیستم سرمایه داری غرب نمی تواند و اساسا این کارایی و توان را ندارد که بتواند همه را
ثروتمند کند و تمامی اقشار جوامع را به رفاه رهنمون سازد و تنها برای به ثروت رساندن
آن قوم از ابتدا طراحی شده است. این سیستم ساده فقط می تواند پول را از کسی گرفته(مانند
ثروتمندان سنتی اروپا و آسیا) و به شخص دیگری(قوم یهود در پشت عناوین) منتقل سازد.
ذات سیستم سرمایه داری رقابت است، رقابتی که بازنده و ورشکسته ندارد چه معنایی می
تواند داشته باشد!؟ در واقع این نظام اقتصادی نوعی قمار است که عده ای را بی نیاز می
سازد و اکثریت را نابود و شگفتا که برنده همیشه از پیش مشخص می باشد! اگر نیاز همه
را مرتفع کند پس چه کسی گارسون باشد؟ چه کسی باربر هتل باشد؟ اصلا مسئله انجام این
امور نیست که مثلا کسی بگوید؛ خب در آینده اگر ربات ها این کارها را انجام دهند ضعف
این ساختار برطرف می گردد! ساده بگویم اربابی که نوکر نداشته باشد چطور اربابی است؟
ثروتمندی که پرستیده نشود و زندگی و ثروتش مورد رشک همگان نباشد چه ثروتمندی
است؟ یهودی نژادپرستی که تمام زندگیش را به امید له کردن دیگر قومیت ها مال اندوزی
کرده اگر مورد سجده بردگان بزک کرده محتاج نان شب خود قرار نگیرد اصلا صهیون
نیست(همین فردا، اگر سرمایه داران یهودی سرمایه شان را از اروپا خارج کنند کشور های
اروپایی در رفاهی مانند سوئد و سوئیس هم برای نان شب خود گدایی خواهند کرد!!! آری
رفاه آن ها تا اندازه ای شکننده است که نمی توانند به اربابان نه بگویند چون مستقل نیستند)!
هدف سیستم سرمایه داری، همین له شدن یکی و ایستادن دیگری بر پیکر بی جان اوست.
از سوی دیگر این بانکداران صاحب ابررسانه ها و سیاستمداران چون عروسک خیمه شب
بازی و کمپانی های چندملیتی عظیم همیشه برنده، به هر شکل نخواهند گذاشت کشوری که
با اقتصاد جهانی در ارتباط و مبادله است به پیشرفتی خارج از قواعد بازی آن ها دست یابد.
از این رو کشوری که بخواهد در برابر چنین غول هایی قد علم کند بی شک باید برای مدتی
ارتباط خود را با بازار جهانی قطع کرده، قراردادهای بین المللی و هر سندی که به موجب
آن ثروتی از مرزهایش خارج می شود را باطل نماید و تنها به صنایع مادر خود اتکا کند.
باید سینما و رسانه هایی مستقل و قدرتمند در حین این قطع رابطه با اقتصاد جهانی بر پا
سازد و ارتشی که بتواند تهدیدها را به هر قیمتی پاسخ دهد. هرگز با پریدن در آغوش این
هیولا نمی توان از او امتیازی حقیقی گرفت(او اجازه رشد بیش از حدی که خود بخواهد را
به هیچ کس نمی دهد و حتی آمریکای دوران کلینتون که رشد اقتصادی بی نظیری داشت به
وسیله نظام اقتصاد جهانی کنترل شد، بعلاوه قوانین بازی را همیشه اوست که تعیین می کند
و نتیجه چنین رقابتی معلوم است) و طرح های تحول اقتصادی اغلب کشورها بیش از یک
شوخی نیستند. مجارستان درهایش را به سوی هالیوود گشوده و رسانه های آمریکایی چنین
تبلیغ می کنند که اقتصادش به این خاطر متحول شده است! وضعیت اقتصاد مجارستان تا
اندازه ای در واقعیت بحرانی می باشد که اتحادیه اروپا این کشور را تحدید به طرد کامل و
تحریم اقتصادی کرده است!!! اینکه فیلم های هالیوودی سی درصد از هزینه تولیدشان را از
خزانه مجارستان بگیرند چه کمکی به اقتصاد او می تواند بکند؟ با سیاهی لشگر فیلم های

هالیوودی شدن جوانان و فاحشه شدن دختران مجار چه پولی به اقتصاد این کشور تزریق می شود؟ با این کار تنها سقف توقعات و حقوق عده ای را افزایش داده اند در حالی که معلوم نیست این هزینهِ بیشتر و اضافی از کجا تامین باید بشود زیرا هالیوود هم هیچ تعهدی در این زمینه ندارد و نمی تواند داشته باشد. هالیوود با این سیاست هزینه تولید فیلم هایش را تا یک سوم الی یک ششم قبل پایین آورده و با اینکه استفاده از عوامل ارزان مبتدی مجاری فجایعی مانند کشته شدن بدلکاران در حین فیلمبرداری را به همراه دارد چنین در شیپورها دمیده می شود که تنها راه بی عیب و نقص نجات اقتصادی مجارستان، ترکیه و ... اوست! آیا مجارستان می تواند با کوچک ترین دستور واشنگتن مخالفت کند؟ فقط کافی است ساخت یکی از فیلم های آمریکایی در آن کشور متوقف شود تا اقتصاد ویران مجارها از صفر هم سقوط کند. چرا باید به جای اینکه تولیدات کشاورزی و صنایع مادر را تقویت کنیم زرق و برق ها را اصل قرار دهیم؟ خلاصه حرف من این است که مبالغ هنگفت باید در زمینه تولید جریان داشته باشند نه اینکه در انبار بی فایده تجملات اشرافی و سرگرمی ها انباشته شوند. هدف از هر چیز باید به خوبی درک و عملیاتی شود نه اینکه بطور مثال در ورزش همانند کمونیست ها مقصد تنها گرفتن مدال و اثبات خود به جهان باشد بلکه می بایست رشد واقعی ورزش ملاک شمرده شود و بر رسیدن حق به حق دار عاری از مدال محوری تاکید گردد. حتی خود هالیوود اتحادیه هم صنعتی بسیار آسیب پذیر و شکننده است و به سادگی در سال ۲۰۱۱ تا مرز ورشکستگی کامل پیش رفت و البته در سال های آینده ورشکسته خواهد شد. یادمان نرود که فاحشه های مرد و زن هالیوود در جنگ جهانی دوم چه کردند(از این رو صفت پتیاره مناسب این قبیل موجودات است که حتی تمامی چهره های مشهور دهه سی و چهل هالیوود دارای کارنامه های جنسی تاسف باری هستند و بدون استثناء همگی آن ها در حالی که متاهل بوده اند بطور علنی با یک یا چند تن دیگر رابطه جنسی جدی داشته اند و یا مانند چاپلین با زیردستان نوجوان و بازیگران کم سن و سال خود همبستر می شده اند). اگر به عملکرد ستارگان آن زمان این ابرسازمان اتحادیه نظامی واشنگتن نگاهی بیندازیم متوجه کارکرد اصلی "چوب جادو" خواهیم شد؛ بازیگران هالیوود از جمله چاپلین دوست داشتنی و معصوم! با ساخت تبلیغات کوتاه و فیلم هایی ضد نژاد آریایی که پرخرج ترین آثار دوران خود بودند(و امروز ادعا می شود چاپلین خسیس و طماع و بیمار جنسی، دیکتاتور بزرگ را با هزینه شخصی خودش و تقریبا مخفیانه ساخت! در حالی که تمام هالیوود برای ساخت این ابرفیلم بسیج شد و یا اینکه او در دوش فنگ قصد توهین نژادی، تحریف تاریخ و نسبت دادن جنایات جنگی از جمله تجاوز که از شگردهای دیرین خود متفقین بود، به سربازان ژرمن در دو جنگ جهانی و احمق و عقب افتاده ذهنی جلوه دادن آریاییان را نداشته است! چارلی چاپلین پس از یک عمر زمینه چینی و جلب محبت عوام فقیر با بازی در نقش ولگرد که البته محصول کار یک گروه از نخبگان و نه شخص وی بود، و سپس خیانت به شرف و خدمت بی پرده به ماسون موفق شد نشان شوالیه را از ملکه بریتانیا دریافت کند و به مقصد نهایی پوچ خود برسد) و سخنرانی و تهییج مستقیم، مردم آمریکا را تشویق به جنگ با آلمان نمودند و زمینه را برای دست اندازی ایالات متحده بر جهان آماده ساختند(در آن زمان مردم

ایالات متحده جنگ نمی خواستند و به این دلیل به رُزولت رای دادند که وی تعهد اکید داده بود هرگز در جنگ جهانی وارد نشود). بعلاوه اوراق قرضه نمادین و بی ارزش را به بالاترین قیمت به مردم فروختند و سوخت ماشین جنگی اتحادیه را از درون و چه مادی و چه معنوی تامین نمودند. آیا از خود پرسیده اید که چرا سخنرانی های پر تعداد ستارگان هالیوود در برهه جنگ جهانی دوم در هیچ رسانه ای منتشر و بازخوانی نمی شود؟ جالب اینکه این به اصطلاح فوق ستارگان با وجود تمامی خدمات چشمگیرشان به یهودیان بین المللی وقتی تاریخ مصرفشان برای ماسونری تمام می شود یک شبه کنار زده شده و خانه نشین یا تبعید می شوند و به آن بی ارزشی که واقعا هستند می رسند و یا می میرند! باری، آیا باید رگ حیاتی یک کشور بسته به چنین صنایع بی ثبات و متزلزلی باشد و با مصدومیت همزمان چند سوپراستار فوتبال ناگهان اقتصاد و هویت کشوری مثل اسپانیا به خطر بیفتد؟! دولت سوسیال باید نظارتی بسیار قوی و گسترده را اعمال نماید ولی نه اینکه با کمونیستی بازی و نظارت حزبی فراقانونی و سلیقه ای مردم را به همان سرمایه داری راضی کند!!! اصلا نماد تک چشم فراماسونری بیش از هر چیز حتی شیطان نماد نظارت کامل آن سیستم بر تابعین خود و یک هشدار است. اگر قرار باشد چنین نظارت سختی، مشابه با ماسون، اعمال گردد و به جامعه اعتماد نشود تفاوت نظام کامل سوسیالی با هزاردستان فعلی چیست؟ در ساختار ماسون هیچ پادشاهی وجود ندارد و بالاترین رتبه "بازرس اعظم" نام می گیرد! زیرا علاوه بر اینکه ماسون ها فقط شیاطین را لایق شاهی می دانند مهم ترین مسئله ای که همواره بطور جدی و خشن در طول تاریخ تعقیب نموده اند همین "تسلسل بازرسی"هاست. در مورد مثال هواداران فوتبال هم یک شبهه وجود دارد؛ هوادارانی که خود را حرفه ای و عاشق می دانند خواهند گفت در صورتی که دولت با دموکراسی هخایی یا همان عدالت علوی به تیم های همه مناطق امکانات برابری با تیم ما بدهد و شرایط برابری را ایجاد کند تکلیف زحمت هایی که ما کشیده ایم و عمری که خرج کرده ایم چه می شود؟ اگر کسی ادعای هوادار حرفه ای بودن دارد باید این را با رای دادن و رای جمع کردن در کانون هواداران و به سود انتخاب هایی که درست می پندارد نشان دهد و به کار بگیرد و تخصص و هنرش را در عمل با به نتیجه رسیدن برگزیدگان خود اثبات کند. در این ساختار تیمی که هواداران حرفه ای تری دارد به سرعت از بقیه پیشی خواهد گرفت و در عین برابر و ورزشی بودن رقابت برتر خواهد شد. استفاده از نخبگان یعنی همین! اصلا وظیفه هر دولتی است که از افراد مستعد برای ایجاد شوق، نشاط و تحرک در جامعه و بالا رفتن آگاهی های عمومی منتج به پیروزی سود ببرد. یعنی این هوادار مدعی عشق، اگر عاشق حقیقی باشد برای آنکه تیم محبوبش صاحب مربی و بازیکنان بهتری که با رای هواداران انتخاب می شوند بشود باید به تکاپو بیفتد و سطح فکری دیگر رای دهندگان و شعور ورزشی آن ها را بالاتر بیاورد و حقانیت و پیروزمندی خود را اثبات کند(زمینه های دیگر را به جای مظاهر فوتبال در این مثال جایگزین کنید). از سوی دیگر به سرعت سایر تیم ها که هواداران حرفه ای کمتری دارند از تیم این فرد عقب خواهند افتاد و در نتیجه گیری ضعیف تر عمل خواهند نمود و به لیگ پایین تر سقوط کرده و مثلا سطح هزینه هایی که باید صرف کنند به نصف

لیگ برتر کاهش خواهد یافت. چرا باید تیمی در لیگ یک درست مثل لیگ برتر پول خرج کند؟ چون دوست دارد پول ها را دور بریزد؟ کسی در اقتصاد نمی تواند بگوید؛ پول خودم است و اصلا می خواهم آتشش بزنم! پول، و یا هر وسیله ای که نماد قدرت خرید باشد، یک سرمایه ملی است که می باید در دست ها بچرخد و باعث حرکت و پیشرفت واقعی گردد. از این رو علاوه بر عدالت در سیستم سوسیال مردم سالاری به معنی تنها تعیین کننده مسیر همین چرخش رکن اصلی است. مثلا باید از مردم خود استان لرستان نظرسنجی نمود که می خواهند بودجه ورزششان در چه زمینه هایی از ورزش حرفه ای و جدای از آن ورزش عمومی صرف شود... بعلاوه که عقب ماندگی ها نیز باید در نظر گرفته شده، جبران گردند(مناطق به سطحی یکسان برسند). شکی نیست که ما دموکراسی را بی عدالت نمی خواهیم و عدالت را بی دموکراسی، نه ظلم اکثریت به اقلیت و نه دیکتاتوری اقلیت را. ما پیشوا را امام خطاب می کنیم که به معنای الگوست، آیا نباید از سیستم اقتصادی ایشان که مهم ترین بخش فعالیت هایشان بود تبعیت کنیم؟ نظارت در نظام اقتصادی پیشوا(علی ابن ابیطالب) چه نقشی داشت و چقدر جدی بود؟ ثروتمندان با چه سیاست هایی در دولت علوی کنترل می شدند و حوزه اختیار اتشان محدود به خدمت به کل می شد؟ با درایت پیشوا، مردم عادی چگونه در فعالیت های اجتماعی و سیاسی و اقتصادی و عمرانی و حتی نظامی! همواره مشارکت می نمودند و رای می دادند؟ از سوی دیگر در همین دو مبحث سینما و فوتبال حرفه ای چرا باید اصلا چنین پول هایی به بازیگران و بازیکنان پرداخت شود؟ به راستی چرا؟ می گویند عمر ورزش حرفه ای کوتاه است! عمر فعالیت یک کارگر ساده چقدر است؟ آیا آسیب های روانی و جسمی و مشکلات کاری و معیشتی او با یک بازیگر اصلا قابل مقایسه هست؟ هر کارگر و کارمندی نیز که با آنان مقایسه گردد باز هم ظلم است پولی تا این مقدار بیشتر به کم کارترین اقشار که از فشار مشکلات امور صنعتی و اداری و واقعیت های تلخ دنیای کار آسوده اند پرداخت شود. امروز یک کارگر خیلی خوش شانس چهارصد هزار تومان در هر ماه دستمزد می گیرد و یک بازیکن فوتبال از فرنگ آمده بالغ بر سیصد و پنجاه میلیون در ماه!!!(چهار میلیارد در سال بطور پایه). این کارگر این راننده این مغازه دار برای آینده خود چه تضمین و پشتوانه ای دارد که آن بازیگر و بازیکن ندارد؟ چه برسد به اینکه بخواهیم نویسندگان و شاعران و بازیگران تئاتر و مربیان محلی و ... که درآمدی برابر با صفر دارند را در این مقایسه بگنجانیم! اقشاری که نه تنها از حرفه خویش نمی توانند تامین شوند بلکه برای آن هزینه هم می کنند. می گویم چرا عده ای عقیده دارند باید پول زیادی به بازیکنان و بازیگران پرداخت شود؛ چون نسبت به ایشان احساس تعلق و محبت می کنند و یا از این جریان سود می برند. برای نمونه وقتی شما یک بازیگر را دائما می بینید نسبت به او همزادپنداری و احساس محرمیت پیدا می کنید و بدون اینکه رفتارهای واقعیش برایتان مهم باشد به وی و در واقع شخصیتی که مثلا او در سریال محبوب شما ایفا کرده است وابسته می شوید و حس نزدیکی پیدا می کنید یا شاید نسبت به او شرطی شده باشید. وقتی یک بازیکن فوتبال آنگونه که شما دوست دارید و به تیمی که شما می خواهید گل می زند ناخواسته نسبت به او احساس دلبستگی خواهید یافت. از این رو، تماشاگران

متعصب همواره هر بازیکنی که از باشگاهشان جدا شده باشد را خائن فرض می کنند! روانشناسی اثبات کرده است که دیدن مکرر تصویر یک فرد، هرچند به صورت ناخودآگاه، آدمی را نسبت به او راغب و خیرخواه می کند چه رسد به اینکه اینهمه عشق و علاقه و اغراق و کمبود محبت هم در میان باشد. با اسکن طولانی مدت(طی چند ماه و چند سال) سه بُعدی مغز ثابت شد که این اعتیاد فقط پدیده ای ذهنی نیست بلکه علاوه بر تاثیری که از ترشحات مغزی مخدرگونه می گیرد به تغییراتی در ساختار فیزیکی کل مغز و تغییر واضح شکل آن نیز خواهد انجامید. یعنی مغز مانند ابررایانه ای عمل می کند که علاوه بر آپدیت کردن نرم افزارهایش با خواسته ها و نیازها و توانایی کاربر خویش، سخت افزار و فیزیک خود را هم مطابق کاری که از او خواسته می شود تغییر می دهد و آپدیت می کند!!! حال چه رسد به اینکه تماشاگر یا تماشاچی ایرانی تمام مشکلات زندگی سخت و ناامیدی خود و ناهنجاری های روانیش را نیز با اعتیاد دیدن تصویر بازیگر یا بازیکنی که می پسندد به فراموشی موقت بسپارد و با احساس لذت و امنیت و موفقیت کاذب گره بزند. مثلا کسانی که چندین سال است برنامه نود را نگاه می کنند را اگر یک هفته وادار به ترک این اعتیاد کنید در رفتارهایشان نوعی اضطراب و بی تابی و عدم تعادل مشهود را مشاهده خواهید نمود. هر چقدر برنامه نود از نظر خود آن ها ضعیف شده باشد یا اینکه از چندین قسمت پی در پی آن خوششان نیاید باز هم به واسطه اعتیادی که دارند مجبورند حداقل برای نیم ساعت در هفته به چهره فردوسی پور نگاه کنند و صدایش را در قالبی که مغزشان به آن شرطی شده است بشنوند تا احساس نمایند همه چیز سر جای خودش است و از زندگیشان راضی باشند. پس، برنامه سازی و مدیریت بر سینما و ورزش همچنان که در غرب به عنوان مهم ترین امر که ارزش اختصاص بیشترین هزینه را دارد جدی گرفته می شود باید در اولویت باشد. از سوی دیگر، عده ای نامطلع می گویند خب به کارگران هم حقوق زیادی پرداخت شود و درآمدشان به همین میزان بالا برده شود! چطور چنین چیزی در اقتصاد ممکن است؟ یک اینکه اصلا چرا باید چنین پول هنگفتی به بازیگران و بازیکنان پرداخت شود؟ چرا؟ دو اینکه پول و سرمایه حقیقی جاری در پیکره یک جامعه و نظام گردش مالی محدود است. نمی شود که پول چاپ کرد و به همه زیاد پول داد! یا باید فلان "نابازیگر" برای فیلمی آپارتمانی و از هر نظر بی ارزش و اقتباسی چند میلیارد بگیرد(و آن پول را به دبی منتقل کند!!!) و یا اینکه همین پول به درآمد کارکنان دولت اضافه(یا در هر جای دیگری خرج) شود. یا آن دروازه بان برای یک فصل دو میلیارد باید بگیرد و یا اینکه همین واحد سرمایه ملی در بخش مفیدی از ساختار اقتصاد که سبب بهبود وضعیت کل خواهد شد هزینه گردد. حتی در نظام سوسیال هرگز نباید بیمارستان و مطب خصوصی وجود داشته باشد و مانند ورزش حرفه ای زمینه رشد و بیشتر حقوق گرفتن دکتران و پرستاران و خدمه بیمارستان و مطب ها را رای مراجعینشان بایستی تعیین کند. تحقق چنین نظام اقتصادی بی عیب و نقصی مقصود نهایی هیتلر بود که البته من تاکنون هیچ متنی از پیروان مشهور رایش سوم یا سران حزب و دولت نازی نخوانده و یا سخنرانی و نطقی نشنیده ام که به فهم آنان از خواست حقیقی وی گواهی دهد. هیتلر بیش از همه در این زمینه مظلوم بود و اکثریت

کسانی که به او می پیوستند در پی اطاعت از تفاسیر شخصی خود از قوانین "راسیسم و ناسیونالیسم فاقد چیزی به نام سوسیالیسم" بودند. این سوسیالیسم ملی با آنچه که مارکس در ذهن می پرورد متناقض بود همانگونه که از ابتدا مارکسیست ها سخت ترین دشمنان نازی به شمار می آمدند. سوسیال مارکس به عکس اصول و مثال هایی که از نظر گذشت تنها بر انقلاب پرولتاریایی و سوزاندن داشته ها و باورها تاکید نموده و هیچ سیستم و نظامی ندارد. اما سوسیال هیتلر "برنامه عمرانی و تحول اقتصادی در کوتاه ترین زمان ممکن" می باشد. در این سیستم نه تنها سعی نمی شود با استفاده از متدهای کمونیستی مردم را خانه نشین کرد و تا سرحد امکان از فعالیت اجتماعی و حضور آن ها در سطح شهرها جلوگیری نمود بلکه به عکس دغدغه ای جز این وجود ندارد که همه توده های ملت بطور فعال در خیابان ها، جشن ها، بزرگداشت ها، مراسمات رسمی و فعالیت های مدنی حضوری پویا داشته باشند.

گفتار هفت: سرنوشت نهایی

اگر آدام اسمیت ها و فریدمن ها توانستند واقعیت نهایی اقتصاد و تجارت آزاد را(در دو مرحله متضاد) با پیچیده گویی و سپس عوام فریبی پنهان سازند، همواره به لطف کارشکنی خائنین و توطئه گران داخلی کشورهای ضعیف تر و یا ایستاده در برابر نظریاتشان به این موفقیت دست یافتند. باید به اهمیت کودتا و "فساد از درون" و خیانت در ادبیات آن قوم ابتدا از هر چیز تفکر کرد. تبلیغات رسانه های یهود صهیون به خودی خود بدون خوراک خبری مناسب نمی توانست به حیات خود ادامه دهد و این وظیفه سردمداران یهودی الاصل و یا دست نشانده اقتصادهای به اصطلاح "ایستاده در برابر غرب" بود و هست که حیات او را تضمین کنند. از مجموع ۵۳۲ نفر، کارگزاران رژیم کمونیستی شوروی که متولی انقلاب بلشویکی و اداره امور و اموال آن بودند ۴۲۵ نفرشان را یهودیانی مشهور شامل می شدند! شماری دیگر از واقعیت های مربوط به نظام کمونیستی شوروی سابق که قرار بود در برابر نظام سرمایه داری بین المللی یهود قد علم کند(جالب اینکه شکست این کمونیسم سرتاپا مملو از خائن و دشمن داخلی مساوی با حقانیت سرمایه داری غرب برداشت می شود)!!! را یادآوری می کنم: نخستین کابینه پس از جنگ مجموعا ۲۲ وزیر، ۱۷ نفرشان یهودی. مجلس اداره جنگ مجموعا ۴۳ کارگزار، ۳۴ نفرشان یهودی. مجلس امورات داخلی مجموعا ۶۴ کارگزار، ۴۵ نفرشان یهودی. مجلس امورات خارجی مجموعا ۱۷ کارگزار، ۱۳ نفرشان یهودی. مجلس امورات مالی مجموعا ۳۰ کارگزار، ۲۶ نفرشان یهودی(یعنی گوسفند بیچاره را دست و پا بسته به گرگ سپرده بودند!!!). مجلس امورات قضایی مجموعا ۱۹ کارگزار، ۱۸ نفرشان یهودی(چه عدالتی بر پا بوده است!!!). مجلس امورات بهداشتی مجموعا ۵ کارگزار، ۴ نفرشان یهودی(یقینا امور بهداشت را به اینان سپردن از سپردن خزانه هم خیانت بزرگ تری بوده است! اروپاییان، صهیونیان را به سبب همین نمونه بودن در بهداشت "موش کثیف" می نامیدند و این واژه نام آن ها تلقی می شد. یهودیان در آمریکا

صد سال به کمک رسانه هایشان کوشیدند تا توانستند این باور را از اذهان عمومی پاک کنند مثلا از حدود هفتاد و پنج سال پیش تاکنون و به منظور تربیت نسل تازه ای از آمریکاییان با باورهایی متفاوت با گذشته شخصیت اصلی همه کارتون های مهم یک موش دوست داشتنی، زیرک، مظلوم مهربان و پاک!!! بوده است مانند میکی ماوز و جری و بی شماری دیگر).

مجلس ارشاد عمومی مجموعا ۵۳ کارگزار، ۴۴ نفرشان یهودی. مجلس بنا و تعمیر مجموعا ۲ کارگزار، هر ۲ نفر یهودی. صلیب سرخ روسی مجموعا ۸ کارگزار، هر ۸ نفر یهودی. اداره ایالات مجموعا ۲۳ کارگزار، ۲۱ نفرشان یهودی. امورات خبرگزاری مجموعا ۴۲ کارگزار، ۴۱ نفرشان یهودی!!! مجلس رسیدگی به کارمندان مجموعا ۷ کارگزار، ۵ نفرشان یهودی. مجلس تحقیق درباره کشته شدن قیصر(آخرین تزار روسیه) مجموعا ۱۰ محقق، ۷ نفرشان یهودی(جالب اینکه همین قیصر و خاندان تزار از مهم ترین مهره های ماسون بودند و بیشترین خدمت را به این تشکیلات در طی تاریخ و به خصوص برای سرکوبی ناپلئون انجام دادند ولی پس از تمام شدن تاریخ مصرفشان دور ریخته شدند).

مجلس اقتصادی مجموعا ۵۶ کارگزار، ۴۵ نفرشان یهودی. مکتب کارمندان و ارتش در مسکو مجموعا ۲۳ کارگزار، ۱۹ نفرشان یهودی. کمیته مرکزی چهارمین کنفرانس شوروی مجموعا ۳۴ کارگزار، ۳۳ نفرشان یهودی. کمیته مرکزی پنجمین کنفرانس شوروی مجموعا ۶۲ کارگزار، ۳۴ نفرشان یهودی(مصادف با آغاز فرار موریانه ها از درخت نظام کمونیستی در حال سقوط که با تخصص تاریخی ایشان از داخل پوک شده بود). کمیته مرکزی حزب کمونیست مجموعا ۱۲ عضو، ۹ نفرشان یهودی. دفتر سیاسی حزب کمونیست شوروی مجموعا ۷ عضو برجسته، ۴ تن یهودی(و ۱ تن نیز همسر یهودی داشت و همه می دانند ازدواج با سایر نژادها در دین یهود حرام است و خودتان بهتر از من باید بدانید که اینان تنها در چه مواقعی این اصل مقدس خود را زیر پا می نهند). تروتسکی، کامینیف، سوکولنکف و زیتوفرف یهودی بودند و به نظر شما همسر چه کسی یهودی بود؟ استالین(عاقل ناخودآگاه به یاد ماجرای آستر و خشایارشاه می افتد، یکی از وظایف همسر استالین بچه دار نشدن بود! مرگ استالین نیز مانند لنین در سلامت کامل و ناگهانی رخ داد! در این دوران کیت میدلتون که از اصیل ترین خانواده های یهود است همان آستر می باشد). ۲ عضو دیگر یعنی لنین و یابزوف هم که به سرعت از بازی برد حذف شدند(چون افکار کمونیستی واقعی داشتند) و نیروها و چهره های معروف به یاران لنین در حکومت استالین زودتر و شدیدتر از همه قلع و قمع گردیدند(جالب اینکه چهره های تبلیغاتی نظام کمونیستی همان چند نفر غیریهودی بوده اند که البته غالبا همسرانی یهودی داشتند و یا نوکران قسم خورده آن قوم بودند، یا عملا کاری از دستشان ساخته نبود و یا عمر کوتاهی کرده اند!!!).

از ۱۷ عضو وزارت جنگ شوروی نیز تروتسکی، ژوزف، آنچلخت، سوبردلوف، یورتسکی و ژوسیف یهودی بودند و مولوتف معروف(مبتکر کوکتل مولوتف) همسرش یهودی بود! قبل از ظهور انقلاب بلشویکی یک میلیارد دلار تحت مدیریت ۵ نفر یعنی اسحاق موتیمر، سیستر، لیفی، رون و شیف در راستای تبلیغات ضدحکومتی برای انهدام دولت تزار و کشتار جهت برپایی شورش کارگری هزینه گردید(پیش تر یک میلیون یهودی

توسط اینان برای شورش به روسیه منتقل شده بودند!) که همگی یهودی و فراماسونر بودند.
حال می توان فهیمد آن کینه لجام گسیخته غیرقابل درک و توجیه در خرد کردن و توهین جنون آمیز به مجسمه های مسیح از کجا می جوشید. همین کینه را می توانید در بسیاری از دیگر شورش ها و یورش ها به عینه ببینید، مثلا وقتی وایکینگ ها که به وسیله یهودیان از اخبار، دارایی ها و نقشه های اروپا مطلع گردیده بودند و با تحریک مکرر آنان به آن قاره حمله کردند حتی یک تن از مسیحیانی که می دیدند را زنده نمی گذاردند. به وایکینگ ها قبولانده بودند که زنده ماندن حتی یک مسیحی مساوی با مرگ دردناک خانواده های آنان است(همین وایکینگ ها با مشاهده معجزاتی بعدها مسیحی شدند) و درباره ثروت ها و گنج دشمن خودشان(بطور کل بشریت!!!) افسانه همیشگی را برایشان به هم بافته بودند(همانگونه که اسکندر و مزدورانش نیز تصور دیگری از تخت جمشید و گنج های آن داشتند) که این مردمان نادان تا مدت ها در رودخانه های اروپا کشتی رانی می کردند و سرگردان بودند و نمی دانستند اصلا برای چه آمده اند و چرا هیچ شهری را از نقره(که فلز محبوب آنان بود) پیدا نمی کنند! و چرا خزانه های شهرهایی که تصرف می کردند اینقدر محدود و تهی است!
اما سرانجام نظام های نمایشی کودتایی یا نظام های وابسته به نظم نوین جهانی و مطیع آن قوم چیست؟ پایانی واحد و درست به یک اندازه تلخ و تکراری؟ یا بهتر بپرسم؛ واقعیت و مقصد نهایی اقتصاد و تجارت آزاد چیست؟ باید با مثالی پاسخ را برای شما روشن کنم.
تصور کنید یک چاه بی سر و ته در وسط رشته رودخانه هایی که مانند تارعنکبوت به هم پیوسته اند قرار دارد و آن رودخانه ها به دریاها و اقیانوس های سراسر جهان متصل اند.
حال اگر این چاهِ نیستی، با حالت مکندگی دائمی خاصی شروع به بلعیدن تمامی آب های روی سطح زمین و انبار کردن آن ها زیر سطح خود بکند، خود آن رودخانه های سیستم تارعنکبوتی اطراف چاه هم خشک خواهند شد اما پس از آنکه تمامی آب ها از سراسر نقاط دیگر جهان مکیده شد. یعنی این رودخانه ها که همان اقتصاد کشورهای اروپایی و ایالات متحده و چند کشور قدرتمند دیگر وابسته به نظام اقتصادی یا تجارت آزاد یهود هستند(حتی چین و روسیه) تا زمانی که مکش ادامه دارد پرآب و آبادان خواهند بود و اکثریت مردم اطراف آن ها در سیلی از ثروت به تفریح محض می پردازند. اما وقتی این مکش کندتر شود و یا شاید اینقدر تندتر که نتوان سرعت آن را دید! و آبی جز شبنم از رودها برداشت نگردد(درست مثل حالا) بحران اقتصادی کمر اروپا و آمریکا را خواهد شکست زیرا هیچ انباشت سرمایه و کالا و پس اندازی در این مناطق نمی تواند مستقلا صورت بگیرد. این ها فقط رودخانه هایی برای انتقال اند که تحت پوشش شبکه تجارت آزاد یهود بیش از نیازشان چیزی دریافت نمی کنند و نمی توانند با تعادلی که قیمت ها ایجاد کرده اند و فریدمن آن را خود به خودی می داند!!! مقابله نمایند و قیمت ها را چه کسانی تعیین می کنند؟ صاحبان سرمایه! و صاحبان سرمایه چه کسانی هستند؟؟؟ همین قانون مقدس قیمت هاست که اتحادیه را وادار می کند گندم تولیدی مازادش را به دریا بریزد ولی حتی با فروش آن قیمت ها را نشکند! چون در صورت بروز این اتفاق قیمت همه چیز در زمین کاهش می یابد. باری، و همچنان ثروت بشر به شکل ارقامی گنگ در حساب یهودیان بین المللی که فرقه فراماسون

تنها شاخه سیاسی آن ها محسوب می شود و یا به ظاهر انسان ها و ملت ها و منابع طبیعی و کالاها و دولت ها و گروه های با یکدیگر دشمن که همگی تحت لوای "دیکتاتوری" یک نظام عالم گیر بانک محور تارعنکبوتی نامتمرکز کدگذاری شده اند تغییر ماهیت خواهد داد. به همین دلیل با یک تلنگر اقتصادی کوچک؛ یک قطعی برق!!! یا توفان، تجمع اعتراضی بی خانمان ها در یک خیابان(وال استریت) یا ورشکستگی چند شرکت خصوصی بزرگ ترین ابرقدرت تا مرز فروپاشی و قحطی پیش می رود! این فروبلعیدن تمامی سرمایه های موجود در جهان و تلنبار آن ها حتی به صورت ارقام نمی تواند دائمی باشد زیرا سرمایه نهایی به هر شکلی که باشد محدود است و حجم دارایی فقط می تواند منتقل شود و نه تکثیر. حتی اگر غیر از این هم ممکن شود سیستم سرمایه داری غرب به واسطه مشت آهنین ارتش اتحادیه و تحریم اجازه نخواهد داد با تکثیر گسترده سرمایه قدرت و اقتدارش بی معنی شده و در واقع یک شبه نابود و بی ارزش گردد. به عبارت دیگر مردمان اروپا که خود را کمال مدیریت و دانش و ثروت می پندارند در واقع هیچ در دست ندارند و تنها به واسطه تبعیت از سیستم اقتصادی یهود، تا زمانی که می توانند سرمایه را در امنیت کامل و چندبرابر شده منتقل سازند اجازه دارند در خانه خویش که شش دانگ به نام "زایون" است شهوترانی کنند. بروز جنگ های متعددی که در منطقه و جهان شاهد آن هستیم و به خصوص کشمکش های اقتصادی و سیاسی بی نظیر در تاریخ اروپا در زمینه سیاست های ناحیه یورو نشانه های دیگری از این واقعیت اند که مکش در حال کند(به دلیل تحلیل منابع) یا انحصاری(به دلیل مطلق شدن قدرت گروهی معدود و نیز زیاد شدن تعداد نوکران افزون طلب) تر شدن است. هنگامی که غربیون به سیاستمداران صد در صد وابسته به خود، مبارک ها و قذافی ها هم رحم نمی کنند و حتی عمر سلیمان ها را می کشند تا از هزینه هایی که آنان برایشان ایجاد خواهند کرد خلاص شوند، به کهنه متفقین خود نیز رحم نمی کنند یا اینکه انگلیس و آلمان، دو قدرت اقتصادی ناحیه یورو به دیگر کشورهای اروپایی رحم(از نوع اقتصادی) نمی کنند چه واقعیتی را می توان برداشت نمود؟ آری سفره ماسون هر روز در حال کوچک تر شدن است و نوکران و چاکران نان خور این خوان نجاست نیز بطور تصاعدی افزایش می یابند. در این میان قلدرتر ها همه چیز را برای خود می خواهند؛ مثلا ایالات متحده گاز افغانستان و نفت لیبی و عراق و همه و همه را با بی شرمی غصب کرد و در عوض امتیازاتی بی شمار به نوکران نوکیسه خود در منطقه ما و حتی کشورهایی که در ظاهر در برابر او قد علم کرده اند و کمونیست هستند اجازه داد بخشی از این ثروت ها را با واسطه صاحبانشان در واقع از خود او بخرند! چرا؟ زیرا بزرگ ترین چماق در دست اوست!!! و اوست که همواره ثابت کرده از همگان بی رحم تر و در حفظ منافعش جدی تر و خشن تر است. این تصاحب بی شرمانه نان های باقی مانده سفره غارت حتی ناتو را در برابر چین و روسیه قرار داده است و به یقین تنش میان بلوک شرق و غرب اینبار نمایشی و سرد نخواهد بود. بعلاوه دو ابرقدرت متفق اتحادیه نظامی واشنگتن و کمپانی تجاری لندن اکنون به بالاترین سطح تناقض منافع و در نتیجه همین مسائل مالی اختلافات عقیدتی ماسونی با یکدیگر، پس از قائله استقلال اتحادیه، رسیده اند و در اصل دنیای امروز دارای چهار ابرقدرت است که

هرکدام سعی در حذف سه رقیب دیگر خود دارند و با کسی متحد واقعی نیستند اما تمایل به روابط نزدیکتری با ابرقدرت همگون تر با خویش نشان می دهند که همین قاعده نیز دچار دستخوش بسیاری گردیده و مثلا طی ماه های اخیر به روشنی مشاهده می شود که اتحادیه به چین و روسیه به کمپانی دائما نزدیک تر شده اند(البته نه در اخبار بی بی سی!!! بلکه در سیاست) و شاید همین امروز دوباره این ترکیب برهم بریزد، چون ابرقدرت ها بهتر از هر کسی خودشان را می شناسند و می دانند وفاداری در مرام شیاطین کمترین معنایی ندارد.

ایالات متحده به عنوان قوی ترین و مطیع ترین مهره یهود بین المللی(فراموش نکنید حتی خود اسرائیل هم تنها مهره ای است در دستان یهودیان بین المللی و خانواده های قدرتمند رهبری بانک زایون و هر چند مدت یکبار اگر بخواهد برداشت شخصی از قوانین بازی داشته باشد به واسطه رسانه ها و فشار سیاسیون اتحادیه تنبیه، کنترل و محدودتر می شود) در روزگار و به ویژه در منطقه ما تلاش می کند مهره های وابسته و چهره های سیاسی دست نشانده تسلیم خود و مسلمانان خوب از دید غرب را در همه میدان ها به قدرت برساند.

نه تنها در خاورمیانه بلکه بطور ذاتی، ایالات متحده نیاز به برپایی انقلابات و کودتاهای داخلی در نظام های رقیب و متخاصم خود دارد و بدون جواب دادن این استراتژی خلع سلاح می گردد. بطور مثال هنگامی که چین و روسیه در عصر ما توانستند به یک ثبات نسبی دست یابند واشنگتن در برابر آن ها کاملا خلع سلاح شد! ارتش ایالات متحده تاکنون در هیچ جنگی پیروز واقعی نبوده و با نگاهی به تاریخ متوجه خواهید شد که حتی در یک مورد واشنگتن به کمک ارتش خود فتحی انجام نداده است، این ابزاری است برای ترساندن.

"یو اِس اِی آرمی" در جنگ جهانی دوم تنها در انتهای نبرد وارد میدان شد و نه در فتح آلمان حضور داشت(بلکه شوروی این کار را انجام داد و برلین را فتح کرد) و نه در فتح ژاپن(تنها از بمب اتم استفاده نمود و نیروی نظامیش در برابر اراده پولادین مردم ژاپن برای دفاع از کشورشان شکست خورد). در ایتالیا هیچ فتحی صورت نگرفت زیرا این کشور پیش تر شکست را پذیرفته و تسلیم شده بود و متفقین در آن با کمترین مقاومتی از سوی نظامیان ایتالیایی مواجه نشدند و با آلمان ها نبردهایی بر سر زمان داشتند(در یکی از این نبردها در صومعه مونته کاسینو دویست چترباز آلمانی چهارهزار تن از نیروهای آن ها را کشتند آن هم در حالی که بُمبارد توپخانه و بمباران هوایی مکرر متفقین بر سر آن ها و کوه کاسینو فرو می ریخت! اکثر این چتربازان هنگامی که تا آخرین گلوله خود را شلیک کردند موفق به فرار گشتند. مجموعا صد و نود و پنج هزار نفر از سربازان متفقین در این منطقه به اجدادشان واصل شدند در حالی که غالبا مست بودند و تلفات آلمان ها از حدود پنج هزار تن بیشتر نبوده است. مشروبات الکلی در نیروی متفق تنها عاملی بود که سبب می شد مزدوران چندملیتی آن ها از جنگ نگریزند و جالب آنکه اجساد این مزدوران استرالیایی و کانادایی و لهستانی و ایرلندی و ... که همینان در نرماندی جنگیده بودند و نه آمریکایی ها، در ایالات متحده و به نام سرباز آمریکایی به خاک سپرده شد). اتحادیه حتی ویتنام و کشور بی طرف لائوس!!! و کره شمالی را نتوانست با وجود برتری نظامی غیرقابل مقایسه و ریختن میلیون ها تن بمب خوشه ای بر سر مردم بیگناه شکست دهد(در کشورهای فقیر آن

نواحی مخصوصا لائوس مناطق زیادی وجود دارد که با بمب های فوق خانه و روستا ساخته اند!) و در آخر از نبرد با آن ها گریخت!!! عراق بعث را به واسطه خیانت ژنرال های صدام بدون درگیری اشغال نمود(جالب اینکه بسیاری از ژنرال های صدام حسین پس از پیروزی غرب مفقود شدند! درست مانند گوبلز و بورمان) و فقط در بصره با مقاومت صد تن بعثی متعصب روبرو گردید و دو هفته تمام نتوانست این شهر را در اختیار بگیرد!!! طالبان افغانستان همین صد نفر را هم در اختیار نداشت و کمترین مقاومتی در برابر تصرف کشورش صورت نداد. ارتش اتحادیه حتی در سومالی افتضاح "سقوط شاهین سیاه" را به بار آورد و در طبس توفان شن را و با وجود برتری چشمگیر نتوانست قدمی بردارد. آری قوی ترین ارتش جهان در طول تاریخ پیدایشش حتی در یک جنگ واقعی پیروز نشده است!!! هرچند برای این اتحادیه پنجاه کشوری اسلام گرای تندرو یا سکولار چندان تفاوتی ندارد و در این شرایط تضعیف سرمایه هر گروهی که بتواند خواسته های او را بهتر و سریع تر از سایرین مرتفع سازد آزادی خواه تلقی شده و حمایت می شود ولی، اسلام گرایان تندرو و پیروان رنگ عوض کرده خط فکری عمر ابن خطاب و وهاب یا همان "القاعده کراوات بسته!" به انتخاب وی در اولویت کودتا کردن قرار دارند و تنها به واسطه حضور آنان در راس هرم قدرت است که می تواند در مورد روشن ماندن آتش جنگ در منطقه که تضمین کننده رسیدن رایگان او به ثروت خاورمیانه و حتی دریافت پول برای قبول چپاول است(یعنی شورشیان علاوه بر تقدیم ثروت و منابع ملی خود و نیز برآوردن هر خواسته ای که ایالات متحده دارد مثل مسدود کردن برخی راه ها به منظور ماندن دائمی ناتو در افغانستان حتی حاضرند البته از جیب عربستان و امارات و قطر و کویت پولی چندبرابر بیشتر از قیمت واقعی پرداخت کنند تا آن کشور بپذیرد به آن ها سلاح بفروشد زیرا به یقین روسیه و چین از چنین کاری در این مورد خاص سر باز می زنند. بعلاوه مسیحیان و سکولارها و ملی گرایان کشورهای مورد کودتا نیز هر کاری می کنند تا مورد لطف غرب واقع شوند و این ائتلاف مرحمت کرده و استعمار کردن مستقیمشان را دوباره بپذیرد تا از جنگ القاعده در امان بمانند) اطمینان حاصل کند. از سوی دیگر تا هر هنگام که خواست در خاورمیانهِ جَم و آب های نزدیک آن بماند و حتی نیروهایش را افزایش دهد و دست به هر اقدامی که به نفع منافع خویش تشخیص داد بزند. پیروان القاعده تنها برای آنکه بتوانند و اجازه داشته باشند دشمنان خود را بکشند حاضرند پای هر قراردادی را امضاء کنند. علاوه بر این با سر کار آوردن سلفی ها(ایادی اخوان که خود ایشان ایادی وهابیت هستند و حتما می دانید وهابیت سعود از ایادی فرقه شراینر و شراینر نیز شاخه ای از فراماسونری آلت دست "آن قوم" است؛ تاریخ زایش جمعیت اخوان و سلفی ها را مطالعه بفرمایید) که شیعیان را حتی از صهیونیست ها دشمن تر می دانند غرب می تواند فشار بر ایران را افزون کند. همینطور با فشار بر برخی دولت ها به واسطه تحریم و اغتشاشات غرب گرایانه و به بهانه معجون دموکراسی خواهی توامان با اسلام طالبانی!!! اینترنت و کلاشینکف!!! او می تواند مهره های خویش را به آسانی و یک شبه تبدیل به سران ملت ها سازد زیرا مردم چنین کشورهایی در اثر فشارهای اقتصادی و تنگنای دنباله داری که در آن مدت ها اسیر بوده اند

به هر کس که شعار بزک کرده تسلیم در برابر غرب سر دهد رای خواهند داد و به یقین با تبلیغات گسترده ابررسانه ها تصور خواهند کرد با رای دادن به مهره های آمریکا و در واقع تسلیم محض یک شبه به جهان اول و رفاه کامل صعود خواهند نمود! اما در نظام هیتلری وضعیت با آنچه که شرح دادم تفاوت داشت. به سبب قوانینی که توسط رایش و ساختار سوسیالیستی نازی به نیروهای خائن و دست نشانده کودتاچی تحمیل شد آن ها هرگز نتوانستند با جانشین کردن واقعی حکومت خود تصویر مثبت ایجاد شده از نازیسم و هیتلر را آنطور که وظیفه داشتند مخدوش کنند. کودتای سران نازی و زیر پا گذاشتن این مرام توسط آن ها با وجود تلاشی که برای ایجاد تغییر در مکتب نازی صرف شد هرگز نتوانست اصول خلل ناپذیر آن را نقض کند و گروه وحشت مجبور شد در این مورد به خشن جلوه دادن جنبش سوسیال بسنده نماید. تفاوت دوم این است که ارتش و نهادهای نازی با وجود همه خیانت ها مستقل از متفقین بودند ولی مثلا هم اکنون بودجه ارتش مصر مستقیما توسط واشنگتن پرداخت می شود و مردم بی سواد این کشور عربی(افزون بر شصت درصد سواد خواندن و نوشتن ندارند) نمی دانند همه داشته هایشان تا ده ها سال پیش فروش گردیده است. آری، وظیفه مبارک ها امضاء این قراردادهای واگذاری همه چیز بود و وظیفه دیگرانی که امروز بر سر کار آمده اند ایجاد درگیری میان عقاید مختلف و عقب نگه داشتن آنان است.

نازیسم یک مکتب عقلی عمرانی و جنبشی ضد بی بند و باری جنسی و مهاجرپذیری بی رویه که مفاهیمی چون ملت و خانواده را مقدس می شمرد بود و بر محور اطاعت مطلق و بی چون و چرای توده و زیردستان از سران و فرماندهان چون کمونیسم استوار نگشته بود. جالب اینکه گروه وحشت، پس از کشتن پیشوایشان بسیار کوشیدند تا واحدهای عملیاتی را وادار به چنین اطاعت صِرفی بکنند که نتیجه جز تار و مار شدن بیهوده این نیروها(در ماه های آخر جنگ) چیز دیگری نبود زیرا رمز موفقیت سربازان و افسران نازی خلاقیت و تصمیم گیری های مستقل و آزادی عملی بود که هیتلر شخصا به آن ها تفویض نموده بود و باعث انعطاف و سرعت عمل حرکت و تصمیم گیری در حملات و مواضع دفاعی می شد. ارتش آلمان و به خصوص نیروهای اس اس بدون این خاصیت و مورد اعتماد قرار گرفتن کارایی مشهور خود را از دست می دادند و بجز آنکه چنین دستورپذیری و سبک جنگیدنی را تعلیم ندیده بودند(که مانند سربازان شوروی گوشت دم توپ باشند!) اصلا با شیوه تازه سازگاری نداشتند و اساسا آلمان نمی توانست با توجه به تعداد نیروها و دیگر شرایط نظامی و اقتصادیش با چنین شیوه ای بجنگد. نتیجه این تغییر روش از پیش بر همگان روشن بود. از سوی دیگر، خشونتی که گروه وحشت به یکباره از نیروهای نظامی تحت پرچم نازی توقع داشت(که مانند سربازان شوروی عمل کنند) با توجه به مرامی که پیش تر، توسط رایش سوم به آنان آموزش داده شده بود عملا قابل اجرا نبود. از همه مهم تر نظام اقتصادی آلمان نازی گرچه چندان کامل و بی عیب و عاری از کارشکنی و دشمنان داخلی نمی بود اما در مقایسه با سیستم اقتصادی شوروی بسیار سالم تر می نمود و واقعا و نه تنها در شعار توانسته بود از نظام سرمایه داری آزاد خود را تفکیک نماید. با توجه به اصول مشخص، موفق و غیرقابل تغییر و دستکاری این نظام سوسیالیستی ایده آل(که دوران طلایی نازی را

به عنوان سرمشق و نمونه عملی در پیشینه خود داشت) تنها راه باقی مانده برای صهیون آن بود که چنین ساختار دردسرسازی که(به سبب موفقیتش و یک شبه ره صد ساله غربیون را طی کردن) گواه زنده اثبات دروغ های دستگاه تبلیغاتی یهود و ایده پردازان دست نشانده با شعار در کمال بودن سرمایه داری آزاد گردیده بود را از ریشه بسوزاند و به کل نابود کند هرچند این کار مساوی سوزاندن بخش عمده ای از سرمایه های فوق تصور به چنگ آمده و برخلاف مرام همیشگی این نژاد و تنها ناپرهیزی تاریخی آنان باشد! از این رو، آنچه بر سر کمونیسم آمد بر سر سوسیالیسم هیتلر نیامد و یعنی نمی شد که بیاید. حال بیایید زندگینامه و کارنامه رهبران گروه وحشت که مورد تایید تمامی مورخین است را بررسی کوتاهی نماییم.

پاول یوزف گوبلز پیش از ورود به حکومت آلمان به کار در بانک و کارگزاری بازار بورس اشتغال داشت؛ یعنی خواسته یا ناخواسته کارگزار و عامل یهودیان بین المللی بود و با آن ها از ابتدا آشنایی کامل و ارتباط قطعی داشت. او در ۱۹۲۴ وارد حزب نازی شد و پس از چندی به ریاست حزب در ایالت برلین منصوب گردید! و در ۱۹۲۸ در مقام یکی از کلیدی ترین اعضای حزب نازی قرار گرفت!!! این پیشرفت ناگهانی و بی دلیل را چه کسی می تواند توجیه کند؟ بعلاوه گوبلز در ۱۸۹۷ به دنیا آمده بود و حتی در هنگام مفقود شدن و "خودکشی رسانه ای" فقط ۴۸ سال داشت و ترقیات جهشی او در آن سن قابل قبول نیست. وی به بهانه ناتوانی جسمی از انجام خدمت سربازی و شرکت در جنگ جهانی اول موفق به اخذ معافی شده بود!!! کهنه سربازان جنگ جهانی اول و نیروهای فداکار و جانباز جنگ جهانی دوم چون رومل و اشتافنبرگ به سادگی خائن خطاب می شوند و گوبلز فرار کرده از خدمت نظام یک شبه می شود از ارکان قیام نازی و سپس بدون آنکه حتی یکی از شرایط تصدی این پست را دارا باشد(و البته هیچ تخصصی در زمینه پست های قبلیش نیز نداشت)، بیست و پنجمین صدراعظم آلمان؟! من با صراحت و قاطعیت امروز اعلام می کنم که نه تنها گوبلز خودکشی نکرد بلکه یک قطره خون از دماغ خودش و خانواده اش نیامد چون در زمان مورد ادعا اصلا در برلین نبودند! وی منافق ترین مهره تحمیل شده به رایش سوم بود. هیچ مدرکی مبنی بر خودکشی او و خانواده اش در دست نیست و این تنها یک سناریوی نخ نما شده، چون ترور بن لادن است که آنقدر به کرّات تعریف شده و پردازش گردیده، کم کم به واسطه تلقین و تکرار و تایید دائمی به باور عوام(بدون ارائه هیچ سندی) تبدیل شده است. سناریوهای آن قوم تا اندازه ای زشت و منزجرکننده اند که آدمی شگفت زده می شود چطور پیشینیان توانسته اند آن ها را باور کنند؟! مثلا گفته می شود که همسر گوبلز(ماگدا) پس از کشتن فرزندانش در کمال خونسردی، در همان اتاق خودکشی هیتلر و معشوقه اش دست به خودکشی زده است. اتاقی که سر به مهرترین اتاق های مخفی نازی بوده و هیچ کس دیگری هم در این مراسم مقدس خودکشی حضور نداشته و بهتر بگویم منزلت حضور نداشته است!

ای نادان ترین نادان ها! ای دروغ پردازان صهیونی به غایت پست! اگر کسی در اتاق حضور نداشته و شاهدی نبوده(که یقینا نمی توانسته باشد) چه کسی این صحنه خودکشی را دیده و گزارش کرده است؟ چه کسی ضربان قلب همسر گوبلز را اندازه گیری کرده و فهمیده است که او در کمال خونسردی دست به چنین جنایتی زده؟ حتی بر فرض اینکه چنین

جنازه هایی توسط ارتش سرخ یافته شده باشند، که البته هرگز چنین نشد و نشانه ای از این اجساد ارائه نگردید، چه کسی فهمیده مادر بچه ها آن ها را کشته است و آن هم با سنگدلی؟ در حالی که یقینا جنازه ها باید تا رسیدن نیروهای شوروی در طی فاصله چند روزه کشف چنین مقری سالم مانده باشند و خود سندسازان نیز می گویند اتاق کشف شده دربسته و سر به مهر بوده است که این اظهار نظر عجولانه و بی تدبیر اولیه، کل نظریه وجود شاهد را منتفی می سازد و اینان از آنکه شاهدی برای مراسم تخیلی خودکشی بتراشند عاجز ماندند. ننگ بر کسی که خود را حتی باورمند به هیتلر و جنبش ضدصهیون او می داند و پذیرفته که وی دست به چنین اقدام کثیفی زده باشد و در محفلی که تنها در ذهن بیمار صهیونیان و ایادی ماسون می تواند بگنجد در موقعیتی که قرار به کشتن کودکان است حضور یافته باشد. ما چرا بدون هیچ مدرک و ادله ای هرچه که اینان در شیپور جار بزنند را باور می کنیم؟

اینان به گوبلز و یارانش اجازه فرار و اقامت امن در گوشه ای از جهان را دادند و در عوض آبروی پیشوای آلمان را از ایشان ستاندند(هرچند که حق هرگز پایمال نخواهد شد). شباهت دیگری که میان ناپلئون و هیتلر به چشم می خورد این واقعیت می باشد که هر دوی ایشان هنرمندانی مردمی بودند، بزرگ ترین آرزوشان چیزی جز ارائه موفق آثارشان نبود، ناپلئون رمان نویسی پراحساس بود که از داستان های ایرانی تاثیر زیادی گرفته بود و هیتلر نقاشی که عملا پس از مشاهده آثار چند نگارگر ایرانی تابع سبک آنان گردید و تابلوهای به اصطلاح "گل و مرغ" بسیاری که آدمی با مشاهده آن ها تصور می کند توسط یک ایرانی کشیده شده باشند از وی برجای مانده است. هر دو که در ابتدای راه هنر خویش و هنوز در حال مشق کردن بودند به سبب وخامت اوضاع و لزومی که برای نجات مردم، و نه فقط مردم خودشان بلکه مردم جهان، از گرسنگی و بربریت احساس کردند آرزوهای شخصی و رویاهای هنری خود را رها کرده و از سربازصفری شروع به مبارزه با بی نظمی نمودند. این هر دو پس از به قدرت رسیدن به واسطه شعور بالا و شناختی که از هنر داشتند و نیز ایمان راستینشان به پاکی و معصومیت و قداست(هیتلر در یکی از تابلوهایش حضرت مریم و مسیح را تصویر می کند و حال آنکه او را ضدمسیح می خوانند! البته که ناپلئون و هیتلر همانگونه که ابررسانه می گوید ضدمسیح بودند، ولی ضدِ مسیح جعلی ماسون و کلیساهای گوتیک نه مسیح ابن مریم واقعی) با سوء استفادهِ از هنر و پخش آثار مبتذل و پوچ و جنسی مطابق با خواسته تازه صهیون برخورد سختی کردند. باری، چنین منش ایثارگرایانه و یک عمر چکمه سوارکاری و پوتین نظامی به پا کردن و ایستادن در برابر همه دنیا را نمی توان از امثال گوبلز انتظار داشت ولی خیانت این تیپ افراد نیز با هیچ منطقی قابل توجیه نیست. گوبلز و دیگر خائنین رده بالا(که حتی حاضر می شدند با چتر از هواپیما بپرند و به تنهایی به دیدار اربابان خود و کسب اجازه و دستور بروند و با پای شکسته اسیر شوند) علاوه بر خیانت هایی که پیش تر به آن ها اشاره نمودم، در پیاده کردن چنین سناریوی قبیحانه ای که نتیجه ای جز ترورشخصیتی رایش نداشت هرچه می توانستند با جهان تازه همکاری کردند! هیچ سندی وجود ندارد که گوبلز صدراعظم! در آخرین روزهای نبرد در برلین بوده باشد و بازهم از سوی دیگر این داستان ارائه شده مضحک به نظر می آید چون وی همواره فردی

بسیار ترسو بود و حتی در مانورها شرکت نمی نمود. نفس انجام این عمل(خودکشی)، آن هم به گفته غیب گویان غربی در کمال خونسردی و در اصل کشتن خود و خانواده خود به هر شکل، بدون در نظر گرفتن اینکه تا چه میزان وحشیانه و دور از ذهن و بی دلیل بوده است شجاعت بسیاری طلب می کند. آنکه پیشوای فرضی در وصیت نامه به وقوع خودکشی دسته جمعی اشاره نکرده حتی آن را تکذیب نموده باشد دلیل دیگر رسوایی سندسازان است. به این دو بخش وصیت نامه دروغین دقت کنید: "هرچند که تعدادی از این افراد مانند دکتر گوبلز، مارتین بورمان و غیره به همراه همسرانشان و به اصرار خود تصمیم گرفتند همراه با من باشند(و خودکشی کنند) و تحت هیچ شرایطی حاضر به ترک پایتخت رایش نبودند اما اگرچه آن ها مایل بودند به همراه من در اینجا نابود شوند ولی من هرگز از ایشان نخواستم که این کار را انجام دهند و در این مورد آنان باید منافع ملت را به احساسات شخصی ترجیح می دادند." و نیز "بسیاری از مردان و زنان شجاع تصمیم گرفتند که زندگی خود را به زندگی من گره بزنند تا در واپسین لحظات خود از آن ها التماس کنم و به آنان دستور دهم تا این کار را انجام ندهند، که در نبردهای ملی بیشتری شرکت کنند." در این دو پاره سعی شده عدم حضور گوبلز و گروهش در برلین توجیه شود و رها کردن پایتخت و فرار ایشان به سبب دستور مستقیم پیشوای آلمان تعبیر گردد. در اینجا تناقض و ناهماهنگی وجود دارد؛ اگر رایش سوم به ایشان طبق همین متن تحریفی خودشان شخصا دستور داده بود از برلین بگریزند(فعل "ترجیح می دادند" مشخص می کند که حتی پیش از نوشته شدن این نامه توسط پیشوای فرضی آن ها از پایتخت رفته بودند) پس چگونه از دستور بی بر و برگرد پیشوایشان که مانند وحی منزل بود سر باز زده اند و ادعای وفاداری و فرمانبری نیز در طی دیگر جملات اضافه شده کرده اند؟! در واقع اینان در جایی از متن در برلین بوده اند و در جای دیگر نبوده اند! واقعیت این است که شرایط و دستورات صریح ماسونری جعل کنندگان را وادار نمود تغییراتی در سناریوی اولیه ایجاد کنند. آیا ما نباید از خود بپرسیم چطور ممکن است مکان چنین خودکشی هولناکی توسط متفقین و ارتش سرخ کشف شده باشد(ارتش سرخی که همواره چند عکاس یهودی به همراه هر واحدش داشت) و حتی یک عکس معتبر از این جنازه های مهم و سرشناس و بهتر بگویم خبرساز گرفته نشده باشد؟؟؟ پاسخ را من می دانم! حتما مثل ماجرای جسد بن لادن آن اجساد را نیز برای آنکه توهینی به کسی نشود بدون آنکه حتی یک عکس یا فیلم از آن ها بگیرند و یا نمونه برداری کنند و یا طبق روال عقلانی مرسوم کل اجساد مهم را نزد خود نگاه دارند در اقیانوس انداخته اند!

قصه تکان دهنده خودکشی آدولف هیتلر باید تا اندازه ای نفرت برانگیز و به قول گوبلز دروغ بزرگی می بود که غالب خاص و عام آن را با ترس و حیرت و تنفر باور می کردند. اما، مارتین لودویگ بورمان که بود؟ یکی از منشی های هیتلر! کسی که جاسوسی کردنش برای روس ها اثبات و مسلم گردیده است(همسرش یک یهودی کمونیست بود). ارتقاء درجه ناگهانی، بی دلیل و بی ضابطه بورمان به مراتب از گوبلز عجیب تر است، امروز یک منشی عادی باشی و فردا وزیر حزب نازی و جانشین آدولف هیتلر در حزب؟! این حمایت و فشار از کجا صورت می گرفت و قدرت چنین تحولی از کجا می توانست نشات بگیرد؟

حتی در تعاریف ارائه شده مرسوم ابررسانه های یهود در مورد او چنین آمده است: "اگرچه مرگ مارتین بورمان هنوز مورد قبول عده ای از مردم جهان نیست ولی مرگ وی تحت شماره ۲۹۲۲۳ در دفتر متوفیان اداره آمار برلین غربی ثبت شده است!" چه سند معتبری ارائه کرده اند آن هم برای اثبات مرگ جانشین هیتلر در ساختار حزب نازی! نه یک فیلم، نه یک عکس، نه یک شاهد، نه یک نامه معتبر! فقط یک مورد نام "مارتین بورمان" بدون هیچ توضیحی در یکی از دفاتر ثبت اسناد برلین و در زیر سایر اسامی تحت عنوان متوفی نوشته شده و ما باید قبول کنیم این خائن همانطور که ماسون می گوید ناپدید گردیده است! کافی است که روبروی یک نام مارتین بورمان نوشته می شد "مرده!!!" و آن وقت دنیا باید باور می کرد! و چه شگفت! وی درست همزمان با گوبلز، که در یک می ۱۹۴۵ ناپدید گشته بود در دوم می ناپدید شد بدون آنکه نشانه و یا جسدی از او باقی بماند(این در حالی است که هیملر در یک کامیون نظامی به هنگام دستگیری خودکشی کرد و گورینگ نیز پیش از آنکه بتواند لب از لب بگشاید در زندان کشته شد و اعلام گردید خودکشی نموده است!!! همین مرگ نشان وفاداری و صداقت است بر سینه گورینگ و به خصوص هیملر).
آیا واقعا جهالت و نهایت بی خردی نیست که من و شما بپذیریم گوبلز و بورمانی که در تمام زندگیشان حتی دستشان به ماشه اسلحه ای نخورده بود و سنگین ترین چیزی که در دست گرفته بودند قاشق چایی خوری بود، وفادار و دلیر بوده اند و رومل و اشتافنبرگ پاکبازی که در راه سازندگی و سپس دفاع از آلمان تمام عمرشان را سربازی کردند خائن و ترسو؟ عجیب نیست که از جنازه سران گروه وحشت و اکثر یارانشان حتی یک عکس گرفته نشده؟ آیا این دفتردار و مسئول پروپاگاندا نازی و میهن پرست تر از رومل و اشتافنبرگ بوده اند؟ هیتلر، آن سربازی که من شناخته ام اگر در روزهای واپسین سقوط زنده بود به یقین سلاح بر کف می گرفت و شخصا به میدان می آمد و همانطور که واقعا بود، یعنی مانند آدولف هیتلر، کهنه سرباز جان بر کف آریایی عمل می نمود. گذشته از این ها او در هنگام نوشتن وصیت نامه مورد ادعا از کجا مطمئن بود که جنازه اش هم به دست دشمنانش نخواهد افتاد؟ به چه دلیل تنها چند تکه استخوان و گوشت سوخته از او باقی مانده بود؟ به هر شکل من به تمامی سئوالاتی که باید پاسخ می دادم در این کتاب پاسخ دادم و بیش از این در توانم نیست.
برای سخن پایانی در جواب کسانی که شعار یکی شدن همه، صهیون و ایرانی و ... را سر می دهند و جنبش هایی از قبیل نازی را کینه توزانه و غیرضروری می خوانند، باید بگویم: چگونه ممکن است ایدئولوژی های متناقض به دوستی و همدلی با یکدیگر برسند؟ چگونه ممکن است یک یهود صهیونی که ما را به دستور الواح و تفسیر رادیکالی همان تورات تحریفی یعنی تلمود، و تفاسیر بسیار تندروانه تری که از تلمود تحت عنوان پروتکل های یهود ارائه شده همردیف سگ و خوک خودش می داند با ما دوست و همدل و برادر بشود؟ چطور ممکن است یهودیانی که باور دارند حضرت مسیح در روز قیامت در استخری از فضولات در حال جوشیدن حیوانات شکنجه خواهد شد(لعنت خدا بر پلیدترین مردم) بتوانند در همسایگی مسیحیان متعصب زندگی دوستانه ای داشته باشند(حتی در آمریکا و اروپا هر روز گزارش تازه ای از درگیری این مذاهب و آتش زدن مکان های عبادت آنان به دست

یکدیگر می رسد، البته غیرمذهبیون هم همین درگیری ها را در هزار جای دیگر مانند بارها و استادیوم های ورزشی و غیره با همدیگر دارند و خشونت بشر ربطی به مذهب ندارد)!؟ چطور ممکن است من به عنوان یک مسلمان اهل قرآن که سخنی جز تکریم پیامبران در آن نیست بتوانم با یهودی اهل توراتی که به سبب روایت و گواهی کتاب مقدس خود ایمان دارد حضرت لوط نبی با دختران خود زنا کرده است(و در نتیجه این ایمان، به چنین راهکارهایی عمل هم خواهد نمود) و حضرت یعقوب با خدا کشتی گرفته و او را زمین زده و خدا از فن خطا استفاده کرده است(در نتیجه خدای یهود هم متقلب و دروغگو و خطاپیشه است و وای به عملکرد پیروان چنین خدایی) و سلیمان نبی در اواخر عمر شیطان پرست و گمراه شده و بسیاری موارد اینچنینی دیگر، با کسی که زنان پاکدامن ایرانی را مایملک و کنیز خدادادی خود می پندارد و با این دید به آنان می نگرد کنار بیایم؟ کسی که زن ایده آل را همان زنان پتیاره مصری دوران فرعون می داند که سُم به پا می کردند و اهریمن بودن جنسیت خود را پذیرفته بودند(و در عصر حاضر نیز کفش های پاشنه بلند سیندرلایی! همان سم ها هستند). چطور امکان دارد من به عنوان یک ایرانی با یهودیانی که هر ساله "جشن پوریم" برگزار کرده، سالروز کشتار دسته جمعی و نسل کشی هفتاد هزار ایرانی کاملا بی گناه و از همه جا بی خبر را در سراسر جهان جشن می گیرند(و در تورات، کتاب آستر، به تفصیل و با افتخار ثبت شده است. علاوه بر این در اثر تلقینات هزار ساله یهود مجالس رقص دانشگاه ها و دبیرستان ها و مهم ترین جشن ها در غرب، مانند پایان تحصیلات، پرام یا پروم نامیده می شود که همان پوریم است و هر جشن مهمی در هر کجای غرب و یا کشورهای غرب زده روی بدهد بزرگداشت و یادواره ایرانی کشی است) و این قتل عام بی شرمانه در آیات الواحشان مقدس شمرده شده بتوانم احساس یکدلی داشته باشم؟ پدر پیامبر اسلام، عبدالله چگونه و به دست چه کسانی بارها ترور و در آخر نیز شهید شد؟ چه کسانی بودند که دربار هخامنشیان را رفته رفته(از دوره خشایار به بعد) در اختیار گرفتند و سپس، اسکندر را به ایران دعوت کردند و به او که از رویارویی با ارتش هخامنشیان می هراسید قوت قلب و اطمینان به پیروزی دادند؟ چه کسانی بودند که ناوگان دریایی هخامنشیان را منحل نمودند و در یک کلام برای اسکندر و نیروی دریایی مقدونیان فرش قرمز پهن کردند؟ اولین عکاس عکس های مبتذل، اولین کارگردان مجموعه های تلویزیونی جنسی، اولین موسس و مدیر موسسات ضدخدا، نخستین و مشهورترین رئیس شبکه و مجله مستهجن و تمامی اولین ها و مهم ترین های تجارت سکس، اسلحه و دارو و برده جنسی(تجارت قدرتمند و بی سابقه خبر و شایعه و آبرو و حمایت و اطلاعات را نیز از یاد نبرید) و همه کارهای کثیف شیطانی از اعضاء برجسته و رهبران کدام قوم و کدام کلونی(و نه کشور) هستند؟ "آن قوم" و اسرائیل. فقط خداست که حق دارد "باید" و "نباید"ها را تعیین کند و تنها بایدِ منطقی که بشر می تواند به کار ببرد در مورد اجرای همین باید و نبایدهای تعیین شده و دستور خداوند است. ذهن بشر همواره موفق به فریب او می شود تا جایی که چشم می بیند و مغز نمی فهمد و بدن در اوج کمال به سبب توهمات، شکیات و تخیلات از خود دفاع نمی کند! واقعیتی که ملموس است و عینی نیازی به تحلیل دارد؟ ذهن تحلیل سپس تفسیر می کند تا از تعهد فرار کند.

ای وای ذهن بیمار ای وای از این خرابی

مجرم تویی نه شهوت، تو در پی سرابی

ای وای ای گنهکار ای دیو و دشمن و مار

عذر نیاز داری!؟ ای مرگ بر تو بیمار

چاه ردای دیو و راه هُدای دیندار؟

شاه گدای دین و گاه خدای دینار؟

گویی شرایط این است امشب بهانه این است

ای وای بر تو دوزخ فردای این زمین است

عقل از تو در جنون و دل از تو در حزین است

کودک بمیرد از ضعف، هنگام هفت سین است؟

نسیان، حواس، نِسوان، افسار روی زین است

عصیان، قیاس، نقصان، دیوانگی همین است

گویی گنه به طین است ای ذهن این چه دین است

باز از توهمات بیمارگونه تو سرباز شرمگین است

این شعر من با نام "ذهن بیمار" پیشکش به همه کسانی که قوانین الهی و حدود مقدس نه دین بلکه آفرینش را پاس می دارند و با عفت و هوشیاری به خود اجازه زیر پا گذاشتن اصول و اخلاقی که هرگز از مذهب و خداباوری مستقل نیست را نمی دهند. اینچنین افرادی شکست ناپذیر هستند و تمام ترفندهای صهیونی بر ایشان بی اثر خواهد بود. مشکل از جایی آغاز می شود که آدمی به شهوات تولیدی آن قوم و تمایلات مادی دلبستگی می یابد و با همه وجود در پی بهانه ای برای فریفته شدن می گردد. به این کودتا که در ساختار نظام آلمان نازی شکل گرفت به چشم یک پدیده تاریخی صرف نگاه نکنید و کودتاچیان را موجوداتی بیگانه نپندارید، دشمن واقعی بشر "ذهنی شدن" است و فرو رفتن در توهمات شخصی متفاوت با واقعیت های جاری که عاقبتی جز پیروزی پست ترین ها ندارد. به راستی این خائنین به رایش اگر واقع گرا بودند سروری بر جهان را با فرار مرغی مبادله می کردند؟ وسعت خیانت های ایشان به موارد اشاره شده ختم نمی شود و بسیاری از دیگر زمینه ها را

نیز شامل می گردد، مثلا در حکومت وحشت تقریبا تمام دانشمندان غیرنظامی علوم آریایی مجبور به فرار از آلمان گردیدند و "فرار مغزها" توسط کودتاچیان هدایت و تقویت می شد.

درباره میهن شناسی و دشمن شناسی

باید دوباره زاده شد، باید این پرده غفلت را از برابر دیدگان خود و دیگران کنار زد. باید از نو به خودشناسی و دشمن شناسی دست برد. تو! حتی اگر سیاست نه چندان پیچیده و واقعیت تاریخ و اتفاقات اقتصادی و اجتماعی را درک نمی کنی آیا اینهمه نشانه را نمی بینی؟ اینهمه نماد که تا ضمیر ناخودآگاه ما نفوذ کرده اند را؟ نماد و لوگوی ابرشرکت اپل(سیب) چیست؟ آیا نماد سیب گاز زده شده توسط حضرت آدم نیست؟ خیلی روشن معنی اش این است که خدا آدم نبی را از دانش(پیشرفت) محروم کرده بود و آدمی خود آن را به چنگ آورده است! آیا نماد تک چشم ماسون ها و شیطان پرستان که بصورت افراطی در هر کجا به واسطه ایادی ماسون استفاده می شود و دیگر نمادهای ایشان چون سیزده پله و صفحه شطرنجی و دو ستون و ستاره و هِلال ماه که در همه چیز عالم وارد شده اند را تشخیص نمی دهی؟! محصولات هالیوود؛ فیلم ها، موزیک ویدئوها(که در اغلب آن ها انسان ها در کنار شیاطین و موجودات بیگانه و یا در فضاها و مراسمات ایلومیناتی و غرق در نمادهای ماسونی، در حال پایکوبی و در کمال شادی تصویر می شوند)، کارتون ها(که سیلی از دستورات ماسون و نمادهای شیطانی را وارد ذهن پاک کودکان ما می کنند) و همینطور لوگوی شرکت ها و موسسات و هر مثال دیگری که بشود آورد را نمی بینی یا نمی توانی تحلیل کنی؟ مرام سربازی از دین برتر است، یعنی اینکه شخصی خود را مخلصانه ملزم به آن بداند که در راه عملی شدن دستورات خدا و کار درست زندگی کند و بکوشد وی را فراتر از دین و دیگر باورها و نژاد و هویتی که دارد قرار می دهد و بدون وابستگی به هیچ ابزاری از جمله کتب الهی و دینی برحق و مقدس می سازد، پس چرا ما باید اسیر ترفند صهیون و ابررسانه های لندنی شویم و ناپلئون و هیتلر و هر کسی که با این شیاطین جنگیده را از گوشت و پوست خود ندانیم؟ صلیبی که نشان حضرت مسیح دانسته می شود آیا نماد عصای موسی نیست که موجود میخکوب شده بر آن همان مار یعنی شیطان است؟ آیا همین نماد مار پیچیده بر عصا نشان پزشکی و بهداری و شفا در سراسر جهان ما تلقین نشده است(نمادهای بسیاری نیز از ما چون شیر تخت جمشید توسط آن قوم ربوده شد و به عنوان نماد انگلستان و پادشاهی های وابسته به ماسون ها و سلطنتِ در سایه قوم یهود بر همه، استفاده گردید)؟ آیا شما المپیک ۲۰۱۲ لندن را دنبال می کردید؟ تمامی نمادهای آن نشانه هایی از تک چشم ماسون و زایون را در خود گنجانده بودند(هرچند که خود نشان اصلی المپیک نیز همان پنج دروازه حلقه ای شکل معلق در هوای ماسون هاست. برای برخی از نمادهای شیطانی به کار رفته در زمینه های مهم توجیهاتی بسیار فریبنده چون این مورد ممکن است ارائه شود که عاقل پژوهشگر نباید فریب بخورد مثلا آرم شرکت بی ام دبلیو که ادعا می شود ملخ یک

هواپیماست! با اولین نگاه مشخص است که در این نشان و لوگو صفحه شطرنجی ماسونری مقصود بوده و حتی در ابتدا این آرم سیاه و سفید بود). به نورافکن های ورزشگاه افتتاحیه و اختتامیه دقت کردید؟ هرمی بود که دقیقا قسمت بالای آن(بر طبق اعتقاد شیطان پرستان جایگاه مقدس چشم ابلیس!) روشن می شد و در واقع تک چشم به همه دنیا نور می تاباند. در اختتامیه توجه نمودید دلقک هایی که لباس ها و پوشش بالماسکه های ماسون ها را بر تن کرده بودند با مکعب هایشان یک هرم ساختند و بالغ بر ده دقیقه بر آن سجده مخصوص شیطان پرستانه و مصر باستانی کردند؟ چرا باید گروه "نیک ماسون"(به واژه ماسون دقت کنید) در اختتامیه حضور می داشت؟؟؟ بریتانیا در این اختتامیه تنها به دنبال آن بود که به جهان و اربابان ماسونش اثبات کند هنوز هم مرکزیت واقعی ماسونری اوست و نه اتحادیه و خدمات تاریخی خود به "ماسیون" را به عنوان نخستین پایتخت فراماسونری جهان به آن ها گوشزد نماید و در جای جای برگزاری المپیک سعی کرد این فرقه را منحصرا مساوی با هویت خویش تبلیغ کند(از همه نمادها جالب تر اختاپوسی بود که از یک کامیون بیرون آمد! اختاپوسی صورتی که حتما آن را در پوسترهای نازی دیده اید؛ اخطبوط یهودیان بین المللی، و چرا صورتی؟ به این علت که قوی ترین سلاح و راهکار عمده او رواج شهوت جنسی است و چه جالب که دلقک ها خودشان را به دست خودشان و با میل زیر دستان این موجود قرار می دادند! و با آن ها به نوعی نزدیکی و شهوترانی نیز می کردند. ذکر این مثال ها تنها به این دلیل صورت می گیرد که به هویت دشمن اشاره شود و مانند این موارد بی شمار است). تمام مردم دنیا هم دست می زدند و هورا می کشیدند! می بینید که پدیده های ذهنی تا چه اندازه جایگزین برداشت های واقعی شده اند و چشم ها را به واسطه خودفریبی بسته اند. چرا اینقدر آگاهی مردم جهان پایین است که حتی واقعیت واضح ساده جلوی چشمشان را نمی توانند درک کنند و یا شاید نمی خواهند بیگاری محمل و برده بودن خود را قبول کنند؟ من بیشتر از آوردن چند مثال نمی توانم کاری در این زمینه انجام دهم و حتی لیست کردن نمادها و نشانه های ماسونی که به خورد ضمیر ناخودآگاه ما داده می شوند به دلیل وسعت بستر در توان یک یا چند نویسنده نیست و با بسیج یک جنبش قدرتمند امکان پذیر می گردد. گذشته از این نمادها، خود المپیک بزرگداشت و نماد چه رویدادی است؟ چرا جایزه دوندگان ماراتن را بطور ویژه ای در انتهای اختتامیه اهداء می کنند؟ آیا تو به عنوان یک ایرانی وظیفه نداری درباره المپیک، این رویداد ضدایرانی و دروغ بزرگ تاریخی بیشتر بدانی؟ کارناوالی که علاوه بر تمامی ناداوری ها و زورگویی های مبتنی بر قدرت نظامی غرب در آن همه قواعد بازی نیز مثل همیشه تاریخ و تمامی بسترهای دیگر موجود توسط غربیون متفق، از پیش به گونه ای چیده می شود که ایشان بتوانند موفق تر باشند و مثلا چون اتحادیه در رشته شنا قوی است مزدوران این شبه کشور هرکدام حق گرفتن چند مدال را در همین زمینه داشته باشند ولی حتی قهرمانی در رشته دشواری چون فوتبال تنها یک مدال به شمار بیاید(این نمونه ای کوچک از تبعیض موجود است، گاهی پیش می آید که غرب به صورت نمایشی و تبلیغاتی عدالت را در مورد عوامل خود اجرا می کند که این راهکار به سوپاپ اطمینان شهرت دارد و در عمل اثری نخواهد داشت مانند پس گرفتن مدال از آرمسترانگ).

علاوه بر تضییع حق و تحقیر مداوم ورزشکاران کشورهای آریایی(در همین المپیک تمام مدال های سوارکاری حق آلمان ها به بریتانیا پیشکش شد و هیچ رسانه ای خبری در این مورد گزارش نکرد، در چندین مورد نیز ایرانی ها با ناداوری به معنای واقعی تحقیر شدند) این نمایشنامه فی نفسه پاسداشت جنگ و دشمنی و به معنی "مبارزه ابدی" با آریاییان است. تنها نکته مثبت المپیک مسابقات بعد از آن یعنی پاراالمپیک می باشد که آن هم توسط یک دکتر ژرمن و کهنه سربازان آلمان نازی پس از جنگ جهانی دوم و با وجود سخت ترین شرایط و مشکلات اسارت ابداع شد و به نام بریتانیا ثبت گردید(این جمله خیلی تکراری است)! آیا آدولف هیتلر بزرگ درباره حفظ حدود، معنا و چهارچوب ملل درست نمی گفت؟ همین المپیک خود بهترین گواهی می باشد که هویت اغلب ملت ها تا چه اندازه بی ارزش گردیده است، بطور مثال گاه پرچم کشورهای غربی در دست دونده های آفریقایی الاصل تازه پناهنده شده چندملیتیشان بود(مگر ممکن است کسی چند ملیت داشته باشد؟؟ این سخن ناپخته درست مانند این است که بگوییم شخصی چندین هویت و ماهیت دارد!) که حتی زبان کشور تازه شان را بلد نبودند و گاه در دستان پینگ پُنگ بازی چینی و یا ورزشکارانی از بلوک شرق اروپا! پوچ و بی معنا! این چه جور مسابقه عادلانه ای است؟ چه رقابت میان کشورهایی است؟ آیا ورزشکاران ایرانی باید با فدراسیون هایی که در هر زمینه تیم منتخب جهان جمع کرده اند!!! رقابت کنند و پیروز هم بشوند(که البته در عین شگفتی می شوند!)؟ پرچم و نام کشورها در این میان چه معنایی دارد و این ورزشکاران مزدور چه چیزی را با در دست گرفتن پرچم کشورهای غربی اثبات می کنند؟ پرچم ها، سرودهای ملی و اسامی کشورها تبدیل شده اند به برچسب هایی پوچ که به مانند اعلان قیمت و تبلیغ کالا بر روی پوسته خیانت افراد چسبانده می شوند(هدف فراماسونری یعنی تشکیل زایون و یکی کردن همه ملت ها به معنای سلب هرگونه هویت و اعتقادی از آنان با همین راهکار ساده در حال تحقق یافتن است و آدمی در خواب). حالا اگر بطور فرضی ابرقدرت دیگری ظهور کند و از ایالات متحده به آن دونده مزدور پول بیشتری بدهد او یک شبه تبدیل می شود به شخصی تازه با هویت، ملیت و خواستگاهی نو؟! گرچه برای غربیون افتخار و هویت تاریخی و ملی باید هم بی معنا و گنگ باشد ولی در این میان آدمی برای این گروه عظیم از سیاهان آفریقا و نخبگان آن قاره تاسف می خورد که چطور به ملت های رنج کشیده و مظلوم خود خیانت می کنند و در اولین فرصت خویشتن خویش را به استعمارگران کهن می فروشند و چطور حاضر می شوند هرگونه عمل جنسی و رفتار حیوانی را به نام هنر و رقص طبق دستور سیستم ماسونی انجام دهند(فراماسونری همواره از رضایت مطلق سیاهان سود برده تا ایشان را به عنوان پرچمدار انجام اعمال شهوانی دور از ذهن و رفتارهای جنسی عجیب از جمله رقص های حیوانی مدرن!!! به پیش براند). باری، کشورهای مرکزیت ماسون می توانند به کدام برگ تاریخشان افتخار کنند که عاری از کشتار مظلومان و ستم به سایر ملل و حتی مردم خودشان باشد؟ به ادوارد فاتح خونخوار و متجاوز جنسی افتخار کنند(با کمال وقاحت افتخار هم می کنند! آلفرد کبیر کسی بود که با وجود بیماری شدید همچون یک رابین هود واقعی در برابر وایکینگ های شیطان پرست و خونخوار ایستادگی نمود و آنان را از

کشورش بیرون راند و در ادامه طی چند سالی که زنده بود بریتانیا را به اوج هنر و ادبیات و دانش پروری تاریخ خود رسانید، حال آنکه ادوارد اهریمن دستاوردها و کتب آن پادشاه برحق را نابود کرد و سوزاند. به عنوان جد خاندان سلطنتی کنونی چنین تبلیغ می شود که او و نورمن ها فرهنگ را به انگلستان پیشکش نمودند و پیش از یورش وی در این ناحیه جز بربریت وجود نداشته است) یا به اولیور کراmoلی که متخصص کاشت درخت انسانی بود و زن و کودک ایرلندی را به صورت تلمبار شده، بار کشتی می کرد و می فروخت!؟ به پرشین سرخپوست کش فخر بفروشند و یا به شِرمن معتاد به آتش زدن خانه و زندگی و مزرعه روستائیان(البته به این چهره ها در سطح بین المللی افتخار نمی کنند ولی بطور ملی و در تبلیغات داخلی رویکرد کاملا متفاوتی دارند) و تجاوز به زنان آن ها؟! به کورتِز آتش زننده بومیان آمریکا افتخار کنند یا به اِلسید که نوکر دست نشانده مزدور ده ها ارباب بود؟ به پتر کبیر که همراهانش را وادار به خوردن یک جنازه کرد!!! فخر بفروشند و یا کلنل لیاخوف توپچی!؟ به چرچیل دائم الخمر افتخار کنند یا تاچر ضدکارگر ایرلندی کش(گاهی تا این اندازه بی شرم می شوند که در کمال پررویی به این شیاطین معاصر فخر می فروشند و در وصف کمالاتشان فیلم هالیوودی و مظاهر تبلیغاتی بین المللی می سازند)؟ به هزار سال قتل عام ایرلندی ها و اسکاتلندی ها و ولزی ها که تازه از خودشان به حساب می آیند!!! و فروش آن ها افتخار کنند یا به استعمار و کشتار مردم سرزمین های دور چون هند و ایران؟ به شوالیه های آدمخوار افتخار کنند یا به قهرمانان خیالیشان، چون رابین هود و سه تفنگدار، که درون کتاب ها زندگی می کنند؟! به کودتا به پا کردن ها فخر بفروشند یا به تحریم هایی که در مورد ملل(و نه دولت ها) اعمال کرده اند و می کنند؟ به سرازیر کردن تریاک به چین و ایران ببالند و یا به ترورها؟ در کدام جنگ کمی شجاعانه جنگیده اند و یا با زشتی و هزار راهکار ضدبشر به پیروزی نرسیده اند؟ به بمباران شیمیایی افتخار کنند یا هسته ای؟ مسلم است که باید از ارائه شدن تاریخ ایران جلوگیری می کردند و این اقدامشان به معنی سانسور تاریخ ایران زمین از تاریخ جهان کاملا منطقی است. همینطور، در مجموعه های تلویزیونی و فیلم های سینمایی و آثار در ظاهر مستند همواره مشاهده می شود که صهیونیان تحت عنوان مظلوم ترین قوم تاریخ! اسطوره هوش و معصومیت محض قبولانده می شوند. گاه یک یهودی فلج که وضعیتی بسیار ناراحت کننده دارد روی صندلی چرخدار به آلمان برده می شود تا از اردوگاه های تخیلی آشویتز دیدن کند و وقتی از او پرسیده می شود چه احساسی نسبت به نازی ها دارد بگوید؛ من از آن ها متنفر نیستم و بیننده غرق در احساسات رها گردد و گاه مانند مجموعه "توقف زمان" یک یهودی به ادعای دوستانش فیزیکدان در صحنه حضور فعال دارد که اصطلاحات علمی را مثل رگبار استفاده می کند و قوانین عالم را وضع شده نیوتن یهودی تلقین نموده و دیگران را با ارث خود، فیزیک، دست می اندازد! و با نامربوط گویی خود را عاقل جلوه می دهد تا بیننده ساده گنگ از شنیدن یکباره اینهمه واژه تسلیم این باور گردد که نبوغ آن قوم چیز دیگری است و آن ها به عنوان "مردم خدا" همه چیز را می دانند. اگر دقت کرده باشید همواره در ابررسانه ها اشاره می شود که قوانین نیوتن بر جهان حاکمند! بر فرض آنکه نیوتن همان باشد که این ها می گویند(تمامی

قوانین منسوب به او را ایرانیان چند هزار سال پیش از تولد وی کشف کرده و به کار می
گرفتند) تنها موفق به کشف و شناخت نسبی این قانون های خداوندی در طبیعت گردیده و نه
وضع و نسب آن ها! جریان فوق به همین چند مثال محدود نمی شود و این راهکار اصلی
ابررسانه هاست و با سیلی از آثار با هدف تبلیغ مظلومیت و نبوغ الهی!!! آن قوم هر روز
قوی تر می شود. وظیفه دیگر ابررسانه ها به سخن خودشان تابوشکنی و حمایت کامل از
تابوشکنان است. چقدر جالب که اینان تابو که به معنای بت می باشد را مساوی با هرچه و
هرآنکس که با یکتاپرستی و دین و باورهای حق(که ذاتا ضد بت پرستی بوده اند و هستند)
یکی و همراه دانسته می شود قرار داده اند و آیین یهودیت تحریف شده و مبانی بنیادی آن،
بت ها و جن پرستی ماسونی و نمادهای شیطان پرستی و مراسمات مجرمانه و ضدبشر را
مترادف با پیشرفت و مدرنیته و عقلانیت و آزادی بیان و حتی دموکراسی! در آثار گوناگون
اینان شیاطین فضایی خیرخواه، دوست داشتنی و مهربان، دانشمند و مقدس همواره منجی
انسان و زمین معرفی می شوند که قصد دارند بشر متعصب را از دین رهایی بخشند! چقدر
جالب که وهابیت سر تسلیم فرود آورده در برابر ماسون به عنوان یار و مَحرم این فرقه شر
شناخته می شود و ابررسانه ها درباره همه چیز عربستان سعودی و حقوق بشر و حقوق
زنان و اعدام در آن سکوت اختیار می کنند و شیعه سرخ با وجود همه کم کاری های ما
شیعیان دشمنی تغییرناپذیر که می بایست بطور کلی از صفحه بازی نوین یهود حذف گردد.
این غول های شیپورچی با تظاهر به دانستن همه چیز در نفس برنامه های تولیدیشان، در
حالی که حتی تکامل هنوز یک نظریه است و تاکید بر قانون بودن فرضیات و نظریات
مورد نظر ماسون تنها به پشتوانه تبلیغات تاکید عجیبی بر آگاه ساختن همه اعضاء بشر
دارند و با ژست دایه عزیزتر از مادر سعی می کنند نقش پیام آوران شیاطین را ایفا کنند.
اهمیت دستگاه خبرسازی از آنجا روشن می شود که حتی در شدیدترین بحران های مالی،
غرب ذره ای از بودجه ابررسانه های بین المللی نکاسته بلکه همواره بر آن افزوده است.
چرا؟ زیرا اهمیت و تاثیرگذاری این "سلاح ذهنیت سازی" یعنی شیپور دروغ و شایعه و
تهمت هر روز بیشتر از دیروز(در واقعیت عینی مشهود جهان) بر نخبگان اثبات می شود.
گذشته از این ابررسانه ها در تکمیل سناریوهای گسترده عملی ماسونری نقش به سزایی ایفا
می کنند(خصوصا در بُعد باورپذیری و تحمیل دیدگاه) مثلا در پروژه "افسانه کودک سیاه"
که طی آن بالوتلی بازیکن به غایت شهوت پرست و روان پریش تیم ملی فوتبال ایتالیا را
پیش از جام ملت های اروپا چهره کردند و از سوی دیگر با تبلیغاتی جنون آمیز ادعا نمودند
که نازی ها اوکراین را اشغال کرده اند! کار تا آنجا پیش برده شد که به وسیله هزاردستان
ماسون ایتالیا در برابر آلمان قرار بگیرد و سپس ژرمن های پرچمدار نازی ذهنی(به این
مهم ترین خبر پخش شده پیش از همین دیدار که توسط تمامی ابررسانه ها بطور همزمان
مطرح شد دقت کنید: "در برخی از وسایل برخی از بازیکنان تیم آلمان نمادهایی شبیه به
نمادهای نازی بر مبنای برخی گزارشات دیده شده است! و مسئولی که نمی خواست هویتش
فاش شود و برخی دیگر این خبر را تایید کرده اند!!!" به خدا قسم من به محض شنیدن این
شایعه و ملاحظه تاکید همه جانبه ای که بر روی استعداد نداشته بالوتلی و مظلومیت خیالیش

می شد دانستم چه برنامه ای ریخته شده است) مجبور بودند کم فروشی کنند و تا صاحب توپ شدند آن را به خارج از استادیوم سانتر بکشند! همگی مقابل بالوتلی زمین بخورند و یا خشکشان بزند که او با زدن دو گل قصه را کامل کند و بعد از بازی در آغوش مادرخوانده میلیاردرش گریه کند! که شاخ غول نازیسم هیتلر را یک تنه شکسته، پاسخ ظلم های تاریخی آریاییان را داده است! سرمربی یهودی تیم ملی آلمان نیز برای او فرش قرمز پهن کرده بود! بدون یارگیر و بدون هیچ مزاحمت و پرسی. دروازه بان مشهور آلمان ها که حتی حق نداشت دستش را برای گرفتن توپ دراز کند(همه این مثال ها برای آن است که شما به عملکرد دشمن آگاهی پیدا کنید)! تا مدت ها هواداران تیم آلمان در ایران خودمان و سراسر جهان در بُهت و حیرت بودند و بازی تیم محبوبشان را درک نمی کردند(هرچند این اتفاق برای ژرمن ها تازگی ندارد و سال هاست که به ویژه در عرصه فوتبال و با وجود اینکه آلمان غالبا قوی ترین تیم تورنمنت ها بوده حق مسلم آنان برای گرفتن جامی مهم را پایمال نموده اند، مثلا این سناریو در جام جهانی کره و ژاپن نیز اجرا شد با این تفاوت که به جای ایتالیا برزیل در کاراکتر قهرمان ظاهر گردید و نقش فریاد بغض تاریخی ملل رنگین پوست را ایفا کرد. نیازمند به یادآوری است که مرکز پیدایش و مهد فرقه نژادپرستی ایالات متحده است و راسیسم واقعی چیزی جز مبارزه با مهاجرپذیری بی رویه و تقدیس آفرینش انسان بهشتی نبود)! لازم به ذکر است که من قبل از بازی مذکور نتیجه آن را پیش بینی کرده بودم و به یاران اهل اندیشه گفته بودم(در سایتم به همراه همین توضیحات قرار دادم) که بالوتلی نه یک بلکه دو گل به ثمر می رساند تا تاکید بیشتری روی مفهوم و داستانی که قرار است تلقین گردد صورت گیرد(حتی پس از زدن گل دوم او را تعویض کردند تا تبانی را با زدن گل بیشتر ضایع نکند!) و فینال را هم سه بر هیچ به نفع اسپانیا حدس زده بودم(اگر به نماد پرچم اسپانیا دقت کنید متوجه خواهید شد که این مرکزیت مهم ماسونی قربانی شدنی نیست)؛ افسانه کودک سیاهی که به آغوش مهربان غرب! پناه آورده و در آن به بالندگی رسیده است و اکنون در برابر قوی ترین اهریمنان، آریاییان صاحب جهان و سلطه بین المللی سیاه بودن خود را با درآوردن پیراهنش پس از زدن گل افتخار خویش می داند و به این نژاد می گوید: ببینید من سیاهپوست هستم که به شما گل زدم! ای ظالم ها پس چرا شما از من برتر نیستید! پذیرش این واقعیت که در جهان ما همه اتفاقات مهم از پیش چیده و برنامه ریزی شده اند و به وسیله هزاردستان یهودیان بین المللی مدیریت می شوند برای اکثریت افراد بسیار دشوار است ولی این در واقع خبر خوبی است زیرا تنها با تسلط بر علم دشمن شناسی می توان حرکت بعدی نظام ماسون را از طریق رصد رفتار ابررسانه های خود او دانست. به همینجا ختم نمی شود، دشمن ما به واسطه این ابررسانه ها صد سال است که شعار یکی بودن و دقیقا مشابه بودن زن و مرد را نیز سر می دهد. این یکی دیگر از محورهای اصلی عملکرد اوست. آیا زن و مرد دقیقا یکی هستند؟ شرایط بدنی و روانی و خواسته هایشان یکی است؟ کالبدشان و هورمون ها و ترشحاتی که در خونشان وجود دارد(و توانایی های متفاوتی را به هر کدام از ایشان می بخشد) یگانه است؟ آیا زن ها می توانند در هر کجا که مردان هستند بدون هیچ محدودیتی حضور داشته باشند و به عکس مثلا درست است که مردان ماما باشند؟

نتیجه چنین شعاری جز همانی که غرب می خواهد یعنی بی نظمی و توحش و زنا نیست. حاصلی که به مراتب به زنان ضربه سنگین تری می زند و ایشان را بیشتر آزار می دهد تا مردها را. بطور نمونه در اروپا حتی قوانینی اداری وضع شده است که شرکت ها را وادار می کند به شکل جبری از مدیرعامل زن استفاده کنند وگرنه باید جریمه بپردازند! جالب اینکه تقریبا تمامی ابرشرکت ها که می توان گفت منحصرا از آن ماسون ها هستند پرداخت جریمه را بر می گزینند و تعداد مدیرعاملان زن در اروپا بسیار انگشت شمار است زیرا مثلا احتمال حامله شدن در مورد بانوان وجود دارد که این پدیده با وظایف یک مدیرعامل که غیرقابل انفصال و توقف ناپذیر و فاقد هرگونه مرخصی و انعطاف است(مدیرعامل در اروپا مسئول اجرایی همه امور شرکت است و نه پادشاه و صاحب موقت آن!) تناقض دارد. به دولت ها نیز چنین فشارهایی دائما آورده می شود، بطور مثال ایالات متحده تعهد داده بود که ظرف مدت پنج سال، تا سال ۲۰۰۵ میلادی تعداد اعضای مونث کنگره اش را به سی درصد ارتقاء دهد و امروز پس از گذشت هفت سال از تاریخ مقرر تنها تا هفده درصد موفق به این کار شده است و عملکرد او سیزده درصد از مینیموم تعیین شده پایین تر قرار دارد. تمام امکانات دنیا را بسیج کرده اند که زنان را به زور وارد سیاست کنند! عجب دموکراسی و شایسته سالاری جالبی! بانوان ذاتا هیچ علاقه ای به سیاست و مسائل نظامی و یا غرق شدن محض در کارشان ندارند و تمام ابرقدرت های جهان نیز که متحد شوند نمی توانند فطرت بشری را تغییر دهند؛ گوهری که در مرد از عاشقیت خداوند آفریده و قرار داده شده و در زن از معشوقیت او. جالب است که برخی به نبرد با ذات و نظم آفرینش برخاسته اند.

آیا همین مسئله حاملگی و به دنیا آوردن فرزند میان زن و مرد تفاوت ایجاد نمی کند و جامعه نباید به سبب انجام این وظیفه حساس و دشوار که آینده میهن را تعیین می کند به زنان حقوق ویژه بپردازد(حقوقی که خداوند در قرآن دستور مستقیم در مورد پرداخت آن ابلاغ نموده است. در گذشته شوهران و قبایل آن ها مسئول پرداخت این مبلغ بودند ولی در حال حاضر دولت ها و نظام های اجتماعی باید همان وظیفه را برعهده بگیرند)؟ در اینجا متذکر می شویم که تا چه اندازه اندیشه های نازی در عملی کردن چنین حمایتی درست بود. زنان هرگز نباید در مشاغلی به کار گرفته شوند که در صورت احساس خستگی و ضعف نتوانند آن ها را در لحظه رها کنند زیرا سلامت روانی اجتماع بطور مطلق مساوی سلامتی روان بانوان است و مردان در این زمینه تابعی از ایشان به شمار می آیند. بعلاوه دقیقا طبق قوانین قرآن و دستورات امامان باید به زنان حتی برای شیر دادن به فرزندان و به خصوص برای تربیت آن ها در سنین بالاتر از شیرخوارگی پول پرداخت شود و نه تنها آنگونه که فراماسونری تبلیغ می کند این دستمزد صدقه نیست بلکه مهم ترین و کلیدی ترین هزینه ای است که باید در جامعه سالم صورت بگیرد و این وظیفه را آیندگان بر گردن ما نهاده اند. نیز، مبنای شخصیت بانوان با آقایان متفاوت است؛ زنان طبق تمامی یافته های روانشناسی غربی و نظرسنجی های انجام شده از غربیون ازدواج و یافتن جفت کامل کننده خودشان را مهم ترین مسئله زندگیشان می دانند و مردها کارشان را! بطور مثال در دادگاهی در اروپا یک مرد بسیار خوش چهره متهم دادرسی بود و قاضی زن پرونده بعد از مشاهده جمال او!

بلافاصله حکم به برائت وی داد. در هر شکل اگر یک قاضی مرد مسئول آن دادگاه بود با فرض اینکه از لحاظ توانایی و وجدان مشابه فرد نخست باشد هرگز به سبب ترس ذاتی خود در مورد از دست دادن شغلش(محبوب ترین محبوبه اش و هویتش! مردان هویت خود را از حرفه و کارشان اخذ می کنند و زنان از خانواده، درست به همین دلیل است که زنان غربی با از بین رفتن نهاد خانواده در آن سامان منزلت انسانی خود را از دست داده اند و بی تردید حداکثر مردان با فاسد شدن حداقل زنان بدون نشان دادن کمترین مقاومتی فاسد خواهند شد) چنین حکمی را مثلا درباره یک زن زیبا صادر نمی کرد حتی اگر شخصا ثروتمند بود زیرا این خصیصه "ترس از دست دادن شغل" در ضمیر ناخودآگاه مردان وجود دارد و به دلایل عقلی و حسی و اکتسابی ارتباطی ندارد. طبق تحقیقات غربیون، بزرگ ترین کابوس مردان غربی خراب شدن پرونده شغلیشان است و بزرگ ترین وحشت زنانشان بی کسی و تنهایی! یادآوری می کنم که این قبیل ترجیحات(مانند عدم قضاوت بانوان) در قرآن نیامده است و برداشت شخصی من از نگرش آریایی می باشند و به هیچ وجه قانون الهی و ثابت نیستند. همینطور باید پذیرفت که نگاه مردان به مسائل جنسی بسیار ابزاری تر از زنان است و خود این خصلت تاسف بار در مواردی لازم به نظر می رسد(اغلب مردان این خصیصه را با جملاتی چون "عشق همه چیز نیست" توجیح می کنند)، اگر در سطح اجتماع به درستی با دید ایده آل گرای زنان به مباحث ارتباط جنسی تلطیف گردد و هر دو جنس به کمال برسند. گذشته از این احساساتی که بانوان دارند در برخی از مشاغل تولید مشکل می کند و اگر این احساسات را کنار بگذارند دیگر زن نخواهند بود و از لحاظ روانی با مشکل روبرو خواهند شد. بهتر است به مثال شغل قصابی اشاره کنم که روان بانوان را به چالش خواهد کشید و لطافت و مهر و ترحمی که لازم است در وجود ایشان باقی بماند، تا خانواده و جامعه سالم معنا پیدا کند را تحت تاثیر قرار خواهد داد. ماسون اصرار دارد که با اعمال فشار بر روی دولت ها زنان را در پست هایی مانند ژنرالی و وزارت جنگ منصوب کند تا برای نمایش تبلیغاتی خود در مدینه فاضله ماسونی نشان دادن غرب هرچند از گاهی زمینه داشته باشد. وقتی آن وزیر دفاع در حالت حاملگی ماه های آخر از نیروهای ارتش سان می دید تمامی سربازها و افسران حتی زن داشتند زیر لب می خندیدند(طبق آمار در درون ارتش اتحادیه به پانصد هزار سرباز زن آمریکایی تجاوز جنسی، توسط همرزمانشان!!! صورت گرفته است و این رقم تنها شامل موارد گزارش شده می گردد. زن آن موجودی که در فیلم های مستهجن به تصویر کشیده می شود و از تجاوز و تعرض به نوعی استقبال می کند نیست و تمامی همین زنان ارتشی مورد تجاوز به مشکلات عدیده روحی و روانی دچار گردیده اند)! ما چرا باید حماقت کنیم؟ چرا از تجربیات مضحک غرب در این زمینه از شکست تلاش او برای زن کردن مرد و مرد کردن زن و نتایج جهانی برهم زدن نظام آفرینش درس نگریم؟ چرا باید با اعمال فشار قوانین اجباری و هنجارهای ضداجتماعی یکی بودن زن و مرد در همه خصایص را به مردم تحمیل کنیم؟ روانشناسی غربی(روانشناسی نیز از دانش هایی است که از میهن ما ربوده شده و به نام غربیون ثبت گردیده است، این دانش در روزگار معاصر در آلمان نازی دوباره احیا شد) امروز اثبات نموده که هر کدام از دو جنس در

زمینه هایی دارای توانایی و در مواردی دچار ضعف اند. آیا می توان بر ضعف مردان در زمینه دقت نظر به نسبت زنان چشم بست و از آنان در مشاغلی که نیاز به دقت زیادی دارند استفاده نمود؟ این ریزبینی و نکته سنجی بانوان باید فراموش شود؟ امکان ندارد از خصلتی که همواره در تاریخ حیله گری زنانه و خویی منفی تعبیر شده مثلا در مدیریت آمار مالی، بازرسی ادارات، نیروی انتظامی نامحسوس، مدیریت گمرک یا تجارت استفاده نمود!؟

بعلاوه، در شان و جایگاه زن بودن یک بانو نیست که کارگر ساختمانی یا رفتگر و یا معدنچی باشد و در صورتی که در این مشاغل قرار گیرد به اخلاق اجتماعی و هویت انسانی جامعه او باید شک کرد(مانند هند که از زنان به عنوان کارگرانی ارزان در کارهای عمرانی دشوار استفاده می کنند و هر انسان باشرفی با دیدن صحنه کلنگ زدن زیر آفتاب این مادران منقلب می شود و کمال بینش آریایی را در نگاه درست به بانوان درک می کند).

بدیهی است که باید به زنان در یک جامعه سوسیال و عقل محور درست به مانند حکومت پیشواعلی فقط به دلیل بانو بودن حقوق و تسهیلات ویژه اعطاء شود تا ایشان به عنوان نماد مقدس نژاد آریایی و اخلاق محوری و پاکدامنی که دارای عفت مستقل از غیرت و تعصب مرد است مجبور به اشتغال در پست ها و زمینه های دشوار، پراسترس و درگیرانه نگردند.

در واقع بهترین حالت ممکن این است که بانوان "حرفه" داشته باشند و نه شغل و نه کار. هرگونه آلودگی روانی و فشارهای روحی وارد آمده بر ایشان تو گویی با هزار برابر شدت بیشتر بر مردان و کودکان وارد آمده است. باید زنان را از محیط های صرفا مردانه و یا بسیار بسته و دورافتاده و یا مکان های در مجاورت درگیری دور نگاه داشت و از ایشان به عنوان مقدسینی که عفت و شرف و پویایی و خودآگاهی مردان به دست آنان است چون جان شیرین و به واسطه مهر و امکانات، نه مانند یک برده و با اهرم فشار و جبر پاسداری کرد. البته که خانه نشین کردن و دور نمودن ایشان از اجتماع یعنی الگوی طالبان حتی مخرب تر از طرح مورد نظر غرب خواهد بود. مانند همیشه هالیوود با ایجاد توهم سعی می کند زنان جهان را بفریبد تا جایی که از واقعیت خودشان غافل شوند، مثلا در آثار هالیوودی قهرمانان زن جنسی داستان ها با یک فوت مردانی که کوهی از عضله هستند را بر زمین می کوبند. همیشه موفق می شوند خود را از تعرض جنسی که به واسطه قرار گرفتنشان در موقعیت هایی که نباید پیش بیایند! پیش آمده، بطور معجزه آسایی نجات دهند! با اینکه میان مردان دست به دست می شوند و در عشق های مثلثی و مربعی و ...(به اضلاع اضافه کنید!!! حتی در کارتون های قرن بیست و یکمی قهرمانان مرد و زن کودکان در به اصطلاح عشق هایی چندنفره و صرفا بر پایه جذابیت جنسی قرار دارند) قرار می گیرند همیشه از نظر روانی در کمال هستند و به کمک و دلسوزی هیچ کس نیاز ندارند(این دلسوزی از نظر غربیون شامل هر نوع کمک انسان دوستانه ای نیز می شود، مثلا ایشان به این باور رسیده اند که اگر پولی که پدرشان به آن ها می دهد تا کسب و کاری راه بیندازند را قبول نکنند و با فاحشه گری همان پول را به دست بیاورند خیلی بهتر است و کار باشرافت تری کرده اند). کودکان زنازاده دوست داشتنی درون ابرفیلم ها!!! اتوماتیک وار بزرگ می شوند و با اینکه این قهرمانان زن یک روز هم بالای سر آن ها نیستند و دائما در حال شهوترانی اند همیشه

فرزندانشان عاشق ایشان و سالم تصویر می شوند(در واقعیت فرزندان بسیاری از بازیگران هالیوودی خودکشی کرده اند و یا در طی تفریحاتی جنون آمیز و عقده محور کشته شده اند). آزادی عمل فوق العاده ای دارند و هر زنی که تا این اندازه آزاد نباشد و هر شب در بستر مردی متفاوت، بازنده، برده مردان و ادیان و باورهای پوسیده سنتی قومی تلقی می شود(در دنیای واقعی نیز این فاحشه ها مثلا به آفریقا سفر می کنند و نان جلوی کودکان سیاه پرت می کنند تا به ساده لوحان ثابت کنند خداباوری ربطی به انسانیت و اخلاق ندارد و نیز نظام کاپیتالی را دارای برنامه برای فقرزدایی از جهان و دلسوز گرسنگان مبهوت معرفی کنند).

به خدا قسم ما هنوز هم وقتی مردی با زنی با صدای بلند صحبت کند، حال آن زن و مرد هرکه می خواهند باشند و هر نسبتی هم با یکدیگر داشته باشند و موضوع بحث هرچه باشد، مو به تنمان سیخ می شود و دچار سردرد عصبی می شویم. ما هنوز خون آریایی و شرف شیعی خود را حفظ کرده ایم، چطور ممکن است مانند غربیون تجاوز جنسی را به عنوان "یک بیماری روانی ساده و پرخاشگری زودگذر" بپذیریم و متجاوز را به جای بالای دار به کمپی مجلل بفرستیم؟ چطور ممکن است فرد مورد تجاوز را بیمار و مجرم تر(از متجاوز) به حساب بیاوریم و اجازه سقط جنینی که در نتیجه این فاجعه به وجود آمده را به او ندهیم؟ چطور ممکن است تسلیم قوانین غربی که بر محور میمون بودن انسان وضع شده اند شویم؟ واژه زن در فرهنگ لغت انگلیسی با تلفظ وُمَن به معنای ابزار مرد است و از اساس زن در فرهنگ غربی انسان یا مَن محسوب نمی شود! حال ما آریاییان مردسالار و ضدزن هستیم؟! آیا ما هم باید از قوانین و پروتکل هایی تبعیت کنیم که براساس فرهنگ غرب تدوین شده اند و طبیعی است که در آن ها حتی تجاوز جنسی به یک ابزار صِرف شهوترانی، گناه و خطای بزرگ به شمار نباید بیاید. ما اولاد آدم چرا باید از ایپ های تکامل یافته پیروی کنیم؟ از این ها گذشته چرا باید معلمی که به شاگردان خود آموخته بود بابانوئلی در شب عید از آسمان، سوار بر سورتمه پرنده ای که گوزن ها می کشندش فرود نمی آید و از لوله بخاری پایین نمی جهد اخراج شود(البته بابانوئل و نه چنین ایزدی! واقعا وجود داشته، یک قدیس بوده و در ترکیه زندگی می کرده است) و چرا باید خرافات تا این اندازه احمقانه به عنوان دین و باور قدسی به کودکان تلقین شوند؟ دلیل روشن است، دین باید تا جایی که می شود همان خرافه، غیر عقلی و عملی، کودکانه و داستان ذهنی پذیرفته شود و نوجوان گیج و سردرگم تازه به بلوغ فکری رسیده هنگامی که متوجه می شود بابانوئل پرنده ای در کار نیست هرگونه باور مذهبی را نوعی کودکی کردن و غرق شدن در دنیای ذهنی بپندارد و یا قدیسان را بدون استثناء موجودات بیگانه جنی سوار بر اسباب پرنده فضایی تصور کند(یک نمونه دیگر از حراست از باورهای محصول ذهن بشر در نظام ماسونی هُلوکاست است که به مراتب دروغ بزرگ تر و احمقانه تری از گوزن پرنده می باشد، هلوکاست واقعی در میهن ما رخ داده؛ پس از جنگ جهانی اول متفقین تمامی منابع و مایحتاج مردم ایران را غارت نمودند و ایران زمین را تبدیل به یک آشویتز واقعی کردند که نتیجه این اقدام مرگ در اثر گرسنگی و قحطی نیمی از مردم ایران یعنی ده میلیون ایرانی بود!!! چطور می توان ادعا کرد که میهن ما نقشی در دو جنگ جهانی نداشته است در شرایطی که پس از این دو

رویداد بین المللی ایران بیشترین خسارت و زیان ممکن را در جهان متحمل شد و حتی بعد از جنگ جهانی دوم رسما توسط متفقین اشغال کامل نظامی گردید و درست مانند آلمان با او رفتار شد، میزان خسارت اقتصادی تحمیل شده به ایران حتی از ژاپن بمباران هسته ای شده هم بیشتر بود). بجز اسلام هیچ کدام از ادیان جهان حتی یک عید اصیل ندارند، ماسون ها تاریخ اعیاد را عوض کرده اند و روز بزرگداشت ایزدان و خدایان جهنمی خود را به جای اعیاد الهی جا انداخته اند. بطور نمونه تازیان(تازی به معنی یورش آورنده است) با ورود خود به ایران و به تحریک یهودیان بسیاری از اعیاد کهن آریایی را دستخوش دگرگونی کردند و در نتیجه منظور، مفهوم و رسوم و حتی اسامی بسیاری از آن جشن ها جایگزین و یا فراموش شد و بطور شگفت انگیزی از نظر زمانی و تاریخی و مکانی و بومی و عقیدتی دچار انتقال و سیر شدند و توسط ماسون ها، نخبگان غیریهودی خدمتگزار آن قوم به عنوان اعیادی دینی تبلیغ و با ابزار کلیسا و انتشار متون تاریخی جعلی تحمیل شدند؛ مثلا کریسمس سالروز تولد مسیح نیست بلکه همان یلدای خودمان یعنی شب بزرگداشت ورود میتراست.

همزمان با این کاشت باور در آموزش و پرورش کمپانی های چندمنظوره هم برای کودکان قهرمانانی هم سن و سال خودشان که در همه جا با آن ها باشند، روی بسته خوراکی ها، روی پتو و کتاب ها، روی لباس ها و ... خلق می کنند! خصوصا در نمایش های تلویزیونی در تخصص دیزنی(مانند هانا مونتانا)، که این ستارگان نوجوان نیز هم عرض با مخاطبان خود رشد کرده و تحت مدیریتی دقیق و قراردادهایی مادام العمر به آیدول های جنسی جامعه و پیروان از خردسالی شرطی شده تبدیل می شوند و بر متولدین یک دهه نفوذ معنوی دارند.

وظیفه دیگر ابررسانه ها و تبلیغات غالب هدایت کننده افکار عمومی در منطقه ما حمله به باورهای علوی و فاطمی است با استناد به کتاب هایی که توسط دین ستیزان قسم خورده و یا در سده های پیشین به دست تابعین خطاب که ناسزا گفتن به پیشواعلی از واجبات دینیشان بوده نوشته شده اند. جالب اینکه این به اصطلاح اسناد روشنگرانه مهم!!! را وهابیون تولید کرده و می کنند و مدعیان مبارزه با اسلام و عرب ستیزان وظیفه پخششان را برعهده می گیرند! دستکاری های تاریخی که در شبکه های اجتماعی مجازی ارائه می شوند. بعلاوه از سوی دیگر فراماسونری افزون بر زبانی و قومی و فرقه ای جلوه دادن خدای احد و واحد با تمام توان به شبیه کردن و یکی کردن همه فرقه ها و مکاتب جن پرستی و خدایان خود توسط ایجاد یگانگی می پردازد. از یک سو زئوس و شیوآ و میترا و رآ و ... را هر روز شبیه تر به هم، معرفی می کند و اینگونه تبلیغ می نماید که همه اینان در واقع یکی و همان شیطان بوده اند و از سوی دیگر شما می شنوید که برخی تحت تاثیر تبلیغات او می گویند "من به خدای واحد ایمان دارم ولی به الله اعراب ندارم!" و یا به عکس "من به الله ایمان دارم ولی به اهورامزدا یا خدای یکتای نادیدنی دیگر فرهنگ ها اعتقاد ندارم!"، آری ماسونری موفق شده خدای احد و واحد را در قالب تعریف های قومی و محدوده زبان ها قرار داده و جنیان باستانی را چه از نظر نمادها و هویت و عملکرد یکی یا بهتر بگویم جلوه های گوناگونی از شیطان و بخشی از نیمرخ روانی او جلوه دهد(در صورتی که بسیاری از آن ها مانند میترا دشمن سازمان اهریمن بوده اند). تمامی مولفه های ذکر شده را می توانید

در حرکتی که توسط شاهین نجفی کلید خورد مشاهده کنید(ترانه شراعظم مستقیما در تکریم شیطان است). همزمان با بسط دادن شیطان پرستی ماسون به قدیسین و متون خلل ناپذیر یگانه پرستی چون قرآن و نهج البلاغه(به واسطه وهابیون) حمله می کند و با به وجود آوردن ترکیب عجیبی از وهابیون و روشنفکران جن پرست مدرن! سعی خواهد کرد شیعه را از میدان به در کند. فراماسونری یک تاریخ مورد تایید دارد که طی آن شبه تمدن های مصر و هند باستان و سپس روم و بریتانیا و آمریکا به ترتیب مرکزیت حق و رسالتی که اکنون به روشنفکران جن پرست بی وطن و ضد ادیان، فرهنگ ها و آیین های اصیل(از جمله بهایی ها) منتقل گردیده است معرفی می شوند. مهم ترین نماد و مفهوم هدف این جریان واحد، آلت تناسلی مردانه است(درست مانند سازمان فراماسونری) که گاه در ماهیت ابلیسک های مدرن و متن اشعار و محتوای تصاویر و روایت داستان ها گنجانده می شود.

جالب اینکه ماسون های سنتی با چنین نمادی و با وجود آنکه هرگز زنی را به عضویت دائمی خود نپذیرفته اند و بنا بر قوانین شیطان نمی توانند بپذیرند ادعای دفاع از حقوق زنان دارند و ما که به بانوان به چشم خواهران و مادرانی پاکدامن می نگریم را نکوهش می کنند.

حتی در المپیک ورزش هایی وجود دارد که فقط مخصوص زنان است و مهم ترین مولفه این نمایش ها جذابیت جنسی زنانه و ارائه هرچه تحریک آمیزتر و شهوانی تر آن می باشد.

ما که رشته ها را تنها در صورتی ورزش می دانیم که هم توسط مرد و هم توسط زن قابل انجام باشند نه اینکه هدف استفاده ابزاری از کالبد زن یا مرد تعیین گردد(به همین دلیل ما فعالیتی چون پرورش اندام یا مبارزات آزاد را ورزش نمی دانیم چون بر پایه بدن مردانه طراحی شده اند) اهل تفکیک هستیم و یا این ها که اجازه حضور مردان در این زمینه ها را نمی دهند، با وجود آنکه بسیاری از مربیان و تمامی طراحان این رشته ها مرد می باشند!؟

امتیازدهی در این ورزش ها، بهتر بگویم رقص های جنسی(که با اعمال فشار سیاسی و تحمیل استعمارهای پیر یا همان متفقین دیرین تحت عنوان ورزش به المپیک اضافه شدند) کاملا سلیقه ای است و اساسی جز تحریک بیشتر داوران و نظر شخصی آنان ندارد. مثلا یکی از فاکتورهای مهم این ورزش ها!!! انتخاب موسیقی و ترانه ای است که در هنگام اجرا باید پخش شود و مورد توجه ناظرین قرار بگیرد. معلوم نیست داوران چه چیزی را داوری می کنند؛ موسیقی را! حرکات و مُد لباس را(در این به اصطلاح ورزش ها طراحی کلی و طرح روی لباس ها نقش به سزایی در برنده شدن ایفا می کنند!)، بدن ها را! البته که هدف روشن است. هر عاقل باشرفی گواهی می دهد که فضای این رشته ها ورزشی نیست.

در محوری دیگر هالیوود که خط کلی خود را از نازی ها تقلید کرد و سینمای فانتزی تخیلی را از ایشان آموخت(نازی ها حتی سینمای سه بُعدی را پیش از جنگ اختراع کرده بودند!!!) در عصر نوین تمامی تلاش خویش را بر روی ساخت فیلم ها و انیمه هایی تخیلی حادثه ای متمرکز نموده است که به باز شدن دروازه ستاره ای و ورود خدایان باستانی و شیاطین به زمین تحت هزاران ژانر و برداشت، به پردازش یک سناریوی تکراری واحد، می پردازند.

ارتباط میان آن روشنفکران به قول خودشان تابوشکن جن پرست با جریان حاکم بر هالیوود کاملا مشهود بوده و عملکرد همه بازوهای ماسون بطور هماهنگ تنظیم شده است(مثلا بعد

از ورود هالیوود در بستری تازه جریان روشنفکران جن پرست نیز به همان بستر و دقیقا همزمان با سایر بازوهای اختاپوس، می پردازند). این عملیات درست هماهنگ با حذف بی رحمانه هر دست نشانده ای که به قدر مویی از خط قرمزها بگذرد پیش می رود، می خواهد نخست وزیر سابق بریتانیا باشد و در دره سقوط کند و یا پرنسسی که پس از تصادفی عمدی رها شود تا در اثر خونریزی بمیرد(او نیز موجود پلیدی بود و از اولین و مهم ترین حامیان ازدواج و روابط جنسی همجنسگرایان به شمار می آمد) و تا دو ساعت پس از تصادف هنوز داخل ماشین بوده باشد(محل تصادف دایانا داخل تونلی بود که بطور طبیعی و به سبب مسدود شدن راه باید حداکثر تا ده دقیقه پس از هرگونه تصادفی نیروهای امدادی خود به خود ارسال می شدند. جالب اینکه رئیس پلیس پاریس که این قضیه را مدیریت و به قول خودمان ماست مالی کرد نامش "فیلیپ ماسونی!!!" بود و یکی از وظایف او متهم کردن عکاسان به این قتل بود! بی بی سی بدون حتی یک مدرک وقیحانه اعلام نمود که عکاسان فرانسوی باعث تصادف شده اند، ولی پاسخ به این یک سئوال همه چیز را روشن می کند: اعلام شد ماشین دایانا به چندمین ستون تونل برخورد کرده و در چه ساعت و دقیقه ای این حادثه رخ داده است؟ واقعا مردم غرب اینقدر کر و کور شده اند که حتی واقعیت جلوی چشمشان که قدرت نمایی واضح ماسونری برای نوکرانش است را نمی توانند درک کنند؟!). می خواهد کارگردانی باشد که از بالای پل به پایین پرتابش کنند و در حالی که حتی یک شاهد و سند وجود ندارد سریعا اعلام نمایند خودکشی کرده و یا خواننده سیاه پوستی که در وان حمام خفه اش کرده باشند! می خواهد سلطان پاپ جهان نام داشته باشد که فقط به دلیل اشاره در ترانه "همه چیزی که می خواهم بگویم این است که آن ها به ما توجه نمی کنند" به سلطه ماسون و نمادهای آن به ویژه در کلیپ نخست اثر تا سال ها مطرود شد(جکسون را وادار ساختند تا به خاطر اجرای این موسیقی و ویدئوی آن از یهودیان عذرخواهی کند!!!) و هرگونه تهمتی را تمام ابزارهای ماسونری به خصوص مطبوعات و سینمای هالیوود به وی وارد ساختند و در آخر دقیقا در شب اجرای زنده مجددش پس از سال ها و بازگشتش به شهرت او را کشتند تا همه بدانند آن ها با کسی شوخی ندارند و همینگونه نیست که هر کس بدون اجازه مسلمان شود(عکس هایی که از جنازه او ارائه شد همگی جعل هایی کودکانه هستند که به راحتی می توانید این موضوع را تشخیص دهید)! یا خواننده ای ایرانی(هایده) که به دلیل اظهار نظر در مورد یهودیان مدت ها خانه نشین شد و با یک اجرای زنده در اسرائیل حضورا عذرخواهی کرد! البته که همیشه این مجازات به شکل کشتن بروز نمی کند یا به مرگ سوژه نمی انجامد و اکثرا در مراتب بردن آبرو، نابودی یک شبه شهرت و زدن تهمت های تکان دهنده قابل تشخیص می باشد و نتیجه نیز در بیشتر موارد مهم عذرخواهی خفت بار عنصر مفلوک طردشده مانند "بریتنی" خواننده آمریکایی و بازگشت دوباره او به سیستم است. هدف این است که انسان یک میمون زاده تبلیغ گردد و نه پیمبرزاده ای بهشتی و والا و هر روز به سمت بربریت و شهوترانی محض سوق داده شود و این بازوهای اختاپوس صورتی نیز اگر کمترین ناهماهنگی در راه رسیدن به مقصود از خود نشان دهند قطع می شوند و نه یکی بلکه چند بازوی تازه به جای آن ها خواهد رُست!!! هدف معرفی

شیطان به عنوان؛ نماد آزادگی و آزاداندیشی و حق گویی و ایستادگی پیروزمندانه در برابر جبر خداوند و نظام برحق آفرینش، "آنارشیست مقدس" و یکتاخدای آزادی و پیشرفت است! حال اگر زندان های ایالات متحده از نژادی خاص(سیاهپوستان) پر شده باشند مهم نیست! مهم آن است که نژادپرستی باید همواره مساوی با آریایی و انسان بهشتی و مومنین قرار بگیرد تا این نژاد و تفکرش سرکوب و وادار به خاموشی شود چون اگر سخن حقی بگوید ماسون خود را با توجه به پیش زمینه ای که ایجاد نموده محق انجام هر برخوردی می داند.

افزون بر این اندیشه های آریایی نیز باید از پایه زیر سئوال برده شوند. نه فقط در مورد پاکدامنی و خانواده و برداشت از شخصیت زن بلکه بطور مثال حتی ارزشی که در فرهنگ آریایی برای سالخوردگان و پیران در نظر گرفته می شود باید کاری احمقانه جلوه داده شده، پیران موجوداتی اضافی تبلیغ گردند(چون اصالت از دید ماسون فقط با شهوت جنسی است). پیری باید مساوی با از کار افتادگی و حتی پلیدی قرار داده شود و نه پرهیزکاری و پختگی و تجربه و اساسا هیچ پیری در آثار هالیوودی به تصویر کشیده نشود خیلی بهتر است!!!! حتما به خاطر دارید که وقتی بلاژویچ کروات برای مربیگری تیم ملی ما به ایران آمده بود و روزنامه نگاران ایرانی او را برای احترام و تجلیل "پیر فوتبال جهان" لقب دادند تا چه اندازه خشمگین و ناراحت شد. او طبق پیش زمینه فکری غالبی که با خود از غرب آورده بود به واقع پیر را یک فحش و توهین برداشت می کرد! در فرهنگ برهنگی مدرن هر پیری که رفتار جوانان را تقلید نکند به درد نخور تلقی می شود. اما نقطه ضعف عملی این محورها کجاست؟ وقتی پرنس هَری نوه ملکه انگلیس به همراه چند فاحشه برهنه شد یکی از سردبیران معروفی که خبر فوق را سانسور کرده و منتشر ننموده بود و از این عمل دفاع می کرد در یک مصاحبه گفت: "مگر چه اتفاق مهمی روی داده این کار حق طبیعی اوست! او که لباس نازی ها را نپوشیده!!!" آیا دانستید؟ رفتار دشمنان ما و دانش دشمن شناسی به ما کمک می کند تا بفهمیم نزدیک شدن شیعه به راهکارها و طرزعمل کدام جنبش همان چیزی است که ماسونری نمی خواهد روی دهد و یعنی درست ترین انتخاب برای ماست. افتخار غرب به نابودی آلمان نازی که در سیلی از بازی ها و فیلم ها و انیمه ها و ... نهفته است و هر روز با گذشت زمان نه تنها ذره ای کمرنگ نمی شود بلکه لحظه به لحظه پررنگ تر می گردد به ما یاری می رساند تا به خودشناسی ملی یا به عبارت درست تر میهن شناسی نائل آییم. گرچه غرب از عنوان نازی استفاده هایی ابزاری نیز می کند و به واسطه نئونازی هایی که تنها ادعای پیروی از هیتلر را دارند تصمیمات نامتعارف خود را عملی می سازد ولی همواره آریایی آگاه و شیعه را دشمن ترین دشمنان خویش به شمار می آورد(بطور مثال مدعیان نئونازی به معلولین حمله می کنند در حالی که حکومت نازی هیتلر نخستین نظامی بود که به معلولین خدمات رایگان و پزشکی مخصوص آنان را ارائه داد). باری یاران، مسئله ناراحت کننده این نیست که جهان تمام خوبی ها و زیبایی ها و دارایی های واقعیش را از ما اخذ کرده است(نه فقط طراحی پایه شاخه های اصلی تمامی ورزش ها بلکه حتی اختراع توپ و ابداع اولیه رشته هایی چون والیبال و به ویژه فوتبال توسط ایرانیان باستان صورت گرفت و مثلا بعدها همین فوتبال باستانی که بسیار شبیه به شکل امروزیش بود به

چین باستان انتقال یافت و به نام آن دیار ثبت شد! سرقت افتخار و پیشینه درخشان ایرانیان تا اندازه ای بی شرمانه است که حتی یافته ها و ابداعات شکوهمند و بی تردید هخامنشیان نیز چون کشتی فلزی و سیستم کانال کشی هخامنشی که برای حمل و نقل سریع تر به واسطه قایق و کلک عملی گردید، به نام چین باستان و نخستین امپراطور آن ثبت شده است) بلکه مشکل اینجاست که علاوه بر کتمان سرمنشاء واقعی و نسبت دادن یک یک دستاوردها به دیگرانی که فقط نباید آریایی باشند! توسط غرب، و تقسیم نقاط نورانی ماهیت بشریت که تمامی از آن آرياييان هستند میان ابرقدرت ها و کشورهای غالب به مانند غنائم جنگی!!! در این مورد خاص همه عالم علیه ایران متحد شده و تلاشی بین المللی برای خاموش کردن هر نوایی که واقعیت تاریخ(خصوصا پیش از کوروش کبیر) را بازگو کند به چشم می خورد.

درباره ابرکشور جم و ابربانک زایون

خیلی جالب است که از گوته چنین نقل قولی بر جای مانده باشد: "روزی دلیری از سرزمین پارس به تصرف جهان خواهد پرداخت و کسی نمی تواند جلویش قد علم کند." و یا پیامبر خاتم چنین فرموده باشد: "روزی افرادی از سرزمین پارس به دورترین نقطه دانش(ثریا) خواهند رسید." یا اینکه بناپارت پس از شنیدن خبر شکست کامل و دور از ذهن امپراطوری روسیه از ایرانیان گفته باشد: "اگر نیمی از لشگریانم ایرانی بودند جهان را فتح می کردم." از این قبیل اظهار نظرها و پیش بینی های بزرگان و نامداران درباره ایران و ایرانی، بی شمار می توان سراغ گرفت و من باید در یک کتاب مجزا آن ها را گردآوری کنم. پیشگویی هایی که پر از تطابق با واقعیت امروز میهن ما و جهان هستند و غالبا توسط یهودیانی شهره و کابالیست چون نوسترآداموس و یا پیامبران آن قوم تحت عنوان اخطار به زایون در مورد شکل گیری آخرالزمان و وقایع سهمگینش صورت گرفته اند. من هرگز قصد نداشته و ندارم که اینهمه اشارت و بشارت که اغلب از زبان دشمنان ما به ما داده شده است و یا در احادیث برجای مانننده از پیامبران الهی و امامان شیعه قید می باشد را ملاک عملکرد معرفی کنم.
این جملات انرژی بخش تنها تلنگرهایی هستند تا ما به اهمیت، ارزش، توان خود پی ببریم.
سخن من در خصوص ابرکشور جم در اصل یک ایده پخته، طرحی منطقی و قابل اجراست و در جهان امروز شاهد آن هستیم که مصداق چنین نهادی توسط غربیون تحت عنوان پیمان آتلانتیک شمالی، ناتو، عملی شده و سال هاست که برای اعضاء خود تولید قدرت می کند.
قرار نیست که ایران تعرضی به خاک همسایگان خود داشته باشد، هرچند که تمامی آن ها روزگاری ایران بوده باشند! ما مسئولیت مدیریت هیچ کشور دیگری را فراتر از مرزهای فعلی ایران نمی پذیریم و تمایل به جهانگشایی و فتح سرزمینی را در خود احساس نمی کنیم.

چه نیازی به این وجود دارد که با جنگ کسی را وادار کنی حاکمیتی را بپذیرد؟ چرا تمامی کشورهای منطقه که در تاریخ، پرشیا و بین النهرین و آشور(توران) و هند خوانده می شدند تحت پیمانی همه جانبه تبدیل به یک ابرقدرت واحد نشوند(البته من به مشکلات آگاه هستم و فعلا قصد دارم این واقعیت را متذکر شوم که در روزگار ما اتحاد با جنگ میسر نمی شود)؟ چه نیازی به این هست که ایرانیان همه منطقه را پس از سال های سال جنگ فرسایشی فتح نمایند و بعد از یکی کردن همه کشورها دوباره مجبور شوند به ایالت های تحت سلطه(همان کشورهای پیشین) حق حاکمیت مستقل فدرالی تفویض کنند و در آخر حتی جور آن ها را در اقتصاد و امور نظامی بکشند؟ در شرایط فعلی که وضعیت برای یکی شدن ایده آل تر است؛ کشورهای عمدتا فقیر خودشان مسئول خودشان هستند و مردمشان نیز احساس اینکه خاکشان در اشغال دیگری است را ندارند. نیازی هست که مرزها با یا بدون جنگ برداشته شوند؟ استقلال هر کشوری باید حفظ و حتی تقویت شود و فقط مرزهای ذهنی که همگی پدیده هایی تخیلی توهمی هستند و طی سالیان سال تلقین صهیونیزم به وجود آمده اند بایست پاک شوند. آیا شیوه حکومت هخامنشیان یا پیشواعلی جز این بود که من می گویم؟ حتی جم(درخشش)، کشور افسانه ای آریاییان نیز در زمان اوج خود چیزی جز یک اتحادیه بشری قدرتمند نبود.

هرگز در فرهنگ و تاریخ درخشان ایران سندی وجود ندارد که ایرانیان در صدد جنگ افروزی و اشغال سرزمین های همسایه و ادغام اجباری آن ها با خاک خود برآمده باشند. صلح طلبی و مدارا و پارسایی ذاتی آریاییان همواره سبب گردیده مردم ایران تا به امروز تنها در مقام دفاع از خاک خویش و یا نابودی دشمن خارجی بدون اشغال کشور او برآیند.

جمشیدیان در اوج درخشش ایران زمین(در حدود پنج هزار و پانصد الی پنج هزار سال پیش) با وجود برتری تکنولوژیکی غیرقابل تصوری که داشتند(تا به امروز بشر به بسیاری از آن دانش ها دوباره دست نیافته است) حتی در صدد برنیامدند قبایل دیویسنایی را ریشه کن و کشتار جمعی کنند و به سازش با آن ها با هدف آگاهسازی و هدایتشان می پرداختند. وقتی شما به معنای واژه جم در انگلیسی رجوع کنید متوجه خواهید شد که "فشردگی، در کنار هم بودن، گنجاندن همه و شلوغی" در لغتنامه ها منظور شده! کافی است که داستان جمشید را در اوستا مطالعه کنید تا بدانید این معنا روایتی عینی از کشور جم آریاییان است. ازدحام و کثرت "قومیت های مستقل" در سرزمین جم باعث شد تا به خشکی های زمین با تلاش انجمن جمشید افزوده شود و طی یک زمستان سخت که تمامی متحدین زیر سایه ایران در امان ماندند، نسناس ها و حیوانات عتیق منقرض گردند(تاریخ دوباره تکرار خواهد شد). غربیون بهتر از ما می دانند جم چه بوده و حتی معنا و مصداق این اسم را تغییر نداده اند و چنین واژه هایی اثبات می کنند تا چه اندازه از پارسی سرقت واژگان صورت گرفته است.

دانش های فوق تصور جم توسط بسیاری از متون و آثار باستانی به اروپاییان گزارش شد و برخی از این دستاوردها تا اندازه ای رویایی به نظر می رسیدند که تحت عنوان "قصه های پریان" و افسانه های باستانی بشر در قالب کتاب و نمایشنامه به کودکان غربی ارائه شدند. ژول ورن گوشه ای از این گزارشات را باور کرد و در کتاب های علمی تخیلی خود آن ها را جدی گرفت و مبنا قرار داد، مواردی چون امکان سفر به اعماق اقیانوس یا ماه و کرات دیگر و یا انرژی هسته ای که در موتور ناتالیس زیردریایی بیست هزار فرسنگ زیر دریا به آن اشاره نمود و از همه جالب تر ایده "زمین میان تهی" و طبقات زیرین که در سفر به اعماق زمین تبلور یافت. برای برخی عجیب می نماید که چرا بطور مثال همه زن های آثار داوینچی شبیه به هم نقاشی شده اند!؟ لازم است از شما بپرسم چرا برخی از تابلوهای نقاشی اصل چند عدد هستند(نقاش چند تابلوی یکسان کشیده) و چطور همه تابلوها از نظر طراحی درست شبیه به هم و همسان می باشند(فقط شاید از نظر استفاده از رنگ ها متفاوت باشند)؟ به این خاطر که نقاشی و طراحی و رسم بیشتر از اینکه به هنر مربوط باشد یکی از شاخه های هندسه است. کافی است الگوهای هندسی و ریاضیاتی یک چهره یا بدن را بیاموزید آنگاه می توانید آن را هزاران بار درست به یک شکل واحد بکشید. اگر به طرح های اولیه داوینچی یا نقاشی های حرفه ای کلاسیک که ناقص مانده باشند مراجعه کنید خواهید دانست همگی دایره ها و اجرام هندسی دیگری هستند که در کنار یکدیگر قرار گرفته و مثلا نهایتا یک چهره را تشکیل می دهند. به همین دلیل، نقاشان عهد قدیم همگی ریاضیدان نیز بودند. دانستن این تناسبات و اعداد و طریقه قرار گرفتن اجرام در کنار هم از دانش های جم بود. کسی که دستورالعمل این روش را داشته باشد یک شبه می شود داوینچی و این موضوع به هنر ارتباطی ندارد بلکه به هندسه مربوط می شود. هنر در آن است که تو به عنوان هنرمند مفهومی والا را به مخاطب مثلا با استفاده از همین تناسبات جبری منتقل نمایی و نه اینکه پیامبران خدا را مسخره کنی که با این حساب داوینچی نه تنها هنرمند نبود بلکه یک سارق هنری و مقلدی که دستورالعمل های پیچیده آریایی را بدون ادراک در تابلوها و ساخته هایش کپی می کرد به شمار می آید. نگاه عجیبی که در تابلوی مونالیزا حس می شود نتیجه دانش آریاییان و تناسبات شگفتی است که آنان از نظم عالم هستی کشف نموده اند و نه هنر نداشته داوینچی! لئوناردو و یا تیمی که به این نام متخلص بود اصول هندسه جمشیدی را در راه غلت به کار گرفت و با اشکالی چون ستاره شش پر و دیگر نمادهای کابالایی نقاشی فوق را مهندسی نمود. همینطور سبک آینه داوینچی نیز یک الگوی ریاضیاتی آریایی است که به سبب درک ایرانیان از الگوهای هندسی آفرینش طی سده ها پژوهش و بینش کشف گردید. بسیار شگفت انگیز و به معنای واقعی یک معجزه است که ما می توانیم چهره زیبای آریایی

های باستان را در آثار داوینچی مشاهده کنیم(زیرا الگوهای هندسی از چهره و بدن آنان تهیه شده بود)! تمامی کارشناسان برجسته علم و هنر نقاشی به این امر معترف اند که چهره های موجود در نقاشی های لئوناردو و حتی لباس ها کاملا شرقی هستند و مشابه با آثار کهن و معاصرتر نقاشان ایرانی(به ویژه سلطان محمد) و مینیاتورهای پارسی به ویژه در مورد زنان می باشند(در مونالیزا بانوی به تصویر کشیده شده با الگوی مینیاتور مطابقت دارد).

من در گفتارهای پیشین به سرقت های علمی غرب از جم اشاره نمودم ولی شما به عنوان یک محقق دوستدار دانایی اگر می خواهید وسعت دانش های جم را دریابید باید به تاریخ چین باستان مراجعه کنید، زیرا رجوع مستقیم به تاریخ ایران باستان را غیرممکن کرده اند.

در سلسله چین(یا کین) بر روی تیرها و تیغ های برنزی پوششی از کروم کشیده می شد و باستان شناسان نتوانسته اند به این سئوال ساده پاسخ دهند که چگونه آهنگران چینی به چنین تکنولوژی برتری که هزار و پانصد سال جلوتر از زمان خود بود دست یافته اند و توانسته اند پیکانی تولید کنند که درست به اندازه گلوله های امروزی آیرودینامیک و یکدست باشد؟! غرب کروم را به عنوان یکی از شگفتی های دنیای امروزی و دستاورد خود تبلیغ می کند! چطور چینی ها توانسته اند کارخانه های آبی خودکار و یا ماشین های نجوم بسیار پیچیده بسازند، یا به فن آوری موشک و آتش بازی و یا پزشکی برتر و طب سوزنی دست یابند؟ تمامی این دانش ها به خصوص آهنگری و بی شماری دیگر از ایران زمین به چین انتقال یافته بود و گرچه بسیاری از کتاب های آریایی موجود نیستند ولی کتب و متون چینی کپی برداری شده از آن ها با اشاراتی مستقیم و واضح به سرمنشاء مطلق خود گواهی می دهند.

آریاییان در دوران جم به سادگی موفق به سفر به آمریکا شده بودند و امروزه بسیاری از دانشمندان فرهنگ شناس در عجب اند که چرا نام ایزدان سرخپوستان با ایزدان آریایی کاملا یکسان و مشابه است و زنان برخی قبایل سرخپوست حین برگزاری آیین های اصالتا آریایی خود حجاب می گیرند! بیرونی نیز در آثارش حتی قاره آمریکا را روی نقشه قید کرده است.

همینطور چینی ها به واسطه مطالعه متون جم و به پشتوانه نقشه های آریایی کاملا دقیق کل جهان به این قاره سفر نمودند، صد و چند سال قبل از غربیون! این دانش های آریایی در چین هدایا و دست نوشته هایی از سوی خدایان برداشت می شد و هنوز "طومارهای سرّی" و "اسرار منقوش بر دیوارها" در آن کشور الهی دانسته می شوند. امپراطوران چین همواره سعی می کردند به تقلید از شاهان افسانه ای آریایی و اسطوره مکتوب آن ها "شاه جهان" باشند ولی به سبب جبر ناتوانی تکنولوژیکی چین را مساوی تمام جهان تلقی نمودند در حالی که کیان و پیشدادیان به واقع بر کل زمین حکمرانی می کرده اند. جم با هر نامی که خوانده شود؛ جمشید، میتان، سیمرغ، ایران بزرگ، کشور مهری، هامان(من در اشعارم از این نام

بیشتر استفاده کرده ام) و جهان یا زمین("ام القری و سرزمین های اطرافش" که در قرآن بارها آمده در واقع اشاره ای مستقیم به جم دارد زیرا این ابرکشور بطور یکپارچه به شکل دایره ای بزرگ تا آفریقا و اروپا و در قاره آسیا تا هند و روسیه کنونی و چین ادامه داشت و مرکز اقلیمی این دایره ام القری و مکه بود؛ کعبه در دوران پیشدادیان مهم ترین زیارتگاه و بارگاه مقدس به شمار می آمد و چندین مرتبه به دست شاهان باستانی ایران و هخامنشیان مرمت و محافظت و آباد شد). میهنی که پادشاه آن پادشاه جهان(گهان) و حاکم گیهان(گهان ها) خطاب می شد(طبق متون اوستاها پادشاهان جم و کیان دیرین آریایی به وسیله اسبابی دائما در حال سفر به نقاط گوناگون زمین و کرات دیگر بودند!!! سرعت این وسایل نقلیه پرنده و حتی طراحی های دقیقشان و بسیاری از مطالب فوق العاده مهم چون گزارش نقشه کهکشان به صورت شعر در اوستاها قید شده است که توسط مترجمین ناآگاه همواره تحریف و یا سانسور می شوند. همین تحریف و سانسور را در احادیث شیعه می توانید مشاهده کنید که متاسفانه عده ای بسیاری از احادیث و روایات پیامبر خاتم و امامان که حاوی مطالب مهمی در خصوص جنیان و جهان های واقعی آنان است را به دلایل گوناگون حذف و پنهان می کنند) در طول تاریخ بیش از ایرانیان مورد توجه و باور و رشک بیگانگان بوده است. حتی کشفیاتی که در دوره های گوناگون تاریخی در کشور خودمان و کشورهای اطراف به خصوص سوریه از آثار و گنج های عظیم و شگفت انگیز باستانی جم(از کشف بزرگ دوران حکومت بهرام ساسانی که در شاهنامه نیز به آن اشاره شده تا لوح هوشنگ پیشدادی) صورت گرفته نتوانسته ایرانیان را متوجه سازد و اغلب پارسیان معاصر تنها هخامنشیان را هویت تمدن خویش دانسته اند. دوران جم خود مرحله پایانی و تعالی یک دگردیسی چندهزار ساله بود که از میتان، مه آبادیان، کیومرثیان پیشداد زاده و به کیان و هخامنشیان منتهی شد. ابرکشور زایون نیز قرار نیست با یورش شکل بگیرد! این سرزمین موعود یهودیان در واقع یک بانک جهانی قدرتمند و بی رقیب است که طبق برنامه ماسون در حال شکل گیری می باشد، مرحله ای که در آنیم "حذف دولت های مرکزی قوی و بی مفهوم کردن ملت ها"ست. این طرح به عینه بصورت کاملا روشن توسط ابررسانه ها، خصوصا غول های مطبوعات جهان طی مجموعه ها و مقالات کاملا شفاف بی رودرواسی سال هاست علنی گردیده است. بانکی جهانی که اداره زمین را در دست بگیرد و دولت ها و ملت ها را از میان بردارد و کشورها را تا می شود تجزیه به اقوام و کوچک و کوچک تر کند و نه به شیوه ای که تاکنون بر جهان مدیریت می کرد، بلکه در آینده بدون واسطه ها حکومت کند و همان آب باریکه را نیز به نوکران خود نبخشد! امروز شاهد هستیم که بسیاری از مسیر این مقصود طی شده است و یهودیان بین المللی با وارد آوردن بحران های اقتصادی بی سابقه به جهان

در صدد ملزم کردن مطلق همگان به اطاعت صد در صدی از خود و پذیرش زایون هستند. جنگ های داخلی برافروخته ایشان نیز به امروز و فردا، سوریه و لبنان ختم نخواهد شد و هر روز شدیدتر و پردامنه تر خواهد گردید تا جایی که ناامنی و گرسنگی و تلقین مردم را آماده پذیرش هر چیز تازه ای کند که آنان را از دولت ها بطور ذهنی توهمی رهایی بخشد و بی نظمی مطلق جهانی را هرچند به معنی بردگی همه نژادها جز یکی بر زمین حاکم سازد.

صهیون هرآنچه که نیاز دارد را در اختیار گرفته است، علاوه بر نظام مالی و سیاسی و عقیدتی، حتی قدرت نظامی وی بر همه عالم مسلط گردیده است. وقتی می گویم قدرت نظامی صهیون ارتش اسرائیل را در نظر نیاورید! ارتش اسرائیل فقط یک پلیس منطقه ای است که وظیفه ای بجز حفظ امنیت شهروندان کلونی اسرائیل ندارد. برنامه یهودیان بین المللی بسیار زیرکانه تر از این حرف ها بوده! هر نظامی که از آن ها حمایت کند در واقع به خود خیانت کرده است. ایشان به محض ورود به نظام حامی خویش چون موریانه آن را از درون خالی می کنند و تحت سلطه خود در می آورند(مانند هخامنشیان و شوروی سابق) و در مورد ایالات متحده نیز همینگونه است. هم اکنون ارتش نوین آمریکا یک نظام مزدور مستقل است و به هرکس که هزینه او را تامین نماید خدمت خواهد کرد، حتی همین امروز هم هزینه این نهاد نظامی را یهودیان بین المللی تامین می کنند. یعنی زایون به نام دیگری در سراسر گستره کره خاکی پایگاه نظامی ساخته است و سیل مزدورانی چندملیتی که غالبا کهنه بردگانی رنگین پوست هستند(در آمریکا مناطق بسیاری وجود دارد که "مزرعه کِشت مزدور" هستند! چونکه جوامع اکثرا سیاه در این بخش ها و محلات به حال خود رها شده و از هر نوع خدمت رسانی بی بهره مانده اند و تنها دلیل این رویکرد آن است که بالغ بر نود درصد مزدورانی که از داخل اتحادیه استخدام می شوند، نه آن هایی که هندی و پاکستانی و ... هستند، اهل همین مناطق محروم نگاه داشته شده می باشند که اگر تامین و آباد گردند به یقین هیچ کس از این محلات داوطلب ورود به ارتش نخواهد شد) را در استخدام خود دارد.

ارتشی که تمامی نمادهایش ماسونی و صهیونی است و همه ساختارش تحت سلطه آن قوم قرار داده شده و هیچ چیزی در آن نیست که از آن زایون نباشد، ارتش واقعی زایون است. گذشته از این تمامی گروه های معروف به بنیادگرایان اسلامی وابسته به عربستان یا همان القاعده نیز بخش و واحد دیگری از این سپاه مخوف جهنمی به شمار می آیند که برای خسته و ناامید کردن نهایی ملت ها و تمامی خداباوران جهان به کار گرفته شده اند. در بسیاری از موارد که از ارتش های منظم کاری ساخته نیست آن ها بسیار موثرند، حال بگذریم از اینکه سایر ارتش ها و نیروهای نظامی جهان نیز بجز چند مورد انگشت شمار بودجه خود را از یهودیان بین المللی دریافت می کنند. تلاش برای جذب هرچه بیشتر این مبالغ سبب گردیده

هر چهار ابرقدرت یادشده با هدف آنکه خود را به عنوان مرکزیت ماسونری معرفی کنند(و سرمایه اصلی به سمت آن ها تحت تعریف باثبات ترین و بزرگ ترین حامی و اهرم ماسون سرازیر گردد) و نظر زایون را به خود خیره سازند دست به خوش خدمتی های عجیب و تبلیغات و حتی درگیری با یکدیگر بزنند که این اتفاق موهبتی خداوندی و بستری برای رشد ماست و در قرآن نیز تحت عنوان دفع شر شیاطین به وسیله یکدیگر، به آن اشاره شده است.
از سوی دیگر گرچه "سلطه جهانی و هزاردستان اهریمنی کاملا بی رحم و ملاحظه" دارای چنین قدرت نظامی خیره کننده ای است اما نباید فراموش کرد که "اربابان جنگ" این سیستم نه سیاستمدار هستند و نه جنگ سالار و فقط تاجرند و سرمایه دار! آن ها تاجرانی هستند که در سیاست و امور نظامی وارد شده یا دخالت می کنند و این مهم، اینکه پیش و بیش از هر چیز ما با تاجرانی صِرف طرف هستیم که حتی سرنوشت ملل و جنگ ها و کشورها را هم مبادله می کنند تعریف درستی است که اکثر افراد هنوز به آن نرسیده اند. اهمیت شناخت در این مسئله است که تاجران بین المللی هرگز تا زمانی که از انجام ریسک های خطرناک، مثل دخالت مستقیم در جنگ، سودی صد برابر معمول نبرند و بعلاوه اصل سرمایه آنان نیز در جایی امن محفوظ نباشد(به همین دلیل واشنگتن با وجود تحریکات مکرر آلمان نازی تا اواخر جنگ وارد میدان نشد) و سوم، به پیروزی نهایی و امنیت و رونق کسب و کارشان پس از ریسک اطمینان حاصل نکنند و مطمئن نگردند که ملت یا ملل متخاصم نمی توانند به سرمایه آنان ضربه ای جدی وارد سازند در کمال بزدلی دست به هیچ اقدامی نخواهند زد.
به عبارت ساده تر جان یهودیان بین المللی و همه صهیونیان به ثروت و صدای چکاچاک سکه هایشان و نه شمشیرها!!! و محاسبه مکرر و دقیق رویدادهای آینده بسته است و اگر به هر شکل احساس کنند درگیری ذره ای حتی رشد دارایی ها یا محاسبات و پیش بینی آنان را به خطر خواهد انداخت در برابر ضعیف ترین ارتش های جهان نیز پا پس خواهند کشید.
اینان در داخل ساختار محدود قومی خود نیز دارای چند دستگی های عمیقی هستند و همین درهم تنیدگی لابی های بی شمار درون آمریکا به بندگان خدا فرصت احیای دوباره می دهد.
باری، باید خواست واقعی را از خواست ذهنی در اندیشه و باور خود تفکیک کنیم. مثلا یک کارمند زن تمایل ذهنی دارد همکار تازه اش یک مرد باشد ولی اگر انتخاب را به خود او واگذار کنند یک زن را برخواهد گزید(ترجیح می دهد که همجنس خود را به سبب شناخت بهتری که از زنان دارد و شناخت مهم ترین عامل انتخاب است گزینش کند و نیز احساس راحتی و امنیت بیشتر و دردسر کمتری را با یک همجنس پیش بینی می کند)، آیا ما واقعا و قلبا خواستار لگدمال شدن همه داشته هایمان هستیم؟ آیا میان دوره ها و چهره های تاریخی درخشانی که هر یک بخشی از ثروت و هویت ملی ما هستند باید تفاوت قائل شویم و مثلا

بجز هخامنشی تمامی دوران های دیگر ایران را بربریت سیاه بدانیم؟ آیا همین طرح زدودن عقیده از جهانیان ماسون، فرصتی الهی برای کاشت اندیشه والای ایرانیان در روان خالی از اعتقاد و فاقد پیش فرض و مقاومت و تعصب ملل مبهوت به کمک رسانه های نوین نیست؟
اگر نگاهی به مواهب خاص ایران امروز بیندازیم متوجه نکات منحصر به فردی می شویم:
۱- واشنگتن در سراسر نقاط دنیا پایگاه های نظامی کوچک و بزرگ دارد و با پرداخت اجاره بهای چشمگیر به کشورهای عمدتا درگیر مشکلات اقتصادی و یا دست نشانده مطلق جهان توانسته است سطح کره زمین را بطور کامل پوشش دهد. اتحادیه حتی در چین و روسیه و بریتانیا نیز پایگاه نظامی دارد، هرچند این مراکز محدودتر از سایر نقاط مشابه اند. ضروری است به نقشه زمین در حالی که این پایگاه ها در آن علامت گذاری شده باشند نگاهی بیندازید تا دریابید وسعت عمل ارتش آمریکا و نظم نوین سلطه تا چه میزان است.
بسیاری از کشورهای جهان به بهانه اینکه "اصلا چه نیازی وجود دارد که ما ارتش مستقل داشته باشیم" خاک خود را به ارتش آمریکا فروخته اند و نه یک پایگاه بلکه چندین پایگاه در آن ها فعال است و در برخی موارد مانند ژاپن و آلمان حضور این اتحادیه رنگ و بوی دیگری دارد(حتی تا به امروز تمام تکنولوژی های پیشرفته عمدتا نظامی ایالات متحده در آلمان و به دست آرياییان و بدون اینکه انتخاب دیگری وجود داشته باشد ساخته می شوند).
در این بین تنها کشوری در سراسر جهان که در گستره آب و خاکش، آمریکا و یا ابرقدرت دیگری(حتی کره شمالی به رغم ادعاهایش چند پایگاه نظامی چین را در داخل خاک خود دارد) مرکز و پایگاه نظامی ندارد ایران ماست(در برخی موارد یک پایگاه نظامی آمریکایی چند کشور در مجاورت خود را پوشش داده و در آن ها کمپ های موقت و حضور فعال نظامی و سیاسی دارد). آیا این قدرتمندی بالقوه نیست؟ آیا این واقعیت شگفت انگیز نیست؟
ایران ما تنها کشوری در جهان است که می تواند و ذاتا این قابلیت را دارد که به ابرقدرتی تازه تبدیل گردد و ایده اتحادی مثل "ابرکشور جم" را سازماندهی، مدیریت و رهبری کند.
۲- نیروهای نظامی ایران با وجود همه مشکلات کاملا مستقل هستند. نیروی نظامی ایران تنها نیروی نظامی در جهان است که متعلق به یکی از چهار ابرقدرت و یا بطور اشتراکی چند ابرقدرت! و حقوق بگیر بیگانگان نیست و زیرمجموعه ارتش زایون به شمار نمی آید.
همانگونه که اشاره شد برای ماسون سه بازوی نظامی شناخته شده قابل تعریف است: ارتش ابرقدرت ها به ویژه ایالات متحده، ارتش ملی کشورها، تروریسم و "ارتش سایه و وحشت".
۳- ملت ایران تنها مردمی در منطقه هستند که از القاعده گری و ترفندهای وهابیون که بیش از همه بر بمب گذاری میان غیرنظامیان استوار است استقبال نکرده اند و از فرقه های عرب پرستی متنفرند. ایران تنها کشوری در منطقه است که هر روز خبر انفجاری انتحاری

از آن مخابره نشده و از این دیدگاه، امنیت داخلی و سازمان های اطلاعاتی قدرتمندی دارد. این امتیاز را نباید دست کم گرفت و فقط کافی است لحظه ای خودتان را به جای یکی از مردم کشورهای منطقه قرار دهید و تصور کنید که هر لحظه در کنار پای کودکانتان احتمال بسیار قوی منفجر شدن بمب وجود داشته باشد. مسلم است که ترکش های القاعده وهابیون گهگاهی به ما نیز اثابت نموده ولی یقینا امنیت میهن ما را نمی توان با کشور دیگری در خاورمیانه و حول آن(چون هند و ترکیه و حتی روسیه) مقایسه کرد. بدیهی است که باید همواره گوش به زنگ و همیشه در حالت پیشگیرانه و آماده مقابله و انتقام بود و وضعیت کنونی می تواند بسیار شکننده و آرامش پیش از طوفان باشد. فرهنگ آریایی شیعی ما مردم ایران نقش بسیار مهمی را در این بین ایفا نمود، هیچ یک از کسانی که خود را عضوی از ملت ایران می دانند تحت تاثیر همین باورهای ناب هرگز حاضر نشده اند فرزندان و زنان دیگر اعضاء و اقوام و مناطق متخاصم با خود را با شمشیر کج تروریسم قطعه قطعه کنند. علاوه بر این ها ملت ایران با وجود فشار جهانی موجود در برابر "پروژه تجزیه ایران" که توطئه ای بین المللی است در اوج تنهایی، در طول تاریخ معاصر خود مقاومت نموده است.

۴- آریاییان(همه کسانی که از خون و یا فرهنگ آریایی بهره ای گرفته اند و به آن افتخار می کنند... قرار نیست از کسی آزمایش ژنتیک گرفته شود! آریایی یک بینش و منش است) تنها کسانی هستند که در دنیای امروز در جبهه خدا باقی مانده اند. دیگر نمادهای شیطانی و شیطان پرستی و نام ها و فرقه های ماسونی در هیچ کجای دنیا با حسی از قبح و تنفر و یا حتی ترس همراه نمی شوند. اعراب وهابی مکه را مقدس ترین مکان می دانند در حالی که این شهر مملوْ شده است از نمادهای شیطانی که اگر بخواهید هم نمی توانید آن ها را نبینید! آنان شکاف خانه کعبه و محلی که مادر پیشوا(امیرالعالمین علی) از آن وارد نخستین خانه گردیده و سپس خارج شدند را با امتداد دادن پارچه سیاهِ مخصوص بام تا پایین ترین نقطه بنای سنگی، پوشانده اند(به عکس های قدیمی کعبه نگاه کنید و دقت نمایید پارچه ای که بر روی خانه انداخته شده است تا کجای آن آمده و اکنون کجاست! تمام تلاش تاریخی وهابیون و عمَریان برای پوشاندن شکاف مذکور به واسطه معجزه به شکست انجامیده و بر وسعت آن که مساوی با بلندتر شدن فریاد حقانیت پیشواست هر روز افزوده می شود. بدعت دیگری نیز در خصوص کعبه وجود دارد که استفاده از پارچه سیاه به جای سفید برای پوشاندن آن است، سیاه همانگونه که در شاهنامه نیز به آن اشاره شده رسم ضحاک می باشد که آیین ایجاد حرمسرا و زنده به گور کردن دختران و استفاده از پرچم هلال و ستاره جزئی از مرام عصبیت عربی او بود و از همین رو این رنگ در شیعه دارای کراهت بسیار است) و با بی شرمی برج ماسونی ساعت و هتل اهریمنی اش و حفاظ به شکل تک چشم ابلیسک

رمل جمرات را آشکار نموده اند. میزان نمادهای ماسونی که در میهن ما به چشم می خورند و در اندیشه ما نفوذ کرده اند اصلا قابل قیاس با کشورهای اصطلاحا اسلامی منطقه نیست. این موهبت بزرگ و منحصر به فردی در جهان امروز است که ما از شنیدن نام شیطان پرستی و قربانی کردن آدم ها و تجارت گوشت بدن انسان و خوردن جنین بشر و حیوانات زنده(حالمان به هم می خورد. بسیار جالب است که انواع کثافت خواری در سراسر جهان به عنوان یک امر طبیعی شناخته می شود و تنها آریاییان به همه چیز خواری اقبال نشان نداده اند(ژرمن ها دارای پایین ترین آمار کثافت خواری در کشورهای غیراسلامی هستند). فراماسونری و فرقه های شیطان پرستی به یقین در ایران نیز فعالیت پنهانی دارند اما چنان در میهن ما قبیح و پلید و دشمن دانسته می شوند که جرات بروز و تبلیغ به خود نمی دهند و همواره مجبورند پشت چهره هایی که در ابتدا محبوبیتی میان جوانان داشته اند پنهان شوند.

هم اکنون در اینترنت هزاران کاربر ایرانی که بطور کاملا شخصی و بدون وابستگی برعلیه فراماسونری و شیطان پرستی و صهیونیسم فعالیت می کنند بزرگ ترین جنبش ضدماسونی جهان را تشکیل داده اند، این در حالی است که برای کاربران با ملیت های دیگر عمدتا حتی دانستن اینکه با تسلط روزافزون یهودیان بین المللی و تشکیل زایون چه بر سر خود و آیندگانشان خواهد آمد و یا حداقل چند دقیقه برای بررسی احتمال دروغ بودن همه باورهایشان وقت گذاشتن!!! کاملا غیرضروری(شاید بیش از اندازه ترسناک) جلوه می کند. آریاییان هنوز حساسیتشان به شیطان را از دست نداده اند و با فرقه ها و ادیان جن پرست نوظهور دنیاگرا نمی توانند کنار بیایند، بطور نمونه در هنگام ساخت فیلم والکیری خودمان! علاوه بر اینکه مردم آلمان از ورود تام کروز مشهور(که عضو یکی از این فرقه هاست؛ با محوریت موفقیت پرستی دنیوی و درآمدزایی! تمامی اینچنین مکاتبی و بطور خاص همین فرقه، ساینتولوژی هم تعبیر و ترجمه دیگری از شیطان پرستی و شکنجه و آزار انسان می باشد و تنها تفاوتش این است که تصور می کند دو مثلث یا هرم موجود در ستاره داوود را باید جدا از هم تصویر کرد) به کشورشان جلوگیری کردند. حتی دولت این کشور را مجبور به عدم صدور ویزا برای وی نمودند و در نهایت امر، هالیوود بالاجبار همه قسمت های فیلمبرداری شده در آلمان را دور ریخت و تمامی لوکیشن ها را در کشور دیگری ساخت!!!

باری، ما باید قدر این موهبت های منحصر به فرد کشور خود را بدانیم که البته محدود به این چهار مورد نمی شوند و من بیشتر از آوردن نمونه و اشاره ای به واضحاتِ بدون نیاز به اثبات کاری نمی توانم انجام دهم. علاوه بر درگیری و کینه میان ابرقدرت ها(سومین دلیل و هدف اتحادیه برای عدم ورود در جنگ جهانی دوم و فشار آوردن به بریتانیا تا دم آخر! این بود که لندن راضی شود پایگاه های دریایی و جزایر استراتژیکش را به او واگذار کند)

خداوند نعمات و امتیازات دیگری نیز به ما عطا فرموده است که یکی از مهم ترین آن ها این واقعیت می باشد که اولین علت وجودی فراماسونری جلوگیری از پیشرفت بشر و خارج کردن ثروت ها از دسترس اوست. اما چرا این عمل برای ما یک موهبت به شمار می آید؟ این نظام نظارتی و کنترل کننده به سبب رسالت ضد بشری که دارد مانع گردیده ابرقدرت ها و به ویژه اتحادیه نظامی به تکنولوژی ها و دستاوردهایی بسیار فراتر از تصور ما دست یابند، مثلا تمامی پیشرفت های فضایی برجسته همین اتحادیه به دوران ریاست جمهوری کِندی باز می گردد که فارغ از ماسونی گری طالب پیشرفت همه جانبه مردمش بود و تا به امروز ناسا از همان حدود دستاوردها و یافته ها به واسطه لغو تقریبا تمامی پروژه های انقلابیش در لحظه آخر!!! فراتر نرفته است. امروز بزرگ ترین دستاورد فضایی ناسا ارسال کاوشگر کوچک کنجکاوی به مریخ است در حالی که قرار بود بیست سال پیش سطح این سیاره توسط گام های انسان فتح شود. شیاطین، بشر را پَستی می دانند که لایق هیچگونه دانش و برتری نیست و به همین سبب ماسون باید پیشرفت حتی نوکران خود را کنترل کند تا مبادا با جهش ناگهانی به سطح فن آوری خدایانشان(یا همان شیاطین) نزدیک شوند زیرا در آن صورت چه فرقی میان خدا و بنده وجود خواهد داشت و کدام بشری را می شود مجبور کرد به موجود مادی دیگری سجده کند؟ پس دانش محدودشده لازم است! ناسا امروزه دانش هایی را به واسطه نبوغ دانشمندان آریاییش در اختیار دارد که اگر به کار گرفته می شدند ما دیگر حتی قادر به دیدن دشمنانمان در میدان نبرد نبودیم! خدا را سپاس! بطور خلاصه گرچه نظام فراماسونری به پیشرفت های چشمگیری دست یابد، حق استفاده از بسیاری از آن ها را ندارد و به همین دلیل است که بی شماری از دانش های موجود در متون جم دست نخورده باقی مانده اند و درست به همین علت است که ما مانند نازی ها یک شبه می توانیم ره هزار ساله ماسون را طی کنیم چون ما به سبب پرستش خدا برای دانش و پیشرفت هیچ حد و مرزی قائل نیستیم و آدم بهشتی را اشرف مخلوقات و لایق ترین به کسب قدرت می دانیم(ما با کسانی که خود را میمون می دانند چه صحبتی می توانیم داشته باشیم؟ اینجاست که تناقض روی می نماید و بشر دانستن این میمون های تکامل یافته بلاهت است). این موجودات به غایت نادان، ماسون ها، تصور می کنند که خدایان اهریمنیشان به محض ورود به جهان ما تمامی تکنولوژی ها و سفاین خود را در اختیار آن ها قرار خواهند داد. از این رو، ارتش واشنگتن سالانه مبالغ سرسام آوری را بطور علنی صرف تعلیم سربازانی می نماید که در کشتی های فضایی بیگانه بتوانند به راحتی زندگی کنند و بجنگند بدون آنکه تکنولوژی، توانایی فنی و مالی یا عزم ساخت چنین چیزی را داشته باشد! اکنون حداقل سی هزار مزدور اتحادیه واشنگتن در این برنامه ها قرار گرفته اند و در شرایط زندگی در یک

کشتی فضایی هزاران سال پیشرفته تر از فن آوری زمینی بطور کاملا جدی دوره می بینند. البته که ماسون ها نیز یک دست و یک سخن و یکدل نیستند، هر کدام از لژهای اصلی با هدف غایی خاص خودشان و کارکرد و شیوه عملی منحصر به فرد به ماسیون پیوسته اند. هر کدام باور خاصی در مورد چگونگی آخرالزمان و پایان جهان دارند و حتی برخی در این زمینه تنها تظاهر به باورمندی به اصول ماسون و شیطان پرستی می کنند. بدون استثناء همگی لژها خود را بطور انحصاری برنده پایانی آفرینش که در آخر پس از استفاده ابزاری از لژهای دیگر آن ها را نیز نابود خواهد کرد می دانند، گرچه تنها بنی اسرائیل واقعا در حال استفاده ابزاری از دیگران می باشد و تصور می کند می تواند شیاطین را مسخ کند! پس، بسیاری از زیردستان یهودیان بین المللی و نظم نوین ماسونی در آرزوی اتفاقی هستند که بتواند از به وجود آمدن کامل زایون حتی برای یک روز جلوگیری کند زیرا با تحقق این رویای اهریمنی و باستانی "آن قوم" نخست از همه آن ها به سگان دست آموزی بی ارزش و فایده تبدیل خواهند شد و جلال مدرن و جبروت غیرمستقلشان یک شبه به باد خواهد رفت. جنگ جهانی سوم یکی از آرزوهای نوکران صهیون است! تا به سبب آن بتوانند لحظه ای نفس بکشند، آن قوم را قانع کنند؛ قدمی عقب نهد، کمی کوتاه بیاید، به آن ها هنوز نیاز دارد. گذشته از این ما شاهد پدیده "گره خوردن ابرقدرت ها" به یکدیگر هستیم و این موضوع برای ما بیشترین فضا را فراهم نموده و می نماید. بطور مثال کمپانی تجاری لندن که از صد و پنجاه سال پیش شروع به سرقت ادبیات جهان نمود و انگلیسی را به عنوان زبان روشنفکری و دانش پس از ترور ادبیات و فرهنگ و هنر و دانش ایران و فرانسه و آلمان و ... تلقین کرد(نظر قطعی من درباره شخصیتی چون ویلیام شکسپیر که تردیدات جدی در مورد واقعی بودنش وجود دارد، از جمله اینکه دختر و خانواده وی تا به آخر عمر بی سواد بوده اند و یا احتمال قوی ثبت آثار دیگران به نام او این است که در یک برهه تاریخی خاص لندنی ها در جهت غصب سردمداری ادبیات جهان تمامی کتاب های نویسندگان گمنام و توانای بریتانیایی را به نام یک نفر و شناسه خاص ثبت کردند، یعنی شکسپیر در واقع نام یک گروه و کمپین نویسندگان بوده است که حتی شاید با عذر فداکاری برای کمپانی لندن و سلطنت رضایت قلبی نسبت به این سرقت و دروغ بزرگ ادبی داشته اند! و شاید هم نداشته اند! به همین دلیل است که میان آثار گوناگون "شکسپیری" بسیار تفاوت در سبک و نوع روایت و موضوع و ... وجود دارد تا جایی که اکثر روشنفکران انگلیسی زبان به دلیل همین به استنباط خودشان دمدمی مزاج بودن، شکسپیر را فردی نیمه دیوانه و همجنس باز می دانند. آیا واقعا تاجر ونیزی را می توان با توفان یکی دانست در حالی که متناقض هم اند؟ هدف کمپانی چیزی جز این نبود که یک فردوسی برای خودش بسازد و آیا توانسته

است؟ ولی هیچ شکی وجود ندارد که تمامی تعریف و تمجیداتی که از معجزات اخلاقی و ادبی شکسپیر وجود دارد مانند داستان پختن ساعت و افتادن سیب بر سر نیوتن و نقاشی و نوشتن بطور همزمان با دو دست و دانستن آینده هستی داوینچی! همگی اراجیف می باشند) و کار را به جایی رساند که نظام باورها و نظم تفکر و قضاوت ذهنی ما امروز انگلیسی باشد چنان با اتحادیه واشنگتن گره خورده که قابل حذف شدن توسط آن اتحادیه و حتی قابل تضعیف بیش از اندازه نمی باشد. زیرا، هالیوود بر پایه ادبیات تحمیلی انگلیسی و نوشتار نویسندگان و فیلسوفان بریتانیایی بنا شده که لندن پرچمدار آن هاست و هرگونه تحلیل رفتن او سبب می شود این ادب و در نتیجه فرهنگ تحمیلی ضربه بخورد و یا جایگزین گردد و در برابر زبان های ملی و فرهنگ های قومی به سادگی پا پس نهد... یا مثلا چین حداقل شصت درصد احتیاجات بازار آمریکا را تامین می نماید و مردم چین در واقع کارگران مجانی دائم العمر سرمایه داران واشنگتن هستند و چه کمونیسمی! در عوض این وابستگی واشنگتن به چین، چین نیز بدون خریداری مطمئن و بی تزلزل چون ایالات متحده یک شبه سقوط خواهد نمود مگر اینکه بازیگر قدرتمند دیگری وارد صحنه شود که هنوز نشده است. شاید برای برخی جای سئوال باشد که آنهمه تانک و کشتی و هواپیما و همه گونه اسلحه که برای نابودی آلمان در جنگ جهانی دوم به کار گرفته شده بودند کی و کجا تولید شدند؟! میزان تولیدات تا حدی سرسام آور بود که نمی توان از کنار این پرسش به سادگی گذشت. از حدود پنج سال پیش از برپایی جنگ کارخانه های سازنده تجهیزات و مهمات نظامی در آمریکا مشغول به تولید این ملزومات و انبار کردن بوده اند! علاوه بر اینکه سایر موارد چون محصولات کشاورزی و خوراکی و سوخت نیز در این دپوی جنگی گنجانده شده بود. پس، ماسون از چندین سال پیش تر و حتی قبل از ظهور چهره ای مانند هیتلر نقشه برپایی جنگی به واقع جهانی(نه مانند جنگ جهانی اول) را در سر می پرورد و خود را از هر لحاظ آماده آن کرده بود و حتی آن را به عاملین خود تحمیل کرد ولی در حال حاضر مسئله این است که جنگ جهانی چیزی برای ارائه به او ندارد و وی در برابر خواسته مکرر و موزیانه دست نشانده های خود مبنی بر دست زدن به چنین عملی مقاومت می کند چون مگر چه چیزی در دست او نیست که بخواهد با جنگ و ریسک ذاتی آن به دستش بیاورد؟ بعلاوه باورهای ماسونی نیز به خودی خود برای این نظام عامل دردسر شده زیرا بر طبق این نظام باورها اکنون آخرالزمان است و زمان ظهور چهره هایی فراتر از قاعده فراماسونری، چه در جبهه خیر و چه در جبهه شر، و اعتقاد به این پیشگویی های هولناک و تکان دهنده سبب گردیده ماسون جنبه احتیاط را رها نکرده و بیشتر در حالت دفاعی انتظار به سر ببرد. طبق عقیده ماسون ها خدایان کنگره، ایزدان، اهوراها یا به باور طیف دوم چپ، شیاطین و

اهريمنان و ديوها اين نظام را بر زمين مستولی نکرده اند که مستقلا کاری صورت دهد و یا قديسين را نابود کند بلکه تنها تا اندازه ای به او تفويض اختيار نموده اند که برای باز شدن مجدد دروازه های ورود فيزيکی ارتش آنان به زمين و تربيت بندگان بيشتر و مخلص تر تلاش نمايد. حتی ماسونری وظيفه ندارد برای جنگ نهايی(آرماگدون) توليد دانش و اسلحه کند زيرا در باور ايلوميناتی دانش هايی که در اختيار خدايان است چيزی فراتر از تصور و دسترس و شعور بشر می باشد و فقط کافی است الهه های باستانی به زمين قدم بگذارند!!! اين ايده ها مورد تاييد اغلب بازوهای فراماسونری و تابعين آن ها نيست و حتی شايد از ديد بسياری از آنان ديوانگی محض و حماقت به نظر برسند ولی مگر امکان جايگزينی انديشه ديگری هم وجود دارد؟ نظام ماسون غيرقابل تغيير و اصلاح و در اصل يک تيم استقبال و خوش آمدگويی و ارسال انرژی به شياطين است و برای ديکته طراحی شده و باقی است. اگرچه گناه مردم غرب کمتر از حاکمانشان نيست و مقصرند چون نمی خواهند بپذيرند که خودشان مشکل دارند و مشکل از جای ديگری نيست. اين خودشان هستند که شهوتشان را به سادگی کنترل نمی کنند و به همين علت از هرکس که به آن ها بگويد کنترل شهوت به فلان دليل مثلا ميمون بودن بشر يا خلق وی توسط شياطين غيرممکن است استقبال می کنند. در غرب به همجنس بازهای مذکر گِی گفته می شود و اين اصطلاح غالبی است که تقريبا همه مردم عادی از آن استفاده می کنند، در حالی که معنی اين واژه "شاد و خوشحال" است! سپردن کودکان به همجنسگراها که مساوی با تجاوز جنسی مکرر به اين طفل معصوم هاست يا سقط جنين بالاتر از چهار ماه(اين زمان اشاره شده در اسلام کاملا دقيق است و طبق تحقيقات خود غربيون! دورانی است که انديشه کودک فعال می شود و فکر می کند و يعنی يک انسان مانند ماست) مورد حمايت اکثريت مردم عادی در کشورهای غربی است. "ذهنی گری و توهم گرايی" در غرب مورد استقبال عموم مردم واقع شده و بت های معرفی شده توسط ماسون، خواننده ها و بازيگران و فاحشه ها(منظور من توهين نيست! فاحشه ها در غرب به غايت مشهور و چهره هايی شناخته شده هستند) توسط ايشان پرستيده می شوند. مردمان غرب ترجيح می دهند به دزدان دريايی خونخوار در واقعيت دست نشانده حکومت های ماسونی قرون پيشين خود افتخار کنند تا کمترين تفاوتی ميان نيکی و پليدی قائل نشوند. وقتی من و شما می گوييم دموکراسی و مردم سالاری منظورمان چيز ديگری متفاوت از نظر مردم غرب است(هرکجا که من به دموکراسی انتقاد کرده ام منظورم مفهومی از آن بوده که غربيون برداشت و تبليغ می کنند؛ يعنی هر چيزی که در برابر خواست خدا و نظم طبيعی عالم و قوانين اخلاقی مکتوب بر فطرت انسان بايستد. اين دموکراسی بهترين راه مديريت گله برای ميمون هاست چون حق و عدل برايشان تعريفی ندارد)، ما هرگز حاضر

نمی شویم از خط قرمزهای اخلاق بگذریم ولی برای اهالی غرب هر چیزی ممکن است!!! از نظر آن ها هر گناهی ممکن است بخشیده شود ولی از نظر ما برخی گناهان مثل تجاوز جنسی اصلا قابل پذیرش نیستند و نمی توانند معنا داشته باشند و تحمل شوند. غربیون رای را وسیله ای برای تعیین حق می دانند و نه تعیین راهکار، ولی در باور ما حق و اخلاق اموری ثابت و اصیل اند و نه نسبی و قابل دستکاری. با نگاهی دقیق به اسلام و قوانین آن مشاهده می شود که این دین از ابتدا برای شرایط زندگی و روان ایرانیان طراحی شده است و با باورهای آریایی ما تطابق مطلق دارد و با اندیشه های عربی متناقض ترین می باشد. امکان دارد کسی بگوید زبان اسلام خاتم که عربی است و نه فارسی! ای کسانی که اسلام را منحصر به عربی می دانید و ایرانیت را منحصر به فارسی؛ آیا دین و اندیشه فلسفی دارای زبان خاصی است؟ آیا خدا به زبان خاصی سخن می گوید و یعنی محدود و یا جانبدار است؟ تاکیدی که امروز بر فارسی صورت می گیرد گاهی به ادعای دروغ تاریخی می انجامد، ایرانیان در دوره ساسانیان به چه زبانی سخن می گفتند؟ پارسی یا فارسی یا زبان دیگری؟ واقعیت این است که ایرانیان باستان از ابتدای تاریخ تا تسلط اعراب بر ایران به صدها زبان سخن می گفته اند و حساسیتی بر سر این موضوع نداشته اند! همانگونه که در اوستا نیز بر آن تاکید گردیده عرضه زبان ها به بشریت توسط آریاییان صورت گرفته و ایشان خود را با هیچ زبانی بیگانه و دشمن احساس نمی کردند(یعنی عربی هم از دارایی ها و ارث ماست). آریاییان باستان به استفاده از یک یا چند زبان خاص تاکید نداشتند و هر کدام به چندین زبان و خط تسلط داشته اند. در بسیاری از سرزمین های تحت سلطه ساسانیان که بعدها در دوره صفویه ایران نام گرفت، در دوران پیش از حمله اعراب به زبان تازی سخن گفته می شد! و در هر منطقه و بوم کشور ما نه یک زبان بلکه چندین زبان زنده و پویا وجود داشته است. امروز تصور می شود چون ترک زبان های آذربایجان(آذرآبادگان کهن، سرای زرتشت) ما ترکی حرف می زنند پس ترک نژاد عثمانی هستند و عرب زبان های جنوب عرب هستند! در زمینه آذربایجان تاکید می کنم که تختگاه ابرکشور جم طبق روایت شاهنامه و یافته های باستان شناسی همین منطقه بوده و "پارسیان"، اصیل ترین آریاییان و اجداد مستقیم کوروش کبیر همواره در ارومیه کنونی می زیسته اند. آذربایجانی های ما نه تنها ترک نژاد نیستند بلکه اصیل ترین آریاییان اند، چه اهمیتی دارد که به چه زبانی سخن می گویند؟ آیا کوروش کبیر تنها به پارسی سخن می گفت؟ بر همه مسلم است و در شاهنامه هم به دفعات تاکید شده که سیاوش(پدر کوروش بزرگ) و به ویژه کیخسرو(کوروش بزرگ) نه فقط به ترکی تسلط کامل داشته اند بلکه اصلی ترین زبانی که عمدتا به آن سخن می گفته اند ترکی بوده است!!! و ترکی یکی از دو زبان اصلی ایرانیان و درباریان هخامنشی به شمار می آمده است(زبان

سوم متغیر بوده ولی ترکی همیشه وجود داشته است، سیاوش و کیخسرو نیمی از عمر خود را در میان ترکان زندگی کردند و تمامی پهلوانان نامی ایران به این زبان تسلط داشته اند).
ما در ایران عرب و کرد نژاد به تعدادی که قابل ذکر باشد نداریم، عرب و کرد زبان داریم.
بی شک دومین منطقه مهم و مشهور زندگی و تمدن آریاییان پس از آذربایجان، فارس و مناطق جنوبی کشور بوده است که امروز عده ای آن را تحت نام "الاحواز" عربی می دانند!
محدوده ایران کنونی از ابتدا و در همیشه تاریخ یک میهن واحد بوده است و چه جالب که به خصوص طی پنج سال اخیر ابررسانه های غرب توانسته اند نظام فدرالی ویژه کشورهای منفک و کاملا مستقل بطور مشروط متحد شده را به اقوام ایرانی مدینه فاضله تلقین کنند!
مسلم است که فرهنگ، آداب و رسوم و زبان اقوام مجاور همواره به سرزمین های مرزی ایران انتقال یافته و گذشته از این ها حتی در داخل مرزها نیز صدها و شاید هزاران زبان وجود داشته است(مثلا قزوینی که یک لهجه دانسته می شود در اصل یک زبان کامل بوده است و فقط در منطقه اطراف شهر قزوین چند زبان مستقل مانند تاتی به چشم می خورند).
چرا ما امروز اینقدر به زبان حساس شده ایم؟ چه کسی به ما تلقین کرده؛ ایرانی یعنی کسی که فارسی حرف می زند؟ به خدا قسم من تا به امروز در هیچ کجای دیگر ایران ندیده ام که به اندازه تبریز فردوسی را بشناسند و حرمت نهند. به خدا قسم هنوز هم در هر کجای ایران عروسی، جشن و پایکوبی باشد و خواننده محلی و گروه نوازنده ای را برای اجرای موسیقی دعوت کنند به یقین چند اثر سنتی آذری و گیلکی(گیل گمش نخستین دیوان حماسی مکتوب بشر متعلق به خطه گیل و دیلم است)، بوشهری، کردی لری در بین اجراها خواهد درخشید.
من شخصا افراد بسیاری را می شناسم که به نوعی به زبان ترکی توهین می کردند و بعد از زمان کوتاهی آشنایی متوجه شدم خودشان ترک زبان هستند و از ابتدا به غلیظ ترین لهجه های ترکی مسلط! و نسل در نسل ترک زبان بوده اند و فقط مدت کوتاهی است که ساکن تهران شده و همه چیز خود را فراموش کرده اند! مگر در ایران چند درصد فارسی زبان داریم که بتوانند بطور کاملا بی عیب و نقص "پارسی" صحبت کنند و یا چند درصد مردم ایران بجز فارسی به زبان دیگری صحبت نمی کنند و یا اصلا چند درصد فارسی زبان داریم!؟ همه مناطق فارسی زبان ایران نیز بدون استثناء فارسی را به سبک خودشان حرف می زنند و نه با قواعد درستش، حتی تهران، و در مورد ترکی هم همینطور است.
چرا ما ذهنی می شویم و واقعیت های جامعه و ملت ایران را نمی بینیم؟ چرا نمی بینیم که ما مردم ایران یکدیگر را واقعا دوست داریم و از هم خوشمان می آید؟ آیا من نوعی اگر از زبان ترکی خوشم نیاید اجازه می دهم در مراسم ازدواجم به این زبان چندین ترانه سنتی و محلی خوانده شود؟ این ها همه دارایی های ما هستند، ما نباید یکی از این ها را هم از دست

بدهیم. تک تک سربازان جاویدان، حافظین دین و مرزبانان، همه کسانی که به ایران و ایرانی کمترین خدمت مخلصانه ای کرده باشند، زبان ها و کتاب ها، همه و همه ثروت ما هستند و هدف اصلی دشمن جز این نیست که ما را وادار به خودکشی و خودسانسوری کند.
ما به اندازه سر سوزنی نژادپرست یا قوم گرا و یا حتی ملت گرا نیستیم، ما خون پاک انسان بهشتی را مقدس می شماریم و به توانایی هایی که در رگ های او نهفته است ایمان داریم.
ما را سرزنش می کنند که متدین هستیم و از دین کورکورانه حمایت می کنیم؟! ما اعلامیه جهانی حقوق بشر را قبول نداریم نه به خاطر شعارهای زیبایش... حالا فریاد می زنند که ببینید این ها فقط دین را می شناسند! آیا اعلامیه جهانی حقوق بشر را خوانده اید؟ حتی در این اعلامیه قید شده است؛ هر دینی(منظور هر نوع جهان بینی که ادعای دین بودن دارد) می تواند هرگونه فعالیتی اعم از سیاسی و حزبی و ... داشته باشد و هر دولتی می تواند به هر دینی در هر کجای دنیا هرگونه کمکی اعم از مالی و نظامی و ... بکند! ما دین را ابزار سیاسی کاری و دخالت در امور کشورها قرار داده ایم یا شما که با همین چند خط دست خود را برای نفوذ و ترور و مسلح کردن هر فرقه ای که ادعای متدین بودن دارد باز گذارده اید.
باری، آیا امروز مدیریت مالی و برنامه ریزی تمامی عرصه های مهم اروپا و جهان در دست ژرمن ها نیست و خود اروپاییان به برتری آریاییان در زمینه مدیریت ایمان عملی و نه ذهنی ندارند؟ آیا تمامی ابرشرکت های غرب حداقل یکی از مشاورین و مدیران اجرایی کلیدیشان ژرمن و یا ایرانی نیست؟ آیا هرکجا که نام ژرمن به میان بیاید ذهن افراد به سمت دانش و دقت و آگاهی و تحقیق، سختگیری و هدفمندی و برتری عملی و نظم سوق نمی یابد و آیا در فرهنگ مردمان غرب بی شمار ضرب المثل و حکایت کهن و نو در تایید این ادعا وجود ندارد(مانند داستان پژوهش یک آمریکایی و یک فرانسوی و یک آلمانی درباره فیل)؟
ما باید شیعه سرخ را، به عنوان عامل وحدت و ایران شدن ایران، به عنوان ستون اخلاق و نیروی پیشرفت خود پاسداری کنیم و علاوه بر احترام گذاردن به گوشه گوشه تاریخ میهن خویش و چهره های تاریخیمان(به استثناء مواردی انگشت شمار) به باورهای واقعی خود درباره دین آگاه باشیم. باید به "حق مطلق بودن" خود به عنوان یک امتیاز منحصر به فرد ایمان عملی داشته باشیم و بدانیم این تنها ما هستیم که نه فقط در مورد متون برجای ماندهِ جم بلکه به سبب باور به دروازه ورود به قرآن(پیشواعلی) می توانیم دست به کشف دانش های این کتاب که تمامی اسرار عالم را در خود گنجانده بزنیم و رازهای آفرینش را درک کنیم.
هدف آیین یهود بازگرداندن انسان و زمین به پیش از هبوط است(یعنی بربریت محض انسان زیرا از دید ایشان آدمی پیش از هبوط یک حیوان بدوی بوده است و شعور بشری چون یک بلا در جان او افتاد!)، ما نیز باید خواسته خود که به پیش راندن بشر است را مستولی کنیم.

باید درک کنیم که ما نیز چون ناپلئون و هیتلر که خواهان نابود کردن این کانون یهودیت ماسون(و نه هر یهودی زاده ای) و انجمن های شیطانی آن به ویژه در عرصه اقتصاد و فرهنگ و سیاست بودند می اندیشیم. باید "هم اندیشان همکار" با خود را بهتر بشناسیم و از خود بدانیم. سوره اسراء آیه هفتم یا ممتحنه آیه سیزدهم آیا نیازی به توضیح اضافی دارند؟ جالب اینکه نابودی اسرائیل اول که به بخت النصر نسبت داده می شود در اصل توسط شاه پارسیان، لهراسب و ارتش ایران صورت گرفت. این نبرد دلاورانه و سلحشورانه ما بطور کلی از تاریخ های مورد تدریس حذف گردیده است! بعلاوه شخص بخت النصر هم تا اندازه ای توسط یهودیان تحریف شده، درست مانند هر چهره ای که با پرستش شیطان موافق نبوده و یا سر به بندگی یهودیان فرود نیاورده باشد، که نمی توان در مورد وی قضاوتی انجام داد. قوم زایون با دستکاری شگفت انگیز تاریخ بشر در حدود هشت هزار سال از آن را ربوده است! اینان خلقت حضرت آدم را به شش هزار سال پیش نسبت داده اند و کیومرث گِلشاه را همان آدم ابوالبشر دانسته اند تا پیامبران آریایی و پارسی را بطور کلی از چهره تاریخ حذف نمایند. پس میتان و سلسله های نخستینی چون مه آبادیان که دیرینه ای سیزده هزار ساله دارند کی روی داده اند؟ آیا سیل جهانگیر حضرت نوح درست در زمان کیومرث پیشدادی و هم عرض با پادشاهی عادل چون او رخ داده؟! و یا حداقل هفت هزار سال پیش تر؟؟؟ آیا طبق باور ادیان الهی حضرت آدم چند هزار سال عمر ننمود در حالی که تا مدت ها فرزندی نداشت و آیا قابیل تمامی سطح زمین را پیاده طی نکرد که بایست چند هزار سال به طول انجامیده باشد؟ شکی نیست که از هبوط آدم بر زمین حداقل هجده هزار سال می گذرد...
باری، نابودی اسرائیل آخر نیز توسط پارسیان و قوه ایران زمین ده سال دیگر رقم خواهد خورد(به سوره اسراء آیه هفتم مراجعه بفرمایید که در این آیت حتی تلویحا اشاره شده است که نابودکنندگان کلونی آخر همان نخستین کسانی هستند که فساد صهیون را پاکسازی کردند.
بعلاوه پیشوا‌علی پرچم این نابودگران را القوه می داند و تنها یک درفش در جهان وجود داشته و دارد که نماد آن به معنای قوه و نیرو و صاعقه است، و آن نشان اِس اِس می باشد).
در سوره انعام پس از توضیح درباره اینکه سربازان جاویدان(هدایت شدگان به دست خدا که باید از آن ها پیروی نمود) چه کسانی هستند در آیه هشتاد و نهم وقوع چه رویدادی در آینده قطعی دانسته شده؟ آیا منظور، تشکیل ابرکشور جم و ابرقدرت شدن ایران و اعتلای ایرانی زیر سایه پیروی از حق مطلق نیست؟ آیا این ما نیستیم که خداوند در قرآن مژده طلوع‌مان را با عناوینی چون "قومی که هرگز گمراه نخواهد شد"، "ملتی که از جنگ نمی گریزد و پرچم خدا را نمی افکند"، "کسانی که در حقیقت مخلص اند و به پیمان ها و گفته خود عمل می کنند"، "پیروان راستین مومنان اولی الامر (اشاره دیگری به سربازان جاویدان و به ویژه

پیشواعلی)" و "قوم شکست ناپذیری که معنای بنیان مرصوص اند" بر جهانیان بشارت داده و خبر درفش سرخی که از ایران برافراشته خواهد شد را مستور در ده ها آیه و به واسطه احادیث اولیاء خویش بارها ابلاغ کرده است؟ این مقام از آن چه کس دیگری می تواند باشد؟ چند سال پیش در پارلمان اسرائیل بطور رسمی اعلام شد که این کلونی غاصب کوچک ده هزار فاحشه پُرکار دارد که روزی بیش از دوازده ساعت فاحشه گری می کنند! و این آمار روز به روز در حال افزایش چشمگیر نیز هست! آیا بیش از همه خود اعضاء آن قوم از اندیشه های ضدبشری آیین و باور شیطانی خودشان در عذاب نیستند؟ آری، ما ملت آریایی وظیفه خود می دانیم که به رهایی آنان بیندیشیم و جامه عمل بپوشانیم. آیا کودکان پاکی که در اسرائیل به دنیا می آیند، علی رغم خصیصه های ژنتیکی نامطلوبی که به ارث برده اند، گناهکارند و یا هرگونه تقصیری دارند؟ چه کسی باید آینده و روان ایشان را نجات دهد؟ چه کسی باید آن ها را از شستشوی مغزی و تلقینات پدر و مادرهای خودشان!!! رهایی بخشد و این تسلسل پوچ تا ابد ادامه نیابد؟! خود این کودکان پاک امروز نیز روزی به فرزندانشان همان باورهایی را تلقین خواهند کرد که پدر و مادر و اطرافیانشان زمانی به ایشان تحمیل کرده بودند، مگر اینکه کسی این زنجیرها را پاره کند و با "زور" سیستم را متوقف سازد. این دقیقا همان کاری بود که ناپلئون(علی بناپارت) و هیتلر(مهدی هیتلر) آرزوی انجام آن را در سر می پروراندند؛ تسلط بر "آن قوم"(که در قرآن قوم فاسقین خوانده می شود) و به وجود آوردن یک تغییر بزرگ و اساسی به معنی نجات کامل همه جانبه نسل های بعدی.

درود بر هیتلر درود بر ناپلئون

مرگ بر یهود صهیون

درود بر جم، مرگ بر زایون

مرگ بر اهریمن و ماسون

درود بر شیعه سرخ و آریایی خون

مرگ بر نواده دیو و میمون

این سه بیت "آدمی زاد"، که شعار هر عاقل با شعور و شرفی باید باشند را تقدیم می کنم به سربازان رشید دلیری که در جریان قیام ناپلئون و هیتلر و زیر سایه پرشکوه ایشان، در راه پاسداری از پاکدامنی و تمامی ثروت ها و زیبایی های بشر به شهادت رسیدند و با آنکه شاید بسیاری از ناخالصی ها در وجودشان جریان داشت به سبب دشمنی با دشمنان قسم خورده

خدای یگانه(الله) و قد علم کردن در برابر آن قوم به قله انسانیت، تعالی و کمال دست یافتند.
آیا این دو سردار نیز به مانند تمامی فاتحین نمی توانستند کشور خودشان یا مناطق فتح شده
را پر کنند از مجسمه ها و نمادهای خودشان؟! چرا برای ارضای غرورشان کاری نکردند؟
آیا ناپلئون نمی توانست حداقل در حد یک جمله کوتاه تکذیب کند که نام علی را برای خود
برگزیده است و یا آن را هنوز می پسندد؟ آیا هیتلر نمی توانست در یک نامه درستی این
خبر که نام مهدی را برای خویش برگزیده را رد کند؟ آیا کلیسای کاتولیک ناپلئون و هیتلر
را به دلیل این تغییر مذهب رسما دجال و ضدمسیح و بیست(درنده) اعلام ننمود؟ و بی وقفه
به همین جرم نابخشودنی مسلمان شدن هدف بالاترین درجه دشمنی ماسون قرار نمی گیرند؟
سرنوشت هرگونه انتخابات در اتحادیه نظامی واشنگتن که در ابررسانه ها بزرگ ترین
دموکراسی جهان خطاب می شود با رای مردم تعیین می گردد و یا تصمیم کالج الکتورال و
دیگر نهادهای ثابت نظارتی(که اعضای آن ها با انتخابات برگزیده نشده اند و ده ها سال در
پست های خود می مانند)؟ آیا در شهر واشنگتن یک نفر از مسئولین حتی شهردار و اعضاء
شورای شهر با انتخابات و دموکراسی گزینش می شود؟ چطور می شود ناپلئون و هیتلر را
دیکتاتور خطاب کرد و سلطه فراماسونری را دموکراسی و آزادی تفسیر نمود؟ چطور می
شود که ایدئولوژی یا دین بدون اجرای قوانینش توسط دولت(به بهانه جدایی دین از سیاست)
معنایی داشته باشد؟ آیا در دوران پس از جنگ جهانی دوم اکثریت مردم انگلستان نخست
وزیر چرچیل را به دلیل حالات جنی اش، جن زده و در تسخیر شیاطین نمی پنداشتند؟ و آیا
حالتی که به رزولت دست می داد و امروز حملات قلبی و عصبی عجیب تبلیغ می شود
همان تسخیرشدگی نبوده است؟ امروز بر همگان روشن گردیده که اکثریت ۹۱ درصدی
تلمودیان، کسانی که خود را یهودی می نامند، نوادگان قوم یاجوج و ماجوج و خزرها
هستند(سد یاجوج و ماجوج که به دست کوروش ذوالقرنین بنا گردید پیش از ظهور پیامبر
خاتم گشوده شده بود). بعلاوه، تمامی عملکرد شوالیه های معبد کابالیست و همجنس باز که
پس از به دست آوردن قدرت در اسکاتلند و سپس بریتانیا به ماسون تغییر نام دادند نیز...
حال اتحاد این دو فرقه شر، شرورترین فرقه های اهریمنی، بر سر برپایی مجدد زایون و
سخن گفتن ایشان از ارض موعود اجدادیشان(اجداد آلت پرست و آدمخوار اینان بیت المقدس
را در خواب هم ندیده بودند)! چه معنایی می تواند داشته باشد؟ زمان چندانی برای جدی
گرفتن باقی نمانده است! امروز در محافل روشنفکری سخن از این واقعیت به میان آمده که
آیا یونان نخستین کشوری است که در برابر زایون تسلیم می شود و کنترل کامل خود را به
دست این ابربانک صهیون می سپارد. بله ماسون ها، نوادگان شوالیه های معبد که بازوی
یهودیان بین المللی هستند در همه کشورها و حتی شهرهای قابل اعتنای جهان حضور فعال

دارند و در مدیریت هر چیزی که امکان مدیریت کردن داشته باشد این سیستم(به قول احادیث "جاسوسا") دستی در آتش دارد اما موضوع تشکیل ابربانک زایون به عنوان جایگزینی برای ایده اولیه ارض موعود و حکومت محدود یهود در سرزمین های مقدس، که البته از زمان تشکیل آن سال ها می گذرد، و مهم تر از آن جانشین اتحادیه واشنگتن و دیگر ابرقدرت های کنونی جهان کردن آن خیلی جدی تر و خطرناک تر از حتی وجود ماسونری است. در واقع با تسلط کامل زایون بر جهان ما تلاش های شیطان پرستان وارد مرحله کاملا متفاوتی می شود و آن باز کردن دروازه های ورود شیاطین و دیوان برای حضور مجدد فیزیکی ایشان در زمین ما می باشد و جالب اینکه بنی اسرائیل گمان می کنند می توانند در دوره تاریک پس از زایون جنیان را در تسلط خود درآورند. تحلیل های بسیاری در مورد معنای ستاره شش پر یهود ارائه شده که همگی غلت یا بخشی از واقعیت هستند. نام عبری ستاره داوود، ماگِن داوید که در لغت به معنی سادهِ "ابزار محافظ داوید" می باشد و یهودیان تصور می کنند حضرت داوود و سلیمان جادوگرانی بوده اند که با کمک این وسیله یا شگرد دیوان را مسخ خویش می نموده اند و هر یهودی دیگری نیز می تواند چنین کند! اگر به همین معنا دقت داشته باشید متوجه خواهید شد که تا چه اندازه اندیشه ایشان جنون آمیز است: ابتدا زمینه چینی برای به قدرت رسیدن خود و نوکران با ثروت اندوزی و مخفی کردن آن به صورت گنج هایی باستانی که به نسل های بعدی آن قوم برسد(حتی در شاهنامه هم به این مورد اشاره شده است)، سپس زایش فراماسونری از نطفه کابالا و فرانک های آدمخوار در اسکاتلند و مسلط شدن این تشکیلات دست نشانده بر اوضاع جهان به واسطه بریتانیا و سپس ایالات متحده و بعد از آن بیرون آمدن زایون از پیله ماسون و در آخر وارد کردن فیزیکی شیاطین به دنیای ما و پس از آن مسخ اقوام جنیان و تسلط بر کل کائنات و سیارات!!! دیوانگی محض و جاه طلبی جنون آمیزی که تنها از نوادگان قوم یاجوج و ماجوج که ۹۱ درصد یهودیان تلمودی امروز را تشکیل می دهند انتظار می رود(من پیش تر از این در همین کتاب اشاره کردم که تشکیل زایون به عنوان یک ابرکشور و یا ابربانک حتی خواست صد در صدی خانواده های اصیل بنی اسرائیل نیست و بسیاری از شاخه ها و انبرک های نظام سلطه کنونی ایشان نیز با استناد به اعتقاد خودشان درباره ماهیت زایون در برابر برداشت های دیگران ایستاده اند اما قطار تسلط بی واسطه ابربانک زایون بر همه جهان و دولت ها هرگز متوقف نشده و اگرچه با حداقل سرعت، به اهدافش نزدیک می شود. ساده بگویم هم ابرکشور زایون، سرزمین مدنظر کلونی اسرائیل و صهیونیست های اسرائیلی، و هم دولت جهانی ابربانک زایون بطور تدریجی به وجود خواهند آمد). اقدامی برای فتح هستی! و تسلط بر جهان ها تنها به پشتوانه حدس و گمان و

تخیل و وعده های شیاطین! و نه دانشی که در برابر دانش های بیگانه چیزی به شمار بیاید و یا ایمانی که امیدی از آن طلوع کند. شاید بگویید چه ایرادی دارد که واشنگتن و لندن قدرت خود را از دست بدهند و اصلا چه ایرادی دارد که مطابق خواست آنارشیست ها و زایون هیچ دولتی در جهان وجود نداشته باشد و فقط یک ابربانک جهانی برای همه تعیین تکلیف کند؟ حتی تصور اینکه ما به نسل آینده خود چه جهانی را قرار است تحویل بدهیم، مو به تن هر آدم باشرفی راست می کند... جهانی که در آن انسانیتی دیگر وجود ندارد و آدمیان میمون بودن خود را پذیرفته اند(و البته دوران تاریک پس از زایون را هم که اصلا نمی شود تصور کرد زیرا همین میمون بودن نیز از دست بشر می رود)، اما توجه داشته باشید که انسان هرگز مانند حیوانات نمی تواند در حد و مرز خاصی باقی بماند و این یعنی همان چیزی که امروز در جهان مشاهده می کنید. آدمیانی که خود را میمون و حیوان زاده می پندارند یا بهتر بگویم نسناس ها، هرگز در محدوده غرائض حیوانی باقی نمانده و گام در وادی اهریمن شدن می نهند. کدام گونه میمون را می شناسید که روز و شبش شهوت باشد؟! شهوترانی برای حیوانات تنها یک وظیفه است برای حفظ و بقای گونه و نظم کل. کدام گونه میمون را می شناسید که با خوک و سگ و بز و حتی ربات انسان نما و یا دست خودش!!! و یا کودک نابالغ همجنس خود نزدیکی کند(اموری که هر روزه بر آمارشان افزوده می شود) و یا بچه های نورس را به جان هم بیندازد تا همدیگر را به اسم ورزش و سرگرمی مدرن درون یک قفس کتک بزنند؟ آخر کدام گونه میمون می رود و با دستکاری ژنتیکی سگ و گربه های بدبخت، حیواناتی برای سرگرمی خود می سازد که حتی قادر نیستند درست غذا بخورند و راه بروند؟ کدام گونه میمون تمام دانش خود را به کار می بندد تا کاری کند مردان به جای زنان باردار شوند؟! آیا کودکی که از یک مرد به دنیا می آید حق نداشته و نباید دارای مادر و هم پدر باشد و گذشته از این طبیعی و آنطور که بایسته است به دنیا بیاید؟ حق نداشته یک آدم واقعی باشد؟ کدام حیوان را در طبیعت می توانید بیابید که تجاوز جنسی بکند؟ و یا همنوعان خود را بی دلیل و برای اجرای مراسمات شیطان پرستی بکشد و بسوزاند و بخورد؟! آری، جم باید به وجود بیاید و به ظهور برسد. توجه داشته باشید که این آخرین فرصت و شانس ما آدم های بهشتی در برابر صهیونیان میمون زاده است. نه برای اینکه دین را نجات دهیم و به خیال خودمان به خدا لطف کنیم!!! برای اینکه خودمان و فرزندانمان را از نابودی حتمی و پستی مطلق، برهنگی و بربریت محض و باخت کامل در هر دو دنیا، رهایی بخشیم. برای اینکه بازنده ترین بازندگان تاریخ نباشیم. برای اینکه روسیاه ترین روسیاهان و خائن ترین خائنان نام نگیریم. ماییم ملت آخرالزمان و پس از ما هیچ کس نیست! بعد از نسل ما هیچ کسی در آخرالزمان نخواهد

زیست و همه این داستان به پایان خواهد رسید، با پایان خوش و یا بد! که مسئولیتش با ماست. مسئولیتی به بزرگی تمام تاریخ و همه خون های ریخته شده و همه دردها و شکنجه ها و ناتوانایی های بشر. یا جم از همین نقطه پا به عرصه وجود می نهد و رفته رفته قدرتمندتر می گردد و در آخر تمامی کشورهای اسلامی و ملت های منطقه را برای جنگ آخر که هرگز ممکن نیست بتوان از آن اجتناب نمود زیر پرچم خود متحد می سازد، یا زندگی از دست می رود. خداوند در قرآن بارها اشاره نموده که اگر دلیران قیام نکرده و دفع ظلم ننمایند زمین و آسمان ها را تباهی فرا خواهد گرفت به این معنا که حتی معجزه به واسطه حضور و وجود یک دلیر و خیزش مقدس رخ می دهد و قرار نیست ما لم بدهیم و کسی مشکلات ما را حل کند و به جای ما سختی و درد بکشد. جم این "جبهه متحد مبارزه با صهیونیزم و بازوها و عوامل آن" تنها محدود به یک یا چند سایت و فضای مجازی و یا مجموعه سربازها و چند سازمان خاص نیست و نخواهد بود. جم، درفش و بینش جاودانه ای است که به ظهور نایب پیشوا(مهدی موعود) و رجعت پیشوا(امیرالعالمین علی ابن ابیطالب) و خدمت ابدی به وی تعلق دارد. من، سرباز مجتبی عبدالهی همواره در تلاش بوده ام تا برای پیکاری واقعی و دلگرم کننده چهارچوب و راهکاری طرح کنم و در این راه علاوه بر آنکه خود دچار خوشایندترین دگردیسی ها شدم شاهد بودم که این ایده ابتدایی نیز درگیر دگردیسی و رشد است و چگونه جم می شود. آگاهی به معنای آگاه شدن و آگاه کردن مهم ترین سلاح ماست. اینکه ما دوست و دشمن خویش را بشناسیم و بتوانیم تشخیص دهیم واقعا که هستیم و چه می خواهیم. آیا واقعا آنطور که رسانه های واشنگتنی و لندنی می خواهند به ما بقبولانند از گذشته خودمان پشیمان و خجالت زده ایم و می خواهیم به عقب برگردیم؟ هرگز پشیمان نیستیم. گذشته از این چطور امکان چنین عقبگردی به مثلا چهل سال پیش وجود دارد؟! وقتی هوشیار واژه عقبگرد را می شنود تنش می لرزد چه برسد به اینکه بخواهد اینهمه خون پاک را هم پایمال کند و نادیده بگیرد... نه فقط خون شهدا و کسانی که نظام شاهنشاهی را براندازی نمودند بلکه خون تمامی سربازان جاویدان و شهیدان و گواهان تاریخ بشریت و به ویژه ایران زمین را. خون مه آبادها و سیامک ها و کاوه ها و ایرج ها و سیاوش ها و کوروش ها و زرتشت ها و رستم دستان هایی که سیزده هزار سال تاریخ نبرد با دیوان ایران زمین را خلق نمودند. سیزده هزار سال دیوستیزی و اهریمن کشی و جنگ با دیویسنا... در این میان نباید فراموش کرد که تقریبا هرآنچه که تاریخ مکتوب یهود به ما آموخته دروغ محض و یا سفسطه بوده است. برای پیروزی نهایی در جنگ جهانی سوم و جلوگیری از تبدیل شدن بشر به کرم! و زالو(یعنی تمامی اعضای بشر و نه به شکلی که امروز مشاهده می شود) و غالب شدن انبرک های شیطان پرستی و سلطه مالی و سیاسی

فرقه های جن پرست و به تمام معنا دیوانه و جن زده، باید به واقعیت های جنگ جهانی اول و خصوصا دوم شناختی کامل داشته باشیم و تمام آموخته های ماسونی خود را دور بریزیم.
حق هرگز از میدان به در نشده و نخواهد شد، فقط پرچمدار این درفش کاویانی جاودانه است که آن را در کمال و به مفهوم واقعی سلامت به دیگری تحویل داده و خود مدتی استراحت می کند... می آساید تا دوباره بتواند برخیزد... شیاطین هرچه کردند فریاد حق مطلق و اسلام آتشین ضددیو جمشید و کاوس و گرشاسب و کاوه و کوروش و مزدک و بهرام چوبینه و پیشواعلی و در دیگر فرهنگ ها ویلیام والاس و ناپلئون و فلوریان گیر و بیسمارک و هیتلر و ... را خاموش کنند نتوانستند و نخواهند توانست چون خدا واقعا وجود دارد. خدا پدیده ای ذهنی و یا یک باور قومی و گروهی و یا نتیجه نوعی واکنش و ضعف روانی نیست، خداوند یک موجود واقعی و یک واقعیت عینی است که حضور قطعی و ملموس دارد و نه تنها می تواند تاثیر بگذارد بلکه همه تاثیرات را شخصا مدیریت می نماید.
یادمان نرود که با ظهور ادیان الهی قدرتمند و جنبش های سرخ ضددیو یادشده بود که چنگال شیاطین و به قول غربیون خدایان!!! از زندگی و به بازی گرفتن بشر کوتاه شد.
یادمان نرود که حتی زرتشت پیامبری بود که در راه دفاع از کشور خدای یگانه، ایران، در میدان نبرد به شهادت رسید و عمر خود را وقف نابودی دیویسنا(ایلومیناتی - دجال) نمود.
باید دانست که پیشوای ما، امیرالعالمین علی ابن ابیطالب که انسان کامل در اوج معناست نقطه کمال همه جنبش های ضداهریمن پیش و حتی پس از خود است(و این است معنی؛ لا فتی الا علی لا سیف الا ذوالفقار. ما برای حضور در نبرد نهایی میان بنی اسرائیل و بنی اسماعیل، تنها دو خاندانی که از ابتدا حکومت جهانی را در نظر آورده اند و یا قابیلیان و حابیلیان نمی کوشیم بلکه فقط و فقط برای فاطمه و علی حاضریم زندگی کنیم، بجنگیم و پیروز شویم، و یا بمیریم. پیشوا مستقل از بنی هاشم و وجودی برتر و والاتر از آن است که در چهارچوب هرگونه نام خانوادگی و یا قومیت و نژادی خاص محصور شود و وابسته و یعنی متصل به دیگری باشد، بلکه تمام خوبان عالم ها وصل به اویند و هر چهار عنصر آفرینش و سوآستیکا و تصویر عینی اشرف مخلوقات اوست). به این معنا که چیزی در هیچ جنبش حقی نبوده و نیست که در علی نباشد اما برای شناخت پیشوا باید همه سربازان جاویدان را شناخت و شناساند و برای تکریم او نیز باید تمامی سربازان جاویدان و شهیدان راه حق و دین عدالت را تجلیل نمود و گرامی داشت. از زاپاتا گرفته تا لیوبی باید جوانمردان و سربازانی که آنقدر حق بوده اند، که توسط تمامی گروه های فکری تاریخ ترور شخصیت شده اند و در هیچ غالب و چهارچوب منفعت محوری نگنجیده اند چون بابک خرمدین و مختار و ابومسلم را به همراه یاورانشان؛ عبدالله خرمدین ها و کیسان ها و

سنبادها دوباره شناخت و شناساند. چطور ممکن است فراماسونری از هیتلر مو بریزد!!! و آن وقت رایش سوم آدم بدی بوده باشد؟؟؟ چطور ممکن است برلین ساعات آخر آزادی خود را می گذرانده(و حتما می دانید که از آن تاریخ تا به امروز آلمان مستعمره است) و تانک های روسی به قلب شهر رسیده باشند و آن وقت هیتلر برای خودش جشن تولد گرفته باشد و کیک بریده و شمع فوت کرده باشد(خدا لعنت کند لندنی ها را، این چرندیات چطور به ذهنشان می رسد)؟! چطور ممکن است یزدان عادل ما، در هر دوره سرداری را در برابر دیو تک چشم آن قوم برنینگیخته باشد(اعراف - آیه ۱۶۷)؟ جم، یا به عبارت بهتر تمامی سرزمین های "شرق اسلامی" باید در برابر اتحاد مثلث صهیونیزم و صلیب و سلفی، تحت مدیریت و قیومیت ایران بایستد و اجازه ندهد آرماگدون ساختگی و آخرالزمان جعلی و شبیه سازی شده ای روی دهد. آیا تاسیس گردان هایی با نام هایی چون شمر و یزید و معاویه به دست وهابیون در سوریه، وحدت آفرین است؟ هر چیزی در ادبیات عرب به دو نوع و تعریف مجازی و حقیقی تقسیم می شود و مسلمانی هم از این قاعده استثناء نیست. کسانی که پیشواعلی، مخلص ترین سرباز خدا(که پیامبر اسلام او را مولای همه مسلمانان و از جمله خودش و دیگر امامان شیعه در غدیر اعلام نمود) را به عنوان امام(الگو) و پیشوای مطلق و پرچمدار اسلام آتشین ایده آل گرا قبول ندارند در بهترین حالت می توانند مسلمان مجازی نامیده شوند. شراینرها، وهابیون و سلفی هایشان منافق هستند و هیچ خیری از آن ها به اسلام نرسیده و نخواهد رسید اما در میان صفوف مسلمانان مجازی هستند کسانی که می توانند با تبعیت از ما لیاقت سربازی و جان دادن در راه خدای یگانه و اسلام واقعی را کسب نمایند و مفتخر شوند تا به واسطه شیعیان راستین، ایرانیان، تحت رهبری پیشوا قرار گیرند. اسلام حقیقی باید در میان اسلام مجازی سنگر بگیرد. پیروزی بزرگ ترین دشمن و محک هر ایدئولوژی و جنبشی است(جهان بینی ماسونی سکولاریزم نام دارد) و فراماسونری که در اصل یک تشکیلات خرابکار و منحرف کننده دولت ها از مسیر خدمت رسانی بود با در دست گرفتن زمام امور جهان و رسیدن به تسلط مطلق(غیرمنتظره برای یهود - از نظر سرعت تسخیر و وسعت سیطره) دچار شکاف های عمیقی درون ساختار خود و تردیدی ژرف در خصوص ظهور منجی و صدق پیشگویی ها و لزوم اجرای این آخرالزمان جعلی گردیده است... صداهای بلندی از داخل بدنه ماسون به گوش می رسند که می گویند؛ چه نیازی به بازگشت دجال و یا شیطان هست وقتی ما خودمان امروز بر همه چیز غالب شده ایم! آن ها بیایند و چه چیز را برای ما تصرف کنند؟ وقتی ما خودمان حاکم مطلق هستیم! در عقیده ماسون قرار نبود اینطور شود و ذهنیت کلی بر این مبنا قرار داشت که نیروهای خیر بر جهان چیره خواهند بود و فراماسون ها باید برای غلبه بر خدا از شیطان کمک بگیرند...

همانگونه که پیش تر اشاره نمودم گروه های تشکیل دهنده ماسون هر کدام عقاید و غایت های خاص خودشان را دنبال می کنند و حتی در میان آن ها می توان انجمن های حجتیه و سلفی هایی که چون خوارج قرآن را یک لحظه هم زمین نمی گذارند را نیز مشاهده کرد! شیطان پرستان پیرو ماسون نیز یکپارچه نیستند، عده ای شیطان را تنها یک مفهوم ذهنی می دانند(شیطان پرستان مدرن سیتنیست) و گروهی دیگر ملاقات با او را انتظار می کشند. و البته که در تفسیر مفهوم دجال و جبهه او نیز دچار اختلاف نظر اساسی و بنیادین هستند. این چنگال ها و انبرک های ماسون(فرقه های معاصر) خواسته و ناخواسته در برابر اراده مادرسالار این تشکیلات یعنی صهیونیزم آن قوم از خود اینرسی نشان می دهند و روز به روز این اصطحکاک و تناقض میان اهداف و اندیشه ها حتی در خود لژها بیشتر می شود. این سخن کاملا درست است که صهیون ها بر تمامیت تشکیلات فوق سلطه ملموسی دارند و آنچه که گفته شد، تشکیل زایون و حذف ماسون و همه فرقه ها در نهایت را دنبال می کنند اما تحقق چنین آرزویی باید به دست کسانی رقم بخورد که خودشان قرار است حذف شوند! پس، همواره این امید وجود دارد که ما بتوانیم نفسی بکشیم! و این است حکمت و مکر خدا که در قرآن بارها بر آن تاکید شده و بر این اساس من می گویم که در ۲۱ دسامبر ۲۰۱۲ هیچ رویداد بزرگی بجز برافراشته شدن پرچم حق یا لثارات الحسین ما روی نخواهد داد. علاوه بر این کورسوی امید همانگونه که اشاره کردم، سه منش و دیدگاه و حلقه اصلی داخل بدنه تشکیلاتی ماسیون در طی سی سال اخیر روز به روز بیشتر در برابر یکدیگر قرار گرفته اند، به تضاد عقیدتی آشکار با هم رسیده اند و از دیگر طیف ها درشت تر می نمایند:

۱- گنگ های متمایل تر به ایلومیناتی؛ لژها و شعبی که معبد سلیمان را مانند دیگر مولفه های تفکر ماسونی نمادین می پندارند و انسان ها را آجرها و انجمن های برادری را ملات آن خطاب می کنند. یعنی، تفکر سکولار و اومانیستی و سلطه مطلق آن بر ذهن بشر را معبد مقدس هیکل به شمار می آورند و رفته رفته از دستورات واضح کابالا(قبالا) فاصله گرفته اند و به سوی ایلومیناتی و نمادگرایی پررنگ و افراطی متمایل شده اند(در صورتی که یکی از تعالیم زایون همواره در سایه و پنهان ماندن است اما این دسته به عمد حتی از چگونگی تشکیلات خود فیلم هالیوودی می سازند و مجلات عمومی منتشر می کنند تا قدرت نمایی کنند و دیده شوند). اینان شعارهای ابتدایی ماسون مبنی بر خدا بودن انسان که برای جذب نیروهای درجه صفر! به کار می رود را با وجود رتبه بالای خود مبنای عمل خویش قرار داده اند و هیچگونه تمایلی در کردار جهانیشان مبنی بر ساخت فیزیکی معبد تخیلی سلیمان دیده نمی شود و بلکه در برابر تحقق آن مقاومت اساسی نیز نشان می دهند(عقاید ماسون به هیچ وجه در به خدایی رساندن انسان خلاصه نمی شود و هیچ نیازی به تحقیق

چندانی وجود ندارد! تنها کافی است نگاهی به نمادهای فراماسونرها بیندازید که در تمامی آن ها یا تصویر یکی از خدایان مثلا مجسمه بافومت که خود اهریمن است و تصویر کالی و نمادهای خدا بودن شخص شیطان مانند تک چشم او و مجسمه جورج واشنگتن و یا وسایل ارتباط با وی همانند گونیا و پرگار، کاسه برنجی کابالا، صفحه شطرنجی که مقدس شمرده شده اند وجود دارند). اینان رفته رفته به ذهنی بودن پدیده شیطان باور آورده اند و الحاد و کفر محض را به شیطان پرستی که مسلما بخشی از آن ایمان به خدای یگانه و امور معنوی غیرقابل مشاهده و سنجش مالیاتی است!!! برگزیده اند. به ویژه که جورج بوش، دجال وعده داده شده و بهتر بگویم طراحی شده توسط گروه دوم اندیشمندان ماسون پوشالی از آب در آمد و در چند مورد دیگر نیز پیش بینی های خاخام ها به عینیت نرسید و سبب گردید اوباما به نمایندگی از این طیف به قدرت برسد و جایگزین بوشی گردد که از گروه جمجمه و استخوان، باورمندان به برپایی فیزیکی معبد هیکل بود. اینان خود را "فریماسون" به معنای بنای آزاد و یا بهتر بگویم "معمار آزادی" مطلق از طریق ترویج تفکرات اومانیستی و سکولاری و تشکیل ابربانک زایون می دانند و به دلیل اینکه عمدتا از تلمودیان نواده یاجوج و ماجوج هستند(یعنی سران این گنگ ها و نه چهره های تبلیغاتی) رفته رفته به خودشناسی و رضایت از شرایط کنونی رسیده و تمایل برای تشکیل ارض موعود را از دست داده اند.

۲- گنگ های متمایل تر به قِبّالا؛ لژها و شعبی که در کمال تعجب از دسته بندی نخست در طی سال های اخیر ضعیف تر شده و عقب افتاده اند و هنوز بر اصولگرایی و بنیادگرایی ماسونی کهن و کابالایی وفادار مانده اند و پافشاری می کنند. اینان به عکس گروه نخست مرکزیت خود را به اسرائیل انتقال داده و سران عقیدتی ایشان در اتحادیه واشنگتن نماندند. باورهای غلت آخرالزمانی این ها سبب گردید که نسبت به رقبای خود نقطه ضعف داشته باشند و در آخر کارشان به جایی رسید که از مرکزیت قدرت به نوعی طرد و اخراج شدند. اینان زایون را نه فقط یک ابربانک و دولت در سایه جهانی بلکه یک کشور یهودی فیزیکی و سرزمینی قابل مشاهده روی نقشه می دانند و می خواهند. مسیحیان صهیونیست که عمده وفاداران به این طیف را تشکیل می دهند و بیشتر در حزب جمهوری خواه قابل مشاهده هستند به وضوح در تعالیم خود به تشکیل چنین کشوری و فرار نهایی از زمین که به دلیل سلطه زایون ساخته دست خود آن ها در آتش می سوزد!!! به کمک سفینه حضرت عیسی اعتقاد دارند(درست مانند انجمن حجتیه که باور دارد ما مومنان باید در فاسد شدن مطلق و هر چه سریع تر زمین بکوشیم تا حضرت مهدی ظهور کند و ما را با خود به عدن ببرد). ایشان هرگاه می خواهند ضربه نهایی را وارد سازند و از دست حماس و حزب الله خود را برهانند گروه اول در کارشان اخلال می کند و به قول خودمانی ترمز اسرائیل را می کشد!

این ها خود را "فراماسون" می دانند به مفهوم "برادر معمار" که دوباره معبد را بنا خواهد کرد، "فرا" لغتی بود که شوالیه/کاهن های غربی جنگ های صلیبی بر خود نهاده بودند. همان ها که به خیال خودشان از معبد سلیمان حفاظت می کردند و به تمپلر مشهور شدند...

۳- گنگ های خانوادگی مساوی با دجال؛ لژها و شعبی که فراتر از همه چنگال ها و انبرک ها قرار دارند و همواره در حال انتخاب کردن نوکران خود و راهکارهایی که آنان ارائه می دهند، در اوج بی دینی و بی تفاوتی، تنها با هدف حفظ سلطه خانوادگی خودشان بر جهان و بر بندگان و خادمین خود هستند. اجماع این چند خانواده همان دجال است زیرا سایر بازوهای ماسون حتی از واقعیت نظامی که در آن قرار دارند و مفهوم نمادهای شیطانیش اطلاع درستی ندارند(البته مفهوم کامل دجال مساوی با فرد یا گروه خاصی نیست و همان دیویسنایی می باشد که زرتشت و همه پیامبران پس از نوح با آن مبارزه می نمودند یعنی خود آیین جن پرستی). همینطور کابالای محض را برای ارتباط مستقیم با شیاطین تنها اینان در اختیار دارند و گردش همه سرمایه ها و ایده ها نیز از ایشان شروع و به ایشان ختم می شود!!! بله درست است، این ها هستند بنی اسرائیل واقعی که نواده یاجوج و ماجوج نیستند و ایده حکومت جهانی و حتی کهکشانی را دنبال می کنند اما به شیوه بنی اسرائیل! و نه به شیوه خودنمایانه گروه نخست و عجولانهِ(برپایی آخرالزمان جعلی) گروه دوم بلکه به کندی. اینان نواده و ثمره هزاران سال خون دل خوردن و مال اندوزی و توطئه های بسیار هزینه بر اجداد خود هستند(این هزینه مساوی با کل عمر آن نیاکان بوده است) و به هیچ وجه با سرعت بخشیدن به امور کاری نمی کنند که کنترل اوضاع از دستشان خارج شود و تا مجبور نشوند و به یقین نرسند که اقدامی کمترین خطری برایشان ندارد و سرمایه هایشان را تهدید نمی کند دست به آن کار نمی زنند و از همه بیشتر از قدرت گرفتن بیش از اندازه نوکران خودشان می ترسند تا از قدیسین. بعلاوه توانسته اند تا همین امروز هم پا را بسیار فراتر از حدود رویایی و آرمان های تلمود بنهند؛ اگر در تلمود گفته شده روزی برسد که هر یهودی ۲۸۰۰ غلام و نوکر داشته باشد(از سایر نژادها یعنی ما!) اینان صدها هزار و شاید میلیون ها غلام مخلص و نوکر جان بر کف را دست به سینه و در خدمت دارند... اگر در تلمود غیریهودی پست تر از سگ دانسته شده و طعام دادن به او تنها در روزهای عید حرام تلقی گردیده و آن هم در مناطق یهودی نشین، اینان کاری کرده اند که فقط یک میلیارد گرسنه محض در جهان وجود داشته باشد که هر روز با مرگ در اثر سوء تغذیه و نخوردن و نیاشامیدن دست و پنجه نرم کنند... این دسته از گروه ها که مفهوم و ترسیم عینی واژه "آن قوم" هستند تصور می کنند که جاودانگی در ژنتیک است و پدران خود را زنده در درون خود می دانند و چنین تصور می کنند که خودشان هم پس از مرگ در ژن نوادگان

خود زنده و جاوید خواهند بود پس چرا باید عجله کنند؟ خداوند در سوره بقره آیه ۹۶ به این موضوع اشاره دارد که چطور یهودیان زندگی خود را بر مبنای هزاره ها تنظیم کرده اند.
مسلم است که این طیف با دو گروه دیگر تناقض عقیدتی غیرقابل مصالحه ای دارد اما نقطه اشتراک منافع که روز به روز در حال کمرنگ تر شدن است(زیرا دیگر دشمن بزرگ واحدی وجود ندارد، مثلا آلمان نازی، و از نظر هر سه گروه نمی تواند وجود داشته باشد) باعث اتحاد این سه می گردد. اینان خود را "فراماسیّون"(فراماس سایون = فِره ماس زایون = فره ماس صهیون) می دانند به معنی "رفیق فرزند زایون" یا بهتر بگویم مصاحبان و "رفقای زاده زایون" و از این هم ساده تر؛ "زایونیست واقعی" و از خون یهودیان واقعی.
لازم به تکرار است که این خانواده ها زایون را در خون خویش بر پا می دانند و به همین دلیل خود و یاران همخونشان را فراماسیون به معنای برآمده از ژن زایون خطاب می کنند.
من تنها کسی هستم که موفق شدم پس از پژوهشی چندین ساله معنای اصلی واژه فراماسون که همین مورد مدنظر طیف سوم است را کشف کنم و انتشار دهم و البته چنین مفهومی را در کابالا بارها می توانید مورد تاکید بیابید. واژه رفیق زاده زایون هنگامی مورد استفاده قرار گرفت که یهودیان، بسیار پیش تر از پیدایش فراماسونری غربی توسط شوالیه های معبد و جنگ های صلیبی در اروپا آواره شده بودند و زندگی بسیار سختی داشتند و با رسیدن به یکدیگر از چنین اصطلاحاتی استفاده می کردند اما ریشه آن به همینجا هم ختم نمی شود! کافی است درباره تحولات و جنگ های خونین داخلی یهودیان در پیش از حمله سردار رومی، تیتوس به بیت المقدس مطالبی را مطالعه کنید تا متوجه شوید چند خانواده اصیل زاده یهودی چطور خود را از دیگران جدا کردند و سایر یهودی شدگان و یا اقوام یهودی وصلت کرده و آمیخته با دیگر قبایل و نژادها و ادیان و ملل را غریبه نجس و خود را زاده زایون(آخرین حکومت اصیل یهودی) و برتر می نامیدند. همین خاندان ها هستند که تا به امروز باقی مانده و از خون خود نیز با وصلت های فامیلی محافظت ژنتیکی کرده اند.
این ها به بیشتر از ارض موعود می اندیشند و همه موجودات عالم را بهائم یهود خطاب می کنند و حتی باور دارند که به خدای خود، صهیون، و اراده جهنمی او بارها غلبه کرده اند.
توجه داشته باشید که سران اصلی هر سه گروه تلمودی و یهودی هستند و هر کدام از آن ها منحصرا خود را پرچمدار جنبش ماسون و خط مشی تلمود قلمداد می کنند اما به هر شکل به دلیل انباشت سرمایه در دست طیف سوم دو طیف دیگر مجبورند کارهای اجرایی و یدی(به قول خودشان کارهای کثیف!) را به عهده بگیرند و از پرده بیرون بیفتند! هر سه این رشته گنگ ها در پایگاه های قدرت فراماسونری نفوذ فراوانی دارند ولی می توان گفت که گروه اول در سیاست روز پیشروتر و منعطف تر است و رسانه های خبری را در اختیار

دارد، گروه دوم بیش از همه در هالیوود دارای نفوذ است و جنگ طلبان را حامی خود می بیند و گروه آخر نیز بر بانکداران و سرمایه داران بین المللی و رهبران فکری سلطه دارد. این سه تفاوت های بی شمار دیگری نیز با یکدیگر دارند از جمله اینکه هر کدام اعداد مقدس خاص خودشان را دارند! گروه اول عدد شیطان یا ذهن آزاد را ده می دانند و اعتقاد دارند خدایی وجود ندارد، پس یعنی شیطانی هم وجود ندارد و تمامی مبانی عقیدتی خود فراماسونری که مبتنی بر وجود خدا و نیروهای اوست نیز دروغ و خرافه هستند. گروه دوم یا ماسون های سنتی عدد اهریمن را نه و شماره جانشین وی را ششصد و شصت و شش... گروه سوم که پیرو قِبّالای واقعی و نه نمادین هستند نمادی بجز ایکس ندارند و نشانه مسیح خود را سه ایکس می دانند و جالب اینجاست که هر یک از این ایکس ها می تواند به معنی هفت باشد و نه شش! اما این ها مقدس ترین اعدادشان سیزده، و سپس یازده و نه می باشد. باری، ما باید بپذیریم که پیمان شکنی خود ما سبب بروز چنین مرض و حالتی برای بشریت شده است. هنگامی که مسلمانان قدس را از صلیبیون تحویل گرفتند تنها یک شرط اساسی برای خروج کامل نیروهای غربی پیش پایشان نهاده شد و آن خواسته این بود که مسلمین هرگز اجازه ندهند "آن قوم" در بیت المقدس سکونت کنند! اما مسلمانان رفته رفته بهترین شرایط زندگی و رشد و بهتر بگویم تکثیر را، حتی بهتر از شرایط زندگی خودشان، در سرزمین های اسلامی برای تلمودیان به وجود آوردند. من شدیدا اصرار داشته و دارم که ما باید به پیمانی که با مسیحیان(تثلیثیانی که خود را مسیحی می دانند) بسته ایم به هر قیمتی عمل کنیم و مفاد آن معاهده ابدی را به جا آوریم و دامان خود را از عهدشکنی و ساده لوحی دیگران پاک نماییم. باید دوست و دشمن خودمان را بشناسیم و هیچ کدام از سخنان و ادعاهای ابررسانه های صهیون را ملاک اندیشه خود قرار ندهیم و چرندبافی هایشان را به ریشخند و بازی بگیریم. باید همه چیز خودمان را ایرانی کنیم و در کمترین میزان محصولات فرهنگی و یا بهتر بگویم ضدفرهنگی غرب را داخل میهن خود انتشار ندهیم. حتی در حد یک داستان کوتاه و یک کتاب کودکان و یا کارتونی چند دقیقه ای هم نباید اجازه داد سم اندیشه های شیطان پرستان وارد کشور جاویدان ما گردد و این تنها در حالتی میسر خواهد شد که خوبی و بدی ما از خودمان باشد و هنرمندان و چهره ها آزاد گذارده و پشتیبانی شوند. غربیون اینقدر هنر نداشتهِ خودشان را تبلیغ کرده اند که ما جز حرف زدن درباره داشته ها و کاشته های آنان کار دیگری نداریم! ما باید از تمدن نداشته غرب بطور کامل دل بکنیم. ما باید شروع کنیم به استخراج دانش های قدرت آفرین قرآن که گوشه ای از آن ها را دانشمندان غربی کشف نموده اند اما بدانید که اسرار این کتاب سراپا اصول ریاضی تنها به وسیله ما می توانند شناخته و به کار گرفته شوند و از سوی دیگر باید متون

جم را نیز استخراج کنیم که همه چیز برای بیدار شدن ما از خواب هزاران ساله آماده است. و باید تاریخ واقعی را کشف کنیم و بنگاریم و تبلیغ کنیم، تاریخی که در آن کنگره جهانی یهود برعلیه هیتلر اعلام جنگ(جنگ تحریم - جنگ مقدس چهارم یهودا با چلیپا) نمود و نه به عکس! تاریخی که در آن حتی یک نفر یهودی در خیابان های برلین مثله! نشد و هیچ کودکی به جرم یهودی بودن در مدرسه کتک نخورد و تجمعاتی عظیم سال ها پیش از وقوع جنگ برای نابودی ملت آلمان(در آمریکا و توسط کنگره جهانی یهود) شکل گرفت و نه توسط نازی ها و برای نابودی خودشان! تاریخی که در آن حتی یک اتاق گاز هم وجود ندارد... ما باید دو تحول و انقلاب اجتماعی فرهنگی(به ویژه در آموزش و پرورش و سینما و صدا و سیما)، به اسم "بیداری"، و سیاسی اقتصادی، با نام "دگردیسی" را در میهن رقم بزنیم. یادمان نرود که اجداد نابغه و عقل کل ما ایرانیان چطور با هوشمندی و شرف و نثار خون خویش و همه چیز عزیزانشان راه حق را برای ما و سایر ملل روشن نگاه داشته اند. زئوس(دیوُس) و دیگر جنیان گمراه پرستیده می شدند و اجداد ما نه تنها اینان را نپرستیدند بلکه نام رهبرشان را مساوی با گمراه کنندگی و تباهی یعنی همانگونه که واقعا بود قرار دادند تا جایی که امروزه در زبان انگلیسی هم به شیاطین دیویلز اطلاق می شود. می دانید که جادو یعنی چه؟ و چرا در سیزدهم فروردین در خانه نمی مانید و از آن می گریزید؟ هزار شکر که خداوند به قلم من سرباز گنج هایی که پیشینیان آریایی برای ما پنهان کرده اند را آشکار می سازد و از آن زمره اینکه ریشه واژه جادو از نامی بجز جهود(هنوز هم در غرب به آن قوم، جود، جودا، جاد و جوهودو گفته می شود) گرفته نشده و در پارسی هر فعلی که مختص به بنی اسرائیل باشد از جمله چیز خور کردن! ورد و تسخیر و سِحر و کابالا! حتی پتیارگی و اغواگری جنسی!!! از دوران باستان تعریف جادو را تشکیل می دهد و این نام(جادو) یک هشدار زیرکانه و انتقال کارنامه فراموش شده بنی اسرائیل به ما در پوسته ای است که از دستبرد و تحریف در امان بماند و این عمل بی شک کاملا خودآگاه رخ داده است... درود بر زیرکی و بر شرف اجداد نابغه ما ایرانیان و بر همه شهیدان حق.

به خدا که اگر بهشت و آسایش و پیروزی دنیا و همه خوبی ها و نعمات در یک سو باشند و در سوی دیگر همه بدبیاری ها و شکست ها و دوزخ اخروی بعلاوه عشق فاطمه و علی، و من مجبور باشم یکی از این دو سو(یعنی بهشت دنیا و آخرت بدون عشق فاطمه و علی و یا دوزخ دنیا و آخرت با این عشق) را انتخاب کنم بدون لحظه ای درنگ دوزخ را برخواهم گزید. این نه از ایمان من سرچشمه می گیرد و نه بودن هیچگونه نیکی و حسن را در وجودم اثبات می کند. من این کار را خواهم کرد، فقط همین. هرچند که با فاطمه و علی بودن هر دوزخی را بهشت می کند و با دوزخ دنیای ما نیز همین کار را حتما خواهد کرد.

امید که خدا توبه من(و ما) را به نام سربازی فاطمه بپذیرد تا بتوانم سرباز حق و عدل باشم و بمانم. من آماده ام برای انجام هر کاری که لازم باشد. هرچه که حقیقت و عدالت باشد. من به علی خدمت می کنم. من کمترین اهمیتی ندارم در برابر خواست و دستور خدا و حقانیت انسان کامل. از این انجام وظیفه به دنبال لذت و ثواب و برآوردن نیاز و غرور شخصی و جمعی و هیچ خواسته دیگری نیستم مگر خدمت به علی. این تنها کاری است که آن را انجام خواهم داد... چه لذت ببرم و چه نه. چه موفق باشم، یا نه. من به علی خدمت می کنم: "بر این زادم و هم بر این بگذرم *** چنان دان که خاک پی حیدرم". چه به خدمتم نیاز باشد یا نباشد. چه این احساس از ژنتیک و تربیت من نشات بگیرد یا نه. من به علی خدمت می کنم.

چه به دوزخ بروم یا به بهشت. چه دنیایم دوزخ باشد و یا بهشت. چه قوی باشم و چه ضعیف، چه در رویا باشم چه در واقعیت، چه به من بخندند یا به احترامم برخیزند... من به علی خدمت می کنم. تنها به علی. من این کار را خواهم کرد و تنها خدا می تواند مانعم شود که او هم نمی خواهد چنین کند! نه به دنبال الگو و اسطوره و پدر ساختن از علی ام برای خود که او خود چنین هست و نه چیزی از او یا خدایش می خواهم مگر همین خدمت کردن را. کسی جلودارم نیست و پیروزی قطعی است... خداوندا مرا ببخش تا بتوانم سربازی کنم... خدایا کاری کن که ذره ذره وجودم حافظه شود، مبادا که لحظه ای نام علی از جلوی چشمم دور و محو گردد. کاری کن از فراموشی، این بزرگ ترین بیماری بشر رهایی یابم. مرا با از یاد بردن نام علی به منجلاب میفکن و نابود نکن. مرا در آتش فراموشی علی و بی علی بودن میفکن و دود نکن. توبه ام را هم اکنون بپذیر ای خدای علی. ای مهربان ترین مهربانان. ای بخشنده. ای همه کاره هستی. شاید برای همیشه، تا ابد و تا زندگی جاودان از همین امروز پاک شوم و پاک بمانم. من لیاقتش را ندارم ولی از تو هیچ لطفی بعید نیست ای همه کاره هستی و ای همه کاره من. ای معشوق من. خدایا به من توان و طاقت مبارزه تا آخرین نفس رو بده و نگذار طوری که دشمنانت انتظار می کشند و می پسندند زمین بخورم. یا خدا. مرا به جان دشمنانت بینداز که بدترین عذاب ایشان منم. مرا کابوس اهریمنان کن. خواب را از چشمشان بگیر با نقش چهره من. نژاد آریایی را بر سرشان گرز کن. یا خدا نگذار دست و دلم بلرزد و از دویدن بایستم ای مهربان ترین مهربانان. صبرت را پایان ببخش و خشمت را آشکار کن. از همین لحظه، لحظه ای از من دور نشو ای خدای فاطمه و علی. ای خدای حق و عدل. ای ارباب. می خواهم باعث تغییر شرایط لجن سود شده کنونی انسان ها شوم. می خواهم دگردیسی ایجاد کنم و یا بخشی از آن باشم. شاید این نظام دومثلث یهود که دیگر پا بسیار فراتر از مثلث های خویش نهاده، این سرطان، این جنون، نه بهتر بگوییم این حماقت و این بی نظمی به دست من، آری به دست خویشتن من از میان برود.

هیولایی که به زیر گام های پولادینش تنها این صدای خرد شدن استخوان کودکان است که گوش مرا می آزارد. یا باید به دل هیولا زد، به سیم آخر زد و تا آخر جنگید و کشت و کشته داد و مُرد تا شاید تغییری ایجاد شود و رنگ آسمان روشن تر گردد و یا نجنگید و مرد! عصبانیت من هر روز شعله ورتر می گردد با ترنم هر روزه ضجه خاموش کودکانی که آینده نخواهند داشت. کودکانی که چندی پس از این حتی انسان نخواهند بود و خدا را، تو را، نمی توانند درک کنند. قبل از به دنیا آمدن به لجن کشیده شده و بازنده بوده اند و شاید تا پایان عمر از شیاطینی که با آن ها چنین کرده اند با مال و جان دفاع هم بکنند و در راهشان سر ببازند! هزاردستان فراماسونری یهود روح آن ها را می خواهد. شعور و شرف، این چیزی است که از آن ها دزدیده اند، محبت و امنیت، حقیقت و عدالت، عشق و ایمان، آینده و نظم، دلسوزی و دلاوری، فاطمه و علی. پس، یافاطمه و یاعلی. درود بر فاطمه و علی.

شناخت آخرین سنگر آریایی ها در طول تاریخ

همواره تاریخدانان بزرگ به ایران زمین لقب چهارراه حوادث تاریخ جهان را داده اند، جالب اینجاست که در دل این چهارراه حوادث هم چهارراه حوادثی قرار دارد به نام قزوین! علاوه بر موقعیت جغرافیایی مناسب و جایگاه استراتژیکی عالی این سرزمین دلایلی چون واقع شدن در مرکزی ترین نقطه ایران، نزدیک بودن به همه شهرهای کلیدی و یا داشتن راه مناسب تا آن ها، وجود دشت قزوین و چند دشت دیگر در تمامی ناحیه آن که می توانند بهترین محل برای برپایی پادگان های موقت و اسکان نیروهای نظامی و حتی برپایی فرودگاه باشند، آب و هوایی بهشتی که برای هیچ شخصی حال از هر دیاری هم که باشد غیرقابل تحمل نیست و در فصول مختلف سال چون استان های کویری و گرمسیر جنوب یا سردسیر غرب کشور ناگهان کشنده و مشکل آفرین نمی شود، داشتن تپه های بی شمار که برای قراردادن پست های دفاعی و دیده بانی مناسب اند، فراوانی محصولات و دام به سبب حاصلخیزی خاک در کل محدوده کنونی استان قزوین و چندی دیگر از مولفه ها باعث شدند که این شهر بیش از بیش اهمیت یابد و همواره مورد هجوم و دستبرد قرار گیرد و یا به هر طریق نقش مهمی در صحنه سیاسی ایران ایفا نماید. برخی تحولات مربوط به بحث از دوران ساسانیان تا سلطنت پهلوی را مورد اشاره کوتاهی قرار می دهم: در دوره سلسله ساسانی قزوین بیشتر به عنوان پایگاهی برای جمع آوری و تجهیز نیروها با هدف جنگ هایی بی پایان و البته بی نتیجه با مرزبانان دیلم مورد توجه بوده است. خود دیلمانی ها هم هر وقت می توانستند قزوین را چپاول و ویران می نمودند زیرا هرگونه آسیبی به این شهر به منزله آسیب ندیدن روستاهای خودشان بود. در زمان حکومت سلسله ساسانی به سبب نظامی بودن شهر قزوین این ناحیه گذرگاه مناسبی برای عبور نیروها به سمت جنوب یا

شرق کشور محسوب می شده زیرا مرکز اصلی حکومت ساسانیان شهری در حوالی بغداد کنونی بوده است. از سوی دیگر خود حالت استراتژیکی منطقه قزوین نیز به آنان این اجازه را می داده که در مقابل دستبردهای قبایل وحشی شرق ایران بتوانند سپری دفاعی و قابل اطمینان در این ناحیه بر پا دارند. وقتی ساسانیان قزوین را به کنایه کشوین خطاب می کرده اند، یعنی جایی که نباید از آن غافل شد، منظورشان دقیقا تذکر همان چیزی بوده که من در این بحث مدنظر دارم. فقط خطر دیلمان مطرح نیست؛ نبض ایران در این منطقه می تپید و اگر این ناحیه از دست می رفت کار ساسانیان به نوعی تمام بوده است(و در واقعیت هم چنین شد و این سلسله با از کف دادن همین نقطه به سادگی سقوط نمود) زیرا پس گرفتنش هم با توجه به خصوصیاتی که در ابتدا برایش وصف نمودم کار ساده ای نبود و از سوی دیگر به دلیل محدودیت هایی که در انتقال نیروهای نظامی در آن زمان مطرح بود ساسانیان تسلطشان بر روی دیگر مناطق را نیز با قطع این شاهرگ همه ارتباطات ممکن آن دوران، از دست می داده اند. سه اینکه قزوین را نمی شده محاصره کرد تا دچار قحطی شده و تسلیم گردد زیرا خاک بسیار حاصلخیزی دارد. در گزارش نامه های جنگ های ایرانیان و اعراب همواره نام قزوین به میان آمده و پس از رخت بربستن ساسانیان هم، و با توجه به خطر همیشگی دیلمان و سرخ جامگان برای اعراب مهم ترین شهر ایران محسوب می شده است. در طی دوره های گوناگون تاریخی جهانگردان و سیاحان بی شماری به قزوین آمده و آن را همواره شهری مهم و حتی نیمه نظامی وصف نموده اند. در دوره اموی این سلاطین دمشقی از قزوین به دلیل وسعت مناطق تحت سلطه و نظر به اروپا، غافل گشتند و همین موضوع سبب الحاق همه نیروهای شورشی علیه ایشان از مسیر قزوین به خراسانیان و به ویژه قیام ابومسلم و پایان کار امویان گردید. در دوران عباسیان حکومت قزوین که دیگر سایه خطر حضور نیروهای دیلمان(به سبب مهاجرت بسیاری از سرداران ایشان به غرب و شیعه شدن اکثریت ایشان) بر سرش نبود یکی از بهترین پاداش های فرماندهان و سرداران نورچشمی خلفاء محسوب می گردید. این شهر که هم در نزدیکی ری(که هم برای امویان و هم عباسیان بسیار مهم بود) قرار داشت و هم به شمال کشور و سرزمین های همیشه شورشی آن دوران احاطه و مسیرهای فراوان داشت، و هم می توانست در برابر حکومت های نیمه مستقل خراسان که از نظر عباسیان هرگز قابل اعتماد نبودند سدی دفاعی باشد به ویژه در دوره بنی عباس شاهد و بستر کشمکش های نظامی و سیاسی بسیار و رویدادهای تاریخی بزرگ و سرنوشت ساز ایران زمین بود. در دوران صفویه اما قزوین همواره یکی از دو قطب اقتصادی و سیاسی و نظامی بود و همینطور یکی از دو پایتخت ایران. مانند همیشه تاریخ، در هر دو مرتبه که صفویان در یک قدمی نابودی کامل به دست امپراطوری عثمانی قرار داشتند به قزوین پناه آوردند و در این آخرین سنگر آریاییان در طول تاریخ حتی یک بار به آنان خیانت نشد و نادر نیز با حمایت سرسختانه مردم قزوین به سرداری سپاه ایران نائل آمد. شاه تهماسب که ارزش استراتژیکی قزوین را درک می نمود ترجیح داد مرکز حکومت را درست به جایی که حساس ترین نقش در کنترل و در دست داشتن همه تمامیت ایران زمین را دارد نقل مکان دهد و از شاهرگ اصلی بدون واسطه به

مناطق مختلف مستقیما نیرو بفرستد. دوران شاه تهماسب بسیار پرخطر و متحول بود و این شاه فقط در قزوین احساس امنیت می نمود. پس از صفویه هم همواره در دوره های مختلف افشار و زندیه قزوین مهد و شاهد تحولات، رویدادها و ارتش ها و چهره های سیاسی بی شمار بوده است. این شهر توسط تمامی حاکمان ایران زمین از هخامنشیان تاکنون بدون حتی یک استثناء به عنوان آخرین جبهه دفاع از تمامیت ارضی ایران مدنظر بوده است همانگونه که بزرگ ترین پادگان نظامی داخل خاک کشور(نه مرزی) هم اکنون نیز در داخل قزوین قرار دارد. بطور نمونه هنگامی که سازمان مجاهدین خلق(منافقین) به خاک ایران تعرض کرد هدفی جز طی یک خط مستقیم تا قزوین و اشغال آن نداشت و در واقع می خواست بطور ناگهانی آخرین سنگر را نابود کند تا کل مقاومت ایرانیان را درهم بشکند و یا روس ها در هر دو مرتبه تجاوز معاصرشان به خاک ایران بلافاصله به قزوین سرازیر شدند. در دوران قاجار دوباره شهر قزوین و شهرها و حتی روستاهای بزرگ اطراف آن ارزش حکومتی یافتند و یک دلیل آن هم این بود که قاجار بر پایه کشاورزی و باغداری و نظام فئودالی صِرف که حتی ارتش منظم در آن معنایی نداشت اداره می شد و قزوین بهترین گزینه برای تحقق خواسته های نظام مهمان های ناخوانده قاجاریش بود. خان ها و در واقع شازده های قجری به سوی قزوین سرازیر گشتند و همین امر سبب شد تا دوباره نام قزوین بر سر زبان ها بیفتد و نقش بیشتری در معادلات و ملاقات های سیاسی کشور بازی کند. گرمابه ها و باغ ها و خانه های رویایی بسیاری در آن دوران در این شهر ساخته شدند که همگی محل ملاقات و گفتگوهای سری رجال نیز بوده اند! درست است که قزوین مانند دوران صفویه پایتخت و شهر اول کشور نبود ولی همه کسانی که می خواستند بر پایتخت تاثیر مهمی بگذارند و تحولی ایجاد کنند نه در پایتختی که دیگر از انبوه رجال و سیاسیون مالامال و دچار نوعی خفقان گشته بود جایی داشتند و نه در شهر دیگری می توانستند اینقدر به مرکز قدرت نزدیک باشند. از این میان می توان به سرازیر شدن سیل مشروطه خواهان اشاره نمود که پس از تجمع در قزوین و برگزاری جلسات ایجاد هماهنگی راهی تهران گردیدند، یا کودتای نظامی رضا پهلوی که بر مبنای همین دلایل یاد شده از قزوین صورت پذیرفت. شرایط مناسب اقلیمی مذکور شهر به نیروهای انگلیسی ساکن در اطراف آن در کمترین زمان اجازه داده بود تا به راحتی حتی باند فرودگاه بر پا کنند. علاوه بر همه مطالب یادشده، نژاد آریایی که در اصیل ترین شکل خود پیش از دوران هخامنشیان این منطقه را به عنوان بستر رشد خویش برگزیده بود در قزوین علوی با شیعه سرخ ناب وحدتی یافت که سبب شد تصرف این شهر به منزله شکست ایدئولوژیکی ایرانیان تصور شود. قزوین نخستین شهری در جهان است که شیعه شد و این اتفاق در دوران خلافت شخص پیشواعلی صورت گرفت. باید توجه داشت که حتی مدینه و کوفه هرگز شهرهایی شیعه نبوده اند و تنها از دولت امیرالعالمین علی به عنوان خلیفه یا یکی از صحابی بزرگ اطاعت اکراه آلود می کرده اند! پس از ملاقات شیعه سرخ و نژاد آریایی در قزوین همه چیز دگرگون شد و اندیشه عظیمی که باید آن را حق مطلق نامید وارد میدان گردید. بطور مثال احمد کسروی با قصد مبارزه با اندیشه شیعه بارها به قزوین(به عنوان مرکزیت شیعه)

آمد و همواره شیعیان این شهر را در نوشته هایش با سفاهت خاصی مسخره می کرد. او با آمدن به قزوین در واقع به قلب فلسفه و ناب ترین منطق شیعه می خواست حمله کند و هدف بزرگ تر او از این کار جدا کردن نژاد آریایی از شیعه، دقیقا از جایی که این دو به یکدیگر پیوند خورده بودند، بوده است. شکی در این نیست که احمد کسروی اجیر شده فراماسونری و بهایی بود و در فرقه باهماد آزادگان او بطور آشکار از الگوها و نمادهای یهودی و ماسونی استفاده می شد. باید قبول کرد؛ نژاد آریایی تنها نژادی است که به سبب شرف، برتر و بهشتی بودنش دست از فاطمه و علی نکشید و موفق به درک شیعه سرخ و اسلام به آن معنا که خدا می خواست گردید. حتما مطالب بسیاری راجع به سیدخراسانی شنیده اید، سیدخراسانی که خبر قیام او هم در یکی از متون اوستا(جاماسب نامه) مژده داده شده و هم پیشوا(حضرت علی) و پیامبر اسلام آمدنش را نوید داده اند به یقین کسی جز ابومسلم خراسانی نبوده است. جالب است بدانید که خود ابومسلم شخصا این نام را بر خود نهاده بود و خود را سید و صد البته سیدخراسان لقب داده بود و شجره نامه ای را در اثبات ادعای خویش همواره ارائه می داد. پس از شهادت ابومسلم مردم ایران دچار نوعی سرخوردگی گردیده و افسانه هایی که خود از رجعت دوباره ابومسلم به جهان در حوالی همان دوران و محدوده زمانی خاص بافته بودند را با پیشگویی های صادقه امامان و پیامبر در هم آمیختند و در نتیجه سیدخراسانی مذکور از این میان پدید آمد. وعده پرچم های سیاهی که بر علیه سفیانی(یعنی فرزند و فرزندان ابوسفیان = بنی امیه) برافراشته گشته و ظلم و ظالمین را ریشه کن می کنند در واقع در همان قیام ابومسلم و نابودی بنی امیه که شیعه و ایرانی را انسان نمی شمرد و موالی و نجس می خواند به انجام رسید. پس از شهادت ابومسلم مسئله بازگشت او با ایمان به ظهور حضرت مهدی هم عرض و متقارن گردید، پس پرچمداری امام مهدی که از پس از شهادت پیشوا وعده آمدنش داده شده بود در ذهن مردم کوچه و بازار بهترین پستی بود که ابومسلم رجعت کرده می توانست در سپاه وی برعهده داشته باشد و با قیام منجی نیز هم راستا و همکار باشد و از اهمیت حضورش نیز کاسته نشود. مقام والای ابومسلم خراسانی(با وجود سیل تحریفات تاریخ نگاران خائن عرب) بر کسی پوشیده نیست، امیرالعالمین در چندین حدیث به ظهور ابومسلم و خدایی و برحق بودن قیام وی اشاره فرموده اند ولی مطلب اینجاست که نباید اجازه دهیم تعصب ما به سیدخراسانی(ابومسلم) سبب خلط معانی و حذف مطالب گردد. در ضمن امامان شیعه در دوره های مختلفی وعده ظهور اشخاص و بر پا شدن قیام های برحقی را داده اند که اتفاقات مربوط به آن پیشگویی ها تاکنون رخ داده و مربوط به آخرالزمان نبوده است و نباید با احادیث صرفا متعلق به آخرالزمان در هم آمیخته یا یکی دانسته شوند، مثلا سید مصری(یا سوری) که او هم به اشتباه از قیام کنندگان آخرالزمان دانسته می شود یقینا کسی جز صلاح الدین ایوبی کردنژاد نبوده است. همینطور باید توجه داشت که لقب سید به معنای سردار و رئیس هم بوده و هست، بر بالای آرامگاه ابراهیم ابن مالک اشتر ایرانی هایی که وی را به خاک سپرده اند نوشته اند: سید ابراهیم ابن مالک اژدر(به معنی اژدها زیرا ایرانی ها به جای اشتر او را اژدر می خواندند که برگرفته از شجاعت و نیروی خارق العاده بدنی وی

در جنگ بود)، در حالی که ابراهیم یقینا سید به معنای امروزی آن نبوده است. پس امامان شیعه و پیامبر اسلام در احادیثشان به همه قیام های برحق بزرگ و قابل ذکر اشاره کرده اند و متاسفانه این ها همه از سوی آیندگان جوامع اسلامی و به دلیل تعصبات فقط و فقط مربوط به آخرالزمان دانسته شده اند(مانند ماجرای یهود و حضرت مسیح که یهودیان به دلیل تعصبات قومی خویش و هم اینکه امکان انکار مسیح که پیوسته در تورات مژده آمدنش به آنان داده شده بود وجود نداشت اخبار تورات و پیامبران پیشین را درباره ظهور وی فقط مربوط به دورترین آینده! و آخرالزمان تفسیر نمودند). از این روست که هیچ بعید نیست مثلا عمر مختار همان سید یمانی معروف باشد زیرا واژه یمن در آن دوران بیشتر به لیبی کنونی اطلاق می شده است. اما اگر با دقت تاریخی کافی احادیث را دسته بندی کرده و از این میان تنها آن هایی را که واقعا به آخرالزمان مربوط هستند جدا نماییم متوجه خواهیم شد که هر سه شخصیت بزرگ قیام شیعه در آخرالزمان بی شک قزوینی هستند. این اشخاص و یارانشان قیام شیعه را به پیروزی نسبی می رسانند و سپس خبر ظهور امام زمان به ایشان می رسد و قزوین زادگاه واپسین قیام شیعیان بلکه پایتخت آن ها(تختگاه ابرمیهن جم) و ایران نیز خواهد بود. این جنبش نه تنها ایران و خاورمیانه را فتح می کند بلکه به اسرائیل و غرب هم(پیش از ظهور) یورش می برد. در کتاب نوستراداموس نیز پیوسته از خطر ایران و ابرقدرت شدن کشور ما سخن در میان هست و البته برخاستن اژدهایی از ایران زمین(که اژدها نماد شهر قزوین است، جالب آنکه اگر به نقشه محدوده کنونی قزوین هم دقت نمایید شبیه چیزی جز سر یک اژدهای دهان گشوده نمی تواند باشد) و پادشاه ترس اول و دوم که دقیقا با پیشگویی های احادیث و روایات شیعه سازگار است. مثلا پیامبر می فرماید: خداوند او(سیدحسنی یا شعیب یا پدر سیدحسنی یا بهتر بگوییم کل جنبش) را به سه نیرو یاری می دهد؛ فرشتگان و مومنین و ترس(وحشت در دل دشمنان). بارها در احادیث به وضوح به نام قزوین اشاره شده و سیدحسنی که به سیددیلمی(دیلم، الموت خودمان است که به کل ناحیه فعلی قزوین هم گفته می شده که در آن مردمانی با نژاد آریایی صد در صد اصیل زیست می کرده اند و می کنند) نیز معروف است و شعیب ابن صالح طالقانی(منظور قزوینی است) بارها و بارها از اهالی شهر قزوین دانسته شده اند و صراحتا و مکررا اسم خاص "قزوین" بدون هیچگونه تفسیری آورده شده است. جالب اینجاست که نام دوم سیدحسنی در برخی احادیث، یعنی سیددیلمی، به معنای شیعه آریایی است و حتی خود این نام بسیار هوشمندانه و آگاهی بخش به اتحاد و میثاق نژاد آریایی و شیعه سرخ و یکی شدن این دو بطور مطلق، اشاره دارد. متاسفانه عده ای سیدحسنی قزوینی را همان سیدخراسانی دانسته اند! یا گروهی دیگر شعیب ابن صالح طالقانی را که بارها و به روشنی در احادیث آمده که از طالقان و قزوین به پا خواهد خاست، یک ایرانی که اهل هر کجای ایران ممکن است باشد دانسته اند! پس اگر اینطور باشد چرا اصلا حدیث و روایتی در باب مهد پرورش و قیام وی آورده شده و کافی بود که فقط گفته می شد شعیب از عجم است یا از اهالی دیار فارس یا دیار سلمان(منظور سلمان فارسی است که پیامبر و ائمه برای اشاره به ایران می فرمودند دیار سلمان زیرا ایران به معنای امروزی فقط از زمان صفویه و به برکت تبرهای قزلباشان

معنا یافت و ائمه با گفتن نام دیار سلمان به ما ایرانی های امروزی دقیقا می فهماندند که منظورشان فقط ما هستیم و نه سایر نواحی که رفته رفته از ایران جدا شدند ولی در آن دوران از سرزمین فارس دانسته می شده اند، مثلا افغانستان). خلاصه مطلب اینکه هرکس از راه رسیده احادیث قزوین که گنج ها و افتخارات و از جمله گرانبهاترین دارایی های مردم قزوین اند را سرقت نموده و به سود خود یا همفکرانش تفسیر و معنی کرده است در حالی که احادیث مربوط به شهر آخرین قیام تا اندازه ای روشن و انحصاری هستند که اصلا نمی توان تفاسیر تازه و معانی منطقی متعددی از آن ها ارائه داد. هیچ شهر دیگری در جهان چنین افتخاری نصیبش نشده و شاید خود این حقیقت که پیامبر و ائمه بیش از همه نگاه مهرشان به قزوین و مردمانش بوده سبب ظهور این بغض آشکار در قلم های بسیاری گردیده باشد. سکوت قزوین، آرامش پیش از طوفان است. آیا منظور از زندیک قزوینی واقعا رضا پهلوی بوده و آیا همین تفسیر نابجا نیست که سبب شده واژه زندیق که از ریشه زندیک و به معنی کسی است که ترجمه متفاوتی از کتاب خدا ارائه می دهد یا کسی که پیرو آراء اقتصادی مزدک است(زیرا مزدک هرگز ادعا نمی کرد که دین تازه ای آورده بلکه فقط یک نگرش اجتماعی تازه و دیدگاه و ترجمه متفاوتی را نسبت به عرف جامعه از اوستا و قوانین اقتصادی خرافی برداشت می نمود)، کافر معنی شود؟ آیا همواره و تا دوران عبدالعظیم حسنی گزارش هایی مبنی بر این وجود ندارد که سرخ جامگان مزدکی در قزوین حضور داشته اند و حتی واژه زندیک به مفهوم "سرخ جامه" و معرف قزوینی بودن نیست؟ آیا کسی در تاریخ بیشتر از مزدک مورد یورش سیل آسای تهمت ها و تحریفات بی پایه و اساس و حتی کودکانه و مضحک قرار گرفته است؟ آری، باید یاعلی گفت و کاری کرد. باید ترجمان تازه ای از احادیث با عمل ارائه داد. تصور کنید وقتی امامان آزاده ما یک دیلمی را رهبر آینده اسلام، فرمانده نظامی منجی معرفی می کرده اند(چون عرب دیلمیان را سخت ترین و بی رحم ترین دشمن خود در آن دوران می دانستند، مثلا وقتی شمر به امام حسین فرصت سخن گفتن و تامل نمی داد کسی به او گفت؛ به خدا که اگر اینان دیلمی هم بودند - با توجه به مظلومیت و شرایطی که در صحنه صحرای کربلا در جریان بوده است - باید به ایشان فرصت می دادی!) به اعراب چه حالی دست می داد! آیا بدون شیعه ایران می توانست یکپارچه شود و یکپارچه بماند و هویت و تعریفی منحصر به فرد در جهان بیابد و اینهمه نژاد را زیر پرچم داشته باشد؟ هنوز هم اگر ترک زبان های کشور ما قرار باشد میان ناسیونالیسم ترکی خود و عشق ابوالفضل(یعنی همان یکپارچگی ایران) یکی را انتخاب کنند به یقین شیعه فاطمه و علی را برخواهند گزید(ترک های ایران فقط از لحاظ زبانی ترک به شمار می روند و نه از نظر نژادی و قدیمی ترین محل سکونت پارسیان آریایی محض در منطقه آذربایجان ما و حوالی دریاچه ارومیه بوده است و از این رو ایشان حتی از اصیل ترین هایند). آیا بدون نژاد آریایی شیعه هرگز می توانست امکانی برای ایجاد تغییر و بروز در جهان و گرفتن انتقام الهی داشته باشد؟ آیا جز آریاییان کسی شیعه را یاری کرد؟ شیعه و نژاد آریایی اینگونه در هم تنیده شده اند، هیچ ایده آل و باور و آرزویی جز آنچه که شیعه ارائه می دهد در حد توان و شعور والای نژاد آریایی نیست. هیچ هدفی جز

آنچه که شیعه می گوید، یعنی فتح زمین و تمام کهکشان ها و حکومت انسان کامل بر کل جهان ها آنقدر بزرگ نیست که در شان آریاییان باشد و ایشان را به حرکت وادارد. قزوین در تمام مدت خلافت پیشوا(علی ابن ابیطالب) از زمره شهرهای فرمانبردار ایشان بود و نه فقط از شهر قزوین بلکه از کل منطقه و به خصوص دیلمان که پی در پی در جوش و خروش جنگ و یا شورش های دهقانی بود در طی آن سال ها(بجز در ابتدای انتقال حکومت به پیشوا) مشتی به مخالفت با ایشان گره نشد و در محدوده کنونی استان قزوین آرامشی بی سابقه مستولی گردید. در قرن چهارم هجری دیلمیان شیعه، دیلمانی که سیصد سال با اعراب جنگیده و به اجبار اسلام نیاورده بودند و با توجه به پیشینه ای که از علویان به ویژه در دوران خلافت امیرالعالمین به خاطر داشتند رفته رفته به کلی شیعه شده بودند، بر بخش بزرگی از ایران حکومت می کردند و قزوین نیز یکی از مناطق تحت سیطره ایشان بود. صاحب ابن عَبّاد، وزیر دانشمند فخرالدوله دیلمی به قزوین آمد و بناهایی ارزشمند به جا گذاشت که متاسفانه اکثر این آثار از میان رفته است. پس از آن، تعدادی از نوادگان جعفر طیّار عموی پیشوا به مدت شصت سال بر قزوین فرمان راندند و حکومت مستقل شیعی ایشان هم برگی بسیار مهم و افتخارآمیز از تاریخ قزوین است و جای سئوال دارد که چرا مورد پردازش قرار نمی گیرد. در قرن ششم و اوایل قرن هفتم خوارزمشاهیان توانستند بخش هایی از امپراطوری سلجوقی را تصرف کنند و از این امپراطوری فقط بخشی را بر جای بگذارند. باقیمانده سلجوقیان در آن ناحیه سرانجام و پس از اضمحلال عباسیان امپراطوری عثمانی را تأسیس کردند. در قرن هفتم، سلطان محمد خوارزمشاه خطر مغولان را درنیافت و ناگهان ایران و عباسیان را با هجوم خانمانسوز ایشان رو به رو کرد. سلطان محمد نتوانست در برابر مغولان تاب بیاورد و برای فرار از آن ها از شهری به شهری رفت و سرانجام به آخرین سنگر ایران پناه آورد. او مدتی در قزوین ماند و سپس از راه الموت به مازندران و از آنجا به جزیره آبسکون در دریای خزر رفت و همانجا مرد. توقف او در قزوین، لشگر مغول را به آنجا کشاند و به این ترتیب بیش از ۱۲ هزار تن از قزوینیان کشته شدند و عمده شهر ویران گردید. مشهور است که زنان قزوینی برای اینکه به اسارت مغولان درنیایند، خود را در چاه ها افکندند... ولی نکته ای که همواره فراموش می شود مقاومت مردم قزوین در برابر مغولان است، آیا نمی توانستند شاه را تحویل ایشان دهند و جانشان را برهانند؟ آیا نمی توانستند به ایران و دیگر آریاییان خیانت کنند یا حداقل از شاه خوارزمشاهی که نماد مقاومت و امید بود بخواهند از شهرشان برود و حمایتش نکنند و در اصل بیرونش کنند؟ آیا نمی توانستند تسلیم شوند؟ آیا اخبار جنایات مغول را نشنیده بودند و آگاهی نداشتند که با چه شیاطینی رو به رو شده اند و محاصره کنندگان شهرشان کیانند؟ البته که همه این ها را می دانستند و آگاهانه به جنگ تن در دادند و شهادت و شرف را برگزیدند. در زمان الجایتو که پس از مسلمان شدن خود را سلطان محمد خدابنده نامید قزوین به سبب همسایگی با پایتخت یعنی سلطانیه رونق دوباره ای گرفت و دوباره زنده شد. بالاخره ایلخانان به دست تیموریان و تیموریان به دست صفویان(و تبرهای قزلباشان) نابود شدند و قزوین در دوره دو شاه تهماسب، یعنی شاهان دوم و آخر سلسله صفوی پایتخت

ایران و مکتب علوی و آخرین سنگر نژاد آریایی(در برابر به بردگی ترکان عثمانی درآمدن و نابودی کامل همه داشته های ایران و هزاران سال افتخارات نژاد آریایی و از دست رفتن استقلال میهن) و پایداری مذهب شیعه گردید. حکومت شیعه که با تبرزین پولادین قزلباشان و هنر هنرمندان آن دوران بر ایران مستولی شده بود نه از اصفهان یا تبریز بلکه از قزوین مدیریت شد و جان گرفت. شاه اسماعیل پس از شکست چالدران خانه نشین شد و شیعه از اصفهان نتوانست پایه هایش را استوار کند. دلیل دیگر این انتقال پایتخت از اصفهان به قزوین این بود که علاوه بر نزدیک تر بودن اصفهان به عثمانی شاهان صفوی پیوسته از خیانت شماری از مردم و قبایل ساکن اصفهان و یا تمایلات سنی ایشان بیم داشتند ولی در مورد قزوین چنین ترسی وجود نداشت و به همین خاطر پس از دو شکست مهیب صفویه یعنی چالدران و یورش افغان ها، قزوین به پایتختی برگزیده شد. تاریخ سراپا دروغ کنونی به ما می گوید که قزلباشان ترک نژاد و بیگانه و تنها از چند ایل و قبیله خاص بوده اند در حالی که عمده قزلباشان صفویه به ویژه در این دو دوره به یقین قزوینی بوده اند. هیچ شکی نبود که مردم قزوین در راه حفظ شیعه مرگ را بر تسلیم برخواهند گزید و چنین هم شد ولی در مورد مردم اصفهان این شک تا پایان عمر صفویان وجود داشت تا جایی که نوعی دادگاه تفتیش عقاید یا به قول امروزی تر سازمان ضدجاسوسی در آن سامان تاسیس گردید و بسیار هم فعال بود. هرگز در قزوین و در این دو دوره حساس که صفویان با تلنگری فرو می پاشیدند خیانتی به ایشان نشد در صورتی که در اصفهان و حتی در دوران اعتلای صفویه جاسوسان عثمانی و خائنین بیگانه پرست و نوکران ریاکار غرب نوظهور به خود دربار و محافل و حلقه نزدیکان شاه هم راه یافته بودند. قزوین آخرین سنگر دفاعی و واپسین پایگاه مقاومت و امید حیات شیعیان در آن دوران بود. پس از آن دوره نیز پیوسته شیعه برترین مدارس علمی و فلسفی خود را در قزوین به خود می دید و بیشترین پویایی را در این شهر داشت و والاترین مبارزین و آزادگان و دانشمندانش را در دامان وی می پرورانید. به حق، قزوین پایتخت شیعه بوده و هست و تبلیغ همه جانبه این واقعیت خدمتی است به نژاد آریایی.
بسیاری از واقعیت های تاریخی مبرهن در پس پرده کوتاهی کردن ها و کوتاه نظری ها پنهان مانده اند. قزوین، همواره کانون قیام بوده است اما در کدام کتاب درسی تاریخ این محتوا را می توانید بیابید و یا اشاره ای به آن را. در زمان حمله مغول به گواه تاریخ شهر قزوین بیش از یک میلیون!!! جمعیت داشته است، آن هم در آن روزگار که کمتر شهری ده هزار نفر را در خود می توانست بگنجاند. رفاه و امنیت قزوین نتیجه سخت کوشی و همدلی مردمان یکدست شیعه آن بود زیرا ایران در آن دوران فاقد حکومت مرکزی مقتدری بوده و از این رو هر یک از شهرهای کشورمان در برابر مغولان به تنهایی مقاومت نموده اند و غالبا از دریافت هرگونه کمکی از یکدیگر محروم بوده اند، هرچند که در سایر دوره های تاریخ ایران نیز شهر قزوین در برابر بیگانگان تنها مانده و همواره به ملیت و شرافت آریایی خدمت نموده و خدمتی دریافت نکرده است(لازم به ذکر است که قزوین تنها شهری بود که به نیشابور نیرو و غذا می فرستاد و هم پیمان آن سامان بود)! در این نبرد حساس که با یورش ناگهانی و ناجوانمردانه سپاه مردم خوار مغول آغاز گردید، با وجود پیوستن مانوی

ها و یهودی ها و چندی بددینان دیگر به سپاه چنگیز که متاسفانه یادی از این خیانت در هیچ کجا دیده نمی شود، مردم شیعه قزوین مقاومت جانانه ای نمودند و حتی چند تن از نزدیکان چنگیز را به درک واصل کردند ولی در آخر مغلوب شده و مانند چند شهر دیگر ایران زمین که مقاومت نموده بودند از جمله نیشابور قتل عام گردیدند. قیام های مکرر قزوینی های دلاور در برابر مغولان، پس از آن کشتار نیز خود شاهنامه ای برای وصف می طلبد.

پیرنیا از مردمانی به نام "مرد" در ناحیه قزوین یاد می کند که از فرستادن نماینده به نزد اسکندر و اظهار اطاعت خودداری کردند، باید دانست که خود واژه مرد(و مردانگی کردن) از نام نژاد و صفت مردمان آریایی قزوین ماخوذ گردیده است. مرد نژادهای قزوینی چنانکه در زمان ساسانیان تفکرات و مرام سرخ مزدکی خود را بطور زیرزمینی بسط می دادند پس از نسل کشی مخوف مذکور مرام پهلوانی زورخانه ای و گودهای زیرزمینی مخفی را طراحی و سازماندهی نمودند و با شیوه عیاران مغول کشی می کردند. در زمان حمله افغان ها نه تنها قزوین مقاومت بی نظیری در برابر ایشان نمود بلکه پس از آن به کانون مبارزه بر علیه این اشغالگران تبدیل گردید و تهماسب دوم، پسر سلطان حسین را در خود پناه داد. قزوین پایتخت ایران و مرکز مقاومت و ایثار برای رهایی میهن و دین و همه زیبایی ها و داشته های ایرانی نصبان از چنگال بیگانگان بود. نادرشاه نیز در آن دوران در قزوین لقب تهماسب قلی داشت و تمام تلاشش این بود که با جنگ های متواتر در نواحی شمال و شرق از رسیدن دشمنان به قزوین، یعنی مرکز قیام، جلوگیری کند. او در قزوین محبوبیت زیادی داشت و هرچند که به پایتختی قزوین همو پایان داد، در ادبیات و احساسات تاریخی مردمان شهر کینه ای نسبت به وی مشاهده نمی شود و این خود شعور سیاسی و والامنشی مردم قزوین را(به ویژه در آن دوره افول آگاهی) گواهی می دهد. در هزارتوی برهه برهه تاریخ نخستین شهر و مکان سکونت انسان هوشمند ابوالبشر همواره صدایی بلند در برابر ظالمان چپاول پیشه به گوش می رسد: وقت قیام است! کاش کسی کتابی بنویسد و حداقل همه قیام هایی که از قزوین جوشیده و خروشیده اند را نام ببرد، از ایستادگی در برابر اسکندر ملعون گرفته تا سر بریدن شبانه روس ها... غیرت و آبرودوستی ذاتی نژاد آریایی ستودنی است.

از بزرگ ترین مدارس فلسفی شیعه و جهان اسلام در قرن سیزده هجری قمری(که دوران طلایی این مدارس بود) مدرسه فلسفی قزوین است. شیخ محمد صالح برغانی این مدرسه که بعدها به صالحیه مشهور گردید را با محوریت فلسفه اشراق و متعالیه و علوم عقلی دیگر بنا نهاد. به نظر شما چرا و به چه دلیل ادعا می شود که این مدرسه در تاریخ جهان و دیگر کشورها نیز تاثیرگذار بوده است؟ محقق معروف شیعه سید حسن امین عاملی، هنگام دیدار از قزوین از این مدرسه و حجره سید جمال دیدن کرده و در اینباره می نویسد: "سید جمال الدین در دو مرحله، بیش از هشت سال در حوزه فلسفی قزوین کسب فیض نمود؛ نخست بیش از سه سال در آنجا به تحصیل پرداخت و سپس به عتبات مقدسه عراق هجرت کرد و دگربار به قزوین بازگشت. در مرتبه دوم، بیش از پنج سال در مدرسه صالحیه به تحصیل علوم اسلامی پرداخت. سید جمال الدین بر اثر هوش سرشار و استعداد فطری و نبوغ مبکر و ذکاء مفرط و فراست غریب و نظرات عمیق خدادادی که در او وجود داشت، توانست در

اندک زمانی مقدمات و سطوح خویش را نزد پدرش و سایر افاضل علمای مدرسه صالحیه به پایان برساند... فقه و اصول و عرفان را از حوزه درس شیخ میرزا عبدالوهاب برغانی قزوینی فرا گرفت و در اکثر علوم و فنون اسلامی به اوج عالی و درجه اجتهاد نائل گردید. سید از مدرسه فلسفی قزوین بهره بسیاری برد. فلسفه مشائی و حکمت اشراق را توام به خود اختصاص داد. از این روی، از سید ابوالحسن جلوه و حکیم قمشه فراتر بود. بدین جهت بود که زلزال عظیم در مصر به راه انداخت و آثار وی هنوز در مصر و سایر بلاد اسلامی تا عصر حاضر مشاهده می گردد(این متن از قول خود محقق عینا و فقط با کمی ویرایش نوشتاری و دستوری نقل قول گردید)." این مدرسه که در جانب غربی بازار و در محله دیمج غرب خیابان مولوی واقع شده بر کل جهان تاثیراتی نهاد که عمدتا تحریف شده اند. اینکه مسئولیت این تحریف متوجه کیست، جواب درستی جز "آن قوم" ندارد ولی چرا اصلا چنین تحریفی برای ماسون ها جذاب و حتی ضروری بوده است؟ یاران دقت داشته باشید که مسئله ما عملکرد اسدآبادی نیست و نامه درخواست عضویت در به گفته همان متن "مجمع مقدس ماسون!!!" قطعا سندیت دارد(اما یکی از ابداعات جالب او در مورد استفاده از واژه استعمار بود که به معنی در ظاهر آباد کردن و در باطن خراب و محتاج کردن است)، بلکه اشاره به اهمیت و مرکزیت خاص مدرسه صالحیه قزوین به عنوان پرچمدار مدارس فلسفی شیعه و جهان و بازآفریننده جهان بینی آریایی از دید و زبان های گوناگون هدف من است: یک- تربیت بسیاری از فلاسفه جوان که هر یک به تنهایی انحرافات خطرناک بی شماری را از دامان اسلام و زندگی مردم زدودند و بانی تحولات مثبت بسیار شدند چون میرفندرسکی. ایشان فلسفه کهن آریایی را دوباره به گود خرد بازگرداندند و به وسیله آن شیعه را از خطر دور شدن از کمال حق حفظ نمودند(افلاطون هنگامی که مدرسه فلسفی خود را بنا نهاد در آن را به سوی ایران قرار داد و همیشه به دانشجویان خود می گفت که مهد فلسفه آنجاست). دو- به کار گرفتن اساتیدی چون شهیدثالث(که خود از مفاخر قزوین است) که سبب مرکزیت یافتن و نظاممند شدن مبانی فلسفه شیعه و بریده شدن دست مدعیان استادی و دراویش از آن گردید. استادان بزرگ از سراسر جهان اسلام برای تدریس و مباحثه و محک! به قزوین می آمدند و این باعث اصلاحات بسیاری در عقایدشان و نوعی آموزش معلمان که از مباحث مهم علوم تربیتی در جهان امروز است گردید. سه- از همه مهم تر در قرن سیزدهم اسلام حساس ترین دوران خود را پشت سر می گذارد. فرقه ها و ادیان ساختگی بی شماری در بدنه آن پدید آمده بودند و جامعه مسلمین دچار خشونت و قوم گرایی و تعصبات قبیله ای عجیب و غریب و عرفان های درویشی و صوفیانه تناسخ محور گردیده بود. مدرسه فلسفی قزوین در برابر این هجوم یکپارچه یک تنه ایستاد و حتی پس از مشاهده خیانت بسیاری از شاگردانش به خود در پایان از این آزمون دشوار سربلند بیرون آمد. چهار- این استواری و پایمردی سبب گردید مدارس فلسفی بی شمار دیگری در سراسر سرزمین های اسلامی که تا دیروز جایی برای فلسفه در آن ها گمان نمی رفت احداث گردند و جنبشی فلسفی و یکدست میان مسلمانان به پا شد و برای نخستین بار پیروان محمد سعی کردند کمال اسلام را بفهمند. پنج- این خیزش موفق که در تمامی جهان اسلام به وضوح

مشاهده می شد و هنوز هم می شود به اروپا سرایت نمود و بسیاری از مبانی مورد بحث و پایه ای در آن، نه فقط در آن دوران بلکه تا امروز نیز از اصول اولیه و بنیادی فلسفه غرب گردیده اند. رنسانس واقعی چندین سال پیش از زمانی که امروز ادعا می شود در فرانسه در اثر مطالعه کتب همین تعالیم رخ داد. باری، اینگونه مدرسه فلسفی قزوین در راس دیگر مدارس فلسفی ایران آن دوران حساس توانست تا دورترین نقاط اروپا را تحت تاثیر خرد قرار دهد و متحول سازد. برای خود من درس بزرگی است! ببینید یک جنبش به ظاهر کم اهمیت که از خانواده صالحی آغاز شد چگونه تمام جهان را در نوردید و از بسیاری چهره های جهل رهایی بخشید، دین را حفاظت نمود و همانگونه که بایسته و شایسته ایران و قرآن بود به ما سپرد. نژاد آریایی که سال ها در انزوای فلسفی و خشم به سر می برد با فریاد یافاطمه و یاعلی از چاه ظلمانی سکوت بیرون جست و دوباره آقای فلسفه و هنر و فرهنگ جهان شد. از سوی دیگر این مدارس فلسفی تاریخ شکوهمند آرییایان را مکتوب و مدون نمودند و طی اقدامی بی نظیر به جمع آوری آثار به ویژه مکتوب باقیمانده از دوران های پیش از اسلام پرداختند. درست است که مدرسه فلسفی قزوین با همین واژه فلسفی همواره شناخته می شود ولی دانشمندان ایرانی و اساتید آن هرچه که می توانستند به تاریخ ایران زمین نیز خدمت کردند و برای نخستین بار پس از سال ها هویت آریایی را دوباره مستقل از اعراب و ترکان(حتی خود صفویان) مطرح نمودند. شیعه سرخ در این بین نقشی کلیدی ایفا نمود و با مبانی استقلال طلبانه و انقلابیش همواره ایرانیان را به قیام علیه اعراب متجاوزی که حتی نماز و قرآن خواندن بلد نبودند ترغیب و تشویق می نمود. باید قبول کرد که باور امکان دستیابی به استقلال همه جانبه مخصوصا فکری کامل از اعراب را برای اولین بار شیعه به نژاد آریایی مسخ و سست شده منتقل نمود و قرآن را میراث کسانی دانست که به آن عمل کنند. از سوی دیگر از آنجا که امامان شیعه و کل خاندان بنی هاشم(و همه قریش) عرب نبودند و بعلاوه حتی در نوع حرف زدن، لباس پوشیدن، غذا خوردن، جنگیدن(بنی هاشم در جنگ از آیین پهلوانی ایرانیان پیروی می کردند) و تمام رفتارها با ایرانیان مشابهت داشتند و نیز تعصب عربی(عصبیت - آیین ابداعی ضحاک دشمن دیرین ایرانیان که در میان عمده عرب ها محبوبیت داشت و دارد) را دشمنی با خدا می دانستند رفته رفته ایرانی دانسته شدند و حتی اعراب آن ها را خارجی(از صفاتی بود که برای تمسخر آرییایان استفاده می کردند) خطاب می نمودند. بطور مثال امام حسین را همه اهالی کوفه که در برابرش لشگر آراسته بودند می شناختند ولی او را خارجی خطاب می کردند چون ایرانی دوستی وی را برنمی تافتند. همینطور در جنبش مختار و در ماه های آخر بزرگان جهان عرب شرطی برای او آوردند که اگر ایرانیان را رها کند وی را پادشاه تمام عرب نمایند که البته مختار هم به عنوان یک شیعه علی برتر از تعصبات چنین خیانتی نکرد و به دلیل همین کار و در اثر کناره گیری اعراب از حمایتش به شهادت رسید. از همه مهم تر پس از ازدواج ملکوتی امام حسین با شهربانو دختر پادشاه ایران و اصیل ترین آریایی، نژاد ائمه حق "آریایی اسماعیلی" گردید.

همواره به ما قبولانده اند که نادر هر وقت خزانه اش خالی می شد و می خواست تفریحی کرده باشد به هند حمله می نمود! تاریخ ما به شدت تحریف شده و یکی از حقایق پنهان آن همین موضوع است(ما باید تاریخمان را از دل همین سفسطه های یهود بیرون بیاوریم چون مجبوریم و منبع دیگری جز همین ها در دسترس نیست مگر کشفیات تازه ای که صورت می گیرد و استخراج اسناد). یک اینکه برعکس آنچه که در کتاب های تاریخ("یهودنگاشت" یا از اندیشه های تحمیلی یهودیان تاثیر گرفته) در بوق و کرنا کرده اند گورکانیان اصلا هندی و حاکم رسمی هند نبوده بلکه خود غاصبان آن سرزمین بوده اند. آن ها مغولانی از نوادگان چنگیز دیو بودند که در صحراهای افغانستان سکونت داشتند. پس از چندی به طمع دارایی ها و گنج های بی شمار هندوستان به آن یورش بردند و وحشیانه ترین جنایات را در آن سرزمین صورت دادند، عادتشان این بود که از سر غیرنظامیان پس از فتح قلعه ها و شکستن حصارها مناره می ساختند و با افتخار این قبیل اعمال را هویت خویش می دانستند. دو اینکه پیشرفته ترین تکنولوژی ساخت سلاح در آن زمان در خدمت این سلسله بوده و ارتش های بی شمار خونخوار و منظم و بسیار مجهز داشته اند که وقتی سیاهه آن نفرات و تجهیزات را از نظر می گذرانیم فتح نادرشاه در برابر آن ها غیرممکن به ذهن می آید. آن ها بزرگ ترین توپ های چرخدار جهان در طی تاریخ(تا به اکنون) را در اختیار داشته اند! فیل های بی شمار زره پوش تعلیم دیده با عاج هایی برنده از جنس فولاد و تفنگ و کمان هایی مخصوص به خود داشته اند که تا به امروز هم ساخته می شوند! و صنایعشان اینقدر کاربردی است که هنوز از بین نرفته است. اسب هایی شهره در میادین جنگ داشته اند و نخستین بمب های تاریخ شناخته شده را آن ها ابداع و استفاده می نمودند. دانش آنان تا به آنجا پیشرفت نمود که در زمان تیپوسلطان(هرچند که تیپوسلطان گورکانی و مغول نبود ولی از دانش جنگ افزارهای بی مانند آن سلسله استفاده می نمود) ارتش وی در جنگ هایی که بر علیه نیروهای مهاجم استعمارگر انگلیسی صورت می داد مجهز به موشک هایی که از ناحیه پشت شمشیر داشتند و بعد از پرتاب در هوا مانند پنکه می چرخیدند بود. این سلاح تبدیل به کابوس نیروهای متجاوز انگلیسی شده بود. جالب است که در تاریخ زیرکی و دانش تیپو کاملا سانسور شده است چون با کمپانی تجاری لندنی می جنگید که تا هزار سال دست و سر ماسونری جهان به شمار می رفت. هند نخستین مرکز تولید و فروش تکنولوژی های نظامی جهان بود ولی خود گورکانیان بیشتر دلباخته فیل های زره پوش مرگبارشان بودند. این فیل ها برایشان در جنگ ارزش پانصد سوار را داشتند و طوری تعلیم دیده بودند که سربازان دشمن را با قرار دادن پایشان روی پای آن ها و کشیدن تنه با خرطوم، به دونیم نمایند! شک درباره آنچه که در تاریخ راجع به نادرشاه نگاشته اند از زمانی در من به وجود آمد که دانستم خود غربی ها(در میزگردهای دانشگاهی و حرفه ای تاریخشان و نه در ظاهر و در کتاب ها و فیلم های عوام فریبانه هالیوودی و تاریخ تحمیلی یهود) نادر را در کنار

سزار محبوبشان و علی بناپارت(ناپلئون بزرگ) یکی از سه سردار بزرگ کل تاریخ می دانند، پس یا اطلاعاتی که به ما می دهند عمدا دستکاری شده و یا منابع دیگری که برای ما ناشناخته مانده اند در اختیار دارند و یا هر دو. و اما توضیحی درباره گورکانیان: گورکانیان از بابر شروع و با اکبرشاه و شاه جهان به اوج رسید و تا دوران ارنگزیب(اورنگ زیب = زیبنده تخت پادشاهی، از آنجا که او با برادر بزرگ ترش بر سر تخت سلطنت پدرشان که بیمار بود یعنی شاه جهان در جنگ بود این نام را برای خود برگزید) شکوه سلاح محور خود را حفظ نمود. در گورکانیان چندین سنت وجود داشت؛ یکی کشتن اعضای خانواده خود یعنی همه کسانی که امکان داشت ادعایی حتی در آینده بر سر قدرت داشته باشند از کوچک تا بزرگ برای رسیدن به سلطه کامل و تخت پادشاهی. دو؛ یورش به همه مناطقی که الماس و طلا و کلا جواهرات یا زنان زیبایی داشتند به هر قیمت و بدون توقف و تسخیر همه آنچه که در آن دیار می یافتند. کلا هدف مغولان از آمدن به هند از همان ابتدا نیز فقط به چنگ آوردن جواهرات بود و بس، که البته به دستاوردهای بیشتری هم رسیدند. الماس های کوه و دریای نور که در دوران دو پادشاه نخست گورکانی به چنگ آورده بودند و همینطور تخت طاووس که شاه جهان با چپاول و استعمار مناطق بی شمار برای خویش ساخته بود هیچکدام در آن زمان و تاکید می کنم در آن دوران جزء دارایی های ملی و میراث مردم هند محسوب نمی شدند و فقط دارایی و اسباب بازی های شخصی سلاطین گورکانی بودند. نادر مردی سربازخصلت و بی توجه به کسب ثروت و مال اندوزی بود ولی ارزش واقعی این جواهرات را در کسب اعتبار و بالاتر بردن ارز خزانه ای کشور در همان گاه می دانست. از طرفی هند اصلا حکومتی مستقل و مردمی نداشت و تا پیش از قیام ملی بوسه وطنی هزار ملت بود و نه کشور واحد که ملیت و میراث مشترک هندی برایش معنایی داشته باشد. همه اقوام در هند فقط به دنبال سلطه بر دیگر نژادها و چپاول آن ها بودند در صورتی که در ایران در تمامی دوره ها همواره تلاش برای تشکیل حکومتی ملی و ائتلافی در کارنامه حاکمان قومی حتی به چشم می خورد. سه؛ خشونت بی نظیرشان در کشتار اسراء و قلع و قمع همه کسانی که تصور می کردند روزی ممکن است در برابرشان بایستند و ایجاد ترس و وحشت عمومی برای کنترل مردم که البته از شیوه های خاص مغولان چنگیزپرست بود. چهار؛ دست اندازی به هر ناحیه ای که می توانستند به ویژه مناطق و شهرهای مرزی ایران و ربودن همه ساکنین آن ها! و استفاده از آنان به عنوان برده و کنیز. نادرشاه پس از دست اندازی ها و گستاخی های گورکانی به خاک ایران، مهد مقدس آریا، در دو دوره گوناگون به هند لشگر کشید و در جنگ هایی نابرابر(چرا که ارتش ایران چه از لحاظ نفرات و چه تجهیزات در هر دو جنگ با ارتش عظیم و مجهز گورکانی قابل مقایسه نبود و جنگ هم در سرزمین آنان که برای ایرانیان بیگانه بود صورت می گرفت) پیروز گردید و استراتژی های پیچیده و پیشرفته وی در میدان نبرد گورکانیان سلاح محور را مات نمود. البته یقینا مردم هند هم که گورکانیان را غاصب و خارجی می دانسته اند هیچ فداکاری و کمکی به ایشان ننموده اند و حمایت مردمی از مغولان و مقاومت های خودجوش منطقه ای برعلیه سپاه ایران صورت نگرفته است. هوشمندی و شجاعت نادرشاه در برابر چنان ارتش

خونخوار و تا دندان مسلحی در واقع سبب شد که انتقام ایران و ایرانی از مغولان چنگیزی ستانده شود و توانایی های رزمی ایرانیان در نبرد به رخ جهانیان کشیده شد و هنوز هم آن دو پیروزی شگفت باعث تعجب تاریخدانان غربی است. در حالی که ما در ایران نادر را فرماندهی خونریز تصور می کنیم که با حملاتی استعماری و فتحی بسیار آسان ثروت های سلسله ای مظلوم و بی دست و پا به نام گورکانی را به ایران آورد. چرا ما اینگونه هستیم؟ چرا از یاد برده ایم که افغان های متجاوز را چه کسی تار و مار کرد و از سرزمین ما تارانید و یوغ بردگی آن اقوام وحشی(افغان و مغول) را از گردن ما گشود؟ باید تاریخ را از نو بنویسیم و همه تحریفات نظام صهیونی فراماسون غرب را دور بریزیم و بیدار شویم.

کتاب های تاریخ باید از نو نوشته شوند. چرا با وجود حمله ایران به هند که مورد ادعای کتاب های تاریخی کنونی است هندیان اینچنین احساس نزدیکی و دوستی با ما و فرهنگ ما دارند؟ چرا افتخار کاخ ریاست جمهوری هند اشعار فارسی آن است(که همیشه سعی می کنند در دیدارها بالای سر رئیس جمهورشان دیده شود) که مربوط به دوره افشار می گردد؟ آیا حتی مردم هند نادرشاه و ایرانیان را منجی خود نمی دانسته اند که گورکانیان را از تجاوز بازداشت و قدرت لجام گسیخته آنان را محدود و تعریف شده و تقسیم نمود؟ آیا اگر رهبر برحق آریایی، محمدگورکانی را در همان یورش اول می کشت هند دچار هرج و مرج نمی شد؟ اگر نادرشاه قدرت و ثروت هند را می طلبید و هدفش استعمار هندیان بود چرا در هند نماند یا فرماندهی از یاران خود را حاکم آنجا ننمود و فقط به اندازه هزینه های جنگ و خسارتی که ایران از گورکانیان دیده بود از دارایی شخصی سلاطینشان با خود همراه آورد؟ اگر نادرشاه خونخوار و خونریز بود چرا قتل عامی به شیوه خود گورکانیان انجام نداد و حتی تا فرماندهان و سربازان دشمن(چه رسد به مردم عادی و غیرنظامی) را بخشید و عفو عمومی اعلام نمود؟ چگونه امکان دارد اینهمه تحریف اتفاقی رخ داده باشد؟ چطور می شود که برنامه ای جهانی پشت این سیل تبلیغاتی هماهنگ که از هزار سو به ایران و ایرانی یورش می آورد نباشد؟ ایران در دوران حاکمیت آق قویونلوها و قره قویونلوها از حالت یک کشور واحد خارج شده بود و هیچ سرحد و مرز معناداری نداشت. این قبایل هم خود عشایری بودند که برایشان سرزمین مشخصی معنی نداشت و کلا در حال مهاجرت، ییلاق قشلاق، شناسایی و تصرف سرزمین های تازه و از دست دادن سرزمین های قبلی خود بودند. ایران در این دوره به دست خان های متعدد و به تمام معنا با شیوه ملوک الطوایفی اداره می شد و از آن هم بی نظم تر بود! قبایل یا غارتگر بودند و یا مدافع و باجگذار، یا عشایری همیشه در حال فرار و تغییر مکان بودند و یا قبایلی که همواره در اندیشه چپاول کاشته ها و داشته های رعایای کشاورز و معدود روستاهای قابل اعتنا.

دهقانان در این دوران همواره آرزوی حکومتی واحد و مستقل را در سر می پروراندند که بتواند امنیت را برقرار سازد. از این رو وقتی صفویان شیعه توانستند چنین اقدام بزرگی را صورت دهند اکثریت سنی مذهب ایران تغییر کیش داده و شیعه شدند(البته قلم هنرمندان و تبرزین قزلباشان هم در این مهم نقشی کمتر از این عامل برعهده نداشتند). اساسا شیعه عامل ایران شدن ایران بود زیرا از همان دوره مه آبادیان و پیشدادیان و کیانیان، هخامنشیان

و اشکانیان و ساسانیان تا به دوران صفویه اصلا کشوری مستقل به نام ایران که دارای حدود جغرافیایی و قومی تعریف شده ای باشد وجود نداشت. چرا باید یک سرزمین کشور باقی بماند؟ چرا باید یکپارچه باشد؟ در ایران این دلیل از همان ابتدای تشکیلش شیعه بود و تا همین امروز هم همواره عامل یکپارچگی ایران و نژاد آریایی(اکثریت ساکن) آن بوده است. وقتی صدام حسین اعراب جنوب کشور را قبل از حمله به ایران تحریک به جدایی و تشکیل گروهک های تروریستی و شبه نظامی نمود و ماجرای ناصری های ایران را به پا کرد تنها عمری ها به این قائله پیوستند و شیعیان جنوب به رهبری جهان آرا ارتشی متحد و کاملا مردمی تشکیل داده و دست صدامیان را از ایران بصورت معجزه آسایی کوتاه کردند. قزلباشان در دوران به قدرت رسیدن صفویه و پاکسازی ایران از هزاران قبیله غارتگر و حرامیان بی شمار که سر در برابر هیچ قانون و دولتی فرود نمی آوردند، از خود جدیتی نشان دادند که از سوی دشمنانشان به سگ های علی معروف شدند. این شهرت علاوه بر آنکه به دلیل صفتی بود که شاهان صفوی به خود نسبت می دادند(یعنی مثلا در انتهای نامه ها امضاء می کردند: کلب علی ابن ابیطالب شاه عباس صفوی) از آن رو بود که ایشان هیچ دشمنی را به حال خود رها نکرده و به هنگام فرار دشمن که غالبا قبایل مهاجر عشایرگونه بودند تا دورترین نقاط و حتی خارج از مرزها رفته و تا نابودی کامل رهایش نمی کردند. شده بودند حق مطلق، شجاعت محض، و در چالدران هم با اینکه در برابر توپ و تفنگ قرار گرفتند این واقعیت را با خون سرخ و اهدای جان های خویش به پیشگاه پیشواعلی اثبات کردند. جدیت و خشونت ایشان در برخورد با غارتگران و هزاران فرقه منحرف از اسلام و نیز جدایی طلبان از ایران از جمله دراویش معتقد به تناسخ و موهوماتی از این قبیل که ایران زمین را بین شیوخ ابدی خودشان!!! تقسیم نموده بودند و پیروان زیادی هم داشتند سبب شده بود به قزلباشان القابی چون آدمخواری یا پرستش شاه صفوی یا علی ابن ابیطالب به جای خدا را نسبت دهند. افسانه های بی شماری درباره ایشان ساختند که یهود هم مانند همیشه یا طراح آن ها بود یا اینکه پرورششان می داد(عمده این یهودیان در اصفهان ساکن بودند). اینگونه تبلیغات و داستان سرایی ها در آن دوران بسیار تاثیرگذار بود زیرا مردم در فقر کامل اطلاعاتی به سر می بردند و هیچ رسانه ای هم، با تعابیر امروزی، وجود نداشت. متاسفانه صفویه قیام سرخ قزلباشان را پس از چندی در اختیار همان شیوخ رنگ عوض کرده مکاتب ضاله نهاد و نه تنها حاصل جان فشانی های ایشان بلکه مفهوم حقیقی شیعه را نیز از آن پس دچار دگرگونی هایی فاجعه آمیز و بدعت های سیاه قاعدانه و واهی نمود. یکی دیگر از شیطنت هایی که صهیون در مورد این برگ از تاریخ ما اعمال کرده، ایجاد این توهم است که قزلباشان فقط تعداد خاصی قبیله و خاندان بودند که هیچ عقل سالمی نمی تواند چنین حرفی را با توجه به وسعت ایران و تعدد جنگ های آن دوران باور کند و همینطور ترکیه ای دانستن ایشان را ریشخند نکند! از شما می پرسم، دیلمیان آریایی اصیل و دیگر آریاییانی که با امثال بابک خرمدین به منطقه آذربایجان مهاجرت کردند و یا خود آریایی های آن سرای زرتشت و مهد قوم پارس کجا رفته و چه شده بودند؟ قزلباش یک نیروی ملی بود(که از هر نظر، چه نظامی و فکری و فرهنگی و هنری و نمادی از دیلمیان

و مزدکیان و پارسیان ساکن اصلی آذربایجان سر و نام داشت) و از سراسر ایران به آن می پیوستند و به عنوان نام(برای برخی اقوام) نیز استفاده می شد. استفاده از این نام در دوره مذکور نوعی افتخار فامیلی و قومی و سند رسمی حضور در جنگ با کفار و خارج شدگان از دین به حساب می آمد. هرگز نباید از یاد ببریم؛ اینکه شیعه و آریایی ما را سطحی جلوه دهند و مسائل دین را شخصی و ابتدایی، سلیقه ای و نژادی و منطقه ای، هدف اصلی است.

نمونه دیگری که می باید در این بخش به عنوان مثال و مشتی از خلوار گنجانده شود سه یورش کاملا حذف شده از تاریخ وایکینگ های تحت هدایت تلمودیان به مازندران که البته در محدوده مرزهای تپورستان(طبرستان) محدود نگردید و متجاوزین پا فراتر از این دایره نهادند و در آن گاه تهدیدی جدی برای میهن محسوب می شدند است که عبارت بوده اند از:

۱- در ۹۰۰ میلادی(۲۸۷ قمری) مقارن با آخرین سال حکومت محمد ابن زید علوی بر تپورستان و آن نواحی به کرانه های دریای مازندران(محدوده مازندرانی دریای خزر یا بهتر بگویم کاسپین و همان ریشه کلمه قزوین. تمدن کاسپین در محدوده استان قزوین کنونی نخستین تمدن و شهرنشینی انسان بهشتی در زمین بوده است که بقایای حداقل یازده هزار ساله آن در تپه های باستانی بوئین زهرا معین است) و جزایر آن حمله کردند. ۲- در ۹۱۰ میلادی(۲۹۷ قمری) که با ۱۶ کشتی!(که همین تعداد کشتی در آن دوران هم خود دلیلی است بر وایکینگ بودن مهاجمین زیرا جز وایکینگ ها هیچ قدرتی در جهان نمی توانست ناگهان برای یورش به جایی ۱۶ کشتی را بطور همزمان به کار گیرد و اصلا یک کشتی هم نشانه قدرت هر حکومت و ثبات پادشاهی بود! و هم اینکه تکنولوژی ساخت کشتی جنگی سبک و سریع در آن دوره فقط در اختیار وایکینگ ها بوده است) سه جزیره آبسکون و میان کاله و آشوراده را اشغال و سواحل دریا را تاراج نمودند. مسلمانان را کشتند(یعنی همه مردم را کشتند و منظور این نیست که به کسی مثلا غیرمسلمانان رحم کردند!) و اموالشان را به یغما بردند. در تاریخ اسلام آمده؛ در همین زمان ابوالضرغام احمد ابن القسم که والی ساری بود این واقعه را برای ابوالعباس حاکم طبرستان نوشت و وی سپاهی به کمکش فرستاد، اجداد روس های امروزی در آن گاه در انجیله(جزیره میان کاله) فرود آمده بودند. ۳- واپسین یورش وایکینگ ها به ایران در سال ۹۴۴ میلادی(۳۳۲ قمری) رخ داد که به جزایر جنوب شرقی دریای مازندران و سواحل آن صورت گرفت. البته ماجرای هر سه این حمله ها ژرفای زیادی داشت! و بیرون راندن وایکینگ ها از ایران هم خود داستانی است از دلاوری های فراموش شده علویان. این گروه وایکینگ که خود را روس می نامیدند و از طریق رودخانه های اروپا به خزر رسیده بودند پس از حملات مذکور و معطل ماندن چند ماهه در میان دریای یخ زده به روسیه کنونی رفتند و آن سرزمین را به نام خود نمودند. خداوند حتما و بی هیچ شکی دامن تاریخ را از دروغ ها و تهمت ها و همه تحریفات پاک خواهد نمود، ولی مسئله اینجاست که ما افتخار حضور در چنین رویدادی را داشته باشیم و با دست ما چنین انقلابی صورت بگیرد. ما که صاحبان تاریخ پرشکوه آریایی و دوران های زرینی چون مه آبادیان و پیشدادیان و به ویژه جم و پهلوانی(از شاهی منوچهر تا کیخسرو) هستیم باید تاریخ واقعی نه فقط ایران، بلکه تمامی جهان را درست بنگاریم. آیا

می دانید و آیا اصلا مهم هست که بهدیس(به تیس) و آریوبرزن چه تعداد نیرو در اختیار داشته اند!؟ گفته می شود که آریوبرزن بیست و پنج هزار نیرو در خدمت داشته!!! که البته دروغی محض و تحریفی آشکار است زیرا اگر چنین نیرویی در اختیار داشت به کوهستان ها و مناطق صعب العبور پناه نمی برد و اصلا چنین تعداد نیرویی در اقلیم یاد شده چگونه می توانسته کارایی داشته باشد یا به قول خودمانی جا شود!؟ حتی تصور اینکه ۲۵۰۰۰ نفر بر سر یک دره ایستاده باشند هم خنده دار است و هدف از طراحی این توهین همین بوده که برای ایرانیان به اصطلاح امروزی جُک درست کنند! حال آنکه در متون خود غربیون آمده که نیروهای آریو با تله ها و افکندن سنگ ها و صخره ها و نه نبرد رو در رو از دشمن تلفات می ستانده اند. وقتی اسکندر(بدل اسکندر و تیم ترورش) با خیانت یک چوپان تنگه تحت کنترل نیروهای ایرانی را دور می زند و به شخص آریوبرزن می رسد در اطراف وی فقط چهل تن سرباز حضور داشته اند و در متون خود یونانی ها چنین آمده است.

آریوبرزن تنها حدود ۳۰۰ نفر در اختیار داشته(وانگهی سیصد آریایی واقعی) و مقدونی ها که البته در اصل ارتش متحد اروپا بر علیه ایران بوده اند ۴۴۰۰۰ نفر بودند و تحریف گران خائن فقط دو صفر ناقابل به عدد تعداد نیروهای آریو افزوده اند(بعدها همین داستان حماسه سیصدِ آریایی ها به اسپارت ها نسبت داده و با متن قصه لئونیداس گره زده شد)! ببینید این خودش بدترین توهین است و از هر فحش و تهمتی بدتر، وقتی شما می گویید که در ایسوس ایرانی ها دو میلیون نفر!!! بوده اند و مقدونی ها حداکثر ۴۴۰۰۰ نفر و از ارتش ایران چند صد هزار کشته شده و از مقدونی ها نود نفر! در واقع بدترین توهین و ناسزا را نثار نژاد آریایی نموده اید و برتری او را عمدا به مسخره گرفته و بیشترین میزان عقده و بغض را نسبت به ایرانیان بروز داده اید. یعنی ایرانی ها اینقدر بی عرضه و ترسو و نادان و خلاصه صاحب همه خصایص منفی بوده اند که نتوانسته اند چهل هزار نفر را با نیروی ۲۰۰۰۰۰۰ نفری خود شکست دهند! در حالی که دشتی که این جنگ در آن به وقوع پیوسته و به تازگی براساس متون باستانی در عراق شناسایی شده اصلا گنجایش بیش از ۶۰۰۰۰ تن را ندارد! از سوی دیگر اگر آن دو میلیون نیرو فقط پا بر زمین می کوفتند یا آب دهان می انداختند کل نیروهای اسکندر را واقعا باید سیل و لرزه زمین نابود می کرد!

اگر هر کدام از سربازان ایران جیره آب حداقل یک لیتری خود را به سوی مزدوران اسکندر می پاشیدند در نتیجه دو میلیون لیتر آب، کل دره و دشت مذکور را پر می کرد و به یقین یک دریاچه پدید می آمد. آیا مقدونیان جوری آریایی ها را یک به صد کشته اند که حتی خونشان بر زمین نریزد و این دشت کاسه شکل را دریاچه ای از خون به عمق دو متر فرا نگیرد؟ خیر، ایرانیان ۲۰۰۰۰ نفر بوده اند و از آن میان هم بسیاری چون شاه خائن بابل که در پاپیروس ها و کتیبه هایی که به تازگی یافت و یا ترجمه شده اند صراحتا به خیانتشان اذعان شده به همراه نیروهایشان و پس از سپردن نقاط استراتژیک(سپرده شده به ایشان) به اسکندریان از میدان جنگ سرنوشت ساز ایسوس گریخته اند. به لطف خدا و با ترجمه شدن پاپیروس های مصری پرده از بسیاری حقایق برداشته شده و تحریفات یهودیان و در آغاز، یونانیان خودفروخته و هنرفروش که خود نخستین قربانیان یورش های وحشیانه

اسکندر بوده اند رنگ باخته است. در پاپیروس ها از ترس و وحشت اسکندر از ایرانیان و امپراطوری هخامنشیان سخن زیادی به میان آمده و صراحتا تاکید شده که اسکندر با اسیر کردن زن و مادر و سپس دختر داریوش شاه ایران و هتک حرمت ایشان وی را تحت فشار روانی قرار داده بود. این حیوان روانی همواره زن و مادر داریوش را در میدان جنگ نزدیک جایگاه خود قرار می داد و با توهین و رفتاری زننده با ایشان فرمانده ایرانیان را دچار اختلالات تدبیری و متحمل فشار عصبی بی مانندی می نمود، هرچند که داریوش سوم هم به حق تحت تاثیر محبت به خانواده ایران و ایرانی را قربانی و فدای احساسات شخصی خویش ننمود. ایران هخامنشی محل صدور قانون بود و مهم ترین صادراتش بربست هایی بود که در قبال هدایا و باژ ابلاغ می شدند، به اضافه پیمان های همکاری و میثاق ثابت رعایت حقوق بشر. تخت جمشید اصلا یک کاخ نبود بلکه بارگاهی برای تحویل گرفتن مالیات ممالک تحت سرپرستی و تحویل دادن احکام قاعده داوری و حکومت و قانون اساسی(فارغ از دین و تعصبات قومی و منطقه ای) به ایشان بود. مجموعه تخت جمشید فقط تعداد معدودی پلیس و نیروی انتظامی برای خود داشت و نه ارتش و نیروی نظامی استعمارگری که به زور سرنیزه کشورها را وادار به اطاعت بنمایند بلکه یک ایالت بود که به هزار ایالت دیگر نظم و تقدس می بخشید(مثلا در حمله به یونان همواره اکثریت سپاه هخامنشیان یونانی بوده اند! و سرداران آریایی تنها مغز عملیات و راس مدیریت را تشکیل می داده اند). هرچند که با نفوذ وزرای یهودی از زمان خشایارشاه این سیستم الهی نیز دچار آلودگی و انحرافاتی چون روا دانستن ازدواج با محارم در خانواده شاهی و نوعی شبه دیکتاتوری و شاه پرستی گردید. همین نکته دلیل اصلی سقوط هخامنشیان و پیروزی مقدونیان می باشد زیرا ارتش هخامنشی کل واحدی متشکل از صدها ارتش کوچک تر متعلق به سرزمین های دوردست بود و اسکندر با اغوا و تحریک به پیمان شکنی هر یک از این بخش ها بطور جداگانه، علنا نیرویی برای داریوش جز تعداد معدودی آریایی اصیل باقی نگذارد و از این روست که دلیل کم بودن تعداد نیروهای به تیس و آریوبرزن استنباط می شود. اروپاییان پیش از آنکه دو جنگ بزرگ صلیبی را بر علیه تمدن های غنی خاورمیانه ای به راه بیندازند ماجرای اسکندر را بر پا نمودند و البته کراسوس را هم در زمان سزار که آن یورش به برکت درس هایی که ایرانیان و به خصوص سورنا از شکست و اثرات شکست در برابر وحشیان اروپایی گرفته بودند با مشت آهنین چابک سواران اشکانی در نطفه خفه گشت. باری، به گفته اکثر مورخان یونانی تا تخت جمشید نمی سوخت هرگز یونان دیده نمی شد و شخص اسکندر نیز بارها در سخنرانی هایش، پیش از نبرد با ایران، یگانه هدف والای خویش را نابودی و سقوط تخت جمشید به عنوان قلب تمدن برتر پارس اعلام نموده بود(زیرا تنها با دادن این وعده و شعار می توانست تمام اروپا و خصوصا یونان و روم را به اطاعت از خویش ترغیب کند). این اتفاق یعنی سوزاندن و تخریب چند ماهه تخت جمشید آنگونه که برخی مفسران خائن می گویند دفعتا و در جنون پیروزی و مستی روی نداد زیرا ارتش چهل هزار نفری مقدونیان حتی به گواه تاریخ نگاران یونانی از قبل مقدار زیادی مواد آتش زا چون "نفتا" با خود به همراه آورده بود و

برای نابودی کامل پایتخت هخامنشیان و مردمان آن برنامه ریزی دقیقی را دنبال می نمود، هرچند که آتش سوزی فوق وسعت چندانی نمی توانست داشته باشد... اینجاست که دلیل جانفشانی عقلانی آریوبرزن آشکار می شود. خود آریوبرزن هم در نامه اش به اسکندر متذکر می شود که من نمی گذارم آنگونه که یکسره قول داده ای شهر مقدس(تخت جمشید) ما را به آتش بکشی و حرمت بشکنی... پس نخستین تحریف درباره اسکندر مربوط بوده است به تعداد نیروهای او و ایرانیان و دومین تحریف نیز در وارونه نگاشتن عملکرد و رفتار و مرام وی با آگاهی کامل صورت گرفت. اگر ایران به این تعداد نجومی که مورخین یونانی نگاشته اند و یهودیان و هنرمندان عضو ماسون(از جمله نقاشان زیرا نقاشی پایه هنر و باور اروپاییان است) در طول تاریخ به خورد جهانیان داده اند نیرو و به ویژه ناوگان دریایی داشته است، چرا در یک مورد هم نتوانسته اند چند کشتی مقدونی ها را مثلا در بدو کار که هنوز کل اروپا به یاری ایشان نشتافته بود متوقف نمایند؟ ایران در زمان داریوش سوم بجز چند کشتی انگشت شمار(مخصوص تشریفات) اصلا چیزی به اسم ناوگان دریایی در اختیار نداشته و همین ضعف و غافل شدن از دریا سبب شد که نیروهای برآمده از قبایل وحشی اروپا با کشتی به سادگی و سرعت و با امنیت کامل به داخل کشور ما و مرزهای بسیار دور از موطنشان بطور سیل آسا سرازیر گردند. در هر کجای این داستان که آماری از ایرانیان داده شده به یقین حداقل دو صفر به انتهای عدد اضافه شده است! این قانون واقعا در مورد ۹۹ درصد آمار های مربوط به شمار لشگریان ایران صدق می کند. دومین ابداع! در مورد رفتار های انسان دوستانه اسکندر می باشد اما واقعیت این است که او قصد تجاوز به همسر اسیر داریوش سوم را داشته و این بانوی پاکدامن آریایی با خودکشی کردن، از شرافت خود و ایرانیان و نژاد مقدس و برتر پاسداری نمود و سایر داستان های پیرامون این قضیه چیزی جز بافته های ذهنی دور از ذهن!!! نیستند(مثل ماجرای مضحک فرار یکی از خدمتکاران سراپرده از اردوی اروپا که شرافت اسکندر را به داریوش گواهی می دهد! و یا گواهی شخص داریوش در مورد شرافت اسکندر به زبان یونانی! در هنگام مرگ و در آغوش یک مزدور مقدونی). سپس دختر داریوش، آستاتیرای دلیر را به اجبار و اکراه و در حالی که جراحت های شدیدی داشت به زنی می گیرد و در واقع به او در اسارت و در حالی که در بند و زنجیری از فولاد و ایثار بوده تجاوز می کند. نیروهای اسکندر به شهادت مورخین یونانی پس از پیروزی ایسوس به همه زنان درون سراپرده های داریوش سوم به وحشیانه ترین شکل ممکن و در زیر باران مشت و لگد تجاوز کردند و تمامی مردان غیرنظامی را نیز از دم تیغ گذراندند تا جایی که حتی تاریخ نگاران یونانی این حادثه را هولناک دانسته اند! این سگ هار(اسکندر ملعون) دستور می داد تمام مردم شهر هایی که در برابر "ارتش متحد اروپا" مقاومت کرده اند را از زن و بچه و پیر و جوان یا بکشند و یا به بردگی به اروپا ببرند و با آتش زدن و سنگباران به وسیله منجنیق شهر مقاومت کرده را کلا با خاک یکسان نمایند. آنتی آریایی های بدون قهرمان با چه رویی توانسته اند این اهریمن کوتوله کودن فاحشه باز خونخوار دائم الخمر را در کتاب های تاریخ به عنوان ذوالقرنین و نابغه نظامی و اسطوره اخلاق و جوانمردی معرفی کنند و جا بزنند!؟ در خود متون یونانی

ها آمده که اسکندر پس از فتح تخت جمشید به یک نفر هم رحم نکرد و یا در زمان فتح بندر صور که "به تیس" دلیر از آن با حداکثر ۵۰۰ نفر دفاع می نمود دستور داد شهر را آنقدر به باران سنگ های منجنیق ببندند که چیزی از دیوارها باقی نماند و مابقی شهر را هم به آتش کشید. او با ۴۰۰۰۰ نیرو در برابر ۵۰۰ نفر عاجز مانده بود و مطالعه راهکارهای وی و سردارانش نشان می دهد که تا چه اندازه به حق، احمق و کم خرد و تخیل گرا بوده اند و تنها با وحشی گری و کثرت نیروهای سرازیر شده از کل اروپا و خیانت نیروهای داخلی و یهودیان دربار به پیروزی دست می یافته اند(درست مانند متفقین). اسکندر دستور می دهد تا قلعه صور از میان دریا پلی بسازند! که این نقشه کودکانه بارها و بارها به شکست انجامید و حداقل هزار تن از نیروهای اسکندر را به کام هلاکت و عذاب ابدی فرو برد. کثرت و گوناگونی و از ریشه متفاوت بودن این راهکارها سند دیگری است بر تایید این موضوع که تصمیم گیرنده و طراح آن ها اشخاص متعددی بوده اند و همین واقعیت، تصدیق می کند که اسکندر بازیچه و نمادی در دست سرداران سلوکی بوده است. بعلاوه ارتش متحد اروپا از همه حقه های کثیف برای پیروزی استفاده می کرد؛ در همه شهرهای مهم ایران چند صد نفر تروریست آماده و جسور از سوی اسکندریان مامور کشتن سرداران دلیر و وفادار ایرانی بوده اند. در یکی از این حمله ها آریوبرزن با همراهی پنج تن از یارانش با فداکاری شیرزنی از چنگال سیلی از تروریست ها و البته خائنینی که به آن مزدوران فضای رشد، ورود و حمله به درون کاخ داده بودند بطور معجزه آسایی گریخت. علاوه بر این جارچیان اسکندر در لباس فرهنگ و هنر چهره ایران و ایرانیان و حکومت هخامنشی را در نظر شاهان و صاحب منصبان سایر ممالک مخدوش می کرده اند و آن ها را با دادن وعده های بلندبالا و امان ماندن از چنگ و دندان سگ های هارشان به خیانت تشویق کرده و همچون کالاهایی کم ارزش می خریده اند. همانگونه که تا نبرد ایسوس و پیشروی اسکندریان تا قلب ایران زمین هنوز ارتش ایشان با هیچ مقاومتی مواجه نگشته بود! اسکندر همواره با فاحشگان در سراپرده های خود حتی در میادین جنگ حضور می یافت و از آن جمله تائیس(که مجسمه اش را به نام مجسمه آزادی و با همان مشعلی که تخت جمشید را سوزانید در سرزمین آزادی مشاهده می فرمایید!) و خواهرش. کار زناکاری و فساد در ارتش متفق تا به آنجا بالا گرفت که شخص اسکندر تحت حکمی نزدیکی با فاحشگان را در هنگام لشگرکشی(البته جز برای خود و سردارانش) ممنوع کرد و کسانی که نمی توانستند دیگر شهوتشان را کنترل کنند و نظم ارتش را برهم زده بودند را به جزیره ای تبعید نمود تا عادت زنای پشت سر هم از سرشان بیفتد و دوباره بتواند آن ها را باز گرداند! در متون خود یونانی ها به این وقایع اشاره دقیق شده است! وسعت فجایع به بار آمده تحت نام اسکندر تا اندازه ای زیاد است که خود اثباتی می باشد بر این موضوع که این شخصیت، با تعاریف کنونی، ساختگی بوده و تمامی سرداران اروپایی و شاه نمادین احتمالی ایشان(اسکندر واقعی) در حال فاجعه آفرینی های مستقل بوده اند و تنها به دلیل آنکه هیچ قهرمان و سردار دلیری هرگز در سپاه اهریمن و نیروهای ضدحق ظهور نکرده نیاز به هیرو را با نسبت دادن همه افعال به یک تن در اندیشه و ایدئولوژی مزدوران خویش

ارضاء می نموده اند. باری، یکی از وظایف این زن های پتیاره نفوذ در دربار و قصرها و پادگان های شاهان و بزرگان و سرداران دیگر کشورها بود، مثلا خواهر تائیس تا زیر گوش داریوش سوم توانست پیش برود و ندیمه مخصوص ملکه شود و یقینا هدفی جز ترور شاه یا سرداران رده بالا(به ویژه به تیس و آریوبرزن) یا اغوای ایشان نداشت که با درایت شخص داریوش شناسایی شده و به شکر خدا اعدام و زودتر از خواهرش به درک واصل شد. اسکندر وقتی بابل را از شاه آن تحویل گرفت در ابتدا خواست ماهیت کوروش کبیر را تقلید کند زیرا او خود را همانگونه که در شاهنامه آمده همواره شاهی هخامنشی می دانست و از آن مهم تر در پی جذب حمایت یهودیان بود که چنین حرکتی برای آنان بسیار تداعی کننده و توهمی از تکرار تاریخ بود. به این معنی که ما ملت یهود دوباره از چنگ خودکامگانی دیوسیرت! به واسطه کوروشی نو نجات یافتیم و زنده و احیاء گردیدیم. ولی این منجی توخالی و ساختگی تلمود زایون و دیویسنای بابلی(دجال - ریشه ماسونری) از چنگال نژاد آریایی و مزدیسنایش بلافاصله در همان بابل در شهوات و زناکاری و شرابخواری بی وقفه آنچنان غرق گردید که نزدیک بود از هدف اولیه اش منصرف گردد! و همین تائیس صهیونی شیطان پرست و دیگر یهودیان وی و سردارانش را دوباره به بلوای میدان نبرد با ایرانیان ترغیب نمودند. تائیس و دار و دسته صهیونیستش از ادیان شیطان پرستی باستانی و ایلومیناتی(به معنی روشنگری طبقه ممتاز = کاپیتالیسم) حمایت کرده و چون فراماسون های امروزی تابع نظرات مستقیم شیاطین بودند و پیوسته از کمک های بی دریغ شیطان پرستان دیگری از جمله یهودیان شبه صهیونی که در دربار اکثر پادشاهان و بارگاه هخایان رخنه کرده و در بسیاری امور وزارت داشتند بهره مند می گشته اند. اینان حاضر به هرگونه جانفشانی در راه نابودی تخت جمشید و فرهنگ والای بهشتی آریایی بوده و چون فدائیانی خستگی ناپذیر قوه حرکتی یورش وحشیان غارنشین اروپایی به ایران بوده اند و به کل با شهوت پرستان عادی حسابشان جداست. در بیابانی در سوریه کنونی وقتی سپاه اسکندر راه را گم کرده بود یک دسته کلاغ اهریمنی(که به قول خود یونانیان از سوی خدایان مامور بوده اند) راه را به ایشان نشان دادند یا اسکندر شخصا پیش از هر حمله برای خدایان یونان(که همان الهگان مشترک یهود و ماسون و همه ایلومیناتی ها هستند) دقیقا به شیوه شیطان پرستان امروزی قربانی می کرد و از آن جمله اینکه اسب ها را با کالسکه هایشان در دریا غرق می کرده اند و در این قربانگاه ها مراسمات شیطان پرستی دیگری نیز برای رضایت اهریمنان و دیوان انجام می شده است که از حافظه تاریخ پنهان نگاه داشته شده اند. در اثر این آیین های احضار دیو در جنگ بندر صور و در مسیر حرکت به سوی قلب هند و همینطور در چندین مورد دیگر اجرامی گرد، پرنده و فلزی به یاری ارتش متفق شتافتند. البته تحریفات یونانی ها گاهی به شوخی نزدیک تر می گردد تا روایات تاریخی، مثلا گفته می شود داریوش شاه ایران پس از خیانت نزدیکانش دست و پا بسته بر ارابه ای گذارده شده بود و اسب های آن ارابه رم کردند و وی در کنار رودخانه ای از میان گردونه واژگون شده به بیرون افتاد و در حال جان دادن دقیقا یک مزدور اروپایی! در کنار آن رودخانه نشسته بود و داریوش هم به زبان یونانی(معلوم نیست آن مقدونی زبان یونانی

را اصلا چطور فهمیده است و تحریف کننده نادان مقدونی ها را اساسا و از بیخ و بن یونانی به شمار آورده!) در آن حال که سرش روی پای سگ مقدونی بود! اسکندر را دعا کرد که عجب جوانمردی بود این اسکندر شما!!! و دعا پشت دعا به جان اسکندر! یا اینکه: ملکه ایران و زن داریوش سوم نه در اثر خودکشی و بی حرمتی اسکندر بلکه، تاکید موکد شده، فقط در اثر سختی راه جان سپرد و اسکندر سنگدل و خون آشام هم در مرگش چند روز گریست! در این میان خواجویی از سراپرده ملکه مانند گنجشکی گریخت و خود را از بین آنهمه مقدونی هار(ظرف چند دقیقه و با دو!) به اردوگاه داریوش رسانید! و به او این خبر را داد، ولی داریوش لج کرد و موضوع را قبول ننمود و خواجه بارها مصرّا شهادت داد که اسکندر با ما مهربان بود و چه و چه! حماقت تلمود از سر و روی این تحریفات می بارد.

یک بستر تحریفی سوم نیز وجود دارد؛ اسکندر بارها در ایران مرده است! در متون یونانی آمده که وقتی اسکندر خواست در شوش بر تخت هخامنشیان جلوس کند مجبور شدند زیر پایش میزی بگذارند! تا پایش به پله تخت برسد و بتواند بر آن بنشیند، پس علاوه بر آنکه این موضوع گواهی است بر برتری نژاد آریایی حتی از لحاظ فیزیکی معلوم می شود که اسکندر بسیار کوتاه قامت بوده و در سایر متون و از جمله شاهنامه نیز آورده شده که اسکندر جوانی بسیار لاغر و کوتاه قد و ریزاندام بوده است؛ پس آن غولی که در میادین نبرد سینه سپر می نمود و گاها دلاوران ایرانی را به خاک می انداخت که بود؟! آیا کلا زاییده تحریفات و تخیلات تاریخ نگاران خائن و بی وجدان یونانی است؟ به نظر من خیر.

در همه متون آمده که اسکندر همواره در میان سرداران و نیروهای ویژه اش(گارد چند صد نفره مخصوص خودش) حرکت می کرده است و نه در بین مزدوران عادی اروپایی. در مورد لباس و کلاهخود و زره او مطالب بسیاری در تاریخ آمده و از همه آن ها می توان نتیجه گرفت که دقیقا با پوشیدن آن تجهیزات هیچ راهی برای شناسایی شخص اسکندر از دیگری(که آن ها را مانند او پوشیده باشد) وجود نداشته و اصلا برای این منظور یعنی عدم شناسایی شخصی که آن ها را به تن می کند، طراحی شده بودند. مثلا کلاهخودی که مقدونی ها بر سر می نهاده اند و به ویژه کلاهخود طلایی اسکندر فقط شکاف کوچکی برای دیدن و نفس کشیدن داشته و تنها قسمت کوچکی از چانه شخص از زیر آن قابل رویت بوده است و در متون هم می توان یافت که مزدوران مقدونی با دیدن برق زره طلایی اسکندر و گاردش، او را می شناختند و روحیه می گرفتند و به پیش می تاختند! یگانه راه شناختن اسکندر برای سربازان معمولی و مزدوران اروپایی زره او بوده و به یقین هر کس که این زره را بر تن می کرده و آن کلاه را بر سر از سوی نیروهای معمولی در اصل نامحرم و مزدور و ناآشنا با شاه و سرداران مقدونی، اسکندر دانسته می شده است... در نبرد ایسوس دو بار در دو روز پشت سر هم اسکندر به میدان می آید و در هر دو بار با رشادت پهلوانان جان بر کف ایرانی کشته می شود! تاریخ نگاران یونانی نوشته اند که در هر دو بار رویارویی اسکندر با سرداران ایرانی، وی زخم های بسیار عمیقی برداشت مثلا ران های پایش(که در پوشش مقدونیان برهنه و بی زره می ماند) شرحه شرحه شد و نیروهای مخصوص و سردارانش به قول خودمانی سر دست بردندش و بعد به مزدوران ناامید اعلام

شد که اسکندر زنده است و زخم هایش یک شبه و به سبب عنایت هرکول و زئوس شفا یافته است. فردای این واقعه تکراری زره و کلاهخود طلایی را بر تن و سر جنگاور و افسر قابل اعتماد دیگری می نهادند و اسکندر رویین ققنوس دوباره متولد می شد! چرا او وقتی در این پوشش بود هرگز سخنرانی نمی کرد و حرف نمی زد؟ مثلا رجزخوانی نمی نمود با اینکه خودشیفته پرحرفی بود!؟ تصور کنید که به سبب این حقه کثیف و دروغ ابتدایی، سپاه اروپاییان نادان چه روحیه عجیبی گرفته بود و ریشه باور ایشان در میادین و افسانه هایی که درباره اسکندر ساخته اند از همین معنا دانسته می شود. البته که اروپاییان مردمی بی سواد و وحشی و به واقع بدوی بودند و فریب چنین نیرنگی را بارها در تاریخ خویش، پیش و پس از آن نیز خورده اند. در جریان محاصره شهر ساحلی صور و مقاومت بهدیس اسکندر سه بار کشته می شود! شخص بهدیس دلیر باشرف وقتی اسکندر به بالای دیواره شهر می رود با تیری او را می زند و به پایین می افکند و می کشد ولی مورخین یونانی نگاشته اند که تیر بر اسکندر کارگر نیفتاد! اگر چنین بوده پس چرا از حمله و پیشروی بازماند و نیروهایش در حالی که با پیروزی یک قدم فاصله داشتند فرار و عقب نشینی کردند؟ و اگر تیر کارگر نیفتاد یعنی سقوط از بالای دیواره شهر هم بی اثر بود!؟ بلافاصله نیروهای مخصوص اطرافِ آن بدل اسکندر، جنازه او را به چادرها بردند و به حتم این حفظ آبرو مهم ترین وظیفه ایشان بوده است. از سوی دیگر یکی از نزدیکان بهدیس هم با نقشه ای دقیق و به بهانه تسلیم شدن به اسکندر(منظور مردی با زره و کلاهخود زرین که می توانسته هرکه باشد ولی یقینا خود اسکندر نبوده است) نزدیک شده و با سرنیزه ای که در آستین و یا زیر سپر خود پنهان نموده بود گلویش را می دَرد! در متون یونانی نوشته اند که مزدوران مقدونی یقین کردند که اسکندر مرده است و صوری ها(نام سوریه کنونی از همین بندر صور ماخوذ شده است) هم غرق شادی و مشغول برپایی جشن شدند(مورخین یونانی نوشته اند که چون نیزه بر اسکندر کارگر افتاد بهدیس شخصا صحنه را از بالای دیواره های قلعه دید و فرمان برپایی جشن داد در صورتی که محال است چنین چیزی روی داده باشد زیرا اردوگاه سپاه مقدونی یا حتی محل فرود موقت آنان حداقل باید به اندازه برد پیکان های صوری ها از دیواره های قلعه ایشان دورتر ساخته می شد و می بود و در تاریخ هم چنین آمده، محال است که بهدیس یا کسی از بالای دژ صحنه را دیده باشد مگر اینکه این رویداد در میدان نبرد اتفاق افتاده و ضارب ایرانی در جنگ توانسته باشد بدل اسکندر را مورد هدف قرار دهد و به هلاکت برساند که این حادثه مهم و غیرقابل انکار توسط قلم فروشان اروپایی برای بی اعتبار کردن بیش از بیش مرام آریایی و اثبات حقانیت و مظلومیت اسکندر و توجیه انگیزه وی برای انجام هر جنایتی به شکل یک ترور مزبوحانه ناجوانمردانه و آن هم ناموفق! تحریف گردیده و به روایت فعلی تغییر مضمون داده است). سرداران و نیروهای ویژه، اسکندر را که غرق خون بود و از ناحیه گلو و شانه به شدت خونریزی داشت بر سر دست گرفته و به درون چادرها بردند. فردای آن روز و در میان بهت مزدوران اروپایی اعلام شد که اسکندر زنده و صد در صد سالم است و در جریان حمله به قلعه صور هم شرکت فعالی در همان روز بعد از خونریزی و در اصل

هلاکتش داشت و نیروهای به واقع احمق وی یقین کردند که فیلقوس تحت حمایت هرکول و جاودانه می باشد! در نوبتی دیگر به هنگام رویارویی با آخرین نیروهای بهدیس سنگ بزرگی از فراز دیوار قلعه توسط مدافعین به پایین پرت شده و به اسکندر مورد ادعا اصابت می نماید! مورخین بی وجدان یونانی برای ماست مالی کردن قضیه نوشته اند که سنگ فقط باعث لنگ زدن اسکندر شده و او تا پایان جنگ در میدان حضور داشت و فقط گاهی اوقات بر نیزه اش تکیه می داد! چطور ممکن است سنگی بزرگ از ارتفاع حداقل هفت متری پرتاب شود، و حتی سنگی کوچک، و به پای کسی برخورد کند و استخوانش را خرد نکند؟ در ضمن پس از این فتوحات و تا پایان عمر نکبت بار اسکندر هم در هیچ سندی یاد نشده که وی لنگ باشد یا اثر سوء زخمی دیرین بر هر کجای بدن و در نوع رفتارش مشاهده شود. در اصل اسکندر واقعی پادشاهی جوان و ترسو بود بازیچه دست سلوکی ها، که با استفاده از بدل های متعدد تا مدت ها برای خویش آوازه ای دست و پا نمود و سگانی وفادار ساخت و پس از پایان کار و رسیدن به اهداف مشترک سردارانش، به دست همان ها به قتل رسید و حتی اعضاء خانواده و فرزندان او نیز به دست یاران خودش کشته شدند تا مدعی پیروزی های سلوکیان نگردند(درست به مانند استالین که اجازه ندادند فرزندی داشته باشد یهودیان صهیونی خانواده و باروری جنسی اسکندر را نیز به واسطه تائیس و سپاهی از فاحشگان مدیریت کردند و همینطور مانند خانواده معدوم شده استالین خاندان او را پاکسازی نمودند. برای توجیه این ابتر ماندن در مورد اسکندر اعلام شد که وی همجنسباز بوده و در مورد استالین گفته شد که از فرط محبت به توده و مشغله کاری فرصت تولید مثل نداشته است!). در این میان حداقل ده بدل وی در جریان جنگ های پی در پی کشته شده اند که این موضوع خود آدمی را به شک می اندازد که آیا اصلا اسکندری در میادین نبرد حضور و وجود داشته یا اینکه سرداران مقدونی از پایه و اساس از نام جوانی گنگ و شهوت پرست که در کنار فاحشه ها روزگار می گذرانده یا سال ها پیش در جنگی به درک واصل شده بوده، سود می برده اند!؟ و اهداف خویش را در اتحادی از سرداران اروپا(سلوکیان) و تحت نام قهرمانی غیرقابل اثبات و سقوط و البته نامیرا! و نوعی سپر بلا و بیمه ای برای زمان شکست دنبال می کرده اند(زیرا اگر جنگ مغلوبه می شد تمامی جنایات تنها به شخص اسکندر نسبت داده شده بود و همه مسئولیت ها متوجه وی بود، به همین واسطه سرداران آزادی عمل تام یافته بودند. در تاریخ یونان درست به عکس اسکندر هرچه که از سرداران وی گفته شده به حکمت و اخلاق مداری ایشان گواهی می دهد که خود شهادتی است بر آنکه چه کسی استخدام کننده تاریخ نگاران و مغز جریان بوده است)؟ آیا اسکندر بدون سردارانش هویتی مستقل دارد و یا در جایی از تاریخ گزارش شده که بدون آن ها در مکانی بوده و یا اقدامی هرچند کوچک صورت داده باشد(حتی در زمان زنای با فاحشگان ادعا می شود که او با سردارانش بوده است، درست به مانند همراهی دائمی هیتلر در نه ماه آخر جنگ با گوبلز و بورمان)؟ ضد و نقیض گویی ها تنها درباره خود اسکندر و امثال وی در تواریخ یونانی و اروپایی رخ نداده بلکه دامان شخصیت های مقابل ایشان را هم گرفته است، مثلا در بسیاری از متون از درایت و ادب داریوش سوم تجلیل و یاد شده و در جای دیگری گفته

می شود که ناگهان دچار جنون آنی گردیده و سردار دانشمند و وارسته یونانی!!! خود را اعدام کرده در حالی که این سردار یونانی در واقعیت خائنی بیش نبوده که با سوء استفاده از نرم خویی و پارسایی و اخلاق نیک مختص نژاد آریایی آشکارا علیه فرمانده خود تبلیغ و فعالیت می کرده است و خود این اعدام هوشمندانه به مانند اعدام جاسوسه اسکندر(خواهر تائیس) درایت و هوشیاری و به ویژه شجاعت شاه هخامنشی را می رساند. در جای دیگری گفته شده که نیروهای یونانی داریوش تا به آخر به وی وفادار بودند و حتی می خواستند جانش را نجات دهند ولی خودش نخواست! به خدا سوگند اولین نیروهایی که به ایرانیان و داریوش سوم خیانت نمودند همین یونانیان بوده اند که همواره قلبا به اسکندر و سردارانش تمایل داشته و از انجام هرگونه کارشکنی در سپاه متحد هخامنشی کوتاهی نمی کرده اند.
مورخین و اهالی قلم در اروپا از دیرباز تاکنون به دلیل نداشتن پهلوان و حداقل قهرمانی خدایی و ثابت قدم در چنته تاریخ و فرهنگشان و یا به این دلیل که نمی خواسته اند قهرمانان واقعیشان چون والاس و ورسینگه و ژاندارک و هرمان و فلوریان را به مردم معرفی نمایند اسکندر را هم چون سزار خونخوار دقیقا عکس آنچه که در واقعیت بوده است جلوه داده اند.
دلیل انتخاب این چهره خاص در دو موضوع است: یک آنکه افعال بی شرمانه جنسی او و پیروانش را می توانید به عینه در عملکرد غربیون و باز همه جالب تر متفقین مشاهده کنید، همانند اینکه خلبانان متفقین که به قهرمانان پاسیفیک مشهور هستند نخستین کسانی بودند که زنای گروهی مدرن! را ابداع و ترویج نمودند به این ترتیب که اگر فردی در جنگ کشته می شد همسر او در همان شب جان باختن شوهرش برهنه در آغوش نه یک مرد بلکه چندین تن از همرزمان شوهر خودش بود! منظور من این است که در شبه فرهنگ غربی اصالت با شهوت و لذت به هر قیمت است و اسکندر در چنین بینشی البته که یک منجی و قهرمان مولف به حساب می آید! غربیون پوچی ایدئولوژیکی خود را از همان ابتدای پیدایش سَلم همواره سعی نموده اند با القاء شهوت پرستی محض به مزدورانشان جبران کنند و آنان را با معجونی از خرافات و شهوت جنسی و مشروبات الکلی به پیش برانند که همین شیوه واحد را حتی در جنگ های صلیبی تحت مدیریت قدیسین کلیسا نیز می توانید ببینید با این تفاوت که جای هرکول با حضرت عیسی در نظام خرافی ایشان عوض شده بود! اما، تازیدن اسکندریان به خاک ایران برای ایشان مانند برنامه ای مدون است که تمامی الگوهای غربی رفتار یک مزدور خوب را تدوین و تبیین نموده است و تا به امروز توسط متجاوزین غربی، ناتو، در خاک افغانستان و عراق و ژاپن و ... مورد استفاده قرار می گیرد مثلا در تجاوز جنسی به غیرنظامیان برای فروریختن مقاومت مدنی و ذهنی و غرور ملی ایشان.
دوم آنکه نظام مدیریتی ارتش اسکندر و سردارانش چنان گنگ و بی قانون بود که بهترین گزینه برای تقلید شدن توسط غربیون به نظر می رسید، به این شکل که تمامی این گنگی و تعریف ناپذیری ها و پیچیدگی های پوچ تحت عنوان دموکراسی را می توانستند جمع بندی و استفاده کنند و از ارائه هرگونه توضیحی در این قالب خلاص شوند. درود الله بر بهدیس و آریوبرزن و یارانشان و مادران پاکشان و درود بر همه شهیدان راه حق و مدافعین آزادی و انسانیت و حقیقت و ایران در هر دوره ای از دوران ها و "الا لعنة الله علی الکاذبین"... آیا

می دانید فرقه معروف به "بدون نیم شلواری ها!" که در جریان انقلاب فرانسه و پس از مطمئن شدن از سقوط حتمی نظام پادشاهی وارد میدان شدند چه کسانی بودند؟ واقعا لازم است که این چیزها را بدانید و من با آوردن مثال هایی شما را به دانستن همه چیزهایی که لازم است ترغیب می کنم. وقتی پیروزی انقلاب کبیر با ریخته شدن و نثار خون طبقات پایین اجتماع فرانسه قطعی گردید مثل همیشه صهیونیان وارد میدان و دست به کار شدند. مغازه داران و سرمایه داران و انبارداران طماع که تا چندی پیش خون مردم را می مکیدند و با احتکارهایشان دشمن اصلی و واقعی طبقات پایین دست و زحمتکش در شرایط کمبود شدید مواد غذایی بودند(که قیمت یک قرص نان برابر با حقوق یک ماه هر کارگر بود!) و تا پیروزی کامل انقلاب و دستگیری شاه و خاندان سلطنتی کنار نشسته بودند ناگهان وارد میدان گشته و خلافکاران و چاقوکش ها را در عوض غذا استخدام نموده و گروهی که از همه گروه های دیگر انقلاب آتشش تندتر بود را تشکیل دادند!!! نام بدون نیم شلواری را بر خود نهادند و منظور از لقب فوق این بود که ایشان از طبقات پایین جامعه هستند که نیم شلواری معروف اشرافی را کنار گذاشته و شلوار را به تنهایی به پا می کردند و این عمل را نماد خاکی و اصالت توده بودن خویش می دانستند و خود را مغز و صاحب اصلی انقلاب و پایین ترین طبقات رنج کشیده جامعه تبلیغ می نمودند! آن ها در اولین اقدام به زندان های سیاسی حمله کرده و به زنان دربند تجاوز نموده و تمامی زندانیان دست و پا بسته را از دم تیغ گذراندند! به کشیش ها و راهبان مسیحی حمله کرده و در اقدامی که بوی کینه کهن یهود از مسیحیت را می داد آنان را پس از شکنجه مانند سگ های هار شکم می دراندند! خلاصه اینکه این گروه وقتی فضا برای انقلابیون امن گردید وارد میدان شده و دست به هر جنایتی زدند و چهره انقلاب را کلا متوحش و به زشت ترین چهره ها تبدیل نمودند و انبارها و اموال ملی فرانسویان را نیز چپاول نموده و در بی نظمی انقلاب صاحب شدند. تا ظهور ناگهانی این گروه شیطانی انقلاب فرانسه که پرچمدار همه انقلاب های آزادی خواه مدرن جهان بود و هست اقدامات مثبت بی نظیری انجام داده بود: بردگان را آزاد نموده بود، اعلامیه حقوق بشری واقعی و عملیاتی تنظیم نموده بود، برابری مدنی را در جامعه ایجاد نموده و حتی با خشونت و اعدام لجام گسیخته(و کلا مجازات اعدام) مخالف بود! پس از به میدان آمدن این گروه ژاکوبین ها هم از مسیر اصلی انقلاب منحرف گردیده و تحت تاثیر آراء و نتایج خشونت های ناعادلانه آن قوم خودسر قرار گرفتند و از کمال قیام اولیه فاصله پیدا کردند. علاوه بر این ها اعمال شیطانی و نابخردانه ایشان سبب شد کشورهای همسایه فرانسه به بهانه های مذهبی و مدنی با آن کشور اعلام جنگ کرده و شهرهای مرزی فرانسه را اشغال و در خاک فرانسویان پیشروی نمایند. اعمال هدفمند اعضاء گروه مذکور که سر در آخور یهودیان رهبر نظام ماسونی داشت سبب بی اعتبار شدن انقلاب و زیر سئوال رفتن اهداف و آرمان ها و شعارهای برحق آن گردید. اقدامات این فرقه به نام آزادی لطمه های جدی وارد نمود ولی از طرف دیگر سبب ظهور منجی فرانسه، ناپلئون بناپارت گردید. روبسپیر توانست با زیرکی از اعدام به عنوان ابزاری در جهت پاکسازی شیاطین و محال نمودن بازگشت به عقب انقلاب و مردم سود ببرد اما این

بناپارت بود که گروه بدون نیم شلواری ها را قلع و قمع کرد و فرانسه که در چندین منطقه و استانش دچار جنگ داخلی بود و همه شهرهای مرزیش را از دست داده و بسیار کوچک شده بود را از سقوط و نابودی محض و سیطره "هیات مدیره" خودبرگزیده منتصب آن قوم نجات داد. انگلیسی ها را از شهرهای ساحلی راند و پروس و اتریش را سر جایشان نشاند و انقلاب فرانسه را به اوج تعالی و رشد و تکامل رساند. او بود که برده داری و نظام رعیت داری! را در واقعیت نابود کرد و توانست به ضرب و زور نظامی گری چنگال ماسون ها را از سر انقلاب کوتاه نماید. حال اگر کتاب های یهودیان به اصطلاح روشنفکر را بخوانید مثلا کتب مارکس را، مملو هستند از توهین به ناپلئون و لیستی بلندبالا از صفات زننده ای که به او نسبت داده اند. کسی که تا این اندازه یهود صهیونی و در اصل رهبران ماسون جهانی از وی تنفر دارند یقینا انسانی والا و حق پرست و پاک بوده است. او نیز چون هیتلر به اسلام و ایران خدمات بی مانندی نمود. حال باید از همه این مثال ها بگذریم و پس از اینهمه زمینه چینی به مهم ترین پرسش واحد برسیم: "به راستی شیعه از کی به وجود آمده؟ چیست و چه فرقی با اسلام که از آدم تا خاتم جاری بوده دارد؟ ما که هستیم و در جهان امروز چه جایگاهی داریم و هویت معاصر خاص ما که نتیجه تحولاتی کهن و جهانی است چیست و عملکرد آریایی شیعه بر چه مبنایی باید باشد؟" شیعه به فرموده امام صادق همان تقوای یاد شده در قرآن می باشد و مرحله ای بالاتر از ایمان که آن هم مرحله ای بالاتر از اسلام است. اسلام آنگونه که در سوره بقره تاکید شده توحید و معاد و نبوت است و هر کس این سه را قبول داشته باشد حال با هر انگاره ذهنی و قبله ای و هر نام و مذهبی مسلمان به شمار می آید ولی شیعه علاوه بر این سه عدل است و امامت و عمل به تمامی فروع دین به ویژه جهاد به معنی مبارزه با پلیدی در هر زمینه ای که وجود داشته باشد و تنها یکی از نمودهای جهاد قتال(جنگ) می تواند باشد. به همین خاطر است که می گوییم همه پیامبران الهی شیعه بوده اند زیرا هرچند که بیشترشان ماموریت نداشته اند برخی از این فروع دین اسلام را در موقعیت های متفاوت و برای هر قومی با هر توان پذیرش و درکی تبلیغ کنند ولی خود، بی شک آن ها را انجام می داده اند مثلا مسکرات را نجس می دانسته اند و نماز شب می خوانده اند و گوشت خوک و دیگر خوراکی هایی که تنها در اسلام خاتم منع شده اند را نیز نمی خورده اند و البته صالحین و دانشمندان الهی همه زمان ها هم چنین بوده اند.
شخص پیامبر اسلام پس از غدیر خم شیعه به تمام معنا و پیرو پیشواعلی گردید و دیگر در امور سیاسی و دینی اظهار نظر نمی نمود(در کتاب های عمریون پیرو خطاب آمده است که پیامبر گوشه گیر و افسرده یا رنجیده خاطر شده بود!) و مولایش علی بود زیرا وقتی در غدیر از سوی الله اعلام نمود که علی ولی خداست و ولی امر همه مسلمانان خود نیز عضوی از این گروه بندی کلی و یکی از مسلمانان به شمار می آمد. عمریان و پیروان دشمنان زیرک تر اسلام چون عمرو عاص از همان ابتدا سعی کردند این تفویض را تنها در زمینه مسائل و احکام مذهبی جلوه دهند به این معنی که خدا یا پیامبر پیشوا را در مسائل دینی اولی ترین دانسته و فقط برای حل مشکلات مذهبی پس از نبی برگزیده است! از این رو عمرو عاص که در دربار معاویه مشغول به خدمت بود برای جا انداختن این ایده تنها

پشت سر حضرت علی نماز می خواند و در هنگام غذا و سایر امور دنیایی به سراغ اشراف می رفت تا با زیرکی به مردم تلقین کند؛ گرچه علی خود دین است اما مرام او در دنیای واقعی کارایی عملی ندارد. متاسفانه شیعیان تا به امروز این حقه ساده را درک نکرده اند و به عکس با نقل توام با افتخار، ایده مکنون آن را تبلیغ نموده اند و من اولین کسی هستم که هدف واقعی عمرو عاص ضد اسلام که از نماز و روزه و قرآن نفرت داشت را(از این اقامه به موقع و درست نماز!) می نگارم. چطور ممکن است خدا و یا رسول خدا حضرت علی را در مسائل دینی سرترین متقی و انسان کامل بدانند ولی در امور دنیایی به صلاحیت وی اعتقاد نداشته باشند؟ عمریان ادعا می کنند که پیشواعلی پشت سر ابوبکر و عمر نماز می خوانده!!! در این صورت تحریفات ایشان دچار تناقض می گردد زیرا نماز خواندن کسی که به گواه نبی و اسلاف خودشان بالاترین درجه ایمان را داراست پشت سر فردی با ایمان ضعیف تر کل آن نماز جماعت را از درجه اعتبار ساقط و نماز همه افرادی که دانسته بر پیش نماز غیر ارجع و در مرحله ایمانی پایین تر قامت بسته اند را باطل می سازد. چطور ممکن است طریقت سربازی پیشوا کارایی دنیایی نداشته باشد در صورتی که تمامی فتوحات صدر اسلام به دست ایشان حاصل شد و دیگرانی چون ابوبکر و عمر جز افکندن درفش اسلام و فرار کاری نکردند؟ حال بماند که در دوره خلافت پیشواعلی تنها در طی پنج سال دیگر حتی یک فقیر در محدوده تحت تسلط ایشان وجود نداشت. باری، مومنین و متقین و هر کس در هر مرحله ای از ایمان که باشد حتی چه پیامبر و چه امام همه و همه در بیان کلی مسلمان خطاب می شوند و از این کل واحد به شمار می آیند و از این رو نبی خاتم و تمامی ائمه پس از پیشوا نیز شیعه و پیرو محض ایشان هستند و مشروعیت امامت خود را تنها از نیابت حق و ولایت علی اخذ می کنند. تمامی این گروه بندی های ایمانی میان خود بنده و خدای اوست و باعث هیچگونه امتیاز و برتری دنیایی نمی گردند بلکه وظیفه و تنها اجر معنوی بیشتر را به همراه دارند. فرقه های اسلام سعی می کنند شیعه را سطحی و یک فرقه مانند خودشان جلوه دهند که انشعابی است از اسلام اصلی و همواره نه تن شیعه و صحابی اصلی حضرت علی چون محمد ابن ابی بکر و مالک اشتر و ابوذر را نکوهیده اند یا مثلا تشکیل شیعه را به فردی یهودی به نام صبا که توسط خود حضرت علی تبعید شد منتصب کرده اند! تفرقه در دین را به گردن پیشوای ما انداخته اند و نه آن ها که حتی خاکسپاری رسول خدا را از طمع به چنگ آوردن قدرت فراموش کرده بودند و ذره ای از دسترنج شخصی پیامبر را هم فرو نگذاشتند و فدک را نیز اشغال نمودند و دختر پیامبر در اثر ضربات آنان به مانند کودکی که در شکم داشت(یعنی نوه پیامبرشان) جان سپرد و با حداکثر رنج به شهادت رسید. این منافقین مادر مقدس ما شیعیان(حضرت فاطمه) را غاصب فدک و کسی که می خواسته از رابطه خونی خود با پیامبر سوء استفاده دنیایی کند خطاب می کنند و نثر صریح قرآن در مورد فدک، دو زن خطاپیشه پیامبر، اطاعت از پیشواعلی و حمایت از خاندان نبی پس از شهادتش به دست آن دو زن و ... را با فسق نادیده می گیرند. یا اینکه به شیعیان تهمت هایی بسته اند که در تخیل یک کودک شش ساله هم نمی گنجد مثل آنکه برخی در شیعه محمد ابن حنفیه را خدا می دانسته اند یا فلانی و بهمانی را! هر کس

در مورد اسلام عقیده ای بسیار بی منطق و خنده دار ارائه کرده حالا هرکه بوده او را شیعه معرفی کرده اند و از فرق شیعه نامیده اند در حالی که خط مشی شیعی از زمان حیات پیامبر روشن و کاملا آشکار بوده است. درست است که شیعه یا به سخن من "اسلام آتشین عقل محور" از نخستین پیامبر و آفرینش آدمی آغاز شد ولی پیدایش و شکل گیری امروزی تر آن و فلسفه ولایی را می توان به صراحت در دوران ولایت "یوشع ابن نون" دانست. حضرت موسی دقیقا به مانند ماجرای غدیر یوشع را به عنوان ولی خود و البته به دستور خدا انتخاب نمود و بنی اسرائیل هم دقیقا بلاهایی شبیه به آن هایی که اعراب بر سر پیشواعلی آوردند را بر سر یوشع ولی آوردند. یوشع دلاور و جنگجو، ولی و وصی و وزیر موسی بود و کلیم الله نیز بارها این مهم را چون پیامبر اسلام اعلام نمود ولی بنی اسرائیل هزار شبهه بر ولایت وی وارد ساختند. پیامبر اسلام در حدیثی شگفت می فرمایند حوادث قوم بنی اسرائیل به هنگامه پس از موسی در پس از من بر قومم به عینه تکرار خواهند شد. حال ممکن است کسی بگوید از کجا معلوم که پیامبر اسلام از ماجرای موسی و یوشع تقلید نکرده باشد و این شباهت از روی مطالعه و آگاهی نباشد؟ پاسخ این است که اگر چنین بود لااقل همه حوادث یوشع(یا همان جاکوب) دیگر مو به مو تکرار نمی شدند، مثلا دقیقا همانگونه که زن حضرت موسی ولایت یوشع را نپذیرفت و بر ضدش لشگرکشی نمود عایشه هم چنین کرد و همان افعال و خطاها و حتی سخنان از وی سر زد. چگونه ممکن است همه این موارد و حتی عین جمله هایی که برای زیر سئوال بردن ولایت در هر دو دوره و توسط افرادی گوناگون استفاده می شده اند تصادفی یا تقلیدی باشند مگر اینکه تمامی ماجرای زیر سئوال بردن ولایت پیشوا هم یک سرش در آستین یهودیان بوده باشد و آن ها از آن تجربه تاریخی ننگین اما موفق خویش در رسیدن به اهدافشان و مبارزه با اولیاء الهی دوباره استفاده کرده باشند. بله، ولایت یوشع در حدود ۳۷۰۰ سال پیش آغازی بود بر جنبش اصلی شیعه و رویش یکپارچه اندیشه های آن و یا بهتر بگویم توضیح و توجیه این بینش خاص در ذهن مردمان. پس از یوشع هم بسیاری دیگر در مکتب شیعه پیش از ظهور اسلام بالندگی نموده اند و آن را تا رسیدن به پیشواعلی کامل و کامل تر کرده اند که در ادامه به تعدادی از این افراد اشاره ای کوتاه می نمایم. اما سخن اصلی شیعه چیست؟ پیشوا می فرماید که اگر در گوشه ای از سرزمین های اسلامی خلخالی را از پای زنی یهود بیرون آورند و در غصه شنیدن این خبر مسلمان(باغیرت) دق کند و بمیرد، حق دارد. می فرماید: خفتن در قبر بسی بهتر و شیرین تر از زندگی در فقر است. شیعه می گوید تا ریشه فساد از بیخ و بن کنده نشده نباید آرام نشست ولی این خیزش دائمی می بایست با دانش و فلسفه و تسلط بر علوم طبیعی و کسب همه قدرت هایی که می توان، همراه باشد و فرماندهی آن نیز همواره به دانشمندان سربازخصلت سپرده شود. شیعه می گوید دعا فقط در صورتی محقق می شود که آدمی برخیزد و با همه وجود و خالصانه با مشکلات مبارزه کند. شیعه می گوید آن زن یهود که خلخال را از پایش ربودند نه یهودی است و نه حتی زن، بلکه مظلوم است. هر ستمی که در هر جای گیتی بر ستمدیده ای روا می شود، حتی بر یک حیوان بسیار کوچک چنان بدان که هرگز قابل پذیرش و سازش نیست و هیچ ایرادی کم اهمیت نمی باشد.

چون هرگونه زشتی که قطعا مضراتش به آیندگان خواهد رسید انجام گرفت، یعنی هر شکلی از ظلم و تجاوز، چنان رفتار کن که بر چهره و دامان خانواده و عزیزان شخص تو چنگ انداخته است(اینجاست که دلیل اصرار پیشواعلی برای جنگ با معاویه معنی می یابد، ایشان از انحرافاتی که توسط امویان تولید شده و گریبان آیندگان را می گرفت دائما خبر می دادند و در اندیشه هدایت ما بوده اند) و چنان بر سر ظالم شمشیر بکوب که شمشیر بر خود بلولد. مثلا به صورت خبری و بدون احساس نگو جوان های مردم معتاد می شوند و حتی هرگز به شنیدن این خبر عادت نکن، بگو جوان های ما یا بهتر از آن بگو جوان من که بخشی از خود من است معتاد می شود و به این سخن خویش باور داشته باش و به همان اندازه که از انحراف کودک خودت رنج خواهی کشید از اعتیاد ایشان رنج بکش و به همان اندازه که برای نجات کودک خویش تلاش خواهی کرد برای رهایی ایشان و نابودی کامل دیو اعتیاد تلاش کن. از سوی دیگر هرگز تا زمانی که حتی یک نخ سیگار وجود دارد راضی نخواب. منتظر نباش که بلایی به سرت بیاید و بعد تو برای اصلاح امور یا انتقام و اعتراض وارد میدان شوی! چنین بدان که جوان همسایه که در تصادف جاده ای مرده است پسر خودت بوده و چون پسر خودت و دنیای ساختگی خودت هنوز سالم هستند غافل و مست پرداختن به آن ها نشو(شرف داشتن یعنی همین ولی این معنا اساسا با شعور هیچ تفاوتی ندارد) و به شکرانه سلامت و از روی عقل سلیم به نابسامانی ها اعتراض کن تا زمانی که وجود دارند. حال این ناهنجاری ها در هر کجای جهان که می خواهند باشند و سهم هرآنکه شده باشند. چنین فلسفه ای توسط کوروش بزرگ مو به مو انجام شد، خود مرزهای ایران امن و امان بودند و همه کشورها هم راضی بودند هر باج و خراجی به ایران بدهند ولی کوروش می خواست برده داری را کلا و طبق اصول شیعه(یعنی جریانی که پس از پیشوا به نام شیعه شناخته شد) یک شبه برچیند. به هزار کشور بدون انگیزه استعماری حمله کرد و پس از برچیده شدن برده داری در آن ها از آن کشورها خارج شد و آنگاه که ایشان همچون لیدیه و یونان دوباره بساط برده داری را به راه انداختند باز کوروش بی معطلی به آنان حمله نمود. شیعه سرخ با کسی رودرواسی و تعارف ندارد. هر پادشاه دیگری بود با هر اندیشه و جهان بینی دیگری مگر شیعه، چنین نمی کرد. یا باج را می پذیرفت و یا کم کم به خیال خودش به اصلاح و فرهنگ سازی! می پرداخت ولی کوروش بزرگ خودش را همان برده ای می دانست که در لیدیه حتی یک لحظه دیگر هم نمی تواند برده بودن را تحمل کند و یک روز دیگر هم برایش خیلی دیر است. کوروش آن برده را نه برادرش، بلکه خودِ خودش می دید. یعنی کوروش می توانست برده داری را در طی مدت چند ده سال ریشه کن کند و نه یک شبه ولی خود آن برده هایی که در طی همان چند دهه برده بودند و کوروش می توانسته نجاتشان دهد چه؟ آیا باید له شدن آنان را نظاره می کرد؟ شیعه این است حالا هرچه که دوست دارید بنامیدش. اسلام آتشین ایرانی این است، حال هر نامی بر آن گذارده باشند. گذشته از این ذوالقرنین بزرگ(کوروش - کیخسرو) پیوسته به مصداق کامل مبانی شیعه در حال انجام فروع دین با بالاترین کیفیت و بطوری که برای ما بهترین آموزش به شمار می رود بوده است. آنچنان با نمازش شناخته شده بود که تنها تصویرش در تخت جمشید او را

در حال نماز و حالت قنوت که در اصل از رسوم نماز باستانی ایرانی است نشان می دهد. شیعه آنگونه که اکثریت مردم می اندیشند یک شبه و در زمان پیشواعلی به وجود نیامده بلکه یک سیر تکاملی و اندیشه ای بسیار ژرف، وارسته و ایده آل بوده که در دگردیسی تاریخ و به دست فرماندهان گوناگونش پرورش یافته و با علی ابن ابیطالب به اوج خود رسیده است. مثلا وقتی شما وصف یونانیان از کوروش بزرگ را می خوانید تصور می کنید که آن ها دارند امیرالعالمین(من به این جهت از واژه امیرالعالمین به جای امیرالمومنین استفاده می کنم که پیشوا امیر برحق در تمامی عالم ها و بر همه عالمیان اند) علی را وصف می کنند! چرا؟ چون هر دوی این فرماندهان پیرو یک فلسفه تعریف شده خاص و ایده آل گرایی محض یا به سخن من شیعه سرخ بوده اند. بطور مثال وقتی فرستاده یونان پس از چند هفته انتظار بالاخره نوبتش می شود که برای حسابرسی به حضور کوروش بزرگ برسد! با دیدن خود او شگفت زده می شود؛ نه جلال و جبروتی و نه کبر و بارگاهی. مردی که یک پیراهن ساده به تن داشته را می بیند که پشت میزی بسیار ساده نشسته و کوهی از دیوان های محاسبات و برگه های مالیات در برابرش قرار گرفته و با سر پایین یکسره در حال محاسبه دقیق و مشغول حساب و کتاب کردن است. فرستاده به محض دیدن این صحنه و انجام کار با سرعت و شادی خود را به کشورش می رساند که چه نشسته اید که کوروش را می توان به راحتی ترور کرد(شعور اینان را ببینید که از چنین مرام و برخورد حکیمانه ای کجایش را برداشت کرده اند)! و این داستان به همین خاطر یعنی اهمیت موضوع ترور کوروش و به خواست خدای حکیم در کتاب های تاریخی یونان و روم باقی مانده است که ما بدانیم تا چه اندازه چهره حقیقی فرماندهان سرخ خود را نمی شناسیم. هرگز گردنی در جهان نمی تواند میزان جواهراتی که یهودیان صهیون در تاریخ نوشته اند که بر تاج کوروش بوده و با آن در شهر هم می گشته را تحمل کند! از لحاظ محاسبات مبیّن تاریخی کوروش اصلا وقت برگزاری جشن هایی که در کتاب های افسانه گونه و قصه وار به او نسبت داده اند را نداشته است زیرا تاریخ دقیق همه جنگ های جهانی و بین المللی او در چندین منبع مجزا کاملا مشخص است. امکان دارد کسی بگوید چگونه ممکن است شخصی شاه باشد و فرمانده اصلی مستضعفان هم باشد؟ یک؛ کوروش بزرگ پیامبر و به یقین ذوالقرنین قرآن بوده است. دو؛ اصلا معنی شاه و وظایف و تعریف اختیارات و محدودیت های او در زمان هخامنشیان با دوران قاجار نباید یکی دانسته شود. تصویری که با شنیدن نام شاه به ذهن ما بلافاصله خطور می کند شاهی قجری است که زنان بسیار دوره اش کرده اند و چاق و بی خاصیت و شهوت پرست است در حالی که شاه در دوران هخامنشیان توسط انجمن پیران و پهلوانان گزینش و تایید و حتی عزل می شد و خود آن پهلوانان نیز هرکدام نماینده برگزیده شهر و دیار یا ایلی بوده اند. شاه آریایی(به ویژه تا پیش از خشایارشاه) اگر کوچک ترین خطایی می نمود از سوی انجمن فوق که متشکل از دانشمندان(موبدان راستین که البته در دوره ساسانی به کاهنانی کوتاه فکر و دین فروش تغییر ماهیت دادند) و دانایان(پیران) و پهلوانان بود رد صلاحیت می شد و این امر فرمالیته و نمایشی نبود بلکه چندین بار در تاریخ هخامنشی اتفاق افتاد و چندین شاه و

شهریار و ساتراپ(فرماندار ایالتی) که از نژاد کیان بودند، عزل شدند. در دوره خشایار این انجمن تضعیف شد ولی در تاریخ مکتوب است که زنی از فرمانروایان سرزمینی رومی(اروپایی) با دیدن جمال آریایی پادشاه ایران به وی پیشنهاد نزدیکی داد، خشایار آشفته شد و به او با آشفتگی گفت که اگر پیران و موبدان دربار صدا و فقط پیشنهاد تو را بشنوند مرا بیچاره خواهند کرد! و حتی به کسی نگو که چنین چیزی به من گفته ای! حال بماند که این داستان در زمان خشایاری رخ داده که به تحریک یهودیان صهیونی اشرافی گری و سلطه جبری شاه بر مردم و انحراف تدریجی سلسله هخامنشیان را شروع و پیوسته تقویت می نمود و بسیاری از قوانین سختگیرانه پهلوی و زرتشتی را متروک نموده بود. پس از کوروش بزرگ که از لحاظ افکار نظامی و قانونمندی این جریان(یعنی آنچه که ما شیعه می نامیم) را به پختگی رسانید نوبت به مزدک دانا رسید که چند جنبه دیگر مرام سرخ را به کمال برساند، مدون سازد و به مردم عادی تفهیم کند. مزدک در تاریخ مورد تحریفات بی شماری قرار گرفته و اگر بخواهیم در میان شخصیت هایی که در کتب تاریخی مورد بیشترین کینه ورزی و ترور شخصیت قرار گرفته اند تنها یکی را انتخاب کنیم که بیش از همه تحریف شده باشد، آن یک نفر بی شک مزدک است. جالب اینجاست که هیچ شخصیتی چون چهره های جریان فکری ۳۷۰۰ ساله شیعه در کل کتب و مستندات تاریخ ایران و جهان مورد تحریف و آماج سیلی از تهمت ها قرار نگرفته است. مثلا کوروش بزرگ که پارسی بوده به دست روحانیان زرتشتی شدیدا تحریف شد و کار به جایی رسیده که ما وقتی می خواهیم کوروش را بشناسیم مجبوریم به اسنادی که دشمنانش، چون یونانیان درباره او نوشته اند رجوع کنیم تا به کتاب های سراپا تخیلی مدعیان دوستیش! مزدک هم یک شبه به وجود نیامده بود، استاد وی زرتشت خورگان که در سرزمین های بسیاری شناخته شده و مبلغ خداپرستی و عدالت و مهرورزی بود نیز حاصل جریانی که از زمان کوروش بزرگ تا آن هنگام پویایی داشته، بوده است ولی به دلیل حقانیتش از دربارها و مراکز قدرت و دیده شدن رانده شده بود. یعنی اینطور نبود که همه ساختار دین زرتشتی منحرف شده باشد ولی آن موبدانی(موبد هم به معنی دانشمند به ویژه در زمینه دین و قانون الهی می تواند باشد و هم کاهن دین فروش و عملکرد افراد مدعی آن، این واژه را معنا می کند) که چون مزدک و استادانش منحرف نگردیده بودند و برعکس ادعاهای زرتشتیان مانوی یا چیزی شبیه به آن نبوده و به اعتقادات اصیل زرتشتیت عقیده داشته اند از شهرهای بزرگ رانده شده و دیگر امکان و توان ظهور و بروزی نداشته اند مگر به صورت مقطعی و در میان حسادت و کینه موبدان درباری. همانگونه که مزدک موبد موبدان ایران بود ولی از همان آغاز رسیدن به چنین درجه ای سایه بغض غلیظ دشمنان خود را بر سر داشت که انتظار می کشیدند کوچک ترین بدعتی در خرافات و یا هرگونه اشتباهی از او سر بزند و از پیش برنامه عملی سقوط او و ابزارهای مورد نیاز این حادثه بزرگ را بدون قائل شدن اهمیت برای ماهیت حوادث آینده فراهم نموده بودند. مزدک چند اندیشه ناب را به فلسفه شیعه سرخ ما افزود(از دلایلی که بنده بر لفظ شیعه تاکید دارم این است: همانگونه که در ادامه به آن اشاره خواهد شد همه کسانی که پیرو مزدک و در اصل پیرو جریان فکری کوروش و موبدان راستین بودند بعدها

در قیام هایی چون مختار و ابومسلم و بابک و نبردهای دیلمان با شیعیان همراه شدند تا اینکه در دوران شیخ صفی و پیدایش قزلباشان با پیروان شیعه همکیش و کاملا یکی گردیدند و خودشان و نه من برای ایشان، نام و پرچم شیعه را برای خویش برگزیدند ولی خود نیز بر آن تاثیرات بسیاری نهادند. مثلا پرچم سرخ مزدکی خویش یا همین واژه سرخ در اصطلاح شیعه سرخ را وارد فرهنگ شیعه نمودند که امروز هم بر بارگاه امام حسین پرچم سرخ خونخواهی ایشان که به یاحسین متبرک است در احتزاز قرار دارد... به همین خاطر است که می گویم مزدک شیعه را تکامل بخشید زیرا ادغام اندیشه های او و علویان هرچند که این دو اندیشه از ابتدا هم یکی بوده و مجزا نبوده اند مبرهن است. در این دگردیسی، باورهای بلند مزدک به ویژه در زمینه اقتصاد و مدیریت جوامع که چکیده ای از افکار پیشدادیان و کوروش و همه اندیشمندان آریایی پیش از اسلام ایران بود سبب درک اندیشه های پیشواعلی و بالعکس گردید) و خدمتی که خداوند برای او در نظر گرفته بود را با شایستگی به انجام رسانید. یک اینکه دست سلطه روحانیت درباری را از این اندیشه سرخ و انقلابی تا همیشه تاریخ کوتاه نمود و این طرز تفکر را تا آنجایی پالایش کرد و به کمال و پویایی رسانید که هر سرباز آن بتواند خود مرجع باشد و بدون ابزارها و آداب و رسوم قراردادی به کمال خویش دست یابد و مستقلا حق را درک و دنبال نماید. دو اینکه برادری و برابری را در این منش با ایده آل ترین و آتشین ترین معنی و تعبیر ممکن مطرح ساخت و در زمان حیات خود اثبات نمود که اندیشه هایش قابل انجام هم هستند. یعنی بحث تقسیم دوباره برخی اموال که امروزه اموال عمومی خوانده می شوند را برای اولین بار مطرح ساخت و اجرا نمود. و سوم اینکه، مرزهای عقیدتی و ایدئولوژیکی ذهنی ملل را برای نخستین بار در هم شکست و مرامی برتر از قبله ها و ادیان را پایه ریزی نمود که پیروانی جان بر کف چون فلوریان گیر و علی بناپارت و آدولف هیتلر در آن سوی گیتی و صدها سال بعد از خود او یافت!!! وقتی سرود حماسی و کهن فلوریان گیر را مطالعه می کنید(که به عنوان مارش نیروهای وافن اس اس نازی که بین المللی بودند نیز انتخاب شد) بی پرده اندیشه های مزدک را می توانید از نظر بگذرانید به ویژه آنجا که جنگجویان سیاه پوش خودشان را بی نیاز به پاپ و موبدان واتیکان و موبد واقعی پاکباخته همیشه در خطر مرگ در راه خدا خطاب می کنند. این پیروان بین المللی سوسیال مزدک همواره در طی تاریخ توسط زیردستان خود و توده جوامع درک نشده اند تا جایی که هیتلر بزرگ به عنوان پیشوای آلمان دو ماه طول کشید تا ژنرال های ورماخت را راضی و مجبور به حمله رعدآسا به فرانسه نماید و عملا شصت روز زمان گرانبهاتر از طلا در این بین پایمال شد و در طی این نبرد نیز تخلفات بسیاری از دستورات او صورت گرفت و ژنرال ها ساز خودشان را بدون توجه به طرح کلی می زدند! اما حداقل هرکدام توانسته اند ایدئولوژی فوق را روشن تر، پویاتر و پالوده تر نمایند. پیام مزدک چندان سخت و سنگین نبود وانگهی موبدان درباری نمی توانستند بپذیرند که یک شبه همه چیزشان را از دست بدهند! و حتی کار به جایی رسید که کسری، او که مزدکیان را با زیر پا نهادن اخلاق آریایی کشتار نموده بود را از همان زمان حیاتش بهشتی و نوشین روان لقب داده و معرفی کردند و شش دانگ

بهشت را به خاطر خدمتی که به آن ها کرده بود به نام او زدند! در کتب مذهبی زرتشتیان وی را تا حد خدایی ستوده اند و داستان هایی تخیلی از عدل و داد به او نسبت داده اند که عقل کودکان از پذیرش آن ها سر باز می زند! از همین موضوع ساده می توان درک کرد که خطر اندیشه های مزدک برایشان چقدر جدی بوده است. به هر صورت آیین مزدکی(و نه دین مزدکی چون این منش سیاسی و اقتصادی اساسا و از همان آغاز یک دین نبود) در ایران با وجود تمامی سرکوب های بی رحمانه روحانیون زرتشتی در بین دهقانان و طبقات پایین جامعه همه گیر گردید و رشد یافت(و زمینه را برای پذیرش و درک افکار پیشوا و حق و عدل مطلق آماده نمود). باری، به سبب همین پیش زمینه فکری چند صد ساله بود که ایرانیان از همان ابتدای اسلام آوردنشان به مکتبی به نام علی و ادامه دهندگان راه او تمایل شدید در خود احساس می کردند و تحقق تمامی آرمان ها و ایده آل های مزدکی را در پیروی از ایشان می دانستند و تنها ملتی بودند که برای خونخواهی حسین ابن علی قیام نمودند. ایرانیان تا پیش از آشنایی با شیعه علوی به تمام معنا از پذیرش اسلام سر باز می زدند مثلا به بهانه نفهمیدن زبان عربی اعراب را به مسخره گرفته بودند، بطوری که در تاریخ عرب آمده که ایرانیان نیشابور از گفتن یک واژه عربی هم در رکوع و سجود عاجزند! ولی پس از آنکه پیشوا(علی) را شناختند از همان ابتدا به وی گرایش یافته و علاقمند شدند. حضرت علی و پیروان و اصحاب و خاندانش هیچ نقشی در یورش به ایران نداشته اند و آن را هرگز حمله سپاه حق به کفار تعبیر نکرده اند و جنگ میان حق و باطل ندانسته اند(به همین خاطر هم در جنگ شرکت نکردند چون هر دو جانب میدان، یعنی اشرافیت ساسانی نژادپرست و روحانیت گمراه زرتشتی و هم اعراب نژادپرست و استعمارگر پیرو عمر و بینش خطاب باطل بوده و مومنین از شرکت در چنین جنگی در قرآن نهی شده اند. در متون عربی بسیاری تاکید گردیده که حتی تا چند صد سال پس از اسلام بسیاری از اعراب بت های جاهلیت خود را می پرستیده اند و در زمان تازیدن به ایران نیز گزارشات بی شماری مبنی بر این واقعیت که ایشان هیچ از اسلام نمی دانسته اند و به کل از مفاهیم قرآنی و احکام شریعت و حتی روزه بی اطلاع بوده اند وجود دارد). در برخی کتاب ها برای تحریف چهره امامان و بیرون کردن مهر آن ها از دل ایرانیان آمده است که امام حسین در هشت سالگی سردار سپاه عمر در حمله به ایران بوده! یا موقع تقسیم اسیران که کثیف ترین و تنفرانگیزترین کار ممکن است و بهترین داستانی است که می توان به کمک آن کسی را ترور شخصیتی نمود، خود علی فرضی ایشان کنیزان و زنان اسیر را بین مسلمانان قسمت نموده و زیباترین آن ها را هم برای خود برداشته است! یا اینکه شخص حضرت علی دستور داده که فرش افسانه ای ساسانیان را هزار پاره کنند تا به همه برسد! و از همه جالب تر اینکه گفته می شود امامان حسن و حسین به همراهی یکدیگر به ایران زمین آمده اند و آب را بر اهالی یکی از شهرهای شمال ایران بسته اند تا مردم از تشنگی بمیرند! آیا مرام علی در تاریخ ثبت نشده است و بر فرض اینکه امام حسین حداکثر هشت ساله آب را بر کسی می توانسته ببندد و در آن مکان حضور داشته و به اسلام ایمان نداشته، آیا این اجازه را به خود می داده که بر خلاف تعالیم و دستورات مستقیم پدرش که هر عربی

آن ها را حفظ بود عمل نماید؟ آیا این تحریف فوق العاده برای ما ایرانی ها احمقانه نیست که می دانیم علاوه بر بارندگی های پی در پی و رطوبت دائمی هوای شمال کشورمان با چند متر کندن زمین حتی با دست خالی می شود در هرکجای آن ناحیه که زمینی بسیار نرم دارد آب به دست آورد و بستن آب در منطقه سرسبز و حاصلخیز مذکور عملی خنده دار است!؟ تحریف کننده نامی بی وجدان و عقل بدون توجه به وضعیت اقلیم یادشده(طبرستان ایران) این خصلت و شیوه کهن اعراب مبنی بر بستن آب بر دشمن و حتی غیرنظامیان که در اقلیم های عربی و مناطق مشابه و صحرایی قابل اجراست را به بنی هاشم و شیعیان نسبت داده تا از نقطه قوت شیعه یعنی حادثه کربلا او را بگزد و بگوید اینقدر نگویید که امام ما مظلوم بود و آب را از او دریغ کردند زیرا خودش مومن به بستن آب بوده! آیا تهمت هرچه بزرگ تر و زشت تر باشد قابل باورتر می شود و بُهت مردم ما به پذیرفته شدن آن کمک می کند؟ ما باید هرچه در تاریخ طبری هست را باور کنیم و به عقل و منطق خودمان رجوع نکنیم؟ آیا اینکه می خوانیم حسن و به ویژه حسین مورد ادعا سر ایرانیان را بریده اند و به سرهای بریده درست به مانند ابن زیاد و یزید توهین و بی حرمتی ابراز می داشته اند را نباید با خرد خود تطبیق دهیم و بفهمیم منظور تاریخ نگار عمری عرب پرست تنها و تنها زیر سئوال بردن معصومیت و مظلومیت امام حسین و قیام کربلا بوده است؟ آیا اگر پیشوا برای جنگ به ایران می آمد و می پذیرفت تحت رهبری یک منافق و لوای پرچم هلال ماه و ستاره پنج پری که خود بتان منصوب به آن را واژگون نموده بود برزمد تنها برای تقسیم اسیران به عنوان برده فروش! در مابین ظاهر می شد و بزرگ ترین قهرمان صدر اسلام اینقدر بی سر و صدا در برگ های تاریخ تازیدن اعراب به ایران می بود و در هیچ نبرد بزرگی نامی از او به میان نمی آمد؟ چگونه امکان داشت که در حضور وی و شیعیان مجال مدیریت جنگ و فرماندهی به ابوموسی اشعری ها برسد و خود این مسئله نشانه خالی بودن دست عمر از دلیران صدر اسلام نبوده است؟ چگونه ممکن است پیروز(ابولولو) که در یک جنگ به تمام معنای رو در رو عمر و همه محافظینش را کشت شیعه مولاعلی بوده و چنان ایمانی به ایشان داشته باشد در حالی که امیرالعالمین حقانیت ظالمین به او را تایید می کرد؟! چطور ممکن است که پیروز پس از حماسه فوق با عجله به نزد پیشوای خود رفته باشد و خون لعین را به ایشان پیشکش نموده باشد و جان خود و خانواده اش که به دلیل این اقدام زندگیشان را پس از شکنجه ای طولانی از دست می دادند را هدیه ای کوچک به پیشگاه پیشوا دانسته باشد و آنگاه، ما از او که یک نجیب زاده ساسانی بود حوادث آن روزگار را بهتر بفهمیم و بدانیم!؟ و عینی تر درک کرده باشیم که حیدر کرار تا چه اندازه قابل اعتماد است؟ و از او تعصب و درک حسی بیشتری نسبت به آنچه که بر ایران گذشت داشته باشیم(پیروز شیعه ترین شیعیان بود. او تنها کسی بود که در زمان حیات امیرالعالمین غیرت شیعی به معنای واقعی کلمه داشت و توانسته بود وظیفه ذاتی را درک نماید)؟ به خدا قسم که تمام بغض تاریخی نژادپرستان عربی و عرب پرستان نسبت به پیشوا ریشه در چیزی جز شرکت نکردن وی در جنگ با ایرانیان و تازیدن به منظور غارت ندارد و از همین رو قلم فروشان تازی ایشان را "قصاب عرب" نام نهادند به این معنی که علی فقط بلد است خود ما

اعراب را بکشد! و با عجم(غیرعرب) و بیگانه جز نرمش به خرج نمی دهد! چگونه ممکن است پیشوا آنگونه که در سال های اخیر وهابیون کشف کرده اند!!! دختر شش یا هفت ساله خود را در زیر سن قانونی به عقد عمر درآورده باشد و آنگاه حتی توانسته باشد ادعای دینداری کند؟ این تهمت ها همگی دوپهلو هستند، مثلا در همین مورد وهابیون ظاهرا می گویند؛ اگر علی با عمر دشمنی داشت که دختر شش ساله اش را به عقد او در نمی آورد ولی در اصل منظورشان این است که شنونده را از حضرت علی به واسطه آنکه دخترىچه ای شش ساله را به عقد پیرمردی درآورده متنفر سازند و بقیه جملات روکشی هستند بر چهره واقعی منظور تحریف. گذشته از این ما باید از شیوه سقراط در این دست موضوعات استفاده کنیم، یعنی مگر نه اینکه در متن روشن ادعای عمریان آمده است که چون ام کلثوم ساخته و پرداخته ذهن ایشان هنوز به سن قانونی ازدواج نرسیده بود هرگز عقدی میان او و عمر جاری نشد(و نمی توانست جاری شود) و تا وی به سن تکلیف برسد عمر کشته شد؟ پس چرا و بر چه مبنایی وهابیون دائما می گویند که دختر فاطمه و علی همسر عمر بوده است؟! در حالی که در داستان مورد ادعای خود ایشان هم هیچ عقد و ازدواجی میان این دو صورت نگرفته و با توجه به سن دختر نمی توانسته صورت بگیرد؟ درجه پستی اینان را بنگرید که بر این منوال در واقع می خواهند بگویند حیدر کرار اسدالله دختر زهرا و نوه رسول الله را از فرط ترس و یا تحت فشار به عمر پیش فروش نموده بود. امّ کلثوم اگر همسر عمر بود پس در کربلا چه می کرد و چطور ممکن است کوفیان معاند و امویان طی ماجرای به اسارات گرفتن خاندان نبی با او به عنوان همسر خلیفه ای که قبولش داشته اند و به جبر یکی از چهره های مهم اسلام، زیرا شخصیت مورد ادعا طبق سخن تحریفیون دختر یکی از چهار خلیفه و همسر دیگری بوده صحبتی نکرده و تعاملی مستند نداشته باشند و حضور وی تا این اندازه کمرنگ باشد؟ آیا سه امام نخست ما به وصیت پیامبر این بانو را ام کلثوم خطاب نمی کردند تا به واسطه همین نام تحریف فوق که در آینده ساخته می شد را باطل سازند؟؟؟ یعنی آیا عمر ابن خطاب دختری خونی به نام کلثوم داشته است تا مادرش را "ام کلثوم" بنامند و حتی ام کلثوم مورد ادعای عمریان نیز تا به بلوغ برسد، عمر کشته نمی شود!؟ پس چطور ام کلثوم خطاب می شده قبل از اینکه کسی را بزاید؟ ام کلثوم دختر پیشوا که زاده فاطمه نبود، همسر عون ابن جعفر طیار بوده و ام کلثومی که همسر عمر بود "بنت عقبه" نامیده می شد و به دلیل آنکه مسلمان شد شوهرش عمرو عاص او را طلاق داد و رسول خدا وی را به عقد عمر در آورد و بنت عقبه فرزندان خود را به خانه ابن خطاب آورد. آیا پیشواعلی به شیعیان خود دستور می داد که در جنگ ایران حضور پیدا نکنند، و هیچ کدام از پیروان پیشوا در این نبرد حاضر نشدند، آنگاه پسران فاطمه را به تنهایی و در نوجوانی به قلب آن اعزام می نمود؟ پسرانی که آن ها را فرزندان و یادگاران پیامبر و از آن و دارایی اسلام می دانست و هرگز از خود دور نمی نمود و چون یک سرباز و نه یک پدر شخصا از ایشان پاسداری می کرد(این احساس و رویکرد پیشوای ما درست به مانند گریستن حضرت یعقوب برای یوسف نبی بود، در حالی که یعقوب به واسطه وحی از واقعیت امر و امتحان الهی اطلاع داشت و گریستن به این شکل هم در اسلام آدم تا خاتم منع

شده اما این عمل برای او عبادت و غیرت محسوب می شد و از سر وجدان انسانی و پیامبری در مورد احتمال قصور در انجام وظیفهِ حفظ ولی خود که ولی خدا، اسلام و همه مومنین عالم ها و ثروت خداگرایان بود صورت می گرفت). حتی در جنگ جمل تا جایی که ممکن بود اجازه نداد این دو دست به شمشیر ببرند و دیگر پسران خویش چون محمد حنفیه را به حمله بدون بازگشت دستور می داد و نمی پذیرفت که یک قدم پا پس نهند و با دستانش(خودش و دیگر پسرانش) دو چشم دین، حسن و حسین را محافظت می نمود. به خدا سوگند برای من حق حق است و از تحریف چه در مورد چهره های ملی و آریایی و چه اسلامی و شیعی(که این هر دو ثروت ها و دارایی ملی ما هستند و همکاری ما با دشمن در جهت نابودی یا تضعیف این گنج واحد جنون آمیزترین کاری است که می تواند از یک ایرانی عاقل سر بزند) به یک اندازه متنفرم و به همان میزان که از تحریف چهره واقعی "بهرام چوبینه" این سردار دلیر ایرانی صاحب پرچم رستم دستان که دست بیگانگان را از میهن کوتاه نمود و حتی موافقت نکرد با دخالت نظامی دوستان چینی خود به قدرت برسد که مبادا خاک ایران مورد کمترین بی حرمتی بیگانه و غیرایرانی قرار بگیرد، این قهرمان بی مانند که در راه زنده کردن دوباره عصر پهلوانی در برابر خسرو پرویزی که به تمام معنا کشور را به رومیان و صلیبیون فروخته و نماد اشرافیت بود قد علم نمود کینه در دل دارم از دروغ بستن و توهین مشابه به مزدک یا امامان عصبانی می شوم. نکته دومی که در اینجا باید مطرح شود اینکه قرآن مفهومی فراتر از هویت و زبان عربی و بطور کلی همه ابزارها و از آن جمله ابزاری به نام زبان است و خدا در قرآن کریم بارها می فرماید که من قرآن را به زبان عربی نازل نمودم تا شما بفهمید و بهانه نیاورید یعنی به هر زبان دیگری امکان نزول این مفهوم واحد و روح مقدس وجود داشته است. اینکه عده ای می گویند خدا به زبان عربی سخن می گوید! خیانتی است به اسلام و گناهی نابخشودنی، خداوند اگر بخواهد مفهومی را به کسی منتقل نماید به روح و روان آن فرد بطور کامل و با احساسی که مطلقا می خواهد و فراتر از واژه ها و برداشت های شخصی انتقالش می دهد. از همین روست که گفته می شود قرآن بطور کامل در یک لحظه به پیامبر اسلام وحی شد. یعنی آنکه خدا قرآن را به رسول خود منتقل می فرمود و چون حضرت رسول تنها به زبان عربی سخن می گفت آن را عربی بازگو می نمود. بارها نقل شده که پیشواعلی قرآن را برای اقوام دیگر به زبان خودشان تلاوت می نموده و حتی برای چند تن از یک قبیله دورافتاده برآمده از آفریقا به زبان محلی خود آن ها قرآن را خواند که سبب شد تصور کنند پیشوا خداست! خدا می گوید و تو می دانی، ذات مفهوم به دل و روان تو منتقل می گردد و در رستاخیز نیز که با همه بندگان خود سخن می گوید هیچ گوشی واژه ای را نخواهد شنید بلکه هر بنده ای که خطاب می شود در کمتر از یک لحظه همه منظور را دریافت می کند. این حالت شبیه به چیزی است که عمدتا تِله پاتی می نامیم اما تفاوتش در اینجاست که پیام الهی آنی منتقل شده و کاملا قطعی است و از تزلزل ذهن و جسم آدمی تاثیر نمی گیرد. پس، قرآن که به معنای ذات و قانون اساسی اسلام است و همه کسانی که به آن خدمت نموده اند و همینطور سایر کتب آسمانی از جمله اوستا البته در شکل اصیل بدون تحریفشان و همه

کسانی که به آن ها مومن بوده اند ثروت ها و چهره های بین المللی و حتی فرابشری هستند.
باری، اینکه تو پیرو کدام پیشوا و ایدئولوگ باشی مهم ترین مسئله است و روشنفکران، هنرمندان و قلم به دستان عمری از دیرباز خواسته دست به خیانت هایی زده اند که البته جامعه هدف این تحریفات ما نبوده ایم، بلکه اجداد کم سواد و ساده روستایی ما بوده اند! خیلی زشت است که ما امروز فریب این نیرنگ های کودکانه و سنتی را بخوریم! حتی مولوی(مولانا) به سبب عمری بودن دست به تحریف تاریخ برده و بخشی از هویت پیشوای ما را در داستان ملاقات فرستاده روم با عمر به نام خلیفه محبوب خود نموده است و در بخش دیگری در ضمن تایید کافر بودن عمر در نیمی از عمرش کفر مذکور را عین ایمان دانسته و می کوشد به دروغ این ایده کثیف را به خواننده منتقل نماید که گرچه او در زمین کافر بود ولی وی را در عالم بالا مسلمان صدا می کردند! سعدی نیز به سبب عمری بودن داستانی سراپا دروغ را به هویت پیشوا می بندد و با زیرکی عمرو عاص گونه ای سعی می کند عدالت ایشان را زیر سئوال ببرد، آنجا که داستانی را می سازد و نقل می کند که طی آن پیشواعلی مشغول قضاوت بوده و در صدور حکم دچار اشتباه می گردد و فردی عامی و امّی! در محکمه بر می خیزد و اشکال کار علی مورد ادعا را به او گوشزد می نماید! و وی نیز می پذیرد که اشتباه و ظالمانه قضاوت نموده است! سعدی با زکاوت اینگونه جلوه می دهد که؛ من فقط می گویم ببینید علی چقدر ظرفیت انتقاد داشت ولی در اصل می خواهد بگوید؛ مولا مانند دیگران و نه امام معصوم و ولی خدا بوده و اشتباهات بسیاری کرده است. سعدی حتی به خودش زحمت نمی دهد روی این داستان ساختگی کمی کار کند و موضوعی برای آن بسازد و در ابتدا آن را، یعنی زمینه و دلیل اشتباه را شرح دهد و یک راست سراغ منظور خویش و بزرگ ترین تهمت ممکن می رود و می گوید علی در قضاوت اشتباه کرد! به پیشواعلی مانند حضرت داوود دانش حکمت(حکم کردن و قضاوت نمودن بدون خطا) و حکومت عطا شده بود و این دو حتی به رسول خدا عطا نشده اند و پیامبر اسلام در چندین حدیث که در نهج الفصاحه ثبت است از مسلمانان خواهش می کند که او را نفریبند و احتمال خطای خود را در قضاوت مطرح می سازد و نیز در زمینه حکومت، وی هرگز حکومتی تشکیل نداد و اسلام تا زمان خلافت حضرت علی فاقد چیزی با تعریف دولت بوده است.
همین مولوی و سعدی خائن به تاریخ که چون دیگر عمریان قلم به دست نسبت به پیشوا بغض و نفرت داشته اند در ماجرای چگونگی برخورد با زنان و کنترل ایشان علنا زدن و کشتن را روا و زن را ابزار و مایملک بی اراده مرد که هرگونه بخواهی می توانی با آن رفتار کنی دانسته اند! سعدی در شعری بلندبالا به مخاطبین خود دستور می دهد که حتی اگر زنشان خواست فقط از خانه خارج شود او را تا می توانند بزنند و مولانا نیز در داستان مردی که مادری اهل بیرون رفتن از خانه داشت از زبان یک صوفی! به پسر می گوید که به جای کنترل این زن و اذیت کردن دائمی خودت خب "مادرت را بکش!" و احمق هایی این توهین آشکار به مقام زن با نام اسلام را فلسفی و دارای مغز عرفانی برداشت می کنند!
فردوسی و حافظ باشرف که شیعه راستین بوده اند اصلا قابل مقایسه با این دو نیستند و بطور نمونه در همین مسئله چگونگی برخورد با زنان دقیقا عکس عمریان و طبق مرام

شیعه عمل نموده اند و زن را نگاری که با کوچک ترین آزاری در هم می شکند دانسته اند.
همین رویکرد سعدی و مولوی را می توانید در سریال عمر فاروق به عینه لمس کنید(در این مجموعه تمامی هویت و افتخارات و نقش در تاریخ اسلام حضرت علی سرقت و به عمر و عمریونی چون خالد ابن ولید نسبت داده شده؛ کوله بار بر دوش نهادن و شبگردی و دستگیری از یتیمان، نوع ضربت خوردن و مرگ، سخنان، فتح خیبر و بسیاری موارد دیگر و حتی چاقویی که پیروز با آن عمر را بر طبق ادعای این اثر ناجوانمردانه و از پشت سر کشت!!! دو دم و دقیقا یک شِبه ذوالفقار تصویر گردیده!). بیعت با خطاب(پدر عمر) برای همه و در همه دوره ها نتیجه یکسان خواهد داشت و پیروان هر ایدئولوژی یکی می شوند زیرا به نظام یکپارچه و تعریف شده باورهایی معتقد هستند که دارای اصول روشنی است.
اینگونه است که پیشوای هر فرد در عملکرد و رفتار او بیشترین تاثیر را دارد و هر کسی با پیشوا و امام خودش محشور خواهد شد، یکی با علی، یکی با خطاب و یکی با سوسمار و در رستاخیز به همانجایی خواهد رفت که الگویش در آن جای بگیرد، بهشت، دوزخ، عدم.
باری، این داستان های "ضد علی" ظالمانه ترین دروغ ها و تحریفاتی هستند که می توانسته است ساخته شوند ولی منظور من این نبوده و نیست که از خواندن برخی اشعار سعدی و مولوی لذت نبریم و یا تاریخ طبری نخوانیم زیرا همه این ها دارایی های ما هستند و بعلاوه ما با مطالعه همین متون که تنها اسناد موجودند و خیر عدو به کمال پیشوایمان آگاه شده ایم.
پیشوا بارها در نهج البلاغه و در اکثر سخنرانی هایش به ۲۵ سال خانه نشینی و چاهویی خود صراحتا اشاره می کند تا این تلاش اعراب نژادپرست شراینر و وهابی که می خواهند مهر علی را با چنگ زدن به دامان قصه های ساختگی و مضحک ضد ایرانی بودن امامان شیعه از سینه ما بیرون کنند بی اثر گردد. آیا پیشواعلی که هرگز پشت سر عمر و ابوبکر نماز نخواند همواره در صحرا زندگی نمی کرد تا مجبور به درگیری با ایشان بر سر این موضوع و موارد مشابه نشود که در بلوای همین درگیری مدنظر منافقین و کفار پرنفوذ اسلام قرآن به کل نابود و خطابی تر گردد؟ حتی در یک مورد وقتی عمر خواست پنجاه هزار نیروی دیگر را هم به ایران بفرستد و خاک ایران را با ارتشی صدهزار نفره زیر و رو کند ولی الله شخصا با مداخله مانع این کار شد، عثمان عمر را قانع به تازیدنی دوباره کرده بود ولی پیشوا با ارائه نظری که از هر لحاظ درست هم بود و نیرنگ محسوب نمی شد از نابودی کامل ایران جلوگیری نمود. اگر نیروی اعراب در ایران دو برابر می شد همه آن ویرانی که به وجود آوردند نه دو برابر بلکه صد برابر و کشتار چندین برابر می گردید.
از سوی دیگر با حمله روم به سرزمین های خالی از جنگجوی اعراب مشکلی از ایرانیان حل نشده و تمام متجاوزین در فرض بهترین حالت، برای همیشه در ایران می ماندند! دیلمان که از گاه ساسانیان منطقه ای شورشی بود تنها در زمان خلافت پیشوا و پس از رسیدن نامه حضرت به سلسله مرزبان به قزوین حمله نمی کرد و بعد از کربلا و آغاز کشتار علویان، یگانه دیاری که آغوش به روی ایشان گشود دیلمان بود. دیلمیان هیچ دینی را در تاریخ خود نپذیرفته و هرگز در برابر پادشاهی به زور شمشیر و زهر خدعه سر فرود نیاورده بودند.
ایشان مردمانی جنگ آزموده و ورزیده و وفادار بودند که به مدد ارتفاعات و گردنه های

صعب العبور مناطق کوهستانی خویش دشمنانشان را تار و مار می کردند و خطرناک ترین دشمن اعراب در زمان تسلط تازیان محسوب می شده اند. این دیلمان سازش ناپذیر که تحت تاثیر افکار مزدک بوده است به ناگهان شیعه علوی گردید و گذشته از ماجرای سرزمین دیلمان در چندین قیام همدوشی مزدکیان و شیعیان افسانه هایی واقعی و شگفت را خلق کرد.

این "پیمان مقدس" به آغاز جنبش مختار باز می گردد. از دیرباز و دقیقا پس از سرکوب مزدکیان توسط کسری این مردمان فقیر عمدتا دهقان و گله دار فعالیت های موفق نظامی غالبا چریکی را آغاز کردند. در زمان کسری ماجرای اشغال یمن توسط حبشیان و تجاوز به نوامیس و همه کیان آن دیار پیش آمد که کسری هم برای خلاص شدن از دست تبعات اعدام مزدکیانی که از خاندان کیان و اصیل زاده بودند آنان را به فرماندهی وهرز(در حالی که تعداد این محکومین به اعدام از هشتصد نفر هم فزونی نمی یافت) به سراغ ارتش چند ده هزار نفری حبشیان که از حمایت های همه جانبه روم و اروپا نیز سود می برد فرستاد! همان حبشیانی که به کعبه حمله و طعم عذاب عام الفیل را تجربه کرده بودند(این یگانگی های تاریخی میان اسلام و بنی هاشم و نژاد آریایی واقعا آدمی را به شگفت وا می دارد).

وهرز و تنها ششصد تن از یارانش توانستند زنده به یمن برسند(که حبشیان حتی ورود آنان را جدی نگرفتند) و در آنجا دلاوری های بی مانند بی شماری انجام دادند و با متحد کردن دهقانان و همه طبقات اعراب آن دیار ارتشی عظیم پدید آوردند، وهرز هم که خود پیرمردی بود شخصا فرمانده حبشیان را با پرتاب پیکانی کشت و مردم را از بردگی آنان نجات داد. در یمن علاوه بر مکانی برای بزرگداشت او، به تا امروز افسانه وهرز وجود دارد و نقل شده و پایه هویت ملی این کشور می باشد و بیرق سرخ مزدک بخشی از پرچم یمن است.

در مرام سرخ مزدک دانا مولفه هایی وجود داشت که تنها در صدر اسلام و آغاز خیزش حضرت رسول همانندهایی داشته اند، بطور نمونه در جنگ بدر و چندین نبرد اسطوره ای دیگر وقتی مسلمانان بر کفار چیره شدند جنازه های ایشان که غالبا عموها و عموزاده های خودشان بودند را بدون ملاحظات مرسوم در چاه های خشک شده پرتاب نمودند و کمترین احترام به جنازه ظالم را وقت تلف کردن می دانستند. آری، درست به همین گونه در شعر حماسی قیام فلوریان گیر که برآمده از اندیشه های سوسیال مزدک بود از زبان مردان گیر به دختران و زنان اشراف که به میدان نبرد آمده بودند تا جنازه کسانشان(اشراف) را طبق سنت جاهلیت خودشان از سایر جنازه های بی ارزش و نجس افراد فقیر! جدا کنند گفته می شود: آفرین، به خوبی ظالمین و خائنین را برای ما مشخص کنید و ما هم آن ها را که شما جدا کرده اید تلمبار کرده و به خوبی آتش می زنیم(آتش زدن یک جنازه در باور مسیحی که برآمده از آیین های یونانی بود به بهشت رفتن روح صاحب او را محال می نمود! و بزرگ ترین بی حرمتی و ابراز دشمنی بود که امکان داشت درباره طبقه اشراف صورت بگیرد)!

آغاز اتحاد مزدکیان و شیعیان که منجر به زایش شیعه سرخ و کامل امروز ما گردید به دوران حکومت امام حسن و جوانی مختار باز می گردد(هرچند همانگونه که اشاره شد ذات این مرام با عنوان "عدالت بی درنگ" و اسلام آتشین از سال ها پیش تر از ظهور اسلام قرآن وجود داشته است و در اینجا منظور تعریف کنونی آن است). در آن دوران و البته

پیش از آن از دوران حکومت خود پیشوا نیز شهرهایی که تحت مدیریت شیعی امامان بودند رنگ تبعیض بین عرب و عجم را به خود ندیده و دارای فضای باز بحث و گفتگو بوده اند. شکاف طبقاتی که پیوسته معلول سیاست های حکومت هاست در آن ها به چشم نمی خورد و تلاش برای احقاق عدالت در آن محدوده ها ملموس بود. ایرانیان و به ویژه مزدکیان که در برابر هیچ قدرتی سر تعظیم فرود نمی آوردند با صدها سال تجربه سیاسی و مدنی نه خام وعده ها و سخنرانی ها شدند و نه بیهوده عاشق مرام علوی گشتند. آریاییان با پوست و گوشتشان عدل علی را در آن دو حکومت درک کرده و در عمل به علویان ایمان آوردند، ننگ بر کسانی که امروز اجداد آریایی اصیل و حکیم ما را ساده لوح و فریب خورده تبلیغ می کنند. ایشان به چشم خود دیدند که حرف و عمل علویان یکی است و برای اهدافشان از فرمانده تا سرباز(دقیقا چون خود مزدکیان) بی لحظه ای درنگ جان خویش را فدا می کنند. وقتی تخم این باور در ذهن مزدکیان و مردم واقعی ایران کاشته شد و سپس ماجرای شهادت مظلومانه حسین ابن علی به جرم خارجی بودن و حمایت از ایرانیان و رها کردن تعصب ضحاکی عربی پیش آمد ایشان به یقین رسیدند که شیعه راستگو است و لیاقت اینکه در زیر سایه پرچمش کشته شوند را دارد و سر به قیام با همراهی علویان برداشتند. بنیانگذار قیام مختار و نیز مکتب شیعه به تعریف امروزی و پیروی از پیشوا کسی جز امام حسن نبود و ایشان شخصا به مختار ماموریت دادند تا در ایران و به ویژه میان دهقانان غالبا مزدکی به تبلیغ اسلام راستین قرآن بپردازد و همان آگاه و شیعه شدگان به واسطه مختار بودند که چندی بعد به ارتش سرخ شیعه و سپاه کیان مشهور شدند. اعراب ارتش مختار را به سبب پرچم ها و جامه های سراپا سرخ و مزدکی سربازان ایرانیش(که البته نود درصد کل نیرو را هم تشکیل می داده اند) ارتش سرخ می نامیدند و یا خشبیه خطاب می کردند، زیرا همگی فقیر بوده و گرزهای چوبی که به کافرکوب!!! مشهور بود، داشته اند. مختار نیز مانند عمویش که برای ایرانیان بسیار محترم بود مردی آزاده و در راه قیام حق، مخلص بود. تمامی سپاهیان ابراهیم پسر مالک اشتر که موفق به نابود کردن فرماندهان یزید در کربلا گردیدند نیز ایرانی بوده اند، بطوری که بر آرامگاه او این واژه عجیب نوشته شده: سید ابراهیم مالک اژدر، علمدار رسول الله! ایرانیان اشتر را اژدر می دانسته اند و نه از روی خطا بلکه جنگ اژدهاوار ابراهیم سبب شده بود که این لقب را به او بدهند و همینطور از واژه علمدار که ایرانی است و در عربی معنایی ندارد هم در این جمله استفاده شده است! نکته سوم اینکه واژه سید در آن دوران به معنای رئیس و فرمانده و همین سید الرئیس عربی امروزی بوده و در مورد ابراهیم که از نوادگان پیامبر نبود مورد استفاده قرار گرفته است. مختاریان در اکثر جنگ ها یک به هشت یا حتی یک به ده جنگیدند و پیروز شدند(یعنی یک نفر از قیام مختار با ده تن از حرامیان می جنگید و پیروز هم می شد). در جنبش مختار کیان ایرانی و بن کامل عرب یک پایگاه و منزلت واحد داشتند و ارزش هایی که پیشوا(علی) در نظر داشت در آن دقیقا به چشم می خوردند. کار تا آنجا پیش رفته بود که اعراب جنبش مختار را کیسانیان و کیانیان می خوانده اند و در کتب عمریان از آن با این نام یاد شده است. تمام شخصیت های قیام و عملکرد آن ها مانند همه شخصیت های دیگر

شیعهِ از یوشع تا علی مورد تحریف و آماج حملات لفظی و سیل دروغ بستن ها در طول تاریخ قرار گرفته اند(شیعه خلاف آنچه که وهابیت ادعا می کند کاملا مفهوم و تعبیری قرآنی است و حضرت ابراهیم در کتاب آسمانی ما شیعه حضرت نوح نامیده شده است، علاوه بر این پیروان منش خطاب در همان دوران حیات پیشوا یاران انگشت شمار وی را شیعه علی می نامیده اند). ابن زیاد پیش از آمدن به میدان جنگ با ابراهیم به نیت جهاد مقدس با مجوسان غسل نمود! در تاریخ عرب مختار را مختار مجوس و ایرانی هم نامیده اند! آیا آزادگی و پایمردی مختار برای آنان اینقدر تلخ بود؟! باشد مختار برای ما! زبان های نجس مشتی نژادپرست جاهل اصلا لیاقت تلفظ این نام مقدس را ندارند. پس از قیام مختار نوبت به ابومسلم رسید که اوج وحدت میان ایرانیان اعم از زرتشتی و مزدکی با شیعیان در عهد او متجلی شد. پرچم ایران در اصل از همین قیام زاییده شد و بعدها توسط نادر که فرماندهی دانا و آگاه به تاریخ ایران زمین بود به عنوان پرچم رسمی کشور استفاده گردید. ابومسلم جوانی کارکشته بود و عکس آنچه که در تاریخ آورده اند برای به حکومت رسیدن شیعیانی چون خودش، و نه عباسیان می جنگید. درایت و کاردانی ابومسلم خراسانی از آنجا دانسته می شود که هر سه گروه شیعه و زرتشتی و مزدکی را زیر علم سیاه خود و در یک صف واحد بی خلل گرد آورد. مزدکیان و زرتشتیان به خون هم تشنه بودند و شیعیان نیز که اکثرا هاشمی و یا عرب نژاد بوده و خارجی محسوب می شده اند، گروه هایی چون نیروهای تحت فرماندهی اسحاق ترک هم به دنبال اهداف قومی بوده اند، از طرف دیگر حتی افرادی چون مقنع که خود بعدها ادعای خدایی و ظهور دین های تازه نمودند در آن مجموعه حاضر بوده اند و ابومسلم با هنرمندی بی مانندی این اندیشه های غالبا متضاد را بر ضد دشمنی واحد متحد و یکدل نمود که در تاریخ میهن ما چنین اتحاد گوناگون عجیب و البته موفقی هیچ نمونه دیگری ندارد. پرچم های سبز شیعیان و سفید زرتشتیان و سرخ مزدکیان در کنار هم نخستین درخشش پرچم امروز ایران در افق خیزش ابومسلم بود. این قیام به شعار مشترکی هم رسیده بود: مزدک و هوشیدر(منجی اصلی زرتشتیان) و مهدی(که همواره نام امام منتقم شیعه حتی در زمان حیات دیگر امامان بوده است) به همراهی یکدیگر ظهور خواهند نمود و جهان را از عدل و داد سیراب خواهند کرد. به محض شهادت ابومسلم خراسانی این ائتلاف یک روز هم دوام نیاورد و همه سردارانش برای طرز فکر خاص خود سر به قیام هایی جداگانه برداشتند و ناگفته روشن است که همگی به سادگی تار و مار شدند... از این بین قیام سنباد به حق عباسیان را آزار داد و کار به جایی رسید که مجبور شدند سرمایه زیادی صرف کرده و چهره او را هم دستخوش تحریف نمایند، مثلا همه جا تبلیغ نمودند که هدف سنباد از قیام نه کینخواهی ابومسلم یا حتی دشمنی با عرب بلکه خراب کردن کعبه است! و با این تحریف کودکانه ولی موثر اعراب جاهل و کوتاه فکر و متعصب کور را بر علیه او بسیج نمودند. هرچند که پایان سنباد نیز درست به مانند ابومسلم و بابک خرمدین بود و یک خودی(شاهی زرتشتی و همکیش خودش!) او را دستگیر کرد و تحویل دشمن داد و باز هم خیانت داخلی افراد شغاد صفت در ظاهر دوست و برادر، قیامی برحق را بر زمین زد. قیام ابومسلم آریایی جز با هدف کینخواهی یحیای هجده ساله که از رهبران

شیعیان بود آغاز نشد... مزدکیان و شیعیان در جنگ و نبردِ تا آخرین نفس و بی تسلیم شهرت داشتند، این دو گروه سپاه حق در پیشانی لشگر حرکت و اعراب اموی را به معنای کامل کلمه درو می کرده اند. در همه جنگ های ابومسلمیان با امویان اعراب در برابر شیعیان و مزدکیان کمترین پای مقاومتی نداشته و فقط و فقط فرار می کرده اند، یعنی پیشه عرب نژادپرست و مزدوران عرب پرست فرار و کار شیعه و مزدکی یورش جنون آمیز به قلب سپاه شیطان بوده است. جالب آنکه در انجام هرچه بهتر این فرآیند درو! میان مزدکی و شیعه رقابت وجود داشت! ابومسلم از کثرت نفرات بهره نمی برد و در تنگنای مالی و تسلیحاتی نیز قرار داشت و حتی نمی توانست غذا و مایحتاج اولیه سپاه خود را تامین نماید(چون در مرام او و پیروانش نبود که مانند غالب ارتش های تاریخ با چپاول منابع غذایی نیروهای خود را تامین کنند)، به همین خاطر مجبور به بهره گرفتن از حمایت های اقتصادی و سیاسی عباسیان گردید که در آخر با نیرنگ پلید منصور همان وابستگی اجباری مقطعی مانند هیتلر به شهادتش انجامید. جالب اینجاست؛ شخص پیشواعلی در نامه ای به معاویه از یورش ابومسلم خراسانی و پرچم های سیاهی که از مشرق(علاوه بر جهت جغرافیایی که کاملا در مورد این سخن درست می باشد باید گفت ایران ذات مشرق است) بر خواهند خاست و برچیده شدن سلسله اموی به وضوح یاد کرده است. در جنگ صفین پس از آنکه کوفیان از کارزار می گریختند پیشوا ناگهان در میانه میدان ایستاد و سه بار فریاد زد: ای ابومسلم این ها(منظور امویان) را بگیر(و بکش)! مالک اشتر به ایشان نزدیک شد و گفت: یا امیر ابومسلم ابن فلان که در سپاه شام است! حضرت هم در جواب ابومسلم خراسانی را(پیش از حتی به دنیا آمدن پدربزرگش) به مالک معرفی کردند. سپاهیان کوفی حضرت در حال گریختن بوده اند و ناگهان پیشوا با توجه به روشنای روانش به یاد سپاهیان پولادین آریایی و فداییان ابومسلم می افتد که ترس هم از ابروهای در هم کشیدشان می هراسیده و سرمست آن قیام می شود! حال چه رسد که مانند کوفیان و عمده اعراب غیرشیعه در جنگ بزدل و پیمان شکن باشند. فرار عده ای ناگاه پیشوا را به یاد پایمردی افسانه ای عده ای دیگر در آینده که دقیقا در نقطه مقابل آن سپاهیان ترسوی فراری دروغگوی مدعی اسلام قرار داشته اند می اندازد. پس از ابومسلم مزدکیان و شیعیان در مناطق بسیاری در برابر عباسیان نیز ایستاده و جنگ های شرافتمندانه بی شمار دیگری صورت دادند تا اینکه نوبت به بابک و خرمدینان رسید. البته نیاز به گفتن ندارد که ابومسلم و بابک و سیاه جامگان و خرمدینان هم در برگ های تاریخ مورد بیشترین تحریفات قرار گرفته اند و همواره تهمت هایی چون خشونت بیش از اندازه و کشتار غیرنظامیان و دیوانگی و بی تدبیری های کودکانه چون مختار راستگو(چون به تمامی عهدهایی که بسته بود وفا کرد و همه کارهایی که وعده داد را به انجام رسانید و از همه مهم تر به مزدکیان و نژاد آریایی خیانت ننمود) و دیگر سرداران فلسفه شیعه از یوشع تا اکنون به ایشان زده اند و هنوز هم می زنند ولی حقیقت، فرار بی درنگ اعراب تا مصر و تاب نیاوردن حتی یک روزه شان در هیچ جنگی با سپاه ایران است. نکته جالب اینکه هر کجا تحریفی در کار باشد چه تحریف کننده یونانی و عرب بوده باشد و چه غربی یهودیان به یاریش شتافته و دروغ های

او را پرورش داده اند البته در صورتی که بر ضد آریایی ها می بوده اند! در این میان تهمت ها و دروغ پردازی هایی که درباره بابک صورت گرفته را در چند شاهنامه هم نمی توان جمع آوری نمود! تهمت هایی ضد و نقیض و رکیک. در مورد این سردار دلیر که خود را ادامه دهنده، منتقم و پیرو ابومسلم می دانست قصه هایی در صفحات کتاب های تاریخ وجود دارد که شرم آورترین ایده های ممکن می باشند. نوشته اند وقتی در بغداد او را پیش از اعدام می گرداندند، به مسلمانان نگاه می کرد و در فکرش از بابت اینهمه مسلمانی که نتوانسته بکشد تاسف می خورد! چه جالب که تحریف کننده پلید این داستان ذهن خوان هم بوده و درون فکر بابک ما را نیز خوانده و به دقت در تاریخ ثبت نموده است! این قبیل تحریفات توسط چندین و چند تاریخ نگار بزرگ و به نام، به صورت همزمان انجام می گرفته است و سخنرانان مذهبی عمری هم این چرندیات را به خورد مردمان بی سواد می داده اند و ناگاه سیلی از تحریف مفهوم واحدی به پا می نمودند. یا مثلا مادر بابک را عجوزه ای یک چشم و بدکاره و زشت رو و گوژپشت! دانسته اند و یا نوشته اند وقتی بابک کودک بود به جای عرق از بدنش خون بیرون می تراوید(این دقیقا همان تحریفی است که یهود درباره بُخت النصر ساخت و رد پای آن قوم در اینجا حس می شود) و یا گفته اند که وی خشونت طلب و بیش از هر تفریحی عاشق کشتن مسلمانان بود! در حالی که برادر بابک فاطمی و یعنی شیعه بود و آخرین یاری هم بود که تا واپسین لحظه با وی ماند و تقریبا در تمامی جنگ ها همدوش بابک بود و به روایت برخی تاریخ نگاران در مساجد خرمدینان قرآن نیز خوانده می شد و تا این اندازه آزادی مذهبی وجود داشت، همینطور در بسیاری از اسناد مادر بابک را بانویی به نام فاطمه و یک شیعه دانسته اند. اگر اینگونه نبود پس چرا وقتی عباسیان با خیانت افشین بودایی بابک و چندی از یارانش را اسیر کردند، فقط این دو را در شهر چرخاندند؟ بابک را سوار بر فیلی که نماد ارتش کیانی ایران بود و عبدالله را هم سوار بر شتری که نماد شیعیان و مسلمانی بود کرده و همپایه دانستند و دستگیری رهبران دو جریان دشمن اصلی و دیرین خود، مزدکی و شیعه را جشن گرفتند(از این رو مزدکیان رفته رفته در نظر اعراب نماد ارتش کیانی شدند که زرتشتیان پس از تازیدن ایشان یکمرتبه یادشان افتاد که زرتشت تعلیمی جز صلح و مدارا نداشته است و این دروغ کثیف را به زرتشت که یک پهلوان بود نسبت دادند و تنها سعی در حفظ هرچه بیشتر اموال شخصی خود داشتند ولی مزدکیان اصولا چیزی برای از دست دادن نداشتند و تا می شد با متجاوزین جنگیدند و در نزد عباسیان به معنای "ارتش مقاومت ایران" شناخته می شدند). این سندی است بر مهم بودن نقش فراموش شده عبدالله و فاطمیون در قیام بابک.

شگفت اینکه حتی یک نام دیگر خرمدینان در برگ های تاریخ فاطمی است، تاریخ نگاران عرب فاطمه مذکور را نه دخت پیامبر اسلام بلکه مادر بابک(همان عجوزه گوژپشت یک چشم!) یا دختر ابومسلم دانسته اند که این موضوع خود ابهام بیشتری را به ماجرا می افزاید و در اینصورت ثابت می شود که بابک شیعه زاده بوده و ماجرا بیشتر ضدعربی می شود! من قصد ندارم بگویم بابک خرمدین شیعه بوده زیرا وی یک مزدکی پیرو کیش پهلوی مغان بود ولی دو نکته در اینجا وجود دارد: یکی اینکه شیعیان با نام فاطمیون به رهبری عبدالله

برادر خونی بابک و یا شاید کسی که با بابک پیمان برادری و همراهی تا مرگ بسته بود قطعا در التزام رکاب او می رزمیده اند و دوم آنکه ما باید جلوی چشممان را ببینیم! خود نام خرمدین به چه معناست؟ آیا معنی این نام که برآمده از افکار مزدک است این نیست که تو هر دین و قبله ای می خواهی داشته باش فقط دروغگو و ظالم نباش!؟ آیا معنی خرمدینی این نبود که ما پیرو آزادگی و مکتب شادی و آباد کردن(دین خرمی) هستیم و دین همه ما که در این نهضت هستیم از شیعه گرفته تا مسیحی و زرتشتی در اصل همین پیروی از حق است؟ دلیل آنکه خرمدینان همدلان بسیاری حتی در اروپا و میان تمامی ادیان و باورهای مذهبی یافته بودند همین نگرش بین المللی مزدکی ایشان نبود که اولویت را دفع ظالم می دانست؟ از طرفی، سخنانی که از عبدالله در آخرین روزهای زندگیش روایت شده بسیار تکان دهنده و همرتبه عملکرد و گفتار خیره کننده بابک است. وقتی خواستند دست و پای بابک را ببرند این عبدالله بود که به او گوشزد کرد؛ مبادا به قول خودمانی کم بیاوری و این نتیجه سختی هایی که کشیده ای را با آه و ناله کردن بر باد دهی! و بابک هم در جواب با قدرت گفت که نمی خواهد نگران باشی، درسی به آن ها خواهم داد که متحیر گردند. وقتی دست بابک را بریدند دست دیگرش را در خون آن زد و بر چهره کشید. خلیفه عباسی پرسید: ای سگ! این چه کاری است؟ بابک پاسخ داد: "شما نمی دانید(نمی فهمید)، وقتی که خون از بدن برود چهره زرد می شود زیرا که سرخی چهره از خون درون رگ هاست. اینکار را کردم تا مبادا شما گمان کنید چهره ام از ترس زرد شده است." الله اکبر به این غیرت و حق مداری و آزادگی، الله اکبر به این شرف و پایداری و ایثار و اخلاص. همین بلا را در مکان دیگر و با یک روز فاصله بر سر عبدالله آوردند و او نیز در چنین لحظه ای به جلاد که آخرین خواسته اش را پرسید گفت(جلاد به این دلیل تحت تاثیر قرار گرفته و چنین کار نامتعارف با سنن عربی نموده بود که عبدالله در اسارت از حفظ و با قرآئتی عالی قرآن می خواند و اعراب که خرمدینان را بی دین و شهوت پرست تبلیغ کرده بودند شرمنده اسلام شده بودند): "به فلان منطقه ایران برو و به فلان دهاتی دهقان بگو عبدالله در چنین لحظه ای که در خون خود غرق بود به یاد تو بود. بگو عبدالله گفت که گمان نکنی من در دوستی و مهر تو ادعایی در روز خوشی کردم و بس." از این رو جنبش خرمدینان را به هیچ وجه نمی توان با شورش مقطعی، نژادی و زرتشتیت محور مازیار که همچون افشین یکی از خیانت کنندگان به پیمان با بابک بود همگون دانست و هر سه سردار را قهرمان برداشت نمود.

مزدک در طول تاریخ و در سراسر جهان پیروان جان بر کف و نامی بسیاری داشته اما در بین تمامی ایشان به نظر من آنکه به ذات واژه سرخ تبدیل گردید کسی جز بابک نبوده است.

در دوره ساسانی کرایه دادن زن خود به همکیشان زرتشتی عبادت محسوب می شده و یک تجارت بوده است، با این حال زرتشتیان این فریضه کهن خویش را پس از تسلط اعراب به مزدکیان و خرمدینان که منحرفین از آیین زرتشت و حتی دشمن تر از تازیان می دانسته اند نسبت داده و از تعصبات اسلامی نوظهور برای نابودی ایشان سود برده اند در حالی که مزدکیان برخلاف زرتشتیان به آیین تک همسری و حفظ حدود و قداست الهی ازدواج معتقد بوده اند و این طریق را دستور اوستا می دانسته اند. خود اعراب هم که مزدکیان را سازش

ناپذیر یافته بودند به این افسانه های جنسی کودکانه که نشان از اندیشه بیمار آنان داشت دامن زدند و بعلاوه سود خویش را در همکاری با زرتشتیان می دیدند زیرا اینان عمدتا ثروتمند و صاحب نفوذ بوده و زبان "زر و زور و تزویر" متجاوزین ضد عدالت را کاملا می فهمیدند.

از سوی دیگر عمریان پیرو هلال ماه و ستاره پنج پر می توانستند به این وسیله شیعیان که هم پیمان همیشگی مزدکیان بوده اند را بی اعتبار کرده و سست ایمان و بی تعصب و به قول خودمان بی غیرت و خارج از دین جلوه دهند و حداقل از چشم توده اعراب بیندازند.

در صورتی که اینقدر نمی فهمیدند که بدانند مزدکی اصلا یک دین نیست که برای احکام فقهی ازدواج و طلاق و کیفیت های آن فتوا دهد بلکه فقط یک اندیشه سیاسی اقتصادی بسیار ساده و همان آزاداندیشی و یک جنبش رجوع به خویشتن زرتشتی که دستورات مستقیم اوستا را بدون استناد به تفاسیر، بر مبنای کتب استدلال عقلی(زند) ملاک قرار می داده بوده است. زرتشتیان مزدکیان را پیش از اسلام زندیک یا به قول مسلمانان زندیق خطاب می کرده اند که معنی این واژه به هیچ وجه کافر و مشرک نیست بلکه معنایش کسی است که از کتاب آسمانی یعنی همان اوستا و نه کتابی که از خود بافته باشد تلقی و معانی متفاوتی ارائه کند.

پس از بابک نیز ریشه های مزدکیت و شیعه در همان مرز و بوم آریایی آذربایجان باقی ماند و هرگز ریشه کن نشد تا اینکه پایه های ایدئولوژی صفوی به دست شیخ صفی جوان بنیان نهاده شد. از آنجا که تمامی خواسته های تقریبا دوهزار ساله مزدکیان در شیعه علوی وجود داشت ایشان رفته رفته به مشت های آهنین شیعه و سربازان جان بر کف فاطمه تبدیل شدند. با همان جامه ها و کلاه ها و بیرق های سرخ مزدکیشان تبر دیرین خود را بر دست گرفتند و وارد میدان جنگی که در آن پیروزی نامحتمل بود شدند. تبر بر مبنای گواهی سلاح های یافته شده و سنگ نگاره های دوران هخامنشی و دوره های پیش تر از این سلسله تا هشت هزار سال قبل(زیرا علاوه بر مواردی چون تبر حکاکی شده اونتاش ناپیریشا در شهر هشت هزار ساله ای که چندین سال پیش در جنوب کشور کشف گردید تصویر پهلوانی بر سنگ ها نگاشته شده است که تبرزین جنگی منصوب به قزلباشان را در چنگ دارد! همینطور در ناحیه باستانی سگزآباد قزوین سلاح هایی بسیار شبیه به تبرهای امروزی کشف گردیده که قدمت آن ها هشت هزار سال تعیین شده است. در شمال شرق ایران تبرزینی چهار هزار ساله یافته شد که تیغه آن به شکل آتشی است که از دهان یک اژدها خارج می شود و فرم قسمت بالایی از سر و بال های عقاب الهام گرفته شده و همین طرح آتش و پر با ظرافت بر روی کل بدنه این تبر برنزی قلم زنی شده است! یاوه گویان چطور جرات می کنند تبرهای قزلباشان را یک کپی برداری ساده از سلاح های عثمانیون تلقین کنند در حالی که تبر دقیقا با مولفه های قزلباشیش از جمله طرح اژدها از ابتدای تاریخ مهم ترین و حتی زینتی ترین سلاح آریاییان و همراه همیشگی توده مردم ایران بوده و تبر سربازان شیعه در ژرف ترین ژرفای فرهنگ و تمدن آریایی ریشه داشته است)، یکی از نخستین ابزارهای کار و نبرد آریاییان بوده است و نقش آن برای رهبران مزدکیان در دورانی که ایشان در شمال کشور در سیصد سال ابتدایی ورود اعراب به میهن و میان جنگل های انبوه فعالیت داشته و زندگی می کردند تقویت گردید و ابزاری مقدس تعبیر شد.

همین تبرهای پیشه وری پس از شیعه شدن تمامی مزدکیان به شکل تبرهای جنگی سربازان پیاده و تبرزین های کوتاه سواره نظام در جنبش قزلباشان نمود یافت. تا اندازه ای تبر در اندیشه ایرانیان تقدس ریشه داری داشت که دراویش آلت دست یهودیان و حمایت شده از سوی مغولان، برای کسب اعتبار این شی را همواره به همراه خود داشتند و بخشی از ایمان و بی تفاوتی به مادیات می دانستند! و نادرشاه و سردارانش نیز برای نشان دادن شوکت خویش از همراهی آن سود می برده اند. باری، از سویی ایران به دلیل نداشتن حکومت واحد به کشتارگاهی تبدیل شده بود که نیمی در آن کشاورز بودند و نقش شکار را بازی می کردند و نیم دیگر قبایل آن نیز راهزن و غارتگر! از سوی دیگر هم بختک عثمانی در اوج شکوفایی و دوران قدرت گرفتن خود بود. از طرف سوم دولت های استعمارگر اروپایی سر از لاک خود بیرون آورده و یورش آن ها از طریق دریا بسیار محتمل می نمود. سرتاسر ایران مملو بود از قبایل وحشی جنگجو که از هیچ چیز و هیچ کس نمی هراسیدند و فرمان نمی بردند. جالب اینجاست که قزلباشان یا "سر سرخ ها(البته این واژه قزلباش در اصل ربطی به سرخ بودن کلاه کسی ندارد! بلکه همانگونه که به یقین می دانید باش و باشی در ترکی به معنی مقدم و رئیس است و بطور نمونه در مناصب آشپزباشی و خیاط باشی و یوزباشی و ... در فارسی هم ورود کرده است و با این حساب قزلباش معنایی ندارد مگر سرترین قیام کننده به خون یا سرکرده سرخ پوش که نیروی ویژه و افسر سربازان عادی و مسئول اصلی حصول انتقام بوده است. احتمال بسیار نیرومندی نیز وجود دارد که واژه قزلباش اشاره به سر بریده امام حسین داشته باشد که در آثار هنری آن زمان نقاشان شیعه به شکل سری کاملا سرخ و غوطه ور در خون تصویر می شده است و این دلیران به دلیل استفاده روزافزونشان از نماد و تصویر فوق و تعاریف مربوط به آن شهره به **سربازان راس حسین** یا همان قزلباش بوده اند که این نوع نگرش برداشت شخصی من نیست و در انبوه کتب و آثار هنری جنبش قزلباشان مکتوب و مستند می باشد)"، تبدیل به شکارچیان خود این شکارچیان شدند و به سبب بی باکی و نبرد تا آخرین لحظه و رها نکردن هدفشان تا رسیدن به منظور و یا شهادت که مجموع خشم و کینخواهی و دلیری بی باک ترین مکاتب جهان، مزدکی و علوی بود از سوی دشمنانشان به سگ های علی و زنده خوار شهرت یافتند! پس از بیست سال نبرد قزلباشان ایران را به معنای واقعی از اشرار، راهزنان، ارتش های شخصی و فرقه های آلت دست همسایگان پاکسازی نمودند و بعد از آن بود که هنرمندان و دانشمندان آریایی و شیعه سر از لولیدگی چند صد ساله خویش برآوردند و سراسر میهن را با شبیه خوانی و خطاطی و شعر، آواز و مدیحه سرایی و هزار هنر دیگر دلباخته فلسفه شیعه کردند و حق را به توده ایران و سپس خاورمیانه به واسطه آزادی عملی که در سایه جانفشانی های قزلباشان یافته بودند شناساندند. باید دانست که حتی دست دادن و سلام کردن از سنن کهن تر از تاریخ آریاییان می باشند اما اکثریت آن باورهای درست اخلاقی پیشرفته در نیمه نخست دوران صفویان تدوین شده اند. متاسفانه پس از این دوره زرین، قیام صفوی از دست قزلباشان جان بر کف و هنرمندان بی رقیب ربوده و به دستان بی کفایت موبدان گمراه و شیوخ وارداتی که پیش تر و در دوران شاه اسماعیل شماری از

قزلباشان را بی دلیل حد(تازیانه) زده بودند بطور کامل سپرده شد. اما با همه تفاسیر شیعه تنها مذهبی باقی ماند که اصل حق را در خود حفظ کرد و تا آنجا پیش رفت که اینشتین را که احتمال داشت روزی رئیس جمهور اسرائیل شود در دهه آخر عمرش به خود جذب و شیعه نمود. وی که پس از استفاده اتحادیه نظامی واشنگتن از بمب اتمی دچار افسردگی گردیده بود به سخن خودش در پی پناهی می گشت و شیعه را برترین آیین و جهان بینی یافت. او در آخرین رساله علمی خود با عنوان "دی ارکلارونگ" که در آمریکا و به زبان آلمانی نوشت اسلام راستین شیعه را بر تمامی ادیان جهان ترجیح داده و آن را کامل و معقول ترین دین دانسته است. اینشتین در این رساله نظریه نسبیت خود را با آیاتی از قرآن کریم و احادیثی از کتاب های نهج البلاغه و بحارالانوار تطبیق داده و نوشته است که هیچ جا و در هیچ مذهبی چنین احادیث پرمغز و اصیل مانده ای یافت نمی شود و تنها این مذهب شیعه است که احادیث پیشوایان آن نظریه پیچیده نسبیت را ارائه و شرح می دهد. یکی از این حدیث ها روایتی است که علامه مجلسی در مورد معراج جسمانی رسول اکرم نقل می کند که هنگام برخاستن از زمین لباس یا پای پیامبر به ظرف آبی می خورد و آن ظرف واژگون می شود اما پس از آنکه رسول از معراج جسمانی باز می گردد مشاهده می کند که بعد از گذشت آنهمه زمان هنوز آب ظرف فوق در حال ریختن روی زمین است. اینشتین این حدیث را از گرانبهاترین بیانات علمی پیشوایان شیعه در زمینه نسبیت زمان دانسته و شرح فیزیکی مفصلی بر آن می نویسد. او همچنین در این رساله معاد جسمانی را از راه فیزیک اثبات می کند و فرمول ریاضی معاد جسمانی را عکس فرمول معروف نسبیت ماده و انرژی می داند، یعنی اگر حتی بدنی تبدیل به انرژی شده باشد دوباره می تواند عینا مبدل به ماده و زنده و درست به مانند وضعیت نخست خود شود. در اینجا رواست از "آقا حسابی"(پروفسور حسابی) که در این رساله از او بارها یاد شده نامی بیاورم و تجلیل کنم.

باری، متاسفانه بجز قیام امام حسین و مختار سایر قیام های بی شمار و مفاخر شیعه کلا ناشناخته و غریب مانده اند(هرچند که همین دو واقعه را هم با تحریفات بسیار و کاملا ناقص و دگرگون شده، خواسته و یا ناخواسته و از روی جهالت، به ما منتقل کرده اند). جنبش واحد سرداران و امیران شیعه سرخ پیش از صفویه که خود مبلغین و مراجع برحق مکتب نیز بوده اند. دلاورانی که به خون خود پس از ماجراهای بسیار و برای استیلای حق و عدل مطلق غلتیدند و افسانه هایی واقعی را خلق نمودند که اگر روایت شوند(البته با ابزار سینما و بازی های رایانه ای و موسیقی و امثالهم و دوشادوش افتخارات تاریخ باستانی نژاد آریایی و پهلوانان کهن سیزده هزار سال تمام شرافت و عزت ما) و مانعی در برابر بیانشان قرار نگیرد جهان را شیفته دین حق خواهند ساخت. خدماتی که این شیعیان و اهل بیت حقیقی به ایران و ایرانی و نژاد آریایی ارائه کردند و نیز همراهی بی دریغ ایرانیان(و به خصوص مزدکیان) با ایشان را نباید فراموش کرد. ابرمردان و شیرزنانی که به هیچ روی شناخته و فهمیده نشده اند و پس پرده تحریفات دشمنان جم و درون ژن ما انتظار می کشند.

باری، کوروش کبیر که دو مسئولیت دشوار پیامبری و حکومت را توام و برخلاف اکثر پیام آوران حق برعهده داشت فلسفه "بینش سرخ" را پایه ریزی ننمود بلکه هر گوهری که از

پیشینیان خود و سایر پیامبران و اولیاء الهی و دانشمندان آریایی در این باب یافته بود بعلاوه آنچه که به وحی می آموخت یا دستور می گرفت را گرد آورد و یگانه یافت و سپس جهان بینی تازه ای را نسبت به سایر دیدگاه های مسلمین از آدم تا خاتم، به جهانیان معرفی نمود.

به عبارت ساده لشگرکشی های عظیم برای تحقق اسلام آتشین(شیعه) را کوروش به این مرام افزود و به خدمت گرفتن حکومت برای پاکسازی جهان از هرآنچه که ایراد باشد را.

او در تمام زندگانی خویش تنها و تنها مشغول قانونگذاری و تشخیص و صدور احکام درست بود به گونه ای که یونانیان و مردم سایر کشورها و مناطق و حتی دشمنان قسم خورده اش بیش از همه وی را با نام قانونگذار بزرگ و سالار منجی قوانین می شناختند.

کوروش با تمام وجود می خواست که اسلام آتشین را بطور کامل مستقر سازد ولی شرایط چنین اجازه ای به او نمی داد و به واسطه عدم بلوغ فکری مردم، حکمت چیز دیگری بود.

کوروش بزرگ با اینکه به عنوان پادشاهی صلح طلب و مصالحه کننده شناخته می شود تقریبا به تمام نقاط جهان متمدن آن روزگار برای براندازی ظلم و برده داری لشگر کشید و جنگ های فراوانی نمود، مثلا سه بار به یونان حمله کرد و هرگز با دشمنی مصالحه نکرد.

در هر بار یونانیان را شکست می داد و برده داری را براندازی می نمود ولی دوباره پس از مراجعتش برده ها را به بند می کشیدند و مسلم است که اکثریت بردگان نیز خود را شایسته آزادی و برابر با افراد آزاد و ارباب زاده نمی پنداشتند و این باور هنوز اصالتا پدید نیامده بود. اسلام دوران خاتم، ابتدا این باور را هدف قرار داد و سپس برده داری را طی یک سده به واقع ریشه کن نمود به گونه ای که تمامی شعارهایی که بردگان برای آزادی خویش در هر دوران و کشوری سر داده اند همگی از اصول و فرمایشات قرآن بوده است؛ مانند برابری و برادری همه انسان ها و برتری تنها به تقوا و درستکاری است. پس از یک سده ابتدایی اسلام خدمتکاران مزدبگیر و کارگران قراردادی از روی عادت و فرهنگ بر جای مانده به اشتباه عبد یا با واژگان مشابه خطاب می شده اند. پیشواعلی در دوره حکومت خویش بردگان را تبدیل به کارگران و کارگزاران و خدمتکارانی قراردادی نمود که از تمام حقوق کاری و انسانی بهره مند بودند و هر اربابی را که کمترین آسیبی به عبد خود می رسانید، حتی اگر این آسیب شغلی و یک عارضه بود، و نمی توانست رضایت او را با پرداخت دیه یا ابطال قرارداد جلب نماید بی بخشش و تامل به دست خود قصاص می نمود.

وی مستخدمین(عبدها) را در تمام حقوق مدنی مثلا همه انواع قصاص یا طلب کردن دیه کاملا با اربابانشان برابر ساخت و به واسطه های مختلف بردگان بازمانده از رویه سنتی را آزاد نمود و مابقی را که از وضعیت خود رضایت داشتند با قراردادهای مشروط بر سر کارهای قبلی گماشت و برده فروشی و بازارهای برده فروشان را یک شبه براندازی نمود.

این عامل مهم ترین دلیل نارضایتی کوفیان از علی بود. وقتی پیشوا(و همینطور امام حسن) می فرمود به جهاد برویم و کار معاویه را یکسره کنیم و آنان می گفتند کار کشتمان بر زمین مانده منظورشان این بود که؛ دست تنها مانده ایم! تو چرا برده های بی مزد را آزاد کردی که ما دستمان در زراعت بسته شود! معاویه و امویان مانند سه خلیفه پیشین لااقل شرافت عربی که یعنی نژادپرستی عربی داشتند و به بردگی موالی یعنی همه غیرعرب های

فقیر و ضعیف نگه داشته شده معتقد بودند!!! علاوه بر این بردگان پس از ظهور و به قدرت رسیدن اسلام هرگز به عنوان پیش مرگ پابرهنه و نوکر جنگاوران که حتی حق سوار شدن بر اسب نداشتند به جنگ آورده نشدند مگر به دست امویان که آنان نیز با اسلام معاندت عملی داشتند و در زیر پرچم آن نباید دانسته شوند. اسلام قرآن با قرار دادن قوانین شرعی از جمله اینکه برای هر گناهی مانند روزه خواری آزاد کردن برده و غلام را مقرر داشت و بطور مثال در ازای هر یک روز روزه خواری عمدی آزاد کردن شصت برده را واجب دانست! و همینطور کافر ندانستن زرتشتیان و سایر اهل کتاب و روا ندانستن به اسیری گرفتن آن ها و کافر دانستن تنها کسانی که به زبان کفر خود را ابلاغ کنند! طی یک سده یاد شده ریشه برده داری را سوزاند. وقتی مختار کوفه را از امویان و زبیریان ستاند و قوانین پیشوا و در اصل دساتیر اسلام حقیقی را دوباره حاکم کرد هیچ برده ای نبود که آزاد نشود. مختار پس از سال ها با عمل به قوانین پیشوا حتی اربابانی که پس از علی در کوفه و بر دوش موالی جولان داده بودند را منطبق با جرایمی که در حق بردگان خویش نموده بودند و مهم تر از آن به دلیل ذات برده داری قصاص کرد و بسیاری از آنان که غالبا از عاملین حادثه کربلا نیز بودند را به خاک ذلت افکنده، هلاک نمود که همه این اجراهای قانون در رابطه با خونخواهی حسین برداشت شد(یگانگی آریایی و شیعه سرخ حیرت انگیز است).
ایثار کوروش از سوی بسیاری از اربابان و حتی بردگان یونانی فتنه انگیزی ایرانیان در میان یونانیان با هدف نابودی اصیل زادگی و برتری خون قلمداد می شد و نفس عمل تنها از سوی عده ای قلیل درک می گردید. کوروش کوشید و دستاوردهای او بود که زمینه را برای ظهور مزدک(و مزدکیان) و هم اندیشان و استادان وی که تا صدها سال پس از هخامنشیان این منش را پاسداری نموده پروراندند آماده ساخت. مزدکیان پرچم سرخ خونخواهی سیاوش را که رایحه کاویانی کینخواهی سیامک و ایرج و نیز مزدک هنوز از آن بر می خاست، از کوروشیان ستاندند و به حق با لیاقت و صلابت و شایسته برافراشته اش کردند تا آنجا که سرخ تر و پر افتخارتر به عاشورائیان تقدیم نموده و خود بر آن نگاشتند: یا لثارات الحسین. وانگهی ایشان نیز با وجود دستاوردهای فراوانی که کسب نمودند و زمینه های فکری این مسیر را نیز پخته تر کردند و بستر را برای ظهور شیعه علوی آماده تر، با وجود اینکه همه دهقانان و توده مردم ایران زمین و حتی کشورهای اطراف را تا مناطق دوردست اروپا تحت تاثیر آراء خویش و پیرو و یا علاقمند به جهان بینی و راهکارهای سیاسی اقتصادی مزدک گرداندند، در عمل نتوانستند به پیروزی نهایی دست یابند و حتی در حمله اعراب به ایران(و موارد مشابه) کاملا سرگردان و بی سر مانده بودند تا اینکه پس از خلافت آن سه، پیشواعلی یگانه امیرالمومنین و امیرالعالمین برحق خلیفه اسلام و متصرفات اعراب گردید. مزدکیان موبد و روحانی و هرگونه مرجعیت قاعدی نداشتند و اصلا موبد و موبدی گری را قبول نداشتند(می توان این موضوع را اینگونه بر همگان ثابت کرد که در جلسات مباحثه مامون که روحانیون همه فرقه های حتی معاند حکومت وی در آن ها حضور می یافتند از مزدکیان با وجود کثرتشان نامی هم به چشم نمی خورد، رجوع کنید به مباحثات امام رضا). مزدکیان جز جهاد و قیام همواره سخن

گفتن و نقد فلسفی را در زیر شمشیر و یوغ دشمن، یعنی ثروتمندان برتری طلب و استعمارگر از هر نژاد و با هر دین بی فایده دانسته و از وصول مطالباتی چون تقسیم دوباره دارایی های ملی کوتاه نمی آمدند که این پافشاری راه را بر هر مصالحه و مباحثه ای می بست و از این رو افکارشان تنها با شیعیان علی مطابقت و همسویی داشت. به همین دو دلیل از زمانی که ایشان آراء شیعه را استوارترین آراء یافتند و رهبران و حتی مبلغینش را نیز دانشمندانی ورزیده و جنگاور و از جان گذشته، کمر به خدمت آن بستند و یگانه گروه و مکتبی هستند که مقاومتی در برابر پذیرش حق ننمودند. بارها توسط زرتشتیان و یهودیان و بودائیان و مانویان و حتی مسیحیان به ایشان خیانت شد ولی حتی یک نفر از رهبران اصلی و سرسلسله های شیعه به توده ایران خیانت ننمود و پرچم سرخ مزدک را به زیر پا نیفکند.

مهم ترین اصل مزدکیت یعنی نشان ندادن کمترین نرمشی به دشمن تنها و تنها در مرام شیعه علی مصداق داشت هرچند که ایشان حتی از شیعیان که لبخند زدن به دشمن و گشودن اخم از چهره در میدان نبرد را ننگ می دانستند هم بسیار در این رفتار تندروتر بودند و حرف زدن با دشمنان عدل را حرام می پنداشتند. شرافت و عدالت شیعه چون مرام شگفت انگیز پیشوا و مظلومیت و پاکی فاطمه زهرا و صدها رهبر و فرمانده در خون خفته سبزپوش، مزدکیان(که علاوه بر بینش خداییشان به دلیل آریایی بودن شرافت و عزت ذاتی داشتند) را تحت تاثیر قرار داد و به ویژه در دوران ابومسلم و سیاه جامگان عمده ای از ایشان شیعه را به عنوان نخستین دین خود و پدرانشان پذیرفتند(زیرا سرخ ها تدریجا و به دلیل قتل عام هایی که زرتشتیان و خصوصا روحانیون درباری از ایشان صورت دادند زرتشتیت ساسانی را سال ها بود که کنار گذاشته بودند). شیعه نه تنها فقط از وحی، که به خواست خدا از دانسته های خود بشر و به ویژه نژاد آریایی و آموخته های او در خلال تاریخ سیزده هزار ساله اش مثلا قتل عام هایی که از مزدکیان صورت گرفته و دلایل و چون و چرای آن رویدادها و هر مظلوم کشی دیگری تعلیم و نقد گرفته است. درست آنگونه که در زمان کوروش هدف برچیدن برده داری بود، امروز هم به اندازه سر مویی اندیشه سرخ آریایی تغییر نکرده و به دلیل همین آموزش و پرورش تاریخی سست نشده و با هزار دگردیسی و تقویت به برترین کمال دست یافته است. شیعه علی اصغر، نه از دوران پیامبر خاتم بلکه از آنجا شروع گردید که دهقانان، روستائیان و دیگر مستضعفان مورد دستبرد و چپاول راهزنان و وابستگان حکومت های غالبا ظالم، در صدد مقابله با ظلم و غارت و دفاع از زن و کودک خویش برآمدند. نه فقط مزدک ما، بلکه در سراسر جهان مزدک هایی به تبعیت مزدک و یا حتی پیش تر از او افرادی چون لیوبی هِسوانته و برادرانش(در جنبش "هسینگ یه" برای نخستین بار توده مردم و تمامی فرماندهانشان یکدیگر را برادر و خواهر خطاب می کردند و حتی مدعی امپراطوری چین برای امرار معاش در مزرعه کار می کرد! لیوبی کفش حصیری تمامی سپاهیان شوو را به دست خویش بافته بود) به ویژه در میان دهقانان به پا خاستند و مردم پیشه ور و کشاورز را به دفاع از خود و داشته هایشان و قیام برای نابودی کامل ظلم تحت نام عدل تشویق نمودند. در این میان همواره یک فضای خالی در نظام اعتقادی این مردم به چشم می خورد و ایشان در برابر سیل آثار ادبی و

ایدئولوژی هایی که از ثروتمندان و اصیل زادگان و در اصل همان چپاولگران و سارقان، دفاع می نمود دست خالی بودند و بعلاوه با شهادت تک چهره ها و فرماندهان و قهرمانانشان یک شبه چون یتیمانی بی پدر و بی سر می شدند. بهترین کاری که می توانستند بکنند این بود که چون مزدکیان هرگز با دشمنان قسم خورده خویش و سارقان اموال و زن ها و کودکانشان به مباحثه ننشینند و فریب نخورند، به ایشان اعتماد نکنند و تبر را تا جان در بدن دارند زمین ننهند و اسیر چرب زبانی اشراف شهری نگردند. همواره ایشان که پست ترین و فقیرترین طبقات تمامی جوامع و نظام ها به شمار می آمدند و به حق و استناد تولید و سازندگی درست این بود که بالاترین باشند از برگزاری مراسمات مذهبی و جشن های سنتی و داشتن یک نظام باور استوار و دستورالعمل ثابت محروم بودند. در مباحثات کم می آوردند و نمی توانستند منظورشان را برسانند و خدایی بودن طریقت و حقانیت ایده شان را اثبات کنند(سندی در دست نداشتند که خدا منش ایشان را تایید کند زیرا تمامی کتب آسمانی تحریف پذیر بودند) و اصول عقاید خود را روشن و قابل فهم ارائه دهند. تا اینکه خداوند به همین منظور، قرآن را نازل فرمود. رفته رفته قرآن(در طی سده نخست ظهورش) پرچم غالب جنبش های مزدکی شد و تمام دهقانان که حرف دل خویش یعنی برابری و برادری را در او یافته بودند و وی را تنها کتابی می یافتند که ایشان را به چشم موجوداتی ارزشمند و والا می نگریست و زبان فرسایی حرافان بر او کارگر نمی افتاد، حقانیت قرآن را حتی پیش از مسلمان شدن پذیرفتند و در برابر آن قد علم ننمودند. پیشاپیش هر قیامی، یک نفر قرآن به دست حرکت می نمود و به این طریق مزدکیان اجازه یافتند بر ظالمان عرب و عجم بتازند و رسما بنا بر دستورات قرآن نژاد و طبقه را لحاظ ننمایند(که بنا بر خرد و در اصل، در هر دوی این موضوعات هم از تمامی انسان های دیگر والاتر و ارزشمندتر بودند) و از قید و بندها و ملاحظات نابخردانه به تدریج و یکسره رهایی یافتند. قرآن سبب شد تا جنبش دهقانان و سخت کوشان رنگ و ماهیت جهادی مقدس به خود بگیرد و حتی کشته شدگان در راه این قیام نیز دیگر شهید به شمار آمده و خود همین شهید شدن و نائل آمدن به مقام شهادت تبدیل به یک هدف گردید. در اصل همانگونه که اسلام می خواست پیروزی و مرگ هر دو موفقیت دانسته شدند و پوچی در هیچ کجای عقیده سرخ باقی نماند. قرآن با وجود آنکه کتاب مقدس اعراب خوانده می شد، خود دستور مقابله با هر ظالمی را صادر نموده بود و تاکیدش بر جهاد و قیام حتی بیشتر از تمایل خود مزدکیان به اینکار بود! از این رو شهادت نوزادی بر روی دستان قرآن ناطق، آن هم نوزادی که از خون خود اوست و نه از دیگری و تحفه خود اوست به پیشگاه قیام حق، نه تنها حقانیت کلام خدا را بیش از پیش اثبات نمود بلکه سدّ بغض چند هزارساله مظلومین و مستضعفین و محرومین جوامع بشری به ویژه مزدکیان ایران را شکست و قیام هایی زنجیره ای در سراسر جهان(با ساختارهای ظاهری کاملا متفاوت) بر پا نمود. خروش مستضعفان دیگر نه تنها یک دفاع بود بلکه مکتبی مقدس و اصلا یک "دین تهاجمی مستقل" و نه حتی فرقه و مذهب، به نام اسلام شیعه، به شمار می آمد. پس از کربلا، خرد تاریخی نژاد آریایی با نقشی از سیامک ها و ایرج ها و سیاوش ها و مزدک ها ناگهان دوباره و بطور کامل یادآوری شد و به میدان آمد.

مزدک در دوره جنگ های فرسایشی مذهبی میان یهودیان و مانویان و بودائیان و زرتشتیان و مسیحیان و به ویژه دو گروه آخر در ایران تنها با هدف جلوگیری از گرسنه نگاه داشتن و شکنجه و کشتار توده فقیر به بهانه های مذهبی و حتی ملی! وارد کارزار شد و در آن مقطع هدفی جز صلح و اتحاد و رسیدگی به وضعیت اقتصادی طبقه زحمتکش که عمدتا برهنه بودند نداشت. این سرخ بودن و نماد خون پس از فجایع به بار آمده و نسل کشی مزدکیان به مکتب سوسیال افزوده شد اما همین تجربه تلخ نافرمانی و مبارزه صرفا مدنی بود که سبب گردید قیام عاشورا در کمترین زمان ممکن درک شده و تشخیص لزوم آن که از همان ابتدا به منطقی ترین شکل با ذات سرخ بودن یگانه بود ممکن باشد. یعنی در واقع شخص مزدک و استادان و شاگردانش هرگز برای نبرد و سازماندهی مبارزه مسلحانه و یا چیزی شبیه به آن و یا تشکیل دولت و قیام خونین منتهی به یک دگرگونی بنیادین در نظام حکومتی آمادگی کسب نکرده بودند و شاید حتی چنین تصوری را هم فراتر از انجام اصلاحات تدریجی و حق گویی ها نداشتند و حسین ابن علی جنبش سرخ را در این زمینه تکمیل نمود و از نقص ایدئولوژیکی و استراتژیکی، و نداشتن پاسخ برای پرسش ها و بی برنامگی رهایی بخشید.

مزدیسنا(شیعه) و دیویسنا(ضدشیعه)

در این بخش مزدیسنا و دیویسنا را بر دو محور زرتشت شناسی و دیوشناسی شرح می دهم. ماهیت واقعی زرتشت به عنوان یک پهلوان برای شناخت متناقضش، دیویسنا، و ماهیت واقعی دیوان بیگانه فضایی برای شناخت متناقضشان، مزدیسنا، باید از نو تحلیل گردد. دیگر این امکان وجود ندارد که ما با دور زدن برخی موضوعات بتوانیم پیش برویم و از آن جمله ماهیت و واقعیت موجودی به نام دیو یا جن می باشد که تمامی تاریخ ایران زمین و ادیان الهی به آن گره خورده است و حتی پنجاه درصد خطاب قرآن و احادیث رو به اوست. بر مبنای باور ادیان الهی هیچگاه خلافی بر ضد دین و بشر صورت نگرفته و نمی گیرد مگر آنکه با ابرسازمان شیاطین(تین - مارها) آمیخته باشد. در جهت شناخت جنیان و درک معانی و تعابیر علمی قرآن و کمال دین شیعه(اسلام بدون کاستی) هیچ مرجع و سندی بیشتر از اوستا نمی تواند به ما کمک کند و برای این منظور باید باورهای گذشته را کنار بگذاریم. باری، پسوند نام زرتشت اسپنتمان است. اسپنتمان از ریشه اسپیتا به معنای نژاد سفید یا نژاد درخشان و یا بهتر بگویم "نژاد برتر" گرفته شده است. در اصل اسپنتمان به معنای پیامبر نژاد برتر است. نازی ها عقیده داشتند که انسان بهشتی در آتلانتیس(قاره از میان رفته) و نه در ایران هبوط نموده و به جای تحقیق در "میهن" و بر روی سیر تطور نژاد میتان و کشور مهری به سراغ تبتی ها رفته و آن ها را بازماندگان اصیل انسان های فرود آمده از بهشت و آریایی اصیل می دانستند!!! تبتی هایی که هیچ کدام از خصایص یادشده برای انسان های بهشتی را دارا نبوده و نیستند. بی شک نوح با نام نوآ پیامبر آتلانتیس بوده است و برداشت های ما در مورد وی هیچ یک سندیت قرآنی ندارند. مثلا ما تصور می کنیم به این دلیل

کافران کشتی ساختن نوح را تمسخر می کرده اند که او در بیابان داشته این کار را انجام می داده در صورتی که توجیح و تفسیر در بیابان بودن کشتی را خودمان به ترجمه قرآن اضافه کرده ایم و در واقع تعجب کافران از این مسئله بود که چرا نوح با یک تکنولوژی ظاهرا ابتدایی دارد کشتی می سازد و غرور و بی تفاوتی ایشان در واکنش به اعلام خبر طوفانی عالم گیر ماحصل دریانورد بودنشان و در اختیار داشتن کشتی های پیشرفته و حتی زیردریایی بوده است! حضرت نوح چگونه توانسته از همه موجودات عالم یک جفت را گرد آورد مگر اینکه با یک تکنولوژی بسیار فراتر از زمان کنونی این عمل را صورت داده باشد و به سراسر نقاط صعب العبور هم در کمترین زمان سفر کرده باشد؟ در گاهی که همه موجودات عالم در کشتی نوح بودند این حضرت چگونه توانسته آن ها را مدیریت و مراقبت کند زیرا اکثریت گونه ها تنها در محیط و شرایطی خاص چون قطب زنده می مانند و اصلا در طی چندین روز چه می خورده اند و چطور نفس می کشیده اند!!؟ اگر ما به احادیث اصیل شیعه مراجعه کنیم و نه به تفسیرها و توهمات افراد به این برداشت خواهیم رسید که نوح نبی "بانک ژنتیکی زمین" را با خود به همراه داشته و نه خود موجودات را. اگر غیر از این باشد و حتی تمام حوادث مربوط به کشتی را معجزاتی فراتر از خرد تصور کنیم پس از پیاده شدن از آن، چطور آن دو شیر دو غزال نجات یافته را شکار نکرده اند و چگونه ممکن است که گرسنه نشده باشند و حیوانات شکارچی نسل علفخواران را در طی تنها یک یا دو روز منقرض نکرده باشند؟ در احادیث شیعه آمده است که موجودات مدنظر خدا در طی مدت زمانی بسیار کوتاه سراسر زمین را دوباره پوشاندند و این عمل جز با شبیه سازی میسر نیست همانگونه که در متون شیعه تاکید گردیده که شیطان بدون اینکه همسری داشته باشد "فرزندان خویش را از بنیاد خودش ساخت" یعنی از سلول های بنیادیش شبیه سازی کرد و اینکه در عوض آفرینش هر آدم هزار شیطان توسط او ساخته می شوند و به همین دلیل در فرهنگ مسیحی از بین بردن شیاطین را نابود کردن(نه کشتن) می دانند. چرا موجودات مدنظر خدا باید باقی می ماندند؟ چون جنیان گمراه با دست بردن در آفرینش الهی موجودات زمین چون دیگر سیارات مخلوقاتی ناهمگون و اهریمنی پدید آورده بودند و به گواه اوستا و تورات و ... در اثر نزدیکی انسان و جن نیز "غول ها" زاییده شده بودند. حادثه فوق تا اندازه ای عظیم و فراتر از تنها آب شدن یخ های باقی مانده از عصر یخبندان بوده که نواده شخص شیطان، هام، در کشتی نوح با دیدن معجزه طوفان مسلمان می شود! و خروش خشم خدا به حدی دهشتناک بود که حتی اگر او با وجود در اختیار داشتن تکنولوژی های شیاطین در کشتی نوح نمی بود کشته می شد و همینطور جنیان ملقب به خدایان باستانی از جمله پوسایدُن با مشاهده عظمت رویداد از زمین می گریزند و به همراه قلب آتلانتیس که یک سفینه بوده به فضا پناه می برند. در این مورد افلاطون فیلسوف بزرگ که در صحت و سلامت عقل او نمی توان شک نمود چنین می نگارد که آتلانتیس پس از وقوع خشم خدا در حالی که از آن آتش و دود بر می آمد در آسمان بلند شد و سپس از جوّ زمین خارج گردید. علاوه بر این افلاطون علت خروش خشم خدا را این قضیه می داند که آتلانتیسی ها در اثر در اختیار داشتن فن آوری های بسیار پیشرفته به نوعی "انسان خدایی" اعتقاد یافته بودند و

همانگونه که در مورد گاه جم و کاوس در اوستاها قید شده به واسطه یک تکنولوژی عجیب سخت ترین زخم ها را درمان می کرده اند و حتی جلوی پیر شدن خودشان را گرفته بودند. خداوند با خلقت حضرت نوح و معجزه طوفان چون همیشه با تحقیر غرور دیوان(که حاصل دانشی است که در اختیار داشته و دارند) قصد داشت به جنیان اطلاع دهد که در برابر او هیچ نیستند و نمی توانند باشند(اوج این نوع یادآوری را در قرآن و ماجراهای مربوط به حضرت سلیمان می توانید بیابید، مثلا وقتی سلیمان نماز ظهرش را فراموش کرد و جنیان منتخب خدا و بهتر بگویم انتخاب خدا را به سبب این بی موالاتی مسخره می کردند خداوند جهت چرخش زمین به دور خودش را برعکس نمود و دوباره ظهر شد و سلیمان نمازش را اقامه کرد! و جنیان مات مانده بودند! یافته های علمی و دانشمندان غربی این عکس شدن حرکت وضعی را تایید کرده اند. زمین را باید "سیاره یادآوری دیوان" و آدمی را "نقطه ضعف جنیان" نام نهاد)، نوح نبی که از تکنولوژی فوق استفاده نکرده بود بیشتر از سایر آتلانی ها عمر نمود به نوعی که آنان او را پیرمرد خطاب می کردند! و با یک کشتی چوبی بسیار شگفت انگیز توانست ژنتیک همه مخلوقات الهی جهان ما را حفظ نماید در حالی که پیشرفته ترین اسبابی که دیوها به پرستندگان بشر خود داده بودند در این حادثه غرق شدند. بطور کلی آفرینش انسان بهشتی دهن کجی روح به دیوان و معجزه فراتر از مناسبات عقلی است که از دید نژادپرستان جن پیرو شیطان بزرگ ترین عذاب و ظلم الهی قلمداد می گردد! باری، کلید همه پاسخ ها و رمزگشایی آن ها از متون آسمانی در احادیث شیعه نهفته است. پرسشی پیش می آید! اگر چنین بوده و بحث بر سر ژن، پس چرا خداوند در سوره هود می فرماید ما به نوح دستور دادیم تا یک جفت از هر موجود را حفظ کند و نه فقط یک موجود؟ علاوه بر اینکه ممکن است منظور تخم و اسپرم باشد کسانی که از دانش ژنتیک اطلاعی دارند می دانند که شبیه سازی صرفا بر مبنای ژن واحد یک موجود و بدون درهم آمیختگی و ابداع تا چه اندازه سبب بازتولید ناهنجاری خواهد شد. بر مبنای تحقیقی که بر روی اسپرم شیرهای آفریقایی صورت گرفت مشخص شد که همه انواع این گونه در هر کجای جهان که باشند دچار نوعی ناهنجاری مشابه در شکل اسپرم خود هستند که نشان می دهد سرسلسله های تمامی انواع شیر تنها از یک جفت واحد و یا بهتر بگویم ترکیب ژنتیکی یک جفت ژن خاص به وجود آمده اند و با هم خواهر و برادر بوده اند(درست به مانند ازدواج خواهر و برادرها در بین انسان ها اگر نزدیکی در بین حیوانات مشابه در والدین صورت گیرد نتیجه ناهنجاری هایی را به همراه خواهد داشت و از جمله ناهنجاری در اسپرم شیرهای کنونی). گذشته از این چگونه ممکن است پراکنده کردن مجدد موجودات در جهان توسط نوح بدون اطلاعات و فن آوری پیشرفته صورت گرفته باشد و سازگار و مطابق با اکوسیستم گردد!؟ آیا منظور قرآن از این واژه که از تنور آتش آب جوشید و جهان را غرق کرد اشاره به تنور نان پختن خانه نوح نبی بوده است!!؟ چه آتلانتیس را یک قاره طبیعی و یا مصنوعی ساخته شده به دست دیوان تصور کنیم به واسطه متون باستانی مستند و یافته های باستان شناسی در یک مسئله شکی نیست و آن دانش بسیار برتر از دانش های امروزی بشر آتلانتیسی هاست. بطور مثال چگونه ممکن است میان حضرت نوح و پسرش آنگونه که قرآن فرموده مباحثه

ای شکل گرفته باشد در حالی که نوح سوار بر کشتی و بر فراز امواج خروشان بوده مگر آنکه پسر نوح نیز سوار بر یک جرم شناور بوده باشد و این گفتگوی کاملا بی دغدغه به واسطه ابزاری چون موبایل صورت گرفته باشد؟ نوح نبی چطور توانسته در تلاطم عذاب پسرش را بیابد و دیگران را حتی نبیند؟ آتلانتیسی ها در دل دریا زندگی می کردند و تنها به دلیل مغرور شدن به دانش هایی که در اختیار داشتند و تصور بی نیازی از خدا محو و نابود شدند و قلب قاره آن ها هم پرواز کرد و به آسمان ها رفت!!! مسئله این بود که خدا مطابق اخلاق همیشگی خویش برای جنیان و دانش های جنی قدرت نمایی نمود و کاری کرد که یک کشتی چوبی در ظاهر ساده به خواست و حکمتش از خشم طوفانی سالم بماند که کشتی های فلزی و بسیار پیشرفته برآمده از تکنولوژی میلیارد ساله دیوان نتوانستند از آن برهند.

در آیه چهل و هشتم سوره هود خداوند منحصرا به حضرت نوح و امم یعنی نژادهای بشری که با او در کشتی بوده اند تحت جمله "اممی که با تو هستند" درود می فرستد و آشکارا تنها نوادگان این نژادها را(و نه همه آن هایی که امروزه از آدمیان دانسته می شوند ولی دیو یا اشموخ یا دیوزاده هستند) ناس واقعی و مشمول سرپرستی و مَلک و اله بودنش می شمارد.

قرآن در چندین آیهِ محوری مخاطب اصلی خود را فرزندان نوح و پیروانش و نژادهایی که از نجات یافتگان کشتی بوده اند به شمار می آورد و بارها می گوید ای فرزندان نوح نبی و شیعیان او، ای اممی که در ام القری(ابرکشور جم) فرود آمدید هدایت و نجات ارث شماست.

همانگونه که پیش تر اشاره شد گرچه ما اسرائیل را یکی از القاب حضرت یعقوب می پنداریم اما خود یهودیان به گواه تورات تحریفی معنی واژه اسرائیل مورد استفاده خودشان را نام خدای جنی مخصوص به قوم خدا!!! می دانند و با این حساب بنی اسرائیل اصیل فرزندان و نوادگان بیگانه ها هستند. دلیل اصرار آن قوم بر عدم تزویج با ملل دیگر حفظ اصالت ژنتیک توارثی خدایشان که در خون بندگان یا بهتر بگویم نوادگانش جریان دارد و از دید تلمودیان جاودانگی است می باشد. اینان تفاوت های بنیادین بسیاری با نوع بشر دارند و یک مورد شگفت انگیز آن اینکه اگر انسانی مارچوبه بخورد بوی این گیاه در ادرار او کاملا قابل تشخیص خواهد بود ولی نژادهای جنی قادر به تشخیص این بوی واضح نیستند! یگانه تفاوت بنیادین انسان و جن در همین یک نکته است که آدمی به فرموده قرآن اگر اهل ایمان و عمل صالح باشد صاحب روح که بخشی از خداست و اشرف مخلوقات خواهد شد. این استعداد کسب روح در هیچ آفریده دیگری جز آدم بهشتی وجود نداشته و نخواهد داشت.

نکته ای که باید به آن توجه خاص داشت این است که چرا بنی اسرائیلیون با وجود آنکه واقعیت امر کشتی نوح را به سبب آیات مخفی کرده و سرّی الواحشان می دانسته اند همواره کوشیده اند با استخدام هنرمندان از دوران باستان تا اکنون و به ویژه با سینما داستانی خیالی و توهمی را به خورد مردم جهان بدهند که مملو است از ایراد و تناقض؟ یک تصویرسازی ذهنی که حتی کودکان نمی توانند باورش کنند چه برسد به عاقلان دین پژوه پویای هژیر!؟ آن قوم چه سودی می برد از سانسور و تحریف بخش عمده ای از تاریخ بشر اگر خودش هم از آدمیان بنی ابوالبشر تشکیل شده باشد و نه از موجودات غریبی که به زمین آورده شده اند و مخلوقاتی دو یا سه رگه(یعنی ماحصلی پلشت که ترکیبی است از نسناس، انس و جن)!؟

دشمنی با بنی آدمیان صاحب روح و تاریخ پیامبران و افتخارات واقعی ایشان که مبنای آن جلوگیری از آگاه شدن نوادگان نژادهای همراه با نوح از واقعیت اجدادشان است به این علت صورت می گیرد که با برملا شدن اطلاعات درست ماهیت بیگانه آن قوم(صهیون) نیز آشکار خواهد شد و فورا مشخص خواهد گردید که از قوم موسی که بهتر است آن را "بنی اسرائیل محوشده" نامگذاری کنیم یک تن در میان اینان نیست و از اجداد اینان نبوده است. بدیهی است که پس از طوفان نوح و بر مبنای مدارک موجود جنیان نیز دوباره نسل نسناس ها را به زمین آورده و در گسترش آن کوشیدند و بسیاری از اقوام جنی برای زندگی به زمین آمدند و در سیاره ما ماندگار و با ملل بشری ادغام و یگانه شدند علاوه بر اینکه ممکن است نسناس هم در زمره حفظ شدگان در بانک ژن های کشتی بوده باشد. اما اساس باور به حفظ خون از یک واقعیت اثبات شده بسیار کهن تر از طوفان عظیم نوح نشات می گیرد که تنها در احادیث شیعه مورد اشاره قرار گرفته و مانند بسیاری دیگر از موضوعات احادیث ما به دلیل عجیب بودن نادیده گرفته شده و از سوی مبلغین بی مصداق برداشت شده است! هنگامی که حضرت آدم به همراهی حوآ بر ایران زمین هبوط نمود قبل از ایشان در سراسر زمین انسان های بی شماری زندگی می کرده اند که در واقع میمون هایی تکامل یافته و فاقد روح بوده اند. در احادیث گهربار شیعه به چرایی خلقت و چگونگی انقراض مخلوقات فوق اشارات مبیّنی شده است. این انسان ها و در اصل میمون های انسان نما تا حد بسیار زیادی در استفاده از ابزار و ساخت سلاح ها و وسایل سنگی و ابداعات اولیه پیشرفت نموده بودند. آن ها در خانه زندگی می کرده اند و نه در غار!!! حتی برای محافظت خود از سرما لباس می پوشیده اند، اسباب بازی می ساخته اند، از یکدیگر دفاع می نموده اند و مراسماتی شبیه به آیین های مذهبی و عزاداری برای مردگان و نظام رهبری دقیقی نیز داشته اند که اکنون همان "نظام مادرسالاری" توسط شیطان پرستان غربی یکی از باورهای بنیادین مدرنیته دانسته می شود. این ها موجوداتی بوده اند که در فارسی و عربی امروزی نسناس یا انسان های قابیلی(البته اصطلاح نادرستی است) خطابشان می کنیم و در اوستا با نام اشموخ(اشمُق = احمق) و رسته ای از دیوان شناخته می شوند. در اروپا و به ویژه در فرهنگ ژرمن این موجودات با عنوان "مرد جنگلی" انسانی که بدنش سراسر از مو پوشیده شده و نیمه حیوان و نیمه انسان بوده به چشم می خورند که بعدها افسانه های آنان سبب به وجود آمدن باور به گرگ نما و موجوداتی مشابه گردید. در تمامی فرهنگ ها یک اصل واحد در این زمینه وجود دارد و آن اینکه از زمان آدم نبی تا به امروز رفته رفته بر نفرت از این موجودات افزوده شده است و شاید اصلا در دوره حضرت نوح هیچ حساسیتی به اینان وجود نداشت و انسان ها خیلی ساده و منطقی این نوع حیوان را هم با حفظ حدود سرپرستی می کرده اند. بحث فقط بر سر نئاندرتال ها نیست و علاوه بر آن گونه از میمون های تکامل یافته انسان نما تاکنون چندین گونه دیگر نیز یافت شده که هر یک خصوصیات خاص خود را داشته و غالبا از نئاندرتال ها باهوش تر بوده اند. جالب اینکه قدیمی ترین آثار نئاندرتال ها در دوره پارینه سنگی در جزیره قشم خودمان کشف شده است. در یکی از کتاب های مقدس مایان ها به نام "پوپول ووه" که به دست موجودات هوشمند پیش از ما به صورت خاطرات روزانه

نوشته شده است در خصوص خلقت انسان بهشتی و مشاهده او بر روی زمین گفته می شود: "آن دو(آدم و حوآ) از این پیش وجود نداشته اند(یعنی از موجودی تکامل نیافته اند) و خالقین هم(یعنی جنیان) آن ها را نیافریده اند. آن ها در اثر معجزه(دفعتا) پدیدار شده اند!" جالب تر اینکه حتی تا به امروز تنها نقطه تاریک نظریه تکامل که باعث شده آن را هنوز نظریه خطاب کنند و نه قانون، چگونگی تکامل و ساختار ژن "بنی آدم" است. بر مبنای تحقیقات خود غربیون از لحاظ ژنتیکی بطور قطع محال است که آدمی از میمون یا انسان نماها و ایپ های پیش از آدم هوشمند(هیومن) یا هر موجود دیگری تکامل یافته باشد و به همین دلیل دانشمندان غربی به وجود یک حلقه گمشده فرضی معتقد گشته اند، به این معنی که ابتدا و بطور دفعتی مثلا نئاندرتال ها به آن موجود فرضی متکامل شده اند و سپس به آدم ابوالبشر! بدیهی است که این فرضیه تا هزار سال دیگر هم اثبات نمی شود! زیرا موجودی که وجود نداشته و ندارد چگونه می تواند سند علمی و مبنای ادعایی قرار بگیرد؟ در ضمن ناگهانی به وجود آمدن یا تحول تصادفی و یا تکامل مجزا از همه ذاتا نقیض نظریه تکامل است! حتی شامپانزه ها و دیگر ایپ ها فقط پروتئین های موجود در کروموزوم هایشان با ما تا اندازه ای مشابه است، پروتئین هایی که مانند لایه خوراکی اطراف دانه میوه ها عمل می کنند و در هیچ کجای موارد مربوط به وراثت نقشی برعهده آن ها قرار ندارد و حتی اگر هفتاد درصد کروموزوم را تشکیل دهند هیچ اهمیتی ندارد و تنها پشتیبانی کننده رشد هستند. حقیقت این است و عقیده ایرانیان باستان هم بر این بوده که وقتی آدم و حوآ یا به قول اوستا مشی و مشیانه خلقت یافتند(البته بعدها در اثر وارد شدن تحریف در متون اوستا اینگونه تصویر شد که از تخمه کیومرث، بنا به عقیده یهودیان و افکار به دست تحریف وارد شده ایشان در اوستا، آفریده شده اند در حالی که همزمان با کیومرث انسان های بهشتی بسیار دیگری نیز می زیسته اند. جد بزرگ کیومرث، مه آباد سرسلسله مه آبادیان حداقل چند صد سال پیش تر از او به پیامبری رسیده بود و دساتیر کتاب مقدس آیین پهلوی نازل شده بود که تا زمان ظهور زرتشت و اوستا پایه اصلی مذهب و ایدئولوژی همه ایرانیان باقی ماند) زمین پوشیده از انواع اشموخ یا به قول اروپاییان امروزی گوبلین و مرد جنگلی بوده است. هنگامی که آدم و حوآ پا به عرصه زمین نهادند یکی از وظایف ایشان و شاید مهم ترین وظیفه الهی آن دو و تمامی فرزندانشان ممانعت از ادغام خون انسان های بهشتی با خون دیوها و اشموخان بود. پس از طوفان نوح در ایران پیشدادی و جمی به دلیل وسعت تخلفات شرم آور صورت گرفته و نزدیکی کردن برخی ملل با میمون های انسان نما این وظیفه رادیکالی تر و خشن تر دنبال شد و مبنای عمل صالح و تمامی اعتقادات دینی قرار گرفت. طبق آخرین تحقیقات غربیون در ساختار ژنتیک اکثریت نژادهای بشر حدود پنج درصد از ژن نئاندرتال ها(و یا گونه های مشابه آن ها) وجود دارد!!! یعنی درصدی از ژنتیک ما از ما نیست و بیگانه با حدود نود و پنج درصد دیگر ساختار ژنی ماست. وظیفه آدمیان بهشتی نخستین این بود که مانع نزدیکی کردن دو نوع کاملا مجزای به سخن امروزی انسان های هوشمند و غیرهوشمند شوند و این کار تنها توسط نژاد آریایی و پیشدادها جدی گرفته شد. این وظیفه الهی که امروزه نژادپرستی تعبیر می شود تا دوران زرتشت و حتی پس از او به

عنوان مهم ترین وظایف بشری و آیین های الهی ضددیو در ایران زمین عینیت داشته است. شرایط سخت آن دوران را درک کنید؛ میمون های آدم نما موجوداتی غالبا برهنه بوده اند و با اینکه حتی قدرت تکلم نیز داشته اند اما چون تمامی حیوانات هیچگونه شرافتی برای خویش قائل نبوده و عزت نفس برایشان معنایی نداشته است و همچون پیروان و نوادگان امروزی غربیشان هرگونه پوشش را تنها یک وسیله اضافی می دانسته اند. "نداشتن شرم ذاتی از برهنگی" یگانه وجه تمایز نسناس از انسان است(نخستین عکس العمل آدم پس از تکمیل خلقتش شرمگین شدن به سبب برهنگی بود). تصور کنید زنان کاملا برهنه ای را که برای بنا بر غریضه خودشان جفت گیری با موجودات شبیه به خود هیچگونه اکراهی نداشته و حتی اصرار داشته اند!!! و به دلیل بی نهایت زیباتر بودن انسان های بهشتی از نرهای نوع خودشان بیشتر به آنان گرایش جنسی داشته اند. در نتیجه این نزدیکی شوم کودکانی پدید می آمده اند که بخشی از توانایی های انسان بهشتی را از دست داده و رفتارهای خشن و غرائض حیوانی در آنان بسیار مشهود بود و طی وصلت اینان یا فرزندان و نوادگانشان با انسان های بهشتی دیگر نیز درصدی از این کژی به کودکان و نوادگان ثمره نزدیکی و کل نژاد بعدی و همه نژادهایی که با آن نژاد می آمیختند چون یک سرطان منتقل می گردید! واژه بدنژاد و بدگوهر و نامردم(یعنی کسی که در میان مردم هست و از هر نظر شبیه آن هاست ولی از آنان نیست) در ادب اوستا به همین معناست. انسان های بهشتی در حدود پانصد الی هشتصد سال و حداقل بیش از سیصد سال عمر می کرده اند(که شرح کامل آن در دفاتر نخست تورات وجود دارد)، مریض نمی شده اند و بسیار تنومند و چالاک بوده اند.

شما این صفات را در نژادهایی که تا دوران اسکندر اصیل و پاک مانده بودند می توانید مشاهده کنید، مثلا رستم دستان بدون بروز ضعف ۵۰۰ سال زیست یا به گواه تاریخ نگاران یونانی وقتی اسکندر مقدونی خواست بر مقام کیانیان جلوس کند حتی پایش به پله اول تخت داریوش هم نرسید و یک میز بزرگ زیر پایش قرار دادند تا بتواند به آن برسد در حالی که داریوش سوم در برابر پدران کیانی خود یک کوتوله بود! انسان های بهشتی کاملا اصیل با یکدیگر سخن نمی گفته اند و بخشی از مغز ما که مربوط به تله پاتی است و تنها در بعضی افراد امکان فعال شدن دارد در مغز همه آن ها بطور مادرزادی فعال بوده است و وقتی این بخش در اثر همخوابی با نسناس ها در نسل های بعدی از کار افتاد زبان ها و در نتیجه جدایی، دسته بندی، اختلافات و تعصبات ناشی از عدم درک متقابل احساسات به وجود آمد. جالب اینکه انسان های بهشتی مریض نمی شده اند! بدن آن ها با عوامل بیماری زایی چون میکروب ها و قارچ ها و باکتری ها از لحاظ بنیادی بیگانه و از بیماری های ویروسی مصون بوده است! البته باید در خاطر داشت که بسیاری از عوامل بیماری زا بعدها و توسط دیوان به مانند "طاعون سیاه" طراحی یا تقویت شدند و چون ابری بر سر مردم رها گشتند. در متون یهود صراحتا از زندگی کردن خداوند در بین انسان ها در دورانی خاص صحبت به میان آمده، خدایی که با "آن قوم" مخصوصا دخترانشان مهربان بوده! و با دیگر ملل نه! "کافران کفر و سرکشی را اراده کردند و ما انتقام مقدس و عذاب کردن و کیفر ایشان را." باری علاوه بر این ها نقص های جسمانی مادرزادی هم در انسان های بهشتی وجود نداشته

بطوری که در ایران باستان اگر کودکی ناقص الخلقه یا به همراه هر نقص جسمی هرچند کوچکی به دنیا می آمد فرزند دیو یعنی همان اشموخ ها یا جنیان تلقی می شد و آمار چنین کودکانی نیز تا اندازه ای اندک بود که در داستان زال سفیدمو، پدر رستم دلیر، در شاهنامه به وضوح می توان مشاهده کرد که حتی فردی خداپرست و پهلوان خصلت چون سام(پدر زال) در طرد چنین کودکی لحظه ای درنگ نمی کند و آن را مانند وظیفه ای دینی انجام می دهد در حالی که خود او در اثر اقامت بیش از حد در کنار سفاین دیوها(به سبب مسئولیتی که در این زمینه به وی محول شده بود، یعنی او دیپلمات نوع بشر در میان مازنی ها و بیگانگان فضایی بود) و مجاورت طولانی مدت با مولدهای اشعه رادیو اکتیویته سبب این جهش نامیمون و سفیدمو شدن دستان که از ژن معیوب گشته خودش پدید آمده بود شده بود.

از سوی دیگر بدن انسان های بهشتی افزون بر مصونیت در برابر امراض اصلا دارای ضعف های عمده ای که در بدن ما طبیعی فرض می شوند نبوده مثلا بیماری سینوزیت یا پوکی استخوان که امروزه در مقیاس کم، طبیعی و بخشی از مشکلات محیطی یا مربوط به بالا رفتن سن تلقی می شوند به گواه متون و مستندات موجود برای آنان معنایی نداشته است.

در متون بسیاری چون تورات تاکید شده که حضرت نوح ذات اصالت پس از هزار سال زندگی و مجاهدت و به ویژه حضرت موسی پس از حدود چهارصد سال در هنگام مرگ، بهتر بگویم شهادت(چون پیامبر اسلام فرمود هیچ نبی و وصی او نمرده است و نخواهد مرد مگر به شهادت) کاملا سرحال و مانند جوانان ورزیده بوده اند! حتی خانواده بنی هاشم نیز که آخرین خاندان اصیل مانده انسان بهشتی بود عمدتا بسیار عمر می کرده اند و همین امروز هم خاندانی از سادات اگر بخواهد اصالت نژادی خود و اتصال آن به پیامبر را اثبات کند زندگینامه اجداد خاصه به خود شناخته شده بیش از صد سال بدون بروز سستی زیسته اش را به عنوان سند اصالت ارائه می دهد. به ویژه گزارش شده که هیچ کدام از اهل بیت نبی، امامان و اصیل ترهای بنی هاشم در هنگام شهادت و پایان زندگیشان یعنی دوره پیری افتاده حال و یا موسفید نبوده اند و هیچ نشانه ای مبنی بر پیری در آنان وجود نداشته و به همین دلیل است که وقتی فاطمه زهرا و یا زینب کبری در اثر تحمل مصائب و غصه بیش از اندازه چهره شان شکسته و شبیه پیران شد همه مردم تعجب می کردند که چطور ممکن است کسی از بنی هاشم اصلا پیر و فرتوت شده باشد؟! و شکسته شدن این دو بانو خود در آن روزگار دلیل و برهان حقانیت علویان و مصائب گذشته بر ایشان به شمار می آمده است.

زیاد عمر کردن آدم های امروزی که با ضعف و سقوط به تمام معنا و لزوم مراقبت های پزشکی همراه است را نمی توان با زیاد عمر نمودن آن نژاد بهشتی پاک از ژن افزوده شده میمون های تکامل یافته که سبب مغلوب و بی نظم شدن خصایص برتر گردیده مقایسه نمود.

اکثر این قابلیت های برتر رفته رفته از دست انسان های کهن به سبب همین همخوابی شوم و عمل نکردن به دساتیر دین مبنی بر حرام بودن این رفتار و حفظ فاصله با اشموخ پر زد.

ابتدا همه انسان های برتر یا به قول اوستا اشوان مسئولیت مبارزه با این گناه کبیره را بر عهده داشتند ولی تدریجا پس از چندی تنها خانواده هایی که بعدها به شاهزادگان و اشراف و پهلوانان ایران باستان تعبیر شدند و بهتر بگویم اصیل زادگان با تمام وجود در صدد حفظ

خون پاک به یقین برتر بهشتی خویش برآمدند و پادشاهی هم حق مسلم اینان قلمداد می شد و البته نژادهای پست تر به سبب تفاوت های ظاهری و قابلیتی آشکاری که میان خود و ایشان مشاهده می نمودند اعتراضی به این باور نداشته اند و نیازی هم به اعتراض وجود نداشت!
مشکل این بود که ناپاکی نه تنها به وسیله نزدیکی با نسناس ها بلکه به سبب نزدیکی با فرزندان ادغامی نسل اولی و نوادگان آن ها نیز در نسل های بی گناه بعدی ورود می یافت.
باید این مسئله بنیادی را متذکر شوم که علاوه بر قداست نژادپرستی و حفظ خون های پاک از آمیخته شدن با خون اشموخ زادگان کشتار میمون های دو پا هم جزء فرایض دینی و واجبات دوران باستان ما بوده است و این کشتار که در دوره اوج حفظ اصالت بشری و قلیان احساسات مربوط به آن همواره به دست ایرانیان سازماندهی می شد(علاوه بر آنکه به وسیله معجزات و پدیده های سهمگینی چون طوفان نوح و زمستان جم صورت می گرفت) توسط تمامی صالحین و پادشاهان بین المللی نیز انجام می گشت(مثلا ماجرای کشتار چند قبیله از این جانوران در شاهنامه به دست اسکندر که با استخوان می جنگیده اند و حتی آتش زدن لاشه همه آن ها! البته این کار از اعمال ذوالقرنین واقعی یعنی کوروش بوده و به دلیل آنکه فردوسی متاسفانه این دو را تمییز نداده به اسکندر ملعون منسوب گشته است). یادآوری می کنم که ریشه این جهان بینی ضداشموخ به هزاران سال پیش از تولد زرتشت و زمانی که ایرانیان در آیین پهلوانی مه آبادی خویش سوآستیکا یا چلیپا را قبله خود می دانستند باز می گردد تا آنجا که حتی در نقاشی های باستانی شیوآ خدای شیطانی هندوان نیز نقش و نماد سوآستیکا را بارها مشاهده می کنید و مهم ترین معنای آن این است که شیوآ خود را همان موجود کامل و پیشوای عالمین می دانسته است و یا پیروانش به او این نسبت را داده بودند. در صورتی که چه نماد چلیپا(نماد پیشوا که در فرهنگ های باستانی به معنی و ذات مفهوم "پیشوا" بوده است، که به معنای متجلی شدن چهار عنصر و گوهر آفرینش در وجود یک آدم بود) و چه فروهر(که به معنای تسلط آدمی بر اسباب پرنده جنیان یعنی برتری بر ایشان و نماد کامل ترین روح بود) مورد تقدیس ایرانیان اشاره ای آشکار به یک انسان کامل واحد و بهتر بگویم ذات خاص انسان کامل بوده اند که در آینده بارها ظهور و در نهایت خون بشر را از آلودگی اشموخی پاک خواهد کرد و اشوان را بر دیوزادگان برتری می بخشد.
نکته جالب دیگر این است که در دوره زمانی مذکور حتی تا اندازه ای این موجودات پلید و خطرناک تلقی می شده اند که اثری از لاشه بی جانشان هم نباید در این دنیا باقی می ماند و باید سوزانده می شدند! آثار این طرز تفکر ایرانی در داستان های قرون وسطایی اروپا و ماجرای آتش زدن لاشه خون آشام بازتاب یافته است که بر تارک هالیوود قابل مشاهده اند(همانگونه که قیام هماهنگ و یکپارچه امام حسن و امام حسین و در نهایت امر حادثه عظیم کربلا تنها با این هدف صورت گرفت که سیل تحریفات در مورد پیشواعلی رنگ ببازند و امروز ما موفق شویم مرام بین المللی شیعه فاطمه و علی که تنها دین جهانی و فراقومی و قبله ای است را به واسطه اتفاقاتی فراتر از قواعد ابتدایی اسلام آدم تا خاتم چون نکشتن عبیداله در خانه هانی و دیگر نمودهای عینی اخلاق و ادب علوی درک کنیم تمامی خیزش های برحق آریاییان در طول تاریخ با انگیزه زنده کردن آیین پهلوانی ضداشموخ و

دیو و مقابله با دیویسنای تک چشم صورت گرفته است از جمله قیام زرتشت و مزدک و بابک و فلوریان و هیتلر. از آنجا که مرام مورد اشاره پیشوا چیزی جز ایده آل گرایی عفیف پهلوانی، جوانمردی کاملا خالص نبود نه تنها با خواسته و عقده! باستانی ایرانیان یعنی زنده کردن دوباره عصر پهلوانی و دوران جم تطابق یافت بلکه کاملا یگانه و همداستان گردید). باید هم چنین اتفاقی می افتاد زیرا بطور مثال بقایای بر جای مانده از نیمه میمون های انسان نما در اروپا که متعلق به ده هزار سال پیش اند ثابت می کند این دیوزاده ها حتی همجنس خوار بوده و گوشت کودکان و زنان جوان خود را بیشتر دوست می داشته اند(رستم دستان در جریان کینخواهی سیاوش یکی از شهره ترین این قبایل زن خوار را کشتار کرد)!!! دانشمندان ثابت کرده اند که در ژنتیک غالب اروپائیان از آن نژاد از نسناسیان بسیار اشموخ تر از سایر ادغامی ها، وراثت دیده می شود! وقتی می بینید در یک برنامه زنده تلویزیونی در هلند دو شرکت کننده قطعه ای از گوشت یکدیگر را سرخ کرده و می خورند! علاوه بر رسیدن به این نتیجه که پست فطرتی در غرب فضیلت شده، باید به این باور هم برسید که غربیون از لحاظ ورود ناخالصی های ژنتیکی در وراثتشان بسیار حیوان تر و پست تر از نژادهای دیگرند و اجداد(بشر) نخستین آنان با اشموخان همنوع خوار تکامل نیافته تر و بسیار درنده خوتری نزدیکی کرده اند. در این میان آنچه امروز به نام نژاد آریایی شناخته می شود میزان بسیار ضعیف تری از تاثیرات وراثت پنج درصدی اشموخان را آن هم به صورت مغلوب در خود نشان می دهد و از هر نظر با گواهی رفتارهایی که از او سر می زند و حیا و شرف ذاتیش، به انسان بهشتی نزدیک تر می نماید و تمایل شدید عقیدتی دارد. تمامی واژگان اولیه انگلیسی و عربی از پارسی اخذ شده اند و از جمله فردوس که در همه زبان های اروپایی "پارداس" و یا چیزی مشابه خطاب می شود، شگفت آنکه این واژه نام مدینه فاضله آریایی عاری از ناپاکی خونی مدنظر ایرانیان باستان است و نه بهشت اخروی و یا چیزی شبیه به آن. در روزگار کهن آنچنان این اپیدمی اشموخ و جن زادگی به سرعت عالم گیر شد که جنیان مسلمان سازنده سلاح های برتر برای انسان های مسلمان و همینطور دانشمندان فراتر از دورانی چون مرلین و جمشید تنها کد ژنتیکی انسان بهشتی را ملاک امکان استفاده از سلاح های ویرانگر ساخته دست خود قرار دادند و آن را رمز عبور به کار گرفتن اختراعات خویش در زمین و به دست آدمیان ساختند چون اعتماد خود را به ژنتیک های ادغامی از دست داده بودند. در نتیجه سلاح پیشرفته ایکس کالیبور(به معنی اسلحه ناشناخته) که توسط آرتورشاه به اصطلاح تلویحی از سنگ بیرون کشیده شد به واسطه اسکن ساختار ژنی از سلول های زنده پوست فقط به کسی خدمت می کرد که خون بهشتی را در رگ داشت و همینطور ابرسلاحی به نام گرزه سام که یکی از سلاح های سه گانه ضددیو ساخته شده توسط دانشمندان جنی و انسی جم بود و پس از رستم به کس دیگری خدمت نکرد حتی در دست پسر و نوادگان او که درصد ناچیزی اصیل نبودند خاموش ماند. در قرآن اشاراتی واضح به انسان بهشتی و برتر بودن او شده است، در آنجا که خداوند آل ابراهیم و آل عمران(پدربزرگ حضرت عیسی) را در صورتی که از ظالمان نباشند شایسته برتری بر دیگران می داند و از نیرو و برتری هایی که در وجود آن هاست(که در صورت

۲۳۵

ظلم نکردن می تواند آشکار شود و تبلور یابد) سخن می گوید. بطور قطع این دو نژاد که واپسین "اصیل زادگان بهشتی" بوده اند امروزه چنین برتری هایی را رفته رفته و در اثر آمیزش با دیگر نژادها از دست داده اند اما همچنان غایب شدگان از ایشان اصیل مانده اند. پیشوا درباره تولد پیامبر فرمود: "رسول خدا در پاک ترین گونه خلقت بشری به دنیا آمد". البته که این برتری نژادی تاثیری در رتبه های معنوی انسان ها نزد خدا ندارد ولی سبب آن می شود که فردِ دارای این نعمت مسئولیت های مدیریتی سنگین تری را بتواند به انجام برساند و شماری از اموری که برای دیگر ملل ناشدنی هستند را به سادگی صورت دهد. می توان به جرات گفت آخرین خاندانی که از خون خود بنا بر وظیفه ای که تا به دنیا آمدن پیامبر آخرالزمان برای خویش متصور بود، بطور موثر حراست می نمود قریش و به ویژه بنی هاشم بود(که اتفاقا غالبا بسیار بسیار تنگدست بودند! جالب اینکه این حفظ اصالت خون بعدها توسط هر خانواده ثروتمندی یک فضیلت تصور می شد و به قول معروف مُد شده بود در حالی که هیچ نتیجه ای در بر نداشت) و پس از ظهور پیامبر اسلام سیاست این خانواده نیز با توجه به تحقق هدفشان و دستورات تازه ای که از سوی خداوند به ایشان و همگی مسلمانان ابلاغ گردید از جمله اینکه هیچ خواستگار مسلمانی را به سبب نژادش رد نکنند عوض شد. حال یکی از مسئولیت های آنان به ودیعه گذاردن حداقل بخش هایی از ژنتیک برترشان یا بهتر بگویم ژن های مثبت فعالشان، زیرا فعال بودن هر خصیصهِ بر روی ژن درست به اندازه وجود داشتنش مهم است، و ارتقاء ژنی برخی آیندگان به همین وسیله بود. در پایان تحولات یادشده آریایی ها به لطف و خواست خدا بیش از سایر نژادها موفق به انسان ماندن شدند به خصوص که همان قانون باستانی نژادپرستی مقدسشان(که امروزه به رودخانه های سرخ شهرت دارد) به دادشان رسید. من شک دارم در ژن ما نوادگان ملل جم از جمله همه شاخه های نژاد آریایی یعنی غالب امم خاورمیانه و برخی امم غربی همچون دیگر مردمان پنج درصد از تاثیرات اشموخان وجود داشته باشد و به گواهی عقل و تجربه باید این میزان بسیار کمتر باشد. من فکر می کنم نود و نه درصد ژن ما بهشتی است و تنها حدود یک درصدش اشموخی و در تحقیقات انجام شده غربیون هم که منجر به اثبات حضور پنج درصدی ژن نسناس شد، حتی یک نمونه از ژن جم و ملل برآمده از آن وجود نداشت و تحلیل نشد! در حالی که نمونه هایی از ژن امم دورادور جهان(بجز آریاییان) آزمایش گردید. بی شک خود این آزمایش نکردن ژن حتی یک آریایی اثباتی است بر عینی بودن برتری ژنی فاحش این نژاد. در ضمن باید توجه داشت مراقبتی که اجداد ما از خون پاک خویش نمودند به ویژه در دوران باستان و بدو خلقت بشر، اصلا با آنچه که امروز ممکن است انجام شود قابل مقایسه و از اساس قابل تقلید و تکرار نیست. بطور مثال توده یهودی شدگان پس از تلمود، خواستند به تقلید از آریا اصالت خون خود را حفظ کنند غافل از اینکه ساختار ژنتیکی ایشان هزاران سال پیش تر آلوده شده بود و با ممنوع کردن ازدواج یهودی با دیگر اقوام در واقع میزان بیشتری از وراثت ناپاک را نسل به نسل انتقال دادند و شانسی که برای ادغام با سایر نژادها و کمرنگ کردن خصایص معرف حضور! داشتند را پایمال نمودند. امام صادق در چندین حدیث تکان دهنده متقیان آخرالزمان و یاران برتر منجی را خوبان و

انسان های بهشتی کاملی وصف می کند(دارای تمامی خصایصی که در همین کتاب برای انسان بهشتی برشمرده شد از جمله قدرت بدنی خارق العاده) که از بطن های خبیث و ناپاک پاک زاده می شوند و به نظر این چیزی نیست جز اشاره به اصلاح ژنتیکی بشر و با حذف آن پنج درصد اشموخی بازگرداندن انسان بهشتی(همین امروز ایران ما پرچمدار دانش این کار در جهان است). به این ترتیب که تخم را پس از الحاق اسپرم اصلاح ژنتیکی نموده و دوباره در رحم قرار می دهند و در حالی که والدین صاحب فرزند واقعی خودشان می شوند ناخالصی های داخل شده در ژنتیک بشر یک شبه محو و نابود و نژاد برتر باز می گردد... نخستین وحی زرتشت دعوت به پرستش خدای یگانه بود و حال آنکه با داخل شدن تحریفات صهیونی و عقاید دیوپرستانه ضد زرتشت در اوستا از دوران ساسانی تا به امروز حدود پنجاه هزار خدا توسط زرتشتیان پرستیده شده و می شود! ادعا می شود که در دین تحریفی زرتشت قربانی کردن جایی ندارد در حالی که خدمت و تقرب جستن به ایزدان(خدایان) زرتشتیان فقط و فقط با قربانی کردن انجام می پذیرد و آن هم قربانی کردن هایی پوچ و بدون هدف خیرات گوشت قربانی، مثلا قربانی کردن اسب که در ادامه به این موضوع اشاره خواهم نمود. از آن مهم تر اینکه ادعا می شود زرتشت به استفاده از خشونت به هیچ وجه اعتقادی نداشته است!!! به گواه اوستا کیش زرتشتی جز با گرز گران اسفندیار در جهان مستولی نشد و پا نگرفت و البته حق هم همین بود. زرتشت که خود جنگاوری دلیر بود شخصا بازوبند پهلوانی را به بازوی اسفندیار بست و وی را راهی نبرد مقدس کرد. وقتی دیوپرستان دوران زرتشت کودکان را برای خدایان شیطانی خود قربانی می کردند زرتشت باید چه می کرد؟ دیالکتیک؟! یا وقتی که کفار عرب جاهلی دخترانشان را با افتخار! زنده به گور می نمودند پیامبر خاتم و پیشوا(امیرالعالمین علی) باید چه می کردند؟ در دوران زرتشت دین هایی اهریمن ساخته وجود داشته اند که حتی کشتن ساس و کک روی پوست بدن را حرام می شمرده اند(و البته هنوز هم در هند پیروانی دارند!)، زرتشت در قبال فرزندان متدینین به آن ادیان و یا بهتر بگوییم ضددین ها که باید در کثافت والدینشان دست و پا می زدند چه مسئولیتی داشت؟ آیا اصلا حق داشت یک دقیقه را هم از دست بدهد؟ زرتشت دروغین ساخته یهود شخصی است درست به مانند مسیح دروغین کلیساهای گوتیک بی اراده و مردم گریز که خشمگین شدن نمی داند و همه ظالمین را می بخشد و مظلومین را به تحمل ظلم تشویق می نماید، بدی و خوبی برایش یکی است. زرتشت واقعی در اصل پهلوانی است چالاک و نیرومند و به تمام معنا زیرک(که شرط چهارم ماجرای شفای اسب شاه مؤید این معناست) و شاد و با بصیرت واقعی از دنیا که با زمانه یکی نشد(زرتشتیان با بستن جمله "با زمانه تازه شوید" یا بهتر بگوییم "هر قانونی را که خودتان خواستید اجرا کنید" به حضرت زرتشت هر تحریفی را در دین روا دانسته اند) و بر اصول تغییرناپذیر دین و قوانین ابدی الهی پایبند ماند تا اینکه در میدان نبرد و همین پایداری به شهادت رسید. یکی از شبهات بی منطق وارد شده به قرآن این است که چرا در آن از اوستا و زرتشت سخنی به میان نیامده است؛ یک اینکه قرآن زرتشتیان را از اهل زمه می داند و از ایشان به عنوان معتقدین به یک دین اصالتا الهی نام می برد. دو اینکه قرآن اختصاص دارد به

پیامبرانی که چهره تاریخی و واقعی آن ها دستخوش تحریفات بنیادی(به دست یهودیان) گشته بود مانند یوسف و موسی و سلیمان نبی، تا آنجا که دیگر ماهیت و پیامبریشان مورد شک قرار می گرفت و در زمان ظهور اسلام جادوگر و در برابر دین خدا دانسته می شدند.
هر یک از کتاب های آسمانی رسالتی داشته اند و اوستا هم بطور تمام و کمال به زرتشت و پاکان پارسی از سوی خداوند اختصاص یافته بود پس چرا باید قرآن تکرار مکرر می کرد؟ وظیفه قرآن نبود که از حقانیت زرتشت دفاع کند زیرا اوستا پیش از آن این وظیفه را تمام و کمال انجام داده بود و همین امروز هم شما اگر بخواهید زرتشت واقعی را بشناسید فقط کافی است بخواهید و به اوستا رجوع کنید و ادعاهای خارج از عقل شرک آلود را ندیده بگیرید.
در واقع قرآن و پیشوا با اشاره به آسمانی بودن اوستا زرتشت را تایید کرده اند. مثال دیگر بجز زرتشت بودای نبی است که در قرآن ما به دلیل اینکه متون فراوانی در وصف چهره واقعی پیامش وجود داشته است نیازی نبوده از وی سخنی به میان بیاید و اضافه گویی شود.
اگر غیر از این بود قرآن تبدیل می شد به یک کتاب لیست اسامی ۱۲۴۰۰۰ پیامبر که هر یک صاحب حق و داستان هایی قابل روایت بوده اند و نتیجه اش می شد سردرگمی و گیج شدن خواننده آن و نیز توجه بیش از اندازه به ظاهر داستان ها و مسائل سطحی و کثرت نام ها، درک نمادها و کدگذاری ها و مثال ها را برای عموم ناممکن می ساخت. سه اینکه قرآن دانسته های اعراب را ملاک داستان های خود قرار می دهد و خارج از دایره ذهن و معلومات مردمان عوامی خاورمیانه نام و تمثیلی نمی آورد زیرا آوردن مثلی که مصداق و پیشینه ذهنی در شنونده ندارد اصلا معنایی نمی تواند داشته باشد. قرآن به ویژه اعراب را با روایت درست داستان های پیامبرانی که خود این مخاطبان صحرانشین کم و بیش شنیده بودند تربیت می کند و نه با اسامی ناآشنا و بیگانه ای که هیچ احساسی به آن ها نداشته اند و درکشان نمی کرده اند. درستی این سخن از آنجا اثبات می شود که ماجرای هلاکت قوم عاد و ثمود و لوط و مدیَن به عنوان نماینده چهار طرز تفکر و بینشی که تا به امروز توسط خدا لعنت شده اند یعنی تا جوامع بشری هستند این ها هم هستند، اینقدر در قرآن تکرار می گردد و خود می گوید دلیلش این است که عرب و عجم دیارهای ویران آنان را به چشم دیده بودند. قرآن روایت را نقل می کند و سپس شاهد هم می آورد و می گوید شما بر روی آثار آن اقوام مغضوب قدم می زنید و عبرت نمی گیرید؟ قرآن هم مانند اوستا چیزی نمی گوید که مستند و ملموس برای مخاطبین اولیه اش نباشد. اهورامزدا به واسطه کلام زرتشت و شمشیر اسفندیاران، بر پرستش تمام خدایگان ضدآریایی که هنوز هم در هندوستان الوهیت دارند خط بطلان کشید و دیو را که پیش از آن به معنی خدا انگاشته می شد هیولا و گمراه کننده نامید.
دین "سپنتمان" به نام مزدیسنا در تناقض با دیویسنا و به معنی پرستنده خدای یگانه است.
جالب اینکه به پیامبری رسیدن زرتشت به واسطه مقرب ترین فرشته یعنی جبرئیل و پنج وجود نورانی، پنج تن، صورت می گیرد که نه فرشته اند و نه جن بلکه انسان اند ولی هنوز پا به عرصه خاک ننهاده اند! در اوستا توضیح بیشتری درباره این پنج تن ارائه نشده و یا دستخوش تحریف گردیده است در حالی که شما با مطالعه کتاب "علی و پیامبران" و از نظر گذراندن اسناد آن می توانید هویت ایشان را بدانید؛ ساده بگویم شیعه علی بودن پیامبران

الهی ادعای من و یا مسئله ای ایدئولوژیکی نیست بلکه ایشان(همه پیامبران الهی) در هنگام سختی خدا را به پنج تن سوگند می داده اند و همگی ولایت را از پیشواعلی ودیعه داشتند.
حتی مهدی موعود در هنگام ظهور تنها هنگامی که دست خط پیشوا را به عنوان گواه حقانیت خود ارائه می دهد و نه به واسطه معجزات از سوی شیعیان علی تایید می گردد.
همین اولویت در وامداری موقت ولایت علی است که سبب می شود حضرت عیسی که یک پیامبر است پشت سر یک امام یعنی مهدی موعود نماز بخواند و او را ارجع از خود بداند.
پیشواعلی به عنوان فروهر پیشوا یگانه شخصی است که بر هر چهار عنصر حق حکومت و ولایت دارد(یعنی بر خاک و همه ملل آدمیان - بر آب و همه حیوانات و در راس آن ها اشموخان متکامل - بر آتش و همه ملل جن - بر باد یا نور و همه فرشته ها و در راس آنان فرشتگان مقرب) و تمامی دولت های نیک **پیشدولت** دولت به تمام معنا برحق او می باشند.
برخی با ابراز تعجب پررنگی احادیث شیعه و آیات قرآن و به ویژه مسائل مربوط به ولایت پیشوا و ظهور منجی را برگرفته از جاماسب نامه و یا تورات و انجیل و اوستا و امثالهم می دادند بدون کمترین توجهی به متن صریح قرآن که مهد همه احادیث شیعه نیز هموست، که، بارها و بارها خود را "مصدق" و تایید و کامل کننده سایر متون آسمانی و آنچه که در میان دست متدینین از کتب الهی باقی بود معرفی می نماید و چرا باید خدا خودش را تکذیب کند؟
دیویسنا یا دیویسن همین کیش فراماسون های امروزی است که آن را غالبا از لحاظ آیینی و رسوم ایلومیناتی می نامند و در سراسر فرهنگ های حتی ناپیوسته و دورافتاده دنیا(از ثور تا آنوناکی) اثری از آن دیده می شود. این آیین از توران یعنی سرزمین بابل و آشور وارد ایران شده بود و اصالت ایرانی آریایی نداشت و کاملا وارداتی بود! از ظهور زرتشت کلمه دیو که به خدایان عهد قدیم اطلاق می شد، تنها در میان ایرانیان مصداق دیگری یافت اما در فرهنگ های دیگر همچنان معنای پیشین خود را حفظ نمود مانند دوا(پروردگار) در هندی یا زئوس یونانی و دئوس لاتینی و دییو فرانسوی و ... که همه معانی مثبت و مشابهی دارند.
هرچند که رسالت زرتشت در مبارزه با جنیان کافر و بطور کلی با تسلط هر جنی بر هر انسی یک تحول عظیم بود اما ریشه های فراوانی در فرهنگ پهلوی پیش از او داشت و از همان دوران کیومرث آریاییان همواره با دیوان فضایی چه از نظر فیزیکی و چه عقیدتی درگیر بوده اند و به ویژه در دوران جم و چند هزار سال پیش از زایش زرتشت ریشه حقیقی باورهای زرتشتی در میان ایرانیان کاشته شد، آنجا که انجمن های جم رفته رفته حتی دستورات اهوراهای جنی مهربان! را ندیده گرفتند و عقل بشر را کامل تر از جنیان دانستند.
تعبیر کلمه دیو در زبان سانسکریتی روشنایی و نور کورکننده است. نور ارابه های پرنده!!! در اوستا نیز دائما از چرخ های درخشان و گردونه های خروشنده سخن به میان می آید که ارابه ایزدان اند به گونه ای که محال است منظور اجرامی چون شهاب سنگ ها بوده باشد.
ماسون های مدرن واشنگتنی و یا وابسته به واشنگتن با ابررسانه هایشان و در صدر همه آن ها صنعت بازی سازی و هالیوود، اینترنت و ساخت میوزیک ویدئو و ماسون های سنتی لندنی و یا وابسته به لندن با ابررسانه هایشان چون تشکیلات بی بی سی و روزنامه های به اصطلاح معتبر و موج مستند سازی و دانشگاه هایی که تاریخ گذشته ملل و ادبیات آن ها را

تعیین می کنند! می توانند کاری کنند شما باور کنید حمله ده جوان هندی به طبقه ای از یک هتل که در قرق بنیاد همگامی شیطان پرست که عموما اعضاء آن لندنی بوده اند(ماسون ها برای خدایان اهریمنی هندو احترام خاصی قائل هستند و آنان را الهگان خودشان می دانند و می پرستند) بود به منظور نابود کردن این فرقه در بمبئی و در دوهزار و هشت میلادی صورت نگرفته بلکه ماجرا جنگ میان پاکستان و هند بوده است! و شاه مهره های آمریکایی ماسونری مدرن در این پرونده هم که از موقعیت فوق و احساسات ضددیو نهایت استفاده را بر علیه لندن برده اند اصلا وجود خارجی نداشته اند! نکته اینجاست که ما هرگز نباید به این ابررسانه ها اعتماد کنیم و به بازیچه ای در بازی های سیاسی پوچ ابرقدرت ها تبدیل شویم. ما هرگز نباید تاریخ سرتاسر دروغی که لندنی ها برای گذشته ما و جهان در نظر گرفته اند را ملاک واقعیات روی داده قرار بدهیم و چونکه در آن به واقعیت مستند تاریخی امر یعنی ارتباط روشن تمامی تمدن های باستانی با جنیان صحه گذارده نشده حتی ذره ای در ذات خواسته حَقه خویش؛ دانستن آنچه که واقعا وجود داشته و دارد و در جریان است شک کنیم. حقیقت همه قهرمانان و انسان های خوب باستان که چیزی جز ضددیو بودن و نبرد با جنیان گمراه نبوده توسط ابررسانه های غرب هدف قرار گرفته و به کل تحریف گردیده است.

بطور نمونه آنچه که امروز ما به عنوان سامورایی می شناسیم یک تصویر توهمی بیش نیست و سامورایی های واقعی که در کل ژاپن تنها حدود بیست نفر از ایشان وجود داشته افرادی دارای شمشیرها و زره هایی مقدس بودند. مرام سامورایی و قابلیت استفاده از این ابزارها به شکل موروثی و منحصر به چند خانواده بوده است یعنی کسی نمی توانسته یک شمشیر در دست بگیرد و دوره ببیند و بشود سامورایی بلکه باید سامورایی به دنیا می آمد! چون سلاح ها و زره های واقعی سامورایی(شمشیر سامورایی واقعی و اصلی بدون زره مقدس هیچ است و قدرت های فراطبیعی نهان در آن آزاد نخواهند شد، علاوه بر این سبک شمشیرزنی سامورایی هم با حذف زره مخصوص از آن سراپا اشکال و ضعف می شود و کوجیرو از یک تکه چوب که در دست مزدوری چون موساشی باشد شکست می خورد) که تعدادشان بسیار انگشت شمار بوده تنها برای خدمت به نژادی خاص طراحی شده بودند و از پدر به پسر ارشد منتقل می شدند. پیشینه فوق سبب بروز "نژادپرستی منطقه ای" در داخل مرزهای ژاپن شده است که در جریان جنگ جهانی دوم و استخدام نیرو در ارتش امپراطور نمود یافت. حتی همین امروز نظام آموزشی برخی از شهرهای این کشور بسیار آسان گیر می باشد زیرا آموزش و پرورش مردمان آن نواحی را کم هوش و بی استعداد برآورد کرده است! و مشهور است که دانش آموزان سودجو برای اخذ آسان مدارک تحصیلی از مناطق مدرن به شهرهای محدوده "نظام خنگ ها" کوچ می کنند! این ابراسلحه از دانش جنی سر برآورده بود و تنها سلاحی که می توانسته یک دیو را در سرزمین های زرد بکشد همین ترکیب کامل شمشیر و زره سامورایی واقعی که سلاحی واحد باید محسوب شوند و بدون یکدیگر کارایی ندارند نه آنچه که امروز از ابزار سامورایی به ذهن متواتر می شود بود.

در فقره ۳ از یسنای ۴۲ آمده است: "بدن های(پیکرهای مادی) کلیه آفرینش مقدس(جن) را ما می ستاییم." در آیین زرتشتی سه مرحله عقیدتی وجود داشته است: در مرحله نخست دین

زرتشت از تحریف مصون بوده و تنها علاوه بر خداوند فرشتگان بزرگ و "امشاسپندان" و بزرگان و نیکان درگذشته و اولیاء الهی هنوز به دنیا نیامده تجلیل می شده اند و نه پرستش! اساسا آیین زرتشت برای این ظهور نموده بود که جلوی هرگونه پرستش غیر خداوند حقیقی یکتا را بگیرد و نقطه عطف و اوج جهاد تاریخی نژاد آریایی با ایلومیناتی ها را رقم بزند.

در مرحله دوم جنیان همان فرشتگان بزرگ دانسته شده و کم کم در مقام ایزدان و خدایان پیش از زرتشت برخی اقوامی که در ایران می زیسته اند شناخته و پرستیده شدند و قرار گرفتند. جنیانی که بسیاری از آن ها مومن بوده و قاعدتا از چنین عملی نفرت هم داشته اند. برای درک این موضوع لازم است به آیات ۴۰ و ۴۱ سوره سباء مراجعه نمایید. در این مرحله سفاین نورانی جنیان یا همان فضانوردان باستانی(در تعریف اریک فون دانیکن) از سوی مبلغین آیین تحریف شده زرتشت به مردم عادی همان فروهر(روح) پاکان و مومنان معرفی می شد که برای سرکشی به زمین آمده اند و روحانیون زرتشتی می توانستند اثباتی مادی و عینی برای ادعاهایشان داشته باشند. در مرحله سوم حضور این ارابه های نورانی پرنده به خواست خداوند و به واسطه معجزات پی در پی پیامبران در زمین کمتر و کمتر شد و شاهدان عینی آن ها نیز رفته رفته درگذشتند، در این زمان(مصادف با دوران ساسانی و هجوم سیلی از تحریفات به اوستا) بود که روحانیون زرتشتی ستارگان را جایگزین ارابه های خدایانشان کردند. هر ستاره را به یکی از ایزدان نسبت دادند و به همین دلیل قرآن زرتشتیان را ستاره پرست خطاب می کند زیرا در مرحله سوم دگرگونی زرتشتیت(که مصادف با ظهور اسلام و نزول قرآن بود) رسما ستارگان جایگاه یگانه اهورامزدا و حتی ایزدان جنی را اشغال نموده بودند در حالی که درون متن واضح اوستا کاملا روشن ذکر شده است که ایزدان دارای جسمی مادی و قابل لمس و شبیه به انسان ها هستند و ما آن را پرستش می کنیم!!! به یقین خدایان اوستایی در اصل ستارگان و پدیده های جوی نبوده اند. کدام ستاره می تواند روی زمین به آرامی فرود بیاید و دوباره پرواز کند؟ آیا تخت جمشید که در شاهنامه هم تاکید گشته توسط دیوان و با هندسه و دانش برتر آن ها ساخته شده، تخت جمشیدی که هنوز دانش بشری نمی تواند سازه ای مانند آن تولید کند را ستارگان ساخته اند؟ آیا پیشدادیان سوار ستاره ها می شده اند و به هفت کشور(هفت شهر مورد اشاره در کتاب های دانیکن) روزی سه بار سرکشی می کرده اند؟ "هومت، هوخت و هوورشت" که اساس دین تحریف شده زرتشت را تشکیل می دهند و امروزه توسط مفسرین پندار نیک، گفتار نیک، کردار نیک تعبیر شده اند! تنها آدرسی هستند از سیاره کاملا مادی ایزدان اوستا، البته اوستای تماما دیویزه شده ساسانی و هیچ ربطی به آنچه که از آنان برداشت می شود ندارند.

در اردای ویرافنامه، در فصل هفت و هشت و نه مندرج شده که "هومتگاه در کره ستاره و هوختگاه در فلک ماه، هوورشتگاه در فضای بلندترین روشنایی" واقع است. پس از این سه فضا "فروغ بی پایان" قرار دارد و انیران(سیاره شماری از جنیان) در آنجا واقع شده است. از همین روست که در برخی متون ضددیو به هر فرد غیرایرانی و غریبه و حتی مزدور یا وطن فروشی به جای بیگانه و تورانی و موارد مشابه انیرانی(فضایی) اطلاق گردیده است. متاسفانه مفسرین همه اشارات واضح اوستا را اموری معنوی و اشاراتی تمثیلی تعبیر کرده

اند در حالی که در آن فضای انتهایی انگهووهشیت یا به تفسیر غلت امروزی بهشت واقع شده که در اوستا اصلا مکانی برای صالحان قلمداد نمی شود بلکه فقط جایزه ای است در همین زندگی برای آن هایی که بهایش را با خدمت شبانه روزی به خدایان و قربانی کردن و دادن هدایا!!! پرداخته باشند و با سفر و انتقال مادی می توان به آن رسید. این بهشت آن بهشت الهی اهورامزدا نمی تواند باشد زیرا مکان به دنیا آمدن و رشد و نمو و زندگی روزمره و تولید مثل و حتی جنگ های ایزدان است(گذشته از این بهشت اهورامزدا به عنوان خدای یگانه پس از وقوع رستاخیز به پا می شود)! و در واقع اصلی ترین و آبادترین و شاید باستانی ترین سیاره سکونت جنیان در فضاست که در متون تمامی فرهنگ های باستانی از جزیره انگلیس و اسکاتلند گرفته تا چندی از جزایر اقیانوس آرام اوک یا اورک نامیده شده است یا در برخی دیگر از کتب باستانیان آزگارد و اسامی بی اهمیت دیگر(چون این اسامی ذاتا بی اهمیت هستند و برای درک موضوع باید به ماهیت تعاریف تکیه کنیم).

همانگونه که می دانید راستگویی یکی از فرایض دینی و وظایف ذاتی هر انسان واقعی در اوستا شمرده شده و من اصلا نمی توانم و نباید مانند دیگر دانندگان واقعیت امر، به خاطر ترس از مورد تمسخر قرار گرفتن دروغ بگویم و این حقایق را پنهان کنم و بی رگ باشم.

در فرازی از بیانات مکتوب داریوش چنین آمده است: "تو ای کسی که بعدها شاه خواهی شد، مخصوصا از دروغ بپرهیز، اگر تو را نیز آرزوی آن است که مملکت من پایدار بماند هرکه دروغ گفت را به سزایی سخت برسان." باری، ورونه(ورونا) و میثره(میترا) در باور ایرانیان آنچنان مصداق واژه خدا گردیدند که به هر دو لقب اهوره یا اسوره به معنی سرور عالم خاکی تفویض شد! و شانی کبریایی یافتند. کم کمک اهورامزدا شد یک مثلث کبریایی که خدای یگانه هیچ جایی در آن نداشت! مثلثی کبریایی یا بهتر بگویم دیویسنایی و زاییده تحریف زرتشتیان. نتیجتا اتحاد و اتفاق سه عنصر و نهاد در مجموع اهورامزدا دانسته شد: ایزدان(خدایان جنی) - حکمرانان زمینی - ایزد دانایی(عقل مادی، به این معنا که ملاک حل اختلافات و تصمیم گیری فراسیاره ای و کیهانی عادلانه تنها خرد است و نه قوانین الهی).

در این مثلث هیچ اثری از معنویات و ایمان به عالم غیب دیده نمی شود و اهورامزدا نیز حاصل تعامل این سه عنصر و مخلوق و معلول می باشد. در اوستا آمده است که میترا به سود اشون(اشوان - انسان های هوشمند و از بهشت آمده) وارد جنگ های متواتری با دیوان می گردد و در برابر دیوان دروگ(دروغ - یکی از دو ابرکمپانی تولید ارابه های فضایی) می ایستد که آفرینش را به شیاطین و جنیان نسبت می داده و روشن بگویم دست بردن در خلقت را از حقوق اینان می دانسته است و نه کاری غلت و خلاف قانون مورد توافق جنیان.

متاسفانه در همان اوستا خود میترا به دست پلید تحریف کنندگان می شود یک دروگ مقدس! میترا همواره به عنوان ایزد ملازم خورشید که یعنی سوار بر خورشیدی نورانی با سرعت بسیار زیاد حرکت می کرده وصف گردیده و حتی تا نام رئیس محافظین او، بهرام هم در اوستا با دقت ذکر گردیده است و همینطور نام نژاد و مکان دقیق زادگاه میترائیون در فضا.

کار در اوستا تا به آنجا وخیم می گردد که خلقت هفت مرحله ای جهان هستی نیز به ایزدان و دانش های مادی ایشان و نه به اهورامزدا نسبت داده می شود. ایزدانی که خود مخلوقاتی

مادی و حتی بسیار شکننده اند و در پی نام و ننگ و اعتقادات حزبی در نبرد با یکدیگرند! ایزدانی که شکست می خورند!! ایزدانی که اشتباه می کنند!!! ایزدانی که گهگاه به مراقبت انسان ها نیاز مبرم دارند و بیمار می شوند!!!! به عینه همین اعتقاد مسخره را در سراسر نقاط و فرهنگ های جهان باستان می توان یافت مثلا لات و حُبَل و عُزّی که در دوره پیش از اسلام، با همین تعاریف، پرستیده می شدند مگر سه تن از جنیان نبودند؟ در اصل این سه همان خدایان تثلیثی بابلی یعنی "پدر، پسر و همراه منور" بوده اند با نام هایی تازی شده.

شماری از طایفه های ایران باستان(پس از تحریف اوستا و ورود افکار دیویسنا در آن) در خصوص زندگی پس از مرگ چنین می پنداشتند که فقط شاهزادگان و روحانیون و پهلوانان که خدمت بسیار به ایزدان می کردند پس از مرگ در جوار آن ها ادامه حیات خواهند داد.

این مرگ به معنای مرگ واقعی نیست! و مفهوم آن این است که پرستنده پس از یک عمر خدمت به اهداف الهگان در پیری بطور فیزیکی به محل زندگی خدایانش انتقال داده شود!!!

آن ها با این اندیشه "چینوتوپرتو" که امروزه به اشتباه همان پل صراط دانسته می شود یا گذرگاه و راه جداکننده دو دنیا را دروازه ای می انگاشتند که یک سر آن متصل به قله هرا و سر دیگرش در بهشت یعنی مکان امن زندگی خدایان فرود آمده است و تنها شایستگان آن هم به واسطه نثار قربانی های بسیار می توانستند از این دروازه کیهانی انتقال عبور کنند.

چینوتوپرتو که در فرهنگ های باستانی به ویژه قصص قبایل سرخپوست دقیقا به همین صورت روایت شده نام دروازه های انتقالی کاملا مادی بوده و نه پلی معنوی که در فصل و زمان هایی خاص و طبق شرایطی قدرت انتقال داشتند یعنی بنا به وضعیت دو سیاره نسبت به یکدیگر. فرد دیوپرست که خود را پیرو زرتشت می پنداشته پس از یک عمر نوکری جنیان و برآورده کردن نیازهای آن ها در زمین و اطاعت مطلق دستوراتشان، در دوره پیری و نه بعد از مرگ که کار از کار بگذرد اجازه می یافت به منزلگاه خدایان خود وارد شده و مهمان آنان باشد که به عینه همین داستان را در فرهنگ های باستانی دیگر جهان به خصوص افسانه های مربوط به "استون هیج" و بناهای مشابه با آن مشاهده می توان کرد.

آنان که در زمره مردم عادی و با استطاعت کم بوده اند و نتوانسته بودند خدمات ارزنده ای به خدایان نیازمند! ارائه دهند یا هدایایی تقدیمشان کنند از این پل به دنیای زیرین و سرزمین مردگان یا به قول یونانیان تارتاروس سقوط می کرده اند!!! یعنی اگر فردی که مورد تایید جنیان نبود گستاخی کرده و وارد دروازه انتقال می شد او را به قهقرا پرتاب می کرده اند و به جای انتقال به سیارات خودشان به منظور بردگی به میانه تهی زمین منتقل می نموده اند.

همین طردشدگان نیز می توانستند با نثارها و قربانیانی که بازماندگانشان تقدیم خدایان می کردند و خدمات بی قید و شرط بستگانشان به ایزدان در مسیر الطاف آن ها قرار گیرند! و تا هنوز زنده هستند و مهلتشان به پایان نرسیده از تبعیدگاه خود نجات یابند و به آرزویشان یعنی دیدن تمدن مدرن و شهرهای پر زرق و برق پیشرفته الهگان جنی که بسیار شبیه به کلان شهرهای غرق در جنون امروزی زمین در متون باستانی وصف شده اند نائل آیند.

یعنی باید پول مکان و غذای آن ها حتما بطور نقدی به خدایان پرداخت می شد! این مطالب بدون هیچ کم و کاست افکار پست و پلید ایلومیناتی است که در اوستا و به دست یهودیان که

تخصصشان تحریف کتب باستانی و مقدس است وارد و تنیده شده، در حالی که زرتشت واقعی "نخستین آنتی ماسون" و در واقع "رهبر مبارزه با ایلومیناتی" و پرستش فضانوردان باستانی و بیگانگان جنی چه نیک و چه پلید به جای خداوند یکتا بوده و هنوز هم هست. نکات یادشده سراپا دروغ نیستند بلکه نسبت دادن فعل یا صفت خدایی به جنیان تنها کذب در این ماجراست و باید از این اطلاعات به واسطه تحلیل منطقی نهایت استفاده را برد مثلا در مورد یادشده کاملا مادی گرایی، تاجرخصلتی و پول پرستی عمده الهگان افشا گردیده است و ماهیت نهایی ابرکمپانی های کیهانی چیزی جز "بنگاه اقتصادی و شرکت تجاری" نیست. باید اعتراف کرد که با وجود همه این تحریف ها، مجموعه کتاب های کنونی اوستا، هنوز گنجینه هایی ارزشمند و بی مانند هستند که می بایست از نحوست این تحریفات پاکشان کرد و به درستی و نه تمثیلی و تفسیری معنایشان نمود تا مورد مطالعه همه ایرانیان قرار گیرند. در کتاب زرتشتیان تالیف مری بویس آمده: "از آفریدگان نرینه و مادینه که اهورامزدا ایشان را بر پایه پارسایی و برای پرستش!!! بهترین(و همرتبه خود) می داند، اینان را(گروه معروف به ایزدان را) خواهم پرستید." در این سروده باستانی جنیان مرد و زن، برترین موجودات و اشرف مخلوقات و حتی برتر از آن آفرینش برتر و خدایگان دانسته شده اند. تیریشت(کردهِ ۲): "تشتر درخشان رایومند فرهمند را می ستاییم(وسیله نقلیه ایزدان را در دوران باستان بخشی از خود آن ها یا بهتر بگویم بدن دومشان می دانسته اند، زیرا جان بیگانگان بسته به آن سفاین بوده و حضورشان در زمین بدون آن ها معنایی نداشت و بدون آن ها نورانیت و به قول ایرانیان باستان فروهری و قداستی نداشتند و اصلا نمی توانستند بر روی زمین زنده بمانند یا اینکه قدرتمند و بهتر بگویم خدا و شایسته پرستش باشند)... توانای بزرگ نیرومند دوربیننده(دارای دیدبانانی که مسافت زمینی دوری را می توانند ببینند و نه مانند دید خدای یگانه بلکه دیدی در نهایت محدود منظور است) بلندپایه چالاک را، آن بزرگواری که از او نیکنامی آید و نژادش از **اپم نپات** می باشد..." جالب اینجاست که هر یک از ایزدان بزرگ در واقع وزرای کابینه دولتی که از آن با نام دیوان یاد می شده بوده اند و هر کدام مسئولیتی داشته اند مثلا شهریور نگهبان فلزات(وزیر صنایع) بوده است و تیشتر(یا تشتر) نگهبان آب(وزیر کشاورزی و مسئول تامین آب و غذا)، رئیس جمهور این دولت جنی در همه فرهنگ ها خدای خدایان نام دارد که مصداق آن زئوس در یونان یا شیوآ در هند است ولی خدایان باستانی آریایی در راس هرم قدرت خود باز هم اهورامزدا یعنی خدای یگانه را با هر تعریف و تحریفی قبول داشته و برتر از خود می دانسته اند و واژه خدای خدایان را تنها اطلاق شده به این واژه خاص می یابیم. به همین سبب شکی نیست که ایزدان ایران باستان برخلاف شیوآیی ها و زئوسی های خونخوار و بسیاری دیگر از جنیان ناخواسته مورد پرستش قرار گرفته و تنها هدفشان به جای بازی با آدم ها(مانند خدایان المپ که از جنگیدن و کشته شدن انسان ها لذت می برده اند) یا تجاوزات جنسی شرم آور و یا چون ویشنو مسخ انسان ها به عنوان عروسک ها و پرستاران بی اراده به واسطه اصوات فلوت مقدس، که در کارنامه همه خدایان غیرآریایی هست علاوه بر تامین احتیاجات خود کمک به ایشان تا سرحد امکان بوده است. البته در این امر ایمان استوار خود ایرانیان

اشوان بسیار تاثیرگذار بوده و بستر اصلی اینگونه از روابط میان انس و جن گردیده است. میترا که در شب یلدایی با ارابه درخشان پرنده اش به زمین آمده بود به نظر من به سبب همین اکراه و ترس از پرستیده شدن از زمین رفت. علاوه بر رویارویی مکرر پیامبران و امامان با جنیان که همگی حکایت از دانش برتر جنیان و غیرزمینی بودن آن ها و صدق گفته های من دارند، به ویژه برخوردهای پیشوا(مولاعلی) در این زمینه، تصور اینکه پنجاه درصد قرآن که خطاب به جنیان است همه تمثیلی و تفسیری باشد بسیار دور از ذهن است. آیا اینکه در هر کجای قرآن نام جن در کنار انس آورده شده و کم اهمیت تر از آن نیست بی معناست؟ آیا این قرآن نیست که به ما می گوید جنیان با بال هایی پرواز می کنند و ما خودمان ترجیح داده ایم که این بال ها را بال پرندگان یا خفاش ها تصور کنیم و نه وسایل پروازی که حتی امروزه به آن ها بال هم اطلاق می شود؟ آیا قرآن به ما گوشزد نمی کند که شیاطین در فضا آنقدر قدرتمند بودند که تا حائل عرش خداوندی می توانسته اند پیش بروند؟ آیا هیچ سندی برای اثبات درستی تصویری که از جن در ذهن ما نقش بسته در قرآن و احادیث وجود دارد یا همه انگاره هایمان داستان های پریان و رویاهای مادربزرگ هاست؟ حتی همین افسانه ها هم همگی به دروازه های بین دنیاها، ارابه های نورانی گرد پرنده، سلاح های مخرب لیزری(ستون های سوزاننده نور که از ارابه های نورانی خدایان به سمت دشمنانشان شلیک می شده) و اتمی(اجرامی نورانی چون درخت که به سمت دشمن از سوی ارابه های پرنده شلیک می شده و توانایی نابود کردن یک سرزمین کامل در یک لحظه را داشته است)، تمایل به زندگی در کنار آب و یا رؤیت دائم جنیان در خزینه ها و حمام های بزرگ در هنگام مراجعتشان به زمین انسان ها(بنا بر اعتقادات آشوریان یا همان تورانیان سیاره گروهی از خدایانشان، آنوناکی، بسیار مرطوب تر از زمین است و یکی از دلایل عزیمت این گروه الهگان از زمین خشک تر و فصلی شدن آب و هوا و وزش بادهای سرد و خشک و سوزنده تر شدن تابش خورشید بوده است که رفاه و تفرج آزادانه بدون نیاز به ابزار کمکی را از آن ها سلب نموده بود. این پدیده و مثلا تاثیرات تخریبی نور خورشید بر روی پوست فضانوردان باستانی امروزه در فیلم های هالیوودی در مورد خون آشام ها شبیه سازی شده است. تمامی خدایان هند باستان به خصوص وامانا که کوتوله ای ترسناک است همواره با چتر یا تختی محافظ از نور خورشید بر بالای سرشان در همه ایام سال و نه فقط در روزهای گرم ترسیم و توصیف شده اند) اشاراتی واضح و کاملا یکدست دارند. وقت آن است که تاریخ را با همه واقعیات و موجوداتی که بر آن تاثیر گذارده اند بپذیریم. مهر، یکی از ایزدان بزرگ اوستایی(هرگاه که من نام اوستا را می آورم منظورم مجموعه کتاب های تحریف شده ای است که امروزه در دست است و نه اوستای راستین) از دل سنگی خارا و پرنده متولد می شود و با کلاهی بر سر و خنجر و مشعلی در دستانش! چوپانان ناظر این تولد و در اصل بیرون آمدن آن موجود که ما مهر می خوانیم از سفینه فوق، سریعا به او سجده می کنند!!! مشعل فوق چیزی جز یک چراغ قوه نبوده زیرا سقوط نصفه و نیمه سفینه مهر در شب اتفاق می افتد و خنجر نیز به نظر من نه یک سلاح بلکه ابزار تعمیر بوده است! این مشعل یا آتشدان و خنجر را در نقاشی های خدایان هندو به سادگی می توانید بیابید زیرا

این دو و شماری دیگر از نمادهای مورد علاقه برخی جنیان بطور قراردادی در زمین نشان دهنده تبار و منش و سازمان تشکیلاتی آن ها گردید. کلاه مهر نیز از همان کلاه هایی است که میترا و همراهانش در سنگ نگاره ها بر سر دارند البته، شاید مهر همان میترا باشد. جالب اینکه در اوستا آمده که مهر خورشید را پس از مدتی مبارزه(تعمیرات سفینه از کار افتاده) تسخیر کرده و با هم دوباره متحد و یکی می شوند! این همه توضیح و تفسیر تنها برای آن بوده که سفینه خاموش چون سنگ خارا روشن شده و با نورافشانی به پرواز درآمده است. سفینه ای که علاوه بر خورشید و نه کاملا مانند آن، در روزها و شب ها دائما تا مدتی توسط باستانیان مشاهده می شده است. بقیه افسانه های مربوط به مهر اکثرا خیال پردازی هایی هستند که تحت تاثیر داستان های خدابچه های یونانی چون هرکول بافته شده اند. مهر در مهریشت پادشاه همه ممالک خطاب شده است، دلیل این اطلاق آن است که ارابه نورانی او در اکثر مناطقی که پارسیان از آن ها اطلاع کسب می نموده اند دیده می شده و هم اینکه تمامی اجرام ناشناخته مجموعا مهر و متعلق به یک فرد خاص واحد تلقی می شده اند. آری، شاید موجودی که از آن سفینه سقوط کرده تشبیه شده به سنگ خارا بیرون آمد کسی جز یک مسئول فنی ساده نبود! و به یقین فرمانده اصلی جنیان دچار چنین حادثه ای نمی شده است. گذشته از این به دلیل یگانگی لباس و یونیفرم فضانوردان باستانی همه ایشان یکی و یا چند وجود انگشت شمار ماورائی برداشت می شده اند. در تقویم کنونی ما هر کدام از ماه های سال با نام یکی از دوازده ایزد میترایی نامگذاری شده اند که اعضاء دولت ایزدان بوده اند و با توجه به دانش در پس این انتخاب نام ها در شخص حقیقی بودن ایشان تردید نیست ولی در مورد کیفیت و کمیت حضورشان در زمین نمی توان به گزارشات موجود اطمینان نمود زیرا گزارشگران جنیان را از هم تمییز نمی داده اند. گِرد و نورانی بودن ارابه پرنده مهر سبب بروز این خطای تاریخی گشته که معاصرین او را به اشتباه همان خورشید یا نمادی از آن تصور کنند در حالی که وی در حرکت سریع دائمی و درگیر نبردهای فرابشری سروده شده است. ایزدان میترایی و مهری، سازمان خود را "خرد مقدس" می نامیده اند(به معنای واقعی یعنی جنیان پاک و مومنی که به آفرینش همه موجودات احترام می گذارند) در تقابل با "خرد خبیث"(شیاطین جنی و خالقین چیزهای بی مصرف) و منظور از این دو واژه اشاره به نژاد و ائتلاف آن ها نیز هست. باید اضافه کنم که اهریمن از یک نژاد خاص جنی تشکیل نشده و علاوه بر انسان های ضدبشر همه جنیانی که به نظام باور شیطان اعتقاد دارند به آن می پیوندند یعنی در واقع اهریمن یک ابرسازمان شورشی است که بدنه اصلی آن را نوادگان شیطان تشکیل می دهند اما هر جنی که در خط فکری ابلیس باشد نیز در آن پذیرفته می شود. همین انحرافات به ظاهر ساده، مثلا فروهر و روح دانستن سفاین ایزدان(ایزدان همان یزدان نیست، برخی می گویند که واژه یزدان از ایزدان و مجموع و انجمن دیوها گرفته شده است در حالی که این نام خاص درست به مانند الله در رابطه با اله معنایی جز این ندارد که یزدان خدای همه ایزدهاست و یا به عربی الله آفریدگار تمامی اله هاست و این واژه که از حکمت خداوند جوشیده به خودی خود ایزد بودن و اله بودن جنیان را زیر سئوال می برد زیرا کسی که خدا و آفریننده ای داشته باشد که دیگر خدا نمی تواند باشد) سبب قوت گرفتن انحرافاتی

بسیار وسیع در آیین زرتشت گردید. رفته رفته و با تبلیغات غلت روحانیون این دین که به دلیل منافع دنیوی نهاد موبدان صورت گرفت اینگونه در باور ایرانیان پذیرفته شده بود و اکنون هم زرتشتیان به این قانون عقیده دارند که هر گناهی در همین دنیا مجازات خودش را به دنبال خواهد داشت و این عذاب از همه بیشتر فقر و از دست دادن سلامتی و ثروت است! پس با این حساب سراپا غلت و دروغ بستن به خدا، علاوه بر آنکه برپایی رستاخیز و روز حساب به دلیل عذاب کامل در همین دنیا زیر سئوال می رفت، همه اشراف زادگان ظالم و ثروتمندان خداپرست تلقی شده و مردم فقیر کشاورز و کارگر و چوپان که به دلیل فقرشان همواره مریض و عقب نگه داشته شده بوده اند و هستند افرادی بی دین و پست و لایق رنج. از این رو زرتشتیان هرگونه بیماری را ناشی از ضعف عقیدتی فرد می دانستند و نخستین مرحله در طبابت ساسانی دعاخوانی و توبه کردن بیمار بود! در دین زرتشتیت کسی که دنیایش آباد است به یقین زندگی دوم آبادی هم در بهشت ایزدان دارد! عاقل می داند اکثریت ثروتمندان در تمامی جوامع فاسد و عامل اصلی شکل گیری گناهان و مسائل ضدخدا هستند. مادی قلمداد کردن همه پدیده های معنوی و قائل نبودن به عالم غیب در انتها سبب ظهور چهره ای چون مزدک گردید که با همین باور زرتشتیان تا جایی که توانست مبارزه نمود و غالب ایرانیان تنگدست معاصر با او نیز مانند وی می اندیشیدند. قوی ترین سندی که می توان برای اثبات این سخن ارائه داد در جنگ میان اعراب و ساسانیان به چشم می خورد. شاهزادگان و امیران ساسانی در گرماگرم جنگ تنها دغدغه و نگرانیشان این بود که تمام گنج ها و صندوق های جواهراتی که همواره به همراه داشته اند تا به همه ثابت کنند مومن و مدنظر ایزدانند!!! یعنی شرف دنیوی و تضمین بهشت اخروی خودشان را حفظ کنند و از میدان به در ببرند و به همین دلیل هرکجا که کار بر ایشان سخت می شد بی معطلی به همراه هرچه که می توانستند به در ببرند می گریختند و سربازان بدبخت را بی سر و فرمانده رها می کردند. این به همراه داشتن گنج و صندوق های طلا نشانه ایمان به شمار می آمده است. سربازان و مردم عادی هم که به سبب فقرشان از پیش جهنمی بودند! و در مسیر تبعید به تارتاروس! و به دلیل وضعیت اقتصادی غیرقابل تغییرشان محکوم به درجا زدن بدون امکان بهتر کردن شرایط خود در آینده حتی در صورت پیروزی یا مرگی قهرمانانه(دقیقا برعکس ایدئولوژی اسلام علی)، برای دفاع از اموال یعنی کلید بهشت اشراف چرا باید می جنگیدند؟ انحرافات دینی در آخر اینگونه سبب سقوط و نابودی می شود و این زنگ خطری بود که هزار و سیصد سال پیش برای هشیار کردن من و ما به صدا درآمد. فرازهایی از مهریشت: کردهِ۱: "۱- اهورامزدا به اسپنتمان زرتشت گفت ای اسپنتمان هنگامی که من مهر، صاحب دشت های فراخ را بیافریدم او را در شایسته پرستش بودن و در سزاوار سجده شدن مساوی با خودم که اهورامزدا هستم بیافریدم!" ببینید دست تحریف مشرکانی که زرتشت سال ها با آنان جهاد کرد چه اراجیف ضددینی را وارد آیین او نموده است. "۲- مهر صاحب دشت های فراخ، اسب های تیزرو دهد به کسی که به مهر دروغ نگوید. فرشته موکل اهورامزدا(آذر) راه راست نماید به کسی که به مهر دروغ نگوید. فروهرهای مقدس و نیک و توانای پاکان! فرزندهای کوشا دهند به کسی که به مهر دروغ نگوید!" فقط کم مانده بود در آخر با همین

ادبیات التماسی ناشی از ضعف و نیاز اضافه شود: جان مادرتان به مهر دروغ نگویید! به یاد داشته باشید نمونه هایی که من برایتان مثال می آورم تنها قطره ای از دریا هستند و در جای جای اوستا دائما همین مفاهیم در حال تکرارند. اوصاف ایزدان همگی صفاتی مادی و خاکی اند و نه خدایی. در اوستا همیشه از مهر با عنوان "دارای دیدبان های دوربین" یاد می شود.

کردهِ۲۷: "۱۰۷- در جهان بشری نیست که بیش از مهر از عقل طبیعی بهره مند باشد و به آن اندازه ای که مهر مینوی از عقل طبیعی بهره مند است!... آن قادر مملکت روان گردد(به پرواز درآید) و از چشمان خویش نگاه دوربین روشن براندازد." چطور می شود بهتر از این با جمله ای گفت که مهر یک موجود فانی است و عقل طبیعی دارد. نکته جالب دیگر اینکه اشاره شده او از چشمانش ستون نوری که باستانیان نگاه تعبیر کرده اند را از آسمان به زمین می اندازد و از آن ها می بیند و نه با آن ها! یعنی وی از چشمانش جهان را می بیند و نه با آن ها و این چشم ها وسیله هایی برای بهتر دیدن بوده اند و نه خود چشمان شخص مهر.

کردهِ۳۴: "۱۴۲- مهر را می ستاییم(می پرستیم)... آن ایزد سترگ نیک کنش، به محض آنکه او پیکر خود را مانند ماه بدرخشاند!" در این سروده، علاوه بر اشاره به مادی بودن جثه سفینه مهر، این نکته که روشن شدن چراغ های وسیله نقلیه او تا چه اندازه برای باستانیان حیرت انگیز بوده و چگونه در برابر این عمل پیش پا افتاده به سجده می افتاده اند جلب توجه می کند. تصور کنید به محض روشن کردن چراغ های خودروی شخصیتان همه عابرین به شما سجده کنند! علاوه بر این مهر هرگز ماه و خورشید دانسته نشده و به ماه تشبیه شده است.

دیگر اینکه روا یا ناروا، فعل و صفت مهربانی از عملکرد این موجود و شی که نگهبان و پاسدار بشر تصور می شود ماخوذ نگردیده بلکه ریشه در نگهداری و پرستاری از مهر دارد و فعل و صفت بان که از پرستاران بشر شخص مهر سر می زده ذات نیکویی دانسته می شد! این حالت خاص را در ایزدان هندو و به ویژه در رابطه ویشنو با پرستارانش جستجو کنید.

همین امروز هم به نام "لاکشمی" شهره ترین پرستار ویشنو در هند بیمارستان می سازند و او را ذات مهربانی و ایثار می دانند در حالی که وی کاملا مسخ و عروسک دست ویشنو بود.

"۱۴۳- چهره اش(منظور کل بدنه آن وسیله پرنده است یا چهره خود مهر در لباس مقدس ایزدیش یا همان لباس فضانوردی به زبان ساده) مانند ستاره تشتر می درخشد، گردونه اش را ای اسپنتمان آنکه در میان مخلوفات کامل ترین است و هیچ وقت به خطا نرود می راند. من آن گردونه را که خرد مقدس(یکی از دو کمپانی سازنده ابرسفینه ها) ساخته می پرستم، می پرستم آن گردونه ساخته شده و با زینت ستارگان آراسته مینوی را(یعنی سجده می کنم به گردونه ای که ستارگانی یا بهتر بگویم چراغ هایی آراسته یعنی هنرمندانه و با نظم چیده شده روی بدنه آن است)، که ده هزار دیدبان(دیده بان دوربیننده مادی) دارد آن شی نیرومند..."

فرازهایی از آبان یشت: کردهِ۱: "۱- اهورامزدا به اسپنتمان زرتشت گفت از برای من این اردیسور ناهید(نام یکی دیگر از جنیان) را پرستش و سجده کن!... سزاوار است که عالم مادی او را پرستش کنند!!!" این چه خداوند یگانه ای است که دائما برای خود شریک می تراشد و کبر و جبروت ندارد و خودش بزرگ ترین مشوق شرک و دشمن خودش است!!؟ در اوستا جن پرستان و عاملین "آن قوم" ماهیت اهورامزدا را به کل تحریف کرده اند و از او

تنها برای پاس دادن و تفویض پایگاه خدایی به خدایان مادی خود استفاده ابزاری نموده اند. کردهِ۲: "۱۱- (این ناهید را بپرست) کسی که در سر گردونه نشسته(در اتاق کنترل سفینه و محل فرماندهی آن)، لگام گردونه گرفته(و میراند) در این گردونه! روان در طلب ناموری!" این چه خدایی است که در سودای نام و ننگ است؟ انگیزه جنیان از سفرهای فضایی با این اعتراف پرستندگانشان مشخص می شود که بسیار شبیه انگیزه کورتز و همراهانش می باشد. در این فقره حتی به تعداد موتورهای سفینه ناهید اشاره می شود: کردهِ۳: "۱۳- کسی که با نیروی چهار اسب بسیار بزرگ و نورانی و یک گونه(کاملا شبیه به هم) به خصومت همه دشمنان، از دیوها و مردمان(انسان ها) و جادوان و پری ها و کاوی ها و کرپان های ستمکار روان است و بر آن ها غلبه کند." همانگونه که پیش تر اشاره کردم بسیاری از جنیان مورد اشاره مسلم و یگانه پرست بوده اند که ضدیت ایشان با دیویسنا در این سخن قابل لمس می باشد در نتیجه ما با ناهید واقعی دشمنی نداریم بلکه با ناهیدی که تحریف کنندگان ساخته اند و با نفس جن پرستی درست به مانند انسان خدایی و پرستش هر چیزی جز خدای یگانه دشمنیم. قسم جلاله آریایی های باستان در خصوص آتش بوده که در اوستا و به خصوص در یسنا به پنج گونه است. یکی از آتش های مقدس اوستا "وازیشت" است، آتشی که از گردونه تشتر شراره کشیده و یکی از دیوان به نام "سپینچکر" را هلاک و در واقع سفینه اش را به کلی منهدم نمود. جالب اینجاست که باستانیان ما با زیرکی خاصی شعاع لیزر یا چیزی شبیه به آن را در دسته بندی سایر انواع آتش قرار نداده و تفاوتش را به درستی احساس و ثبت نموده اند. فرازهایی از گوش یشت: کردهِ۱: "۲- (درواسپ توانا را می پرستیم) کسی که دارای اسب های همیشه آماده(که خسته نمی شوند)، گردون های تکاپوکننده، چرخ های خروشنده است!... درمان بخشی که برای یاری مردان پاک، کار و اقامتگاه مهیا دارد." با شنیدن این سروده ذهن هر مسلمانی به سوره جن و پناه دادن جنیان به آدمیان در راه مانده معطوف می شود. حال یک سئوال اساسی پیش می آید و آن اینکه اگر جنیان و دیوان چنین دانش برتری داشته اند پس چگونه پادشاهان و پهلوانان کیانی با گرز و اسب به جنگ شماری از آن ها رفته اند و پیروز هم شده اند!؟ پاسخ بسیار ساده است، این بزرگواران آنگونه که ما تصور می کنیم به جنگ دیوان نمی رفته اند و در اوستا هم صدها بار به این موضوع اشاره دقیق شده است. آن ها غالبا برای چنین جنگ هایی به سراغ ایزدان(جنیان مومن) رفته و پس از مدت ها بحث و گفتگو و تقدیم هدایای بسیار و قربانیان بی شمار یا ارائه معجزه یا توافق به معنی بستن پیمان ایشان را به جنگ و دادن تسلیحات نظامی برتر مایل و راغب و با خود همراه می نموده اند. گذشته از این "جنیان متقی" که همواره پیرو پیشگویی های جن های نخستین هستند نه تنها از در اختیار چهره های ظهورکننده بشر گذاردن دانش های خود سر باز نزده اند بلکه چون یک سرباز ابزارهایی بسیار پیشرفته را مخصوص هر یک از آنان طی هزاران سال ساخته اند. هر پادشاهی که بهتر می توانست ایزدان را برای همراهی خود قانع کند قدرتمندتر و دارای اعتبار بیشتری نزد مردم بود و پادشاهی در آن دوران به کیفیت همین رابطه بستگی داشت. کردهِ۵: "۲۱- از برای او(منظور درواسپ)، پهلوان ممالک آریایی، استوارسازنده کشور، خسرو، رو به روی دریاچه پهن و ژرف چیچست صد اسب و هزار گاو و ده هزار گوسفند

قربانی کرد... ۲۲- این کامیابی را به من ده ای نیک ای تواناترین درواسپ(سفینه مقدس) که من افراسیاب مجرم تورانی را رو به روی همین دریاچه چیچست ژرف پهن از میان ببرم."
از متون اینگونه بر می آید که درواسپ به اشتباه همواره گوش خدا تفسیر شده است و در مورد درستی این تعبیر هیچ دلیل و سندی خصوصا از لحاظ ریشه لغوی نمی توان ارائه داد. همینطور در واپسین سروده هایی که از نظر گذشت به شکل تلویحی اشاره شده که خسرو یا همان کوروش جن پرست بوده و نیازی به توضیح ندارد که این یک تحریف زیرکانه است. گذشته از این دروغ رابطه میان حاکمان برحق جهان و جنیان مسلمان در اوستا دچار پررنگ سازی و کمرنگ سازی شده است، یعنی همه روایت ها طوری تغییر داده شده اند تا با ادبیات دیویسنایی به خواننده این احساس را منتقل نمایند که ارتباط و دوستی فوق و منافع به دست آمده از جنگ ها یک سویه و نوعی پرستش ذلت بار برای نوع بشر در جریان بوده است. بخشی از این تغییر غیرعمدی وارد متن گردیده است زیرا پس از مفقود شدن ناگهانی همه اوستاهای مکتوب اصیل در نتیجه عذاب الهی و بعد از صدها سال ساسانیان که در صدد گردآوری اوستای واحد برآمده بودند تمامی متون کهنی که یافتند را با نام "اوستای مقدس" منتشر ساختند و هرچه از دیویسنای دشمن زرتشت باقی مانده بود به اوستای او پیوند خورد!
کردهِ۷: "۳۰- این کامیابی را به من ده ای نیک، ای تواناترین درواسپ، که من به اشت ائورونت پسر ویشپ و اشتی(یعنی کسی که هشت سوار دارد!) و ... در یک جنگ پیروزمند مقابل توانم شد که من به ارجاسب خیون(قبیله ارجاسب) نابکار در یک جنگ مقابل توانم شد. که من به درشینک و دیویسنا(انجمن دیوان متحد و نیز نام آیین دیوپرستی) در یک جنگ مقابل توانم شد." باید توجه داشت که در ابتدا ایام نزول فروهرها که برای زرتشتیان دوران پاکسازی و عبادت بوده و هست به استناد اوستا و دیگر متون رویدادی کاملا مادی و قابل مشاهده بود. فروهرها که در واقع سفینه هایی بوده اند که طبق نظم زمانی خاصی به زمین سرکشی می کرده و از سوی مردم غالبا روح اموات تفسیر می شده اند! و از اساس به اشتباه فروهر به معنای روح کامل مورد اشاره زرتشت برداشت و نامگذاری شده بودند تا زمانی که این نظم رعایت شد مورد پرستش عوام با تبلیغ خواص آگاه از اصل مسئله قرار می گرفتند. رسم آتش افروختن بر فراز بام ها که امروزه به شکل چهارشنبه سوری نمود یافته در اصل حرکتی نمادین در فرا رسیدن موقع این ایام نزول نبوده بلکه چنین عملی مانند منور روشن کردن در شب برای هیلی کوپترها، آن ها را به سوی خود می کشیده و این توهم مبنی بر مشاهده عینی به صاحبان منزل دست می داده که روح اجدادشان به سبب آتشی که بر بام افروخته اند راضی شده و پس از بخشیده شدن برای بازدید به سوی آن ها پر کشیده است.
زرتشتیان به جد تصور می کرده اند که همه امور معنوی را می توان با چشم سر دید و تجربه نمود و از سوی دیگر نباید اجداد خود را دروغگو تصور کنیم؛ در متون باستانی به صراحت بازگو شده که فروهرها به شکل گردونه های پران و شبیه به سنگ آسیاب و چرخ ارابه بر بالای بام خانه ها با فاصله ای بسیار اندک می ایستاده اند و نورافشانی می کرده اند. شاید جنیان هم این آتش روشن کردن را نوعی خوشامدگویی و تجلیل و جشن ورود!!! می پنداشته اند و بدشان نمی آمده با چرخی بر فراز خانه ها زدن تشدیدش کنند و لذتی ببرند. اما

بیچاره خانواده ای که بر فراز بامشان فروهری با چراغ های روشن نمی ایستاد و جسمی غرق در نور از داخل ارابه پرنده دستی برایشان تکان نمی داد، مردگانش را جهنمی و در عذاب می پنداشتند و اینان مجبور بودند به سبب نگاه مردم و فشار موبدان دار و ندارشان را خرج قربانی کردن پوچ برای الهگان کنند تا شاید وضع اموانشان را نزد آنان بهتر نمایند! در اغلب فرهنگ های باستانی، رنگ پوست جنیان که بسیار شبیه به پوست رنگ پریده متمایل به آبی یا خاکستری و کبود جنازه هاست به این باور و باورهای مشابه دامن می زد و عوام با دیدن خدایانشان! خیال می کردند نیاکان آمرزیده و اجداد فوت کرده خود را زیارت نموده اند و در برخی دیگر از فرهنگ ها چهره گرد بی مو و قامت کوتاه یا موی سفید بعضی از اقوام جنی سبب می شد تا ایشان را با نام هایی چون "مادربزرگان مقدس" و "پیران" خطاب کنند. در شماری از ملل نیز جنیان را "مردگان" نامیدند و یا "سفیران دنیای مردگان" می پنداشتند. وانگهی در همه تمدن های باستانی اشراف از اصل ماجرا بطور کاملا دقیق آگاهی داشته اند. حال تصور کنید خانواده هایی که سفینه ای بر بالای بامشان مکث کرده بود صبح سور آتش چه فخری می فروختند و چه خیالاتی در ذهن می پرورده اند! فرازهایی از فروردین یشت: کردهِ۱: "۱- اهورامزدا به اسپنتمان زرتشت گفت؛ اینک تو را به راستی ای اسپنتمان از زور و نیرو و فر و یاری و پشتیبانی فروهرهای توانای پیروزمند پاکان آگاه سازم که چگونه فروهرهای توانای پاکان به یاری من آمدند و چگونه مرا امداد نمودند!!!" علاوه بر این در جای جای این یشت اشاره شده که همه چیز از فروغ و فر این فروهرها به وجود آمده و به دست آن ها و نه خدای یگانه حفظ و حراست می شود: "۱۲- (اهورامزدا:) اگر فروهرهای توانای پاکان مرا یاری نمی کردند هر آینه برای من در اینجا بهترین جنس جانوران و انسان باقی نمی ماندند!" حالا با نهایت دقت فقط به این سروده دقت کنید: "۱۷- آنان فروهرهای پاکانند که در جنگ های سخت بهترین امداد هستند! ای اسپنتمان در میان فروهرهای پاکان، نخستین آموزگاران کیش خدا یا فروهرهای مردانی که هنوز متولد نشده و به سوشیانت های نوکننده جهان متعلق اند قوی ترین می باشند، اما فروهرهای دیگران، فروهرهای مردان پاکی که هنوز در حیات اند قوی ترند از آن کسانی که مرده اند ای اسپنتمان." در این فراز به مسئله همزاد جنی که در اسلام هم مطرح است اشاره شده که بنده دیگر جایز نمی دانم وارد آن بحث شوم فقط خودتان در این مورد به جای فروهر واژه همزاد جنی را جایگزین کنید. علاوه بر این مطلب اولیاء الهی و سربازان جاویدان که هر یک از من و شما هم می توانیم به شرط اخلاص از آنان باشیم هویتی همانگونه که پیش تر اشاره کردم فراتر از زمان دارند و پس از مرگ، به فرموده احادیث شیعه، دوباره و چندباره رجعت می کنند و عمدتا عهده دار هدایت جنیان می گردند یعنی بازگشت آن ها یک معجزه است ولی پس از بازگشت با ابزار دانش وارد عرصه می شوند. گذشته از این دو در اینجا ما با خلط دو مبحث رو به رو هستیم و آن اینکه فرمایشات حضرت زرتشت در خصوص روح پاکان و حتی کمک خواستن از ارواح طیبه ای که در آینده صاحب جسم خواهند شد با مثال عینی توکل حضرت نوح به پنج تن در حادثه طوفان، با کمک خواستن از جنیان در جنگ ها و تابعین جنی ارواح طیبه فراتر از زمان و مکان مخلوط گردیده و تفکیک این دو منظور شگفت را از هم دشوار ساخته است.

و جالب تر هم می شود! وقتی اندیشه های دیویسنایی بابلی و هندو نیز وارد این محتوا بشوند: "۱۸- کسی که در طی زندگانی، از فروهرهای پاکان خوب مواظبت کند... چنین کسی پیروزمندترین شهریار گردد خواه هر شخصی که باشد! اگر از مهر، دارنده دشت های فراخ و از ارشتاد پرورانده جهان و فزاینده گیتی، خوب پرستاری و مواظبت و نگهداری کند!!!" کردهِ۲۳: "۸۳-... هر هفت فروهر(بزرگ) را یک پدر و سرور است و اوست اهورامزدا!" یک پدر؟؟؟ آیا منظور این نبوده که هفت فره اصلی از داخل یک فره بزرگتر بیرون آمده اند؟ "۸۴- ... راه آنان روشن می شود وقتی که پرواز می کنند..." نکته جالب دیگر همان گرز سه گانه یا بهتر بگویم ابرسلاحی است که یکی از مهم ترین اسباب پیروزی بر دیوها بوده و تمام پادشاهان باستان ایران سعی در سالم رساندن آن به سوشیانت به گواه شاهنامه داشته اند. خاندان گرشاسب(نیای رستم دستان) یکی از این سه را در اختیار داشته اند(سریت نامی که از نیایشان جمشید به آن ها ارث رسیده بود) و حتی شاید تعداد این نوع اسلحه که در متون اشاره شده از فضا به زمین آورده شده بود و سپس به دست جمشید و دانشمندان عهد جم برای مورد استفاده انسان بهشتی قرار گرفتن تغییراتی در آن داده شد چندان هم محدود نبوده باشد. در اساطیر کهن دیگر ملل چون بیوولف و آرتورشاه نیز از چنین ابرسلاح هایی سخن به میان آمده که تنها وسیله برای نابود کردن دیوان که چیز دیگری بر آنان کارگر نمی افتاد بوده اند. در احادیث شیعه سرخ اشارات فراوانی به این ابزارهای ضددیو بسیار فراتر و پیشرفته تر از ذهنیت مدرن گردیده خصوصا در احادیث و روایات مربوط به آخرالزمان می توانید بی شمار از این فن آوری ها را بیابید. مثلا در یکی از احادیث معتبر اشاره شده که دو اسباب پرنده به ذوالقرنین نبی پیشنهاد شد که یکی از آن ها مسلح و نظامی و دیگری مخصوص ترابری بود. کوروش از میان این دو اسباب پرنده که تنها اسباب دارای قابلیت پیمودن هفت آسمان و عبور از تمامی مجراهای میان آسمان ها بوده اند مورد غیرنظامی را انتخاب کرد و با توجه به اینکه از مصائب آخرالزمان اطلاع داشت سفینه کامل تر و سریع تر را با ایثار برای امام زمان باقی گذارد و دعا نمود تا خداوند آن را صحیح و سالم به دست مهدی موعود برساند. در قرآن به این "اسباب ویژه" که خدا در اختیار ذوالقرنین نهاده بود و او به توسط آن توانست در کمترین زمان کل زمین را بپیماید و لقب "رسیده به دو شاخ آفتاب" و حکومت بر تمامی جهان را کسب کند در آیات هشتاد و سه الی نود و هشتم سوره کهف اشاره بی پرده شده است. در فروردین یشت آمده؛ کردهِ۱۵: "۹۲- در هنگامی که **استوت ارت** پیک اهورامزدا از آب کیانسیه به در آید(یعنی در آخرالزمان که ابرسلاح فوق از کف دریاچه هامون بیرون آورده می شود)، آن سلاح پیروزمند آتش زننده، سلاحی که فریدون دلیر داشت در هنگامی که اژی دهاک(ضحاک) شکست خورد. ۹۳- که افراسیاب تورانی داشت در هنگامی که زنگیاب دروغگو(به دست افراسیاب پیش از گمراه شدنش) کشته شد و کی خسرو داشت به هنگامی که افراسیاب تورانی کشته شد و کی گشتاسب داشت، (منجی آن را به همراه خواهد داشت) و آن آموزگار راستی از برای پیروانش با این سلاح دروغ را از همینجا(از ایران)، از گیتی راستی بیرون خواهد کرد." و "۹۵- ... در مقابل آنان(یاران منجی) **خشم خونین سلاح بی فر**(یعنی سلاح کشتارجمعی برتر که فقط به آن خاطر که نظر خداوند با او نیست شکست می

خورد و بی فر بودن به معنی غیرنورافشان بودن این سفینه نیز هست) رو به گریز نهد، راستی به دروغ(دروگ نام و نوع سفاین دیوان نیز هست) زشت ظلمانی بدنژاد غلبه کند."
نکته جالب دیگر واژه بدنژاد است. همانگونه که پیش تر اشاره کردم در اوستا و سایر متون باستانی هم دوره آن حتی در فرهنگ های بسیار دورتر از ایران به نژادهای دیوان و ایزدان و شجره نامه های آنان هم اشاراتی دقیق صورت گرفته است و همینطور شرح جنگ ها و فتوحاتشان در فضاهایی بعید و سیاراتی دیگر از میلیاردها سال پیش! در این بین، علاوه بر آنکه در میان آدمیان، بدنژاد معنایی را که در مسئله نژادپرستی مقدس تا حدودی شرح دادم در بر داشته، در میان خود جنیان هم چنین موردی به چشم می خورد و مثلا فرزندان برخی جنیان باستانی مثل اهریمن از زبان دیگر جنیان بدنژاد و باعث شرمساری خطاب می شوند.
دو نکته قابل توجه دیگر در فروردین یشت به چشم می خورد؛ فروردین یشت: کردهِ۱:
"۱۲۹- ... او آنچه را جسم و جانی است پیکر فناناپذیر خواهد بخشید." که اشاره به شرایطی دارد که در دوران حاکمیت منجی بر زمین روی خواهد داد و در متون شیعه هم تاکید شده که مریضی و مرگ زود هنگام از میان خواهند رفت. آیا ژنتیک انسان ها اصلاح خواهد شد و این پنج درصد نسناسی موجود در آن حذف و جایگزین می شود؟ آیا نسل تازه ای به دنیا خواهند آمد که با کمک دانش پیشرفته آن دوران بشر از نقص های ژنتیکی خواهند رهید و انسان بهشتی کامل دوباره بازآفرینی می شود؟ آیا نژاد آریایی که کمترین میزان کژی ژنتیکی را داراست موفق به پاک کردن کامل گوهر بهشتی خویش خواهد شد؟ آیا بازآفرینی دانش جم به ویژه در مورد پیر نشدن سبب می گردد که دقیقا به مانند آن دوران پیری بی معنا شود!!؟
و در ادامه همین سروده که بطور کامل درباره منجی و آخرالزمان می باشد تاکید می گردد؛
"... از برای مقاومت کردن در ستیزه ای که از سوی پاکدینان برانگیخته و برپا شده باشد."
شروع آخرین جنگ داخلی زمین به دست ایرانیان خواهد بود که مشابهت دارد با پیشگویی های شیعه که مهدی و یارانش را حمله برنده و انتقام گیرنده می دانند و نه مفعول حوادث.
درباره سروش در اوستا چنین آمده که وی، همراه با ارابه نورانی پرنده اش، هر شب سه بار دور زمین می چرخیده و یا بهتر بگویم این توانایی و سرعت را داشته که در طی مدت زمانی برابر با یک شب سه بار به دور زمین بگردد. به نظر می رسد سروش مانند سفینه های شیوآ یا نورا در تمدن هند و یونان باستان بیشتر یک سفینه نظامی یا یک سلاح پرنده بوده باشد و نه یک فرمانده جنی، مثلا در سروش یشت هادخت به صراحت آورده شده:
"سروش مقدس دلیر فرمانبردار، اسلحه قوی سوزاننده اهورایی را(با پرستش و سجده و اطاعت محض خود) خشنود می سازیم." از واژگانی که در خصوص توصیف و تجلیل سروش به کار برده شده چنین بر می آید که سروش یک ماشین مطیع بوده نه یک جن مختار.
از سوی دیگر این احتمال وجود دارد که جنیان هم مانند انسان ها از اسامی مقدس و نام های فرشتگان مقرب و موارد اینچنینی برای نامگذاری خود و سفاین و قرارگاه هایشان و ... استفاده می کرده اند و در این میان سروش که به معنای فرشته نگهبان همیشه بیدار است برای سلاح خودکاری که هرگز نمی خوابد یا دارای کمترین خطا در تشخیص و شلیک به سمت اهداف متعدد است بهترین نام می نماید و آدمیان به اشتباه آن را سروش الهی دانسته اند.

سروش یشت هادخت: کردهِ۱: "۶- ای زرتشت این کلام منزل را وقتی که راهزنی نزدیک شود یا دسته ای از دزدان یا گروهی از دیوان به آواز بلند بخوان، آنگاه دروغگویان دروغ پرست کینور و جادوان(می تواند منظور جهودان باشد) که جادویی به کار برند و پری ها که به اعمال پری(اخلال ذهنی) پردازند به هراس افتاده و پا به فرار گذارند." در این سروده خداوند به زرتشت دقیقا همانگونه که به پیامبر اسلام آموخت دعایی برای دور کردن جنیان می آموزد یا یکی از جنیان مومن راه کمک گرفتن از سلاح سروش و مطلع کردن آن را.
واژه پری که من در اکثر آثارم به معنای جن پرهیزکار از آن استفاده نموده ام در اینجا به مفهوم اغواگرانی است که مانند پریان اساطیر یونان در صدد ارضای شهوانی خود بوده اند.
اینان بسیار زیبا و دلفریب و بدون استثناء مونث بوده اند. دلیل استفاده من از این نام برای خطاب کردن جنیان مومن این است که معنی واژه پری در طول زمان تغییر کرده و امروز ما آن مفهوم چند هزار سال پیش را از آن برداشت نمی کنیم بلکه کاملا به عکس معنایی جز موجود زیبای پاک و مهربان ندارد، درست به مانند دیو که در ابتدا معنایی مثبت داشت و پس از شاهنامه منفی! از این رو من جایز نمی دانم برای جنیان متقی و پاکباخته مطیع حق واژه دیو را اطلاق کنم و به اهریمنان و شیاطین و جنیان بازیگوش و تابعین ابلیس هم دیو بگویم.
"۷- مانند سگ چوپان که گرداگرد صاحبش می گردد ما بندگان سروش صبور(معلوم است که این سفینه ساعت ها بی حرکت در آسمان و یا روی زمین می مانده) به گرد جرم آن پیروزمند مقدس می گردیم..." انسان ها در معیت این وسیله چه مراسماتی برپا می کرده اند!
کردهِ۵: "ما می ستاییم همه پیروزی های سروش پاک دلیر و فرمانبردار را..." به گونه ای از پیروزی های سروش یاد شده که کاملا روشن است در حین جنگ ها، شکست هم بسیار محتمل بوده است و پیروزی کاری دشوار و بعید و در نتیجه مقدس و بزرگ دانسته می شود.
تصور کنید ما مسلمانان طی مراسمی پیروزی های خدای قادر مطلق یکتا را تجلیل کنیم و مثل امری عجیب جشن بگیریم! "۲۱- پیکر(بدنه) سروش پاک را می ستاییم(می پرستیم)! پیکر رشن راست را می ستاییم! پیکر مهر دارنده دشت های وسیع را می ستاییم! پیکر ایزد باد مقدس را می ستاییم!..." "۲۲- پیکر همه ایزدان را می ستاییم!..." "۲۳- ... درود می فرستم به سروش مقدس دلیر فرمانبردار، اسلحه قوی سوزاننده و نابودکننده اهورایی..." در این سروده به وضوح از سروش به عنوان یک اسلحه نابودگر و قوی ترین سلاح سازمان ایزدان یاد می شود. اهوراها ایزدانی هستند که در جنگ ها دلاوری های فراوان نموده و به کسب اعتبار و مقام و رتبه ای بالا و والا در میان سایر جنیان هم گروه خود فائق آمده باشند.
سروش یشت سرشب: کردهِ۱۱: "۲۶- سروش صبور خوش اندام(دارای ساخت و طراحی زیبا!) پیروزمند جهان آرای مقدس و سرور راستی(در ضدیت با دروگ دیوها راستی نام سفاین ایزدان است که سروش سرترین آن ها خطاب می شود) را می ستاییم. کسی که چهار اسب(نیروی محرکه و موتور) سپید(نورانی) فروغ افشان هوشیار بدون سایه در جو هوا او را می کشند!" "۲۷- تندتر از اسب ها تندتر از بادها تندتر از باران ها تندتر از ابرها تندتر از یک جفت مرغ در پرواز سریع تر از یک جفت تیر خوب از چله رها شده(پرواز می کند)." منظور از یک جفت مرغ و یک جفت تیر یعنی دوبرابر سرعت پرندگان و تیرهای

رهاشده و نویسنده با هوشمندی سرعت سروش که مجموع سرعت تمامی مثال های یادشده مساوی با آن است را به آیندگان بدون اینکه تحریف و تغییرپذیر باشد گزارش نموده است. "۲۸- ... آن اسب هایی که سروش نیک مقدس را می کشند با دو اسلحه اش!... کردهِ۱۲: "۳۰- ... اسلحه ای با شعاع کشنده و قوی ضربت برای (زدن) بر فرق دیوها دارد." "۳۱- برای برانداختن اهریمن نابکار برای برانداختن دیو خشم، اسلحه خونین سوزاننده، برای برانداختن دیوهای مازنی برای برانداختن همه دیوها(پیوسته و بی استراحت در کار است)."

و اما پادشاهان پیشدادی در اوستا داستان هایی بس شگفت انگیز دارند که به چند نمونه انگشت شمار از آن ها اشاره می کنم؛ آبان یشت: کردهِ۶: "۲۲- و از او درخواست این کامیابی را به من ده، ای نیک، ای تواناترین!!! ای اردیسور ناهید که من(هوشنگ پادشاه پیشدادی) بر همه ممالک بزرگ ترین شهریار گردم، به همه دیوها و مردم به همه جادوان و پری ها، به همه کاوی ها و کرپان های ستمکار(دست یابم) که دو ثلث دیوهای مازنی و دروغ پرستان را به زیر کشم(و پاکسازی کنم)." رام یشت: کردهِ۲: "۷- او را بستود هوشنگ پیشدادی در بالای قله کوه هرا(البرز)، (در حالی که آن موجود مورد ستایش و سلام) به فلز پیوسته(یعنی لباسی آهنی چون خفتان بر تن داشت یا چیزی مشابه این) در روی تخت زرین، در روی بالش زرین، در روی فرش زرین، نزد بَرسَم گسترده و با کف دست سرشار(بود)."

بنده شک ندارم که پادشاهان پیشدادی و هخامنشی جنیان را نمی پرستیده اند و تنها برای جنگ با دیوانی که آن ها هم تکنولوژی هایی میلیاردها سال جلوتر از دانش بشری را در اختیار داشتند، به سبب ایمانی که آن جنیان مومن مدعیش بودند از ایشان یاری می طلبیدند. کاملا واضح است که در اوستای مورد دستکاری آن قوم حتی به مومنان یکتاپرست نیز تهمت جن پرستی وارد شده و نقش هرآنکه غیرانسان بوده پررنگ گردیده ولی اگر چنین چیزی صحت داشت و پادشاهان آدم بنی ابوالبشر مومن نبودند هرگز آن جنیان به یاری انسان ها نشتافته و خطر مقابله با همطرازان خود را به جان نمی خریدند آن هم برای راحتی موجودی که هیچ قدرتی برای اعمال فشار نداشت. البته امکان دارد وصفی که در سروده پیشین نقل گردید توصیف یک شخص خاص نبوده بلکه ترسیم کاملی از شکل نوعی سفینه باشد. ارت یشت: کردهِ۳: "۲۳- ارت نیک را ما می ستاییم،... کسی که چرخ های گردونه اش! آتشین است و نیرومند سودبخشنده و درمان ده." امروزه هم در هر ناحیه ای که بشقاب پرنده ها در نزدیکی سطح زمین مشاهده شده باشند تشعشعات رادیواکتیویته ویژه آنان سبب رشد بهتر گیاهان و محصولات کشاورزی آن ناحیه خاص می گردد. حتما عده ای خواهند گفت که نویسنده این نکته ساده را نفهمیده که منظور از گردونه ارابه و گاری است! باید توجه داشته باشید که واژه گردونه و چرخ به معنای وسیله ای که در آسمان می گردد و دور می زند درست به معنی کلمه گاد در انگلیسی که مفهومی جز کسی یا چیزی که بر فراز ابرها دور می زند ندارد در ابتدا به ارابه های پرنده خدایان اطلاق می شد و این در زمانی بود که بشر تازه به رام کردن اسب نائل آمده بود و هزاران سال پس از آن و از دوران کوروش کبیر به بعد بود که اصلا چیزی به نام ارابه توسط ایرانیان شناخته و در جنگ ها استفاده شد(در دوران جم هم نیازی به استفاده از ارابه وجود نداشت و به نوعی می توان گفت تکنولوژی

بشر وارداتی بود! و مراحل ترقی را به ترتیب طی ننموده و یک شبه به عالی ترین درجه رسیده بود. البته باید متذکر شد که بخشی از دانش مذکور از طریق نوح و نجات یافتگان کشتی و پس از چند نسل به جم منتقل شد). یعنی نام سفاین خدایان را از روی ارابه ها اخذ نکردند بلکه به عکس به خصوص در دوران ساسانی نام وسیله های نقلیه خدایان را بر روی وسایل نقلیه خود نهادند و با نامگذاری ارابه های شاهان و نجیب زادگان به عنوان گردونه در واقع آنان را نیز مقدس شمرده و در ردیف خدایان قلمداد می کردند ولی این کجا و آن کجا!

آن ارابه گرد بوده و می چرخیده و به همین سبب چرخ و گردونه خطابش می کرده اند و بارها تاکید شده که پرواز می کرده و به وسیله چراغ هایش نورافشانی و در صورت روشن کردن آن ها سراپا نور می شده است. حتی اختراع چرخ و آسیاسنگ براساس الگوبرداری از ظاهر سفاین پران صورت گرفت و میتانی ها نام شهر پایتخت خود که به شکل یکی از همان چرخ های پرنده ساخته شده بود را از ماشین های تحت کنترل جنیان اخذ نمودند و باید گفت تشخیص آریاییان در ابتدای امر، کاملا دقیق و درست بوده است و مردمان هیچ تمدنی نتوانسته بودند ارابه و یعنی وسیله نقلیه بودن اجرام عجیبی که می دیدند را درک کنند.

تصویر این گردونه های نورانی پرنده اکنون در پرچم بسیاری کشورها از جمله قرقیزستان و هند حضور دارد و به عنوان نماد ملی از سوی مللی پذیرفته شده است که تاریخی پرافتخار و ضددیو را حامی خود نمی بینند. ایرانیان از دوران هوشنگ پیشدادی به اختراع گردونه و چرخ به تعریف زمینی بر مبنای الگوی یادشده نائل آمده بودند و در امور کشاورزی و به ویژه آسیاب نمودن گندم از آن استفاده می کرده اند و به همین سبب تعاریف ذهنی و دانسته هایشان و دنیایی که در آن می زیستند باعث چنین نامگذاری هایی می گردید. جالب اینکه ترجمه نام پایتخت میتان در حدود سیزده هزار سال پیش "چرخ نورانی پرنده" بوده است.

آنچه در اوستا فر یزدانی و فره ایزدی معرفی می شود، هرچه که بوده، چه نیرویی برآمده از ایمان خالص یا در اختیار داشتن ابزاری خاص و یا دارا بودن شرایطی تعریف شده از نظر جنیان، اصالتا آن دلیلی بود که ایزدان پارسی را به همراهی و حتی اطاعت از پادشاهان و پهلوانان آریایی ملزم یا متمایل و پایبند می ساخته است. با توجه به اینکه فره ایزدی اصیل و مورد نظر زرتشت همان نصرت الهی قرآن است جالب آنکه فر تحریفی چندمفهومه اوستا از پادشاهی به پادشاه دیگر منتقل می شده و در یک زمان دو آدم آن را در اختیار نداشته اند. این امر خود می تواند دلیلی بر آن باشد که فره اوستا مسئله ای مرتبط با ایمان افراد و مانند نبوت و امامت شیعه نبوده زیرا در آن صورت بی نهایت آدم با ایمان قاعدتا باید می توانستند ایزدان را ملاقات یا با خود در راستای اهداف مشترک همه مومنین جنی و انسی عوالم همراه کنند.

تهمورس(طهمورث) پادشاه والای کیانی را ریباوند خطاب می کنند که به معنای دارنده سلاح و مسلح است، اما کدام سلاح و چرا این مسلح بودن اینقدر دارای اهمیت بوده است؟ در آن دوران که روز انسان های بیچاره بدون جنگ به شب نمی رسید و حتی تعدد جانوران وحشی و درندگان به حدی بود که آدمیان را از مناطق آباد می راندند! همه مردم همراه خود سلاح داشته و به هر عنوان که می توانسته اند همیشه مسلح بوده اند و دارنده سلاح سرد ولی چرا تهمورس باید فقط چنین خطاب شود؟ دلیلش بسیار ساده است و آن اینکه درست به مانند جهان

امروز که کشورهای فاقد سلاح هسته ای را خلع سلاح و بی دفاع خطاب می کنند و موشک های هسته ای را دیگر تنها با نام اختصاری سلاح و ذات مسلح بودن به شمار می آورند در آن روزگار هم بشر در برابر ابرسلاح های جنیان بی دفاع و در اصل بی سلاح بوده است.
در افسانه های پارسی آمده که او به واسطه گرزش، یعنی سلاح سنگینی که در اختیار داشته، بر دیوان فائق گردیده است که آن هم سلاحی منحصر به فرد بود و تجلی عینی واژه اسلحه به ویژه از لحاظ موثر بودن در دید کلی و مفهوم عبور از بی دفاعی در برابر دیوان بوده است.
این قبیل ابرسلاح ها به سخن ادبیات رزمی چین و ژاپن خودشان صاحب خودشان را انتخاب می کرده اند! چکامه ای معروف در کونگ فوی چینی و مرام سامورایی درباره شمشیرهای فراعقلی مقدس دوران باستان و ابزارهایی که از سوی خدایان اعطاء می شد(چون شمشیر سامورایی واقعی) می گوید: "آدمی سلاح را گزینش نمی کند، این سلاح است که برگیرنده خود را می گزیند و در بر می گیرد." و این گرز آتشین تنها برای یک بار در دستان بشری قرار گرفت. همین ابرسلاح دیوکش تهمورس که هیچ دیوی تاب ایستادگی در برابر آن نداشت و از این بابت در تاریخ نبردهای بشر و دیو منحصر به فرد است بود که توسط جمشیدیان به سه قسمت تقسیم گردید و سریت(سریث) از آن زاده شد تا تنها در روزگار پایانی دوباره یکی شود و آن قدرت ویرانگر غیرقابل تصورش به دست فردی نالایق و در نتیجه دیوان نیفتد.
تهمورس اهریمن را مانند اسبی رام کرده بود و بر پشت آن روزی سه بار گرد گیتی می گشت، نه فقط ربع مسکون را بلکه به دور کل کره زمین، یعنی او بر ابرسازمان دیوهای شورشی و زشت کردار چیره گشته بود و بر اصلی ترین سفینه آن ها سوار می شد و ممالکش را سرکشی می نمود و به همین واسطه است که پیشدادیان در اوستا پادشاه هفت کشور یعنی کل زمین و نه فقط سرزمین های شناخته شده و شاهان کیهانی معرفی می شوند.
اهریمن گرچه نام شخصی خاص است ولی در اصل این اسم به یک سازمان و تشکیلات شیطانی و خرابکار در همه فرهنگ های باستانی و با کمی تغییر اطلاق می شده، مثلا در فرهنگ های باستانی جزایر اقیانوس آرام از سازمانی به نام "تین" یاد می شود که بدون ماسک های ساخت آنان نمی شود به آسمان سوم و چهارم صعود کرد! خود واژه تین که آدمی را به یاد شیاطین خودمان می اندازد سئوال برانگیز است علاوه بر اینکه در قرآن هم بارها تاکید شده؛ شیاطین تا نزدیکی عرش خداوند(تا قبل از نزول قرآن) می توانسته اند پرواز کنند و تنها شیاطین یا همان تین! خدا از این سازمان در قرآن با نام "اشجرملعونه" نیز یاد می کند.
نکته دیگر اینکه چگونه ممکن است شیطان بتواند اینهمه کار را به تنهایی صورت دهد؟ در متون شیعه تاکید شده که شیطان بلافاصله پس از سقوطش بر زمین(به همراه سفینه و همه ابزارهای کارش که در آن مهیا بود) شروع به تکثیر خود کرد! در متون باستانی هم این موضوع وجود دارد و به غلت همواره اینگونه برداشت شده که شیطان دوجنسیتی و هم زن و هم مرد است! بر این اساس بز بافومت خدای ماسون ها را هم ماده و هم نر خواهید یافت.
ولی اصل ماجرا این است که اهریمن خود را شبیه سازی کرده و از طریق سلول های بنیادی یا ژن خود در محیط آزمایشگاهی فرزندانش را به وجود آورده و در اصل تولید کرده است.
اما چرا می گویم شبیه سازی!؟ چون در هیچ سند باستانی معتبری یادی از شیطان بچه ای

نشده و همه شیاطین به محض تولید(و نه تولد!) بالغ و کاملا رشدیافته و در کمال هشیاری و توانایی های ممکن خود هستند. در این میان نباید الهگان هندو که به شکل کودک و نوزاد تصویر می شوند را کودک به شمار آوریم زیرا این موجودات همگی کوتوله بوده اند و در نقاشی ها و متون قدیمی تر به این واقعیت اشاره شده است و در آثار بعدی بود که کوتوله بودن از سوی پرستندگان بی سواد همان کودک بودن و یعنی معصوم بودن برداشت شد. بعلاوه این کوتوله ها در زمین همواره نیاز به مراقبت داشته اند و در آغوش و یا به همراه پرستار یا پرستارانی توصیف شده بودند و این موضوع نیز ذهنیت غلت کودک بودن ایشان را تقویت نمود در صورتی که غالب خدایان فضایی حتی المپی ها و ایزدان کوتوله بوده اند. نکته دیگر در خصوص داستان تهمورس، ارتزاق اهریمن(سازمان دیوان شورشی) از گناه آدمیانی است که به واسطه گماشتگان او گمراه شده اند. این موضوع علمی که در همه ادیان و کتب باستانی به آن به نوعی اشاره شده امری تمثیلی و حکایتی عبرت آموز نبوده است بلکه مثل سایر مسائل این مبحث کاملا واقعی و عینی است. من با مطالعه بر روی دو باور شیطان پرستانه مفهوم این ادعا را دانستم، نخست؛ شیطان پرستان و به خصوص فراماسون ها که باهوش ترین آنانند در تحت بناهای خاصی گناهان تکان دهنده ای انجام می دهند و این عمل را ادای وظیفه و دین به خدایان خود یعنی شیاطین می دانند. در تمدن مایاهای آمریکا هم تعداد بسیاری بی گناه و حتی نوزاد در زیر هرم ها قربانی می شده اند و عقیده غالب این بود که همین عمل خون خدایان و انرژی حرکت آنان را تامین می کند و پول و بهایی است که ما برای همراهی با خدایانمان و زنده و پویا ماندن ایشان باید بپردازیم! همینگونه هم شد، پس از اینکه مایاها مبلغ مورد نظر را در غالب گناهان کبیره پرداختند خدایانشان یعنی همان سفینه های سازمان تین به زمین آمده و آن ها را با خود بردند! قوم مایا ناگهان و بطور کامل از صحنه روزگار محو شد، بدون نشانه ای و یا دگرگونی قبیله ای خاصی! فقط بُرده شده اند! کاهنان در حین رفتن از زمین هرم ها و کل پایتخت را به آتش کشیدند تا اسرار سر به مهر بمانند ولی امروز می توان به واقعیت ماجرا از متون فراماسون ها و توجهشان به شکل بناها پی برد. انسان چیست؟ انسان در بنیاد از اتم ها تشکیل شده و اتم ها چه هستند؟ انرژی ناب. انسان یک باطری تولید انرژی بی پایان است. برای درک بهتر این ادعا و تاثیرات و میزان قدرت این انرژی به متون مربوط به فلسفه تبّت و کتب پایه ای انرژی درمانی مراجعه کنید. آدمی با گناه کردن انرژی به گفته من سیاه بسیاری تولید می کند که این انرژی را می توان تحت شرایط و بناهایی خاص متمرکز کرد و به فضا انتقال داد(همانگونه که ناسا به همین تکنولوژی انتقال انرژی از فاصله های بعید و بدون استفاده از سیم و رابط برای شارژ ماهواره ها دست یافته است). بزرگ ترین مشکل تین در فضا چه می تواند باشد؟ تینی که به فرموده خداوند رجیم است، یعنی رانده شده در به در، و در فضا سرگردان؟ یقینا انرژی. دیگر بهتر از این نمی شد این موضوع ر ا وصف کرد که مایاها کردند، گناه خون خدایان یعنی انرژی حرکتی سفینه های آنان است. در متون مایانی تاکید شده که الهگان در اثر کوتاهی ایشان در قربانی کردن بی گناهان و کودکان می میرند و سرد می شوند! به یقین یعنی از کار می افتند و وقتی مایاها(البته واژه مایان از مایا صحیح تر است) میزان انرژی

مورد نیاز را تامین کردند به آرزویشان رسیدند که گمان نمی کنم چندان شیرین بوده باشد! این تاکید دیوانه وار شیاطین برای گناه کردن انسان ها دلیلی فراتر از یک خصومت شخصی دارد؛ زندگی آن ها بسته به گناه کردن و نکردن ماست و بدون اشتباه کردن ما می میرند. از همین روست که خداوند بارها در قرآن تاکید می کند هیچ سلطانی یعنی برتری نسبت به ما به ایشان عطا نکرده است و اشکال از جهل ماست و پرستش جنیان و یا اطاعت از دیوان را کاری مضحک به شمار می آورد زیرا این چه خدایی است که از بنده اش ارتزاق می کند؟ از جانب دیگر با معنای فوق دلیل آنکه شیاطین مجبورند نوع بشر را تحمل کنند دانسته می شود و نیز تاکید احادیث بر بحث ارتزاق و قوی تر شدن شیاطین از گناهان انسان فهمیده می شود. از سوی مقابل باید دقت داشته باشیم که آن روی سکه ای هم وجود دارد و انجام اعمال نیک تا آنجا می تواند تولید انرژی های مثبت کند که به فرموده خدا در قرآن شیطان و قومش که به هرکجای زمین که بخواهند و حتی درون خانه ها(با توجه به تکنولوژی هایی که در اختیار دارند) می توانند نظر بیندازند، بر سر خانه های افراد نیکوکار که در آن ها عبادت فراوانی شده باشد کور می شوند و دیواری از نور(انرژی مثبت) جلوی دیدشان را سد می نماید. در اسلام و سایر ادیان الهی چنین گفته می شود که دیواری از نور در اطراف خانه های صالحین وجود دارد که از ورود و حتی نظر انداختن شیاطین جلوگیری می کند و این دیوار انرژی درست به عکس مورد قبلی در اثر عبادت فراوان و تسلیم در برابر حق به وجود می آید. خانه ها به خودی خود اعتبار و نیرویی ندارند بلکه این صاحب خانه است که می تواند به خانه اعتبار و بهتر بگویم امنیت حقیقی ببخشد یا آن را به مکانی به منظور تولید انرژی برای شیاطین تبدیل کند و همانگونه که به تازگی اثبات شده بناها جذب کننده و حافظ انرژی هستند. در هر صورت ارتکاب گناه در هر جا و طبق هر ساختاری، حتی اگر این گناه در زیر هرم ها یا خانه های مخصوص ماسونی و گنبدهای ویژه(چون ساختمان کنگره آمریکا که توسط شخص جورج واشنگتن و به همین منظور طراحی شد) صورت نگیرد، حداقل سبب می شود که به قول ماسون ها فاجعه باز شدن دروازه ستارگان و ورود شیاطین به جوّ زمین که یک لشگرکشی کاملا مادی است پس از شکست قبلی آنان از حضرت سلیمان دوباره تکرار شود. در قرآن کریم مثلا در سوره مُلک آیه پنج، و در بسیاری از دیگر آیات، اشاره شده که خداوند با چینش ستارگان در فضای اطراف جوّ ما که سبب تشکیل نوعی سپر دفاعی مغناطیسی شده و حرکت شهاب ها مانع ورود شیاطین به آسمان اول(گیتی راستی = جوّ زمین) گردیده است. به نماد مشهور صلح یا صلیب نِرو دقت کنید، می گویند ترکیبی است از حروف دی و اِن! به وضوح در این نماد هرمی را مشاهده می کنید که خطی از آن به سمت آسمان کشیده شده، همان انرژی ارسالی که البته برای چشم غیرمسلح نامرئی است. معنی نماد صلح غربیون به سادگی این است؛ آنچه که ما می خواهیم یعنی انرژی سیاه را به ما بدهید تا در صلح باقی بمانید یا بهتر بگویم، راحت بگذاریمتان! وگرنه به دست گماشتگانمان... بگذریم، باز گردیم به تهمورس پیشدادی، گمان می کنید او چگونه درگذشت؟ در متون اوستایی چنین آمده است: اهریمن پس از سال ها تحمل رنج اسارت و خدمت اجباری به تهمورس حیله ای اندیشید و با واسطه ای از همسر تهمورس خواست که از او بپرسد در هنگام پرواز(آن هم با آن سرعت

زیاد) در گردش گیتی(که روزی سه بار به گرد زمین انجام می داد)، چه هنگام و در کدام مسیر می هراسد! تهمورس پاسخ داد: هنگامی که(اهریمن) از البرز عزم نشیب کرده به سمت پایین با سرعت نزول می کند به شدت می هراسم... پاسخ به گوش اهریمن رسید و او هم در همان نشیب کردن و پایین آمدن سرعتش را افزود و به واسطه همین ضعف اندک تهمورس را کشت. اصل ماجرا این بوده که تهمورس در اثر هیجان سرعت سکته قلبی کرده! تصور کنید یک آدم باستانی را داخل "سوپرکوستر" قرار دهید! اصلا مغز او آمادگی چنین سرعت و هیجانی را نداشته و سکته نتیجه این عمل شده است. داستان جالب تر هم می شود: جسد تهمورس در دل اهریمن باقی ماند(خب مشخص است پیکر بی جان او در دل سفینه باقی بوده و شیاطین هم به دلیل ایمانی که در او بوده و جاویدان بودنش نمی توانسته اند به او دست بزنند و کلا سفینه شان را رها و فدای این ترور کرده بودند) تا آنکه سروش(صفت یکی از جنیان مومن و نه سروشی که پیش تر یاد شد) به جمشید آموخت که چگونه وارد شکم اهریمن شده و جنازه تهمورس را برای خاکسپاری بیرون بیاورد! مشخص است که راه وارد و خارج شدن به چنان سفینه ای را تنها جنیان که آن دانش را در اختیار داشته و درک می کرده اند دانسته و فوت و فن کلی کار را به جمشید باستانی ما آموخته اند. بیچاره جمشید که از دنیای کاملا وحشی آن دوران ناگهان وارد سفینه ای فضایی شد! این اقدام او و در واقع موفقیتش در بیرون آوردن جنازه تهمورس بزرگ از دل اهریمن که چندین ساعت به طول انجامیده در شمار سلحشوری های بی مانند ایران باستان قرار دارد و حق هم هست که چنین باشد زیرا برای آدمی باستانی انجام چنین عملی و داشتن چنین درک برتری حماسه به شمار می رفت. تصور کنید برای عبور از هر دری با چه میزان از گنگی و عدم برقراری ارتباط با مفاهیم و مولفه ها نبرد می کرده و چه هوشی از خود نشان داده است تا بتواند فقط درها را بگشاید. مورد جالب دیگر اینکه خط و نوشتار توسط تهمورس از اهریمنان پس ستانده شد، یعنی او دانش خط و نوشتن(هفت قسم دبیری) را از دیوهایی که آن را از آن خود می دانستند ستاند و به آدمیان منتقل نمود. در این مورد اشاره به این موضوع شده است که دیوان خط ها را به عنوان یک صفت ایزدی و وحی از عرش ربوده بودند نه اینکه خودشان آن را ساخته باشند بلکه زبان های اصیل پارسی توسط خود خدای یگانه با ساختی ازلی و ابدی طراحی شده اند. رام یشت: کردهِ۳: "۱۱- او را(منظور یکی از ایزدان است) بستود تهمورس زیناوند بر روی تخت زرین بر روی بالش زرین بر روی فرش زرین نزد برسم گسترده با کف دست سرشار. ۱۲- از او درخواست این کامیابی را به من ده... در مدت سی سال سوار بر اهریمن به دو کرانه زمین برانم(این واژه دو کرانه خیلی شگفت انگیز است، یعنی ایرانیان به هر روی می دانسته اند زمین کروی است و دارای دو قطب و انتها و مانند دیگر اقوام آن را مسطح یا صخره ای بر شاخ گاو و پشت لاکپشت تصور نمی کرده اند)!!! ۱۳- ... آنچه از تو ای اندروای که از خرد مقدس(نام مجموعه و گروه کلی یا نژاد اکثریت جنیان مومن یا به احتمال قوی تر شرکت تولیدکننده سفینه) است را ما می ستاییم." در تاریخ جعفری چنین آمده است: "تهمورس به دست خود یک هزار و چهارصد و هشتاد دیو بکشت(به حق باید او را در شمار ده چهره بزرگ تاریخ ایران زمین قرار داد) و هشتصد سال عمر کرد و سی سال سلطنت و

در بلخ به خاک سپرده شد." پس از تهمورس جمشید به پادشاهی رسید و مانند لقمان حکیم، پیامبری و نبوت تنذیری تبشیری را که پیش از تولد زرتشت به او پیشنهاد شده بود نپذیرفت. از پیشگاه اهورامزدا عذر خواست و درخواست نمود تا به حد توانش در نیکی زمین بکوشد. البته من با این تعبیر موافق نیستم و فکر می کنم جم چون توان انجام هر دوی این وظایف خطیر را نداشت حکومت جبری را بر نبوت برگزید تا جهان را از هر پلیدی پاکسازی نماید. اهورامزدا به او نگینی زرین و عصایی زرنشان عطا کرد تا به وسیله آن دو دیوان را به بند کشد و به خدمت و اطاعت وادارد! یعنی باز هم نه فقط به واسطه ایمان بلکه به وسیله اشیاء و ابزارآلاتی دیوان شکست می خورند. در دوران پادشاهی جمشید میزان خشکی های زمین بسیار محدود بوده و پس از مدتی عرصه بر جانداران تنگ می آید و او با کمک ابزارهایی که در اختیار داشت در دو نوبت و البته به واسطه ایزدان زمین را دو سوم فراخ تر می کند و به خشکی ها می افزاید. این تحول عظیم که از آن با نام "گشایش" یاد می شود برای اولین بار طی رویدادی قدسی که به "دهبل الارض" در اسلام معروف است در نخستین هزاره های آفرینش زمین که سطح آن سراسر پوشیده از آب بود و از زیر جایگاه خانه(کعبه) آغاز شد و پس از پایان عصر یخ و زیر آب رفتن ناگهانی خشکی ها در چندین مرحله بازآفرینی گردید. در دوران جم دو مرتبه و در هر مرتبه یک ثلث به خشکی های زمین با درایت و دستور وی به ایزدان اضافه می گردد ولی جالب تر از همه رویدادی است که در بار سوم رخ داده است. در سیصد زمستان پس از دومین گشایش باز عرصه جهان از تعدد موجودات به تنگ آمد و جمشید خواست که کار دو بار پیش را تکرار کند ولی ایزدان جنی سر باز زدند و نپذیرفتند! نه اینکه دعای او را نپذیرفته باشند بلکه دستور او را گردن ننهادند! در اوستا آمده: در این زمان به حکم(حکومتی) اهورامزدا(که به یقین منظور از این نام در این فقره خدای یکتا نیست بلکه به احتمال زیاد منظور یک یا چند تن از جنیان نخستین، اولین موجوداتی که به برداشت من از قرآن مستقیما از انفجار آفرینش هستی یا بیگ بنگ معروف آفریده شده بودند می باشد) در کنار رود دائیتیکا در ناحیه آریاویچ، انجمنی میان اهورامزدا(سازمان یا انجمن برتری که ایزدان زمینی زیر نظر او فعالیت می کرده اند و تنها در مواقع بحرانی اضطراری مداخله می نموده! خود واژه اهورامزدا را می توان به قدرت برتر و رئیس همه رئسا تعبیر نمود که در این شکل دلیل استفاده از این نام در موارد گوناگون یادشده مشخص می گردد) و گماشتگانش، ایزدان مینوی، تشکیل شد(این چه خدایی بوده که برای تصمیم گیری یا ایجاد هماهنگی با بندگانش جلسه برگزار می کرده!؟) و در همین حین انجمن جم میان جمشید و بهترین مردمان صورت گرفت(یعنی برای اولین بار انسان ها برای ایزدان شاخ و شانه کشیدند و مثل آن ها و در برابر تصمیم آن ها دیوان و انجمن پیران بر پا نمودند). در این حین ایزدان به خواسته جمشید تن در ندادند و شاید هم اصلا امکان تن در دادن نداشتند زیرا مگر چقدر می شود خشکی بر روی زمین ایجاد نمود بدون آنکه تعادل طبیعتش برهم بخورد!!؟ چه ایزدان و چه سایر دیوها همواره برای انجام هر کاری جلسات و مجامعی تشکیل می داده اند و امروزه هم واژه دیوان یعنی در یک جا جمع شدن و گفتگو کردن و ماخوذاتش از جمله دبیری و دبیرستان و حتی دیوان به مفهوم کتاب بزرگ و جامع شعر! از عملی که در جنیان

بسیار مشاهده می شده یعنی تجمع و مشورت کردن که به منزله وسواس رفتاری ایشان بوده اخذ گردیده است. برگزاری این دیوان ها از سوی جنیان در سراسر فرهنگ های باستانی از چین گرفته تا یونان و سرزمین سرخپوستان(آمریکای واقعی) بطور مستند گزارش شده است.
خلاصه اینکه ایزدان به خواسته آدمیان تن در نداده ولی از زمستانی سهمگین خبر می دهند که اکثریت جانداران روی زمین را نابود خواهد نمود و مشکل جم را برطرف خواهد ساخت.
در واقع ایزدان شاید راهکار دیگری را جایگزین افزودن به خشکی ها نمودند و آن یک شبه عصر یخبندان بود. این راهکار ساده تابع قانون "اگر نمی توانی برای همه شرایطی مناسب فراهم آوری پس عده ای را حذف کن!" نبود بلکه از حکمت خدای یکتا سرچشمه می گرفت.
ایزدها به جمشید ابلاغ کردند تا باغی بسیار وسیع به نام "وَر" را بنا سازد که البته برداشت برخی اوستاشناسان این است که محوطه فوق باغ نبوده بلکه غاری بسیار بزرگ بوده است.
به حکم "لغونشدنی" اهورامزدا جمشید و انجمن آدمیانش مشغول ساخت این باغ از گِل شدند.
بی شک جمشید با کمک مستقیم ایزدان و تکنولوژی های برتر آنان، دور تا دور آن را با دیوارهایی به بلندی یک میدان اسب دوانی! محصور نمود و به دستور اهورامزدا(یعنی با نقشه ای که از سوی اهورامزدا ابلاغ شده و باید مو به مو به انجام می رسید) در آن نهرها و جوی ها جاری ساخت و ایوان ها و سرداب ها بنا نمود. خانه های آدمیان را در آن به شکل خاصی بنا کرد و برای اسبان و مرغان و سایر حیوانات اهلی طویله هایی در آن ساخت.
ارتفاع هر دیوار آن باغ هزار گام بود و حوالی آن چراگاهی قرار داده شده بود تا حیوانات مفید زمینی از آن بهره گیرند. اما سئوال اساسی اینکه چه جانوران یا موجوداتی قرار بود حذف شوند؟ ۱- نسناس ها؛ میمون های آدم نما که امروزه با نام نئاندرتال شناخته می شوند.
به جمشید از سوی خدای یگانه دستور داده می شود: زیباترین زنان و زیباترین مردان را در این باغ گرد آور و بقیه را بیرون آن رها کن تا بمیرند!!! ولی چرا؟ زیرا همانگونه که در بحث نژادپرستی مقدس به آن اشاره کردم گونه های مختلف میمون های آدم نما و آدمیان هبوط کرده از بهشت در هم آمیخته شده و چندان قابل تفکیک نبودند مگر به حکم رفتار و ساده تر از آن زیبایی! انسان های بهشتی بسیار زیباتر از نئاندرتال ها و گونه های دیگر نسناس بوده اند و این خود معیاری برای تشخیص آدم بودن بوده است(هیچ قومی آنگونه که یهودیان زیبایی پادشاهان آریایی را وصف نموده اند آن را وصف نکرده است! زیبایی آریایی های اصیل تا به اندازه ای بود که نژادهای دیگر را مبهوت و برتری را آشکار می ساخت).
این تفکیک براساس زیبایی تنها در آن دوران جایز بوده که نسل بشر در اثر کمبود منابع غذایی در حال انقراض بود و علاوه بر آن همه گونه های انسان هوشمند یا بهشتی هم در ردیف انسان های زیبا قابل طبقه بندی شدن بوده اند و نه اینکه جمشید براساس سلیقه شخصی خودش خوشگل ها را انتخاب کند! همینطور دلیل دیگر حذف موجودات طراحی ژنتیکی شده توسط جنیان، دیوزاده ها و آدمیانی بود که دیوها در خلقت آنان دستکاری هایی نموده بودند.
این برتری و مقایسه ظاهری چهره در بین خود افراد نوع بنی آدم معنا نداشته بلکه بطور کلی آدمیان به قول غربیون هیومن از دیگر حیوانات و از آن زمره، اشموخ تفکیک می شده اند.
از این رو چندان منطقی نیست که این قائله را برتری نژادی یا نژادپرستی تلقی کنیم چون

اشموخان اصلا نسبت به انسان حقیقی تافته ای جدابافته و از ریشه حیوانات برآمده از آب و به نقل اوستا گاو یکتا بودند(همه حیوانات همانگونه که قرآن فرموده از آب آفریده شده اند). امروزه به اثبات رسیده که تمام حیواناتی که در خشکی زیست می کنند از تنها یک نوع ماهی دوزیست که در اوستا گاو یکتا نامیده شده تکامل یافته اند ولی آدم و حوآ از جای دیگری به زمین انتقال پیدا کردند. به هر صورت باید پذیرفت که جمشید مسئول نوعی اصلاح نژادی و حفظ اصالت نژاد با از میان بردن غیرمستقیم اشموخان نیز بوده است. ۲- غول ها؛ فرزندان زنانی زمینی که از پدرانی جنی حاصل شده بودند، در تورات به آن ها بسیار اشاره شده که جثه هایی بزرگ داشته اند و در متون سرخپوستان و برخی قبایل باستانی دیگر آمده که اینان به هنگام تولد آنقدر بزرگ بوده اند که شکم مادرانشان را دریده و از آن خارج گردیده بودند. این موجودات همواره از پدرانشان بنا بر اسناد موجود در متون باستانی چون افسانه گیلگمش درخواست داشته اند که آن ها را مثل دیوان اصیل جاودانه کنند یعنی با خود از زمین ببرند و تکنولوژی در اختیار آنان قرار بدهند. بنای سازه هایی چون استون هیج و سازه های مگالیتی مشابه به آن ها منسوب است که این بناها در واقع فرستنده ها و گیرنده هایی کیهانی بوده اند. در تورات یکی از دلایل برپایی طوفان نوح نابودی کامل این موجودات که از همخوابی های ممنوعه یا بهتر بگویم آزمایشات ژنتیکی پدید آمده بودند عنوان گردیده است. در کتاب خنوخ آمده است که وقتی نگهبانان آسمان، یعنی برخی از نیروهای سازمان ایزدان، به تحریک شیاطین با دختران زیبای انسان نزدیکی کردند چنین موجوداتی حاصل آن تصمیم شوم بودند.

جالب تر از آن اینکه وقتی فرمانده این نگهبانان آسمان از فضا به زمین می آید آن ها را شدیدا توبیخ و سپس به فضاهایی غیرمسکون به نوعی تبعید می کند! در متون یونانی مربوط به الهگان المپ با صراحت قید شده است عمده زنانی که با زئوس نزدیکی نمودند بدون اینکه عملی جنسی صورت گیرد و تنها با لمس باردار شدند و بدیهی است که آنان میزبان کاملا بی اطلاع اسپرم های جنی و هرچه که زئوس کثیف تصمیم می گرفت در رحمشان رشد کند و در واقع یک موش آزمایشگاهی بوده اند و نه طعمه شهوت جنسی بلکه قربانی شهوت دانش لجام گسیخته. این غول های دورگه در یونان باستان قهرمانانی اسطوره ای و مقدس تلقی شده و پرستیده و تکریم می شده اند اما در ایران وضع برای ایشان کاملا به عکس بود! خدایان المپ نشین یونان به این محصولات! اعتماد نداشته و آن ها را همواره پست می شمرده اند.

در میان همگی این غول ها تنها هرکول را می توان یک قهرمان وارسته واقعی و ستوده صفات به شمار آورد که اتفاقا با همه خدایان و از جمله پدر خود، زئوس، دشمن بود و بنا بر پیشگویی پرومته تخت سلطنت او را واژگون نمود(یا اینکه در آخرالزمان چنین خواهد کرد). ۳- اژدهاگان(دایناسورهای منقرض نشده)؛ اژدهاگانی که بازماندگان دوره های پیشین بودند. آیا این موجودات می توانسته اند چیزی جز دایناسورهای نجات یافته از انقراض باشند؟ یکی از وظایف پهلوانان باستان به گواه شاهنامه و اوستا و هزاران سند باستانی دیگر در سراسر فرهنگ های باستانی کشتن این اژدهاها بوده است زیرا اینان نسبت به پستانداران بسیار برتر بوده و اشتهایی سیرنشدنی داشته اند. از سوی دیگر حتی دَم آنان آتشین و فاسد بوده است. این دَم آتشین به آن معنا نیست که آتش از دهانشان بیرون می آمده و در شاهنامه هم هرگز چنین

ادعایی نشده؛ طبق آخرین تحقیقات اثبات گردید که بزاق دهان دایناسورها حاوی آنزیم ها و اسیدهای اولیه ای بوده که استشمام آن سبب بیهوشی انسان و اکثریت پستانداران می شود و این حالت یعنی دم آتشین مورد اشاره را البته به شکل بسیار ضعیف تر در اژدهای کومودو که در اصل یک دایناسور است می توانید به عینه ببینید. در شاهنامه، در داستان جنگ اسفندیار و اژدها به وضوح مشخص گردیده که او از بوییدن زهر یا به قول درست تر بزاق اژدها چند ساعت بیهوش گردیده بود یا رستم دستان وقتی موفق به کشتن اژدها شد و به دلیل قدرت بدنی بی نظیرش از هوش نرفت، ولی مدهوش شده بود، صورت خود را در آب چشمه ای که کنام اژدها بود شست و تازه بعد از شستن صورتش و کمی نفس تازه کردن حالش طبیعی شد و فهمید که چه کار بزرگی به خواست خدا صورت داده است! گشتاسب وقتی در یونان به جنگ با اژدهایی می رود، در اثر استشمام بوی دهان آن اژدها اسبش بیهوش شده و خودش مدهوش و در حالت سرگیجه موفق به کشتن آن اژدها می گردد. این موجودات با نظم نوین اکوسیستم دوران پستانداران و هرم غذایی و ماهیت تکامل به کل ناهمگون بوده اند!
یکی از ایرادات نظریه تکامل این است که تمامی جانداران پیشین را نسبت به موجودات کنونی که از آن ها متکامل شده اند ناقص و در نتیجه ضعیف تر در سازگاری و دیگر مسائل زیستی تلقین می کند در حالی که کمترین نقصی در خلقت دایناسورها و یا مخلوقات دریایی پیش از آن ها مانند "خرچنگ نعل اسبی" که تا به امروز چون روز نخست پیدایشش باقی مانده وجود نداشته است و آنان نیز در عین ابتدایی بودن کامل بوده اند و همین مورد برتری فاحش اژدهاگان بر پستانداران اثبات می نماید که دلیل تکامل ضعف و نقص نبوده است. از نظر عقیدتی خدا موجودات را به گونه ای تکامل بخشید تا در گاه آفرینش و زندگانی انسان مناسب ترین شرایط را برای او فراهم آورد و ملاک این عمل از ابتدا شرایط آدمی بود.
علاوه بر مورد یادشده، منظور از اژدها در شاهنامه به یقین همان دایناسور امروزی و یک گونه وسیع جانوری است و نه فقط یک جانور خاص. وقتی در شاهنامه، بهرام گور به جنگ اژدهایی در هند می رود به او هشدار می دهند که این اژدها با بقیه فرق دارد و هم آبی است و هم خاکی! یعنی هم در آب و هم در روی خاک می تواند سریع حرکت و شکار کند. در طی یک تحقیق گسترده(برنامه مستند علمی در جستجوی اژدها) معلوم شد آنچه که در چین به عنوان پودر استخوان اژدها و دارویی شفابخش می فروشند در واقع استخوان های پودر شده فسیل چندگونه از دایناسورهاست! گذشته از این روایت باستانیان از اژدها و نقاشی های بر جای مانده از این موجود، البته نه نقاشی هایی که بعدها از روی نقاشی های اولیه با اعمال تغییراتی کشیده شد، کاملا واضح و مبرهن است که این موجود و حتی گونه های گوناگون آن جز دایناسور نمی توانسته اند باشند مثلا انگشت شصت پای عقب جانور تصویرشده توسط باستانیان تنها در دایناسورها به این شکل بوده و یا در پوزه این موجود(چه اژدهای فرهنگ های شرقی و چه فرهنگ های غربی) حالتی از منقار دیده می شود و اهالی دانش می دانند که دایناسورها اجداد پرندگان بوده اند و پوزه آنان حالتی از منقار را تداعی می کرده است.
گذشته از این در شاهنامه و یا هیچ کدام از متون اولیه راوی مشاهده اژدها حتی نخستین آثار چینیان باستان، ذکر نگردیده که این موجود پرواز کند یا آتش عینی از دهانش بیرون بیاید.

نکته جالب دیگر اینکه رستم دستانی که به عقیده فردوسی حکیم پدرش سخن گفتن با سیمرغ را به او آموخته بود می تواند در رویارویی با اژدها، با همان زبان با وی سخن بگوید! یعنی سیمرغ هم تافته ای جدابافته و فسیلی زنده مانند اژدها پس دایناسور بوده و هر دو موجود از یک تیره و سرشاخه اصلی بوده اند همانگونه که رستم و زال تنها از بین همه جانوران می توانستند با این دو سخن بگویند و حتی رستم با رخش همراه همیشگی خود هرگز ارتباط آوایی که مصداق هم زبانی باشد، نداشته است. سیمرغی که زال را برگرفت و پرورش داد به یقین یک جانور نبوده است اما مسئله جز این نیست که فردوسی با توجه به دانش گسترده و کاملی که در شناخت حیوانات داشت(مثلا او بارها در وصف پهلوانان می گوید فلانی دل شیر و زور ببر داشت! چه کسی در زمان فردوسی می دانست که ببر ترسو است ولی از لحاظ فیزیولوژی بسیار قوی تر و بزرگ تر از شیر می باشد؟) این دو، سیمرغ و اژدها را در یک تیره خاص یعنی اژدهاگان به شمار می آورده و داستان سخن گفتن رستم با اژدها را از آن جهت که وی با سیمرغ هم می توانسته سخن بگوید تصور کرده یا پذیرفته است. سام فرزند نوزاد خود را برای آنکه بمیرد رها ننمود بلکه در اصل وی را در نزدیکی محل زندگی جنیانی سفیدمو که در فرهنگ های باستانی سرخپوستان به ویژه در پرو به آنان با نام "برادران آسمانی" اشاره شده است قرار داد و به احتمال قوی تر مستقیما به دست ایشان سپرد چون تصور می کرد از آن هاست و بعدها توسط آن جنیان و نه در خواب از سلامت پسرش آگاه شد. چطور ممکن است سیمرغ یک پرنده بوده باشد در حالی که او سزارین را برای نخستین بار در زمین اجرا نمود و رستم را به دنیا آورد؟ چگونه امکان دارد زال نوزاد در لانه یک پرنده رشد کرده باشد و با نوشیدن خون حیوانات به جای شیر!!؟ چطور سیمرغ به عنوان یک حیوان چنان دانشی داشته و کیفیت مرگ اسفندیار در علم الهی را می دانسته!؟ اگر زال با یک پرنده عظیم الجثه ارتباط داشت پس چرا همه دشمنانش و توده ناآگاه وی را که البته یکی از پهلوانان برگزیده کیان بود، از سر دشمنی جادوگر و جن گیر خطاب می کردند؟ چطور می شد که بلافاصله پس از آتش زدن پر سیمرغ او در آنی ظاهر می شد؟ و همانگونه که مطرح شد، چگونه از اسرار کائنات و سیارات دیگر و حتی دیوان مازنی اطلاع داشت؟ تمام استناداتی که به آن ها اشاره شد در شاهنامه وجود دارند و فردوسی بزرگ به دلیل آنکه بسیاری از مسائل را تمییز نمی داده و اساسا وقت چنین کاری را نداشته تمامی روایات موجود را به آیندگان منتقل نموده است، مثلا خود او می سراید که اسفندیار پس از مشاهده شفای یک شبه رستم به واسطه دانش پیشرفته سیمرغ می گوید: پس شایعه جادوگر بودن و ارتباط با جنیان در مورد زال درست است! مشاهده می کنید که ماهیت واقعی سیمرغ در نامه باستان(شاهنامه) موجود و قابل کشف است و شاید فردوسی عمدا آن را مستور کرده باشد. بنا بر گزارشات بی شمار معتبر تاریخی موجود نمی توان شک کرد که پرندگان عظیم الجثه بسیاری در طول تاریخ بشر وجود داشته و مشاهده می شده اند که یکی از آنان سیمرغ مورد ادعای ایرانیان بوده است اما انتخاب این نام برای جنیان موسفید مذکور دلیل دیگری دارد.

قبایل کهن سرخپوستان به ویژه در محدوده کشور پروی کنونی عقیده دارند که برادران آسمانی سفیدمو از آسمان به همراه اسباب پرنده نورانی خودشان فرود آمدند و به ایشان

مراسمات آیینی سرخپوستی را آموختند که تا به امروز به شکل نخستین حفظ شده است. یعنی این جنیان موسفید به خود پر وصل می کرده اند و این عمل بخشی از باور مذهبی ایشان بوده است و به همین دلیل ایرانیان ایشان را سیمرغ نام نهادند و حتی دقیقا از پر سی گونه پرنده در لباس آیینی و مقدس خود استفاده می کرده اند(مانند آیین های سرخپوستی)! ببینید تا چه اندازه ایرانیان جمی با ذکاوت و خردمند بوده اند. جنیان مورد ذکر برخلاف اکثریت گونه های دیگر جنی قامتی بلند داشته و کوتوله نبوده اند و موارد بسیاری در تاریخ کهن اقوام گوناگون وجود دارد که یاری رساندن ایشان به بشر، امثال داستان زال را شهادت می دهند گرچه همین دیوان سفیدموی تنومند در متون ژاپنی بسیار ترسناک و آدمخوار نقش شده اند! از این رو همان رسم آتش زدن پر برای احضار سیمرغ فردوسی یا بهتر بگویم برقراری ارتباط صوتی تصویری با وی را هنوز در فرهنگ های باستانی سرخپوستان می توانید به عینه و بدون کمترین تغییری از آنچه که در شاهنامه و ماجرای زال و سوزاندن پر گزارش شده است ببینید؛ همان آتشدان و همان طریقت آتش زدن پر در باد و مراسمات پیرامونش را و مسلم است نتیجه ای که برای زال حاصل می شد از آتش زدن هر پری حاصل نمی شود! جالب تر اینکه بسیاری از قبایل کهن و اصیل سرخپوستان برادران سفیدموی آسمانی خود را "عقاب بزرگ" که مناسب ترین نام مشابه سیمرغ است خطاب کرده و از پرندگان می دانند! مورد دیگر در مبحث اژدها اینکه اگر این موجود(اژدها) جانوری تخیلی بود هرگز در قرآن به آن اشاره نمی شد، عصای موسی به اژدها تبدیل می شود و قرآن برای مشخص شدن موضوع فقط به نام اژدها به عنوان اسم خاص اشاره می کند و هیچ توضیح اضافه ای نمی دهد و توصیفی ارائه نمی کند. مردم دوران پیامبر دقیقا می دانسته اند اژدها چطور موجودی و چه شکلی است و خدا مانند اینکه از حیوانی واقعی در قرآن نام ببرد از اژدها نیز نام برد. علاوه بر این همانگونه که پیش تر اشاره شد خداوند هرگز در کتب آسمانی خود اصطلاحی را به کار نمی برد و یا داستانی را مثال نمی آورد که برای مخاطبین اولیه اش ناشناخته باشد. این موضوع روشن می سازد که از میان همه دایناسورهای باقی مانده از عصر یخبندان فقط یکی از گونه ها که بی اندازه مخوف بوده و حتی حضرت موسی از دیدن آن به لرزه می افتد(بزرگی و خارق العاده بودن حماسه اژدهاکشی ابرپهلوانان باستان ما را از این رویداد یعنی ترس یک پیامبر از حتی لمس کردن دُم اژدها درک کنید) مصداق کامل نام اژدها بوده و پراکندگی بیشتری هم داشته و طبق متون باستانی همه ملل عمری بسیار طولانی داشته است. به هر شکل اقدامات جمشید صد در صد نمی توانسته باعث نابودی کامل و پاکسازی این سه مزاحم ناهمگون با نظم آفرینش و طبیعت نوشده آدم محور شود و بدیهی است که شماری از این موجودات باقی مانده و در دوره های پس از آن به دست پهلوانان پارسی قلع و قمع گردیدند و البته اسطوره این دلاوری ها توسط غربیون سرقت گردید و به شوالیه های صلیبی که کپی های بسیار ضعیفی بودند نسبت داده شد. این مطلب اژدها را فقط برای این آوردم و توضیح دادم که آریایی ها بدانند شاهنامه افسانه نیست و اسطوره هایشان غیرعقلی نیستند. یسنا: کردهِ۳۲: "۸- از همین گناهکاران است جم!!! پسر ویونگهان، کسی که از برای خشنود ساختن مردمان گوشت خوردن به آنان آموخت..." این قطعه می رساند که تا زمان

پادشاهی جمشید خوردن گوشت حرام بوده و خلافی سنگین برای انسان های بهشتی! با مطالعه روایات و قطعات مربوط به جمشید به این نتیجه می توان رسید که ایزدان رفته رفته با او دچار مشکل شده و به تقابل رسیده اند(همین مسئله خوردن گوشت در این قضیه بی تاثیر نبوده زیرا ایزدان خوردن گوشت و اساسا کشتن موجودات دیگر را حداقل در ظاهر حرام می دانسته اند، در کتاب مردگان مصریان آمده که وقتی خدا جنیان را آفرید به آنان گفت: بروید و هرچه می خواهید بکنید فقط جانداری را نکشید). در آیه هفتادم سوره هود به وضوح به این مسئله اشاره شده است که رسولان جنی فرستاده شده به سوی لوط نبی که با حضرت ابراهیم دیدار کردند چه رفتاری در برابر گوشت از خود نشان دادند و جالب اینجاست که در همان جمله به این موضوع پرداخته شده که ابراهیم خلیل از دیدن اینکه مهمانانش گوشت نمی خورند ترسید و بیمناک شد یعنی بلافاصله دانست آن ها جنی هستند. باید یادآوری کنم هیچ سندی در قرآن مبنی بر فرشته بودن رسولان فوق وجود ندارد و خداوندگار یکتا همانگونه که از انسان های مومن به عنوان رساننده پیامی و یا وسیله نزول رحمت و عذاب استفاده می کند به جنیان مومن نیز وظایفی را می سپارد و مقاماتی را اعطاء می نماید که این به معنی نبوت نیست بلکه فقط انجام رسالتی موردی و خاص مانند رساندن پیام یا نازل کردن عذاب است. بعلاوه همانگونه که در قرآن بارها تاکید شده فرشتگان دارای جسم به طریقی که ما تصور می کنیم نیستند و نمی توانند باشند و از سوی دیگر خدا چرا باید در داستان مذکور فرشتگانش را دائما رسول خطاب کند و چون سایر قصص قرآن حتی برای یک بار مَلَک بودن آنان را گوشزد ننماید؟ گذشته از این خدا همواره در فرقان افعال فرشتگان را از آن جهت که مامور اجرای دستورات اویند و مو به مو به آن ها عمل می کنند فعل خود به حساب می آورد و مثلا نمی گوید فرشتگان من گفتند یا فرشتگان من اصحاب کهف را در اعجاز خواب از پهلویی به پهلوی دیگر می گرداندند(تا زخم بستر نگیرند) بلکه می فرماید "من گفتم و من می گرداندم". از این رو بی شماری از عذاب های الهی با دستور مستقیم خداوند توسط جنیان مومن رقم خورده اند و این هیچ منافاتی با قدرت بدون نیاز به سبب و وسیله خدا ندارد زیرا حضرت حق به مومنان جنی و انسی به واسطه انجام این قبیل وظایف فرصت طاعت می دهد و حتی از موقعیت عذاب بستری برای ابراز بندگی و پس دادن آزمون می سازد(در همین سوره هود به آیه هفتاد و سوم دقت کنید که در آن به طریقی بی مانند به الطاف خداوند به اهل بیت نبوت اشاره شده است، این عمریان چطور متن صریح قرآن را می خوانند و چنین مفاهیمی را در آن نمی فهمند و نمی بینند؟). بسیاری از داستان هایی که در مورد جمشید در اوستا وجود دارد سراپا تحریف اند و مانند کیکاوس و گرشاسب او هم در اثر مخالفت و درگیری با الهه های جنی و "فکر کردن به برتری بشر" مورد بی مهری و دشمنی ایشان قرار گرفته بود. محال است جمشیدشاه بطور خودسر و بدون اذن پروردگار یکتا خوردن گوشت را حلال و جایز دانسته باشد اما مسئله اینجاست که پذیرش این موضوع از چشم ایزدان گران می نمود. چگونه ممکن است ضحاک ماردوش یک شبه به لشگر انسی و جنی جمشید فائق آمده باشد مگر اینکه ایزدان دست از اطاعت وی برداشته و یا نسبت به او بطور غیرمستقیم و مثلا با عدم حمایت دشمنی کرده باشند؟ کافر شدن و کبر یافتن جمشید هم سراپا دروغ می باشد و او

مانند کیکاوس و گرشاسب از همه شخصیت های شاهنامه والاتر و یکتاپرست تر بوده است. مگر نه اینکه کافر شدن به خدایی ایزدان جنی عین توحید است؟ بحث اینجاست که جمشید هم شبیه به سلیمان نبی به نوعی برتری نسبت به جنیان دست یافته بود و همانند سلیمان مورد هجمه بیشترین و بدترین تهمت ها به ویژه از سوی جن پرستان و جهودان قرار گرفته است. شجاعت و جسارت جمشید نسبت به ایزدان و برتر دانستن انسان بهشتی از آنان و افزون خواهی هایش برای راحتی بیشتر آدمیان همواره سبب جوشش خشم جنیان می شده است. چگونه ممکن است اهورامزدا به جمشید ابتدا از زرتشت رسالت او را پیشنهاد کرده باشد(که نشان دهنده مقام بسیار والای اوست) و در آخر عمر، جمشید کافر شده باشد و خود را خدا دانسته باشد!!؟ این احمقانه ترین تهمتی است که می توان به کسی نسبت داد که با وحی بطور مستقیم با خدای یگانه در ارتباط بوده است و ممکن نیست چنین کسی خودش را خدا بخواند. ارت یشت: کردهِ۴: "۲۷- ارت نیک را ما می ستاییم... کسی که چرخ های گردونه اش خروشنده است... ۲۸- او را بستود جمشید... ۲۹- و از او درخواست کرد این کامیابی را به من ده... که من از برای آفریدگان مزدا گله پرواری مهیا سازم **و من از برای آنان بی مرگی و زندگانی جاودانه آورم.** ۳۰- و که من از آفریدگان مزدا(به یقین منظورش خود خداست و نه دیگری) گرسنگی و تشنگی را دور بدارم و در مدت هزار سال، باد سرد و گرم را(حتی) دور بدارم." جمله بسیار تکان دهنده در آخرین سروده آن است که به مدت هزار سال اشاره می نماید و بی تردید شما را به یاد آرزوی رایش سوم مبنی بر حکومت هزارساله آریاییان انداخت، مشابهت اتفاقی نیست زیرا هیتلر از همین متون و باور به بازآفرینی جم رو ییده بود. دیگر اینکه در سروده فوق مشهود است که جم همواره در پی به دست آوردن دانش پزشکی مشهور خاص ایزدان یعنی عامل زندگی طولانی آن ها و چیزی که از همه دریغ می دارند، همان خواسته جاودانگی غول ها از پدرانشان، برای به کارگیری در مورد بشر بوده است. مطابق اوستا خدمات جمشید به انسان ها تا به آن پایه رسید که با کمک دانش جنیان پدر و پسر در دوران او پانزده ساله به نظر می آمدند و مردم از سلامت کامل برخوردار بوده اند. در اوستا ذکر شده که جمشید سخن دروغ و شرک آلود بر زبان راند و از ترس دشمن خود به زمین پنهان شد. علاوه بر اینکه یک کودتای داخلی در ساختار حکومتی نظام جم صورت گرفت و متحدان جنی و انسی نیز خیانت نمودند و شرک گفتن یک تحریف است در جمله مهم فوق باید توجه کرد که به زمین پنهان شدن به معنی این است که درون زمین و در تونل ها و شهرهای مخفی باستانی زیرزمینی دیوان که همه آن ها را بلد بود پنهان گردید و دلیل گریز وی نه ترس بلکه تلاش برای تشکیل نیروهای جنی و انسی تازه ای در زیر زمین بوده است. ضحاک که خود فرمانده یک دروگ قدرتمند بود با کمک و یاری گردونه های پرنده بسیار اهریمن و سکوت ایزدان او را به دست یکی از هم پیمانان عضو اهریمنش که صاحب سفینه ای سریع بود پس از جنگی که میان دو گروه، یعنی گردونه جمشید و دروگ ها درگرفت کشت. از این رو ضحاک در اوستا بیمُوکِرنت یعنی به دو نیم کننده شاه جم و پادشاهی جم، دوران خوشی جهان و راحتی زندگی آریاییان خطاب می شود. اسباب پرنده جمشید به دو نیم گردید و در دریاچه ای سقوط کرد و همین مرگ قهرمانانه جم سبب شد دو نیم شدن ابرکشور

آریایی نیز با کیفیت کشته شدن شخص پادشاه ادغام گردد. در اوستا تاکید شده که جمشید در میان درختی پرنده بود! که توسط دروگ ها به دو نیم قسمت شد و موبدان زرتشتی برای عوام فهم کردن مطلب به آن اضافه کردند که عمل نصف کردن این درخت با اره صورت گرفته است! در صورتی که نه فقط در متون باستانی ما بلکه در تمامی تمدن های کهن مرتبط با جنیان از جمله فرهنگ های اروپایی از "درخت های پرنده" فراوان سخن به میان آمده که مناسب ترین وصف برای سفینه های استوانه ای شکل می تواند باشد و به استناد نقاشی های برجای مانده قرون وسطایی از نبرد سفاین اجرام لوله ای و استوانه ای پرنده منظور نظامی داشته اند یعنی جمشید در یک گردونه نظامی و در آخرین دفاع خود به شهادت رسیده است.

هنگامی که سرنوشت اوستا به دست "آن قوم" افتاد، تلمودیان دربار ساسانی با صهیونیزه کردن هرآنچه که از این متن باقی مانده بود داستان دو نیم شدن درخت پرنده جم در آسمان را با ماجرای دو نیم کردن حضرت زکریا در میانه درخت که آن هم از افتخارات تاریخی خود ایشان در کشتن پیامبران الهی است! ادغام و یگانه نمودند و مقاومت تا دم آخر شخص جم که تنها با شلیک مستقیم دروگ ضحاک درهم شکست را با تحریفاتی بسیار زننده معدوم ساختند. با جایگزین کردن این داستان آنان سعی داشتند بگویند هرکه در میان درخت به دست اهریمن و نه خود ما! به دو نیم شد، در کل تاریخ، گناهکار و مجرم و خودش مقصر بود و در واقع با تحریف چهره جمشید تحریف داستان حضرت زکریا و تبرئه خودشان را هدف گرفته بودند.

باری، جمشید و همه آرزوهای پایان ناپذیرش برای جاودانگی و برتری نهایی نه فقط نژاد آریایی بلکه تمامی انسان ها بر دیوان و حتی ایزدان، بالاخره مهمان خاموشی خاک شد...

دوران هفتصد ساله جم و حکومت جهانی و کیهانی آریاییان که از دوره تهورس(طهمورث) نوای آن به گوش می رسید با سقوط گردونه جمشید بزرگ در دریای چین پایان پذیرفت و اینگونه بود که جام جم که ابزاری بسیار پیشرفته بود و با جام جهان بین کیخسرو نباید یکی دانسته شود و بسیاری دیگر از مهم ترین دستاوردهای تکنولوژی جم در دل دریا آرام گرفتند.

از این بین "فر پایان ناپذیر(منبع انرژی بی خلل)" یا به سخن من "اشک سرخ" و شماری دیگر به چنگ ایزدان افتاد و چندی در همان محل سقوط و یا مخفی کردنشان که عمدتا تونل های زیر دریاها و دریاچه ها می باشد به واسطه دوراندیشی جم دست نخورده باقی ماندند.

این فر پایان ناپذیر که توسط جمیان و شاید در آخرین لحظات سقوط نهایی در یک گردونه سریع قرار داده شده بود بطور دائمی در حال حرکت و فرار از دست دیوان بود و بر سر فرآیند تصاحب آن بیشترین درگیری ها میان دو ابرسازمان اهریمن و ایزدان صورت گرفت.

ابرسلاح تهمورس(که پیش تر به آن اشاره شد) به سه بخش تقسیم گردید، یکی از بخش ها در دست کیان بود که آخرین بار نزد کیخسرو مشاهده و گزارش مستند شده و دیگری در دست نریمانیان که واپسین مرتبه نزد رستم دستان و در نبرد با اکوان در تاریخ روایت شده است. اما قسمت سوم این ابرسلاح سه پاره شده نزد جم و شاید در گردونه پرنده خود او قرار داشت و این بخش برای ضحاک یا کس دیگری که از اصل ماجرا و مکر جمشید برای به دست اهریمن نیفتادن این سلاح خاص بی خبر بود نمی توانست جذابیتی داشته باشد چون بدون دو عضو مفقود دیگرش هیچ ارزشی نداشت. یعنی در واقع بدنه اصلی ابرسلاح که بخش سنگین

تر آن نیز بوده در گردونه جم قرار داشت و دو بخش تهاجمی آن در دست دو خاندان اصلی پهلوانان محفوظ بود. هر یک از این دو بخش به تنهایی قابل استفاده و بسیار هم موثر بوده اند به ویژه رستم بزرگ در نبرد با دیوان کهن مازنی تنها با همین گرزه سام توانست کاری از پیش ببرد اما نتیجه یکی شدن هر سه بخش ابرسلاحی خواهد بود که هیچ دیوی توان برابری با آن را ندارد. در متون باستانی ما به صراحت قید شده که هر یک از این دو سلاح سنگین مقدس در گوشه ای پنهان اند و در آخرالزمان توسط منجی و یا یاران او یافته خواهند شد و در نهایت با قسمت سوم یکی می گردند. خاندان های آریایی اصیل یادشده یعنی "کیان و نریمان" بزرگ ترین وظیفه ای که بر دوش داشته اند حفظ و حراست از این دو امانت بوده و هرگز آن ها را حق و ارث خانوادگی خود نمی پنداشتند و در شاهنامه هم به روشنی اشاره شده که کیخسرو(کوروش بزرگ) چطور یادگاری های تکنولوژیکی باقی مانده از دوران جم از جمله تخت حکومت کیهانی(با تصویر ستارگان و سیارات مسکون عالم بر روی بدنه اش) که نباید با طاقدیس خسرو پرویز اشتباه شود(خسرو پرویز برای آنکه خود را ادامه دهنده راه کیان تلقین کند دستور داد براساس توصیفات تخت "تاکدس" یا به شکل درست تر "تکدیس جم" که آخرین بار در دوره کوروش مشاهده شده بود تختی به همان نام بسازند و تا می توانند اشیاء تکنولوژیکی چون ساعت! و نقش های عجیب ستارگان و ... به آن بیفزایند که با همه این تفاسیر جز کاریکاتوری از دانش های جم نبود زیرا بطور نمونه تکدیس واقعی یک سپر حفاظتی نامرئی دورادور خویش ایجاد می نمود. این سپر حفاظتی مورد اشاره من را می توانید در داستانی اروپایی یعنی بیوولف بیابید که به احتمال بسیار قوی از اساطیر ما سرقت ادبی شده است؛ آنجا که مادر گرندل که یک جن بود و در پایان به وسیله سلاحی بیگانه و به دست بیوولف کشته شد، به قصر پادشاه حمله می کند و با توجه به برتری تکنولوژیکی خود همه افراد آنجا را قصابی می نماید در حالی که پادشاه بر روی تخت خود نشسته بود! و مادر گرندل حتی نمی تواند به او نزدیک شود! خود گرندل یکی از غول هایی بود که در اثر ادغام ژنی و یا آمیزش جن و انس پدید آمده بود. بسیار بسیار جای تاسف دارد که ما نه افسانه ها بلکه تاریخ خود را باید از متون غرب که همگی مجموعه هایی از سرقت ادبی از ثروت های واقعی ما ایرانیان هستند بیرون بکشیم) و گرزه مذکور(یکی از سریت ها) و شماری دیگر را می آراست و مراقبت و حتی شخصا تعمیر، تمییزکاری و خوشبو می نمود تا روزگاری به دست منجی برسند. این گنج دانش و ابرابزار! توسط کیخسرو در کتابخانه ای در زیر دریاچه هامون پنهان گردید و وظیفه حفظ آن تا اندازه ای گران بود که حتی به داریوش سپرده نشد!!! رستم نیز آنگونه که تصور می شود عمل نمی کرد و گرزه سام را تنها در نبرد با دیو استفاده می نمود و در طول عمر پانصد ساله اش شاید فقط سه مرتبه آن را از مکانش خارج ساخت.

و اما ضحاک! در روایات باستانی اعراب آمده نه دو مار بلکه دو زائده متورم گوشت اضافه پس از آنکه دوست جنی اش که مدت ها با یکدیگر همراه، همرزم و هم بزم بودند و نه خود شیطان شانه هایش را بوسید از آن ها رَست. آنگاه از مغز سر انسان پمادی باید تهیه شده و بر رویشان نهاده می شد تا دردشان کمتر گردد. از آنجایی که این زائده ها از گوشت تن خود ضحاک بودند این امکان وجود نداشت که مثلا هر روز بریدشان(بعلاوه اینکه در صورت

بریدن دوباره رشد می کردند) و همینطور اگر از پماد یادشده استفاده نمی شد این دو زائده به سمت مغز او، از روی شانه ها و گردن و از رو و داخل پوست، رفته رفته رشد می کردند و از گوش به سمت مغز امتداد می یافتند(البته شاید تمامی ماجرای ماردوش بودن ضحاک افسانه ای بس هوشمندانه بوده باشد برای جلوگیری از سربازگیری وی در ایران یا شاید منظور شستشوی مغزی جوانان توسط سوفیست هایی چون شیدرنگ که مورد حمایت ضحاک قرار داشتند بوده باشد). داستان تازی فوق از قصه مورد تایید فردوسی بسیار منطقی تر می نماید چون در خود شاهنامه مستندات بسیاری وجود دارند که صدق روایت عربی را تایید می کنند. گذشته از این امکان دارد ماردوش بودن ضحاک اصلا ارتباطی به خود او نداشته باشد چون در اوستا توصیفاتی از گردونه پرنده متعلق به او با نام "ضحاک" شده که سه پوزه یا دهنه و سر، یا اسلحه با شکلی شبیه به مار داشته است و شاید حتی نام خود فرمانده و انسانی که مدیر اجرایی سازمان اهریمن در زمین بوده ضحاک نبوده باشد و همانگونه که بسیار محتمل است این نام برگرفته از صدایی باشد(شبیه به خندیدن گوش خراش و آزاردهنده) که به هنگام پرواز کردن گردونه پرنده فوق به گوش می رسید. اما دیوانی که از آن ها با نام سربازان پیاده ضحاک یاد شده چه کسانی بودند؟ سیاه پوستان! در آن زمان این افسانه سر زبان ها بود: نزدیکی دختری جوان با یک دیو و همینطور مردی جوان با یک پری سبب تولد طایفه سیاهان زنگی گردیده است! ولی واقعیت تاریخی این است که سیاهان آفریقا تا پایان سلطنت ضحاک پلید در ایران حضور داشتند و در دوره استیلای فریدون از ایران زمین رانده شدند(پیش از خسرو تخت تاکدس جم نزد فریدون به امانت بود). مردمان ایران باستان به واسطه پیشینه تاریخی خود و دستورات متاخر دینی مبنی بر حفاظت از اصالت گوهر یا به قول امروزی ژن های انسان بهشتی حتی کل آن نژاد تیره بخت را در ردیف همان اشموخان قبل از جمشید تصور نمی نمودند و اساسا پلید و دیو و فراتر از همه به دلیل جنایاتی که به دست ایشان در ایران زمین رقم خورد خود شیطان(اهریمن) می پنداشتند! این زیاده روی به آن خاطر رخ داد که ایرانیان باستان طریقت و ادب و کمالات انسانی را ملاک قضاوت قرار نداده و بدون توجه به تفاوت عملکرد و عقاید مختلف سیاهان با یکدیگر به ظاهر متفاوت آنان استناد کردند در حالی که آن ملاک قرار دادن ظاهر برای شناخت آدم از غیرآدم تنها در دورانی منطقی و در نتیجه خدایی و درست بود که رفتار میمون های انسان نما هم موید این موضوع می شد و نیازی به اثبات حیوانی بودن و نه انسانی بودن رفتار آن موجودات اساسا احساس نمی شد(کدام اشموخ از اینکه میمون خطابش کنند ناراحت می شد؟ ولی سیاهپوستان امروزه هم این نوع خطاب کردن را بدترین فحش و زشت ترین توهین می دانند. در بین سیاهان نیز هرآنکه شعور پوشیدن لباس و شرم بشری نداشته باشد اشموخ است. عقده و بغضی که تجاوز سیاهان ضحاکی به مهد آریاییان تولید نموده بود گاها از جایی که حتی تصورش سخت بود با فاصله زمانی چند هزاره یعنی از زبان نئونازیسم فوران می کند). اغلب گونه های نسناس مانند انسان ها می توانستند سخن بگویند ولی طبق اسناد موجود هرگز مغز معانی جملات را درک نکرده و توان این کار را نیز نداشتند(به همین دلیل به افراد گنگی که درست نمی فهمیدند چه می گویند در عربی احمق که برگرفته از اشموخ بود

اطلاق گردید) همینطور نمی توانستند برنامه زندگیشان را تغییر دهند و برخلاف غرایضشان قدمی هرچند کوچک بردارند یا تافته ای جدابافته از سایر همنوعان خود و دارای اراده باشند.
باری، اگر این موارد را ملاک قرار دهیم متوجه می شویم که اشموخان فاقد روح زیادی در اطرافمان زندگی می کنند که وامدار انسان بهشتی نیستند و سیاه و سفید بودن ملاک نیست.
احتمال دارد که روزی دو جوان ایرانی را قربانی کردن و مغز سرشان را به مارها دادن، کلا دروغ پردازی و تحریف باستانیان باشد زیرا علاوه بر اینکه چنین کاری منطقا ناممکن بوده و هست! و کل جوانان ایران زمین با توجه به جمعیت قلیل جوامع بشری در آن روزگار باید طی این ماجرا کشته شده باشند(که البته چنین هم نشده) ایرانیان ضحاک را پیوسته پادشاه خود و البته به ناروا یکی از شاهان پیشدادی قلمداد می نموده اند و تنها از اینکه وی قوانین خداوندی و سنن آریایی را به تمسخر می گرفت(یکی از معانی نام ضحاک این است) و در پیرامون پردازش مرام عصبیت و نژادپرستی خویش دور می زد از گرد او پراکنده شدند(از دیگر معانی که برای نام یا صفت ضحاک ارائه شده اژی دهاک یا همان اژدها می باشد که اشاره ای مختص به شکل گردونه او و نماد سازنده اش بود. فن آوری دو ابرکمپانی فضایی یادشده با دو نماد اژدها و سیمرغ شناخته می شد و از این رو رستم که فرزند زال پرورش یافته به دست کمپانی سیمرغ نشان و دختر نواده ضحاک پرورده کمپانی اژدهانشان بود تنها ثمره مشترک و حاصل وحدت تکرارنشدنی تاریخی سیمرغ و اژدها در شاهنامه نام گرفت).
چطور ممکن است که هر روز دو جوان ایرانی جلوی چشم همگان در آن دوران پهلوانی و پهلوانان از جان گذشته بی شمار و سربدارانی چون آبتین، بی هیچ گناهی قربانی شوند و کسی قیام نکند و تازه کاوه هم وقتی می شورد که پسرانش به سرنوشت دیگر جوانان دچار می شوند! محال ممکن است و شک نکنید که کاوه آهنگر چنین شخصیت ضعیفی نبوده است.
چرا پس از اشغال ایران زمین فقط یک نفر(یعنی آبتین پدر فریدون) توسط ضحاک اعدام می شود در حالی که باید حمام خون راه می افتاد؟ چرا ایرانیان دلیر در برابر استیلای ضحاک مقاومت نمی کنند و به جای این کار، جوانانشان را به مانند گوسفند قربانی تقدیم او می کنند!؟ مگر از مرگ خود و نوگلانشان قرار بود اتفاق بدتری بیفتد؟ یا چرا دختران جمشید همسری ضحاک را پذیرفته و مثلا خودکشی نکردند یا اینکه در خواب او را نکشتند؟ آیا ممکن است آنگونه که اوستا می گوید ضحاک می خواست نوع بشر را منقرض کند؟ منظور از انقراض نوع بشر تنها اشاره به تلاش ضحاک مبنی بر عمل به وظیفه ای که از جانب سازمان اهریمن در جهت پایمال کردن خون انسان بهشتی به وی سپرده شده بود دارد و از همین روست که پلیدانی چون شیدرنگ از سوی او ماموریت می یابند تا برای نخستین بار نظریه تکامل انسان از میمون را تبلیغ و تلقین نمایند و علاوه بر زیر سئوال بردن بنیان ایمان و اعتقاد به خدای یگانه، ایرانیان اصیل و پاک مانده را به نزدیکی با اشموخان و اشموخ زادگان تشویق کنند.
ضحاک هرچه که بود و به یقین هم موجود پستی بود چون به راه انداختن حرمسرا و زنده به گور کردن دختران و بسیاری از بدعت های شیطانی از این دست را او برای نخستین بار بنیان نهاد و به ایرانیان و اعراب آموخت و افتخار می نمود که از گماشتگان سازمان اهریمن است! تا این اندازه که در اوستا آمده از ابتدا نمی توانسته بد باشد و مردم پهلوان صفت ایران

و ایزدان هم سالیان سال تحملش کرده باشند بلکه به عقیده من اشاره به خوردن سر جوانان تنها تمثیلی است که برای توصیف کلاس های شستشوی فکری جوانان ایرانی که با تظاهر به فلسفه و دانش محوری و البته بسیار هوشمندانه و پرهزینه صورت می گرفت استفاده می شد. گذشته از این، مگر پیشه و هدف ابدی سازمان اهریمن گمراهی انسان و نه نابودی او نیست؟ در اوستا آمده که ضحاک به دیدار ایزدان(جنیان مومن نامدار و قدرتمند، همان ایزدانی که تا دیروز عاشق و معشوق ایرانیان بوده و امروز سکوت کرده بودند و شاید از پیشرفت و زیاده خواهی دیوانه وار بشر ترسیده بودند) می رفته و با آن ها گفتگو و مباحثه می کرده است.

مهم ترین مسئله ای که باعث شک ما به واقعی بودن روایات اوستا می شود این مطلب است که باستانیان ضحاک را پیوسته از زمره پادشاهان پیشدادی به حساب می آورده اند و نه یک بیگانه اشغالگر و قدرتی خارجی و تحلیل غالب در شاهنامه و اوستا و متون و کتب تازه تالیف چنین است. اگر این امر طبیعی است پس چرا افراسیاب که دوازده سال!!! بر کل ایران و در دوره هایی دیگر بر قسمت هایی از سرزمین ما حکم رانده همواره و به عمد در اوستا و شاهنامه تورانی یا با عناوینی مشابه خطاب می شود چه رسد به اینکه شاه پیشدادی تلقی شود؟

ضحاک واقعی بیش از هر چیز یک فیلسوف منحرف درست همانند شخص شیطان بوده و حمایت کامل وی از سوفیست هایی چون شیدرنگ که خود را راس فلسفه زمان می دانسته اند و حملات متعدد فلسفی به بنیان اندیشه های آریایی در دوران او این مهم را اثبات می نماید.

او پدر و مولای همه کسانی است که از دوران ضحاکی تا به امروز خودشان را روشنفکر به حساب می آورند و بدون آگاهی از دانش ژنتیک و فیزیولوژی بدن انسان باور آرياييان به بهشتی و الهی بودن آدم را به مضحکه گرفته، صفت "ضحاکیت" را افتخار خویش می دانند.

خط قرمز عقیدتی شیعه تنها این مسئله است که کسی نباید در مورد چیزی که از آن هیچ نمی داند و نمی فهمد اعمال نظر کند و حتی این ابراز عقیده در موضوعات حساس و قدسی، برای صاحبان اندیشه چه کافر و چه مسلمان می بایست در فضای دانشگاهی و تخصصی صورت بگیرد نه اینکه با جار و جنجال یکپارچه سعی شود عوام را نسبت به حقانیت دین بدبین نمود.

از سوی دیگر در روایات باستانی به این موضوع اشاراتی شده که ضحاک برای تضعیف روحیه ملی و اعتقادی ایرانیان همواره جشن هایی انسان محور را برای توهین به باورهای پهلوی و شکستن غرور مذهبی مردم ترتیب می داد و ایرانیان باستان که به غلت تصور می کردند با توهین به ایزدان یا خدای یگانه خاطی در دم عذاب می شود(و ضحاک نمی شد!) انگشت به دهان و گنگ مانده بودند و شاید همین ضعف ایدئولوژیکی دست و پایشان را تا قیام کاوه که اصالت را با عدالت می دانست و نه هیچ باور دیگری مثلا اذن ایزدان و موبدان و حتی کسب اجازه و رخصت از پهلوانان و پیران، سست کرده بود. اینکه یک چرم سرخ و کهنه آهنگری را که نماد کارگری و شرف و تنگدستی است بر سر نیزه کنی و نه پارچه ای زربفت یا تبرک شده توسط خدایان و اشراف را چه معنایی می توانست داشته باشد(کاوه را باید در طراحی و پرورش اندیشه ای که به ظهور مزدک منجر شد مهم ترین چهره دانست)؟ جالب اینکه درفش کاویانی که نماد سادگی شرف بود در حکومت ساسانیان و حتی محمدرضا پهلوی با یک شی بیگانه جواهرکاری شده ساخته شده از طلا تعویض شد و در شاهنامه نیز

به این تلاش شاهان برای اشرافی جلوه دادن قیام کاوه و تصاحب درفش او اشاره شده است. معلوم است که حتی هخامنشیان عمدتا دادگر به دلیل نظام پادشاهیشان از اساس نمی توانسته اند افکار کاویانی را به اجرا درآورند و این ذات خیزش سرخ، که نخستین قیام مردمی جهان می باشد و تمامی جنبش های سرخ فرزندان اویند توسط انگشت شماری از هژیران فهم شد. بر این اساس قیام کاوه از یک جنبش ضددیو مردمی و کارگری بدون نیاز به رهبر و موبد و قهرمان توسط قلم تاریخ نگاران و هنرمندان تا سطح انقلابی ملی صرفا با هدف براندازی حکومت و تلاشی برای بازگرداندن خانواده ای به قدرت تقلیل درجه داده شد و افعال و رفتار شخص کاوه و همفکرانش هم به کل از صفحات تاریخ محو گردید و تنها یک نام باقی ماند. بعدها همین افکار انقلابی بی مانند کاوه در اصلاح آیین پهلوانی و نیازی به تفسیر نداشتن حقیقت و راه درست زمینه معنا یافتن اندیشه چپ سرخ و انتقادی در دین زرتشت نیز گردید و البته دلیلی شد تا تحریف کنندگان متعصب بجز این یک اقدام، مابقی زندگی او را از حافظه تاریخ پنهان دارند و فلسفه قیامش را به وسیله تحریف تا حد یک انتقام شخصی پایین بیاورند. چرا فریدون وقتی بر ضحاک چیره شد نتوانست او را بکشد!؟ در اوستا چنین آمده که حکم اهورایی بر این قرار گرفت که فریدون ضحاک را نکشد زیرا به واسطه کشتن او زمین را جانوران ناهمگون و حشرات موذی و فساد فرا می گرفت(دقیقا اشاره ای است به اثرات انفجار هسته ای که در منطقه چرنوبیل اوکراین قابل مشاهده است از جمله تغییرات ژنتیکی در انسان ها و حیوانات) و مضرات مرگش فزون تر از حیاتش بود! پس باید در کوه دماوند به زنجیر اسارت کشیده می شد که این کار با قرار دادن گردونه وی در غاری و مسدود نمودن در غار صورت گرفت. همانگونه که قبلا اشاره کردم در دوران باستان سفینه هر شخصی را با نام خود او می شناختند و یا به عکس نام فرد را از گردونه اش اخذ می کردند. یکی از اصلی ترین دلایلی که ضحاک مورد احترام ایرانیان واقع شد همین موضوع داشتن گردونه پران بود که به وی تقدس ایزدی می بخشید و به این ترتیب بود که او از پیشدادیان شمرده می شد چون تفاوت پیشدادها با سایر کیان همین در اختیار داشتن اسباب پرنده بود. اینکه چرا پادشاهان پس از جمشید را پیشدادی ننامیدند علتش همین مسئله ساده بوده است؛ چون آن ها گردونه پرنده نداشتند! کوروش هم که چنین چیزی را در اختیار داشت پیشداد به شمار می آمد و از سوی پهلوانانش یک شاه کیانی معمولی دانسته نمی شد(کوروش به واسطه داشتن چنین مقامی یعنی پیشدادی بودن، می توانست و بهتر است بگویم حق و صلاحیت داشت از تکنولوژی هایی چون جام جهان بین استفاده کند و فر او نه جنی بلکه قدسی بود). اشتباه روی داده یعنی پیشدادی به شمار آوردن ضحاک بدون در نظر گرفتن عملکردش، در اثر عادت ذهنی غلت موبدان مبنی بر مقدس دانستن هر صاحب گردونه ای شکل گرفته است. ضحاک از اندک افرادی بود که گردونه ای در اختیار داشت که اگر آن را منهدم می کردند مضراتی به زمین می رسید و مانند منفجر شدن یک زیردریایی اتمی دامن گیر کل سیاره می شد و راهی برای بیرون آوردن او از داخل گردونه و مجازاتش وجود نداشت بجز اینکه وی را درون سفینه محصور شده اش در غاری که راه ورودی آن را تخریب کردند قرنطینه کنند. در متون این تکنولوژی به کار رفته در سفاین اهریمن که استفاده از شیوه های آلودگی آفرین

و بی توجه به طبیعت بود از جانب ایزدان و گروه های جنی ملزم به قوانین پست و حقیرانه و ممنوعه تلقی شده است و در برابر فن آوری پاک و سازگار با طبیعت خرد مقدس قرار دارد.
از پایان دوران هفتصد ساله طلایی آریاییان، جم، که به اشتباه در شاهنامه سیصد سال ذکر شده است تا به آن گاه، این تنها فریدون بود که توانست دوباره صف ایزدان را متحد سازد.
باری، فریدون کار بزرگ شکست ابردروگ ضحاک را با گرز و کمان انجام نداد بلکه خود او نیز به یاری برخی ایزدان و سوار بر سفینه ای به جنگ ضحاک و دیگر دروگ ها رفت؛ روایت جنگ میان سفینه ضحاک و سفاین ایزدان در زامیاد یشت: کردهِ۷: "۴۹- پس از آن اژدهاک سه پوزه(ملاحظه می کنید که اوستا گردونه پرنده ای به نام ضحاک را دارای سه سر خطاب می کند و نه شخصی را) زشت نهاد بشتافت(سفینه ضحاک دارای سه اسلحه قدرتمند که به پوزه اژدها تشبیه شده اند بوده است و از این رو او را دائما در اوستا با صفاتی وصف می کنند که تنها می توانند اوصاف یک وسیله نقلیه باشند و نه یک انسان)... ؛این فر دست نیافتنی(منبع تامین انرژی ایزدان که به دلایلی پس از مرگ جمشید بی صاحب در میانه مانده بود و اهریمن و ایزدان یا به قول اوستا سپنت مینو و انگره مینو، دو سازمان فضایی قدرتمند هریک بهترین سفاین و فرماندهانشان را برای به چنگ آوردن آن بطور همزمان اعزام کردند) را خواهم گرفت اما از پس او آذرمزدااهورا برخاست در حالی که می گفت؛ ۵۰- پس رو(گم شو) و این را دانسته باش تو ای اژدهاک سه پوزه که اگر این فر(یعنی منبع انرژی فراوان، وقتی در اوستا دقیق می شویم کم کم متوجه می گردیم که فر در متون اولیه و بنیادی اوستا همواره به معنی منبع انرژی است و نه حتی بذل توجه، منبع انرژی مهم ترین موضوع جنیان بوده است) به دست نیامدنی(تکرارنشدنی، یعنی چیزی که دوباره نمی توان مانندش ساخت) را به چنگ آوری هر آینه تو را از پی بسوزانم و بر روی پوزه ات آتش ببارم، بطوری که نتوانی از آسمان به روی زمین اهورا آفریده فرار کنی. که جهان راستی را دوباره تباه کنی... ۵۱- این فر(مهم ترین چیز، منبع انرژی تکرارنشدنی) به درون دریای فراخکرت افتاد(به احتمال قوی در نتیجه انهدام سفینه اصلی جم که پیش تر به آن اشاره شد). اِپم نپات تیزاسب(نژاد تشتر هم از اپم نپات است) یکی از ایزدان فورا او را دریافت و آرزوی داشتن آن نمود!..." البته باید توجه داشته باشید که مسئله در اختیار داشتن منابع تکرارنشدنی انرژی در بین ایزدان در همه فرهنگ های باستانی و در تمامی مسائل بسیار تعیین کننده بوده مثلا شیوآ به هنگام حمله موجوداتی بیگانه و حتی برای خود جنیان فوق، ناشناخته! از فضا به ایزدان هند، منابع انرژی دیگر خدایان را برای تامین انرژی کافی به منظور شلیکی بسیار قوی از آن ها می ستاند و پس از نابود کردن دشمن آن دو سوم منابع را به آنان پس نداده و به همین واسطه خدای خدایان می گردد! چه چیزی از انرژی می تواند مهم تر باشد؟ امروزه انسان هم با پیشرفت های اخیر خود به همین نقطه واحد رسیده است.
آنگونه که اشاره شد علاوه بر نقش ها، نام ها و نمادهای مورد استفاده جنیان و نوع عملکرد و باورها حتی در چگونگی پوشش نیز میان ایشان تفاوت هایی بنیادی وجود دارد که تمامی این خصیصه های منحصر به فرد در نمادهای سازمان ها و ائتلاف هایشان ملموس است.
سیمرغی های طبیعت پرست پر را مقدس دانسته و از آن لباس تهیه می کنند، مارها یا به

تعبیر دیگر اژدهاها لباس هایی به شکل پوست مار و یا ساخته شده از پوست واقعی مار را در مراسمات و تظاهرات زمینی خود بر تن می کنند، پلنگی پوش ها(مثلا ایزدان اوم) پوست گربه سانانی چون ببر و پلنگ را زیبا و مقدس برداشت کرده و پوشش خاص و معرف خود قرار داده اند(رستم دستان ببربیان که برایش حکم زره داشت را از اکوان دیو که یکی از اعضاء اوم بود به غنیمت گرفت) ولی همیشه یک موضوع و غایت نهایی و مشترک میان تمامی این نمادها و نام ها وجود داشته و آن مبارزه بر سر انرژی بوده است که گاه از بدن انسان ها و نوع اعمال آنان تامین می شده و گاه از رآکتورها و فره ها و گاه از بناهای خاص.
در روایات مربوط به خدایان المپ نشین یونان باستان هم ماجرایی مشابه چگونگی برتری یافتن شیواَ بر یارانش! نقل شده که طی آن همه دیوخدایان یونانی تمام انرژی هایشان و حتی روشنایی شهرهایشان را به "نورا" منتقل می کنند تا او بتواند با تمام نیرو به سمت شیواَ، سفینه ای بیگانه، شلیک کند و این امر سبب سقوط شیواَ در ماه گشت(چندی پیش توسط ناسا لاشه همین سفینه مادر بر روی ماه شناسایی گردید). معنی آیه دوازدهم سوره طلاق چیست؟ چرا خداوند در قرآن همواره خود را رب العالمین می نامد که به تصدیق همه مترجمان علاوه بر پروردگار عالمیان، خدای عالم ها و زمین های متعدد نیز معنی می دهد؟ چرا در قرآن دائما صحبت از هفت زمین و هفت آسمان می شود و چرا ما باید این هفت آسمان را به واسطه تحریف و توهمات صوفیانی چون مولوی، معنوی و تمثیلی برداشت کنیم؟ تا کی باید اشتباه گذشتگانمان را تکرار کنیم؟ آیات پنج الی بیست سوره جن همگی تمثیلی و یعنی قصه هستند؟ به یقین نه، و در خلاصه ترین جملات ممکن تمام احوالات جنیان را شرح می دهند.
بطور نمونه حتی در خصوص بلعیده شده حضرت یونس توسط نهنگ یا ماهی غول پیکر ما نباید تفسیر به رای کنیم زیرا قرآن اشاره ای بسیار متشابه و گذرا به این مطلب دارد و واژه حوت در آیه صد و چهل و دوم سوره صافات نیز به هیچ وجه مبیّن ترجمه ارائه شده نیست.
یک معنی این کلمه(حوت) همانگونه که هنوز در انگلیسی برگرفته از پارسی به این معناست صدای بسیار بلند و گوش خراش و شی دارای آوای شیپورگونه می باشد. همینطور در کتاب مقدس آمده است که دنده های نهنگی که یونس را بلعید برنزی بود! یعنی یک وسیله نقلیه بود و نه یک موجود. در قرآن و در آیات صد و چهل و سوم و چهارم سوره صافات تاکید می گردد که اگر یونس توبه نمی کرد تا زمان بعثتش در شکم ماهی می ماند و مفسرین این را نوعی شوخی خداوند تعبیر کرده اند! زیرا علاوه بر اینکه حضرت یونس نمی توانسته در شکم یک نهنگ حتی برای نیم ساعت زنده بماند اگر در آنجا می مرد در نهایت امر به همراه لاشه حیوان در کف دریا خوراک موجودات عمق می شد و نه اینکه به فرموده خدا از همان نقطه، یعنی شکم نهنگ مبعوث شده و در مسیر قیامت قرار بگیرد. مشاهده می کنید که تفسیر و ترجمه غلت ما که براساس دید محدودمان صورت گرفته چطور سبب شکل گیری تناقض در معانی ارائه شده از قرآن گردیده و کتاب ویژه خردمندان را غیرعقلی و افسانه می نمایاند.
چرا حضرت یونس که فردی ایثارگر و خداشناس بود با کشتی نشینان بر سر آنکه چه کسی به دریا افکنده شود قرعه می افکند؟ واقعیت این است که ما از قرآن هیچ نمی دانیم و فقط پس از مطالعه هر مطلبی نخستین معنی که در موردش به ذهنمان رسیده را عین حق دانسته ایم!

اگر توجه داشته باشید این مفاهیم به بخش عمده تاریخ واقعی ما گره خورده اند، ما نمی توانیم مانند ملل جعلی و کشورهای بی تاریخ و تمدن و فرهنگ از کنار این موضوعات کلیدی بگذریم و گنگ رهایشان کنیم. ما باید بدانیم سیمرغ چه بوده و دیو و اهریمن چه معنایی داشته اند و پاسخ درست پرسش ها و تناقضات موجود را بیابیم و دارایی های ملی و مذهبی خویش که توسط همه ملل مورد استفاده قرار گرفته و می گیرند را افسانه و بیهوده نپنداریم. اگر ما بتوانیم معنی درست کلیدواژه ها را بیابیم دیگر مشکلی در ادامه راه نخواهیم داشت. موضوع این است که به فرموده قرآن حتی دیویسنای بابلی هم توسط خود خداوند و برای آزمون آدمیان توسط دو فرشته مامور او برپا شد و همه چیز، همه سختی ها، تمام بزرگی و کثرت نیروی دشمن، قدرت ابزار او فقط برای این آفریده شده اند تا ما راه درست را گزینش کنیم و با توجه به حضور و عظمت پستی پلیدان، خلوص نیکوان و ذات نیکی را درک کنیم. باری، در احادیث و روایات شیعه هم به موارد بی شماری از این اشارات مستقیم به واقعیت های تاریخ بشر و عوالم بر می خوریم که حتی توسط دین پژوهان مسکوت مانده اند و بکر! امام صادق تعداد گونه های مختلف انسان که انسان امروزی کامل ترین آن هاست و همینطور تعداد زمین هایی که شباهت به زمین ما داشته ولی زمین ما آبادترین آن هاست را هزار هزار یعنی یک میلیون بیان می کند! یعنی یک میلیون سیاره مسکونی توسط خداوند آفریده شده و ما اندر خم کوچه اثبات وجود فضانوردان باستانی و مادی بودن جنیان هنوز گیر افتاده ایم! علاوه بر این امام صادق در حدیثی می فرمایند که در روز محشر تعداد انس و جنی که از سایر سیارات محشور خواهند شد از زمین بسیار بیشتر خواهد بود! دقت داشته باشید به واژه انس که نشان می دهد در کرات دیگر علاوه بر جنیان انسان هم وجود دارد و آن هم به تعداد زیاد. امام حسین ما برای دلداری به حضرت زینب در آستانه حادثه عاشورا می فرمایند:

"خواهر جان، در راه خدا شکیبایی کن، زیرا ساکنین آسمان ها همه فانی می شوند و اهل زمین نیز همه می میرند، مردم(یعنی تمام ساکنین آسمان ها و زمین) همه هلاک می شوند."

همین حدیث بزرگ ترین سند است که ساکنین هفت آسمان فرشتگان و موجوداتی معنوی و فرامادی نیستند. علاوه بر این امام حسین در این حدیث جاودانه بسیار هوشمندانه یادآور می شود که حتی جنیان و شیاطین و ایزدان و خدایان باطل باستانی(همانگونه که ذکر کردم، آیین پرستش شیاطین یا دیویسنای آشور در مزدیسنای یگانه پرستان و در نتیجه اوستا رسوخ نمود و فقط نام ها در آن عوض شد و جنیان مومن ناخواسته در ردیف خدایان کهن قرار گرفتند) هم که ادعای جاودانگی دارند فانی و دارای عمر هستند و امکان مرگ و محو شدن دارند. مگر نه اینکه ما امامان خود را امام جنی و انسی یعنی پیشوای جن و انس خطاب می کنیم؟ یعنی بخش جنی اش کلهم تلویح و تمثیل است؟ پدیده جن زده شدن علاوه بر انسان ها ممکن است برای حیوانات هم اتفاق بیفتد و دیو اراده ذهن و بدن آن ها را هم می تواند در دست بگیرد، در چنین مواقعی تنها این دعای امامان شیعه بود که مسئله را حل می نمود و درست به مانند کیخسرو که به عنوان حاکم برحق و ودیعه دار ولایت علوی زمانه خود در مواجهه با "بهمن دژ" قلعه مشهور دیوان تنها یک جمله مبنی بر حقانیت الهی خود بر پوستی نگاشت و با آویزان شدن آن پوست بر دیوار دژ به سخن فردوسی طلسم و جادوی قلعه فرو ریخت و

دیوان از آن گریختند پیشوایان شیعه به ویژه پیشواعلی با چنین دست نوشته هایی مشکل طرح شده و موارد مشابه را می گشودند و تلاش پیوسته دیگرانی چون عمر برای تقلید این عمل بی حاصل بود. کاملا واضح است که جن چون انس توان نپذیرفتن حقانیت ولایت پیشوا را ندارد.
علاوه بر این ها خود پیشوا(امیرالعالمین علی) بارها و بارها و بسیار بیشتر از دیگر امامان با شیاطین دست و پنجه نرم کرده اند. در یکی از این موارد، که باید در تشخیص واقعیت از تحریف تمامی این روایات هم بسیار دقت داشت، حادثه ای شگفت روی می دهد؛ جوانی جن زده در کوفه وجود داشت که بسیار در عذاب بود. امام به برادر وی فرمودند که او را به قبرستان کوفه بیاورد و به مردمی هم که در آنجا تجمع کرده بودند فرمودند امروز حادثه ای را مشاهده می کنید که برای شما بسیار سنگین خواهد بود(و از حد شعور شما فراتر است).
سپس آتشی گرد و یکپارچه از آسمان فرود آمد! و پیشوا به سمت آن رفته و درون آن وارد شدند و آن آتش به پرواز درآمده و با آتش های گرد پرنده دیگر در مِهی از آتش و دود و نور به جنگ پرداخت! مردم در طول چند ساعت زمان روی دادن تمامی این حوادث از ترس و حیرت چنان میخکوب شده بودند که قدرت تکان خوردن هم نداشتند و فقط می لرزیدند و فریاد می کشیدند و اجرام پرنده را در حال نبرد با یکدیگر، بدون هیچ درکی، نظاره می کردند. بعد از چندین ساعت آن آتش پرنده نخست دوباره بر روی زمین نشست و پیشوا از آن خارج گردید در حالی که یک سر بریده زشت در دست داشت. مولا توضیح فرمود که این یکی از نوادگان شیطان بود که یازده هزار نیرو داشت و همین ملعون بود که این جوان را به آن روز انداخته بود. توجه داشته باشید که با این حساب کل فرآیند جن زده شدن هم در اثر یک تکنولوژی برتر بسیار شبیه به آنچه که در فیلم هالیوودی گیمر(بازیکن) تصویر شده، و در اختیار شیاطین قرار دارد صورت می گیرد و رویدادی معنوی و بی ارتباط به عالم ماده نیست. یعنی حتی جنی که در آدمی رسوخ می کند خود دارای جسمی است که می توان سرش را برید! و از سفینه و یا به قول اوستا فروهر خود یا مکانی مشابه فرآیند تسخیر، بهتر بگویم کنترل کامل ذهن را صورت داده و مدیریت می کند. جالب تر اینکه پیشواعلی مانند حضرت عیسی و سایر پیامبران ارتباط جن با بدن فرد تسخیر شده را با دعا و معجزه ای شبیه به معجزات حضرت عیسی(کار دائمی حضرت عیسی خارج کردن جن از بدن انسان ها بود! همین معجزه هر روز برای ایشان تکرار می شد و این خود نشانگر این واقعیت است که در دوران آن پیامبر و پیش از ظهور قوی ترین سلاح ما یعنی قرآن مجید تا چه اندازه دست جنیان برای آزار آدمیان باز بوده است... مثلا ایشان تنها از وجود مریم مجدلیه، ماری مجدلینه، هفت جن را خارج نمود - یعنی نرم افزار رابط کنترلشان بر جسم که همان گناه و بی ایمانی است را به واسطه ایمان خود این بانو پاک کرد - که کالبد وی را به بازی گرفته بودند) قطع ننمود بلکه شخص مجرم و منبع تولید جنون کفر را برای همیشه تاریخ سر برید.
شکی نیست که تمامی فرآیند جنون و یا به سخن پارسی دیوانگی دوران باستان که امروزه جن زدگی نامیده می شود و آمار مبتلایان به آن بطور روزافزون به ویژه در غرب در حال افزایش چشمگیر است و همواره از اخبار سانسور می شود محصول یک فن آوری بیگانه اهریمنی است که می تواند به سادگی و به سبب اختراعی مشابه و هم سطح کاملا خنثی شود.

پیشوا نبردهای اینچنینی فراوان داشته اند و در یکی از فرازهای مهم ایشان با دو مَرکب پرنده خویش حسن و حسین و شیعیان از جمله قنبر و سلمان را به تماشای عجایب جنیان می برد.
ماجرایی مشابه آنچه که در کوفه روی داد برای فریدون شاه نیز رخ داده که در اوستا، به اختصار و در مجموع چنین نقل گردیده است: "آنچه فریدون در پی آن بود(آرزوی پرواز) رخ داد و او بر کشتی ران ماهر پااورو در آسمان به پرواز درآمده و سه روز و سه شب آسمان پارس را گردش نمود و کل جهان را نظاره کرد اما در فرود آوردن و نشاندن کشتی پرنده قدرت نیافت وانگهی در آخر با کمک اردیسور ناهید(از قدرتمندترین سفاین ایزدان) نجات یافت و به سلامت بر زمین نشست. ناهید(سفینه غول پیکر و زیبای ایزدان) او و کشتی اش را در بر گرفت و در مدت کوتاهی به زمین رسانید و اهورامزدا افتخار غلبه بر ضحاک را با فرو فرستادن نیروهای مقدس ویژه اش به او بخشید!!!" روشن است اهورامزدا، انجمن برتر نگهبانان آسمان که خود را ملزم به حراست از قوانین خاص کهکشانی می دانند طبق این روایات سفینه هایی بسیار پیشرفته و بی مانند را به یاری فریدون گسیل داشته است.
یسناها: کردهِ۹: "۸- کسی که زد(و نه کشت) اژدهاک سه پوزه سه کله شش چشم هزار چُستی دارنده را(آیا این توصیفات می توانند وصف یک انسان باشند؟)... آن زورمندترین و بزرگ ترین دروغی که اهریمن ساخت بر ضد جهان خاکی..." کاملا واضح است همانگونه که سفاین ایزدان مقدس خطاب می شده به سفاین اهریمنان دروغ(دروگ) اطلاق می گردیده است و از سروده های بسیاری این معنا قابل استخراج است. مترجمان همواره سعی کرده اند برای واژگان به کار رفته در اوستا معادل امروزی بیابند و در واقع خودشان با تعالیمی که از قرآن اخذ کرده اند اوستایی تازه تالیف نموده اند! پر از شعار و تفسیرات صوفیانه شخصی.
در این سروده و چندین سروده مشابه با سادگی و وضوح هرچه تمام تر ضحاک یا بهتر بگوییم گردونه پرنده او بزرگ ترین و قوی ترین سفینه ای که سازمان اهریمن در زمین طراحی و ساخته و روانه جنگ نموده(و نه در قیاس با همه سفاین آن سازمان در همه کهکشان ها) معرفی می شود زیرا از جمله "زورمندترین و بزرگ ترین دروغی که اهریمن ساخت بر ضد جهان خاکی" استفاده شده است که ضحاک را ابزاری ویژه زمین می شمارد.
توجه کنید که دروغ در جمله فوق اصلا به معنای کذب و مفهوم امروزیش نیست! در متون نخستین ایران ایده و پیشه دائمی اهریمن که یک سازمان بود و بعدها فرد برداشت شد ساخت دروگ یعنی "اجرام پرنده کشنده" محسوب می شده است و ریشه دروگ یا دروغ سازی سبب شد که در آینده از این واژه در مفهومی معادل با کذب و گزافه گویی و ناراستی استفاده گردد.
به نظر شما زمانی که فریدون در کوه مقدس(که محل نزول و زندگی ایزدان بود) پنهان شد مشغول چه کاری بود؟ او داشت با دادن فدیه و پیشکشی و طی جلساتی مکرر ایزدان را به یاری خود متقاعد می نمود؛ آبان یشت: کردهِ۹: "۳۴- ... (فریدون) از او درخواست نمود، این کامیابی را به من ده ای نیک ای تواناترین ای اردیسور ناهید که من به اژی دهاک سه پوزه سه کله شش چشم و دارنده هزار چستی و چالاکی(هزار سلاح سریع چون موشک) پیروز گردم... قوی ترین دروغی که اهریمن بر ضد جهان مادی بیافرید... که من هر دو زنش را بربایم! که از برای توالد و تناسل دارای بهترین بدن می باشند!!! هر دو را که از

برای خانواری(تولید مثل) برازنده ترین می باشند!!! ۳۵- او را کامیاب ساخت اردیسور ناهید، کسی که همیشه خواستاری که زور نثار کند(زور در اوستا نیاز مایع است به مانند آب و شیر و امثالهم! ایزدان نیاز شدیدی به مایعات داشتند و برای به دست آوردن دلشان فریدون مجبور بود مقدار زیادی شیر و آب معدنی پیشکش کند!) و از ره راستین فدیه و پیشکشی بیاورد را کامروا می سازد!" فریدون به سراغ تک تک ایزدان و در واقع فرماندهان بزرگ جنیان با تحمل هزار مصیبت و گذر از خان ها و مراحل سخت(مثلا طی کردن مراحل اداری ارتباط با سرکردگان برتر و تلقین ایده ناگزیر بودن ایزدان از ورود در جنگ) بی شمار رفته و همه را برای یاری خویش متحد می سازد و از خیر دانش و نیروهای هیچ یک نمی گذرد.
این کاری بسیار سخت و زمانبر بود ولی خود چنین سخت کوشی و نیرو برهم زدنی نشان دهنده این واقعیت است که ضحاک و دیگر دروگ تحت امر او بسیار قدرتمند بوده و حتی خطر تا بیخ گوش ایزدان رسیده بود و آن ها پس از ماجرای رها کردن جمشید و پشت کردن به آدمیان و جم به سبب احساس خطر توام با ظهور و تلاش یک انسان به تمام معنا و یک سیاستمدار سخنور دوباره به میدان نبردی که می توانست به ایشان مربوط نباشد بازگشتند.
تلاش شبانه روزی و فداکارانه فریدون در نهایت سبب شد ماجرای جنگ پیشین دقیقا به عکس شده و ضحاکیان اقلیت شوند. دیگر اینکه یکی از اهداف فریدون و شاید مهم ترین هدف وی از آغاز جنگ با تشکیلاتی وسیع و گسترده در سراسر کهکشان ها چون اهریمن به چنگ آوردن دختران جمشیدشاه بود! آیا انسان والایی چون فریدون شایسته نبود که در پی ارزشمندترین گوهر بشری باشد؟ ارزشمندترین باور و سرمایه در ایران باستان چه بود؟ نژاد پاک و پاکیزه نگاه داشتن گوهر انسان بهشتی و انتقال بی کم و کاست این گنج به آیندگان.
فریدون ماموریت الهی خویش را همین حفظ اصالت می دانست و در پی این اعتقاد بود که سیاه پوستان را از ایران کوچاند. دختران جمشید که از تنها بازماندگان صد در صد اصیل انسان های بهشتی بودند برای او چیزی بسیار بیش از همسر و یک شهوت زمینی بلکه زمینه ای برای ادای وظیفه الهی بودند. فریدون در هیچ کجای اوستا و مستندات نامی از آزاد کردن ممالک پارس به عنوان هدف و آرزوی والای خود و انتقام و یا چون کاوه حرفی از ستم و مردم ستمدیده به میان نمی آورد و شعارهایی را که امروزه به او نسبت می دهند سر نمی دهد بلکه به عکس در همه سروده ها و درخواست هایش از ایزدان به همسری گرفتن دختران جمشید که با ارزش ترین گنج ها و سند اعتبار محسوب می شده اند(و حتی بودن آن دو در کنار ضحاک به فردی چون او هم اعتبار پادشاهی داده بود) را به عنوان هدف اصلی کل جنگی کهکشانی مطرح می سازد!!! درواسپ یشت: کردهِ۳: "۱۴- این کامیابی را به من ده ای نیک، ای تواناترین درواسپ که من به اژی دهاک... ظفر یابم،... که من هر دو زنش را بربایم! هر دو را سنگهوک و ارنوک که از برای توالد و تناسل دارای بهترین بدن می باشند..." فریدون بیش از همراهی تجهیزات و منابع تولید انرژی و دیگر ملزومات جنگ های پیشرفته را از ایزدان طلب می کرده و نه حضور کامل آن ها را در جنگ که تنها در این صورت واژه "او را کامیاب ساخت" یعنی چیزی را که می خواست به او بخشید نیز معنادار می شود. هرچند که در سروده های انگشت شماری به حضور مستقیم ایزدان در نبرد

میان فریدون و ضحاک هم اشاره شده است. رام یشت: کردهِ۶: "۲۴- از او خواست این کامیابی را به من ده ای اندروای زبردست(سریع) که من به اژی دهاک ظفر یابم... که من هر دو زنش را بربایم، کسانی که از برای توالد و تناسل دارای بهترین بدن می باشند، کسانی که از نیکوترین جهانند!!!" در این سروده کاملا مشخص می شود که فریدون دختران جمشید را از انسان های بهشتی و نژادی کاملا پاک و حتی اصیل تر از خودش می دانسته و البته که در اصل تنها هدفش نه وصال و همخوابی آن ها، بلکه حفظ معنای کامل واقعیتی به نام انسان بهشتی و موجود برتر و گوهر(ژنتیک) بدون نقص و کژی و ضعف اشرف مخلوقاتی بود.

در این بین احساس می شود که دو دختر جم در شرایط خاصی که زبانزد عالمیان بوده و حتی نظر ایزدان را به خود جلب کرده بود پرورش یافته باشند و مفهوم کسانی که از نیکوترین جهان یعنی پاک ترین زمین اند عمیق تر از این باشد. باید پذیرفت که حق هم با او بوده و مهم ترین مسئله در زمانه وی حفظ اصالت نژاد آریایی بود، اگر فریدون نژاد آریایی را پاک نگه نمی داشت(یا حداقل تا همان اندازه تلاش نمی کرد) و از زنانی دارای خون بهشتی صاحب فرزند نمی شد و نژادهای دیگر را نمی راند چه بسا که ما نیز امروز از خوردن سگ و گربه و جنین انسان و حیوانات زنده و کثافات شرمی نکرده و شرف خویش را از دست داده بودیم.

او آنهمه سختی کشید و تحقیر در برابر ایزدان را تحمل کرد برای چیزی فراتر از خونخواهی پدر؛ تا آیندگان آریایی از خصایص اهریمنی به واسطه ارث بهشتی در امان باشند و در واقع فریدون روند تاریخ و نه فقط هویت یک ملت بلکه ماهیت بشر را از ضحاک رهایی بخشید.

اما چرا او با وجود در اختیار داشتن سفینه از پیشدادیان به شمار نیامد و چون منوچهر معنایی مابین پیشدادی و کیانی باقی ماند!؟ چون صاحب گردونه پرنده نبود و تنها برای نابودی ضحاک و منظوری خاص موقتا ابزارهایی را از ایزدان بدبین شده به اشوان! ودیعه گرفت.

نکته جالب دیگری که در آبان یشت به چشم می خورد تقاضاهای مکرر نوذریان برای کسب سلاح و ابزار از ایزدان است! جالب اینکه یکی از پهلوانان والای ایران زمین، "ویستئوروُ یا گستهم" که از نوذریان است و همواره مورد بی مهری و فراموشی از سوی اهالی ادب و تاریخ قرار گرفته است در کردهِ ۱۹ آبان یشت در طلب آن است که نیرویی مقدس را به خدمت درآورد و به واسطه آن با اهریمن وارد نبرد گردد. در شرح مقام ویستئوروُ همین بس؛ آبان یشت: کرده ۱۹: "۷۷- ای اردیسور ناهید این سخن از روی صحت و راستی کامل گفته می شود، که من به اندازه موهای سر خویش از دیویسنان(پیروان ایلومیناتی حالا با هر نامی که باشد) به خاک افکندم..." نباید این پهلوان را با گرشاسب نیای رستم دستان اشتباه گرفت.

گرشاسب در طی سی سال پادشاهی زاب(زو طهماسب) در همه فتوحات و سازندگی ها وزیر و دست راست و وفادارترین پهلوان او بود. چگونه ممکن است جمشید کافر و لعین و مدعی خداوندی! نوادگانی چون گرشاسب و نریمان و سام و زال و رستم و پهلوانانی چنین وارسته و با این تعداد و کیانی چون کیقباد و کیکاوس و سیاوش و کیخسرو که نود درصد آن خاندان را در بر می گرفته اند از خود بر جای نهاده باشد؟ جمشید در فرار خود به زابلستان با دختر شاه آنجا ازدواج نمود و ثمره این پیوند فرزندی بود که نریمانیان از ریشه او رستند.

گرشاسب را با دو صفت گئو و گذوَرَ یعنی گیسودارنده(گویا نخستین کسی بوده که گیسویی

بلند و مجعد داشته است و شاید هم تنها کسی که موهایش را نمی بافت) و دارنده گرز(همان گرز خاص که سخن بسیار از آن به میان آمد) از دیگر یلان هم دوره اش می توان تمییز داد. برای گرشاسب هم هفت خان(یا هفت خوان) را می توان برشمرد: ۱- نابود کردن گندروَ دیو کاولستان و وزیر ضحاک. گرشاسب طی یک شبانه روز موفق می شود به اتاق کنترل این گردونه موقتا خاموش و یکی از سفاینی که همواره در جنگ ها در کنار سفینه ضحاک دیده می شده برسد و منبع تولید انرژیش را نابود و یا خاموش کند. تخصص و مهارت و ویژگی منحصر به فرد او در میان دیگر نامیان ایران باستان نابود کردن ارابه های پرنده بوده است. ۲- کشتن هفت راهدار آدمخوار که طی هفت روز مبارزه و جنگ بی امان به دست گرشاسب نابود می شوند. اینان راهداران دروازه های انتقال میان دنیاها و از مبلغین دیویسنا بوده اند. جالب اینکه چراغ های این دروازه های انتقال که از ارزشمندترین داشته های دیوان بوده و در تمام فرهنگ ها و به ویژه اوستا به آن اشارات فراوانی شده به هنگام صورت دادن انتقال، یک ستاره پنج پر را در وسط دایره خودِ دروازه با نور تشکیل می داده اند که امروزه به عنوان نماد شیطان پرستی استفاده می شود!!! در شاهنامه هم دیو پولادوند به واسطه همین دروازه انتقال به دیدار افراسیاب می آید و سپس با همین ابزار مسافرت از زمین می گریزد. ۳- مغلوب ساختن مرغ کمک. این سفینه شاید خالی از سرنشین و رهاشده در آسمان معلق مانده بود و تا اندازه ای بزرگ بود که از ریزش باران بر زمین یکی از نواحی آباد جلوگیری می کرد! گرشاسب آن را به زمین کشاند و خاموش ساخت. ۴ و ۵ و ۶- لشگرکشی به توران و هندوستان و آفریقا و مبارزه با دیویسنا(تاریخ آریایی را باید با طلا نوشت، اینهمه افتخارات نژاد ما در کدام کتاب مدرن مورد اشاره ای هرچند کوچک قرار گرفته اند). ۷- پس از مدتی در خواب جاودانگی فرو رفتن او برخاست و ضحاک را که دیگر امکان انهدامش میسر بود کلا نابود و از صفحه روزگار محو نمود، تخصص نظامی او نابود کردن سفاین پس از نفوذ به درون آن ها بود. نابودی کامل ضحاک از این رو اهمیت فراوانی داشت که تکنولوژی های به کار رفته در آن سفینه باستانی که به دلایلی فراموش گشته و از اذهان دور شده بودند نباید دوباره به دست دیوان و ابرسازمان اهریمن می افتاد و به ویژه منبع تولید انرژی آن. شاید دلیل از میان رفتن تکنولوژی مورد استفاده در ضحاک و عدم استفاده مجدد از آن این امر بود که خود دیوان عضو اهریمن هم به یکدیگر اعتماد نداشته و غالبا دانش های خاص خویش را با خود به گور می بردند، بعلاوه که برتری هم در به خدمت داشتن انحصاری این دانش ها حتی در برابر سایر هم پیمانان بود. گمان نمی کنم که گرشاسب کل گردونه پرنده مورد ذکر را نابود نموده باشد و تنها خاموش کردن فر آن کافی بوده مخصوصا که در برخی متون از وجود داشتن این اسباب درست به صورت روز اولش در غار مذکور خبر داده اند و شاید هم دقیقا به مانند سپاه ربات های سه پای زئوس و یا تایفون تایتان ها(واژه طوفان از نام همین سفینه اخذ شده) در بستری سرّی پنهان مانده باشد و مستعد دوباره روشن شدن باشد. این احتمال بسیار قوی وجود دارد که گردونه ضحاک توسط گرشاسب بطور موقتی خاموش و یا از دسترس خارج شده باشد زیرا در برخی از مستندات چنین آمده که معدوم کردن فرها بدون وقوع انفجار اتمی و بروز فاجعه زیست محیطی حتی برای ایزدان امری غیرممکن می باشد.

اما برای گرشاسب یک نقطه تاریک هم در اوستا ذکر شده که سبب لعن و نفرین او گردیده، فکر می کنید آن عملی که سبب بر باد رفتن همه اعمال نیک او از دیدگاه تحریف کنندگان اوستا بوده چه چیزی می توانست باشد؟ بله درست حدس زدید، بدترین گناه از نگاه باستانیان، عدم حراست از خون خالص بهشتی خود و نزدیکی با بدنژادان. دختری کابلی به همسری گرشاسب در می آید، در اوستا او را پتیاره(فاحشه) و یکی از گماشتگان و مزدوران اهریمن دانسته اند که برای از راه به در کردن قهرمان ایران اجیر شده بود در حالی که محال است گرشاسب پیر میدان نبرد با دیویسنا و اهریمن چنین خام بوده باشد و اگر چنین بود هرگز در شمار جاودانی ها(سربازان جاویدان) و مواعید اوستا و پاک ترین پهلوانان که شمارشان از نظر اوستا هفت(یا شاید هم هشت) تن است نمی توانست درآید(چرا می گویم شاید هشت تن؛ چون به نظر می رسد ماموریت گرشاسب پیش از این صورت گرفته و ضحاک به دست او خاموش شده باشد و او جزء هفت جاودانی پایان دوران و زمان ظهور یا رجعت نخواهد بود). یک جادوپیشه مزدور تورانی به نام نیهاک با سلاحی زهرآلود به او زخمی وارد ساخت که سبب به خواب فرو رفتن چند صد ساله گرشاسب گردید. جالب اینکه همین به خواب فرو رفتن نگار نورچشمی ایرانیان که به دست هفت دوست جنی اش در محفظه ویژه سفرهای کیهانی دیوان قرار گرفت تا زنده بماند و داستان تلخ صدها سال انتظار مربوط به بیدار شدن او توسط غربیون سرقت شد و "سپیدبرفی و هفت کوتوله" و "زیبای خفته" از آن بیرون آمد! اما در مورد کیفیت بیدار شدن گرشاسب از این خواب و یا بهتر بگویم خارج شدن وی از کما، مطلبی در اوستا موجود نمی باشد و ما مجبور هستیم به همان داستان سپیدبرفی مراجعه کنیم که بی شک نگارندگان آن به این راز آگاه بوده و به اسناد مربوطه دسترسی داشته اند و این بیداری را نتیجه ابراز عشق بانویی بدانیم! علاوه بر این ارجاع کم اعتبار شماری متون پارسی و غیرپارسی دیگر وجود دارند که بیداری را بسیار شبیه به آنچه که از زبان غربیون می توان برداشت نمود روایت کرده اند. من فکر می کنم کسانی که افسانه گرشاسب را از ما ربودند نه به متون نوشتاری بلکه به چندی از نقاشی ها و نگاره های باستانی(اعم از سنگ نگاره ها، لوح ها و یا نقش های بر روی ابزارهای فلزی) یا حداقل متعلق به اوایل دوره ساسانیان برگرفته از متن های اصلی دسترسی داشته و یا بسنده کرده اند و از آن جهت که در این آثار گرشاسب گئو و بی نهایت زیبا با موهای بسیار بلند و سفیدرو تصویر شده بود(چون از نژاد اصیل بهشتی بود و درخشش خورشیدگونه اش در آثار تاکید گشته بود) او را زن برداشت کرده و سپید چون برف نام نهادند. به عکس زنان دارای پوشش پهلوی و حجاب که در کنار تخت شیشه ای او(محفظه یادشده) می گریستند را به آن جهت که پوشش زنان پهلوی - زرتشتی دقیقا مشابه با نوع لباس پوشیدن شوالیه های غربی بود جنگاور! لباس اصلی شوالیه ها که بر زیر زره می پوشیدند(زره زنجیری و پیژامه؛ حتی همین اصطلاح هم کاملا پارسی و همان "بی جامه" خودمان است) چیزی شبیه به مانتوهای امروزی بود و درست مانند حجاب اصالتا ایرانی اسلام تنها گردی صورت و دست ها تا مچ از آن بیرون می ماند. این اشتباه مضحک که به دلیل عدم توانایی غربیون در ترجمه درست اوستاها رخ می داد و سبب استناد ایشان به برداشت صرف از تصاویر می شد در تمامی داستان های کهن مشهور

غرب از جمله "راپونزل"، "هانسل و گرتل" و نبردهای اساطیر با اژدها و دیو مشهود است. دوستان جنی گرشاسب تا صدها سال از او در محفظه مذکور مراقبت کردند و برای هر سال از بین داوطلبان، دختری جوان را بر می گزیدند تا در کنار این تابوت شیشه ای! بنشیند و با گرشاسب سخن بگوید و به سبب تاثیرات روانشناختی مورد تایید به وی برای خروج از کما کمک کند. این تلاش تا سال آخر بی نتیجه مانده بود تا آنکه آخرین برگزیده به سبب محبت واقعی و کاملا پاک خود در روز نخست حضورش سبب شد گرشاسب چشمانش را بگشاید.
دومین گناه کبیره گرشاسب این بود که برای آتش جایگاه خدایی قائل نبوده و آن را عنصری طبیعی و از زمره سایر عناصر می دانست و به دلیل همین اعتقاد برحق همواره در فرازهای اوستا نسبت به او کینه و بغضی عمیق احساس می شود(آتش در زرتشتیت تحریفی از آن جهت که عنصر تشکیل دهنده خدایان جن پرستان بود از صِرف قبله بودن پا فراتر نهاد).
علاوه بر این موضوع در چندین مورد باستانیان دیده بودند که گرشاسب پاک گرز بر سر ابزارهای ناشناخته ای که آتش تولید می کردند و با نام اژدها یا تنور و دیگ مقدس آتشین در اوستا مورد ذکرند می کوبد و یا با ابزار و یا آنکه اسلحه ای که مردم کهن نام دیگری بجز گرز برای خطابش در ذهن نداشته اند به آن اجرام بیگانه ایزدانی ضربه می زند(شاید فقط مشغول تعمیر آن ها بوده است)! و چنین برداشت می کنند که گرشاسب برای عنصر مقدس احترامی قائل نیست! برداشت چندان غلطی هم نبود چون وی ایزدان و ابزارهایشان را ذاتا قدسی و الهی نمی دانست و دانش را بدون اِعمال خرافات جن پرستانه به کار می بست.
زامیاد یشت: کردهِ۶: "۴۰- کسی که اژدر شاخدار را کشت، اژدهایی که اسب ها و مردمان را فرو می برد(می بلعید)..." این اژدها با گندرب زرین پاشنه یکی دانسته شده اند ولی به نظر من هرکدام خانی جداگانه بوده اند. با این حساب شمار خان ها و مراحل دشوار گرشاسب هم چون رستم بسیار بیشتر از هفت عمل اهورایی مشهور او در اوستا باید باشد: "۴۱- کسی که گندرب زرین پاشنه را کشت و منهدم ساخت که با پوزه ای گشاده از برای نابود کردن زمین خاکی برخاسته بود و کسی که نه سر پشینه را کشت و پسران نیویک را و پسران داشتیانی را و کسی که هیتاسب زرین تاج را کشت و ورشو از خاندان دانی را و پتپئون پری دوست را." شاید بتوان در حدود چهل نبرد و اقدام قهرمانانه بزرگ برای گرشاسب در نظر گرفت و همین تعدد اقدامات متهورانه سبب گردیده برخی مورخین بسیاری از نبردهای او را از افعال فرزندانش به شمار بیاورند مثلا این احتمال قوی وجود دارد که گرشاسب همان نریمان باشد و در نتیجه همین موضوع که شجاعت های وی در چندین شاهنامه نمی گنجیده آیندگان تصور کرده اند که چطور ممکن است همه این افعال کار یک تن باشد! و چندی را به نام یکی از صفات او یعنی نریمان به عنوان پسر یا نوه گرشاسب در تاریخ و متون مذهبی نموده اند! تحریف کنندگان اوستا نیز تنها آن قهرمانی هایی را که مورد تایید خودشان بوده اهورایی و مهم برشمرده اند. در میان نام های یادشده در سروده های مربوط به گرشاسب، بسیاری از اهریمنان و بهتر بگوییم "اهریمنیان" بلندپایه و از زمره شیاطین اصیل رده بالا هستند مثلا هیتاسب زرین تاج. آری، به نظر می آید شمار دلاوری های گرشاسب که باید او را "پدر پهلوانی" بنامیم تا به آن اندازه زیاد بوده که تعدادی از نبردها و پیروزی های او به

نام دیگرانی چون نریمان حتی در صورتی که چنین فردی وجود داشته، سام و رستم دستان و اسفندیار در متون ثبت شده باشند. "۴۳- کسی که سناوندک را کشت که شاخدار بود و ضرب سنگین داشت!... ۴۴- (سناوندک چنین ادعا می کرد که:) من سپنت مینو(بالاترین پایگاه یا انجمن رهبری ایزدان) را از گرزمان(اصلی ترین سیاره و مقر امن ایزدان) به زیر خواهم کشید و اهریمن را از دوزخ تیره(یکی از کهکشان های بدون ستاره) به بالا خواهم برد(تا این دو در یک سطح قرار گیرند و) کاری کنم که هر دو گردونه مرا بکشند و فرمانبر من باشند اگر گرشاسب دلیر مرا نکشد! و او را گرشاسب دلاور کشت(منهدم ساخت) و توان از او بگرفت و قوه زندگانیش را نابود نمود!!!!" دو نکته بسیار مهم در این سروده وجود دارد؛ یک اینکه غلبه بر سناوندک که بر هر دو ابرسازمان فضایی مشهور و قدرتمند "ایزدان و اهریمان" به واسطه سفینه پیشرفته و منبع تولید انرژی منحصر به فرد خود شوریده بود کار بسیار بزرگی بوده که تنها گرشاسب از پس آن برآمده است و آن دو گروه مقهور شده بودند. یعنی سرنوشت جنیان این نوبه در دست گرشاسب بود! و نکته دو اینکه با صراحت و روشنی در آخر این سروده تاکید شده که گرشاسب قوه زندگی سناوندک را از کار انداخت و او مرد! جمله فوق در تمامی ترجمه ها به همین صورت است. گرشاسب با از کار انداختن چیزی شبیه به رآکتورهای هسته ای امروزی(ولی یقینا مهارشده تر)، سناوندک را از پا انداخت. سفینه ای که فر یا قوه زندگی یعنی منبع تولید انرژی نداشته باشد به عینه باید گفت که مرده است و یک تکه آهن پاره سرد بیشتر نیست. هیچ چیز اتفاقی نیست، چرا پیشینیان ما گرشاسب را آخرین پادشاه یا حاکم منطقه ای پیشدادی می دانستند و پس از او را نه؟ گرشاسب آخرین پیشدادی بود زیرا قبل از ظهور کی قباد، سرسلسله هخامنشیان(کیان)، نوع حکومت کردن اساسا تفاوت عمده ای با پس از آن داشت. پادشاهان خودشان شخصا و بدون اینکه نیاز به محافظ داشته باشند با گرزهایی مقدس که سوار بر گردونه های نورانی پرنده شان بود و ابرسلاح هایی بسیار پیشرفته که از جنیان مومن ستانده و یا از اهریمنان به غنیمت گرفته بودند گاه حتی یک تنه به جنگ با سازمان های اهریمنی(چون بیشتر از یک سازمان اهریمنی وجود داشته است و امروزه هم دارد) می رفتند و علاوه بر آن نبردها در حال و هوای جنگ های فضایی و فوق بشری روی می دادند و همانگونه که مطرح شد به همین علت کیخسرو تافته ای جدابافته از کیان محسوب می شد. ایشان را پیشدادی خطاب می کردند زیرا تنها ایجاد زمینه برقراری عدل و داد مطلوب انسان ها، مدنیت و جامعه ای بی نیاز از دیو، حراست از اصالت خون و امنیت بخشیدن به زمین با قلع و قمع کردن دیوان و اشموخان و اژدهاگان و غول ها و سیل درندگان و محافظت از مردم در برابر بلایا و رویدادهای طبیعی دهشتناکی چون شکل گیری و حرکت کوه ها! و آب شدن کوه های یخ وظیفه شان بود. یعنی هنوز کار به جایی نرسیده بود که بحث عدالت اجتماعی آنگونه که کاوه و کاویان می پسندیدند مطرح گردد و حفظ جان مردم از سیل غارتگران و موجودات بیگانه اولویت داشت. امنیت امروز بشر که دیگر جز خودش کسی برای او خطری تولید نمی تواند بکند دستاورد آن هاست. اینجاست که جز در جریان قیام کاوه که مردم به یاریش شتافتند، در کمترین جایی از اوستا از قیام و خیزش مردمی و کمک توده به پادشاهان و بزرگان زمان اشاره ای مشاهده

نمی شود و تنها نبرد کیهانی مومنان جنی و انسی با کافران جنی و انسی گزارش شده است. البته زمینه ای هم برای حضور مردم عادی کشاورز و چوپان در این جنس از جنگ ها وجود نداشت، مثلا مردمان آن دوران می توانستند در برابر سفاین فضایی چه مجاهدتی انجام دهند؟
مطلب مهم دیگری که در این میان باید مطرح شود مسئله حذف بسیاری از نام ها و اسامی پادشاهان و افراد قابل اعتنا از تاریخ ماست و واقعا محرومیت ما از دانستن اخبار ایشان حتی به گونه تحریف شده اش جای هزار افسوس دارد. بطور مثال در اوستا و در فروردین یشت، فقرهِ۱۳۲ اسامی پادشاهان پس از کی قباد چنین ذکر شده: کی قباد- کی اپیوه- کی کاوس- کی آرش(کیارش)- کی پشین- کی ویارش- کی سیاوش- کی خسرو! خودتان ببینید که چند تن از پادشاهان و نامداران ایران که در اوستا هم ستوده شده اند از تاریخ ما و بیشتر به قلم یهودیان خط خورده و تا مرز فراموشی کامل رفته اند. در اوستا بطور روشن بیان شده که این افراد هر یک به پادشاهی مستقل هم رسیده و قدرت را از پدر خود تحویل گرفته اند که در این صورت بطور نمونه کیکاوس نمی توانسته در دوران سیاوش و کیخسرو شاه بوده باشد.
متاسفانه فردوسی بزرگ هم در شاهنامه به دلیل حجم مطالب و به یقین ناخواسته به برخی تحریفات دامن می زند، چون پیر دهقان همانگونه که در نامه باستان خود مثلا در پایان داستان بیژن و منیژه یا در اواخر کتاب ذکر می کند همواره سعی می نموده مطالب را عینا طبق اسناد نقل نماید و خدا را شکر با وجود اینکه خودش مواردی چون دیو را تمثیلی می دانسته همه متون مربوط به آن ها را بازتاب داده است و طبیعی است که در این بین برخی دروغ ها را تمییز نداده باشد و یا کشف واقعیت را برعهده آیندگان نهاده باشد(در متون شیعه نیز بحارالانوار چنین حالتی دارد و علامه مجلسی در متن ابتدایی وظیفه خود را تنها رساندن همه احادیثی که نقل بوده دانسته و امر تمییز صحیح یا جعلی بودن آن ها را وظیفه آیندگان به شمار می آورد). برای مثال در نبرد رستم و دیو سفید ناگهان این دیو یک سنگ آسیاب را از جا می کند: "یکی آسیاسنگ را در ربود - به نزدیک رستم درآمد چو دود"، من از همان کودکی برایم جای سئوال بود که سنگ آسیاب آنجا و در غار مخفی دیو سفید چه می کرده!؟ لابد می گویند دیو سفید با آن نان می پخته! دیوان که به سخن فردوسی و اوستا تخت جمشید را به واسطه هندسه و ابزارهای برترشان بنا کردند چه نیازی به سنگ آسیاب می توانسته اند داشته باشند؟ ولی وقتی عکس های شهرهای مخفی چند هزار ساله زیرزمینی واقع در ترکیه و مکزیک و پرو را با درهایی چون آسیاسنگ دیدم واقعیت را دریافتم بعلاوه که فضای این تونل ها هم بطور کامل با آن چیزی که فردوسی از غار دیو سفید روایت نموده مطابقت دارد. در چند کشور دیگر نیز به خصوص در آمریکای جنوبی چنین شهرها و تونل هایی که حتی تا زیر اقیانوس امتداد دارند و دقیقا چنین درهای مدور غول آسایی دارند کشف گردیده است.
کاوس هم چون جمشید فردی در برابر ایزدان یاغی و جسور بود که به عقیده بنده یکی از بزرگ ترین چهره های ایران باستان باید به شمار آورده شود و از رنگ تحریفات می باید به همت قلم پژوهشگران باشرف پاکیزه گردد. او تنها کسی بود که جرات حمله به مازندران و نابودی کامل کانون های کهن دیویسنان در ایران و قرارگاه های دیوان چندین هزار ساله مازنی که از پس از هجومشان به زمین در همانجا جای خشک کرده بودند را به دل راه داد و

عملی هم نمود. این عمل او در واقع نوعی جنگ با خدایان(حالا چه خوب یا چه بد!!!) برداشت شده و به همین خاطر داستان هایی را به او نسبت داده اند که پر از تناقض هستند. علاوه بر این اشتباهاتی چون به مسلخ فرستادن سیاوش را هم نمی توان به او نسبت داد زیرا به گواه اوستا سه پادشاه پس از او بر تخت نشسته بودند که سیاوش متولد گردید! یا مثلا در ماجرای مرگ سهراب که کیکاوس از دادن نوش دارو خودداری کرد من کاملا معتقدم که درست ترین کار را بطور هوشمندانه انجام داد زیرا سهراب شمار بسیاری از ایرانیان و بهترین و وفادارترین مرزبانان و پهلوانان و سربازان جان بر کف کشور حق را بی دلیل و فقط در آرزوی شهرت و یا یافتن پدرش در زیر پرچم هلال ماه و ستاره توران سر بریده بود. چطور می توانست بخشیده شود؟ این تهمتی کثیف بیش نیست که کاوس شاه در ذهنش از این ترسید که مبادا رستم و سهراب پادشاهیش را براندازند زیرا وفاداری رستم و خاندانش را به حکومت مرکزی بارها و بارها دیده بود و به آن باور داشت و اصلا چطور کسی درون ذهن کیکاوس را دیده و خوانده بود که اینطور در تاریخ مستند کرده اند او در اندیشه بود که مبادا پادشاهیش بر باد رود؟ از کجا معلوم کاوس در محیط امن ذهن خود به چه می اندیشیده است؟ اگر او از بر باد رفتن پادشاهی یا از دست دادن جانش می ترسید که هرگز به جنگ مازنی ها این مخوف ترین هیولاهای هستی و بی رحم ترین اعضاء قدرتمند و کهن اهریمن نمی رفت! و باز هم در تاریخ به تحریف آورده اند که اشغال مازندران توسط کیکاوس فقط به این خاطر بود که او طمع به مال و اموال و زنان زیبای آن منطقه داشت! کدام آدم شهوت پرستی راحتی کاخ را رها کرده، به خاطر این چیزها شخصا با خود اهریمن و بزرگ ترین کانون هواداران سازمان او! دیوان بی شمار و شیطان پرستان تسلیم ابلیس و آدمخواران درگیر می شود!!؟ مشخص است که فردوسی در حق دو تن جفای مشابهی را روا داشته است؛ یکی در مورد کاوس که هدف او از نبرد با اهریمن را شهوت قدرت و ثروت به حساب آورده و انگیزه وی از عزیمت به مازندران کهن را فتنه انگیزی یک دیو که در جسم خواننده ای توانا ظاهر شده بود اعلام می دارد در صورتی که تحریف کنندگان تاریخ حتی اگر چنین داستانی درست بوده باشد چطور فهمیده اند خواننده مورد اشاره در اصل یک دیو در پوستین کالبد بشری بوده است و چگونه شکل عوض کردن او را دیده و تشخیص داده بودند؟ چطور این اطلاعات به تحریف کنندگان و دشمنان کاوس(و همه پهلوانان ضددیو) رسیده بود؟ دوم در مورد بهرام چوبینه که باز چون هیچ سندی بر علیه قیام برحق او وجود نداشته تحریف کنندگان داستان مشابهی از خود ساخته اند و فردوسی نیز به همان اراجیف استناد نموده است مبنی بر اینکه در شکارگاه بهرام، گور یا آهویی بر او ظاهر شد و وی را در پی خود کشاند و به منزلگاهی جادویی برد. در آن خارستان که با جادوی جادوان زیبا به نظر می آمد جادوگران به شکل زنانی زیبا تغییر شکل داده و سردسته ایشان حکومت را حق بهرام چوبینه به شمار می آورد! و از آن پس بهرام سودای حکومت در دل راه می دهد! چه اراجیفی! چه کسی در جایی که بهرام با جادوگران تنها بوده شاهد این داستان بود که آن را به هر ترتیب به تحریف کنندگان منتقل نموده باشد!؟ تحریف کنندگان از کجا تشخیص داده اند که قصر مورد ادعا با فرض وجود خارستان و خرابه ای بوده و زنان زیبای آن هم جادوگرانی تغییر شکل داده بوده اند!؟

از همین دو روایت معین می شود بهرام چوبینه و کی کاوس تا چه اندازه بی نقص و در کمال محض بوده اند که دیوپرستان با ناامیدی از یافتن نقطه ضعف در ایشان دست به دامان چنین چرندیاتی که نه فقط ضد تاریخ و مستندات بلکه مغایر با منطق هر کودکی هستند شده بودند.
ضعف بزرگ فردوسی در این میان این است که یک جانبه و تنها از دیدگاه شاهان ساسانی به قاضی رفته و می کوشد پایه اعمال و رفتارها را در ذهن افراد ریشه یابی کند و توضیح دقیق بدهد! و به جای ملاک قرار دادن عملکرد تاریخی و نمود عینی مبتلا به ذهنی شدن می گردد.
این سعی یک سویه برای یافتن انگیزه ها از آنجا که از محبت قلبی و وابستگی احساسی به اشراف زادگان و شاهان تجمل پرست بیش از شاهان پهلوان خصلت می جوشد رنگ حمایت و پرستاری از ایشان به خود گرفته است و در پشتیبانی بی چون و چرای او از ساسانیان و ماست مالی اقدامات پلید شماری از آنان از جمله ترور بهرام چوبینه و ترورهای بی تعداد به سبک قاجار که در داخل خاندان ساسان شکل می گرفت و منجر شده بود که هر پادشاه چند ماه بیشتر زنده نماند مشهود می شود. فردوسی این ترورهای داخلی را حادثه تلقین می کند.
در کتاب نهم دینکرد از جسارت کاوس به عنوان طغیان و عصیان بر خدایان یاد شده است:
"... و چگونه کیکاوس گروه(آیا معنی این واژه چیزی بجز سازمان و تشکیلات می تواند باشد؟) دیوهای مازندران را از ویران کردن جهان بازداشت و آنان را از برای خدمت خود(خدمت آدمیان) دربند نمود... جوانی(با تلاش کیکاوس) به پیران بازگشت و به جوانی و سلامت پانزده سالگان شدند... و چگونه کیکاوس به فریب دیو خشم و دیوان دیگر بنای ستیز با ایزدان گذارد ... و با خیره سری از ستیزه خود با ایزدان دست بر نداشت..." کاوس هم درست مانند جمشید جوانی و سلامت را به انسان ها باز گردانید و وقتی خدماتش به آدمیان و درخواست هایش برای آسودگی بیشتر و بیشتر ایشان متوقف نشد مغضوب ایزدان واقع گردید و سیل تهمت ها به سمتش سرازیر شد. باید گفت؛ درود بر کاوس که هرگز بندگی غیرخدا را نپذیرفت و هرگز بر پذیرش بی چون و چرای اوامر جنیان گردن ننهاد و به حق یک سرخ به تمام معنا بود. جمشید و کیکاوس و گرشاسب کاملا عکس آنچه که می خواستند به ما تلقین کنند چهره هایی درخشان تر از سیاوش و فریدون و منوچهر بوده اند و انسان را حتی شایسته فرمان دادن به ایزدان و چنان که خداوند قرآن می پسندد "اشرف مخلوقات" می دانسته اند.
در واقعه به ارمغان آوردن سلامتی توسط کاوس و جم که گاه به تمثیل دستیابی به جاودانگی تعبیر می شود و در اسطوره های ربوده شده از ما در این مفهوم خاص ملل اروپا از دیرباز تغییراتی ایجاد کرده اند، مثلا در افسانه زیگفرید نروژی و ژرمن، نفس ذات کشتن اژدها که در باور غربیون همان اجرام پرنده آسمانی یا دیو بوده و غسل کردن با خون او مساوی با انوشه شدن و دستیابی به رویین تنی تصور می شود و کار تحریف به جایی رسیده که اخذ تکنولوژی از دیوان و تشعشعات سلامتی بخش به غسل در خون یک جانور تبدیل شده است!
در اوستا نکوهش بسیاری شامل حال کیکاوس شده چراکه او می خواسته درست به سان جم گردونه ای مانند گردونه های ایزدان(سفاین جنیان) بسازد و گفته می شود که او در خیال خود اندیشه پادشاهی بر آسمان ها را می پرورد در حالی که باز هم این واقعیت مطرح می شود که چه کسی از آنچه که کاوس به آن می اندیشیده خبر داشته و داخل فکر او را می دیده؟

چطور ممکن است کاوس با تخت عقاب توانسته باشد پرواز کند!؟ و عجیب تر؛ چگونه امکان داشته از بلندای سپهر سقوط کرده باشد و کاملا سالم بماند مگر آنکه در یک سفینه بوده باشد؟ این عمل کیکاوس(که به یقین آنگونه که روایت شده نبوده و داستان بستن عقاب ها به تخت دروغی کودکانه در جهت ترور شخصیت و زیر سئوال بردن فرزانگی و خردمندی کاوس می باشد، او می خواسته گردونه پرنده ای چون سفاین الهگان را به دست انسان ها تولید کند) آنچنان گناه بزرگی در اوستا برداشت شده که آدمی به فکر فرو می رود "مگر او چه کرده بود؟" آیا تلاشی علمی هرچند ناپخته و دور از ذهن باید اینهمه ملامت شود؟ بله، باید ملامت شود چون جنیان همواره از پیشرفت و سبقت گرفتن انسان ها از نقطه ای که خود در آن قرار داشته اند می هراسیده اند و می هراسند...

در متنی از یونان باستان زئوس به پرومته می گوید: "هرچه که می خواهی به آن ها(یعنی آدمیان) بده فقط روشن کردن آتش را به ایشان نیاموز!" یعنی برایشان ماهی بگیر حال به هر اندازه ای که دوست داری ولی ماهیگیری را هرگز به آن ها آموزش نده! به آن ها در به خدمت گرفتن دانش که البته با روشن کردن آتش و کشف فلزات آغاز خواهد شد یاری نرسان و حتی راهشان را سد کن(البته پرومته به عقیده بنده به واسطه تصویر ماری سیاه روشن کردن آتش با سنگ چخماخ را به هوشنگ پیشدادی آموزش داد، هوشنگ سنگی را به سمت مار پرتاب کرد و ... این عمل تایتان ها سبب خشم بی اندازه زئوس شد. شاید پرومتهِ تایتان قرار دادن بشر در مسیر دانش را به دلیلی بجز بشردوستی یعنی تنها با این هدف که قدرتی تازه را در برابر المپ ها علم کند صورت داده باشد ولی در هر حال باید به او درود فرستاد)! باید کاوس نکوهیده می شد تا کس دیگری جرات همپر شدن با خدایان دیوپرستان را به دل راه ندهد و همه خوبان و دانشمندان بشر هم فقط مطیع اوامر ایزدان و محتاج آن ها و در واقع مصرف کننده بی بصیرت دانش های آنان باقی بمانند و پا از حد خود یعنی خط قرمز استقلال فکری و تولید دانش فراتر ننهند. چطور ممکن است که کی کاووس(کیکاوس) تا این اندازه نادان و لعین و نامرد!!! که اوستای تحریفی یهود اصرار دارد ما قبول کنیم، بوده باشد و آن وقت سیاوش و کیخسرو(کوروش کبیر، ذوالقرنین جاودان) از ریشه ای چو او سر برآورده باشند؟ چگونه ممکن است پادشاه ایران دستور قتل عام مردم یکی از شهرهای مازندران را صادر کرده باشد و پهلوانان او هم از جمله گیو آن را به انجام رسانیده باشند؟ من درک نمی کنم چرا فردوسی چنین دروغ تاریخی سترگی مبنی بر جنایات جنگی گیو در مازندران و در سفر به توران برای یافتن خسرو را در شاهنامه گنجانده است؟ آیا هرکسی که شاهنامه را مطالعه می کند این تناقض را احساس نمی نماید که چطور ممکن است ایرانیان پاکی که حتی شبیخون زدن و آب دهان بر زمین انداختن در شهرهایی که به اشغالشان در می آمد و آب بر دشمن بستن را مطابق منش پهلوی حرام می دانستند ناگهان به دستور کیکاوس تمام اهالی شهری را در مازندران قتل عام می کنند و صدای اعتراضی هم از حتی یکی از پهلوانان و پیران بلند نمی شود!؟ این دروغی کثیف است که برای خراب کردن چهره کاوس کسی که به جنیان التماس نکرد و پهلوانان ما در تاریخ طراحی شده است. یک نکته اینجا

وجود دارد و آن اینکه همواره میان سلسله های یادشده در اوستا و شاهنامه و سلسله های تاریخی به ویژه هخامنشیان اختلافاتی در نام پادشاهان و ماهیت آنان وجود دارد. به نظر من دو خاندان از کیانیان هوشنگی(نوادگان هوشنگ کی، این "کی" از کیومرث ماخوذ شده است و منظور سلسله کیان نیست) در یک زمان و هر یک بر نواحی مختلفی از ایران حکومت می کرده اند، کی قبادیان(هخامنشیان ـ سلسله کیان در شاهنامه و اوستا) و نوذریان(چون گشتاسب پدر اسفندیار). این دو و حتی چند خانواده دیگر خاندان های سلطنتی بوده اند و مسلط بر نواحی خاصی ولی همواره حاکم مطلق نهایی ایران نیز از میان آن ها برگزیده می شد و پهلوانان و پیران و پیشه وران نامی منتخب مردم شاه اصلی را می گزیدند و ولیعهدی نیز معنایی نداشت. پس از مرگ یا کشته شدن شاه دوباره انجمن ها تشکیل شده و از میان گزینه هایی که داشتند، جوانان لایق اصیل کیومرثی، یکی را به شاهی می گماردند. مانند پهلوانان مهم(که در انجمن پیران پایتخت عضویت داشتند) که تنها از خاندان های معتبری چون گودرزیان(خاندان کاوه، کاوه نام کل اعضاء این خاندان بوده و نه فقط کاوه آهنگر، "آهنگر کاوه" آهنگری از این خانواده بود و به عکس آنگونه که ذکر می شود دارای مقام و منصبی نبوده و تنها صاحب ایمان و شرفی بی مانند بود)، نریمانیان و ... می توانستند انتخاب گردند. بهرام چوبینه که از نوادگان آرش کمانگیر بود در شاهنامه یکی از دلایل قیام خود را ظلم هایی که در حق آرش و خانواده اش به واسطه کنار گذاشته شدن از قدرت و فراموش کردن خدمات آرشیان شده بود بیان می کند ولی مسئله دقیقا به این صورت نبوده و بهرام نسبت به موروثی و ولیعهدی شدن حکومت مرکزی و حذف و تشریفاتی نمودن انجمن های یادشده از جمله شورای پهلوانان مرزبان و سلطه مطلق موبدان نمی توانست سکوت کند. باری، زرتشت خلقت دیوان(یعنی کل جنیان) را با معجزه گردش سنگی کاست(که در زمین دچار ضعف شدید می شدند) و دروازه های ورود آنان به این جهان را با دعای خویش در حدود ۲۴۰۰ سال پیش بست(جالب اینکه استون هیج و دیگر بناهای مشابه آن دقیقا در همان تاریخ از کار افتاده و مردم از اطرافشان، به سبب بدقولی خدایان در آمدن به زمین! پراکنده شده اند) و علاوه بر وظیفه پیامبری مرام پهلوانی خود را نیز به غایت رسانید و پس از او نیز پهلوانان و دلیران ضددیو بسیاری برخاستند و مزدیسنا را تا به امروز زنده نگاه داشتند. اما چرا آیه ۴۶ سوره سباء نازل گردیده است؟ چرا خداوند انسان ها را، همه انسان هایی که آفریده شده و خواهند شد را به دو دسته اولین و آخرین در قرآن تقسیم نموده و می فرماید شمار قلیلی از آخرین به بهشت راه خواهند یافت؟ آیا منظور خداوند از اولین انسان هایی که خون پاک بهشتی داشته اند نیست؟ خداوند آیه باشکوه ۲۲ سوره سباء را خطاب به چه کسانی نازل فرموده است؟ آیا آیه صدم سوره انعام در خصوص انحرافات زرتشتیان و پیروی ایشان از چیزی شبیه به همان دیویسنای مورد لعن زرتشت و بدعت یک دین تازه که می توان آن را "دیویسنامزدیسنا" نامید نازل نگردیده است؟ آیا دیویسنا در غالب فراماسونری و ایلومیناتی ذره ای از وسعت فعالیت هایش کاسته است؟ من این مباحث اوستایی و باستانی را مرتبط ترین موضوعات با خداشناسی نژاد آریایی و خودشناسی حال و تاریخی مردم ایران می دانم. مباحثی که گره از کار کیش سرخ امروز ما می گشایند. ما باید بدانیم دیوها واقعا وجود داشته

اند و چه ها کرده اند تا ما ما نشویم و شرف و شعور و قداست و اصالت را مسخره بشماریم! ما باید خدای یکتا و قرآن و ماسونری را درک کنیم و لطف امنیت و قدرت ایجاد تغییری که سبحان به ما بخشیده را. باید خدا را سپاس بگوییم که به سبب ظهور پهلوانان و پیامبران و پیروان ادیان بنده و برده دیوان و اهریمنان نیستیم و آزاده و بدون شرمساری زندگی می کنیم. خدا را سپاس بگوییم که با هزاران بلای دهشتناک و پی در پی ویژه جنس جن کاری کرد که دیوان فرصت نکنند حتی کتاب های ساخته شده از طلای خودشان را از زمین ببرند و فقط جانشان را برداشتند و گریختند و معدود باقی ماندگان را مجبور به مخفی شدن کنونی یعنی جن شدن(پنهان شدن) نمود و با قرآن و علی قدرت پیروزی بر هر نیرویی را به ما بخشید. آیین هایی که دیوها از فضا و سیارات خودشان با خود به همراه آوردند، مانند پرستش آلت تناسلی، تمام مشکل ما هستند. امروز اگر در غرب کودکان را مانند زنان بالغ گریم می کنند و به عنوان سوپرمدل جنسی به روی صحنه می فرستند در حالی که بینندگان پست در پس گیرنده هایشان در حال خودارضایی جنسی هستند و سپس می گویند نمی دانیم چرا آمار تجاوز به کودکان هر روز به شکل تصاعدی در حال افزایش است و یا مشاهده می کنید که هر روز سن بازیگران جنسی و ستارگان مد هالیوود به خردسالی نزدیک تر می شود! و یا در شرق همین غربیون ناتو پس از غلبه بر عراق دوازده هزار کودک عراقی را بدون هیچ دلیلی در یک فضای بسیار محدود روی هم تلمبار و زندانی می کنند تا مبادا به تروریست تبدیل شوند! ما باید همه این ها را تنها از چشم دیوان و شیاطین پستی ببینیم که شهوت پرستی را با خود به زمین ما آوردند. مهم است که در این آیین غریبه با آدمیان پیمبرزاده که اکنون اساس شبه فرهنگ غرب را تشکیل می دهد به زنان زیبا و به کودکان یک واژه خاص اطلاق می گردد و هر دو بیبی هستند(این دو کلمه در حرف آخر تفاوت بی اثری دارند اما در واقع و از ریشه لغوی یکی اند و در تلفظ و تعبیری که به ذهن متواتر می سازند نیز یگانه هستند)! یعنی زیبایی معصومانه کودک با زیبایی جنسی زنان بزک کرده یکی و همجنس دانسته می شود و از همین رو تجاوز به کودکان برای پیروان جهان بینی پلشت دیویسنا(ساخته شده به دست دیو) دور از ذهن نیست. مزدیسنا در برابر دیویسنا، دین در برابر تین، اشوان در برابر اشموخ زادگان، شیعه در برابر ضدشیعه، جم در برابر زایون، ایران و قرآن و سربازان جاویدان در برابر بی وطنان(مانند بهائیان و درویشان و سایر فرق آنوسی) و شیاطین و الهگان، سربازها در برابر پتیاره ها تا به آنجا که آفرینش هست بی شک خواهند ایستاد ولی وظیفه و جایگاه و تدبیر زمانه ما چیست؟ ما ایرانیان برای شناخت شیطان پرستان دشمن خود نخست از همه باید خدایان آنان را بشناسیم و اگر در این یک مورد موفق عمل کنیم به یقین از صف سربازان جاویدان و جبهه حق خارج نخواهیم شد و عظمت تاریخ خود را نیز خواهیم شناخت. ضددیو بودن در ژن ماست و بخشی متروک مانده از گوهر وجودی ما که فقط نیاز به اشاره ای دارد تا شعله بکشد. وظیفه اهالی رسانه هل دادن توده و افکار عمومی به سمت هدفی خاص نیست بلکه فقط آگاه کردن مردم از ماهیت خودشان و واقعیات تاریخی می باشد.

ضددیو

آباد کن جهان را از اشک شرم آگین

آری بهشت اینجاست، بر دسته تبرزین

سیراب کن زمین را از خون این شیاطین

نامردمان بی عار اشموخ های بی دین

سرخاب باد رویت از خون دیو، آمین!

پوشیده پیکر خود از خون خونگران بین

مو خون و روی خون و از سر به پای خونین

ما را چه کار باشد با گیسوان مُشکین

ای شیعیان حیدر ای سرخ های قزوین

هان، این شما و این کین

سرباز پیشوا و خشنودی دروغین؟

پیکان کشید ما را شیعه ز زخمه رویین

سرباز پیشوا و صلح کثیف صَفین؟

خون است در رگ ما از ضددیوهای بی باک پاک آیین

سخن پایانی سرباز

شاید در ظاهر من هم شبیه به سایر اهالی اندیشه جهان بینی خود را برترین و کامل ترین بدانم اما به راستی در بستر عقیده حق با کیست؟ کدام ایدئولوژی، دین و باوری برحق است و بر دیگران برتری دارد؟ اندیشه های مذهبی، ملی گرایی، ملی مذهبی، میهن پرستی صرف، افکار چپ و مارکسیستی؟ کدام جهان بینی و راهکار را باید در پیش گرفت؟ مزدکی، علوی، زرتشتی، لائیک!؟ کدام اسلام اسلام است و کدام نه!؟ که می تواند مو به موی خواسته دین از ما را شرح دهد و بگوید مثلا چه کاری اسلامی هست و چه کاری نه و یا کدام ترجمه از قرآن صحیح است؟ کدام باور مذهبی اسلام ناب است؟ هر طرز تفکر دقیقا چه می گوید؟ آیا اسلام دموکراسی و مردم سالاری را قبول دارد و چگونه می توان به پاسخ ها اعتماد کرد؟ پاسخ این پرسش تاریخی را من همینجا به همه شما خوانندگان گرامی تقدیم می کنم: این ایدئولوژی ها نیستند که مردم را جذب و هدایت می کنند بلکه خود ایدئولوگ ها

هستند. آیا طرفداران پادشاهی از پادشاهی شاهان قجر هم حمایت می کنند؟! البته که نه! آن ها پادشاهی را مساوی با رضا پهلوی می دانند. آیا ما همان اسلام اکثریت میلیاردی مسلمانان عمری جهان را قبول داریم؟ خیر ما اسلام فاطمه و علی را لبیک گفته ایم و جانمان را نه به خاطر یک واژه، یعنی اسلام یا شیعه، بلکه برای نمود عینی و واقعی آن مجموعه باورها یعنی پیشوا(امیرالعالمین علی) حاضریم فدا کنیم. در پاسخ "کدام اسلام اسلام حقیقی است؟" باید گفت: اسلام فاطمه و علی. اسلام مردم سالاری را قبول دارد چون پیشوا علی بیست و پنج سال خانه نشینی و چاهویی را پذیرفت(و اولاد علی هم تا آن زمان که از سوی مردم اقبال عمومی متوجه آن ها نبود چنین کردند). آلمانی ها حزب نازی را قبول نداشتند، و امروز هم قبول ندارند، آن ها هیتلر را قبول داشته و دارند و نازی را تا آنجا که مساوی با هیتلر باشد می پذیرند و مقدس می شمارند. مسئله انتخاب راه درست نیست بلکه انتخاب فرد و راهبر درست است و بقیه تعاریف همه پوچ اند و از این روست که در قرآن بارها به پیامبران اشاره شده که مثلا موسی برو و مردم را به پرستش خدای خودت دعوت و راهنمایی کن. اسامی ایدئولوژی ها، مرام ها و مکاتب گیجتان نکند، شما ساده و بی آلایش فقط به عملکرد و ماهیت واقعی خود افراد مدعی رهبری جوامع توجه داشته باشید و بس. این انسان است که ملاک و ارزشمند است و نه چند خط تعریف مکتوب و شعاری و حتی خود قرآن هم از آنجا که در قامت پیشوا عینیت یافته و ناطق می شود ارزش و مقام خویش را باز می یابد وگرنه آیا قرآن بی علی همان پوست هایی نبود که بر سر نیزه کردند و جان معاویه را نجات داد؟ آیا همان اسلامی که روزی در دست "پیامبر و پیشوا" می بود و در سراسر منطقه محبوب شده بود، نبود که وقتی در دست خلفای سه گانه قرار گرفت تبدیل به کابوس اقوام غیرعرب شد؟ این پیامبر و پیشوا بودند که به اسلام چهره ای زیبا، هویت، معنا و کمال بخشیدند و نه برعکس و در بیان ساده آن دو خود اسلام بودند. از این روست که ما غیرشیعه را از قرآن بی بهره می دانیم چون تعاریف تفسیرپذیر هستند ولی انسان ها و عملکردشان بالاتر از تفسیر و ترجمه و خود، دلیل و برهان و ترجمه کامل خودشان هستند.

از این روست که من سرباز همیشه در آغاز سخن می گویم "به نام خدای علی" چون آن تعریفی را که پیشواعلی با رفتارش از خدا ارائه می فرمود، به اعتبار سخن آن انسان کامل و الگوی مادی، به خدایی پذیرفته ام و به سبب این ایمان و اشاره مرشد خویش توانسته ام با آن موجود واقعی و ملموس(یعنی خدا) ارتباط برقرار کنم و موفق به درک قرآن شوم و اگر غیر از این بود باید همه مردمان جهان دیدگاه و باوری دقیقا به عمق دیدگاه و باور شیعیان درباره خدا داشتند، این نکته اهمیت وجودی پیامبران و امامان و انسان را گوشزد می کند. حال نه تنها در زمینه دین بلکه در همه شاخه های اندیشه ایدئولوگ ها و اندیشمندانی چون پیامبران و حکماء چه با اتصال مستقیم به خدا و چه بدون آن، چه با انحراف و چه بدون انحراف، همواره خواستگاه مردم و معنای باورهای ایشان بوده اند و نه تصاویر ذهنی و وعده ها. مردمان صدر اسلام به سبب وعده بهشت یا ترس از دوزخ مسلمان نشدند بلکه چون عاشق پیامبر اسلام شدند و باور وی را در عمل بهترین و واقعی دیدند ایمان آوردند. مردم شوروی از ابتدا به کمونیسم کمترین اعتقادی نداشتند بلکه لنین را می پرستیدند و به او

در حالی که پرچم سرخ را بر کف گرفته بود و از بالای بالکنی فریاد می زد و مردم را به کشتن تشویق می کرد، به صداقت و عملکرد و سابقه او، درست یا غلت، ایمان آورده بودند. سپس به استالین ایمان آوردند و درست پس از مرگ استالین کمترین احساسی نسبت به واژه کمونیسم در آن ها باقی نماد و انگار نه انگار این خودشان بودند که روزی روزگاری کمونیست هایی بی رحم بوده و دشمنان استالین را تکه تکه می کردند! خدا در آیه صد و شانزدهم سوره هود از عدم خیزش و قیام فرماندهان نظامی و تک چهره های حکیم شایسته حکومت گلایه می کند! و وظیفه پیامبران را تنها نجات مومنان و رسالت آنان(فرماندهان قیام کننده) را نجات کل جامعه و امت و فراتر از دستاورد نبیّون می داند. امروز در غرب سانسور آمار و واقعیات حرف اول را می زند، آمار کودکان و پیرانی که در خانه خودشان به دست سگ ها و حیوانات خانگیشان کشته می شوند، آمار تجاوز به کودکان و زنان و قتل های ناموسی، خبر زن بارگی سازماندهی شده نیروهای دولتی که تنها یک نمونه اش در مورد محافظین اوباما در کوبا آشکار شد، آمار دقیق شیعیان جهان و خبر کشتار و نسل کشی هدفمند و سازماندهی شده آنان و شماری دیگر که تنها با این منظور صورت می گیرد تا حرف خدا و کار درست یا بهتر بگوییم انسان درست به کرسی ننشیند. هدف این محاصره اندیشه ای مردم جهان از غرب تنها این خواسته کهن "آن قوم" است که چهره های برحق و اندیشمندان راست کردار شناخته نشوند و هدف و عمل ما باید درست به عکس زایون باشد. تمام تبلیغات و سرگرمی های جنون آمیز یهودیان بین المللی، تحریف چند سال به چند سال کتب مقدس بجز قرآن و مثلا حذف نام حیدر و احمد از آن ها مقصودی جز این ندارند که بشر را از لذت واقعی شناخت سربازان جاویدان و عشق ورزی به همه آنان محروم سازند. این فقر مدرن اطلاعاتی زاده ابررسانه ها دشمن واقعی ماست و ما در مقابله با این هیولا باید چنگ به دامان شهیدان حق و سربازان جاوید و ابدی بزنیم و فراتر از ایسم ها و نظام باوری که آن قوم به ما تلقین نموده است بیندیشیم و یادمان نرود که خداوند معشوق ماست. باری، ریشه همه پلیدی و پلشتی و گمراهی چیزی مگر نیندیشیدن و باک از پژوهش نیست: "و ما کان لنفس ان تؤمن الا باذن الله و یجعل الرجس علی الذین لایعقلون" (یونس - ۱۰۰). این کتاب، جم، از حقانیت اس اس سخن می گوید و آن را مساوی با برداشت امروزی ما از قیام نازی بر می شمارد، به متفقینی که ایران را "پل آزادی" نام نهادند و به جای انتخاب مسیر کوتاه تر یعنی ترکیه با هدف لگدکوب کردن مام ما به سرزمین آریایی یورش آوردند یورش می برد، اتحادیه واشنگتنی که کشور ما را تنها در طول تاریخ خود به عنوان بهترین سگک برای کمربند سبز امنیتی اش در نظر آورده کانون دیویسنا می داند و علاوه بر حرام دانستن هرگونه ارتباط سیاسی و مصالحه با توران مدرن(اتحادیه نظامی واشنگتن) تجزیه آن را نخستین هدف و والاترین غایت مادی مقطع کنونی تمامی سربازها خطاب می کند، جایزه نفتی صلح نوبل را چون برنامه های تلویزیونی پلیدی مانند اپرا و سازمان ملل متحد این سازمان جاسوسی مدرن واشنگتن از کثیف ترین نیرنگ های ابرشرکت های نفتی خطاب می کند، همه کسانی که غصب و تجاوز و اشغال و زورگیری را ستایش می کنند و دیوهای انسان نمایی چون شرمن و پرشینگ(ژنرال آهنین!) و کرامول را از دیرباز و روزگار

اسکندر و سزار تنها به دلیل غاصب بودن مقدس می شمارند و قهرمانان ما مدافعین ملل و مرزبانان و قیام کنندگان عدالت طلب را خونخوار و خونریز بدون استثناء دشمن می دارد، واقعیت جنیان را کنکاش می کند و اوستا را می شکافد، تا بتواند در نهایتِ سخن یهودیان بین المللی را که تنها در طی دویست سال اخیر بیش از بیست بحران غذایی جهانی و قحطی فراگیر را طراحی نموده اند اهریمن ترین اهریمنان نامگذاری کند و برای زایش و طلوع دوباره خورشید جم نخستین گام را با نیروی کلمات و ایمانی که از قرآن می جوشد بپیماید.

علاوه بر زمینه روانی تحریف ستیزی، امروز بستر و ابزار آن نیز در اختیار ما قرار گرفته است و وقت آن است تا جم ها سر از خاک برآرند و بدرخشند و بر دشمن بتازند.

افزون بر دیوپرستی به معنای شیطان و جن پرستی ابررسانه های کمپانی و اتحادیه در طی تاریخ پس از جنگ جهانی دوم تا اکنون غرب پرستان و یا بهتر بگویم جن پرستانی که غربیون را جایگزین خدایان جنی خود نمودند، از جمله گاندی و دالایی لاما را در برابر میهن پرستان واقعی علم نمودند و ما با این طیف از شاه مهره های غرب و پیروانشان نیز روبرو هستیم. گاندی که شیوآ و خدایان هندو را می پرستید در نوجوانی به لندن رفت! و در آنجا تنها افسوسش این بود که ای کاش یک مرد انگلیسی(جنتلمن) می توانست باشد. تمام سعی گاندی در لندن متمرکز بود بر یادگیری چگونه رقصیدن و چطور غربی رفتار کردن و جالب این است که امروز به عنوان ذات سنت و پدر هند تلقین می شود و چه سخنانی که به او نسبت داده نمی شود! چاندرا بوسه و یارانش داشتند کار کمپانی هند شرقی(بریتانیا) را تمام می کردند که لندنی ها از جیب عقب خود گاندی را بیرون کشیدند تا او جنگ بر علیه اشغالگران را متوقف و خون یک میلیون فدایی وطن را پایمال کند و علاوه بر بازگرداندن امتیازات و مواهب پس گرفته شده از انگلیس به کمپانی، به ملکه جریمه و خسارت بپردازد! دیدار او با "نماینده سیاسی ارشد ملکه" ماسونری سنتی، چارلی چاپلین، در همین راستا بود. چاندرا بوسه یک شبه ناپدید شد و گاندی غرب پرست که وظیفه هر فرد هندی را پرستش خدایان نوین(غربیون) می دانست تبدیل شد به الگوی وطن پرستی و مبارزه برای آزادی! آیا وقت آن نرسیده ما هنگامی که می بینیم ابررسانه های یهود تا چه اندازه اصرار دارند مردم جهان گاندی و دالایی لامای جن پرست دیروز و غرب پرست امروز را به عنوان الگوی انسان کامل و مسیر درست مبارزه با ظلم!!! قبول کنند و سیلی از مستندها و فیلم ها و آثار هنری احساس برانگیز را برای تحقق این هدف روانه میدان می نمایند متوجه چیزی بشویم؟ آیا آنچه که لندن درباره مائو تلقین می کند، او که چینی ها را از همنوع خواری! نجات داد را باید بپذیریم و بدون حتی یک سند قبول کنیم که وی چند میلیون هنرمند را طی سی روز کشته است؟ این همانی است که وعده داده شده؛ قرار گرفتن همه حق در برابر تمامی باطل.

کافی است فیلم سیصد(اسپارتا) را با دقت نگاه کنید که چون سایر آثار ضدشیعه بازآفرینی اثری دیگر به همین نام متعلق به دهه شصت میلادی بود و ریشه در شناخت کامل از همه چیز ما داشت: در سپاه ایرانیان مسلمانان پیش از ظهور اسلام خاتم حضور دارند! در جنگ با نیروهای عربی ایران سواری با اسب سفید که نماد امام دوازدهم شیعیان است از میان نور ظاهر شده و با یک تبر قزلباشی(این سلاح دو دم می تواند نمادی از ذوالفقار نیز باشد)

فرزند پدری دلسوخته را می کشد و در میان نور ناپدید می گردد! فرمانده ایران نه بر تخت هخامنشیان که بر تخت افسانه ای ابرکشور جم که هزاران سال پیش از هخایان از میان رفته بود تکیه زده است!!! تخت زرین معروف جمشیدشاه(تکدیس کامل) که دو گاو از طلا در دو سوی آن قرار داشتند و بعدها این گاوهای عظیم توسط بهرام گور در دفینه ای کشف شدند. شیعیان در سپاه ایران با لباس های سیاه و نقاب هایی مخوف و به شکل تعبیری از بنیان مرصوص قرآن تصویر شده اند که قلب ارتش جم را تشکیل می دهند و حتی وقتی نقاب از چهره ایشان برداشته می شود معلوم می گردد که همه این شیعه های نقابدار زامبی هستند!!! خود خشایار آریایی اصیل نیز یک زامبی است و حتی ناخن هایش مانند ناخن مردگان فاسد شده است! اینجاست که می فهمیم مفهوم زامبی چیست؛ زامبی ها در آثار گوناگون صنعت سینما و انیمه و بازی سازی و ... غرب موجوداتی ترسناک هستند که شاخصه های ایشان بی توجهی به شهوت! حرف زدن به زبانی گنگ شبیه به انابه و دعا! زشت رویی! برآمدن از دل زمین و رجعت به زندگی! داشتن تنها یک هدف و آن نه خوردن بلکه آلوده کردن مردم غرب با میکروبی که از دهانشان تراوش می کند و مانند خودشان نمودن آن ها(یعنی حتی نباید به شیعیان نزدیک شد و گوش به سخنانشان سپرد که ممکن است در آنی هر کسی را متحول کنند)! حمله بدون ترس و بازگشت تا آخرین نا و عدم هراس از نابودی می باشد. آری، ماییم زامبی از دید هالیوود و رسانه های غربی! خون آشام های سنت گرا و تشریفاتی و پایبند به مراسمات نیز در این تعبیر ماسون های سنتی اسکاتلندی هستند و بی مغزهای شاتگان به دست واشنگتنی های ماسون مدرن(البته در تعبیری دیگر خون آشام ها و گرگ نماها همان اِلف ها و اورک ها، دو گروه متخاصم خدایان ماسون اند ولی هر دو تعبیر در یک لحظه صادق است زیرا جن پرستان با آیین و از اساس با خدایان خود یگانه شده اند).

وانگهی در جناح مقابل جم(در فیلم سیصد): لئونیداس زاییده تخیل مورخین و مزدوران اشموخ برهنه اش حضور دارند که پوشیدن لباس را حتی شرم آور و عامل و نشانه ضعف می دانند! آستر در قالب زن لئونیداس حضور دارد که برای قانع کردن یکی از نمایندگان سنا(قبیله اسپارت در طول تاریخ هرگز دارای سنا نبوده است) در جهت حمایت از جنگ با وی زنا می کند و در واقع فداکاری آستری می نماید! لئونیداس و عمده یارانش در صحنه پایانی آخرین نبردشان با همان تیرهای سه شعبه ای که گفته می شود بر علیه کاروان امام حسین و کربلائیان استفاده شد کشته می شوند!!! لئونیداس جان داده، دقیقا به شکل مسیح تثلیثیون بر فراز صلیب(پیش از تولد مسیح!) روی زمین تصویر می شود! تنها کسی که از ارتش سیصد زنده می ماند تک چشم است! در طی نبردها اشارات فراوانی صورت می گیرد که این جنگ سیصد و هخامنشیان به تنهایی نیست بلکه همان جنگ های صلیبی و ستیز شوالیه های معبد با صلاح الدین نیز هست! زن فاحشه لئونیداس، نابودی جم و ایران را آغاز دوران آزادی بشر نام می نهد! و ایران که تنها برای نابودی برده داری به یونان لشگر می کشید مهد برده داری و قلع و قمع کردن سیاهان و ذات زنجیر تلقین می گردد! شخصی به نام لئونیداس اصلا وجود خارجی نداشته و مورخین یونانی که از تسلیم بی قید و شرط پی در پی کشورشان به ایران ناراحت بودند داستانی را ساختند که طی آن مردی با

صفت شیردل در برابر هزار ملت می ایستاد. این مورخین! برای آنکه یونانیان را تحریک به جنگ کنند شخصیت ساختگی فوق را که هیچ نامی نداشت و یک صفت بود از اسپارت دانستند و افراد همراه با او را تنها چند صد نفر زیرا می خواستند خون یونانیان را به جوش آورند چون آنان همواره اسپارت ها را مردمانی وحشی و پست خطاب می کردند و بگویند؛ چند صد اسپارتی پست جلوی تمامی ارتش ایران را سد کردند ولی شما یونانی ها نمی توانید در حالی که اسپارتان یک قبیله ناشناخته بیش نبودند و اصلا شاه نداشتند و نام هیچ یک از حاکمان موقت ایشان نیز در طول تمام تاریخ لئونیداس نبوده است. کینه ای که توسط این داستان و قصه های خیالی دیگر تولید شد نطفه جانوری به نام اسکندر و نابودی مهد تمدن گردید. باری، اینگونه است که تمامی کفر در برابر همه حق ایستاده و همین تنگنا و شناخت کاملی که غرب از عظمت ایران دارد بهترین بستر را برای خود شدن ما فراهم آورده است. مشهود است که نه تنها تمامی قوا و نیروهای باطل و فرقه ها و ادیان زمینی شر در جناح مقابل ایران گرد آمده اند بلکه همه دروغ های بزرگ نیز بر ضد آریاییان به کار گرفته می شوند و با واژه لیبرال که از دستاوردهای برده فروشان یونان و روم است ادغام گردیده اند. ما امروز با واژگانی چون "انتخابات آزاد" و "آزادی مطبوعات" و "آزادی جنسی" به عقب رانده می شویم که معنایی مگر هرج و مرج و شهوت پرستی ندارند. اگر انتخابات آزاد به تعریفی که واشنگتن در مورد ما می پسندد خوب است پس چرا خودش به آن عمل نمی کند؟ چرا کمپانی تجاری لندن انتخابات آزاد برگزار نمی کند و هنوز ملکه و سلطنت دارد!!؟ یعنی در کل ایالات متحده بجز دو حزب دمُکرات و جمهوری خواه هیچ حزب و چهره سیاسی شاخص دیگری نیست!؟ منظور غرب از استعمال واژه انتخابات آزاد در مورد ما و دیگر کشورهای مشابه با میهن(ایران ذات میهن است، از آن رو که ایران وطن و مهد کل بشریت و اولین و آخرین خانه انسان بهشتی می باشد) این است که تمامی مدعیان قدرت با هر سابقه و نیتی وارد صحنه سیاست شوند و در تناقض میان این هزاران گروه و حزب توانایی ایجاد تغییرات بزرگ و مخالفت با ابرقدرت ها از ملل تحت سلطه سلب گردد. چنین سیاستی سبب می شود تا چندصدایی و اختلافات فلسفی و حزب بازی در مقام مزدوران واشنگتن کار ارتش این اتحادیه را بدون هزینه کردن و با کیفیت بهتر به انجام برسانند. مقصود از آزادی مطبوعات و رسانه ها در ذهنیت غربی آن است که هرکه هرآنچه را که بخواهد بنویسد و منتشر سازد و هر دروغ و شایعه ای را به عنوان خبر داغ تلقین کند و هیچ مسئولیتی هم برای پاسخگویی به مرجعی نداشته باشد و ناگفته معلوم است که سود این سیستم به اربابان ابررسانه های جهانی خواهد رسید که صدای جارچیانشان از همه بلندتر می باشد. آزادی جنسی و آزادی زنان یا آزادی ابراز عقیده(تابوشکنی به مفهوم حرمت شکنی) معنایی ندارند جز آنکه تو هر کاری که دلت بخواهد را بتوانی انجام بدهی مگر اینکه پلیس و پروتکلی که یهودیان تنظیم کرده باشند بر سر راه باشد که یعنی فقرا همدیگر را بدرند و به کودکان یکدیگر تجاوز کنند و ثروتمندان به واسطه پروتکل و پلیس در امنیت باشند. چطور واژه آزادی جنسی می تواند جرمی به نام خیانت جنسی را که مجازاتی جز مرگ ندارد توجیه کند؟ چگونه می شود آزادی زنان را با برهنه شدن آنان یکی دانست و

بشر را تا به این درجه از پستی رساند که زن بدون جاذبه جنسی به درد نخور فرض شود؟ با چه مبنایی آزادی ابراز عقیده را می شود همان فحش دادن به خدا و اولیاء او و هرآنکه در برابر شهوت پرستی قد برافراشته دانست و نه قداست، بلکه حرمتی برای اشخاصی که مهربان تر از پدران و مادران، همه داشته های خود را برای پیروزی خوبی بر بدی و آگاه سازی و پرورش فکری و فقیر نبودن مادی و معنوی و ژنتیکی ما ایثار کرده اند قائل نشد؟ می بینید که هرکجا واژه لیبرالیسم در بین است سود نهایی به ماسون ها می رسد! بی توجه به اینکه لیبرال حتی از لحاظ لغوی به معنی آزادی خواه و روشنفکر نیست بلکه معنای واقعی اش "جالب توجه و هر چیز گول زننده ای که جلب نظر کند" می باشد و آزادگی به آن تعبیر شده است(غلت بودن این معادل قرار دادن ها ریشه در تاریخ دارد، مثلا عدالت و دادگاه در غرب مدرن از آن رو ماهیت حمایت از مجرم یافت که برای دفاع از محکومین و حقوق سارقینی ابداع شده که توسط کابوی ها بدون برگزاری مراسمی اعدام می شدند و با مفهومی که به ذهن ما از دادخواهی یعنی پشتیبانی از مظلوم خطور می کند متناقض است).

مابیم که باید قدر موقعیت به دست آمده و فرصت طلایی بی نظیری که خداوند برایمان محیا نموده است را بدانیم و به میله انتهایی قطار قیام حق که با نهایت سرعت از ایستگاه زندگی کوتاه و لرزان آخرینی ها می گذرد و لحظه ای درنگ نخواهد کرد دوان دوان چنگ بزنیم.

بطور نمونه فردوسی بزرگ، این نجات دهنده بخش مهمی از تاریخ ایران که سبب شد ما ایرانیان امروز بدانیم از اساس چیزی به نام تاریخ داشته ایم بلکه وارث همه معنویات و دستاوردهای بشری ماییم اگر به اطلاعاتی که در دوران کنونی به سهولت در اختیار همگان قرار دارد دسترسی داشت و فقط می توانست تعداد معدودی از احادیث شیعه و پیشواعلی را بداند به یقین سعی نمی نمود تا زنای بهمن اسفندیار پلید با دختر خودش را امری پذیرفته شده در دین واقعی زرتشت، طبیعی و جزئی از آیین های کهن ایرانیان عمدتا بری بقبولاند.

بدون شک وی به واسطه مطالعه حدیثی از پیشوا که فرمود قهر خداوند از آن رو شامل حال اوستاییان شد که پس از زنای شاهشان با دخترش فریب دروغ سفسطه او را مبنی بر ایراد نداشتن نزدیکی با محارم با استناد به ازدواج نخستین انسان ها خوردند و از مجازات وی چشم پوشی نمودند و این عذاب الهی آن بود که اوستا از دست ایرانیان پر زند، دچار لغزش نمی گردید و خیلی بهتر از من سرباز عمل می نمود(اهل تاریخ می دانند که دقیقا همینگونه هم شد. پس از تاریخ مورد اشاره یک سند دستکاری نشده از اوستای وحی شده باقی نماد و در ایران زمین که مهد دست نوشته و سند بود طی مدت زمانی بسیار کوتاه تا پس از یورش اسکندر برگی ناب از این کتاب آسمانی یافت نمی شد! ساسانیان با همه قدرتی که در اختیار داشتند هرچه تلاش کردند بخشی از اوستا را به سان روز نخست گردآوری کنند نتوانستند).

باید مراقب بود و از این واقعه تکان دهنده درس گرفت که یک کوتاهی به ظاهر کوچک تا چه اندازه سرنوشت آیندگان معصوم را زیر و رو خواهد نمود و دوران شکوه و افتخار را به هزاران سال استعمار شدن و مورد دستبرد بودن تغییر شکل خواهد داد. آیا شبکه های لندنی چون "من و تو" و بهائیانی که جهان وطن اند و ملیت و میهن پرستی را آفت بشریت می دانند و کل زبان های کهن و فرهنگ های اصیل را چیزهایی اضافی که باید چون مفهوم

میهن از میان برداشته شوند بایستی جرات کنند به ما بگویند تاریخ ایران چه بود و فردوسی ما که بود؟ دین ما امروز در کمال خود است و همان کیشی است که تمامی پیامبران الهی به فرایضش عمل می نموده اند، آیا ما خزان دین خدا هستیم و بهائیان و دراویش بهار آن اند؟ این یک چرخه پوچ و لایتناهی نیست بلکه دین حق از ابتدا همین شیعه سرخ ما بوده است و آدم نبی دقیقا چون ما روزه می گرفت و نماز و دعا می خواند و فرایض را ادا می نمود. پیامبران دلیر رفته رفته شعور بشر را به نقطه کمال پذیرش دین با همان کیفیت متعالی که خودشان به آن عمل می نمودند رساندند. ما اکنون در کمال مذهب و ملیت قرار گرفته ایم. آیا ما باید موجود حی و حاضر یعنی خدا و قرآنش را رها کنیم و طبق نسخه صوفیانی چون مولوی از درون درخت و گل و بلبل یا با خلسه جن پرستانه سعی کنیم الله قرآن را بشناسیم؟ برای ما واقعا زشت است که سفسطه های بهمن اسفندیارگونه را بپذیریم و خودمان و همه آیندگان میهن را با دلسوزی برای شیاطینی که تا آخرین تن باید نابود شوند محروم نماییم. بهائیان و دراویش پرستنده الهگان شیوآیی هندو می دانند چه درست است و چه پست و چه دین است و چه دیو یا ما که نسل در نسل فدائیان اسلام فاطمه و علی بوده ایم و خواهیم بود؟ ما درد و رنج و شکنجه و استثمار شدن را لمس کرده ایم، شکست را با همه وجود خویش چشیده ایم، سختی و عذاب فقر و نبود امکانات اولیه را تجربه کرده ایم، گرسنگی را و حتی تشنگی را دانسته ایم، ما تازیانه های تاریخی خورده ایم و با روان خویش ضربات اهریمن را احساس نموده ایم، وقت آن است که پیروزی را لمس کنیم، بچشیم، به چنگ بگیریم. قیام ما قیام به دین است. قیام برای دین به عکس قیام برای مردم که تنها به زمان حال و مقطعی حداکثر ده ساله نظر دارد یعنی جنبش و خیزشی برای آیندگان. انقلابی حسینی برای نجات نسل های بعدی از انسان نبودن و درک نکردن خدا و تجربه نکردن اراده، صفات برتر و لذت های انسانی. قیام به دین هدفش بیش از هر چیز حفظ و حراست هویت و ماهیت و آدم بودن آدم می باشد که البته این معنا با همه زمینه های اجتماعی اقتصادی گره خورده است. در این میان قیام به دین بیش از همه به اقتصاد و وضعیت معاش و امنیت اجتماعی جوامع نظر دارد ولی تکاپو و دگردیسی های محصول او در این زمینه نیز به محدوده زمانی و اقلیمی خاصی محدود نمی شوند و با هدف بالا بردن کیفیت روان و مدنیت بشر تا همیشه تاریخ صورت می گیرند. از این رو بهتر است گفته شود "قیام به دین چیزی نیست جز قیام به وجدان اقتصادی و سیاسی با محوریت باور به زندگی پس از مرگ و ثبات اخلاقیات."

منم

منم منم، پور نیاکان جمی

منم منم، پیرو کیش خرمی

منم منم شیعه زهرا و ولی

من سرباز، سرباز، سرباز علی

منم منم، کین، خوا، هی

منم منم، داد، خوا، هی

زندیک، کیسان، دیلمی

این سرفرازی بی کمی

منم منم شیعه زهرا و ولی

من سرباز، سرباز، سرباز علی

سپاس یزدانم و قرآنم و ایرانم

منم که پیرو پیشوآی پیشوایانم

منم منم، "یا فاطمه و یا علی"

من، می شورم به دیو با فاطمه و با علی

منم منم شیعه زهرا و ولی

من سرباز، سرباز، سرباز علی

منم منم مخلص، مجاهد، متقی

من سرباز، سرباز، سرباز هآدی نقی

۹۱.۱۱.۱۹ - یافاطمه و یاعلی، سرباز مجتبی عبدالهی.